杉浦明平 暗夜日記1941-45

戦時下の東京と渥美半島の日常

若杉美智子 鳥羽耕史＝編

一葉社

まえがき

活字化にあたって

杉浦明平は、評論、小説、ルポルタージュ、歴史や農業・食にかかわるエッセイ、イタリア文学・芸術の翻訳など多面的で旺盛な文学活動とともに一月一万ページを読む読書家としても知られた。

一九一三（大正二）年に生まれ二〇〇一（平成十三）年に八十七歳で没したが、その生涯の大半を産土の地渥美《あつみ》半島の小さな町（合併をくりかえし福江町《ふくえちょう》、渥美町、田原市《たはらし》と名称が変わった）で過ごした。杉浦が東京で暮らしたのは一高に入学してからの十五年あまりで、満州事変の前年から敗戦直前までの戦争の時代だった。この間、杉浦は一高・東京帝大を中心とした友人たちとの交わりの中で青春を過ごしたが、故郷の自然と人を忘れることはなかった。いつも自分を迎え入れてくれる故郷は慰めであり、創作の源泉でもあった。渥美半島は交通の便が悪くかつて奥郡と呼ばれたが、ようやく開通した私鉄も豊橋から渥美半島の中ほどの三河田原駅までで、そこから先はバスだった。太平洋戦争末期、いよいよ交通が不便になってからも杉浦は折にふれて郷里に帰っていた。

一九四五年に空襲を避け東京を離れ郷里に戻った杉浦は、生家を生活の拠点と定めた。戦争に押し流された過去の時代への苦い思いから短歌会や読書会などを指導して地元の青年たちの育成に尽力した。後、共産党に入党し青年たちと細胞を組織した。町会議員になり地域でも活躍する。小さな町におこった騒動を描いたルポルタージュ『ノリソダ騒動記』で作家としての出発を果たした。地元で政治活動をする一方でルポルタージュや講演のために日本各地を歩いた。六十年安保反対闘争をきっかけに共産党を離れると、政治活動からは身をひき読書と執筆に励むかたわら畑を耕し果樹を育てた。

杉浦が文芸評論家として注目されたきっかけは、日本浪曼派など戦争に協力的だった文学者への厳しい批判にあった。杉浦の闘争的な評論家というイメージの多くはこの頃に作られた。日本浪曼派への憎悪とも言える激しい杉浦の言辞を痛快と受け止める人がいる一方で、敗戦後の右から左への大転換の潮流にのったという反発もあった。日記からは、杉浦の歩みにぶれも転換もなかったことが明らかになる。そこには暗い夜の谷間を雌伏して生きる杉浦の思想や感情が飾らぬ言葉で書かれ、戦時中と戦後が一直線につながっている。

また杉浦の別の側面も浮かんでくる。私自身初めて日記を読んだ時には、評論集『暗い夜の記念に』との隔たりの大きさにとまどった。常日頃、私は杉浦を良く知る方々にお会いすると、「杉浦明平さんはどんな人でしたか」と必ずうかがうことにしていたのだが、私の質問に皆さん口を揃えて「明平さんは坊ちゃんでした」と答えられた。口の悪さには定評があった杉浦を周辺の人々が「坊ちゃん」と見ていたことにはなんとなく頷けなかった。その違和感はちょうど評論と日記の間にある距離に似ている。日記に現れる杉浦の素顔は、まさしくその「坊ちゃん」そのものなのだ。

文学者としての杉浦は頭脳が鋭く、知識も豊かで、ルネサンスの文人に擬されるほどの多方面の活躍をした。評論、ルポルタージュ、長篇小説、エッセイを書き、ほとんど独学に等しかったイタリア語で、『レオナルド・ダ・ヴィンチの手記』の翻訳をも成し遂げた。若い時からこと文学に関しては、能力と根気と仕事をまとめ上げる才能に恵まれていた。が、現実生活をうまく営むことは得意ではなかった。職業人としてはもちろんだが、恋愛という私的な感情世界においてもそうだった。たとえば、日記の中に繰り返し書かれている少女への恋はほとんど空想の世界のことで、杉浦が祈り歎くほど現実との落差を感じさせる。

渥美半島の豊かな自然の中で経済的に恵まれた家庭に育った杉浦は、ナイーブで生来ロマンティストだった。一高で受けた左翼思想の洗礼、土屋文明の膝下で過ごしたアララギ時代、戦時体験、幅広い読書で培った知識などが杉浦をリアリストとして鍛えたのだろう。

今回活字化した日記は一九四一年から一九四五年までだが、杉浦のもっとも鬱屈した時期だった。独身男性らしく恋愛や結婚にまつわる記事も少なくない。が、リアリスト杉浦の眼が見つめた戦時下の実相は興味深い。太平洋戦争開戦直前の空気、統制経済の中で困窮していく暮らし、言論統制下にもかかわらず庶民の大胆な会話、敗戦間近を実感させる戦況報道、召集を免れたインテリ青年が本意ではない仕事を転々とする様子など、戦時下の出来事が一つ一つ丁寧に描写されている。東京での困難な外食生活と故郷での富裕な地主の日常は、戦時下の市民生活を見る一つの資料ともなる。杉浦明平というリアリストによって観察され克明に記録された庶民生活と鋭い感性でとらえた自然描写がその魅力になっている。

登場する人々が多いことにも注目したい。土屋文明ほかアララギの人々、丸山眞男、寺田透、丹下健三など戦後活躍した多くの友人たち、専門家としての職をあきらめ統制団体で働かざるを得ない人々など、戦時下に生きるそれぞれの姿が浮びあがる。登場人物には簡潔な注をつけた。それぞれの人物に興味深い物語があるのだが、文字数の関係から杉浦との交友に重点をおき他は割愛せざるを得なかった。

杉浦の歩み

巻末に略年譜を付したが、日記を読む便宜として関係する事柄を中心にその歩みを記しておく。

一九一三（大正二）年、愛知県渥美郡福江町折立《おりたち》地区の地主兼雑貨商の杉浦家に生まれた。父太平《たへい》、母よねの長男で、姉房子《のぶこ》、双子の弟昌平《まさへい》と君平《くんぺい》（夭折）、妹に幸子《ゆきこ》と芳子《よしこ》（夭折）がいた。折立海岸に近く田原街道に面していたので雑貨店は繁盛していたのだが、交通事情の変化や第一次大戦後の不況から次第に商売は振るわなくなった。太平はもともと軍人志望で商売を好まなかったので、店をよねに任せて様々な事業に関係した。地元企業の役員になり、トロール船の船主になり、所有地を増やし、成功をおさめた。太平は在郷軍人会の分会長や町長を務める町の名士だったが、女性関係が派手でよねとの間でしばしば諍《いさか》いがおきた。家庭不和は一高時代から杉浦の悩みであった。

杉浦は未熟児で、生まれつき心臓が悪く走ることを医者にとめられた。成人しても小柄だった。徴兵検査は身長百五十六センチ、体重四十四キロで丙種合格だった。身長が杉浦の大きなコンプレックスになった。

自宅近くの清田尋常高等小学校の尋常科をおえると愛知県豊橋中学校（現愛知県立時習館高等学校）に進学した。小学校時代に教師の荒木力三から作文と俳句の指導を受けた。中学校に入ると回覧雑誌に参加し、『校友会誌』に短歌や作文が掲載される。やがて短歌へと興味が移りアララギの島木赤彦の歌風に惹かれた。

一九三一年、四年修了で第一高等学校文科甲類（英語）に合格した。一高は全寮制だった。部屋替えはあったが、クラスは三年間同じだった。寮で共に暮らした仲間、同じ教室で学んだ級友とは後年まで親しく交わった。杉浦のクラスには磯田進、平沢道雄、戸谷敏之、伊藤律らがいた。伊藤は共青一高細胞を組織した。杉浦も伊藤の指導する進歩的なグループに属していたが、実践活動には参加しなかった。同級生芥川武の紹介で土屋文明に会いアララギに入会したのは一年生の終りのことだった。土屋は杉浦に大きな影響を与えた。アララギに入会した杉浦は、一高短歌会で活躍し、第三学年では『校友会雑誌』の編集委員となり、一高内で知られるようになった。文学に関心のある一学年下の生徒たち、立原道造、猪野謙二、寺田透、生田勉、太田克己、森敦らと親しく交わった。一九三三年東京帝国大学文学部国文科に両親の反対を押し切って進むが、たちまち授業に失望し、下宿でほとんど本を読んで過ごした。大学二年で『帝国大学新聞』の編集部員に採用された。編集長は一学年先輩の扇谷正造で、編集部員だった田宮虎彦、花森安治、田所太郎らと知り合う。三年になると立原、猪野、寺田ら一高の友人たちと同人誌『未成年』を創刊した。卒業後は大学院に籍を置いて帝国大学新聞社で校正の仕事をし『帝国大学新聞』に評論を書いた。後輩の編集部員に桜井恒次や瓜生忠夫らがいた。菊坂の下宿に本に囲まれて暮らす杉浦の独特な生活ぶりから後輩たちからは奇人と見られていた。この頃、明石博隆、寺島友之らと本郷通りを飲み歩き本郷愚連隊と呼ばれた。

大学院時代に杉浦は地下鉄ストアで働く少女鷲山千里に激しい恋をする。お客と店員というだけの間柄で買物以外では口をきく機会もなかったのだが、杉浦は結婚を願って父を動かし土屋文明の助力を頼んだ。が、千里のかかえる問題から、この恋は成就しなかった。

一九三八年四月に東京外国語学校速成科伊語（現東京外国語大学）に入学する。ルネサンスに強い関心を抱き原書を読もうと考えたのだった。速成科は夜学の一年制だった。卒業時には『クオレ物語』が辞書を引きながらどうにか読めるようになったので、早速ミケランジェロやダ・ヴィンチにかじりついた。その成果を最初に発表したのは同人誌『山の樹』（一九四〇年一月）でミケランジェロの短い詩「マドリガル　二篇」だった。充分な辞書もない当時のイタリア語事情もあって、銀座にあった日伊協会に出入りした。イタリア語を学びだしてから三年あまりで、最初の本格的なルネサンス文学の翻訳「サケッティ小説集」を『日伊文化研究』（一九四一年十一月）に発表した。戦時中のルネサンス研究の成果の大半は同誌に発表した。同時に研究の基本資料として英書『ルネサンス、イン、イタリイ』（シモンズ著）の翻訳を計画した。友人らを集めて分担を決め、出版社（生活社）との交渉も行っている。

一九三九年に興亜院嘱託に採用され、鈴木貞一政務部長室で翻訳業務に従事した。十二月、かねての希望どおり南京、上海、蘇州に出張した。蘇州の大丸百貨店で見かけた中国人の店員シャオに惹かれた。一九四一年五月に半ば強引に上海、蘇州に再度出張する。この時すでに鈴木貞一は企画院に転じていた。杉浦は興亜院に残ることを選んだが、仕事もせず日を送っていた嘱託部屋の様子が記されている。

一九四二年九月に日本出版文化協会に書評誌編集長として採用される。陸軍の圧力で雑誌発行は困難だった。一九四三年三月に日本出版協会に改組され書評誌刊行の可能性は消え仕事もなくなる。職場の居心地は日増しに悪くなり、母の大病もあって福江で多くの日々を過ごした。

一九四三年、友人寺島友之の妹美知子と婚約が調った。一九四四年春に国産軽銀工業株式会社の社史編集室に転職する。社長が一高の先輩で、一高の友人たちも働いていた。アルミニウムの国産をめざした国策会社だが生産実績がほとんどなく、編集の仕事もなかった。

一九四四年五月、土屋文明夫妻の媒酌で結婚。一九四五年、出産を控えた美知子を実家に送り上京するが、空襲の激化で食料も尽き、同年四月ついに帰郷した。故郷でようやく敗戦を迎えた。

日記について

杉浦の日記は、一九二六年の六月から一九九三年三月まで、すなわち中学に入学した十三歳から八十歳までのものが杉浦家に保存されている。それ以前にも「小学生日記」と題して一九二三年と一九二四年、すなわち十歳と十一歳の正月から書き始められ中断した二冊があったことが杉浦の覚えからわかる。「小学生日記」をスタートと考えると、日記を書き始めたのは尋常科の高学年になった頃ということになる。ちょうど俳句や作文に関心を抱いた時期なので、日記は身近な表現手段だったのだろう。以来、日記は杉浦の人生の伴侶になったと言ってよい。日記は思想や心情を吐露するだけではなく、書くこと、描写することの鍛錬の場とも杉浦は考えていた。が、あくまでモノローグであって発表は意識していない。

杉浦の日記の存在は周囲の人々によく知られていた。常々杉浦は、迷惑をかけるからという理由で没後十年は日記を公開しないようにと家族に話していた。唯一の例外は、杉浦自身が地元の同人誌

『海風』の二号から十二号に連載した「敗戦前後の日記」だった。おそらく同人との深い信頼関係の中で発表に踏みきったのであろう。内容は敗戦の年の八月五日から九月五日までのごく限られた期間で、あらたに執筆されている。「敗戦前後の日記」と今回活字化した日記を比較すると、内容に大きな違いはないものの構成、描写に作家のペンが加えられたことが明らかだ。

公表を控えるようにという戒めは固く守られ、杉浦が亡くなってからも家族は日記を読むことを遠慮してきた。私は杉浦の生涯を辿り書誌と年譜を整備しようとしていたので、事実確認のために没後十年をまたずして日記を見ることを特別に許された。中学、一高時代から始め、徐々に範囲を広げ一九六四年三月までは閲覧できた。それ以降は、あまりに現在に近いという理由で読むことを許されていない。没後十年を過ぎた今も杉浦の遺言は守られている。今回たとえ一部分であっても日記を公刊するのは、遺族にとっては思い切った決断であったに違いない。

若杉美智子

2015年5月

杉浦明平 暗夜日記 1941-45 目次

日記の形体

杉浦の日記はほとんどがノートにペンで書かれている。丸みをおびた小さな文字でぎっしりと記されている。下書きやメモはなく、一気呵成に思うままを書いていた。が、乱雑な文字はなく、書き直しや抹消も少ない。物資不足でインクの品質が悪くなった時期をのぞけば、そう読みにくくはない。

・全八冊（ノートに青インクのペン書き）

〔第一冊〕
表　紙　KOKUTEI Made of Paper specialty Manufactured
裏表紙　トレードマークとして○の中にSの文字を月桂樹で囲む。
大きさ　タテ20・2センチ×ヨコ16・2センチ

〔第二冊から第七冊まで〕
表　紙　SM NOTE-Book
裏表紙　トレードマークとしてSとMを組み合わせた飾り文字
大きさ　タテ20・6センチ×ヨコ16・4センチ

〔第八冊〕
表　紙　Note Book
裏表紙　トレードマークなし
大きさ　タテ20・3センチ×ヨコ16・5センチ

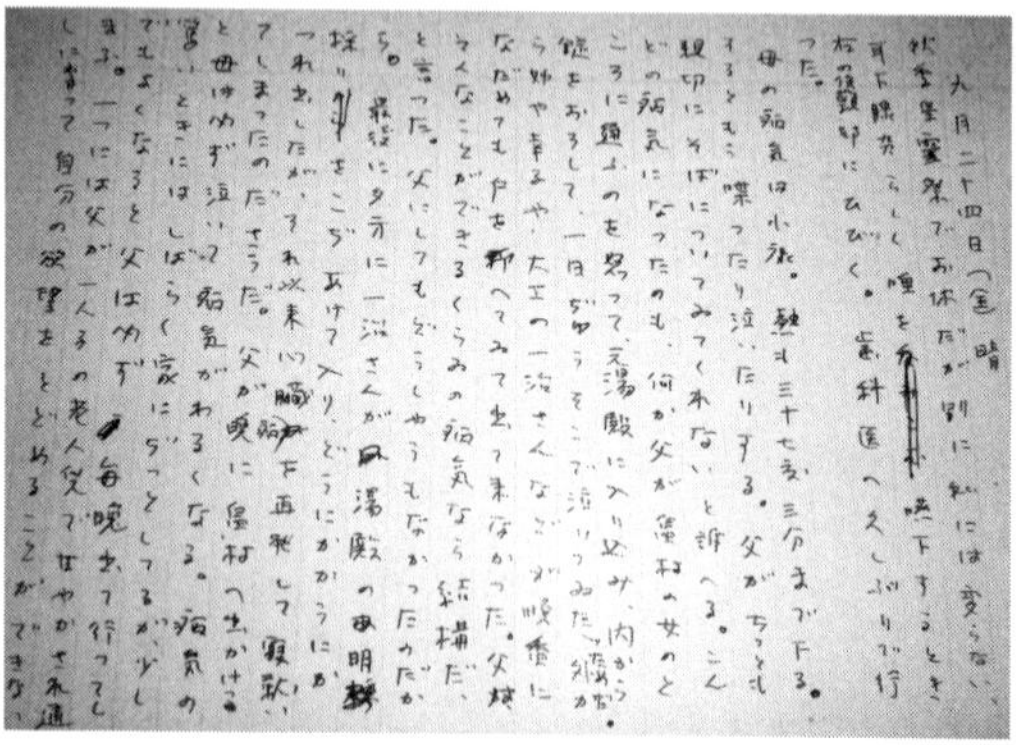
九月二十四日（金）晴
秋季皇霊祭でお休だが別に私には変らない。
耳下腺炎らしく唾を嚥下するとき
右の頬がひびく。歯科医へ久しぶりで行
った。
母の病気は小康。熱は三十七度三分まで下る。
するともう喋ったり泣いたりする。父がちょっとし
親切にそばについてみてくれないと訴へる。こん
どの病気になったのも、何か父が信和の女のと
ころに通ふのを怒って、湯殿に入り込み、内から
鍵をおろして、一日ぢゅうそこで泣いてみたり
ら妙や幸子や、大工の一法さんなどが、晩香に
なだめても戸を押へてみて出て来なかった。父様
マイなことができるくらみの病気なら結構だ、
と言った。父にしてもどうしようもなかったのだか
ら。最後に夕方に一法さんが湯殿の明
採りをこじあけて入り、どうにかこうにか
つれ出したが、それ以来下再発して寝歌、
てしまったのださうだ。父が晩に信和へ出かける
と母はめずらしく泣いて病気がわるくなる。病気の
事いときにはしばらく家にぢっとしてるが、少し
でもよくなると父はめずらしく
まふ。一つには父が一人子の老人父ではやかされ
しまって自分の欲望をとめることができない

・収録期間

一九四一年一月三日から一九四五年十二月十日まで。途中抜けている期間もある。

第一冊　一九四一年一月三日↓五月四日
（抜けている期間は別のノートに記載したと十一月十日冒頭にある〈本書34頁参照〉。別ノートは五月に行った上海出張の備忘録と思われる）
一九四一年十一月十日↓十二月三十一日
一九四二年一月一日↓一月二十六日

第二冊　一九四二年一月二十七日↓四月二日

第三冊　一九四二年四月三日↓八月十八日

第四冊　一九四二年八月二十二日↓十二月三十日
一九四三年一月一日↓一月五日

第五冊　一九四三年一月六日↓三月三十日

第六冊　一九四三年三月三十一日↓六月二十七日

第七冊　一九四三年八月二十五日↓十二月二十九日
一九四四年一月五日↓一月二十五日
（一九四四年一月二十六日から一九四五年三月三日までは一年あまり日記を書いていない）

第八冊　一九四五年三月四日↓十二月十日

活字化にあたっての原則

読みやすさを心がけ、原則として以下のようなルールに従った。

・修正、加筆は行なわない。ただし、明らかな誤字・脱字等で意味が通りにくかったり理解しにくかったりする場合については、例外的に最少限度の修正、加筆を行なったところもある。
・歴史的仮名遣いは現代仮名遣いに改めた。
・旧漢字は人名・固有名詞を除き、当用漢字や常用漢字に改めた。
・送り仮名は手直ししたり統一したりせず、そのままにした。
・読みにくい漢字や表外音訓、当て字と思われる漢字にはルビをふった。
・漢字の明らかな誤記は訂正したが、書き癖や独特な使い方と思われるもので意味が推測できれば訂正せず「ママ」と補記した。

《例》偽瞞《ママ》
案外《ママ》（「案内する」の意味に使っている）

ただし、意味の通らない場合は【 】で正しいと思われる文字を補記した。

《例》市電に降【乗】ろうと

・そのままでは意味が通りにくかったりわかりにくかったりする場合に限って、必要と思われる語句や適当な語句を［ ］に入れて補記した。

《例》靖国［神］社

・句読点はそのままにした。ただし、句読点なしではどうしても読みにくい場合に限って補記した。
・日本の人名や地名、団体名等、固有名詞の誤記については、事典等で確認のうえ修正した。

《例》俊助 ↓ 俊介

亀井戸 → 亀戸

・外国の人名や地名、外来語等、カタカナの固有名詞は、日記中の表記そのままとした。そのため、ページによっては同一の名称が異なる表記になっている場合もある。

《例》「ジョツキイ」「ジョッキ」「ジョッキー」

・西欧の文学者等の名前は日記の表記を尊重したが、わかりにくいものや特定しにくいもの、明らかな誤記と思われるものについては、日記の表記に続けて一般的な表記を【 】で補記した。

《例》コンランド【コンラッド】

・ひらがなの人名には読みやすさを配慮して傍点をふった。

《例》ふみゑ

・右の人名以外の傍点はほとんど著者の手になる。

《例》酒のかん

・踊り字はくの字点（〱）のみ用いず、直前の言葉をそのままくり返した。

・杉浦自身がブランクとした部分は、〈四文字空白〉のようにおおよその字数を補記した。

・くずし字でどうしても判読不可能な545頁の一箇所のみ、〈一字判読不明〉とした。

・記載のなかった曜日、および「秋季皇霊祭」のような暦上の休日を補記した。

・日記中の固有名詞、特に交友関係などで登場する人物に関しては、でき得る限り注を付記した。推測はできるがどうしても確定できない人物については、「未詳」とした。

・本書に収録できなかった人名索引は、デジタル版として左記のURLで公開する予定である。

http://www.f.waseda.jp/toba/sugiura.html

協力・写真提供／杉浦美知子
岩田　ミナ
協力／松本　昌次

一九四一（昭和十六）年

上海にて（左端が杉浦）

一九四一（昭和十六）年一月三日（金）　晴　元始祭

僕は久しぶりで日記を始める。

先月の二十八日に帰省してから六日経った。残りは正味二日しかない。六日のうち三日は風邪を引いてぼんやり家にこもってしまった。三十日の夕方僕は山田へ行った、そしてはつゑ[1]が竈の前にいるのを見出した。母親もちせ子もいたが、はつゑは僕が行くと、来るのが当然のように笑った。僕はちせ子には約束どおり羹飴《ママ》を買って来たが、はつゑに何も持って帰らなかったことを残念に思った。もう逃げ出しはしない。僕の話を黙って聞いていた。

きょうは暖い日であった。昨日はつゑの家の向いの恒男上等兵[2]が外泊で帰省したと僕の家へ立寄ったが、此の八月ごろには除隊になるらしいと言った。きょうはもういなかった。しかし商船学校の明[3]と山田を奥まで散歩したもどりにはつゑの家へよると、今日も大きな鉄鍋をのせたくどに向っていた。こうして薄暗い夕方にかまどの口から吹出す乏しい焔に照らされたまるい横顔を見ていると、ずっと昔のはつゑがもどって来たような気がする。もう八年になる、あんな幼かったちせ子がこの四月には六年生になる。弟の重男は今年幼年学校を受験するのだという。「はつゑも東京へ行く」。恒男の叔母さんとやらが千葉にいるのでそこへ四月まで滞在するのだそうだ。「喜んで着物を行李につめこんだじゃないか。」始めは早く行きたがったくせに、今では行きたくないようなことをいう、それなら止めるといえばよいのにそう言わないのだ。

はつゑは十九だ。もう十九だ。はつゑが東京の方へ出てくるなんて考えてなかった。女中の代りに使われるのであろう。それでもそわそわしている。しかし恐らく僕の考えるところでは、恒男が召集解除になったら、はつゑは嫁入りするのではないか。それが一番自然であるようだ。そうしてそれは一番のぞましいけれど、僕も少しずつ予めそういう報知に馴れるように自己訓練を施しておかなくてはならない。僕は自分が蒼ざめて呆然とすることを予想する。まあそのときはそのときさ。僕はつっかい棒がなくなったように感じるだろう、そうして又茫漠とした年月を今度はいくらか年老いて行くのを身にしみながらしょんぼり歩いて行くだろう。僕は余り長く育てすぎた。

始めよしの[4]が一緒にいて何処かへ隠れたのをからかったりしたけれど、いつの間にかすっかりよしののことなどは失念してしまったほどだ。家を出るとき、はつゑの母親が「一度お家へお願いに行かにゃならん」と言ったが、それも又気になった。或は仲人役をたのみにくるのではないか知ら。

ひどくふしぎな日であった。レオン・バチスタ・アルベルチの翻訳に専心してる頭が相当にかきみだされた。しかし決して昔のように動乱することはない、何かあきらめに似た、冬の夕影に似た清しく寂しい心の風景である。

（1）高橋はつゑ　福江町山田に住む少女。『未成年』に発表した小説「谷の遊び場」（一九三五年）で主人公の大学生が思いを寄せる。日記中の「はつゑ」をめぐる一連の出来事は、一九八八年に小説「消えた畑道を求めて」（『海燕』）として発表した。ちせ子は妹。

（2）田中恒男　清田尋常高等小学校の後輩。生家は福江町山田の豪農。

（3）田中明　福江町山田の青年。清田尋常高等小学校の後輩で杉浦より九歳年少。
（4）田中よしの　山田の少女。はつゑより一歳上だった。

一月四日（土）曇

眠らぬままに考えると、結局はつゑは上京しても向うで会うことはできなかろう。

僕は自分にはつゑが去来するゆえに、はつゑもそうだと思い込んでしまう。三月目四月目に会っても、僕は昨日と変らぬ。昨日も一昨日もはつゑは僕の側に幻となって並んでいたのだから。そしてはつゑが僕をどう考えているか、殆どついぞ考えてみたことがなかった。僕は僕のはつゑといつも対話していた。本当のことをいえば僕ははつゑの顔も余り見たことがないかも知れぬ。――ともかくはつゑは僕をどう考えているか、僕はちっとも知らぬ。本当にちっとも知らぬ。そんなことは風がどちらから向かおうと僕が山田へ出かけるに差支えないのと同じ位どうでもよかったのだ。だが、いつまででもそれですむか。いや、すまない。僕がはつゑを好きなことは殆ど誰もがはっきり認めている。しかしそれは何の意思表示にもならぬ。僕が他へ行くときも後くされがない代りに、はつゑがどこへ行こうとも、僕に対する何の義務をも生じはしない。

僕はハイネのマチルデのように結婚すべきではないのか。プチブル的な結婚生活など、思ってもむかむかしてくる。今日も夕方寒い風の中を行くと、もう仄暗かったけれど、南縁のガラス戸の内に沢山女の子が並んでいた。はつゑは矢張りそういうところへ来ると、困惑を感じるらしかった。皆ががや言ってるので、僕は部落を一まわりしてもどると、今度は母親も畑から帰って、はつゑはコンロを煙らせながら何か鍋を煮ていた。「味噌焼」とはつゑは言った。はつゑの行くのは市川市の八幡で、広田医者の伯（叔）母に当る人で、その人と一緒に十五日ごろ出かける。はつゑは修学旅行のときのことを考えて待ってるのである。僕には向うで何処かへ案内してやれないのが残念であった。はつゑは僕のことなど計算に入れてないであろう。

きょうは古田へ行った。ふみゑ[1]と美智江と毛糸のまりを投げて一時間余り遊んだ。他の人が見てると、僕は気づまりだし、気恥ずかしいが、子供ばかりだと本当に無心になる。そして特に女の子がどんなときにも女の子らしい雰囲気をふりまいて行くのが好きなのである。僕はこうして女の子たちが遊んでいるところを小説にしたい。おお半年の暇があったら！

（1）山本ふみゑ　福江町古田の少女。当時、清田尋常高等小学校高等科二年。美智江は二歳下の妹。他に姉と志子、兄礼二郎、弟博らが日記に登場する。

一月五日（日）　晴

きょうも日ぐれであった。だがよしのの家へよると、女子青年団は中山のお寺へ合宿のため蒲団を背負って出かけたという。もっと早く来ればよかった。僕は暗い穴へ落ちたような気がした。そして竈の前には矢張りはつゑではなくて母親が座っていた。今夜は何とかの日で味噌でんがくを作ってあった。僕も二本からい味噌を嘗めた。はつゑは、しかし、今夜は用事があるのでことわったという。けれども何処かへ手伝いに行ったのか、姿は見えない、いくら気にしても見えない、矢張り何処かへ出かけてしまったんだ。僕はなかなかみこしを上げるわけには行かなかった。表がいくらか暗くなって月が輝き出したところで。しばらくすると、隣で話ごえがはつゑらしい。はつゑは火鉢に当っていた、だまっていたのか、それとも今よそからもどって来たのだろうか。僕は母親に卵と胡麻と番茶をもらって帰りがけに、はつゑの千葉の宛名をたずねた。そして「暇があったら行ってやる」というと、はつゑはてれて「そんなことを」と言って笑った。はつるゝが当惑するだろうと思った。

月が高く輝いていた。そんなにとてもいいことは起らなかった。何かとても素晴らしいことが起りそうな気がしていたのに。矢張り何もおこりはしなかった。はつゑが東京へ行くこと、それも会うことはまず出来ないだろう。始めにはもっと容易にいつでも会えるのかと思ったけれど、考えてみれば、こちらにいるよりももっとむつかしい。

おまけにはつゑが四月まで向うにいるとなると、僕も田舎へ帰るたのしみが半分以上減じるのを感じる。恐らく僕は、はつゑのいない田舎は砂漠のようであるだろう。確に僕が家へ帰る一番正直なよろこびははつゑに逢えることであった。東京で毎日はつゑのことを思ってるわけではない、その日その日に新しい写象が通過して行く。けれど一旦田舎のことを思うと、そこにいつでもはつゑがいる、何かしらよろこびの雰囲気に包まれた少女として。そこから僕の生きる力が湧いてくるようだ。僕のオアシス！　これが本当の恋というものではないだろうか。そのくせ僕はちっともはつゑのことを知らない。はつゑが田舎にいてたまには僕のことを思い浮べてくれるかどうかさえ僕には怪しく思われる。それがどうしたというのか。そんなことはどうでもいいのじゃあないのか。まだ色気のない、茫々と夢みている少女がいることだけで沢山だ。

父が北海道の旅からもどった。僕も明日はもう東京だ。

一月六日（月）　晴

はつゑは自分の世界を持っている。他の女の子たちは多かれ少かれその世界の一つ二つの窓を開いてそこから僕がのぞき込むことを許してくれたのに、はつゑだけは決して僕にそれを見せなかった、丁度ずっと昔はつゑが尋常六年生ごろあの勝手の明り窓をぴしゃりと閉めてしまったときのままに。はつゑは自分がどうするということを決して僕に告げたことがない、いつも僕はよしのとか、ちせ子とか誰か他の人から聞きとるのである。はつゑは僕に愛されていることを知っていながら、しかし僕とは全然ちがった世界に住んでいる。他の子たちは僕の世界をも好奇心を以て多少のぞこうとするけれど、はつゑはそれも決してしなかった。

バスも電車も汽車も皆混んでいた。豊橋から東京までずっと立通した。豊橋では八木喜平君(1)と一緒に古本屋を歩いた。

…………

幸子《ゆきこ》の縁談について。神田少将(2)の紹介で何とか少佐(3)の話がある。母も幸子も望んでいない。父は婚期を逸するからと言う。母の勝手なやり方のために妹を犠牲にしてしまったことは腹立たしいけれど、職業軍人とだけは縁をもちたくない。僕はいずれこういう連中を敵とする日が来なければならぬのだから。それに役所(4)の中で真方中佐(5)などという馬鹿を見てるだけでもう沢山だと言いたくなる。

（1）八木喜平　一九一〇年三重県生まれ。小学時代に両親を亡くし福江町古田の伯母に引取られる。清田尋常高等小学校卒業後、地元の絹織物店に手織職工として奉公。一九二九年に『アララギ』に投歌し、土屋文明に師事。一九三一年荒木力三の紹介で杉浦を知る。一九四三年五月応召。呉海兵団に入団するが十一月別府海軍病院に入院。戦後、みさき短歌会、西三河アララギ短歌会に参加。
(2) 神田正種　中将。愛知県出身。朝鮮軍参謀として柳条溝事件に加わる。太平洋戦争に第六師団長として出征し、一九四五年四月第一七軍司令官としてブーゲンビル島で指揮をとる。敗戦後、B級戦犯として訴追され禁錮刑を受ける。後、ソロモン群島からの帰還兵たちによってソロモン会が結成されると会長に就任し、戦没者慰霊事業と遺骨収集に尽力した。杉浦の父太平と個人的に親しかった。
(3) 山岡有武　軍人。愛知県出身。山岡家は軍人一家で、父金蔵の最終位階は大佐。兄道武は現役で少将、第一軍参謀長だった。杉浦はこの結婚に反対し父と対立する。
(4) 興亜院　一九三八年十二月近衛内閣によって設置された中国占領地域統治の中央機関で麹町区隼町にあった。杉浦は神田正種の紹介で一九三九年一月に翻訳担当の嘱託として採用されたが、鈴木貞一政務部長の書生扱いだった。この時代の思い出を小説「壁の耳」(『世界』一九六四年六月)に描いている。鈴木は一九四一年四月企画院総裁に転じた。興亜院は一九四二年十一月大東亜省設置により廃止された。
(5) 真方勲　軍人。一九二八年陸軍大学校卒。興亜院設立時に調査官となり一九四〇年十二月に政務部第二課長。一九四二年十一月歩兵第四五連隊長に転じ、一九四五年三月に少将に昇進。同年四月、神田の指揮下にある第一七軍の参謀長となる。

一月七日（火）　小雨・夜雪

役所に出るのがいやで仕方がない。家にいたところでとろとろ頭が痛くなるまで眠ってるより能はないのだが、時間に縛られていることは耐えがたい。誰か僕を解放してくれないものか。

そういえばはつゑの顔を僕は昼中まともにはっきり見たことは数えるほどしかなかった。いつも夕方それも一目しか見ない。だから僕ははつゑが可愛いい顔をしてるかどうかさえもよく知らないぐらいだ。たしか昼間近くで見ると、可愛らしいとさえも言えなかったようだ。目は小さいし、日にやけている、それでも矢張り健康さが圧倒的にあらわれていた。働く若い美しさというものだ。そんなことから、千里は[1]、あの千里は目が澄み切って細い顔だちが襟を正さしめるほど美しかった。今もまざまざと幻に見えてくる。僕は千里に似た人はみたことがあるが、あれより美しい少女は遂に見たことがない。薄紅にふふんだ花か、それとも木の芽のようだった、しかしあの胸は病と争っていたのである。

アララギで喋って家へもどると十二時、一日が三十時間あっても僕には充分すぎることがない。

（1）鷲山千里　上野の地下鉄ストアで働いていた少女。大学院在学中の杉浦が見初めて熱愛する。土屋文明を介して結婚を申込むが、家庭の事情を理由に断られた。後日、人づてに結核で亡くなったことを聞く。

一月八日（水）　小雨・後晴

きょうはもうそろそろつゐのことを考え飽き始めた。東京へ来たところで逢えればいいが、そうでなければ何にもならない。その上田舎が空っぽになったようにその魅力を薄弱化する。僕はときどき肺か肋膜をでも病んで半年ばかり田舎へもどりたいと思うことがあるけれど、そのときはつゐがいなかったらどんなに白々しいだろう。もう病気などしたくなくなった。

日本と米国の関係が次第々々に緊迫の度を加えつつある模様だ。戦争が始まったら、東京は直ちに空爆にさらされるであろう。そのときはつゐがいたらどうしよう、もっと近くなら僕は何時でもかけつけて家まで一緒に連れ帰ってやろうが、市川ではかけつけるすべもない。

昼間は小山正孝[1]と銀座で会った。

夜は石井、[2]――寺島[3]は九月から十二月まで此の本郷菊坂九四番地の野沢くら婆[4]さんの二階にいたが、横浜近くの第二世の学校の教師となって北沢の方へ引越した、そしてその後へ石井深一郎が入った。石井は鎌倉の寺に間借りしているけれど、図書館へ行く都合と称して、いわば別宅をここにかまえたわけである。

それから明石[5]が来た。十時ごろまで喋る。こういう風に下宿へもどっても殆ど自分の時間を持たない。そのあとで風呂でも浴びてもどると大がい十一時半ごろになっている。役所でもつとめて自分の時間を作ることにしているが、それでも時間は足りないばかりだ。僕のなすべき仕事は前途に山のように堆積している、本当に一日が四十時間ぐらいあっても多すぎるということはないであろう。少しでも仕事を志せば無限の時間を必要とする。

（1）小山正孝　詩人。一九一六年東京生まれ。弘前高校時代に発表した作品が『帝国大学新聞』の「高校雑誌評」を担当していた杉浦の目にとまり、立原道造に紹介される。東京帝国大学文学部支那文学科に入学後、『山の樹』『阿房』の同人となり『四季』にも執筆する。山本書店版『立原道造全集』の編集に加わり、戦後の角川版全集の編集に協力する。

（2）石井深一郎　一九一四年岡山県生まれ。生家は矢掛町の脇本陣で醤油醸造業だった。一九三一年一高文科（乙類）入学。一九三四年東京帝国大学法学部に入学。一九四一年に法律学科を卒業すると政治学科に再入学した。一九四三年に退学し結婚。満州昭和製鋼所に入社。一九四四年に応召、ソ満国境で終戦を迎えた。戦後は岡山県労務委員を務める。

（3）寺島友之　一九一三年大阪府生まれ。一高で杉浦の一年後輩。一九三九年東京帝国大学文学部国文科を卒業。学生時代に杉浦らと飲み歩き「本郷愚連隊」と呼ばれる。日本出版文化協会に勤務後、中等学校教科書株式会社に転ずる。戦後、文寿堂で教科書編纂にあたるが、一九四八年十二月事故死。杉浦の妻美知子の長兄。美知子については321頁注1参照。

（4）野沢くら　下宿の女主人。下宿は本郷菊坂九四（帝大赤門前）にあった。

（5）明石博隆　一九一四年神戸市生まれ。一九三一年一高文科（乙類）入学。伊藤律指導下の共青一高細胞に加わり、治安維持法違反で二度検挙され一九三三年放校処分。本郷の文圃堂書店で働くうちに杉浦と再会する。働きながら東京外国語学校、法政大学で学ぶ。一九三八年から国際問題調査会研究員、昭和研究会内で民族問題研究グループに所属する。一九四三年検挙、起訴。一九四四年十一月保釈出所。一九七五年『昭和特高弾圧史』（全八巻）を松浦総三と編集刊行した。

一月十四日（火）　晴

幸子が上京した。その話によると二日ほど前はつゑも恒男の母親に連れられて上京したらしい。

一昨日明石と浅草へ行っておみくじを引いたら、桂の時をえて花咲くごとくであろう、すべて願いごとが叶うのであった。そうなれ、そうなれ。

佐々木正治(1)と浅草で飯を食いながら気炎をあげた。此頃最もしばしば佐々木と会う。河合(2)が僕と佐々木と明石とを批評して三ウルトラと呼んだが、多少その気味もないではない。

（1）佐々木正治　東京生まれ。一九三〇年一高文科（甲類）に入学。在学中に伊藤律に協力して検挙される。一九三三年卒業、大学受験に失敗。徴兵検査を忌避して憲兵隊に逮捕され、市川の野戦重砲兵連隊へ入営。一九三八年東京帝国大学文学部哲学科入学。一九四三年『フィヒテとシェリング哲学』を出版。戦後生活社の編集長となる。ＧＨＱ指令で『アカハタ』の発行が禁止されると秘密機関紙『平和と独立』の印刷発行に携わる。
（2）河合徹　一九一一年神戸生まれ。一九三三年一高文科（甲類）を卒業し東北帝国大学法学部に進む。一九三六年全国農民組合関東出張所（東京）書記となる。一九三八年人民戦線事件に連座、起訴猶予で釈放。一九四〇年昭和研究会に勤務するが、翌年に再検挙され拘留される。一九四四年応召。戦後は岡山市議を務める。著書に『回想録――十五年戦争の中の青春』（日本図書刊行会、一九八八年）がある。

一月十六日（木）　晴

きょうは奇妙な日であった、何故なら高瀬に会うと――高瀬は夙《とう》の昔興亜院をやめて、年末に帰京した――、例の蘇州乙女[1]の話が出た。あの少女もいなくなった、高瀬の知合の支那人もシャオを一番いいと言ってたそうだ、何処へ行ったかは知らないが、本当に美しいといえる女であった。

そういえば今朝からして奇妙であった、毎朝のラジオ体操に出て行く。榊原さんの断髪をうしろから見たとき、シャオに頭の格好が似てるなと発見した。多分榊原さんというのだろう、他の少女が「何原さん」と呼んだのを耳にしたことがあったので、名簿を繰ると、榊原幸子というのがのっていたから。三課のタイピストである。どうして僕が此の人を気にするようになったか又暇な折に書く。兎も角けさはシャオに似てると同時に、骨が太いのをも見出した。似てるというのは後から見た髪の格好だけのことである。

それから晩飯を食いに百万石に入ると、就職相談部の井上先生[2]がいて、「例の相手はどうした？」という。千里のことである。僕は又近ごろ千里のことをしばしば思い浮かべるのがくせになった。僕の額に焼き付けられてあるのだ。殊にそれを他人から言出されると、又燃え上がってくる、燠《おき》のように。

（1）蘇州乙女の名はシャオ（蕭鶴英《シャオショクチエ》）。蘇州にあった大丸百貨店のハンカチ売り場で働いていた少女。その美しさに強く惹かれた。

（2）井上専敬　東京帝国大学文学部の就職相談部嘱託。同学部の『会誌』（一九四一年十二月）に就職をめぐる状況の変化と諸注意を書いている。杉浦は大学院時代に井上に相談したが、千里のことで地方への就職を躊躇した経緯がある。

四月六日（日）　曇・時々小雨

この十日ばかり床に入ると咳が出て眠り就けない。朝になってから数時間まどろむばかり。役所も怠けているうちに鈴木部長が企画院総裁に転任したりしてしまった。上海の及川次長[1]が後に来るが、僕はどうなるやら。これを機会に暫く休むか、上海へ転出するか、企画院へついて行くか等々。

眠り足りないので頭が重かった。二時ごろ四月に似合わぬ冷い街、雨の一とき途切れた暗い街へ、僕ははつゑに会いたかった。春になったら、農業がいそがしくなったら、帰省するというから或はもういないかも知れないと思ったけれど、僕ははつゑに会いたかった。口実として、ちせ子に土産物を委託するために、松阪屋でわずかの買物をしたが、それより何かはつゑに買ってやりたかったのだが、そうするわけにも行かなかった。僕の買物は鉛筆一ダースと袋であった。その隣にコムパクトがあったが、矢張り買えなかった。

僕はこの春になってから京成に三度も乗った、三月のみぞれの夕方には八幡まで行きながら勇気を欠いてあのコンクリートを敷いた田舎の長々しい道路を凍えてもどった。それから石井と暖かい日に西千住のあたり、あの緑町の家の前を通ったかえりも京成だった。きょうも中山まで乗越した。そして新八幡へ逆もどり。古い傾いた田舎のままの家と新しい会社員の住宅とが入れまざった貧しげな郊外の名にも値しない田舎。しかもごみごみと小家ばかり果てしもなく続いている。道で教えられたとおり線路を南に出て行くうち、ふとこういう線路の奥に「河合」という家がありそうに思えてからたち垣のあるずぶずぶのぬかるみへ入って行った。その路は直ぐ新しい道に出た、その側に魚屋があって買ってる女中らしい少女が何かはつゑに似て見えた。しかしそうではなく、目のまえを行くのが本当にはつゑだった。葱などを提げて。「はつゑ」と僕はマスクのまま大声で呼んだ。はつゑは立止ってふりかえったが怪訝な顔をした。僕が目鏡をはずすと分った。「目鏡をかけとるので誰だ知らんと思った。」僕はちせ子のものをたのんだ。はつゑはお礼を言う。もう家へ帰るのかたずねたら、家からは帰れと言って来たが多分帰らないだろうと言った。東京弁とまぜこぜで変な言葉だった。踏切を北へ越すと新道は丘の松林の立ってる方へ走っていた、その上の方にはつゑはいるのであった。僕は、しかし、それ以上行くのをためらった。「東京へ行ったか」。はつゑはうなずいた。踏切のところで「左様なら」と僕は別れた。それだけであった。

はつゑを僕は始めて見たのだった。はつゑはふとって顔がよがむほどだった、そして指も凍傷でひどくふくれていた。僕は細そりとして可愛らしい女中さんだろうと思ったのに丁度その反対であった。そして自分のそういうことを気にかけてもいなかった。はつゑはこんなに醜い少女だったろうか、僕はいつも夕ぐれにばかりはつゑを見ていたのであろうか。

だが競馬帰りの混雑せる電車の中で疲れた頭にいつの間にか昔どおりの細々とした牝鹿のようにしなやかなはつゑが浮んで来て、先刻見た姿を完全に消してしまった。

（1）及川源七　中将。一九四〇年四月華中連絡部次長、一九四一年四月に鈴木貞一に代わって興亜院政務部長兼総務長官心得となる。一九四七年十一月第二三師団長に転じ、一九四四年三月に予備役。著書に『趣味の日清日露戦史』（江戸書院、一九二六年）。

四月十日（木）　曇・時々雨

はつゑを訪ねて行った、あれ以来僕はすっかり何もかも失ってしまった。生きたはつゑはもう僕の中にいない、その代り幻のはつゑが育っている、これはいつか結晶するであろう、時間さえ与えられれば。

きょうは又役所を休んだ、そして午後伊太利文化会館に絵画展覧会を見に行った、まるでなっていない、現代イタリアは全くだめだ。夜は石井が僕と幸子とを御馳走してくれた。福井[1]が田舎で結婚して始めて上京した。

僕はレオナルドを翻訳する、何のため？　出版して金をもらうために。それは何のために？　本を買うために。それは何のために？　僕の創造の生活の準備として、それではその生活は何時来るか？決して来ない、来るものか、僕には生活なんてない、何もない、八十円の手当をもらってる役所の嘱託にすぎない。そしていつになってもそれ以外ではない。

（1）福井研介　評論家、翻訳家。一九〇八年岡山県生まれ。一九二六年から二九年まで『赤い鳥』の童謡投稿家として活躍する。杉浦と知り合った当時は文圃堂書店で働いていた。一九四〇年に東京外国語学校専修科露語を卒業し、外務省の嘱託、ついで職員となった。一九四六年三月に退職。ロシア児童文学の翻訳紹介につとめた。

四月十一日（金）晴

うらがなしく桜は輝いているけれど、僕の絶望は果たして本物になった。僕は支えを失ってしまった、日々抱いて育てて来た少女が僕から立去った、その後には何もない、空っぽだ。僕はいつゑを訪ねて行くことを空想していた、それは僕のアヴァンチュールであったろう、僕の生活の遠い一点に焦点が存在しえたのだった。もうそれはない、それはなくなってしまった。

僕は今や創作によってだけ救われる。しかもそのために一分間の時間も持っていない。

四月十二日（土）晴・後曇

僕をむしばむ暗いかげは本ものだ。僕を和紙か何かのようにぼろぼろに食いつくす。長い間おさえていたのに、ふとしたはずみで堤の一角が崩《く》えたのだ。

本をよんでも、矢たらに腹がたつ。いまいましい。ジルソンの「中世ヒューマニズムと文芸復興」とメレシュコフスキイの「永遠の伴侶」も僕の肝臓を悪化させるばかりであった。ジルソンなどをいい本だなどといった三輪[1]まで引っぱたいてしまいたいようにいらいらしかった。

ともかくぐったり疲れてしまった。

（1）三輪福松　美術史家。一九一一年静岡県生まれ。一九三八年東京帝国大学文学部美学美術史科を卒業し、医学部附属図書館に勤務。戦後、第一回イタリア政府留学生としてフィレンツェ大学に学ぶ。東京学芸大学教授。アルベルティの『絵画論』の翻訳を一九七一年に中央公論美術出版から出版した。

四月十四日（月）　曇

何ものかが私をかりたてて街をさまよわせる、拡張されてまだ土の荒れたままの、そして真中に電柱が倒れかかって列っている夜の街を、坂の上へ志して行く。どこに僕の憩いがある？

立原[1]の散文の校正をしたが、そのニイチェぶりが憤ろしかった。けちな根性だ、何だってニイチェやヘルデルリンの馬鹿と一緒にうろつかなくてはならないのだ。彼は詩に向うとそういう卑しい政治的なものを忘れていたからよかったが、散文には身のほど知らずな弱点の空威張りが、貧しい生活を蔽うために、網目のように織出されている。

佐々木に会い、小山に会う。しかし僕は誰に会いたいのだろう。

（1）立原道造　詩人、建築家。一九一四年東京生まれ。一九三一年一高理科（甲類）に入学。一高短歌会で杉浦と知り合い、共に文芸部員として『校友会雑誌』の編集にあたる。東京帝国大学工学部建築工学科に進み、在学中に『偽画』『未成年』を創刊する。堀辰雄に親炙するが、やがて日本浪曼派へ接近する。一九三八年旅先の長崎で喀血し、武基雄（72頁注1参照）の実家で手当を受ける。帰京して東京市立療養所に入所するが、一九三九年三月二十四歳で亡くなった。堀辰雄が尽力した遺稿出版に杉浦も協力した。この時校正をしていたのは、『鮎の歌――立原道造散文集』（山本書店、一九四一年）。

四月十七日（木）　晴

漸く春も半ばすぎた。冬から一とびに晩春だ。まるで僕のようだ。鈴木総裁と及川部長との事務引継が順調に行われなかったため、僕はいわば置き忘れられ、従って役所の何処にも体の置場所がなくなってしまった。

待っていた何一つおこらずもう今年も三分の一が終る、もう青春ではない、しかも何と空しく送ってしまったことだろう。悔いても帰りはしない。僕には不運がつきまとっている、しかもわずかのはかない幸運とが一緒に。

不安は夜半まで僕を追ってくる。夜の眠りが苦しい、殆んど昼間を純心理的に再現拡大してくれる。そして少女などは決して現れなくなってしまった。

立原の「風立ちぬ」を校正する。二十頁ばかりでうんざりした、何てばかなことを、又もったいらしく書いたものだ。今生きていたらひっぱたいてやるところだったのに。

四月十八日(金)　曇・夕立

濠端に草が一ぱいに葉をひろげ、小さな白い花まで咲かせた。もう田舎へ行くこともない、私はどんなに草の花をあの小鳥たちのさえずりを、そしてやがて五月になると色さまざまの若葉の中に咲く樹の花を、どんなに愛したことだろう。矢張り胸がしめらるれような気がする。それもしかしもう遠い昔のことのように思われる。すべては過ぎた、もう終った、何もかも、そういうことを何かが私に確信せしめる。「一つの小さな花束のゆえにすべての花が私に溜息を吐かせるであろう。」こともなくなって行く。本当に何もかもおしまいだ。長い、暗い、退屈な生涯だけが残っている。私は、充分に生きた、もう眠りたい、と言って死ぬことを一生のねがいとしている。しかしまず青春時代は失敗した、私は清らかではなく空しい思い出をふりかえることになるであろう。それならそれのつぐないに安らかな生活が待っていてくれればいいが、前はもっと暗澹と曇って暴風雨をはらんでいる。

濠の浅瀬に魚が背を立てているらしく水が動いていた。そして小鳥もその辺りを歩きながら水を浴びていた。今や人間であるよりも魚か鳥である方がいい。私は水の中を泳いでいる魚を憎らしくなる。きょうの一日も何一つ待ちあこがれてることは起らなかったし、待ちあこがれてる少女も見えなかった。誰が私の前に現れるであろうか。

本をよむのも飽きた。もう印刷をなめるのは腹一ぱいだと目がいう。本当にそうだ。本をよむのも飽きた。

立原の校正をして今日も怒る。「風立ちぬ」の終りでやってる保田[1]の尻馬へ乗ってのファシズムへの奉仕はきたならしい。醜悪だった。

（1）保田與重郎　評論家。一九一〇年奈良県桜井町生まれ。大阪高校を経て一九三四年東京帝国大学文学部美学美術史科卒。一九三五年神保光太郎、亀井勝一郎らと『日本浪曼派』を創刊。昭和十年代に『日本の橋』、『戴冠詩人の御一人者』『後鳥羽院』などを次々に発表して、時代を代表する評論家となる。戦後公職追放。

四月二十三日（水）　曇

又寒く三月終りの気候にもどる。

午後上野の博物館へ。若芽が萌えて木々は花時よりも美しい。博物館の中で、千里の母親に似た老婦人に会った。髪を切っていたし、声も似てるような気がした。丁度兄嫁ぐらいの婦人と、も一人知らない三十前後の男が一緒だった。ひょっとすると千里が癒《なお》って結婚したのかも知れない。しかしその老婦人が本当に千里の母親だったかどうかは確かでない。その人は僕がソファに休んでいると向合いのソファへ腰をおろして少したつと去ってしまった。
それから新国宝の特別陳列を説明する人の周りに十人ばかりの若い婦人が集っていたが、その真中に小柄な洋服の女性は何かしら上流らしく、僕たちと縁の遠い、それだけあこがれをそそる人であった。しかしそんなことを書いたとて何になろう。

四月二十四日（木）　晴
昼丹下[1]に会う。
役所に僕の席がない。とうとう支那出張の日程を作る。

（1）丹下健三　建築家。一九一三年堺市生まれ。幼少期を漢口、上海で過す。広島高校理科（甲類）を一九三三年に卒業。一九三五年東京帝国大学工学部建築工学科に入学、一学年上に立原道造がいた。一九三八年卒業すると前川国男建築設計事務所に就職、岸記念体育会館などの設計を担当。一九四一年東京帝国大学の大学院に入り都市計画を研究する。敗戦後東京大学建築科で研究、教育にあたる一方、建築家として活躍。

五月四日（日）　雨・後晴
石井と浅草から本郷まで見知らぬ路を廻りながら歩いた。

十一月十日（月）　曇
五月から十一月九日までは別のノートに記してある。

朝発つ前に鴨を煮る。ぜいたくな十日間の生活はこれでお終い。又東京の生活。

バスの中で小説を仮構するのはよい。かつてまざまざと浮んで筆をとる時間だけを待っていた「田園」はもう涸れてしまったので、これをばらばらに解体して、そのうち改めて役に立つ部分だけを拾い出す。私は二十才にして、否二十五才にして日本を驚倒さす小説家たらんことを期したのに、今正に三十に垂んとするに、二、三の知友の間においてしか認められない。何か人気をあつめ、かきたてるべき要素を欠いているのにちがいない。それは臆病さか。自分の生活を泥あくたの中に投げ込まなかった卑小さか。――すべての刃をおのれに向けよ。

豊橋の古本屋を歩きまわったが、これというものなし。

午後七時半新橋から本郷へ出た。

東京へ来ると、忽ちはつゑもとみ子[1]も後退して色褪せる。私はちがった、もっと輝かしいものを欲する。そんなものはないのに、否あったところで私の力の及ばぬところであるのに。

私は自分を半ば失敗させたこの社会を、自分のゆえに憎悪する。この不幸な日本に生れたことを憤る。

下宿には田宮[2]と竹村[3]よりハガキ来ている。向山[4]はまだ。

家よりもたらしたる饅頭と姉の作ってくれたドーナツを並べ、コーヒーを沸かして、石井、阿部兄弟[5]としゃべる。

（1）鈴木とみ子　福江町古田の少女。清田尋常高等小学校を卒業。

（2）田宮虎彦　小説家。一九一一年東京生まれ。三高を経て一九三三年東京帝国大学文学部国文科に入学。

杉浦と『帝国大学新聞』編集部で知り合い終生の友人となる。卒業後は都新聞に就職するが、無届集会で検挙され、以後職を転々とする。小説家志望だった田宮は『日暦』、『人民文庫』に参加し戦中も書き続け、戦後『足摺岬』『絵本』『銀心中』などで注目される。

（3）竹村猛　仏文学者、翻訳家。一九一四年長野県出身。一九三一年一高文科（丙類）に入学。一九三四年度の文芸部委員として活躍し、在学中に『未成年』創刊に参加。一九四〇年東京帝国大学文学部仏文科卒。一九四一年一月応召するが病気で召集解除となる。同年十月台北高等商業学校講師となり、以後台北で教鞭をとる。戦後、東北大、埼玉大を経て中央大学教授。

（4）向山寛夫　一九一四年栃木県生まれ。新潟高校を経て一九三七年に東京帝国大学法学部に入学。東京学生消費組合に参加し磯田進らを知る。一九四〇年に華興商業銀行に就職し、翌年蘇州支店に転勤。上海出張中の杉浦と太田克己の紹介で知り合う。戦後、中央経済研究所を設立。元国学院大学法学部教授。

（5）阿部幸男、玄治兄弟。ともに群馬県生まれ。
兄幸男は一九一九年生まれ。一九三九年東京帝国大学文学部社会学科入学、『帝国大学新聞』編集部員となる。一九四二年卒業と同時に出征し、一九四六年四月に帰還。戦後読売新聞社に勤務。
弟玄治は一九二一年生まれ。一九四三年東京帝国大学文学部西洋史学科卒。一九四三年日本出版協会教学科に就職。翌年田宮虎彦の紹介で東京歯科医学専門学校生徒主事補に転じる。戦後千葉大学教授。兄弟の共訳に『ロシア新聞史』（未來社、一九七四年）がある。

十一月十一日（火）　曇

九時半と思って眠りつづけると十一時半であった。又きょうから東京のせわしい一日である。道行く人々の間にちらりと認めたおもかげから湧出すようにありありと作られるのはシャオのまぼろし。これより美しい美しさがありえるであろうか。あの息づまるようにあれを見凝めていた瞬間が再現する。

きょう一日もいそがしくすぎた。しかし私に何が残ったか。空であった、無であった。夢さえ美しいものはおとずれて来ない。そうだ、そういう腹の中が空虚になったとき、私はふとはつゑを欲しくなる。はつゑにきめろ、わが心。美しさもかしこさもあきらめろ、ハイネのように女房の尻に敷かれろ。

日伊協会(1)からもらった二百円が私をそんなによろこばせないのは何故か。この金をもって何をしよう。私は土方氏(2)と佐々木と石井に支那料理を御馳走することを約束した。明石をも加えようと思うのだが、明石はしばらく何処にも姿を見せぬという。十日も現れないというからには或は何かあったのかも知れぬ。私は同時に自分に累が及ぶことを小心翼々恐怖している。このエラスムスめ！　小指に火傷負うことにさえちぢこまるぐらいで、何か大きな仕事に対処しうるつもりなのか。このエゴイスト、お前は友人のことより自分自身のことを気づかっているのじゃあないのか。

夕方は上野へ廻って古本屋を歩く。読みもしない本、読んだって面白くも何ともない本などを何故買って歩くのか。これだけだ、これだけで私は自分を慰めようとしている、しんじつ、本屋を見ている間だけは私はかなしさを忘れる、本を読むより本屋の棚を見ているときの方が何十倍たのしいことか。もう下宿へもどるといやになる。光の中にさらされて灰色になった「青い鳥」のように、薄汚なく、くだらない印刷活字の並んでいるのにすぎなくなる。私はそれを一ぱいつまって本の上しか明いていない本立の中にねじこむようにする。

(1)　日伊協会　一九四〇年八月創立。前身は日伊学会（一九三七年創立）。銀座教文館ビルの五階にあった。

二百円は機関誌『日伊文化研究』に掲載された翻訳「サケッティ小説集」と評論の原稿料。同誌の編集は、文部省、情報局からの補助金があり、内容的にも比較的自由であった。

(2) 土方定一　評論家。一九〇四年岐阜県生まれ。水戸高校から東京帝国大学文学部美学美術史科にすすむ。高校、大学時代に詩誌『銅鑼』『歴程』に参加。帝大卒業後ベルリンに留学するが胸を病んで翌年帰国。興亜院嘱託を経て北京燕京大学内華北総合研究所研究員。戦後は評論家として活躍し神奈川県立近代美術館長も務める。

十一月十二日（水）　晴

一晩中寝ぐるしい。夢を見る。とみ子が出てくる。運動場の穴に落ちて怪我をするのである。その夢と次の夢の間はうつうつと覚めている。そして女の幻がつづく。私はそんなに性欲に圧迫されているのであろうか。朝何時であるかをも知らずに目を覚ますが、何か深い穴の底から日光の中に這い出たような気持である。

　そして昼のあいだ、あの少女の幻が私の胸をいたくする。本当に疼《いた》い。二度と会うことはあるまい。あの少女が何故もう一人いないのか。

　夕方寺島、樋口(1)と会う。一緒に末広のすきやきを食いに行ったが、三人のうち二人分は牛肉、あと一人分は魚肉のすき焼を食わされる。何という馬鹿な世の中だ。

　少し飲むつもりだったが、樋口に用事があるのでアララギ発行所(2)へ赴く。途中、先日樋口、曾根(3)と飲んだ夜、意識を失ったのちの行動を聞いた。私はビヤホールを二軒、そのあとでニュウヨークという特殊喫茶へ入ったことまでは覚えていたが、それからロンシャンとかアムステルダムとかエスパニヨーロに行ったことは覚えていなかった。殊にエスパニョーロは、常にコギト一派(4)が出入しているバーなので、その表で「保田與重郎出て来い。俺の前で法螺を吹いて見ろ」などとどなったと聞いて慄然とした。ああいう連中を相手にしては、あぶないのだ。

下宿へもどると十一時。きょう一日も無駄に終った。

昼間明石の下宿に寄って見たら、居ることは居るらしかった。

（1）樋口賢治　一九〇八年北海道生まれ。小学校の代用教員を経て早稲田第二高等学院に入学。一九二八年アララギに入会し土屋文明に師事する。一九三四年早稲田大学国文科を卒業。一九四一年田中四郎のすすめで日本出版文化協会に転職。一九四五年七月日本出版協会北海道支部に赴任する。戦後アララギの北海道機関紙『羊蹄』を発行する。

（2）アララギ発行所　当時は赤坂区青山南町六丁目二一番地にあった。『アララギ』の発行、発送にかかわる事務作業を行い、毎月一度選者の面会もここで行われた。土屋文明の自宅はごく近くにあった。

（3）曾根光造　一九二八年から『アララギ』に土屋文明選で歌が掲載されている。

（4）コギト　保田與重郎らが一九三二年三月に創刊した文芸雑誌。日本の古典とドイツロマン派を軸として民族的古典美を追求した。亀井勝一郎、高村光太郎、芳賀檀、神保光太郎らが寄稿。立原道造も一九三五年九月から寄稿した。一九四四年九月終刊。

十一月十三日（木）　曇・夜雨

矢張り何か女の夢を見た。昨夜銭湯で目方を計ったら十二貫六百あった。体の調子がよいとそういう欲望が湧くのが当然であろう。そのために結婚が必要となる。人々が結婚をついしてしまうのはこういうときの心理からでもあろうか。

日伊協会から来た二百円を引出した。

役所で聞くと、蘇州も治安が悪くなって戒厳令を布いているそうだ。蘇州という言葉は私をなやましくする。あの少女はどうしているだろう。私はまだ一度も書かなかったが、蘇州にいたとき、写真を二度目に断わられたあと、私は何度も遠くからシャオを眺めた。

シャオは売場に立って前を向いていた。そのときである。この少女は一体毎日こうして何を考えているのだろう、その頭の中をどんな思想が去来しているのだろう、と私はふっと思った。すると、この少女の目がガラスのように外界を映しては忘れて行くだけのような気がした。マネキン人形のような気がした。余り美しいほど、不愉快な気持に襲われた。思想にせよ感情にせよ、生きていないのではないか。こういう日本人のポスターみたいな仕事に使われているのが、私には不快に感じられて来た。そしてその後もあのぼんやりならまだしも、人形のように立ってるのを思い起すといい気持はしない。女が笑ったり物を言ったりするのは美しくほれぼれするけれど、ああいうのはよくない。

夜、寺島、樋口、松原(1)、小暮(2)と飲む。かつて松原周作の結婚式のあとで立寄った特殊喫茶のニュウ・タイガーに、そのとき猫みたいな少女がいたので又行ったが、もういなかった。こういうところに働く女全体に対して私は同情をもちえない。働くとはいうものの、何か知ら汚ならしさが抹消されえない。労働する女は大がい美しいがこういう飲食店ばかりは別である。しかし結局三十円も払ってあとで長いあいだ残念でならなかった。

(1)松原周作　旧姓菊池。小学校教師。杉浦のエッセイ「新生館時代」に登場する。一九三一年から『アララギ』に中村憲吉選で掲載されている。戦後に歌集『あをぐも』(羊蹄発行所)を出版。編著に『小学4

年生の読書指導』（岩崎書店、一九五七年）がある。

（2）小暮政次　歌人。一九〇八年東京生まれ。東京府立一中卒業後三越呉服店に入社する。大阪支店時代にアララギに入会し一九三四年から土屋文明に師事する。希望して東京本店に転勤した。一九四五年一月に応召し旧満州国境近くで終戦を迎えた。一九六二年から『アララギ』の選歌を担当した。

十一月十四日（金）　雨・後晴

朝小山が来た。小山はすっかり短歌、特にアララギのファンになって近ごろは歌集や歌の雑誌ばかりよんでいる。小山のようなのは私と逆に歩むかも知れない。

日米戦争が本当に始まりそうなので、皆そんな話をしているが、戦意をもっていない。デスパレートであり、むしろ茫然としてなすところを知らないもののごとくである。誰も切実な不安を感じていない。何かうそのような気がして、負ける感情が信じられないでいるようすである、必ず負けると信じながら。

戦争はいいものではない。私もちっとも歓迎しない。しかし腫物がはぜるようにもうそろそろこのたまった膿が出てすがすがしくなってもよいときだ。しかし一方には未来を覆っている暗い大きな不安が立ちこめている。

明日のことを誰が知ろう。

土方氏、佐々木、明石、石井に大雅楼(1)を馳走する。これで三十五円つかった。三日で丁度八十円消えた。しかし十二月一日から諸税があがるから、今のうちに使ってしまう方が金の値打が有効である。五人でさんざん馬鹿話をした。須田町の万惣まで出て別れた。目方を計ると今日はまだ腹に飯が入っているためか十二貫八百もあった。

森(2)が北京へ出張する、蝋石を依頼する、増田さん(3)に彫ってもらって、レオナルドの検印に押す予定である。しかし戦争が始まったら本どころではないかも知れぬ。

寺島と昨夜話したことを思い出すと、寺島は賢いにもかかわらず、現代の社会の基礎をつゆうたがわないのに驚いた。改良意見はもっている、しかしそれが不可能であり、たとえ可能であっても弥縫策にすぎないことを知らない。そしてとどのつまりはラッサール主義者かエピキュールの位に陥ちつく。これは彼の致命的な点だが、どうしてか彼はこれを超えようとはしない。

(1) 大雅楼　神田神保町すずらん通りにあった中華料理店。
(2) 森　未詳。
(3) 増田渉　中国文学研究者。一九〇三年島根県生まれ。東京帝国大学文学部支那文学科在学中から佐藤春夫に師事し中国小説の翻訳を手伝う。一九三一年上海に遊学して魯迅の教えをこう。帰国後は魯迅を中心に中国文学の翻訳に力を注ぐ。一九三九年から興亜院奏任嘱託となり、大東亜省を経て外務省に勤務する。戦後は大阪市立大学、関西大学教授。

十一月十五日（土）　晴

ふと目をさまして新聞を開くと、見よ、第二国民兵(1)も召集されることになっている。今までは戦争は空襲でもないかぎり他人事であったが、今日からは身に迫って来た。そのときのことを思うと、悪寒を覚える。私は三十年間殆ど何も肉体的訓練を施すことがなく、そういう機会を避けて来た。そのため今では百メートルさえ走られない。昔は心臓の脈拍が不整であったが、今朝胸に手を当てて数えても少しも狂っていない。すっかり直ってしまったのであろうか。これでは何ともことわる理由が成立たない。それに昭和十一年度の受験者[2]はまず第一番に呼出されそうなおそれがある。そんなことを考えていると、もう眠られなくなった。いやな世の中だ、一旦約束しておきながら、平然とそれを無視するのである。こういうやり方にいつもむかむかしているのだが、自分に切迫するとなおさら憤おろしくなる。

腹が空《へ》っても、食うものもない。飯の時間もついおくれると、食えなくなる。魚も肉も野菜も足りないばかり、一たい何が残るか、われわれに。やがて生命もお取上げになる。

昼の間本郷をうろうろしていたが、人に会わぬので夕方浅草へ出た。そして観音さまにシャオのことと、自分が呼出にあずからぬように祈った。それから古本屋を見つつかえる。

本郷で、日伊協会の菅原、[3]永井[4]に出会う。

シャオの幻はいまだにしばしば浮ぶ。たぐうべきものもないほど美しい。あんなに美しい少女が世の中にいるのに、何故私はそのそばにいられないのだろう。この目であの美しさを実際見たことがありえたのだろうか。それは幻想ではなかったか。

（1）第二国民兵　徴兵検査で体格、健康状態から丙種合格とされた者。現役徴集対象外だが、兵役義務は満四十歳（一九四三年兵役法改正で四十五歳）まであった。太平洋戦争末期になると乙種への繰り上げが行われて召集された。

（2）徴兵検査受験者の意。徴兵検査猶予の特典は大学卒業とともに喪失。杉浦は一九三六年に検査を受けて丙種合格だった。

（3）菅原芳郎　一九三六年東京帝国大学文学部美学美術史科卒。摩寿意善郎、平田耕一、荒正人らと同期。

卒論は「近代悲劇の研究――特にストリンドベリイを中心にして」。一九四三年に茂串茂との共訳で『文芸復興シエナ及ウムブリアの画家』（アトリヱ社）を出版。

（4）永井善次郎　佐々木基一の本名。評論家。一九一四年広島県生まれ。山口高校から一九三〇年東京帝国大学文学部美学美術史学科に入学。学生消費組合の『図書評論』編集に加わる。同組合の帝大正門前店に毎日現れ最も本を購入していた杉浦に注目する。一九四〇年日伊協会に入り『日伊文化研究』の編集長となる。戦後『近代文学』創刊同人。佐々木のすすめで同誌に連載した「ノリソダ騒動」で杉浦はルポルタージュ作家として注目される。

十一月十六日（日）　晴

朝猪野[1]が来た。十二月に兵長になるかも知れんと言った。埴作楽[2]はアパートを見付けたので、細君とそちらへ引越した。

生田[3]が来たので、石井と三人で上野の麦とろから、三鷹の生田の家へ行く。生田は母と二人ぐらしである。電信柱ばかり高く長くつらなっている郊外町。人々は鶏小舎のような家に巣をいとなむ。生田の案外《ママ》で森鷗外の墓から深大寺まで散歩する。武蔵野で美しいのは欅の並木、あくまで高く伸びている。住宅営団とかいうおかみの組合が掛声高くこしらえた集団住宅というのが、大根畑の彼方に満州の塚か何かのようにうずくまっている。正しく醜態である。こういうものによって住宅問題などが解決されうるものではなく、民衆の生活を保証することが先決問題にならねばならぬ。日本人は日本の家、「せまいながらも楽しい我が家」の幻を植付けられ、肝心の問題を忘れるように教育されている。小市民的な、余りに小市民的な風景が私を絶望させる。自然はいかに美しかろうとも人間によって生命を吹込まれる。

二時間あまり歩いて、飲んだウィスキイがよく利いた。生田は私を「意識しないヒューマニスト」と名づけた。そんなところかも知れぬ。ウィスキイがまわると私は支那が恋しかった。

下宿へもどったのは十一時半。まだ向山から返事が来ない。しんじつ私の待つものはそれだけである。向山はシャオの写真を必ずもらってくれると約束したが、もう当てにしていない。しかもなお待つ。

（1）猪野謙二　近代文学研究者。一九一三年仙台生まれ。一高で杉浦の一年後輩。東京帝国大学文学部国文科在学中に『偽画』『未成年』の創刊に加わる。一九三八年に結婚。一九三九年応召し衛生兵として東京陸軍第二病院（世田谷）で五年あまりを過ごす。戦後、猪野は近代日本文学の研究に力を注ぎ、神戸大学教授を経て学習院大学教授。猪野の友人の多くが岳父の経営する京華学園に職をえて戦中、戦後の困難な時期を乗り越えた。

（2）塙作楽　一九一三年東京生まれ。一高で杉浦の一年後輩。一九四〇年東京帝国大学文学部東洋史学科を卒業し、茨城県立日立中学校教師となる。一九四一年十月南洋貿易協会への転職のため一月あまり杉浦と同じ下宿に夫婦で暮らした。戦後、伊藤律の紹介で岩波書店の『世界』編集部に入る。一九六一年に退社。茨城県歴史資料部長などを務める。

（3）生田勉　建築家。一九一二年小樽市生まれ。一九三一年一高理科（甲類）に入学、立原道造と同期だった。この頃三木清に私淑する。一九三九年東京帝国大学工学部建築工学科を卒業し逓信省に就職。堀辰雄を中心とする山本書店版『立原道造全集』の編集に参加。一九四四年に一高の図学教師となる。戦後は東京大学教授。

十一月十七日（月）　晴

役所で土方先生が森といさかいをした。土方氏はよくやる。話のおこりはこうである、——森が今度の出張で青島へ行くというと、土方氏は青島の何とかホテルに泊まると三階のベランダで煙草を吸いながら青島の市街全体と海とが一目に見渡されていいと言った。どうもそういう趣味はないからと森が言った。「じゃあ何を見てくるんだい。少し体験したら、そういうことのよさが分るよ」「だけど、土方さんが体験してるようには思えんな」と森が言った。「何を言うんだい、君なんか体験したことがあるのかい」「どうかしらんが、土方さんはちっともそういうことをしたことがあるとは思えん」「赤いパンフレットの一冊か二冊読んで何か分かったようなことを言うなよ」「その言葉は僕たちから土方さんたちの時代に差上げたいのだ」「何を生意気を言うんだい、君は僕がどんなことをして来たか知ってるかい」「土方さんだって僕のして来たことを知ってるのか」「他人のことを余計な批判するなよ。僕はともかく君などより長く体験をして来たのだから。」土方氏は少し蒼くなって早口に言った。どうしてこんなに腹を立てるのか僕には分からぬ。多分我侭なんであろう。我々は何よりも忍耐することを、時節まで歯を食しぼって待つことを教えられたのに、土方氏たちはこんなに自分の気持だけを活かそうとする。このために彼の世代は失敗した。私には森の中に同感するものがある。彼はまだナロードニキであるとはいえ、耐えることを知っているから。

銀座へ出てコーヒーを飲んで帰る。混合う市電の中、ふと前の吊革につかまってる十七ばかりの少女の横顔がシャオのように見えた。まさかシャオが和服を着てこんなところに立っているはずがないけれど、恐らく和服を着たらこんなであろうと思われた。しかし正面から見ると眉の下った、むしろ千代[1]に似た少女であった。美人というのではなく女学生らしい可愛らしい少女であった。私は肴町まで古本を見に行ったが、その少女も肴町で降りた。私が電車道の古本屋へ立寄ったのち、駒込林町の本屋へ往復とも、その少女が友だちらしい女と歩いてるのを見た。しかしシャオと同じでないからには何であろう。

夜になると腹が空って何か食いたい。しかし外へ出ても九時すぎるともう何もない。今夜は焼鳥屋へ入ったが、小鳥は何もなかった。

（1）権田千代　豊橋中学校時代の親友権田忠雄の妹。初恋の女性。

十一月十八日（火）曇

今日は向山から葉書が来た。しかしあの少女の写真については一言もふれてなかった。

「……あの子は病気も治ったらしく相変らずセイソな姿を大丸に見受けます。そして顔を合せる度ににっこり笑ってくれますが、心なく君のことを質ねてもくれませんので友の為毎日残念に思っています。君の渡支実現の頃は目下急速に変転しつつある中支の情勢は内地以上に悪化し、君と彼女の恋を結ばしめることは或いは不可能かとも思う」

これは私のアキレス腱であった。私はこれ以外の返事がありうると考えられなかったのに、矢張りもっと色よい返事を待っていたのであった。こんな葉書だけでは何にもならなかった。むしろ私の気持は一層深くむすぼおれた。あの少女が病気だなどということも向山先生は教えてくれなかった。写真のことは何とも言っていない、あんなに約束しておきながら。私は少々向山先生を恨み、それから少々ならずねたんだ。あの子に笑ってもらえるなんて、それ以上のことが此の世の中にありうるであろうか。

夕方樋口に会ってレオナルドの出版についてたずねたが、せいぜい千部位の紙しかくれそうになかった。つまらぬ本屋をえらんだので、結局こんなことだ。

福井に会ってから本郷に帰る。

そういえば高橋嘱託[1]が中支那振興会社の調査部に一度話して見てくれると言った。戦争が始まろうがどうあろうが、私はあくまで行かなくてはならぬ。

日米交渉は一、二日の中に明かになる。そして何処でも正に戦争が始まることを知っている。しかし、この圧迫する空気に対する自棄的な気分は一ぱい立上っているが、戦争へと奮起する人はない。

（1）高橋嘱託　未詳。

十一月十九日（水）雨

家へ帰ればはつゑが待っている。私はかつてゆめみた、はつゑに愛されることを。それが、今実現している、はつゑの気持が乙女らしい定まらぬもので、一度嫁にゆけばそれで忘られてしまうほどのたよりないものであるにしても。私は少女の愛に飢え、欲した。けれど、私はもっと遠くをあこがれる。海の彼方に私のことをもはや覚えてもいないであろう支那姑娘の方を。この私の夢は実現しがたいことが一日々々明かになる。するとそれだけ私は身をこがす。

太田[1]と国友[2]から便りがある。又寺田[3]の妹からも寺田からの委託品があったから送ると住所を問合せて来た。――これは役所に電話で。

雨が降っている、昼飯を本郷で食って役所に行く、役所で二時間ばかり本を読んで、四時が来ると、土方氏と銀座に出る。そしてビーコンでコーヒーを飲んで別れる。これが毎日の日課だ。きょうはコロンバンまでついて行き、別れると五時だったのでビアホールに入ったが、一人でのむビールは苦くてまずかった。そして二杯のビールに酔うと目の前には又してもシャオの幻が立つ。本当に思いというものが通じるものであればいい、おもいが届くものであればいい、空間を超えて。

アララギに行く、吉田さん(4)から歌集をもらう。

昨日アリストパネスの「蜂」が出たので今日はそれが私の唯一のよろこびであった。私は二、三度笑うことさえ出来た。

(1) 太田克己　大分県生まれ。大分県竹田中学卒。一九三一年一高文科（甲類）に入学。寮で同室だった森敦から影響を受ける。一九三五年東京帝国大学文学部国文科に入学、梅崎春生らと『寄港地』を創刊。大学卒業後、上海の居留民団の日本高等女学校に就職。戦後、新生社勤務を経て都立高校教諭。

(2) 国友則房　一九一一年熊本県生まれ。県立熊本農業学校卒。一九三一年一高文科（丙類）に入学、勤勉な生徒だった。文学を志し学内誌に投稿、立原道造と並ぶ詩人として向陵の注目を集める。『未成年』創刊に加わり、一九三五年京都帝国大学文学部国文科にすすむが、翌年文学に訣別して東京帝国大学法学部に再入学する。戦後は、農協とその連合会の組織経営の整備にあたる。

(3) 寺田透　仏文学者、評論家。一九一五年横浜市生まれ。一九三一年一高文科（丙類）入学、国友と同級。ラグビー部に所属した。一九三四年東京帝国大学文学部仏文科に入学。『未成年』創刊に参加するが、立原との対立が一因で終刊となる。大学卒業後、外務省嘱託を経て水野成夫の誘いで大日本再生製紙株式会社に就職。一九四一年召集され東満州国境に送られた。妹から届け先の問合わせがあった委託品は戦地から送られたもの。寺田は病気のため召集解除になり復職。戦後一高教授を経て東京大学教授。
（4）吉田正俊　歌人。一九〇二年福井市生まれ。三高を経て東京帝国大学法学部卒。石川島造船自動車（後のいすゞ自動車）に就職。一九二五年アララギに入会し土屋文明に師事。昭和十年前後のアララギの新風を代表する歌人の一人。戦後、『アララギ』の選者、発行人となる。杉浦がこの時もらったのは吉田の最初の歌集『天沼』。

十一月二十日（木）曇・夕立

十一時半まで眠っていると目覚めが不快だ。毎夜三時四時まで起きているので仕方がないのだが。沢山の夢を見るが、目をさますと忘れてしまう。せめて夢なりと会いたやと思えど、朝まで記憶していないぐらいだからつまらぬことばかり見るのである。半ばうなされるのである。

小山が図書館の昼休みに寄る、卒業論文の提出までにあと十日しか残っていない、という。そうだ、十一月ももうおしまいだ。そして一ヶ月たてば来年だ、私も三十になる。何とおろかしく三十を迎えなくてはならぬことだろう。——小山が来るといつもこのごろはアララギのことばかり話す。自分は出てしまったが、しかし私の本質を形づくる多くの分子がアララギによって与えられたものであることを私は決して否定しない。現実に根を張ること、これである。ともすると、ローマンチストにまきこまれた私を失わせなかったのはこれである。生来ロマンチストであるゆえにリアリストの限界を知り、リアリストと身をなしたがゆえにロマンチストの欠陥を体験している。

夕方日伊協会に寄って、菅原、福永[1]とミュンヘンに出て飲む。私のことを毒舌家という、そういう定評なのだそうだ。だが私などは切抜を読返して見ると何と貧しい才能だろう、ハイネとくらべるがいい。私のは単に文壇的儀礼をわきまえず、ありのままを文学的に表現するのにすぎないのだ。こんなことが日本では毒舌として通用する。政治的な毒舌が一つとしてはかれない国だから、これも亦仕方ない。

阿部兄弟、石井とコーヒーを沸かして飲む。

（1）福永武彦　小説家。一九一八年福岡県生まれ。開成中学から一九三五年一高文科（丙類）に入学。文芸部委員として活躍する。福永の作品を杉浦は『帝国大学新聞』の「高校雑誌評」で厳しく批評した。一九三八年東京帝国大学文学部仏文科に入学。『映画評論』同人となる。一九四一年卒業し日伊協会に勤めるが、一九四二年参謀本部に転ずる。中学時代からの友人中村真一郎らとマチネ・ポエティクを結成する。

十一月二十一日（金）　雨

冷たくなる。役所では今年は雪でも降らないかぎりストーヴを焚くのを中止するという。日米戦争は必然的になって来た。十二月始めごろから始まるらしい。どうでもなれという気持が強い。武田麟太郎[1]とか高見順[2]とか中堅作家三十人が徴用されて南方に発つという。皆尉官待遇で仏印よりももっと南へ下るという。

二時ごろ役所の門で高久[3]が奥さんの渡航証明を取りに来るのに会った。近いうちに改めて会うことにする。上海の話が聞きたいが、結局まあ大した話もない。一緒に酒でも飲みながら気焔を上げよう。

アトリヱの宮[4]がレオナルドの「絵画論」をもってくる。大へん立派な出来栄えだった。夜下宿へもどってから拾い読みして見ると、英訳に従っているせいか、私のよりはるかに流暢に訳されて居り読み易かった。殊に印刷がきれいに出来ているので、私のより遙かに信用されるであろう。何かしら私は腹立たしかった。

夜は生田と落ち合って千疋屋で晩飯を食った。それからミュンヘンにビールを飲みに行ったけれど、二人で一杯ずつしか飲む気にならなかった。一時は生田を軽蔑したけれど、矢張り私の乏しい友人の一人である。土方氏などよりも私の話を聞きわけてくれる。

今朝又向山に葉書を出した。

（1）武田麟太郎　小説家。一九〇四年大阪市生まれ。三高文科を経て一九二六年東京帝国大学文学部仏文科に入学。セツルメント活動に参加。一九二八年中退。一九三三年、川端康成、小林秀雄らと『文学界』を創刊。一九三六年には『人民文庫』を創刊した。徴用でジャワ島に派遣された。

（2）高見順　小説家。一九〇七年福井県生まれ。一九二四年一高文科（甲類）に入学、文芸部や同人誌で活躍する。ダダイズムやマルクス主義の影響をうけ、東京帝国大学文学部英文科在学中にナップに加わる。一九三三年治安維持法違反容疑で検挙される。渋川驍らと『日暦』を創刊。「故旧忘れ得べき」で第一回芥川賞候補となる。文芸時評で文学界賞を受賞した。『帝国大学新聞』の文芸時評で杉浦の「谷の遊び場」を評価した。『人民文庫』に加わり、散文精神を拠所に時流へ抵抗する。徴用されビルマ戦線に派遣された。

（3）高久　未詳。

（4）アトリヱ社　出版社。北原白秋の弟義雄が一九二四年に創業した。美術関係書、白秋創刊の詩誌『新詩論』、『短歌民族』、美術雑誌『アトリヱ』などを出版した。宮は社員の宮桐四郎で、この日持参したのは杉田益次郎訳『レオナルド・ダ・ヴィンチの絵画論』。

十一月二十二日（土）　曇・夜晴

蒲団が冷えて眠りにくい。私は自分を暗いごたごたとあわただしい気分のするデパートのうちに見出した。それは蘇州のつもりであった。そして私と一緒に誰かが、友人がいた。私は何年ぶりかでこの店にやって来た。かつてのあこがれの売場――そこには鉛筆かタオルかはっきりしないものを売っていた――にあの少女を見るために近づいた。二人はそうではなかった。うつむいて何か探しているのかそうに違いなかった。だがその少女もシャオではなかった。似ているが全然ちがっていた。シャオはどうしたんだろう？　もうとうにやめてしまったのだ。せっかくここまで来たのに遅かった、もう取返しはつかない、永遠にシャオは失われた、私は絶望のために呆然としてしまった。

それが明方の夢であった。目をさますとまだ夜が明けなかった。と思ったら、一時半だった。時計がとまっているわけではなかった。それから石井をさそって早稲田の本屋を廻ることにした。昼飯を食うために方々を探したが、うどんやは休み、大学の食堂にも何もない。三時ごろ早稲田でやっとうどんやを見出した。早稲田で日をくらしてから渋谷へ出る、宮益坂の本屋を見おわると六時半で渋谷の店はどこも満員、酒を飲もうとしてもウィスキイしかないとことわられる。やっとのことで、屋台店でとろろめしにありつく。実際飯を食うのに一々大さわぎだ。本郷では毎日焼いわしとサンマばかりがつづいている。

餌差町で降りて明石の下宿に行く。留守だったが途で出会って又明石の下宿へもどる。明石はコーヒーをいれながら、今日明菓(1)の女の後を追っかけて何処かで会ってくれないかと話しかけたが断られたとなげく。

十時になると又腹がへるが、もう食うものがない。下宿でコーヒーを飲みながら四人で食いものの話をする。

寺田の手紙が寺田の母を通して来た。寺田の世界がみじめに現実に打ちくだかれている。私も亦そういう世界に入ったら同様のうき目を見る。しかもそれは私自身をこわす以外に一文の価値もない。私は寺田の手紙を読んで寺田よりも自分の身を心配した。寺田より肉体的可能性を遙かにもっていないのだから。

（1）明治製菓　喫茶店が本郷三丁目交差点近くにもあった。

十一月二十三日（日）曇・夜雨　新嘗祭

福井が十一時に来る。明石と明石の弟が来る。明石の弟は陸軍の工兵学校にいる。

福井と本郷三丁目の「大和田」で鰻丼を食う。私は昔は全然、最近でもほんの少ししか、鰻を食わなかったものであるが、このごろは肉も魚もないせいか、何か栄養のあるものが食いたくてたまらず、鰻や天ぷらさえ憧憬の中に入りまざってくる。

福井と上野に下る。福井がしきりに食いたがるので凮月堂で和菓子をとるが、甘いものに飢えた女や子供、さては男までが押しかけて容易に席も取れない。席を取るのが一つの生存競争のあらわれとなっている。しかも出て来た四個の和菓子たるや粘土を黒くしたごとき見かけで、流石の福井すら歎声を発するほどの代ものである。かつて一流の店の菓子にさえ文句を並べていた連中が、この泥に少し甘味を加えたごときものを争って取りむさぼり食ってあきない。路上では焼芋屋、魚屋、駄菓子屋の前に行列が続いている。恐らくこれすらまだ我々の苦しみの序の口であろう。やがて人間が人間を食うときさえ近づいている。

戦争は不可避だ、しかも決して勝ちえないことを自ら承知しているそれが。そしてその後に何が来るか、誰か知ろう。そなえよ、今こそ冬である。

浅草を一めぐりして帰れば、もう夕ぐれ。今夜は早く飯を終えてから再び外に出ず、湯を沸かしつつレモンティをすすりつつ、家にこもる。

毎日毎夜何かうまいものが食いたい。

今読んでいる本は、「自然弁証法」、「ボオドレエル全集」（三）、歌集「天沼」、「背教者カウツキー」、それから役所では「毛詩抄」、持ち歩いているのは「航空発達史」とジイド「パリウド」。

私はどうしてか「紅楼夢」を待ちこがれる。やっと明日か明後日に第三分冊が出る。私はこの物がなしい小説の中にシャオの面影を見出そうと努めているのである。ものうそうな自覚を全然もたぬ、美しい教養さえある女たちが私を惹き付ける。

十一月二十四日（月）　雨・時々止む

「パリウド」を読んだ、一番始めはよく分らなかった、二度目に読んだときはこの意識の中だけの自分勝手なお喋りが快よかった。これで三度目だが、今度はこういう自分で輪をかいてその中で自由が何だの彼だのと尤もらしい心理的なというより観念的なお喋りをつづけて、しかも俗物を見下ろしているつもり、真摯なつもりの気どりが不快でならなんだ。彼によって俗物視されたりあわれがられたりする人間たちと彼とどちらがより俗物的であるか分るものか。

役所に来てる支那紙によると日本の対米提案が出ている、その内容はともかく日本の支那抛棄である。そうなると私は再びシャオを見ることが出来なくなる、どうしてそんなことがあってよいものだろうか。もう一度見るだけでもよいから見たい。それもかなわぬ願いであろうか。戦争になっても日本が負けたら、再び会うことはないであろう。どちらにしても困る。今のままだらだらと続いてくれることが何よりもいいのだが。

夕方はアトリヱの遠藤、宮と土方氏と飯を食い、本の話などする。私も自分の時間がとれないほどこのごろはいそがしい。これではいかん。もっと引込め。

冨本さんが(1)下宿へ来る。レモンティをすすりながら十一時まで無駄ばなし。

夜中になると矢張り腹が空る、何か食いたい。

(1) 冨本貞雄　本郷区西方町にあった古本屋山喜房の主人。娘けい子と息子秀夫がいた。戦後一時、北海道に移住した。

十一月二十五日（火）　曇

相変わらず苦しい怪しい夢を見て穴の底からのように目をさます。

私をよろこばすものは岩波文庫の「紅楼夢」第三分冊が出ることだった。これが唯一のたのしみであった。何のために？　私はその女たちのうちにシャオを見出そうとした、しかし果してそれだけであろうか。私はこの無気力なただ美しい女だけの世界の中に現在を忘却しようと試みつつあるのではないか。荷風は江戸時代の民衆芸術の悲泣の中に我を忘れようとした。私は西洋の明確な主義思想に殉じる点には近よらないで、同じアジア的専制の下に生れたこのはかない心情の中に自らを埋めたいと欲しているのである。荷風の厭うたのは封建的な官吏軍閥万能の世界であった。しかし今日にして思えば、それはなおまだ余裕のある豊かな民衆的な時代であった。今日は封建時代どころか奴隷制度と資本主義と、その最悪の民衆を搾取し酷圧する部面のみが発達し結合する世の中となった、全く奴隷制的な社会構成である。我々は奴隷として虐げられている。しかしアジアの賢いけれど善良な民衆どもはそれに甘んじている。少しばかりのごまかし手にたわいなく乗ってしまう。

夕方より寺島、樋口とビールを飲む。樋口は忽ち酔って渋谷の地下鉄の待合に長々と伸びてしまった。

十一月二十六日（水）　晴

そんなに酔っていないつもりで風呂などに入ったが、夜半に目をさますと頭が痛く口がかわいてたまらなかった。そしてそのあいまあいまに女たちの顔が浮んで来る。

帝大新聞[1]の大木[2]と高田[3]に起される。十時半ごろであった。どうしてか知らん、二人と喋ってると、後まで不快の味が残って消えなかった。私は若い学生をもっと真摯なものと考えていたのに、それが裏切られたからか知ら。

二、三日前、正門前の果物屋の店頭で砂糖黍を見付けて、それを買おうとねがった。きょう一日のたのしさはそれであったかも知れぬ。私はたった一本売残った砂糖黍とレモン二個とを買ってもどった。

「紅楼夢」はまだ読み出さない。持って歩いている。

時折私はあの少女を、そしてあの少女を見凝めていた幾十秒かを思い出すと、胸がしめつけられるような気がする。あれこそ私の一生に再びないかも知れない美しい永遠の時刻であった。私はこの目が実際あの美しさを眺めたとは信じられなくなっている。私の恋がはかないと誰が言ったか。私のあの何十秒かに匹敵するよろこびを誰が味わったことがあるか。

夕方は明石と銀座に出た。不二家でケーキを食いコーヒーを飲む、それだけ。本郷へもどると「のんき」で飯を食い、古本屋を歩る、これもそれだけ。

今日家へ葉書を出し、卵やお菓子を送ってくれるように頼む。

今している仕事、企画院[4]の翻訳「海の自由」、興亜院の支那出張の報告「支那キリスト教の動向」、サケッティの翻訳、田中一三[5]追悼文、歌集「春山」と「天沼」の批評。田宮其他への手紙沢山。

(1) 帝国大学新聞　一九二〇年十二月に創刊され一九四四年五月用紙配給停止のため終刊した。帝国大学新聞社は東京帝国大学内にあったが大学からは独立した組織だった。事務は職員が担当し、編集部員は学生で取材から校正まで一切を行い多少の月給が支給された。

(2) 大木孝　一九四一年十二月、東京帝国大学理学部卒。

(3) 高田　未詳。

(4) 企画院　内閣直属の総合国策立案機関として一九三七年十月に設立された。戦争遂行のため国家総動員法などを立案。戦局が不利になった一九四三年十月軍需省に再編された。

(5) 田中一三　一九一四年福山市生まれ。一高文科（丙類）で寺田透と同級。『未成年』同人。一九三七年京都帝国大学文学部仏文科を卒業し同大学院に進む。翌年応召し陸軍砲兵としてソ満国境の警備にあたるが、一九四〇年十二月に拳銃自殺。友人が遺稿集を計画し追悼文を集めたが、軍部をはばかり出版できなかった。一九九一年に遺稿『詩集香積詩選』が親友だった故丸田浩三の夫人によって出版された。

十一月二十七日（土）　曇

役所で借用図書について属官たちとごたごたした。こういう取引は不快で辛抱できない。土方氏は憤然として帰ってしまったらしい。

橋爪嘱託(1)は私の耳を見てこれが女ならと感歎する。それによって何ものかの形が判断されるのだそうだ。私の目も澄んでいて美しいと言われた。そういうことは前にも誰かに言われたことがある。そんなつまらぬことを今何故ここに書いたかというと、私は、そのとき、あの少女がそう思ってくれたらなあと痛切に感じたからである。

今日は久しぶりで須田町の方向へ帰る電車に乗った。お濠端を黒いオーバーを着た角張さんが歩いていた。何かたくましくしっかりと、まるで雌の虎か豹のような感じであった。食慾を感じた。近くで見ると頬骨が広すぎるし、物をいうと妙に甘ったれるように舌をまるく言うけれど、こうして見ると実に見直した。あの甘え声は肉食獣の猫が甘ったれるのと同じなのであろう。大へんいいものを見出したような気がした。

大塚の古本屋へ廻ると明石と出会った。氷川下に下りながら、明石は日米交渉が決裂して戦争は来月の中旬ごろ始まると言った。そうかも知れん、ただ再びあの少女に会えないことがすぐ頭に浮んだ、それは何度も頭へ浮んで来たが、絶望という感じではなかった。

夜本郷を散策する途で山喜房へ立寄る。三年生のけい子の目ばかり大きな頭を見ていると、おやこんなところにシャオに似ているのがいた。シャオはこの子のように色気がないのだ、清潔なのだ、私がどうしても忘れられないのはそういう点なのだ。

企画院の翻訳を明日もって来てくれと言われたので読直す、もうこういう仕事にうんざりしている。

（1） 橋爪嘱託　未詳。

十一月二十八日（金）　雨

昨夜は兵隊にとられる夢と企画院の翻訳のゆめをごったまぜに見た。

企画院の毛里課長[1]に原稿を渡すため、興亜院へは行くのを止めた。暁から午にかけて降った豪雨のため本郷通りの銀杏が一せいに鋪道の上に積って街が明るい。

大手町から銀座へ出る。丹下と偶然出会う。オリンピックでケーキを食って別れる。但しケーキと称しても水ようかんとアップルパイのことである。これを一個八銭ずつで売るのである。すると我勝ちにと買手が店頭に蝟集する。

日伊協会にいるとアトリヱの宮が来る。宮と遠藤とも一人山田某という美術評論家とフジアイスでしゃべると、丁度五時になったので、宮とミュンヘンに至ってビールを飲む。それから本郷に出、根津に下って古本屋を歩き、くだらぬ本を一抱え買集める。途で冨本さんに会う、下宿でレモンティをこしらえながらしゃべる。

きょうから「紅楼夢」を読始める。期待したよりもっともっと惚れぼれする。この薄暗い世界は私を睡りの世界へと誘なう。私はつかれてこの世界へかえりたがる。まだ三十にもならぬのにすでに憩いを欲している。この本は私を慰める、休ませる、そして郷愁を目覚ましめる。

（1）毛里英於菟　一九〇二年福岡生まれ。一九二五年東京帝国大学法学部政治学科卒。官僚として理財、税務畑を歩む。満州国国務院を経て興亜院設立時に経済部第一課長。一九四一年五月に企画院総裁官房に転じ、一九四三年十一月辞職。毛里は自身が関係した満州国務院、企画院や敗戦処理などの文書を保存したが、後に遺族によって国立国会図書館憲政資料室に寄贈された。

十一月二十九日（土）　曇

昨日の雨以来俄に寒くなり出した。今夜はパラパラと霙がぱらついたほどである。十二時に目をさましても容易に床から抜出す気になれず、一時半ごろまでぼんやり妄想に耽っていて、さて外に出るとそろそろ昼飯の時間が切れる時間である。昨日二十八日は肉無しデイだったが、きょうも肉を使う店は休業、魚屋へ入ってみると塩鰯しかないというので、うどんやに入ったが、うどんは一ぱいしか食わせない、しかも乾うどんと来ている。その代り白十字へ行ってケーキを食い、図書館にしばらくいたが、足の先から冷え上ってくるので又白十字へ行ってケーキを食う。すでに夕方だった、私のふところは金が乏しくなって涼しい。寺尾[1]で晩飯を食ってると、銭湯屋も石炭の配給がないので、十二月から一月まで休業と言うはなしである。

今日も砂糖黍を二本買って帰った。寒いので風呂に行く以外には外出せず、紅茶をやたらにすすりながら夜を更かす。日米交渉が決裂したのは本当らしいが、本当に激発するものがない、もうそんな力が民衆から失われ、ただ惰性だけで動いているというのであろう。

「紅楼夢」は限りなく私の心を誘って、子守唄のように慰めてくれた。林黛玉という少女がシャオに似ている。

そういえば、私はいたるところでシャオの面影を見出すのであるが、よく考えて見たら、シャオはあらゆる女性から昇華されて出来上った純粋さであった。

（1）寺尾 「テラオ」「テラヲ」とも表記されている。帝大正門前森川町にあった食堂で、もともとミルク・ホールだった。常連客とその紹介者しか入れなかったため比較的自由に話ができた。

十一月三十日（日） 曇・時々晴

役所の出口で清水(1)に会うと、「何だい、君、あの人はまだ生きてるじゃないか」と言った。それは千里のことであった。本当にそうかしらと疑ってると、「確かにあの店にいるよ、新谷さん(2)も見て来た。あんた、うそついてだめだ」と又清水は言って役所へ入って行った、あの店とは青山の宮益坂の途中にある古本屋であった。私は顔を見られるのをおそれたのであろうか、ガラス扉を押して店に入って行く。そこには千里の兄がいた、しかしそれは実際の人間とはちがってもっと年を取って古本屋の番頭らしい人であった。皆飯を食いに奥に入っているので、私はそのあたりの棚から汚れた酸っぱい臭のするような古本を引張り出して見ていた。

どういうわけか、私はそんな夢を見た。しかしとうとう千里自身は現れなかったようだった。

昼すぎまで寝ていると明石が来た。本郷三丁目から浅草行のバスを待ってると、向いの東京パンで食パンを売り始めたので行列の後に従いていると、一斤を買うことが出来た。もてあましたので山喜房にあずけて、今度は逢初の方からバスへ乗ることにした。池之端七軒町の裏通りを歩いていると、今度は苺ジャムの瓶づめを発見した。バターは明石にもらったのがある。

浅草を一めぐりしたが食うものもない。明日から消費税引上げのため物価が二、三割高くなるというので何処の店も大さわぎである。月給はふえずに税金と物価ばかりはどしどし上って行く。

それから明石と南千住に通う道路を夕方が忍びよるまで歩いて行った。この近所に明菓の合宿があるはずだから、と明石はいう。街は場末に近く寒く物悲しかった。泪橋の名に惹かされて、そこまで行った。橋は何処にあるか知らない。

本郷へ帰って晩飯を食うと、それからは下宿に籠ってスメルを飲み、レモンティを飲み、コーヒーを飲む。それに食パンと苺ジャムとバターが並《ならば》っているから、何か豊かである。砂糖黍は残っているし、今朝は朝鮮からの途中下関あたりで求めたのであろうザボンを二つ妹が送って寄越した。

（1）清水　未詳。
（2）新谷さん　未詳。

十二月一日（月）晴

朝起き渋る季節になった。昨夜はいつもよりいくらか早く床に入ったが眠就くのは同じもの。又しても何かが私を駆りたてる。私は疲れた、しんぞこから疲れたと言いたくなるときがある。

きょうの昼も塩鰯だ、もう塩鰯には飽きた、それはまるで悪夢のように逃れられない足を追ってくるようだ。何か旨きものが食いたい。牛肉などすでに久しく見たこともない。それから美しい女も。

シャオがいくら美しかろうとも、もうだめだ。恐らくもう一人ではないであろう、あんな美しい女を男がどうしてそのままにしておくものであろうか。沢山の男どもがあそこにも、うじゃうじゃしている。それにシャオは私のこの片思いを知っていない。もう一度行くことが出来たら！

晴れてよく日が輝いていた。しかし嘱託室は日が射し込まないので足から冷えてくる。ストーヴなしでこれからさきの霙の日などどうしてじっと座って居られるだろうか。

夕方土方氏と銀座に出る、昭森社の使のものからリヒターを受取り、佐々木に会う。別に食うものもない。本郷へもどって晩飯をしたためたあとは、古本屋を歩くにも金がないので、下宿にこもる。火をあかあかとおこして、湯沸しをたぎらせておく。そして又レモンティである。

石井とどうしてかこのごろ疎遠にする。私は石井のだらしなさというのが見るに堪えなくなる。七年も学生でいて、それでも足らず又三年入り直した。高文を受けるのでもなければ他の勉強をするのでもない、ただ人生の中に出て行くのを、怠惰と弱気とのためにおそれて学生々活を何か無上のもののように美化して耽っている。

石井がどうあろうと私には何の関係もないのに、見ていて自分でいらいらするのだから世話はない。石井も何かそういう私に敵意を敏感に感じて私の室に寄り付かない。私はこの自分の悪い性質を矯めようとするが、ふと気が付くと自分が石井の悪口を他人に辛辣に述べているところを見出すのである。

十二月二日（火）　晴

寒さだけは相変らずだ。床から抜け出すのに決心がいる。昨夜は何のゆえかいつまでも眠れなかったので、殊に、今朝は起きにくかった。

役所へ行くと丁度廊下を歩いているとき、角張さんが外から帰ってくるのを見付けた。仕事衣をきて包を携えている。私は窓から呼んだ。「毎日来ていらっしゃるの」と鼻にひびくような甘い声で答えた。そんなことが私を少したのしくした。

米国といよいよ戦争を始めるらしいと皆話している。どうでもいい、もう自棄の勘八さと言っている。

三省堂の金本[1]が土方氏をたずねて来た。一緒に表へ出るとき、金本は何かドイツの小説でもぽつぽつ訳してみたいがと土方氏に教えを乞うた。土方先生は「シュトルムでもまず読むといい、ドイツ語の使い方がよく分るから。シュトルムというのは実にいいからな。翻訳もあるはずだよ」

私はシュトルムの名でもう腹が立っていた。「しかし日本語でよむと余り面白くないようですね」と言った。「そんなことはないさ」と土方先生が言う。「でも岩波文庫に入ってるのなんてまるで女学生の読もの見たいだからなあ」と私は言わずにいられなかった。土方先生はむっと顔色を変えたらしく黙ってしまった。私は余り土方先生を怒らせるのを好まない。けれどシュトルムに至ると我慢がしきれなかったのである。「岸田劉生」の売れる話などに転じて私はどうにかそこを一応収めることができた。余り人をむかむかさせるな、殊に近しい人をば。

佐々木と会って洋傘を受取る。佐々木の家は傘屋だから、前々から頼んでおいたのである。近ごろは町ではスフ入の傘しか売っていない。佐々木は近日中に上野へ引越すということ。

今夜も下宿にこもる。ザボンを剝いてその冷い味をたのしむ。コーヒーを沸かして例のごとく四人で雑談に夜を更かす。

三省堂から国文学の伝記叢書みたいなものが出る。土方先生は蕪村を書く。金本にその企画を見せてもらうと、まだ「伊藤左千夫」や「節・啄木」「島木赤彦」が明《あ》いているので、その一つを書かせろと言っておいた。いずれ会議にかけて、という。私はそういうふうに強制された仕事によってでなくては何も出来ない。本当は私は「墨子」を現代的に解釈し直したいのである。

夜雑談のおり、汪洋(2)のことをほめて話した。本当はシャオのことが言いたかったのである。

（1）金本は日本姓、本姓は金。

（2）汪洋　中国の人気女優で『熱砂の誓ひ』など日本映画にも出演した。一九四一年七月に封切られた『上海の月』（東宝と中華電影公司合作、監督成瀬巳喜男、主演山田五十鈴）を杉浦も見ていた。

十二月三日（水）曇

曇るとどこまでも沁み込むような寒さである。毎日眠りつきがわるいために朝寝をする。正午まで床を離れることが出来ない。一つには便秘のためだが、ビールを飲んで下すよりいい方法がない、ところが土方氏が百円を返してくれないため、毎日のくらしさえ困っている。

役所に出たが寒くてじっと座っていられない上に、薄暗くてかなわぬので、情報室に行って、高橋(1)、波多野(2)、増田先生たちと雑談する。高橋理事官は昔特高にいたので、その思い出話の一片をやらかす。又警視庁の情報部のことを洩らす、まるで小説以上に組織立っている。ヨゼフ・フーシェ(3)そこのけの組織であるのに驚いた。

本郷へ帰る、久しぶりに寄道しないで。マントウで磯田[4]に会う。三ヶ月兵隊に行ってから、肥えたし、日に焼けている。磯田は戸谷[5]や宇佐美[6]と奈良の若草山で遊んだ話。飛鳥や吉野が私を仄かに呼ばう。しかし女がないことが私を決心させない。

石井は夜になると鎌倉へ行ってしまう。私を窮屈に感じ出したのであろう。私はしかし翻然として今度は石井に憐びんを覚え出す。

寺田、寺川[7]、寺田の母のところへ手紙を書く。まだ田宮や嚴[8]や近藤英夫氏[9]等のところへも書くのが残っている。

何か書くのに気が進まない。

（1）高橋理事官　未詳。

（2）波多野乾一　ジャーナリスト、中国研究家。ペンネーム榛原茂樹。一八九〇年大分県生まれ。一九一二年東亜同文書院政治科卒。大阪朝日新聞社をはじめ数社で中国専門記者として働き、一九三二年外務省嘱託。戦後サンケイ新聞論説委員。

（3）ヨゼフ・フーシェ　フランスの政治家。フランス革命に参加、反革命派を鎮圧する。ナポレオン時代、王政復古の間は警察大臣を務め、「変節の政治家」と呼ばれた。

（4）磯田進　法学者。一九一五年京都府生まれ。杉浦と一高で同級。小学校五年中学四年修了の秀才として注目された。思想問題で東京帝国大学法学部在学中に検挙され停学処分を受けるが、高文試験の行政科、司法科に合格。一九三九年卒業、法学部助手。一九四二年から東洋文化研究所、東亜研究所嘱託を務める。一九四四年応召。戦後東京大学社会科学研究所教授。

（5）戸谷敏之　一九一二年長野県生まれ。杉浦と一高で同級。伊藤律指導下の進歩的グループに加わり卒業間際に検挙される。除名処分を受け東京帝国大学経済学部の入学を取り消された。法政大学予科にはいり同大学を卒業し日本常民研究所に入所した。一九四二年に明朗会計非合法グループのメンバーとして検挙。召集され一九四五年九月フィリピン山中で戦死。論文『イギリス・ヨーマンの研究』が大塚久雄らの尽力で戦後出版された。

(6) 宇佐美誠次郎　経済学者。一九一五年東京生まれ。武蔵高校を経て一九三四年東京帝国大学経済学部入学。学生消費組合に加わり『図書評論』に執筆する。卒業後東方文化学院研究所研究員となるが、戸谷らとともに検挙起訴され解職。一九四三年に応召。戦後は法政大学教授。

(7) 寺川文夫　銀行員。一高で杉浦と同級、伊藤律の同志として活躍する。一九三四年東京帝国大学経済学部に入学。一九四二年、明朗会計非合法グループのメンバーとして摘発される。『特高月報』に寺川の詩「旗をまいて」が収録されている。富士銀行監査役。

(8) 嚴希保　杉浦が出張中無錫で世話になった嚴亦和（無錫県立工業学校長）の一族と思われる。嚴校長の妻は日本人。帰国後杉浦は船橋に嚴を訪ねている。

(9) 近藤英夫　興亜院嘱託。華中連絡部に勤務。杉浦は上海で知り合った。上海での就職を希望する杉浦に思想対策委員会の勝山調査官の助手として働くことをすすめるが、本院の許可がおりなかった。

十二月四日（木）晴

神保町の四辻で私は多分シャオといた、するとそこへ兵隊の行進が始まった。次から次へ兵隊の行進が続いて私たちは一緒になれないのであった。

昼に起きると床屋へ行くが、待たねばならぬので、パン屋に列が続いているのでその後についたが、パンの売出も何時のことやら分らない。床屋を出ると、山喜房でしばらく喋ってから、図書館へ行く。イタリア百科事典の中からレオナルドの項を翻訳しようというのである。原稿用紙と頼りにならない吉田先生の伊日辞典と、それから万年筆をもたぬので鉛筆を風呂敷にくるんで行く。直き暗くなる、そして冷えてくる。アルベルチとボッカチョの項も翻訳しておきたいのだが、あれやこれや、計画ばかりで実際の仕事はせいぜい半頁足らず、半ペラの原稿用紙にして四、五枚というところ。

明菓へ行ってケーキを食ったが、これはうどんこをねってサッカリンで味つけたようなもの。胸くそが悪くなった。晩飯を終ると又下宿に籠る。野沢くら婆さんは八十八で倒れて、その娘(1)の七十になるのが来ている。重病人は元町へ今朝連れて行ってしまった。瀕死の人間の前にして何か親子でいがみ合っているのである。そういうのも今ではむしろ面白い。

毎日同じような日ばかりで日記に記すことさえなくなってしまった。今日は夜明石が来た、そして明菓の女に話しかけようと厨橋まで追っかけたが、相手が二人連れだったので成功しなかったとなげいていう。

毎晩企画院の翻訳に二時間ずつ取られる。勿体ない、それからサケッティをぽつりぽつりと訳す、一時にやると飽きてしまうが、こういう調子でやると割合面白い。これよりも「ルネサンス、イン、イタリイ」とアルベルチの「家族論」を訳した方がいいのだが。

（1）成田志づ。

十二月五日（金）曇

一晩中腹が張って、食っても食っても食い切れぬ夢を見た。

赤いネクタイをつけて役所へ行く、それから昭森社にレオナルドの校正はいつ出るか電話すると十日までには無理だという。私は悠々と十二月中に校正が終るように原稿を急いで作ったのに、何のことやら意味がなくなった。土方氏が「二月で校正が出ればいい方だ」というから、私は何か怒りがせき上げて来たが、丁度何か口に出す前に土方氏のところに来客があったので何も言わずにすんだ。

帰りに市電の安全地帯の上で角張さんに会った。赤いコートを着ていた。口紅を濃く、近くによると大ざっぱな顔立ちで失望した。私は傍によってくわしく眺めて美しいのが好きなのである。大体恋人とか何とかは油絵みたいに遠くにおいて見物するものではなく、顔と顔とをくっつけ合っているべきなのだから。

寺島をたずねて、ダ・ヴィンチの出版について紙の特別配給について話した。係の花島[1]というのに会ったが、昭森社はでたらめで全然信用がないから無理だろうと言った。私の原稿も印刷所から昭森社を経てそこへ来ていた。私はむらむらして来た。翻訳だけで充分な苦労なのに、校正から挿画から、科学上の手入れのための飛びまわりから、こんな紙の話まで付けなくてはならないのが耐えられなかった。

樋口に一体出版文化協会[2]に来るつもりかどうかとたずねられて、まだ上海に未練があるようなことを言っておいた。

こんなにしてすっかり機嫌をそこねて本郷へ帰ると野沢さん[3]に会った。「出版文化に入らんのか」と言われて、私は思いきり出版文化協会をののしって、少しばかり快くなった。読書新聞[4]の田所[5]と話してると一そう出版文化なんて無意義であることが腹立たしかった。文化の妨害者の一人である。

帝大新聞の大木が来ておそくまで喋って行った。

今日は何かしらいらいらする日だった。

（1）花島克巳　一九〇五年東京生まれ。浦和高校を経て一九二九年東京帝国大学文学部仏文科卒。日本出版文化協会の文化局海外課主事補として図書の用紙割当を担当していた。当時同課には武田泰淳も書記としていた。花島は戦後も日本出版協会渉外翻訳権室に勤務した。訳書に『アンドレ・ワルテル』（日向堂、一九三一年）などがある。

（2）日本出版文化協会　出版報国を掲げて一九四〇年十二月に設立された社団法人。内閣省情報局の指導下にあり、同会への出版企画の事前届出が義務付けられた。雑誌・新聞の用紙割当をも行ったため全出版社が加盟を余儀なくされた。

（3）野沢隆一　一九〇二年長野県出身。二高を経て一九二七年東京帝国大学経済学部卒。毎日新聞に入社。一九三〇年から帝国大学新聞社常務理事。戦時中は日本出版文化協会理事、大政翼賛会企画部長、戦後は信越放送、文化放送の役員を務める。

（4）日本読書新聞　一九三七年三月創刊。発行元の日本読書新聞社は出版業界の協力で設立されたが、経営不振のため大橋進一社長から日本出版文化協会へ献納された。松本潤一郎協会文化局長が野沢隆一と計り『帝国大学新聞』を範とするブックレビュー紙として再生をはかる。一九四一年五月から日本出版文化協会の発行。

（5）田所太郎　編集者。一九一一年東京生まれ。松江高校を経て一九三四年東京帝国大学文学部仏文科入学。帝大新聞編集部員となる。卒業後は三省堂の総合誌『革新』の編集を経て、日本出版文化協会の『日本読書新聞』編集長に抜擢される。戦後、『図書新聞』を創刊した。

十二月六日（土）　晴

何がいいことがあるのか、金がない、食うものもない、飲むものもない。せめて夢にでもあの少女が現れてくれないものかとねがえど、そのねがいも叶わぬ。「羨しや我が心、夜昼君を離れぬ」。けれど、あの少女の幻は次第々々に淡くいよいよ透明に気化してゆく。武さんが(1)写して来た、あの露ばかりも似たところのない写真をさえ頼って幻をえがく。

昼三輪に起された。一緒に飯を食って別れる。

図書館へ行く、人の力には限りがある、従って仕事にも限度がある。我々は最も粋《い》きでたところを行って行かなければ、何事も大きな仕事は果しえない。但し今はひそんでいる。今に見ろ、俺がどんな人間だったか、人々は瞠目するだろう。

夜は明石と明菓へ行ったり、初音町の古本屋を見て明石の下宿へ上ったり。明石はコーヒーを入れる。明石から十円借りる。帰り途で早くも岩波文庫なぞ買込む。

家から卵と食パンとバターを送ってよこす。ゆで卵をこしらえる。

今日などもう書くこともない。私はいわば熱い風呂に入ったようにじっと身動きしないでこの時勢の中に耐えているのだから。

(1)武基雄　一九三七年早稲田大学建築科卒。石本建築事務所に就職。立原道造と同期入所だった。一九四〇年退職して早稲田大学の大学院に入学し都市計画を専攻する。戦後は建築事務所を設立するとともに母校で教鞭をとった。

十二月七日（日）　晴
昨夜も眠り就きがたく五時半すぎまでだめだった。
猪野が、果して、十時ごろ来た。兵長になった。きょうは床屋へ寄ると直ぐ帰った。再び眠ると、誰かが「小包ですよ」と言ったような気がしたので襖を開くと廊下に小包があった。向山からである。よく見るとシャオの字ではなく他の人の字であった。それからよく気を付けると東京駅からの託送になって居り、「板橋区豊玉北四ノ二五ノ一」という発送になっていた。私はさきのヘーゲルの代金の代りに「シャオの売場で売ってるもの」を頼んでやった。そのときシャオが私のことを思い出してくれるように。それなのに自分で小包をこしらえて送ってくれたのでは何にもならん。ちっとも粋の利かぬ奴だと腹が立った。タオル二筋と靴下二足などどうでもよい、私はただシャオのさわったものにさわりたいだけなのだ。しかしそのうちに向山が帰京したのか、それともこちらへ帰る人に託したのかと思った、十二月六日などという日付まで入っているから、或は向山自身かも知れんと、前に貰った葉書を掻き探して、比較したが、どうやら余り似た筆蹟ではなかった。しかし板橋宛に即刻会いたいという葉書を書いた。

それから浅草へ出かけた。私は武さんの撮ったあの子の写真を帝大図書館のパスに挟んで行った。それを出してこの人と結ばれんことを祈ったのである。久米平内[1]のおみくじを引くと、半吉で、願はおそくとも叶います、恋はおくれるが必ず叶います、待人は五日五月の後に来る、縁談はおくれるがまとまる、云々。今のところ私の祈りに答えて尤もなくじであったが、直ぐにならないのが物足りなかった。五月の後とすると、来年は四月のこと、丁度そのころ私は向うへ渡る機会をつかむかも知れない。どうかそうあってくれればいい、おそくとも必ず叶ってくれればいい。

浅草から日暮里へ出る、街を袖なしシャツとパンツ一枚の自転車隊が並んで行く。何か唱えてるのを聞くと、「裸でも寒くはない、すべて心の持方一つだ」と合せて呼んでいる。最後の自転車は「体中を頭にせよ」という旗を立てて走って行った。食うもの、飲むもの、火もなく住むところもない、その上今度は着るものまで剝ごうという資本家の腹の底をこの愛国者たちは戯画的に形象化したのである。無恥の一語に尽きる。しかし余り滑稽で歩きながら噴き出してしまった。

谷中墓地から立原の墓に詣り、駒込坂下町から肴町へ上った、きょうは古本屋の休んでる店が多かった。

夜は家にこもる。

（1）久米平内　粂平内とも書く。江戸時代初期の武士。千人切の罪業消滅を願って自らの仁王像を浅草寺に置き衆人に踏みつけさせた。踏みつけが文付けに転じ縁結びのご利益で知られる。現在の久米平内堂は浅草寺宝蔵門の脇にある。

十二月八日（月）　晴

十時ごろ石井が「おやおや未だ寝てるのか、戦争が始まったよ、シンガポールか何処かをやってるとラジオで言ってた」。窓の下、隣りのラジオから軍楽隊の演奏が休みなくひびいてくる。私は又少時とろとろとした。

いつもより少し早く、十二時まえに出て行くと、ペリカンさん[1]も本当だと言う。テラオで飯を食ってると丁度十二時で、宣戦布告の詔書が読上げられた。大学生たちは一斉に立上がり、或ものは脱帽子、半敬礼の姿勢で耳を傾けた。私はこうした景色の傍観者として立つのを意識する。

何処も日米戦争で興奮している、始めて戦争に入ったような気持だ。そして一つには直接空襲などがないせいであろうが、予期していたよりも平気であった。ただ私の念頭を去らないこと、それは再び蘇州に行ってあの少女を見ることの出来ないことであった。この絶望は誰にも洩らさなかったが、終日私にぺったり粘りついて離れなかった。五月たったら本当に私ののぞみ、あの少女と結ばれるという希望が叶うであろうか。今度は水天宮のおみくじでも引こうかしらなどと思う。

役所でも各人みな小愛国者となる、香港は半月ぐらい、シンガポールは一月乃至三月ぐらいで落ちるつもりでいる。私は香港一月乃至三月、シンガポール最小六ヶ月、恐らくは一年以上、或は不落であるかも知れないと予想する。土方氏はドイツがソ連に勝つことを願っている。私のねがいは反対である。私は誰よりも落着き、平気である。

夜防空実施、清夜となる。三輪、生田がレオナルド翻訳の打合せのために来る。明石も寄る。夕刊によると上海租界は接収している。向うとの往来はどうなんだろう。私は何よりもそれが心配なのだ。

生田、三輪と百万石で少し飲む。私は余り戦争の話に触れないことにしよう。下宿へもどると、石井と阿部兄弟が室へ来て一時までしゃべる。

（1）ぺりかん書房　本郷五丁目の通称落第横丁にあった。レストラン・ペリカンとして学生に人気があったが、一九三九年夏廃業して古書店になる。店主は品川力。

十二月九日（火）　曇・後雨

向山の母から葉書が来た、矢張り向山は帰国したのではなく、自宅へ送ってよこしたのであった。岩波からヘーゲルが出るから、それを送ってやって、又写真のことを頼もう、と考える。きょうも戦争だ。しかしまだ何か身に迫らない。何か他人ごと見たいだ、いつ頭の上に飛行機が火を吐かないとも知れないのに。

土方氏に「新上海」(1)について又頼んだ。私があの少女を眺めていたときの忘我状態がどんなものであるか、誰にも分らぬ。みんな笑い話にしてしまう。だけどどうして話しどころであろう。上海租界が接収されてしまったから上海そのものには殆ど惹力がなくなった。ただあの子に近づけるためだけに、行きたいのである。しかしもう男があるにちがいない、めったにそんなことは考えまいと思うけれど。

夕方銀座に出る。さんざん待たされて樋口と寺島が碁会所から帰ってくる。ミュンヘンに行く。寺島はこうなったら何時何処にでも戦いに行くと言い、樋口も必ず勝つと言う。喜多八で焼鳥を食って帰る。暗い遮光した電車であった。いつになったら街が明るくなるのか知れぬと思うと心細い。

「天沼」と「春山」の批評(2)を書き始める。五枚の予定でいたのに、四枚で苦しくなる。

(1)「新上海」は杉江房造、江南健児著で、日本堂書店から一九三二年六月に改定版が出されている。
(2)「対蹠的な歌集——吉田正俊氏著『天沼』柴生田稔氏著『春山』」で、『帝国大学新聞』(十二月十五日)に発表。

十二月十日(水)　曇・後晴

野沢くら婆さんは昨日の朝死んだ、八十八才だった。その後には婆さんの一人娘の成田志づ婆さんが来た、七十だそうだ。

昨夜はシャオやはつゑのことを想い耽っていたら五時ごろまで眠られなかった。

きょうは人々は大分落着いた。九段は在郷軍人の行進で埋っている。「英米の屍」を担いで行くのもあれば、ルーズヴェルトを磔にした十字架を背負って行くのもある。

天候が回復したからそろそろ空襲がありそうなころだ。土方氏に又「新上海」を請求する。どうしているだろう、今ごろは。実際何とかして精神的電波というようなもので感応させうるといいのに。

しかし私は思う、こういう個人的な欲情にすべてを賭けうること、これは正しく個人主義として、そこらにころがってる阿ゆ妄動のやからや利益と体面しか知らないインテリゲンチャよりは偉い、それはアントニイに似ている。しかしそれには常に限界があって遂に英雄に上りえない点である、英雄も単なる凡人と化してしまうであろう。

その上私の中には社会からの逃避の意味が常に含まれている。

私は「紅楼夢」について二、三枚書いている、しかしそこには極めて厭世的な気分のみが濃厚に出て、反逆的な点はすっかり影をひそめてしまった。これは私の階級的な立場のあらわれである。このままでは独占資本家たちの強力な力によってむざむざおしつぶされるを待つばかり、それは今日明日に迫っている。しかも私はえらそうなことを言いながら変革を心からこわがっているのだ、そこでは私のための席がないような気がするし、こういう怠惰は許されぬに定っているからである。この戦争に対しても、私は帝大の野球にひいきするような気持は否まれない。すべての人が何かしら早慶戦のとき、双葉山と安芸海のときのように熱狂している。戦勝の景気いい報知がしきりに舞込むので有頂点になっている。——私は空襲されたら生命と本が危いこと、丙種の召集がありそうなこと、及びシャオに会いに行けなくなったことに、この戦争を直接感じる。

明石が夜来て、明菓の豊島さんに何とか話をしてくれというが、私はそんな小説みたいにロマンチックなことはだめだと取りあわない。

夜おそく石井が帰っていうには、「香港へ上陸した」と。

私の予想はまるきり当らなかった。

十二月十三日（土）　晴
絶望と焦燥とが私の体の中で争っている。
野沢氏と読書新聞へ行った。

十二月十四日（日）　曇
昼は風出でて冷い。小石川初音町より駒込林町、千駄木町、逢初を古本を探して廻る。それで一日が終る。そして暮方に白十字へケーキを食いに寄ると、大学生と母親らしいのと一緒に来た二十たらずの少女がシャオに似ているので目を丸くした。髪の形、下唇の出ていること、細長く少女々々らしいこと、但しもっと無骨で、顎が張り、たくましかった。そしてそれだけ美しさ透明さが足りなかった。
夜も古本屋を見る。

十二月十五日（月）　雨・後晴

雨が冷い。まだ役所に火が入らぬので、ただふるえているばかり。夕方ボーナスが出た、四十割でその中から税金と公債が差引いてある。二百八十円ばかりである。土方氏は五百円ばかりで、これで上海へ行けると言う。

銀座へ出て日伊協会の茂串（1）を誘って本郷は百万石、酒をのみ、魚を食い、かなりしゃべる。夜三時半まで起きている。

（1）茂串茂　一九一四年東京生まれ。一九三四年武蔵高校理科（乙類）卒。東京帝国大学農学部に入るが理学部鉱物科に転じた。在学中からイタリア語を習得して独学でダ・ヴィンチ研究に取り組む。論文「フィレンツェに於けるレオナルド・ダ・ヴィンチ」がイタリア政府募集のレオナルド・ダ・ヴィンチ賞二等に入選。『日伊文化研究』（二号）に掲載される。卒業後日伊協会に就職する。敗戦後間もなく病没。

十二月十六日（火）　晴

朝は冷い、床を出るのがなかなかむつかしい。

帝大新聞をのぞくと瓜生（1）がいるので、そのまま遊ぶ。

銀座で寺島をたずね、佐々木に会った上で、又瓜生と落合って、ビールを飲む。瓜生の知合の織田という新劇の役者や清水という映画批評家等と出会う。

織田は明日風見章子をつれてくるという。それはたのしみであった。

本郷へもどって牛丼を食い焼鳥を食い、風呂に行き、それから又英語を翻訳したり、等々。今年もあと十幾日をあますのみ。五月の末にはシャオを再び見た。合計しても五分か十分たらずだったが、私をゆりうごかした。その他のすべては、日米戦といえど、そのことより大きくはない。

(1) 瓜生忠夫　映画評論家。一九一五年台湾生まれ。三高在学中に野間宏らの同人誌『三人』に参加。東京帝国大学文学部独文科に入学すると『帝国大学新聞』編集部に加わり第六代編集長を務めた。一九四一年卒業し日本映画社に入社。戦後青年文化会議や未来の会の立ち上げに尽力する。杉浦の共産党入党時の推薦人の一人。

十二月二十日(土)　曇

昨夜生田、丹下と銀座で飲んだ。そして一緒に地下鉄に乗ったが、生田は上野で、丹下は浅草から帰ってしまった。私は玉の井へ行った。

ずいぶん酔っていたと見えて夜明まで口がかわいて眠られなかった、朝、汚い押戸を開けてもらってあの露地を出るのは、何かさみしく心を惹くものであった。浅草に出て、本郷へもどる。眠っていると三時ごろ、田中明が友人とたずねて来た、明は鳥羽商船学校を出て今練習船に乗込んでいるのである。明石も来て、一緒に「のんき」へ行ったり、下宿でしゃべったりした。二人とも泊まることにした。

明は前月の中ごろ山田へ帰った。そのときはつゐの嫁入が定っていたという。買出のために名古屋へ行って留守だった。恒男も除隊になったが、相手は恒男ではなくて、田原の下駄屋ということだった。

この話は私を茫然とさせた。まだまだと思っているうちに、これでおしまいになった。はつゑをあんなに長く見守っていたのに、そしてはつゑは私に心を寄せて来たのに、もうおしまいだ。もちろん私が決心しなかったことがわるかったが、それにこういうことにならなくてはいけないことを承知していたのに、矢張り私には打撃である。或は立上がることも出来ないほどの。私はもう昔のように取乱しはしない、暗然とするばかりだ。しかし私は自分の持っていた一切を失い尽くしてしまったような気がする。これから以後私は何のよろこびを抱いて帰省しよう。恐らくはつゑの家でも私が結局話を持出さないのを悟り、そして傷のつかぬうちにと思い立ったのにちがいない。私が帰ったときもう分っていたのかも知れない。

私は自分がこの打撃に耐えて再び自己を建て直さなくてはならぬのを意識する。その一番いい方法はふみゑを東京へ連れて来ること、ふみゑも私の半分しかない年だからこれからさきどうなるやら、又失うものかも知れないが、しばしの間は私を支えてくれるにちがいない。しかし誰がはつゑに、十年の間私の奥で養われていたはつゑに、私のいこいでありふるさとそのものであるはつゑに代りえよう。

お前はすべてを仕事にそそぎこめ。お前は初恋の女としてはつゑをいつまでも抱きながら、すべてを仕事に、すべてを仕事にそそぎこめ。

はつゑは私が積極的に引っぱれば、或は私についてくるかも知れない。しかしそれよりは、私はすこしきまりわるがるだけでよろこんで嫁入の日を待ってるはつゑを見出すかも知れない。そしてこの休みに見るのが最後であろう。私は二度とはつゑの家へ行く必要がなくなる。そして福江へ帰ることも。春の山の暖さも、いろいろのよろこびも、かなしみも、すべて私から消え去る。山田という谷間が私から消え去る、そこに住んでいるはつゑも一緒に。

お前は歎くをやめよ。失われうるはつゑの代りに永遠に何人によっても失われえないはつゑを創り出せ。そのために材料はお前に不足していないはずだ。そうだ、私は作ろう、私のすべてをそそいで。決して何処へも行くことのない、そして永遠に失われない、私のはつゑを、私一人だけのはつゑを。

この痛みはまだ本当に実感されていない。日に日に強くなるであろうこの痛みを涙とともに耐え、耐えて私はあのはつゑの誰にも奪われない美しさだけを創り上げよう。

見よ、そのときには悲しみはよろこびに、失われたものはよみがえれるものに、死すべきものが不死の姿に変る。

十二月二十一日（日）　曇

徹夜した。明たちは朝早く帰った。私は眠ろうと床に入る。すると、忽ち傷が疼《いた》み出す。私ははつゑを自分の中に余りにも深く根づよく埋めてしまった。私はいつも必ず疲れるときはつゑに帰って行った、そうだ、私にはまだ一つのよろこびが残っている、まだ一つのいこいがあると言いながら。それがなくなる、私を支えるものがなくなる。考えてみれば、私が何かもって行くたびにはつゑの母親が必ず何か返礼してくれたのも、私のおくりものを負債と感じないためだったのだ。

すべては私に原因している。そして私はいつの日にかそういう驚きと狼狽をしこたま味うべきときのあるのを覚悟していた、だがそれは余り早すぎた、いな、いつにしても早すぎたであろう。私は自分が何一つ頼れなくなった後に、はつゑのところへ決定的にもどろうと虫のいい考えをいつもいつも抱いていた。ざまを見ろ、卑怯者、ペテン師。

昨夜ちょっとこのことを石井に洩らした。人に言うべき筋のことではない。もうこのごろ何年間か私は誰にもはつゑのことを言わず、自分一人で娘のはつゑを培っていた、はつゑのことを思うと、胸が暖くなったのに。

私の悲しみは激突なものではない。しかしその代り体じゅうのすみずみにまで行きわたって湧き出てくるものだ。私の青春がはつゑと一緒に去る。そうだ私が丁度二十少し越したころから三十の間、最も美しい年月は中断されてはいたが、その大部分ははつゑにささげられたと言ってもよいくらいだ。私の何千頁かの日記の三分の一ぐらいははつゑのために書かれているにちがいない。そしてもう来年からは書くに及ばなくなった。私も日記をやめにしよう。

十二月二十二日（月）　曇

昨日朝小山が来たとき、蘇州の向山宛の手紙を投函してくれるように頼んだ。小山は出がけに「これでいいんですか」と不審そうにふりかえったが、私はそれで結構と言った。ところが、今朝付箋つきでもどって来た。何度その意味を汲み取ろうと試みてもうまく行かなかった。やがてそれは四銭の代りに二銭切手を貼付したのを発見した。

夕方本屋の借を四十円近く払ったあとで、その隣りの小間物屋に立寄って「嫁入する娘におくるもの」をたずねた。五円ばかり出して帯飾りを買った。これがはつゑに与える最後の贈りものである、と思いながら、のし紙に包んでいるところを眺めていると、目頭が熱くなって来た。わが涙、とめどなきわが涙。

私は自分がはつゑを欲しいというのではない、無理に奪いとる気もないのだ。私はいつかはつゑに言う機会さえあったら思うことを打明けても見よう、その成行次第でははつゑと一緒になろうか知らとも思っていたのではあるが。そんな機会もなかった。ただ私ははつゑが行ってしまうのが、永遠になくなってしまうのが悔やまれるのだ。はつゑは幸福であるか知ら、下駄屋などでどうするつもりか知ら。私は二度と会うことはないだろう。よし会ったところで、そこにはもう私のはつゑはいないのだろう。

私も三十になる、山喜房でけい子と話してると、このけい子が娘になるころ、私はもう四十の爺になってしまうと情けない気がした。

その上きょうは寺島に聞くと、出版協会に提出中のレオナルドの特配は却下されたという。これが一そう私を不快にした。

見るにつけ聞くにつけ一つとして快きはない。

十二月二十三日（火）　晴

四、五日前、「大陸」に送った「杭州の時鳥」がとうとう掲載されずに返却された。読んでみると実に甘ったるい。もう少しましなものと思ったのに。

夜佐々木、磯田と本郷で飲む。

役所の高橋君に中支那振興の調査部の口をたのんでおいたら、役所のえら方の紹介さえあればいつにても入れるということ。上海も今ではつまらなくなってるだろう。あの少女に少しでものぞみがあれば私は直ちに出かけよう。はつゑもいなくなれば、もう日本にぐずぐずしている必要もない。むしろ転身の機会にちがいない。そのために企画院の毛里課長を利用しようと考えた。しかしそうはいうものの、矢張り内地にもこうしてなまけつついろいろやって居れば、未練が残る。やりかけたいくつかの仕事、レオナルドの翻訳、長塚節の伝記、サケッティ小説集等々。けれどそういう執着をふりすてて行かねばならない。新しい生活を目ざすには、すべての古いものを抛擲しなくてはならない。未練ははつゑとともに過去の闇に葬ろう。

佐々木と飲みながら、ふみゑの始末について相談した。

ふみゑが東京に居るべき家さえあれば簡単だが、矢張り一人の娘となると面倒になりそうだ。

はつゑについてはあきらめる。あきらめがつく。ただ或はもうはつゑは嫁入りしてしまったのかも知れないと思う。「明ちゃんが帰らぬうちに、早く」と式をいそいだかも知れない。はつゑがどんな気持でいるか私には分らない。私のことをきっと思い出してはくれたであろうが、それも結局水のように淡いものに過ぎなかろう。私が家へ帰ったら、幸子が必ず「はっちゃんが嫁入するそうだ」と教えてくれるにちがいない。幸子は姉に、「はっちゃが嫁入りすると聞いたらお兄ちゃんは悲観するだろう」と言ってるにちがいない。山田でもそう噂しているかも知れぬ。よしの母親などもよしのと「明ちゃんが泣くぞ」「欲しいなら欲しいと早く言わねば、はっちゃの方にとうが立つ」などと会話しているにちがいない。

十二月二十六日（金）　雨・後曇

小雨の朝帰着。家には父と母、姉、昌平《まさへい》、幸子、それからさち子と俊介、女中が二人。はつゑのことはまだ話に出なかった。

東京もそうであったが、汽車の中も、家へ帰ってもショーヴィニズムの氾濫横溢である。その上、「公論」を見ると、昔中学校時代に一緒に回覧雑誌をやった金子謙一[1]が保田、浅野[2]あたりを讃えている文章に出会った。ずいぶん久しぶりではあるが、このように人はたやすく理性を失うものか。

私の出ずべき場所はいよいよますます窮ってしまった。今こそはたらき盛りである、正に成熟せんとする年齢である。しかもそのとき適当にそれを調節せずして徒らに抑圧しとおすなら、それはこじれて、ひねくれてしまう。私は文学に対してようやく絶望をせつなく感じ出した。そうしてあたりを見廻すとき、そこにも粛然たるものを見出す。私はもはや愛されるような季節を過ぎつつある、私に乙女らしい愛情を抱いてくれたであろう唯一人のはつゑが嫁っ《ママ》てしまう。私に残されたのは形式的な結婚だけになった。

伊良湖は防禦海面となる。年ごろの娘たちは虱つぶしに役場に呼出されて自発的に軍需工場に送り出される。それを逃げるために女中奉公へ出たり、又ははつゑのように嫁入りしてしまう。

（1）金子謙一　豊橋中学校の後輩で、杉浦らの回覧雑誌『白塔』に参加した。『公論』一九四二年一月号に「文学維新論――影山正治・浅野晃・保田與重郎論」が掲載された。

（2）浅野晃　詩人、評論家。一九〇一年金沢生まれ。三高をへて東京帝国大学法学科を卒業。日本共産党に入党し中央委員候補になるが、一九二八年の三・一五事件で入獄し転向。出獄後日本浪曼派に属し評論活動をする。戦後しばらく沈黙を守る。

十二月二十七日（土）　晴

昨夜は三度夢を見て、そのうち二度ははつゑのことについてであった。そのうち一度の夢では私は大きな声を挙げて泣いた。

今日は晴れている。夕方になったら山田へ出かけようとひげを当っていると、姉と幸子とが会話している、「二日にははっちゃあの里帰りで、この前でバスを降りるから見張っていよう」と。そうするとはつゑはもう行ってしまったのか。何ということだ、もうすんでしまったことなのか。

何かしら山田へ行く気にもなれなかった、何のために帯飾など買って来たのだろう。せめてまだ処女のはつゑにもう一度会いたかったのに。ああ、あの夕方おそく門口から私を見送ってくれたのが最後だったのか。

私は茫然として古田に赴いた。道でとみ子に会った。これは誰にもかえりみられずに過ぎて行く。とみ子を好いたのは、そして今でも好きでいるのは私一人かも知れない。美しく素直なのに育てかたを知らなかったばかりに意地悪の我侭娘にしてしまったのである。しかし私と結ばれる縁ははつゑよりももっと少い。今から学校へ裁縫に行くと言っていた。

荒古の家にはふみゑが経机に向って何かコンパスで書いて居り、男の子たちがあばれていた。美智江は学校へ行った。ふみゑは三月には卒業して何処かに行かねばならぬ。そうすると私はもうどこにも行くところがなくなる。ふみゐを東京へ引取って学校へやるにしても置場がない。私はそんなことを考える。

それから八木君のところへ寄って夕方まで喋る。

夕ぐれが来た。けれど私はいつものようにいそいそと出かけるあてがない。私ははつゐが次第次第に目覚めて行くのを眺めながら、どんなにたのしかったことか。もういないのだ。

月が冴える。こんな夜私ははつゐのことをよく考え、山田でも散歩してはつゐの家へ寄ろうか知らと思うのだった。もうそういうことも思うことが出来なくなった。私にとって心からの打撃であった。いよいよ私にも冬がおとずれたのを切なく感じる。そしてこのときこそすべてをそそいで私のはつゐを創り出さなくてはならないと私は苦しく決心する。それが私の三十年の生活の総決算となる、そして私ははつゐのいない日本を捨てて支那へ行こう、あそこでならもうはつゐのことを思い出すまい。シャオはどうなのか知らないが、或は占いのとおり願が叶うかもしれないのだから。

十二月二十八日（日）　曇
はつゐのことを思って私は泣いて眠られなかった。何かしらすべてが失われてしまったように感じる。二日に里帰りするというけれど、花婿と一緒なのをさすがに見る気になれない。暁にかけて夢を見たが、それはエジプトから蘇州へ汽車で行くのであった。私はあの少女に会いたかったのにどうしても会えないのであった。
昼すぎ、帯飾りをポケットに入れて山田へ出かけた。

みちみちあらゆるものがはつゑを思い出させる。まだあのころ十四、五のはつゑが嫁に行くなんて夢のようだ、そうなるべきようになったのだ、とあきらめなくてはいけない。私ははつゑの家で泣き出したりするのがこわかった。そしてはつゑが行ってしまったのが、何か間違いであってくれればいいと思った。案外はつゑが家のあの薄暗い土間にいたらと思った。はつゑの声が耳に聞こえるようだった。

はつゑの家には皆いた、そして矢張りはつゑだけがまじっていなかった。竃の前にうずくまっているのはちせ子であった。「はつゑが行ったそうだのん」と私は昨夜から考えておいた文句を一息に吐き出した。「まあくれてやったあね」と母親が言った。「明が聞かしたくれたので買って来たけど、間に会わなんだなあ。ちいが嫁入りするときにでもやっとくれな」と私は小さな箱を渡した。私はなるべく普通であるようにややしばらくそのまま話していた、はつゑの話は何も出なかった。私にはわざと何も言わなかったのかも知れない。私のことがあったから、あんなにいそいでやってしまったのかも知れない。

やがてよしの母子が来た。皆畑へ出て行く。私は後で考えてもいつもとちっとも違わずにふるまったようだ。ただ開け放された障子の奥に仏壇の前に大きな写真がおいてあり、それがはっきりとは見えなかったが、新郎新婦の記念写真らしかったので何か胸が悪くなった。しかしすべてを胸に葬ってそこから生れでるものを私はとらえよう、私の気持は誰一人知らない。はつゑももう私のことなど忘れているだろう。或はよしのたちがひそかに何か言ってるかも知れぬ。そのために私はいよいよ昔どおり凛々として何げないふりをしなくてはならない。今さら人にあわれまれたとて何になろう。私を救うものはただ小説だけだ、私は失ったはつゑをその中に取返す、そして永遠に私のものとする。きょう山田のいたるところではつゑの幻を見出した。谷川にも草にも路にもすべてにはつゑが宿っている。そのはつゑをとらえること、それが私に与えられた唯一の生きる路である。どんな犠牲を払っても私はこの決心を遂げねばならない。

昼の間はいい、夜になって一人になると、私は涙にかきくれる。

十二月二十九日（月）　晴

昨夜も床に入り灯を消してから涙を流した。私を最後に支うべきものが一番初めに取去られたのだから、これも止むをえない。涙枕を潤おすという言葉が真実に感じられる。そのくせ夜明にはむしろとみ子の夢を見た。それで今日はとみ子に会いたかったが、風の吹く外へ出ても見かけなかった。午近く起き、午後は古田へ行った。ふみゑの家には兄の礼二郎も帰省していて、丁度昼飯が始まるところであった。それがすむと家中半纏を着て畑打に出かけてしまった。ふみゑもすっかり丈が伸びた。ただ口が余り格好よくない。

私の仕事の手伝いをするように教育させたいとよく考えるけれど、少々むつかしいことにちがいない。私がはつゑを躊躇した理由の一つに、はつゑの悪筆があるということは滑稽な点もあるが、切実な問題でもあったのである。

夜遂に「田園」に手を着ける。これからどんなものが生れるか分らない、しかし何かしら自分の力に不安を感じ出す。これを失敗したら私のはつゑはどうなることだろう。私は何もかも失ってしまわなくてはならないのではないか。今の私のすべてが賭けられているのに、私の想像力は鈍く重く飛翔力を失っているのを早くも感じる。

十二月三十日（火）　晴

だんだんあきらめて行く。昨夜は泣けもせず、一息に十一時まで眠りつづけた。

日は照るが風が強い、午後山田へ出かける、はつゑの家の折立畑、あそこでは何度もはつゑを見た、あそこの桑の中にいるのに会うのがどんなにたのしみだったろう。もう二度とそういうよろこびはない。私がはつゑの家に出かけるのは、何よりも、私が今まではつゑを目的に行ったのでないことを知らせなくてはならないからである。私がはつゑを愛していたことを知っていたのは、はつゑの父母、よしの母子、それから恒男の父母、きのえぐらいではなかったろうか。しかし或はもっと方々で噂していたかも知れないが、それは私の知識外である。

はつゑの母親は稲を扱《こ》いていたが、私がちせ子と話していると、「婿さんの写真を見せて上げようかのん」と言った。私はためらうものがあった、しかし見た。はつゑは大きな体を腰かけ、いかにも下駄屋の息子らしい安っぽい丈の低い男が紋付で扇子をもって立っている。それを見ると私ははつゑと釣合わぬのを思った、そして何故か安心した。「婿さんは明ちゃんのとおりに頭を分けておるぞん、丈がはつゑより小さいので、どうして写真をとったらええかと心配したけど、こういうふうにすれば、旨く行ったあね。夜でもこんなにはっきりとうつるなんて、ずいぶん沢山電気がついてるのだろうのん」などとはつゑの母親は言った。「あんたに見せるとはつゑに怒られるかも知らんけど」と言った。私はこの言葉を何か深く銘記した。私が左ほどでもないのを見てはつゑの母は安心したらしい。私がどんな歎きをしたか誰が知ろう。

しかし私ははつゑの夫の写真を見てから何か心が軽くなった。その男を私は心から軽蔑しえたからである。ただ一つ私ははつゑが私のことを思い出してくれたろうか、そのことが知りたい。私ははつゑが十一月に会ったころ私を愛していたことを知っている、ただ仄かな乙女心ではあったけれど。それが嫁入を承知したころどんな形になったか知りたいのである。

はつゑは私のいうような幸福にはなれないだろう。幸福というものはむしろ恒男のところにあったにちがいない。しかしはつゑは日本の女らしく自分の運命に従順することに間違いない。それは不幸なことだ。しかし、と私は目の前が明るく開けるのを感じながらつぶやいた、社会を根本的に革命しないかぎり一人のはつゑだけでなく、もっと可愛そうなはつゑが何十万といるであろう、私は一人のはつゑを失った代りにこの後に生れる幾百万幾千万のはつゑを救わなくてはならない。それはどうすればよいか、丁度今読んでいるクララ・ツェトキンの「レーニンと婦人問題」にその根本的な指針が見出だされる。現在の社会機構では断じてその根本的な改革は達成されえない。もっと大きな一つの変革の一部門として現れなくてはならないのである。私はその戦士であるだろう、私の小説はイデオロギイを露出しなくとも、この日本には不幸しか生れえないという否定的な答によって自分の思想を発表しよう。もし私の小説のはつゑのために涙が流されるなら、それは今の日本の否定的な主張となるように。

真正面から吹き当る海を越えた北風の中を私は戦を挑むように突進んだ。

ふみゑの家へ行く、ふみゑは丈ばかり伸びたが、まだ子供だ。しかし女は忽ちにして変るからもう一年たてばどんなであるか誰も知らない。ふみゑの祖母が私に早く嫁をもらえという。ふみゑは繭検査員講習所へ入る予定で、もし試験に滑ったら、家で百姓手伝わすと言うことだ。

帰りみちで重子を呼出したが、こうして女の子たちとつまらぬお喋りをして歩くのが矢張りたのしい。

小説はかなり順調だが、すっかり粗っぽくなったのを感じる。「谷間」のようにたのしげな伸々としたリズムはもう取もどせない。

夜、山鴫《やましぎ》、田鴫《たしぎ》、鷭《ばん》を煮て食う。

十二月三十一日（水）　晴

もうはつゑはあきらめえたと思ったのに、床に入ってから最後に会った日のことを思いつづけていると、はつゑが可愛そうでならなくなった。はつゑは僕のことを母親に一言ぐらい告げたであろうか、とてもだめだと周りから因果を言含められたのではないだろうか。しかしその中に可愛そうなのは僕自身であることが見出だされた、僕は十一月に帰ったときも何か機会さえあればはつゑに恋の告白をしよう、そしてはつゑの気持を確め、成行次第では結婚してもよいと思っていた。そんな機会はなかった、もし機会さえあればすべては整っていたのに。冬に帰ったら、と思ったのに、もういない。

十年の間育てて来た感情が忽ちにして何もかもなくなってしまったのである。僕はその間にいろいろ恋をした。千里に対して又シャオに対して、しかしそれらは熱病的な発作に似ていた、こちらで一人いきり立ったばかりで、何の反《かえ》しもなかった。シャオさえ今はただ感情のない美しいだけの人形のように見える。

常に僕の心の底にたゆとうていたはつゑに対する愛情、あれこそ本当の愛と名付けられるべきものではなかったか。失われた今になって始めて僕は気付いたのである。すべては遅すぎた。僕はすべてを失ったのである。

午後古田へ行ってみた。と志子が帰っていた。しかし、ああ、ああ、どこにもはつゑはいない。はつゑに対するような愛情は誰に対しても再び湧いて来ることがない。

そうだ、余りに長くはつゑを培いすぎたのだ。

…………

二十九は今日で終る。今年は、前年に可なり変動があつた。シャオを再び見たことが私を動揺せしめた。

しかしはつゑを失ったこと、これこそ二十代の終りを告げる挽歌にふさわしい。私は丁度二十代の間抱きつづけたはつゑの幻から解放されねばならぬ、プロレタリアートが土地から解放されたと同じように、それと同時に一切の安定からも亦解放されることになった。

一九四二（昭和十七）年

当時の杉浦家（1942年8月18日、福江町の自宅庭にて）

一九四二（昭和十七）年一月一日（木）　晴　四方拝

十一時に起きる。今年の願は第一にシャオに会いたいこと、第二に「青春」――はつゑの小説をそう名付ける――を見事に完成すること、そしてはつゑのことを忘れ去って新しい生活へ入ること。等である。

午後小説のために大池の下の納屋まで自転車を走らせた、そこに私は自分の小説を生み出す。しかし帰りに田圃から上ってくる重男と重平さ(1)に会ったときは、矢張りはつゑがそのあとから現れないことを不思議に思った。よしのの家により、それからはつゑの家に寄ると、莢えんどうをくれて、「明日はつゑたちが来て御馳走せるで来ておくれな」と言われた。私はこんないやな招待を知らない。私がはつゑを失ってどんなに失望してしまったか誰も知らない、私はそういう言葉に対して自分を任せながら、一方でその情感を計量している他の冷静なといっていい自分が別にいるのに気付く。これが小説家である。それゆえに私は大がいのものに耐えられるのである。

しかし一方昨夜まで快調だった小説が忽ち停滞し始めた、筆を下しさえすればすらすら出てくるつもりだったのに、もうつまり始めた。何を書こうとしているのか把えがたくなった。昨夜からそういうことを感じ出したが、今夜書いて見ると全く渋滞してるのを知った。

明日はつゑは帰ってくる。はつゑ一人なら会ってもいい、しかし男と一緒のはつゑはさすがに見るにしのびない。

（1）高橋重平　はつゑの父。「さ」は「さん」に同じ。重男は、はつゑの二歳下の弟。

一月二日（金）曇

昨夜は睡りつきにくかった。どんな夢を見たか忘れた。

はつゑに会いたくなかったために、倉で書棚を整理したり、古田へ出かけて暗くなるまで、そして粉雪がはらつくまで、ふみゑのカルタをとるのを見ていた。ふみゑの家にはと志子もすっかり名古屋娘になって帰っている。私はいつかはつゑが帰るたびに成長して行くのをたのしみにしていたことを思い出す、あんなたのしいことはなかった、植木が伸びて蕾をもち花咲くのを待つのに似ていた。ふみゑがもうそういう年齢に入って来た。しかしはつゑに対するような感情はもう抱きえない。はつゑには何かしら私に分らない解しがたいものがあった、が、他のどこにもそれはない。大体十年近くの間に私がはつゑと言葉を交したことは、ほんの数えるぐらいしかなかったのではなかろうか。ふみゑは言葉づかいも乱暴なら手はそれより速い。しかし私には決してはつゑのように抗わない。美智江は一人で頓狂な叫びを発して笑っている。

真暗になってから、はつゑが姑の田原へ帰るのを見送りに来ているという。バスが去ったあと、昌《まさ》平《へい》が往還へ呼びかけると、はつゑの明るい甲高い笑い声がひびいた。それは昔のとおりだった。はつゑは悧口だから幸福を見出している。私に対する気持などは乙女のあこがれで、少し具体的なものにふれれば忽ち消え去ってしまうのである。そのことを私は以前から承知していた、しかし、はつゑのたのしそうな笑いを聞くと自分がくよくよ歎いたことが愚かしく感じられ、それと同時に本当にはつゑは嫁入りなんかしたんだろうかとさえ思われた。

「青春」は本当に行きづまってしまった。

一月三日（土）　晴　元始祭

昨夜も何かはつゑの夢を見た。昨夜眠るまえ雪模様だったし、今朝うつうつ聞くとさらさら音がするので、これではつゑの家へ行かないですむと妙な安心を覚えた。

しかし快晴であった。が、昨日の夕方聞いたような陽気さなら会った方がむしろ胸がさっぱりするかも知れぬと思った。それにはつゑが帰ったから行かぬとすると、痛い腹をさぐられるようで面白くないからどうしても行かねばならぬ。

私がはつゑの家に行ったとき家の中で賑かな声がするし、門口にはよしの、ひさゑ、てるゑなどという娘たちが立っていた。私ははつゑが帰ったのでお祝の人でも来てるのかと思った。私を認めると娘たちは一斉にありありと困惑の表情をあらわした。はつゑは門をふと出かけたが、私を見ると驚いたように引退ってしまった。私はそのとき何か口にしたけれど何を言ったかどうしても思い出すことが出来ない。後で考えるとそのとき私の顔色が蒼ざめたのではないかと思った。よしのたちがあわれんで私を見ないようにしていたような気がする。はつゑはパーマネントをかけて、生々と大きく可愛らしかった。はつゑがこんなきれいになろうとは未だかつて思ったことがなかった。はつゑは明かに私にためらっていた。後にいた母親が「いいものをもらったから」というと、はつゑはぎごちないお礼を言った。そして皆で自転車で出かけた。私は何かしらあわれな役割を果したもののようにそこに立っていたが、ちせ子も見えなかった、但し賑なのは山の講ではつゑとは関係なかった。母親も何か私に気心をおいているようすが感じられた、それで私は直ぐ清水へ行った、あの水をがぶがぶ飲みながら私はすべてを流し去ろうとした。

はつゑは私に多少こだわるところがあった、そして私がどんなにはつゑを愛していたか、女の子たちだけは実に鋭く知っていたのである。私は悄然としてみじめなこれからの生活を見透すばかりである。以後再びはつゑについては書くまい。今日のことがはつゑの幸いに影を落さなければいい。はつゑはそんなことは直ぐ忘れるから大丈夫であろうけれど。

マニラを失ったアメリカ人もはつゑを失った私ほど歎くことはないであろう。

一月四日（日）　晴・後曇

本当に寝つきが悪くなってしまった。そしてあれやこれや思いただよっているうち、すべて悪いことの源がこのノートに潜んでいるような気がし出した。此のノートに日記を記し始めてから悪いことばかりつづく。この日記は失望でうずめられている。そして遂々《とうとう》カタストロフにまで来てしまった。代りのノートを持参しなかったことが残念である。その新しいノートには冬去りて萌え出ずるような喜びが記されなくてはならない。

正月で帰省していた娘や青年が続々町へ引揚げる。と志子は明日帰ると言っていた。ふみゑが「笑える」「え、具合」という。人が何か話をすると、いわば「よせやい」とか「まあおかしい」とかいう間投詞の代りに一口に吐出すのである。私はここの情景を以て小さな物語を組立てようと考えているが、いつのことか知ら。

ふみゑは午前中は大根と人参を抜きに行ったが、昼からはお手玉して遊んでいた。十六になるのに、まだ弟の横面を張ったり、美智江をいじめたり、がき大将みたいだ。ぼろぼろの着物から足をにょっきり出してもまだ気にならないのである。だがこんなことを書いたところでどうしよう。ただ私は色気はないけれどふみゑのそばにいると慰められるということが言いたかったのだ。山田はむしろ苦痛である。一昨日【明後日】になったら又からっぽになるから行こう。矢張り昨日は行くべきでなかったのである。

鈴木圭介君[1]が田原の野村重兵衛氏の長男で八高へ行ってるのをつれて、夕方まで喋って行った。しかし何と書くことがなくなってしまったことだろう。

(1) 鈴木圭介　経済学者。一九一二年生まれ。生家は福江町の旧家で当主は代々権六を襲名。兄の六代権六は杉浦のルポルタージュに度々登場する。圭介は熱田中学を経て八高の文科（乙類）にすすむ。一九三一年に思想問題で除籍され、立教大学予科に編入して一九三七年経済学部を卒業。一九三九年同学部助教授となる。戦後結核で長期療養を余儀なくされるが、東京大学社会科学研究所を経て愛知大学教授。

一月五日（月）　曇　新年宴会

「青春」は昨夜は快調だったので、かえって床に入ってからその後の構成に興奮して眠れなくなってしまった。その上暁近く白々月の照るころ、風が猛烈に荒れ出して止め木のかからない開き扉がばたんばたん鳴り出した。

私の小説で、私ははつゑを描くために余りにははつゑに惚込みすぎていて、も少し距りをおいた冷さがなくては客観化しえない。そして私はこの小説においてははつゑを取囲む田舎の因襲を攻撃し、且つ併せてこの主人公である行動力のないインテリたる久作に筆誅を加えようというつもりなのに、いつの間にか久作の自己弁護を始めてしまう。

暴風は一日じゅう吹き荒れて、休むときがない。

姉がドーナツを揚げ、私はリプトンをいれ、それから山田道へ出てみたが、汽車の道[1]は枯草が茂って放擲されたままで、すべてが荒寥としていた。

真向いには呼吸も出来ないような西風に対《むか》って少し進んだが、小学校の運動場に出て、そこから家へ帰った。それだけが一日の運動であった。あとは二階で震えながら「海洋自由」の翻訳をつづけた。

圭介君も今日は帰京するといったから、又誰も会うこともない。明日からは山田へものびのびと出かけるから、あわれな僕は一人しょんぼりと北風に吹かれながら山田道をたどることであろう。

（1）線路を敷設するための路盤。現在の豊橋鉄道渥美線は新豊橋から三河田原間だが、一九三九年頃には三河田原から黒川原までは線路が敷かれ、そこから福江までは路盤が完成していた。汽車の道はこの路盤をさす。戦争で延長計画が頓挫した。戦後、渥美細胞を作った杉浦は鉄道計画復活に取り組むが、実現できなかった。

一月六日（火）　晴

あらしが過ぎてなごやかな青空がもどる。私は十二時までぐっすり眠りつづけた。しかし夢の中で私はいろいろな娘に求婚したが、丈が低すぎるために話がだめになったり、もう遅すぎたりしたのであった。

私は古田へ出かける、私は饅頭を買う、近ごろでは田舎でも菓子がなくなってしまった。河岸へ出ると海は半ば干上がっている。ふみゑは経机に向うのを止め、上り口にしゃがんで昨夜の夕方と志子が名古屋へもどる前、タオルのことで喧嘩したなどと言った。明日は戦勝祈願のため伊良湖明神まで行くのだという。美智江は私の自転車で習うために道へ出て行く。マニラ麻の茂みに突込んだりするという。ふみゑの家は北に向って開いているから、河岸側には小さな門長屋が構えられ、その押し扉は冬じゅう閉って石の重しがしてあったりする、裏は赤土の崖をなしていたが二、三日前から之を崩し始めた、向うの麻畑はともかく林が露われるので何かさむざむとする。ふみゑは何も口を利かないでもだまって側に腰かけている。四月にふみゑが豊橋へ出てしまったら、私はもう本当に行くところがなくなってしまう。ふみゑは靴下がずり下りたからと足を出したが、長くて美しかった。

織物屋で重子にものを言って、それから山田へ行った。

ちせ子は毛糸のジャケツを解いている。いつの間にか、ちせ子も十四になったのである。家はひっそりしていた、私の心もしずけさを取もどす。誰も私の思いを知らない。

方々でもう嫁さんをもらってはどうだね、と言われる。自分の中にも、絶望に似た気持でそうしようかしらという気持が微かに動いている。しかしただ私はくじ引きみたいにえらぶことがきらいなのである。写真と特別な見合では、女の何ものも知りえない。

夜、青木美寛[1]が来る。去る十二月に東大の土木科を卒業して二月に入営する。

（1）青木美寛　豊橋中学校の後輩。一九三九年東京帝国大学工学部土木工学科に入学、一九四一年十二月繰上げ卒業。

一月七日（水）　雨・後晴

相変らず眠られない、夜々遅くなる、月が白々と空を渡るとき私は一人目ざめている、妄想さえ浮んで来ない。

十二時に覚めても疲れている。今日は微かな小雨が降って、寒さが到るところに沁み入る。二階で翻訳をしていると時間がたつ、やがてラマンチャ村の憂い顔の騎士を読み始める、翻訳は古く硬い殻が残っていて新鮮さや生々しさを欠いているけれど、次第々々に私をとらえ始める。私はたまりかねて笑い出す。この本を読んで笑わないのはうそである、なるほどこの憂い顔の騎士には常に悲しみがつきまとってはなれぬ。それで深刻な哲学的解釈が種々加えられた、とはいうもののセルヴァンテスと一緒に笑うのが我々の正当な感賞《ママ》力でなくてはならぬ。芳賀タン[1]の如き馬鹿チンが独り勿体らしいことを言ってマスをかくのである。

「ケーベル随筆」[2]いかにも日本の小宮[3]とか阿部[4]辺りの先生らしいドイツ俗物の代表だ。こういうものを私は軽蔑するばかりだ。

ブハーリン[5]の「ブルジョア経済学批判」、緻密さも鋭さも、透徹、適確もない、やかましくどなるだけだ。

夕方になって雨があがる。西の紫色が私を誘った。

私はこの昏れしずむ夕空を背景にする枯木立のさまざまな姿を愛した。八木君の工場へ寄って、アララギの一月号を見て帰る。戦争の讃美でみちている。すべて反動の波にまきこまれてしまった。アララギ的リアリズムの限界を見事に暴露した、私はそれをこえて進む。

「青春」渋り始める、自分を鞭つ、しかし出来栄についてどんな自信がもてよう、毎日その構想が変り、スタイルが揺れうごくのである。

(1)芳賀檀　評論家。一九〇三年東京生まれ、国文学者芳賀矢一の長男。三高を経て東京帝国大学文学部独文科を卒業。ドイツに留学し帰国後三高教授。『日本浪曼派』『山の樹』同人。著書『古典の親衛隊』に立原道造も影響を受けた。
(2)正しい書名は『ケーベル博士小品集』。フォン・ケーベルはロシア生まれのドイツ人。ドイツで哲学及び文学を修めた。一八九三年から東京帝国大学文科大学で西洋哲学を講じ、夏目漱石、阿部次郎、小宮豊隆、安倍能成らに影響を与えた。
(3)小宮豊隆　ドイツ文学者。一八八四年福岡県生まれ。一高を経て一九〇五年東京帝国大学文科大学独文科に入学、従兄の紹介で夏目漱石を訪問し、以来漱石に傾倒する。『漱石全集』の編集に力を注ぐ。阿部次郎のすすめで一九二二年新設された東北帝国大学法文学部でドイツ文学を講ずる。後、東京音楽学校長。
(4)阿部次郎　評論家、哲学者。一八八三年山形県生まれ。一高を経て一九〇七年東京帝国大学文科大学哲学科卒業。漱石主宰の「朝日文芸欄」に執筆し注目される。一九一四年に出版した『三太郎の日記』は、青年に愛読され続編や補遺、合本など版を重ねた。一九二二年文部省から派遣されて渡欧、帰国後東北帝国大学教授。

（5）ニコライ・ブハーリン　ソ連の政治家、哲学者。十月革命後、共産党中央委員、『プラウダ』の編集長を務めるが、一九三八年スターリンによって粛清された。

一月八日（木）　晴・時々曇

矢張り眠《ね》つきがわるい。何かが私を追い求めている、十二時まで眠る、死んだようにぐっすりと。目を覚ますと頭をもたげる、するとガラス戸を越して大屋根の上に青空が見える。風は相変らず鳴っている。冷く歪つなガラス戸の隙間から入ってくる。昼の間何もすることもなければ出来もしない。せいぜい紅茶を飲むか、二階で企画院の翻訳を面白くもなくつづけるぐらい。ドン・キホーテが私を慰めてくれなかったらこの生活は耐えられなくなるにちがいない。ああこれこそ小説の中の小説だ。

ケーベルが孤島の一年ぐらしのためにたずさえて行く小説を挙げているが、ファウストとセルヴァンテスを除いたら私はおことわりだ。聖書のよさを私は解しない、あの華やかさのない生活が私の市民性にとって耐え切れないものなのだ。私はボッカチオ、モンテーニュの闊達さをば世にかぎりなく愛するものだ。イミターショ・クリスチなど宗教家のエゴイズムが余り露骨で、今思いだしても吐きたくなる。トルストイにもドストイエフスキイにも近づきえず、シュトルムやハイゼなどをほめたたえるあたりケーベルの俗物性は批判もへちまもありはしない。――私が孤島で一年くらすには何を携えて行くだろう、万葉集、モンテーニュ、オネーギン、エッケルマンとの対話、シェイクスピア、資本論、――そして私は必ずこの社会に再びもどって来なくてはならない。そのことが肝要だ。

夕方古田へ行く、ふみゑは何するとなくいつも側にいてくれる。漫画絵本などに読耽っている。私はただふみゑが可愛くてならない、今ではもうすべての気持がこの少女に流れて行くのを妨げるものがなくなった。美智江はおそく学校から帰ってくる、私を見ると大あわてで家へ駆込むので閾に躓く。

一月九日（金）晴

ドン・キホーテ終る。限りなく面白い本であった。

夕方又古田へ行く、ふみゑは飯をたいている、それから出て来て又絵本を読んでいる。風がないだ夕方だった。青く暮れて行く空に星が光り出すのを仰ぎながら幸福に近い感じの浮んでくるのを覚えた。

夜、女中のまさえが嫁入するというので荒古までさち子と見に行くと、縁側にかたまってのぞいてる中にふみゑも美智江もまじっていた。さち子は花嫁のまさえの隣に座ってしまった。はつゑもこのようにして行ったのだと感慨深かった。

帰ってくると八木君に会った。八木君は十二時近くまで話して行った。その中にふと山田の恒男と幸次さの久代の嫁入が定まったという。重平さも恒男にはつゑを貰ってくれと言ったが、それをことわったから大分もめるらしい、と八木君は言った。その話の中に何か私の思い当るところがあった。それはつまり私は何故重平さが恒男より町をえらんだか解しがたかったのに、その疑が氷解したのである。私の推測によれば次のとおりだ。重平さは恒男にもらってくれと頼む。恒男の家では、私とはつゑの間を多少臭いと感付いているので、後が面倒だからことわる。丁度そこへ田原の話がかかったので、重平さの方でも、ことわられた面子と、も一つは矢張り私とはつゑとの間に間違いが起こらぬうちに片付けようと考えてあんなに忙々と、しかも大変な支度をかけてやってしまったのだ。私がはつゑの母に始めて会ったときの顔色など、そういう表面に表れなかった複雑な事情をはっきりと物語っていた。どんな些細な噂によっても私はその奥に潜むものに肉迫しようと努める、何故かなら、はつゑのことに関する限り、私は遂に表面には現れなかったとはいえ、すべての潜める動因であったらしいから。

一月十日（土）　晴・一時曇

今日に限ってこの日記を机の上に置き放しにおくと母が炭箱か何かを取りに上って、どうやら少しのぞいたらしい。夜しきりにはつゑはいい娘だが血統が悪いと言っていたところから判断すると。

昨夜私の考えたことは矢張り私の誤りであった、私は或は影のような存在であったかも知れぬが、そんな重大なファクターではなかった。矢張りはつゑの方が行きたがったのだし、そのために恒男の家とは絶交みたいになっている。

私が夕方山田へ行き、よしのの家によると、よしのは風呂を焚べながら恒男のところへ嫁入する久代をはつゑと較べてやたらと罵っていた。しかし私ははつゑのことを余り聞きたくなかった。矢張りいい気持はしないのである。それよりも暗いはつゑの家の土間へ行って、昔はつゑがしていたように、竃に向って桑の枯枝を焚いているちせ子と何か意味のないお喋りを続ける方が好もしかった。すべてが私の小説を築きあぐべき石になる。私は失ったものを今取戻そうとしている。

私の愛する本を挙げよと要求されたら、今のところでは次のように並べるであろう。

総じてギリシアは文学、哲学、皆読むべきものだ。私の読んだかぎりでは、プラトン「饗宴」「ソクラテスの弁明・クリトン」、アリストパネス「蜂」、テオフラトス「人さまざま」ぐらいだが、アエスキュロス、ソポクレス、エウリピアデス、アリストパネス、其他詩人、並にデモステネス以下の雄弁を読みたい。「オデュセイア」「ソポクレス悲劇集」の日本訳は読むに耐えなかった。しかしプルタルコスの「英雄伝」は翻訳を超えて優れている。これこそ私の愛読する本の中の本の一つだ。

ローマ文学、中世文学は研究にはともかく愛読など不可能だ。ポルトガルのカモエンス【カモンイス】を読みたいけれど、これは一生読めずに終わるかも知れぬ。その点ではスペインのローペ・デ・ベカ【ロペ＝ディベカ】やケベードも同然だ、カルデロンはどうでもいいが、我らのセルヴァンテスはどうしても読まなくてはならない。「ラサリーリヨ・デ・トルメス」も傑作だ。それ以後には魅力ない。

イタリアではダンテ、ボッカチョ、マキアヴェルリの「君主論」、チェルリーニ。レオナルドも加えよう。しかしマンゾーニもゴルドーニも大したことはない。

フランスは、偉大なモンテーニュがある。まだ読んだことはないが、「ガルガンチュア」も同じ列に並ぶべきものかも知れぬ。しかしパスカルの坊主くささは二、三行を除いては私は尊敬しない。ラ・ブリュイエール、ラ・フォンテーヌはまだ知らないが、ラ・ロシュフーコオは一応読んでも損しない。奇妙なシラノ・ド・ベルジュラックも、その師カムパネルラに劣るが、も少し高く買わるべき存在だ。エンシクロペディストの中では、大きさの点ではモンテスキュウ、ルッソオ（「懺悔録」を除く）に及ばぬとはいえ、「ラモーの甥」こそ不朽の生命を持つものである。ド・ラ・メトリイの「機械論」はずい分昔読んでよく覚えていないが、私が読んだ唯物論者の最初の本で、痛快を覚えたものである。メリエ第一巻だけだったが、他の唯物論者以上にこの無名の牧師の告白に驚いた。ボルテールは大したものでない。

小説に入ると、「クレーヴの奥方」の清純さが「アドルフ」や「マノン」よりいい。しかしバルザック（「セラフィタ」其他の神秘的なもの、及短篇の大部分を除く）、スタンダール（「赤と黒」「パルムの僧院」「恋愛論」及二、三の短篇のみ）、フロベールはフランス文学において圧倒的である。三人の中フロベールがやや劣る。メリメ、ミユッセ、サンド、ユーゴーは二流乃至三流に属し、それ以後ではゾラのヒューマニズムの真摯さのみが尊敬される。モウパッサンはその最大傑作「ベラミー」を以ってしても二流を超えることが出来ない。近代より現代には古き偉大さの余映が残るが、ジイドにせよ、プルーストにせよ、百年の後には一つの章を占めるほどのものではない、彼らは生活と遊離してしまったから。そしてこのことは今日余りにも高く評価されすぎているヴァレリイに特に当てはまる。ヴァレリイの行いは行きつまったプチブルジョアの一つの自慰的遊戯にすぎない。ましてアランのごときおっちょこちょいにおいてをや。

ベルギイ、オランダに出て、私はかの崇高なるスピノザを限りなく仰ぐ。デカルトはわずらわしい。

英国では「カンターベリ」をまだ知らない。トーマス・モアにはフランスの百科派と同じ席を与えよう。イギリスでは何と言ってもシェイクスピアだ、彼の偉大さは「ヴェニスの商人」一つ読んでも我々を途方に暮れさせる。それ以外では小説に花が咲きみだれている、「ガリヴァ」「デヴィッド」「虚栄の市」「嵐ケ丘」は読んだけれど、リチャードスン、フィールディング、ガスケル、オースチンはまだ少しも知らない。近代ではコンランド【コンラッド】だけを拾う。

アイルランド文学は二三流、米国ではポウ、マーク・トウェン、ジャック・ロンドン（「白い牙」「野性の呼声」）。

ドイツでは古くはライプニッツ、次いでゲーテ（「ヱルテル」「伊太利紀行」「ローマ哀歌」「詩と真実」「植物変態論」「ファウスト」及び特にエッケルマンとの対話）、ハイネにすべてが尽きる。シルレル、クライストは三四流、ローマン派は論外、ドイツ文学はひっくるめて醜悪だ。もしもう一人是非えらばなくてはならぬなら、資本主義世界の最後の作家トーマス・マンを取ろう。但しドイツ語には、マルクス、エンゲルスが存在している。

デンマークにはアンデルセンが居り、海峡を渡れば、トルストイと並ぶ最後の最大な十九世紀の作家、巨人ストリンドベルヒの国に入る。イプセンは以前ほど感心しなくなったが、何と言っても尊敬しなくてはならない。北欧の作家のうちヤコブセン、ビヨルンソンを私はそんなに高く買わない。

私を育ててくれた国ロシアは、プーシキン、ゴーゴリ、ドストイエフスキイ、ゴンチャロフ、ツルゲーネフ、トルストイ、チェーホフ、ゴーリキイとまるでヒマラヤの連峰を望むようだ。コロレンコも私の愛する作家の一人であるけれど、レールモントフはそのバイロン張りが気に入らず、チェルヌイシェフスキイ、グリボエードフはどこがいいのか分らなかった。

ソヴィエト文学にはオストロフスキイの「鋼鉄」、アウディエンコ「私は愛す」、ショーロホフがやがて繚爛と咲き乱れる春を予告している。

東洋の文学については殆どしらない。しかし「アラビアン・ナイト」は私の愛読おかざるところであり、支那の「論語」と「墨子」は東洋の慧知を示し、「紅楼夢」はアジアに生きるなげきを伝える。魯迅は二十世紀最大の作家で、ゴーリキイと共に新しい世代への橋たる使命を美しく果した。

さて日本には何がある、万葉、芭蕉。物語の中では「今昔」だけを愛し、西鶴が読むに耐える唯一の作家である。現代については又言うであろう。

一月十一日（日）晴・時々曇

日曜日だ。小学校が始まってから子供たちも四時ごろまで家に帰らないが、きょうは必ず家にいる。十二時に夢から覚めると薄く曇っている。しかし風がないで暖かである。

昼の間二階で翻訳をいやいやながら続けたりその合間にストリンドベルヒを読んだり、何度も下へ降りて紅茶を飲んだりしているうちに、直き夕ぐれとなる。毎日眠りが足りぬためか疲れも出れば又頭もにごり、おまけに腹の加減も善くはない。夕ぐれどきは冷え始めるので何処にじっとしているわけにも行かない。

昨日は間にしたから今日は古田へ赴く。ふみゑも美智江も二人とも経机に対って勉強していたが、私を見ると急いで止め、美智江は本をのせたまま奥へ提げて行った。美智江は河岸へ出て私の乗り捨てた自転車で練習する。風はないけれど、海岸の空気は冷たい。まお蘭の茂る道を何度も往復して習っている。そのうちに漫画を読んでいたふみゑも表へ出て、芋の生切干を片付けたりしていたが、お終いには美智江と道にころがって争いはじめ、美智江を泣かしてしまった。

伊良湖水道一帯が防禦海面に指定され、燈台山に砲台が築造されて海軍々人が増え出した。伊良湖では酒も莨《たばこ》もすっかりそちらに取られて大分不平が出ている。

大清水に海軍の飛行学校、大崎に海軍の飛行場、豊川に海軍工廠とまるで軍事地帯化してしまった。私はそういう傾向を好まない。年中、兵隊が肩をそびやかして歩くのを、この故郷にまで見なくてはならんのだったら堪らない。

一月十二日（月）曇

「青春」は何か閊《つか》えてばかしいる。昨夜書いた部分はむりに頁だけを埋めたような始末になった。しかし床に入ってからトルストイの「青春時代」を読んでいると、一つのヒントを与えられた。今日トルストイを読続けると、自分の才能のみすぼらしさが身に沁みた。私の作品は、混濁して、写真でいえば、分離がわるく、一つ一つの線が鮮明に浮上がらないのである。昔の私は鮮明さを誇り、その点では志賀直哉をあえておそれない自信を抱いていた。けれど今ではもっと混濁を愛するつもりであったのに、トルストイを見たら、すっかり狼狽してしまった。二十五、六才にして彼の書いたのと比べると私のは悲惨の一語で尽きる、殆どすべての日本文学と共に。

山田へ行こうか古田にしようか考える、はつゑがいなくなって俄に行かないのも余り現金すぎると思い、人目にもよくないと思うけれど、矢張り気が進まない。それで曇っていつもより早い黄昏に古田の河岸へ出た。ふみゑは三分どおり干《ひあが》った汀でもくを蒐めては、石垣の上に積んでいた。

こんな遅く学校から帰って来た美智江が河岸道で自転車を稽古してる間、私はふみゑと道端の稲叢《いなむら》の辺りに立っていた。ふみゑは靴下がずれるからとスカートからももまで出して靴下止を締め直す。私の目の前でちっともはずかしがらないのを見ると、まだ本当に子供に過ぎないとやるせない気持に襲われた。丈が高くなり、頬にも紅がさして来たのに、何も思うことなく、道端の材木の間に足をひろげて、十分間も立って見せたりする。二人ともセーラーの上に羽織を着てるのがよく似合う。

私は真暗になるまで遊んでいる。

一月十三日（火） 晴・夕方曇

昨夜は予定より進まなかった。ようやく今夜から第三章に入るのだが、余りに前途をいそいでいるために片っ端から脱落して行く。しかもまだ具体的に把握できないものを手さぐりで判断して行かねばならない。創作ということは一個の実践であるから、頭の中ではなくペンによって具体化されることによって同時に自らのインペトゥスを獲得するのであるが、そのことは構想《コンセプション》の不確実さというより虚白を救うものでは決してない。私はペンを取るに先立って、よろこびよりもむしろ義務的な負担を、重苦しさを感じて、あちらこちらの本の頁を翻したりこの日記を書いて見たりする。

昼間は暖かだったので、さち子を自転車にのせてこの間嫁入りしたまあ公のところへおきに行く、それは古田の河岸でふみゑの隣りだった。まだ誰も学校からもどっていない。それで三時半ごろさち子を迎えに行くと、ふみゑが学校の門をくぐるところであった。さち子を自転車に乗せようとしていると、ふみゑが帰ってくる。紅い柔かになりかかった頬が美しく見えた。草が萌えるように何かが現れてくるところなのだ。しかし四月からふみゑもいなくなると私はしょんぼりする。

それから山田に赴く。清水から一廻りしてちせ子が飯をふかしてるところへ行くころ、西空は真黒なむくむくする雲におおわれた。そして峠を古田の方へ下るころには、あられまじりの雨の粒が顔をはたはたと打ちつけたので、もう一度河岸へ出ようかと誘う気持をおさえねばならなかった。

夜は水たきにビールを飲む。

一月十四日（水）　晴・時々曇

昨夜は第三部に入る。余り手近な時代に入ったので心緒がみだれ、眠るときかすかに涙が流れる。しかし第三部の構成がまだ出来上らない、結果だけが与えられている。如何に虚構すべきか、私をばまだ実際の世界がとらえているので空想の飛躍が困難なのである。神々よ、私をしてこの物語を完成させたまえ。もう上京の日も迫っている。わずか二十日で仕上げなくてはならぬのだから、あわてて落着かない。

毎日十二時に目をさます。時計が狂う。ストリンドベルヒによると、それは携帯者の生活を伝えるものだそうだ。私の心臓の鼓動が秒針の進度を不規則にし、長針の位置を目茶苦茶にする。

朝から昼にかけては和《なご》いているが、少し日が傾きかける時分から雲が速く流れて屡々日を覆い西北風が鳴り出す。私の出掛けは定って三時すぎだ。昔だったら、二月前だったら、こんな風くらい何ともなかった、むしろこの顔を切るような激しさを愛したくらいである。しかし私をこの風の中を山田まで惹きつける存在が今では存在しない。だから私はいつか古田の河岸へ出て行く。

美智江だけしかいないので、上りはなにおかれたふみゐのズック鞄から慰問文を引取して読んでいると、何処からか声を挙げてふみゐが飛込んで来た。ふみゐは経机を出し風呂敷を手本に模様画を色どり始める。美智江と二人で時々犬ころのようにころがりながらふざけてるが、美智江は怒って表へ行ってしまう。

夕闇が襲ってくるころ、ふみゑも絵をやめて道に出た、そして自転車に一回乗って畑のまわりを一まわりした後、用水のほとりの貝殻の上にしゃがんで何かを話し出す。それは何の意味ももたぬ、誰が芋を好きだとか嫌いだとかいうようなことを喋ってるにすぎない。ただ自分を愛してくれる少女と話してることがたのしいのである。昨日はどうしてあんなに早くやって来たのか知らと思って、いそいで帰ったのに直ぐ行ってしまったものだから、とふみゑは言った。セーラーを着て、石ころで土に埋った貝殻を掘り出しながら、この少女が甘えるような口調でいう声を聞いてると、私はなかなか直ぐ帰る気にはならなかった。「ふみやん、火を見とらんかい」と母親が呼ばなかったら、もっと暗くなるまでそんなお喋りを続けていたかもしれない。ふみゑは私の方を向きながら、左様なら、明日又おいでなと言いたそうな顔をして、門を入って行った。もとはそう言ったけれど、今では矢張りそう言い出せないようだった。私は今まではつゑにそそいでいた気持の流れをすっかりふみゑの方に切りかえるのに成功した。よく夏干上った海岸で私たちは出水の池を幾つも掘り、それを結びつけるために容易に河道を作ったものである。そして自分の考えに従って或河道を塞げば他の河道に殆どすべての水が集り流れることが出来た。丁度私のしたことはそれである。但し砂利と真砂の堤から旧河道に多少の漏れ出るものがあるのは仕方がない。――私は、しかし、自分がもう三十になったのを思うと何か臆病になる。

一月十五日（木）　曇・時々晴

　昨夜はすっかりつかえてしまった、しかし夜明まで床の中で目をさましているうち、ようやく第三部の構想が大よそに出来上った。あと残る日数はいくらもない、そうだもう二週間が欲しい。もう役所に出なくてはならないのだが、私は背水の陣を敷いて動かない。

　きょうは古田へ行くのは止めるつもりだった、その代り昼休に運動場を通ると皆遊んでいたけれど、しかし六年生は学校の退けるのがおそい。四時ごろ行くと、驚いたことにはつゑが座っていた。そして昔みたいにそちらへ寄って行く勇気がない。私は山田でちせ子ときょう一日遊ぶつもりであった、この前の帯飾のお礼を言う。ちせ子は風呂を燃してるので、その側に座って芋切干を噛みながら今ではもう落着いたはつゑが話しかけるのに、好加減な返事をしていた。はつゑは私に早くお嫁をもらえという。けれど、私は、矢張り余りはつゑとは口を利きたくなかった。

　それで新聞でも見ようと、縁側に廻って、わずかに残る光の暖さを感じながら、胸に迫る思いに耐えていると、毛糸の編物をかかえてはつゑが又縁に出て来た。そして実は夫が昨日召集されたからそれでちょっと家へ帰ったので、明朝もう行くのだという。とうとうはつゑも軍国の花嫁になってしまったのかと、あわれな、苦い感じがした。はつゑは何か私と話したがってることは分ったけれど、私ははつゑを好きになるわけに行かないので、又ちせ子の側の風呂の方へ逆もどりした。そして何かもうこの家に居たくないので、ガラス越しにはつゑに左様ならして風の中に出た。

　私はそのまま家に帰ることが出来なかった、自分との約束を破って古田の河岸へ降りて行く。ふみゑは昨日のつづきの絵を彩《いろど》ってい、美智江は地図を書いている。きょう私が山田へ出かけようとして自転車に乗ったとき、ふみゑたちの母親に会った。私が「寒い、寒い」というと、ふみゑは「山田へ行って来ただら」と言って火鉢を提げて来た。それからこんにゃくを買いに暗い表へ出て行った。

一月十六日（金）　晴

はつゑのことばかり書き並べるばかりで何の摩擦も矛盾も生じない私の小説について疑惑をふと感じた。こんなことを書き列ねることに何かの意義があるだろうか、最初の意気込ではその背景に農村の推移を生々とえがくつもりだったのに、そんなものにまで及んでいたら又一月を費やさせねばならない。私は構想を急いで細部の計算はペンをとって書きながらやらなくてはならない、そのため誤算がずいぶん多い。

昨夜も何かに遅れてしまって口惜しがった夢を見る。

昼に起床。店に出ると、向うではつゑがバスを待っている。

それでも私は一度道へ出て行ってはつゑに話しかけた、もうこれが会い終《じま》い、話しじまいかも知れなかった。夫の出征にも拘らずはつゑはそんなに悄《しょ》げていなかった、まだ一月にもならず、悲しむところまで行っていないのであろう。それにしても、もう一月おくらせばよかったのに。何か不思議な運命に操られ、はつゑは不幸になって行くかもしれない。

夕方畠村の出店にさち子を迎えに行った帰り、ふみゑの家をちょっとのぞいたが、今日はそれだけ。その代りめずらしく折立を一まわりする気になり、自転車で西邸から海岸まで二十分ぐらいで過ぎた。田舎は私を生産への欲望にかりたてる。

極めて冷い夜になった。毎晩風呂を上がると、牛乳で紅茶を沸かしては母や幸子《ゆきこ》と飲む。

一月十七日（土）　曇・時々晴
昼は風が収まる、曇って雲が早く流れる。私は矢張りはつゑが忘れられないのを感じる。しかし昨日一昨日見たのは私のはつゑではなかった。似てはいたけれど、全然別のものであった。

夕方は山田へ出かける、小糸[1]――私の小説の茂子――が帰ってるというので家へ行って見たが、何処かへ隠れて遂々姿を見せなかった。

それからよしのの家へ寄る。はつゑが居るころは余り寄らなかったし、寄道したところで直ぐ出てしまうのが普通だったが、此頃は長くしゃべり込む。よしのの話によると、小糸も二十八日に嫁入だそうだ。本当に皆行ってしまうという感じだ。「貴方も早く貰やええがん」とよしのがいうので、「貰いたくても誰も居らんじゃないか」と私は答えた。すると米を搗いてたよしのの母親が「わしらのはっちゃを貰ってくれりゃよかったのに」「あんなに早く嫁《ママ》ってしまっては、もらうわけにも行かん」「わしらあんたがもらってくれると思ったのに、貰ってくれぬもんだい、仕方ない、くれてやっただがね」すべては私の推測どおりであった。

それからちせ子が風呂を焚いてるところへ寄って五時のニュース放送が終って薄暗くなるまでいた、もう此頃は此家にはつゑのいないことに馴れた。何かあきらめに似た安けさが私を領している。

国友に手紙を書く。

明日は市が立つ日だから、ふみゑを誘って行こうかと思っていたが、此頃ではふみゑも私と一緒に歩くことをはずかしがるから、無理して早起きする必要もあるまい。それより小説の完成を志せ。

蓄音器の修繕が出来たので、シューベルトをかける。「春の夢」の劈頭にあらわれる春の夢を描くピアノの前奏とそれから始まる歌詞は今の私に当てはまりすぎるくらいだ。

美わしかった夢！　今は冬である。

（1）田中小糸　福江町山田の少女。はつゑと清田尋常高等小学校で同期。

一月十八日（日）　曇・後晴

十二時すぎて目をさます。小説も終りが近づきつつある。眠るまえに明日の分五枚だけを細部まで組立てておくくせをつけたので、暁の色が窓のそとにうごき出すころまで眠れないのである。

だがこの小説が出来上ったところで誰が読んでくれるであろうか。私の小説は時代おくれだ。どこの雑誌もこのように暗く否定的なものをのせるだけの紙の余白を持たないにちがいない。

一日寒く、雲が通るたびに雪が散り霰がばらつく。企画院の翻訳は大体晁《けり》をつけたのでバッハを聴いたり食パンを焼いたりしているうちに大抵日が暮れ始める。

そこで指の切れそうな風の中を古田へ行く、この寒い日暮にふみゑと美智江は長沢田へ行ったきりまだ帰って来ない。博や邦と風呂の火に当ったりしているともう暗くなり、長屋の向うの空に欅の裸の梢が海風に吹かれているのが見える。それからやっと坂を下りてくる車の軋が風の中に聞えてくる。ふみゑが南京袋を七つ八つ積んだ荷車を牽いて門を入ってくる。美智江は膝小僧に出来ものが出来たと跛を引き引き後から蹤いてくる。二人で朝から松葉をかき集めて来たのである。雉か山鴫《やましぎ》が飛立ったなど火鉢で手を温めながら話した。

私はそっとふみゑの顔を注視してるのが好きである。それからふみゑの小さな硬い手を握っていることも。ふみゑがもう二つ三つ年が多かったら。

海岸の風に震えながら外へ出るとふみゑも干物を片付けに畑へ出て来た。

一月十九日（月）晴

冷たい風が収まっても動くと身を刺すように冷さが沁みる。夕方までは二階で翻訳をやったり、トルストイを読んだり、それから三時のニュースを聞きながら、食パンにバターをぬりジャムをつけて食べたりする。シンガポールが紀元節までに陥落するかしないかと争っている。マレイの戦況が急速に進展すれば、もうシンガポール要塞まで奪取できるつもりでいる、家へ来る大部分の人がそうだ。昌平と西川重夫[1]は二月一ぱいだと遅く考えている。私は三月じゅうに落ちれば大したものだと思う。或は永久に落ちないかも知れぬ。田舎の人々の話を聞くと、マレイを取ったから日本にゴムが氾濫し、米国は反対にゴムが一かけらもなくなって戦争が出来なくなる、フィリピンをとれば明日からにもマニラロープが剰って困り、ボルネオを占領すれば即座に重油が入ってくる、おまけに敵の遺棄した自動車が余り多いので、そのうちに強制貯金、公債買入と同じく、無理矢理に自動車一台ずつ買わされるかも知れぬと夢見ている。真面目な話である。

夕方が近くなると西に向って自転車を走らせたが何方へ行くあてもない。そして古田道から山田へ赴いた。ちせ子が飯をたく側にしゃがんで何ともない話をしている。はつゑの片見みたいな感じを感じながら。

外が仄かにくらがり出すと私はそのまま何処へも寄らずに引返す。そして又古田へ行く。父親の近治が榎の木の根株を鋸で引いている。裏の崖を崩した副産物である。ふみゑは井戸の方で大根か何かを刻んだり里芋を洗ったりしている。美智江は麦藁の束で風呂を焚いている。私は美智江の側にしゃがんでいつまでも美智江は芋をいくつ食べるなどいうお喋りをしていた。買物からまだもどらぬ母親をふみゑが迎えに行って帰ってくるのと入れちがいに私はもう帰ることにした。海風の叩きつけるような門の押戸を閉めるように美智江を呼ぶと、ふみゑが飛出してきて戸の隙間から首だけ出して何か言った。それは何を言ってもかまわない、一つの愛情の交換みたいなものである。

夜鶏の水炊き。土方氏へハガキ。

（1）西川重夫　福江町折立に住む幼馴染。清田尋常高等小学校で一級下だった。

一月二十日（火）　曇

衣類の切符制が発表されたので母や姉たちは狼狽して小間物屋へ買いに行った。私がこちらへ来てからすでに塩、醤油、味噌と切符制になって民衆を困惑させた。いよいよ民衆の犠牲において独占資本家と軍人の抱合いによる独裁が確立される。戦勝のニュウスで酔払わせたすきに片っぱしから民衆の生活を限界以下に切下げて行く。こういうどん底生活がこれから五年十年と続くであろう。

昨夜は生田と樋口に葉書をかく。

いつものように四時すぎると家を出て、きょうは徒歩で弁財へ桑畑の中をぬける。小潮で余り退いていない海から冷い短い風が吹き上げて松を鳴らす。私は何となく古田へ行くのに気がひける。まだ帰っていないのかと思ったら、ふみゑの方は台所で声がする。美智江はまだ学校だ。ふみゑは台所の仕事をしながら途中でちょいちょい表へ出て来て、私と話をする。靴下がすりきれてしまったから買っておけばよかったとまくって見せる。すると火が消えると母親が叫ぶ。ふみゑはしぶしぶ台所へ入って直ぐ又出てくる。そしてとうとう父親に代ってもらった。五時すぎてもまだ美智江は学校からもどって来ない。ふみゑは一人で木の根っこを割っている。美智江が裏から帰ってくると、私も暗くなったので引上げる。押戸を開くとびゅっびゅっと潮風が吹き当る。「きょうは指物屋は仕事をしてるな」と私は言った。するとふみゑは私の予期したとおり戸の間から首を出した。
畑の中を雲のたたずまいを眺めながらもどるともう六時であった。

一月二十一日（水）晴

ふみゑがいなかったら私はこんなに容易にどん底から蘇りえなかったかもしれない。そんなことを考えながら眠ると海の上をボートで漕ぎ走る夢をみた。そしてふみゑではなくふみゑの姉のと志子が、——実際よりずっと純粋で少女らしかった——真裸でボートに蹤いて泳いでくる。おや、この海では人食い鱶が出るのに、と島の岸に上って透明な海中を見ていると、裸のと志子も岸に上ったが、おかしなことに私はと志子に毛が少ないなどと妙なことに感心した。すると汀の石垣の縁に人食い大蛸が何かをねらうように手足をもぞもぞ絡ませている。私は口へ棒切れか何かを押込むと蛸はあの軟い足をそれに絡めて来た、そこへ誰かが来た……

そんな夢で、まるでフロイドの分析の材料にでもなりそうな性質のものであった。

珍しく風のない青空だった。畠村からかえると重平さたちが田原の出征兵送りに出かけるところだった。それから山田へ行く、ちせ子は飯をふかし、母親は芋飴を煮ている。私はそれから池まで行ってくる。昏らくなると寒くなる。あちらこちらの家に寄りながら、又行くと今度は皆飯を食っている。

家へ帰ると六時になる。角力の放送を聞いてから晩飯、それから七時のニュースを聞いて風呂、牛乳紅茶を飲み終えると九時のニュースになる。それがすむと二階に引き籠って三時まで仕事だ。これが毎日の時間割である。

一月二十二日（木）　晴

最後のやままで来て遂に甘くだらけてしまった。一昨日と昨日の分はどうしてか、はつゑが私を愛していたことを甘く書いただけに終った。そこには何の彫刻的な人間の仕上げもなく、だらだらとのろけているばかりである。又しても絶対的な窮地に追こまれた。頭がのろくて少しも利かないからそういう結果になった点もあるが、今夜腹が痛み出したところから見て、体の力がぬけていたせいかもしれない。

昨日モーツァルトのト短調五重奏曲を聞く。レコードが一枚われているので、一番大切なところが欠けているにも拘らず、私の肺腑をえぐった。バッハは今の気持に余りに整然としていすぎる。モーツァルトがこの曲を作ったとき、彼は何か暗い世界に対い合っていたのにちがいない。不安と絶望に蕩揺する心がこれ以上細やかに美しく歌われたことはかつてなかったにちがいない。

今日も静かに晴れた夕方、古田に出かける。美智江が赤坊を祖母に負わされているところで、ふみゑは糯米を搗きに行ったという、が直に帰って来た。今日味噌の配給だからもらって来いと母親に言われると、ふみゑは三時間も待たなくてはならんし、子供が行くと三十銭のところを二十銭しかくれないからいやだ、と言った。そこでふみゑは風呂をくべ、美智江は晩のおかゆを煮る。母親が味噌へ出かけたので、私はふみゑの側に座ってふみゑの凍傷でふくれた指を見ている。靴下のびじょうが伸びてしまったとずりおちそうになるのを何度も引上げるのである。

と志子のお古で人絹混紡なので一個所ほころびるとそれにつれてずるずる破けてしまうと長く伸びた足を撫でている。明天井の明り取り一つしかないので直ぐに暗くなる。風が又出始めたらしい。もう六時だ、私はふみゑの側に座っているといつまでも立ちたくないけれど。

そして私は一人でそのまま帰る気もしないので、門が開いてるがそのままでいいのかと叫ぶと、果たしてふみゑが飛出して来た。お母さんがまだ帰るけれど、まあ閉めておこうかな、と北風のつのる海の方で今地引網が揚ったのを教えてくれた。私の幼い恋人、ふみゑはしばらくまるい紅い頰をした顔を門から出して、何か直ぐ後で忘れてしまうような他愛のない物をいう。私もただふみゑの愛情にみちた声を聞きさえすればそれだけでよいのだ。

はつゑがいなくなってから私はしばしばふみゑをあと四、五年待とうかしらと思う。ふみゑは昔から私を好きであったし、年の距りも何とかなりそうな気がする。私はふみゑを少し勉強させてやりたいのだが、そこに無理が出来そうだ。

ふみゑが娘になって他へ行ってしまったら、私の打撃は今度とちがって全然再起の希望がないゆえに、今からそれをおそれるのである。

一月二十三日（金）　晴

昨夜書き終えるつもりで三時半までかかって二百字二十枚を書きなぐったけれど、とうとう終らなかった。終りになるにつれて粗雑で平面的になり、分離がいよいよ悪くなる。しかも大甘ときているから、これを以って世に問う勇気を喪失しつくしてしまう。

昨夜は腹痛を覚えたのできょうは食パンのおやつを止めにして、リプトンを二杯のむと、畠村の鶏屋へ出かけることにした。まだ三時半ごろだったので小学校の上級生が退けるところである。運動場の樟の木の下では美智江やしげ子が並んで座り、男子のベースボールを見物している。そして私を見ると皆立上って往還へかけ出した。博も帰るところなので、家まで自転車に乗せて行ってやろうというと、丁度井戸のあたりの一群の中にふみゑもまじっていると博が教えてくれたが、私の近眼には見分けられなかった。美智江たちは途々鬼ごっこしながら帰って行く。

私は菓子屋へ立寄って米おこしを買って袋に入れておく。畑路から河岸へ降りると、退干潮どきで地引網をやってるので海岸へ出て行った。きょうはぼらも入らないというので私も道の方へ引上げてくると、もうふみゑが帰って来た。急いだと見えて呼吸を切らしながら。裏の崖を崩した赤土を運ぶ牛車の轍がこわした道をふみゑが歩いていると、赤坊を負った何処かの女の子が明後日の日曜には船大工さの家で子供常会があって、紙芝居やお話があると告げて行った、高等二年の女は一人だけだからいやだやあとふみゑは言った。私が袋の中からおこしを取出してやると、ふみゑはちょっと困ったような顔をしながら受取った。「ふみやん、大根をぬいておいで」と母親に言われると、ふみゑは私の縄切をもって私の自転車で坂を登って行った。その間私は崖を取除いた跡に博や其他の弟たちと立っていたが、風は僅かにあるようだけれど薄い夕日がさしてそんなに寒くもなかった。ふみゑは直き荷掛に大根をつけて帰って来る。そして直ぐ私のところへ上ってくる。一ところ掘りのこされた大榎の木の根の周りで二十分もふみゑと立ってると、ようやく美智江も帰って来た。崖のあとには蟹が出て来てのろく動いていたりする。そこへ崖崩しの人夫がやって来て、土をこわし始める、根を払ったり枝を鋸《のこぎ》ったりする。ふみゑは唐鍬をもちに家へもどったが、そのまま出て来なかった。母親につかまって晩飯の仕度でもやらされているのだろう。私もしばらくはその仕事を見物していたが、とうとう又家へ行くと、果してふみゑは勝手の仕事をして居り、美智江が風呂を焚いていた。けれど私が行くとふみゑは又中庭へ出て来て、何かしら私のそばで話したり祖母さんに叱られたりしているのである。もうあと三、四日でふみゑともお別れだ。そして四月になれば、もうふみゑも豊橋へ行ってしまう。繭糸指導員の臨時養成所へ入るのだそうだ。もしそれがだめだったら補習に通いながら百姓を手伝うのだということだ。

「ふみやん、何をしとるだ、水をささにゃこげつくが」と母親が呼んだ。「あっ、本当」とふみゑは台所へ駆込んだ。実際醬油のこげつくにおいがしていた。私はそれからそっと立去った。何か去りたくなかったけれど。表に出てしばらくぐずぐずしていたのは、ひょっとするとふみゑが私を探すかも知れんと待ってたのである。ところがふみゑが中庭に出て来て割木を割るこえは聞えたけれど、別にさがしもしないようだった。私は自分を苦笑いしながら畠村へ出かけた。

一月二十四日（土）　晴

昨夜二時にやっと「青春」を終えた。一日も怠けず書きついだけれど、構成に可なりの無理があり細部の仕上に粗っぽいところが多かった。殊に第一章の始めの方は殆ど二十枚近く全然書改めなくては後とつながらないのである。今日「コサック」を読んで自分の才能の貧しさ、力弱さにあきれた。私はトルストイにそんな劣らぬ才能をもってると自信していた、というよりそういう願望を抱いていたのであるから。

三時すぎると跛のシェピーを連れて山田へ出かけた。健三に芋をもらって犬に食べさせたあと、縁側で新聞を見ていると、ちせ子が大根をつけた自転車で帰って来た。私はこの家に来てアルテン・グーテン・ターゲを夢見る。日の当ってる庭も椿の花のまじる藪も。

それから古田へ出る。ふみゑは台所にいてときどき出て来る。美智江は少し昏れてからもどって来ると自転車を習いに出て行く。ふみゑのところへも隣りの女の子が明日の子供常会の通知でくると、ふみゑはそのまま表へ出て行ってしまった。私も相手がいなくなったので道へ出てみるとふみゑはまりをついていたが、まだ本当の子供だった。

海岸に出て暗くなるまで地曳網の曳き揚がるまで見ていてもどると、ふみゑはもう風呂をくべていた。「さあ、帰るかな、シェピー」と私は犬を呼んで外へ出た、「今日は風がないから戸はこのままでいいのかな」と門のところまで来た祖母に言った。ふみゑが出て来ないかしらと思ったが待っても昨日みたいだとつまらぬので自転車を曳いて坂を上がり出すと、ふみゑが門を閉めに来たらしく声が聞えた。

一月二十五日（日）　晴

私の「青春」に手を入れ出すとかぎりがない。第一章の殆ど大部分を全然新に書下さなくてはならない。二十七日に帰京する予定にしたから今日と明日の二日しか残されていないのに、果して全部を読返す暇があるだろうか。東京では全く具体的な写象が浮んで来ないので手を加えることさえ不可能である。しかもこちらにいるにつれて一日々々明確な細部が把えられるので限りなく完成に接近しうるけれど、時間的な不足は如何にしても補われえない。あと十日欲しい、本当は一月ほしいけれど十日でもいな五日でもまだいい。

そんな具合で時間が貴重であるけれど夕方は犬をつれて山田へ出かける、一廻りしてはつゐの家へ行く、ちせ子も十四で気持のいい子になれば健三や雪男もいたずらだけれど扱いよくなった。私がむきになって相手にしなくなったせいもあろうが、矢張りはつゐがいなくなってから冷淡に見ることが出来るからでもあろう。風収って和やかな夕方が来る。私は寂かな光の中に立っている。

それから又古田へ出て行く。もう雨戸は閉めてあったが、ふみゐは台所で支度して居り、美智江は麦藁をくべている。ふみゐは出て来て犬を撫でたりする。晩飯の副菜を煮るために火を燃し出したが、割木に火が付くとそのまま出て来て、隣家の新嫁の動静を覗いて来てくれる。もう真暗だ。「あとを閉めてくれ」というとついてくるふみゐ、潮が満ち始めたらしく白い波をちらちらと立て始めた河口をきょうも地曳網があったと言いながら爪先立って眺めわたすふみゐ、「この犬はふみちゃみたいに弱い」といえば、「何の、私はえらいもの」と仄かな闇のただよう扉の外によりかかりながら、答えるふみゐ、短く耳の辺りをピンでとめた髪の下にやわらかなまるみを帯びた顔は、みずらに結うた古代の少女に似ている。この少女は私を愛している、そんなことを思うと、私は明日のことも三月さきのことも考えるわけではないけれど、何か哀愁の影引いた幸福を感じるのであった。

一月二十六日（月）　曇

昨夜しきりに頭痛がしたのを耐えて「青春」の修正をつづけたが、とうとう第一章も出来上がらないで終った。

きょうの昼も手を加えたが矢張り捗らない。今夜二、三時間を剰すのみ。もう五日あったら。

三時ごろ古田へ土産のまんじゅうを買いに行く。

小学校では運動場に人が出ていたが、近視の私には見分けられなかった。私は坂本屋で一円だけ別の包みを作ってもらい、それだけを酒袋に入れ、一度古田の河岸へ出た。果してまだふみゐたちは帰っていなかったので、礼二郎に東京の下宿へ遊びに来るようついでの節伝えてくれるよう祖母に名刺を託してもどると、ゴムまりをつきながらふみゐが家並をはなれて畑にさしかかるところに出逢った。

しかし私はそれから直ぐ山田へ出かけることにした。そして風呂をくべてるちせ子の側で重男と話してるうち五時が廻った。

それから古田の海岸へと下る。ポンプ小屋の前で自転車を止めるとふみゐの母親がまあ東京へおいでるだねと言った。直ぐ私が門の中に入って行くと丁度ふみゐが勢いよく家から飛出してくるところだった。おどかしてやろうと思ったにしまったとふみゑはセーラーの上に羽織を着ている。風呂をくべてた美智江は放り出して自転車を習いに行けば、ふみゑも台所の方を時々思い出しては覗くだけで始終私のそばについていた。しかしもう夜が廻っている。美智江も何度もころんだあげくもう家へもどって風呂をくべ始めた。私は袋からまんじゅうを取出して六人の子供に頒けおわると渋る足を引っぱるようにして外へ出て行くと、ふみゑはだまって表までついて来た。もうこれで今度来るときにはふみゑは豊橋へ行っている。「ふみやん東京へ来い、御馳走してやるに」と私がいうと、ふみゑは行けないから仕方ないと言った。礼二のところへ来ればいいじゃあないか、と私はだめに定ってることを言った。「まあ、貴方も帰っちゃ来やせん」とふみゑはしずかに門を閉じながら言った。丁度一月まえ私が帰省したころと同じような夕月が中空に光り出したが、東の丘波は霞んで何だか春の夕ぐれみたいであった。

一月二十七日（火）　晴

午前十一時に福江を発つ。豊橋まで春のように日が照り、心が打開くようであった。豊橋で汽車の中で読む本を探し歩いたけれど殆ど目ぼしいものはなかった。

二時半の急行に乗る。南の空は夕茜していたが富士は黒くみだれた夕雲に閉されていた。私は豊橋で仕方なしに買求めた「平治物語」を読んだが、予想に反して甚だ興味つきないものがあった。特に左大臣伊通の皮肉な批評が挿まれてあるのがよかった。静岡すぎてからはイリンの「人間の歴史」を繙いた。唯物弁証法を活かして子供のために説いている。赤木健介[1]のやり方に似ているが、赤木のは単なる浪曼主義に唯物論の匂いをほんのりさせたにすぎないが、こちらは根本的に正しい弁証法的認識と豊富な科学的知識の上にのびのびと打樹《うちた》てられてある。

七時半に新橋に降りると直ぐさま浅草へ行った。私は何を祈ったか、第一に「青春」を完成すること、そしてこれによって私が認められること、第二にシャオに逢いたいこと、そしてそれよりさき写真でも送ってくれること、第三に家じゅうの安泰と幸福、そのほかふみゑのこともお終いにそえ、兵隊にとられぬことも頼んだ。

本郷へもどったらもう本屋は閉っていた。ペリカンだけ開いていた。下宿へもどると手紙がいくつか机の上にのっていた。向山からのハガキが着いていた、しかしそのうちに写真をもらってくれるとしかなかった。あとは別段何もなかった。

石井がもどってくると、今朝家を出るとき作ってもらった握り飯を食った。私の室は冷く埃じみている。

この前の日記帳はいやなノートだった。このノートには何が記されるかしら。よろこびに充てよ、けれどよろこびとは一体何であろう。

そういえば、私は今朝バスが田原の街を通るとき何か心のしめつけらるような気がした。牡丹色と緑の着物を着た若い女がもう終って露台をたたんでいる市の間にいるのを見るとはつゑじゃないかとふりかえって見たくらいである。私はもう忘れたつもりだった、しかし矢張どんな深刻だったか、今にして思い知るのである。そしてもしふみゑに支えられなかったら私は立上がりえなかったにちがいない。

（1）赤木健介　別名伊豆公夫。歌人、評論家。一九〇七年青森市生まれ。九州帝国大学中退。社会運動に参加して一九三三年に検挙され入獄。一九三八年再び検挙されて未決保釈を繰返す。一九四四年下獄し、敗戦後連合軍によって解放された。民主主義科学者協会に属し評論家として活躍する。

一月二十八日（水）　晴

昨夜寝つきが悪くいやしい想念に追われていた、そのため朝十二時に目を開く。行李が到着している。私は母がひいてくれた黄粉に一つまみの塩、姉の作ってくれたドーナツ、或は餅、食パン、砂糖等を拡げる。床屋へ行くつもりだったが、役所へ出るとすればもう間に合わない。私には私の激しい虚栄心があるのであって、こんなに無精ひげを伸ばしたところを若い女に見られたくないのである。

役所では例のようにお喋りだけですぎる。誰も私などを問題にしてる人は一人もいなかった、こんなことならもう五日も福江に頑張って「青春」を仕上げればよかった。私は自分の小説のことは国友へ少し知らせただけで全然洩らさなかった。しかし土方氏が「小説でも書いてたんだろう」と言ったとき、ついでに白状しておいた。

私は自分の小説の発表する場所を知らない、そんなものを殆ど予想せず、書きさえすれば誰にも認められるような気でいた。しかし、とも角完全させることが第一だ、後は後の問題だのに、東京へ来てしまって果して書き上げられるであろうか。きょう一日すごして私は何か暗澹とし出した。

神田へ引越した出版文化協会で樋口、寺島にちょっと会った上、企画院の毛里調査官に翻訳の原稿を渡しに行く、旧臘依頼しておいた支那行はちょっと待てということになった。

夜は本郷の本屋を見て帰ったが、何もなかった。本なんか何もない。その代りビールを二本買って下宿で待ってると、十二月に卒業して第二乙なのに召集された阿部が弟を伴って来る。××《ママ》をののしりながら歓送会を終えた。阿部は吉原へでも泊ろうと言って去った。

私は一人になるとふみゑを思い出す。終いの日に行ったとき、ふみゑは私の側へ来ると直ぐ羽織の襟の折れてるのを直してくれた。それからさっき学校の外道を通ったのを知っていた、運動場で長刀の稽古をしながら見ていた、とも言った。私は近視だし、それに槙の生垣に遮られてふみゑがいるかどうか見分けられなかったのに。

一月二十九日（木）晴

午前中に床屋へ行くつもりで十時半に目をさましたが、寒さに起き渋ってるうち何度もとろとろと仮睡に陥ちるのであった。そうすると私は山田は村はずれの小糸（私の小説の茂子）の家の前へ行った、小糸も嫁入するというので私はひやかしにこれで三度も四度ものぞきに行くのだが、いつも隠れてしまって出て来ないのである。ところが今度は小糸は子供のころと同じようにいたずらそうな笑を浮べて少してれながら縁の方へ出て来た。小糸はまるで少年みたいに頭を短く切ってオールバックにしているが、その首すじの刈り具合などが恐ろしく新鮮だった。私は一目で小糸に惚れ込んでしまった。そしてはつゑも失えば小糸も矢張り失ってしまったのを、いやはつゑよりも小糸を失ったことを遺憾に思ったのである。

床屋へ行き、神田で樋口、寺島と会い、それから銀座へ出て佐々木に会う。ミュンヘンでビールを飲みながら官吏になった連中を扱《こ》きおろす。

私はいい気持で上野へ出、公園の月の下びを通って谷中坂下町から駒込坂下町肴町の方へ本屋を見歩いた。最後に本郷までくると、森井の本店に例の番頭さんの娘がいた、マスクをかけて親父のそばで何かしていたが、如何にも少女らしかった。何処か銀行の給仕か何かしてるということだが、もう私にはこういう若い美しい少女を求める権利が自然消滅したと思うと何かはかなく且ばからしかったけれど、しばらくは胸が動悸うっていた。

下宿へもどってリプトン紅茶をいれると、昨日もそうであったが、今日も何故かひまし油臭い。新しい薬缶の湯の中か、紅茶そのものの中か、茶碗の中か、又は砂糖の中か、そのいずれに原因があるか分らなかったけれど、いたく腹立たしかった。

寺田と岡田眞[1]へ手紙を書く。

(1) 岡田眞　一九〇一年香川県生まれ。一九一六年大阪の八代商店（後の東洋帆布株式会社）に入り、後に取締役支配人となる。一九二〇年アララギに入会。一九三一年のアララギ安居会（於信州大沢寺）で一高生の杉浦と出会う。以後、古書蒐集を通じて親しく交わる。

一月三十日（金）　晴
昨夜団子坂下を歩いているうち私は酔ったまぎれに箪笥屋へ入って六十五円を払ってしまった。すると今朝ベビー箪笥が運ばれて来た。夜押入のボール箱に入っていたシャツや靴下をつめこむと忽ちにしてどの抽出も満員になってしまった。

私は何処かへ小さな家を借りることを考えている。そうすればふみゑを呼んで学校へ通わせればよい。

箪笥のあとから寺島と佐々木と来る。佐々木には卵を分ける約束があったからである。寺島は二葉亭全集を借りに来た。

二時ごろから役所へ出かけるが、ストーヴの周りで雑談してるだけだから四時まで待つのが長く且つ愚劣である。もう余り役所へ出るのはやめにしようと思った。殊に土方氏でもいないと話する相手もない。

夕方になると冷い風が吹きすさんで、宮益坂の古本屋を見歩るくとき呼吸もつげないほどであった。本は何もないし、おまけに風を避けて店はガラス戸を閉めている。

アララギの発行所で小暮、樋口に会う、渋谷で一口飲もうと食道横丁を次々にのぞきまわったけれど、九時半ともなれば客は入っていてももう本日売切申候である。私は余り飲みたくもなかった。

向山から葉書が来たが、シャオの写真については何のことも書いてなかった。

一月三十一日（土）　晴

昼まで寝てると明石がやって来た。昼飯をすませてから生田に会う約束だったので、明石を第二食堂に待たせておいて帝大新聞で油を売っていること一時間余り。生田が来たころには明石はもう帰っていた。

生田と富岡鉄斎の展覧会を見に行く。上野は春日のように照っている。鉄斎というのは写真版などで見たかぎりでは自由自在な筆づかいに敬意を感じていたが、それほどのこともなかった。よいものはごく稀である。尤も八十才を越えると急に進歩して一人の画家として大成して居る。色彩も晩年の沈んだものには感嘆すべきものがあるけれど、線などの使い方を全然知らない。生田は人間が皆いい顔をしてると言ったけれど、私はこういう洒脱な顔を卑しいと思う。もっと水気があるのが美しい。山と水ばかり画いていたら私はもう少し尊敬したろう。しかし忠君愛国の画題、楠公だとか、富士山だとかをいくつも並べているところを見ると、彼が単なる技芸師にすぎなかったことを教えられる。この点は芸術至上主義的傾向を有するすべてに共通する、例えば今日の高村光太郎のごときがそれだ。彼らは技術だけを習っているが、現実に対して何らの正しい認識も有《も》たないので、そういう現実に直面すると忽ち自分の馬脚をあらわす。そういう自分の弱点を避ける賢ささえもっていないのである。高村光太郎は今月は蒋介石に与える詩を作っている。——とも角、鉄斎が五十か六十で死んだら彼は三流どころの画家であったろう。八十以後にあのような発展をもつということは稀有でもあれば、驚異に値することでもある。いずれにせよ、私は未完成のまま限りない将来を偲ばせてやまない崋山の方に遙かに遙かに敬礼する。私は鉄斎の画だったらほんの二つか三つしか欲しくはないであろうが、崋山のだったら断片零墨でも珍重するであろう。

次に白日社展をのぞいた。マリー・ローランサンその他のフランス作家の小品が並んでるというので。しかし、フランス人の絵は旨いけれど疲れ切っている。過去の伝統だけに頼っている果敢ない美しさだ。私は下手で新鮮な日本人の洋画の方をいくらか余計愛したいような気がした。

本郷百万石でふぐちりを食って少し飲む。そのあとで森井書店へ出かけ、若主人の新ちゃんに番頭さんの娘のことをたずねたが、十九で新宿の方の銀行へつとめてることしか聞き出せなかった。それから生田と銀座へ出たけれど別に何もすることなし、アラスカのスタンドで焼酎ウィスキイのハイボールを二はい飲んで本郷へもどる。

石井と餅を焼いて食う。銭湯で量ったら十三貫あった。

渡会宇平、(1)守屋(2)へハガキを出す。

(1) 渡会宇平　愛知県出身。船長。杉浦の父太平が所有するトロール船二隻を塩釜で管理し、漁業を行っていた。

(2) 守屋金次郎　興亜院の友人。一九四一年五月の大陸出張では、予定をあわせ揚州を一緒にまわった。このハガキは平塚市杏雲療養所に入院した守屋への見舞いだったと思われる。

二月一日（日）　雪

夜半から冷えまさる、昼まえ猪野に呼醒まされてみると雪が降りつつあった。霏々として降りしきり一日やまず、夜も又降りつづいた。

だから夕ぐれに晩飯のため外出したきり、あとは午飯もトーストですませ、餅を焼くやら、紅茶をのむやら、ゆで卵をつくるやらで終日机の前に座っている。そして飯の加減がよくないのを感じながら何か飲むか食うかしていなくてはじっとして居られぬのである。本も読むには読んだが六、七時間もつづくと飽きてもう何一つすることがなくなる。

夕方福井の妻の死亡通知がとどく。十何年かの恋も結婚して十月たらずで終った。しかしなお福井は満足であろうと私は信じる。私は絶えず破れてばかりいるのだから。

「青春」に手をいれなくてはならぬと思いながら頭がさっぱりしないので、ぐずぐず長びいてしまう。「公論」か「文学界」へ持込めるといいのだが。中堅作家が根こそぎ徴用されてしまったので雑誌は弱っているらしいから。又評論家——例えば三木清、[1]中島健蔵[2]——もいなくなったからその方面にも空地が出来た、しかし昨日も帝大新聞で頼まれた原稿を断ったように、私は危険な批評を書く気になれない。そして危険でないような批評なら書かない方がいい。言いたいことは、なるほど、腹ふくるるほどたまっている、しかしそれはどれも皆封印されている差押えられている。許されていることは大政翼賛会[3]（大ていよさんかい。）の標語をせいぜい美辞麗句で引伸ばすことだけである。現実の正しき認識、把握は絶対に禁止される。支那を相手とちがって今度は皇国主義者も乗《ママ》るかそるか絶体絶命の立場に追込められているのだから、その凶暴性も極度に達している。進歩的なるもの革命的要素を含むものを寸毫も容赦しないであろう。

（1）三木清　思想家、評論家。一八九七年兵庫県生まれ。一高から京都帝国大学文学部哲学科に進み西田幾多郎に師事。一九四二年徴用され陸軍宣伝班員としてフィリピンのマニラに派遣された。一九四五年三月治安維持法違反の容疑者を保護逃亡させた容疑で検挙され、九月に豊玉刑務所で獄死。

（2）中島健蔵　評論家、仏文学者。一九〇三年東京生まれ。松本高校を経て一九二八年東京帝国大学文学部仏文科卒。一九三五年から同科講師。一九四二年徴用されてシンガポールに派遣されるが、翌年教壇に復帰。

（3）第二次近衛内閣の基本国策要綱にもとづいて創設された官製国民統合組織。全政党を解党し政治新体制を具現する組織として一九四〇年十月発会。経済新体制（統制会）、勤労新体制（大日本産業報国会）とともに高度国防国家建設の主軸に位置づけられた。

二月二日（月）　曇

二尺も積ったかと思いのほか毛雨《けあめ》に変ったらしく半分解け去っていた。しかし冷えるので昼まで床の中でうとうとしてると佐々木がやって来た。飯を本郷で食って別れる。私はそれから福井の告別式に駒込片町まで出かけなくてはならぬ。香料を五円包んで、雪の残る寺にしつらわれた式場のテントの下に悄れて立ってる福井を見た。たとえ恋女房にもせよ女房が死んだら肩が軽くなったような気がしないものだろうか。もう一度出発し直すよろこびが何処かに潜んでるのではないか、そんなことを考えながら又本郷へもどる。

野沢さんが要事があるというので帝大新聞社へ寄ったが、野沢さんは二階食堂にいたはずなのにそのまま何処かへ行ってしまった。仕方ないから病院図書室の三輪のところへ出かけた。岩波文庫の蒐集とカステルの色鉛筆との話に終始する。いつでもこのとおりなのだ。別にためにもならないが、暇つぶしには非常にいい話相手だ、おまけに宮崎県から飴を送ってよこしたところへ出くわした。夕方になってマンサダに行くと、会田由(1)に会った、三輪の紹介でサケッティの翻訳出版について白水社に話してもらうことにした。レオナルドで懲りたから今度は本屋を選ばなくてはならない。

晩飯をすますと、まだ雪の消残る上に毛雨が又降り出したぬかるみを靴にしみこむ水を耐えつつ菊坂から小石川初音町の方へ古本屋を一巡りした。そして今日の出費は二十円を越した。百六十円もっていたのが今や十円いくらかしか残っていない。箪笥をのぞいては目ぼしいもの一つだに買わないのに。

(1)会田由　スペイン文学者。一九〇三年熊本県生まれ。一九二七年東京外国語学校スペイン語科卒業。『ドン・キホーテ』を原典から日本で初めて翻訳した。東京帝国大学附属図書館司書。戦後は東京外国語大学でスペイン文学を講じ、あわせてスペイン文学を広く紹介した。

二月三日（火）　晴

どうしてこんなにはつゑのことが忘られないのであろう。昨夜も昨夜でいろいろな夕ぐれに会ったはつゑを思い出していると、はつゑが嫁入したことが信じられなくなった。どうしてはつゑが嫁入するものであろう、あの土間にまだ私を待っていそうな気がする。私ははつゑのいない感情に馴れたけれど、それでもそのことが信じられないのである。ふみゑはその空隙を充たしてくれるにはまだ余りに幼なにすぎる。余り悲しみが生々しいので私の「青春」は現実から遊離することも結晶することも出来ないのであろう。私は自分の作品に絶望的な不信を抱きはじめた。

駿河台下で樋口のところへ立寄るつもりでバスに乗ると隣りにベレー帽にマスクした少女がいたが、確に森井の番頭の娘にちがいなかった。ハイキングにでも出かけるのか、鞄を肩に吊るしていた。しかし御茶ノ水で降りて行くのを見るとあの少女ではないような気もした。

役所に出てもつまらない、ストーヴの側でだべって時間を空費するだけだ、私はひとりラ・ブリュイエールを読む。

夕方は銀座に出て昨日三輪から教えられたとおり服部時計店でカステルの色鉛筆を買求めた。これも古本蒐集と同じくはかない、いらいらしい慰めである。

それから日伊協会の茂串をたずねた、そして本郷へ来て別れた、六時だったのに寺尾は休んでいるので焼鳥屋へ入って七十銭のつぐみを一羽、しかし歯が悪いためあちらこちらへ挟まってあとがよくなかった。もう少し食いたかったが、一円五十銭以上には一割五分の税金がかかるのでやめて、飯を食いに行く。

浅草へ節分の豆まきを見に行く途中、山喜房によると、山喜房の主人が私に世話をするとて見合写真を押付けた。私はそっとひらいて見たが、きりょうがよくないことを除いては何一つ推測もしかねるような見合写真にすぎなかった。とても目のさめるような美人ならとも角、普通では余り気乗りのしない話だった。見合結婚はなにか不潔であり、もし結婚するにしても定ったら翌日ぐらいにでも決行しないかぎり、私はゴーゴリの「結婚」に終るであろう。それに見合結婚というやつは、はつゐによって私の恨みを買っている。その恨みはまだ生々しく深すぎる。私までがその呪われた不幸に陥りたくはない。

私の膝のうえにはけい子が腰かけていた。そんな女との結婚話よりこの女の子の顔を見てる方が何百倍たのしいことか。

山喜房の甥の巣鴨高商生をつれて浅草へ行ったが、雨もよいで暗く人出も多くはなかった。観音堂の階段では押しあい衝き合い人々が賽銭を拾うことを争う。私も拾って見ようとしたが、とてもそんなに人を押退ける気にならないので止めにして、粂平内に祈って帰った。私の祈りには四月に約束されたシャオあり、ふみゐあり、又例の番頭さんの娘もまじっていた。そして特にシャオについて祈った。

八時半すぎると映画館も入場止めだし、飲食店もおしまいだ。その上三十分もバスを待ったあげく市電で帰るという始末だった。

昨日会田由から聞くところによると、ドン・キホーテの企画を届けたところ出版文化協会で紙がいるからと不許可になったという話である。こんなに出版文化協会の本性をさらけ出した話はない。そこには資本家の手先たちの通常まとうところのあの偽瞞《ママ》のベールさえないのである。彼らは常に文化を云々し、そのために働いてるような口ぶりをする。もちろんそれは各個人の善意の如何に関せず偽瞞《ママ》にすぎない、彼らはいつでも「国策」「日本精神」等々としてお上——つまり資本家の代表機構——から天くだりにくだらせ給う政策のために働くし、それ以外にはなしえない。しかし一方においてなお民主的進歩的な批判が可能であった時代には、彼らは自分の行為を「文化」によってヴェールせざるをえなかった。しかるに今日強力的に一切の批判の自由が抑圧され、地を払うに至るや、果然反「文化」的な態度をも意に介さざるに至る、彼らは「欧米侵略史」「日本精神生成」「肉弾」「キング」「主婦之友」等々無数に亘る、愚書だが、帝国主義宣伝に多少とも価値あるものに、乏しい紙をさくのを躊躇しないけれど、世界の古典中の古典、永遠に新しい傑作「ドン・キホーテ」にはいくらも要らない紙を拒絶するのである。

二月四日（水）　曇

便秘しているせいか眠り苦しく、一、二時間ごとに目を開く。そして午すぎても頭が重たく眠い。寺尾が休んでるのでうどんやに入る。釜揚うどんを食うが、一ぱい二十五銭というのに、まるで黒くて支那そばみたいだ。そばはないそうだし、うどんも十銭のもりかけは一ぱいしか売らず、あとは釜揚とか天ぷらうどんとかを食わせる。それさえこのとおり、そばみたいに黒くてざらざらしている。

神保町へ出て岩波小売部でヘーゲル哲学史の上巻を二冊買求める。一冊は蘇州の向山へ送るのである。いつまで待ってもあの少女の写真を送ってくれないのに、私の方は少しでも催促する気持でむしてはヘーゲルを探して、小包を作って送るのである。

役所へ佐々木が来る。律の(1)女房が先ごろ男の子を産んだそうだ。二人で銀座へ出てコーヒーを飲む。

小山が訪ねてくるというので、のんきでおでんを食って急いで帰る。尤もいそいでとはいうものの、古本屋へ立寄っては岩波文庫をさがしながらであるが。

小山は七時ごろ来る。歌の話をしながら紅茶をすすりながら十時まで喋っていた。小山は一月から日本精神研究所に入った。ソフトなどかぶり、青と牡丹色の派手なネクタイをしている。私はつい小説を書いた話をしてしまった、生田にも洩らしたし、これで四人ばかりに喋ってしまったことになる。

岡田眞の歌集「市井集」の批評を書き始める。気の毒なほど下手な歌集で、その中から一応普通な作品をえらんでも十首に足りまい。しかし私はほめることを課せられているので、可なり苦労するのである。「天沼」などならほめ甲斐もあろうが——小山も感激して四季へ何か書いたそうだ——、これら数多の歌集は醜い拙劣を極めた部分、しかも大部を占めてる部分をそしらぬ顔で見逃がさねばならない。だから三枚書くのに容易ではない。

仕事の予定

一、「青春」の仕上げ

一、「レオナルドの手記」（上）の校正、「同」（下）の翻訳、「絵画論」の翻訳
一、サケッティの続き
一、長塚節評伝、附啄木
一・アルベルティの家族論　及　ボッカッチオのフィアンメッタの紹介
一、シモンズ「ルネサンス、イン、イタリイ」の全訳

（1）伊藤律　一九一三年岐阜県生まれ。一高で杉浦と同級。在学中に共産党青年同盟に加入し一高細胞を再建する。検挙を逃れるため地下潜行し、一九三三年に放校処分。一九三九年の二度目の検挙で実刑となるが、一九四〇年八月肺浸潤のため執行停止。一九四一年九月二十九日に再度収監され敗戦後出獄。共産党に再入党し中央委員になる。一九五二年スパイとして党を除名される。行方不明になって死亡したものと思われていたが、北京で二十七年間幽閉されていたことが明らかになり一九八〇年に満身創痍の状態で帰国。

二月五日（木）　晴

　腹がつまっているので眠りにくい。それに妄想が私を取囲《とりま》く。ふみゑを待つにはふみゑが余り若すぎる。ふみゑは年齢はちがっても私を愛してくれるだろう、その点でははつゑのように忘れっぽくないであろう。

　昼まで寝ていると三省堂の金が来る。友人の南に何処か職を探してくれと言うのである。私は朝鮮人に何か警戒したい気持を抱かずに居られない。何か私たちに巻ぞいを食わせるような気がする。実際何か信用しきれないのである。この点では支那人の嚴の方が遙かに純良である、一つには痛めつけられ損なわれていないからでもあろうが。

バスを待ってても容易に来ない。すると本郷通りを明石が通りかかったので二人で明菓へ行き、それから明石の下宿へ行く。明石は大陸問題調査室をやめ、今仕事を求めている。コーヒーを沸かしてくれる。もう夕方になると、下宿へ寄って――アララギから速達が来て、塩釜の鱈の到着を報じている――次いで本郷通りの古本屋を見歩く。

明石と別れて青山へ。丁度二月号発送の最中で封筒貼りを手伝い、鱈ちりを食いしてるうちに十時半になる。

昨夜から鼻風邪を引いているし、三日ほど風呂へも行かぬ。十一時二十分に下宿へもどると直ぐ銭湯へ行き、もどるとひげを剃る。湯を鳴らしつつ紅茶を飲む。

「市井集」のインチキな批評も書上げる。

しかし東京へ来ると少しも勉強できない。人に会って喋ったり本屋を歩いたりする時間が多すぎる。そして疲れている。

二月六日（金）　晴

少し熱があるらしく背すじがぞくぞくする。朝目をさましても体の心核から疲れてぐったりしている。そして飯がまずい。

役所へ出るのも渋りがち、向うで電話をかけるために行くようなものである。広い室にストーヴが一つ、それも容易に燃えず忽ちつまって煙ってしまう。そしてその側で皆お喋をしている。私は暗く壁に対ってラ・ブリュイエールを読む。土方氏が「谷間」をよんで、会話が感心しないと言った。それから三月に上海へ出かけると言った。そうだ、もう春が近づく、江南の春は私の夢をなやましくさそう。いな江南にかぎらない、故郷の春も私を涙ぐませる、菜の花や大根の花、遠くには桃李杏梨のいりみだれた家並、それらが私を呼ぶ。しかし私ははつゑのいないことを忘れていた。そこにもうはつゑはいない。その上ふみゑもその春を見捨てて豊橋へ去ってしまう。年々春は返るけれど人は返らぬ。せめてシャオへののぞみが届けばいいけれど、それも一時の気まぐれで、そのそばに行く機会さえ作れない。

　佐々木と銀座で会う、千疋屋で佐々木は蜜柑を、私はレモンを買う。熱のせいで疲れが甚しかったけれど、帰りに一人本郷座へ寄った。角力映画が見たかったけれど、見るとただ正面から角度を一度も変えずにのんべんだらりと映しているだけで退屈した。ニュースはマレイやバタン、ニュウブリテン戦線、その方は確に胸を衝くものを持って居り、悲愴なものがあり、無批判的愛国心をそそるものであった。私は寺田などの陥って行くショーヴィニズムを理解するのである。

　本郷では棚沢へ立寄って一包の本を買って帰る。サケッティをつづけようとしたが、途中でつまってしまった。熱は七度二、三分だった。家から食パンを送ってくれた。きょう役所で配給の食パンを抽籤でもらって来たところだし、前の一斤も残っている。

　私はふみゑを呼んで二、三年一緒にくらすことを考える。しかし私はいつ支那へ移るか分らない。それに独立の家をもつと防空演習だの隣組だのと面倒を考えるだけでうんざりする。

二月七日（土）　晴

午すぎまで寝ていると丹下がやって来た。丹下は今年から建築事務所を罷めて大学院へ入って都市計画を研究するという。ローマやその他岩波文庫の白帯の部を読みたがる。白十字でケーキを食って別れる。

腹にたまっているせいか昨日の昼以来飯を食わないのにちっとも空腹を覚えない。岡田眞の歌集評をアララギに届けてもらおうと神田の樋口をたずねたが、行方が知れないので、又青山まで赴かねばならなかった。途中岩波文庫を一包買込んだ。風邪気味で鼻水が出て止まらず、うっかりすると中耳炎に変るおそれがあるので夜まで待たずに本郷へもどる。

下宿で四時半まで紅茶と番茶を交るがわるすすりながら翻訳、「ルネサンス、イン、イタリイ」に着手する。それからサケッティも少しばかりやるが、むつかしいこと限りない。

アララギの二月号、結城哀草果(1)の村里小話に「忍苦性」と題する小文がある。農村の共同炊事に対して、結城大先生は、「農家の生活は、某君の感ずるようにそう不衛生的なものではない。住宅は粗末であっても、一日の生活の多くの時間は空気と光線に恵まれた田園に行われる故に、都市労働者よりもかえって衛生的である」。つまり両眼つぶれるより片眼つぶれた方がましという。実に「日本人の殊に帝国軍人のあくまで粘る忍苦性は、母性だちの日常の忍苦生活から多く受継いだものとおもう」故にもっと女性をきびしき労役に追込めと主張している。地主は矢張り図々しく、しかし他の連中が覆っていることを田舎ものらしい不作法さで言ってのけたことか。次に農村の「封建的個人主義」利己主義を西洋文明にのみ片付けず内在的なものとしているのは正しい。しかし「その角を撓めて」「牛を殺さず」にすむかどうか、そこが一番大きな問題だが、この問題の提起だけは認めてよい。

(1) 結城哀草果　歌人。一八九三年山形県生まれ。農業に従事するかたわら独学で作歌に励む。一九一四年アララギに入会、斎藤茂吉に師事する。農耕生活にもとづく質実な歌風で、歌集『山麓』『すだま』、エッセイ集に『村里生活』などがある。

二月八日（日）晴

四時半まで起きていると俄に冷え出して蒲団へもぐり込んでからもふるえて止まらず、午すぎまで寝ていてもまだ冷たかった。

恐ろしく冷い日であった。二時におきて本郷通りを歩き、山喜房に寄って少し喋る。それからポーラリスへ入って見たが、大詔奉戴日[1]とかいうのに今月からなったため音楽は中止である。何かバッハが聞きたかったけれど仕方なかった。「レコード文化」を見ていると、バッハのミサロ短調とチェロソナタの広告が出ていた、七十五円と二十七円かであった。久しぶりでレコードが欲しくなった。

晩飯を一度食うだけである。あとは下宿にこもって餅を焼き、卵をゆで、紅茶を沸かして飲む。醤油がないが、配給で手に入れがたくなったので、今日は山喜房へ行って小さな醤油注ぎに一ぱい分けてもらった。その序《つい》でに例の縁談をことわって来た。

下宿でも赤々と火をおこしておかぬと冷えてしまう。炭も要れば又一升五合入りの薬缶の水をみんな使ってしまう。しかしシモンズもサケッティも余り捗らない。「青春」もここ暫く投出してある。

そういえば昨夜眠れぬままに考えたには、秋元さん[2]が日吉台の家をもて余していたから借りてふみゑを呼迎えようか、ふみゑを一、二年学校へやってもいい。けれど私も今のままではどうにもならぬ。

ひょっとすると支那へ行くことになるかも知れない、そうなるとふみゐを呼んでも仕方ない、そんな妄想を追うのである。

夜小山から「四季」二月号を送ってよこした。「天沼」評がのっている。私の帝大新聞に書いたのをやさしく分かりやすく敷衍している。私も「天沼」を読んだ二晩三晩は眠れなかったものだ。

ヘーゲルの哲学史（上）の包装を終ったが、さて何を向山から送ってもらおうかしら。布類は衣料切符制となってから輸入禁止となった。石鹸にしよう、今日本では石鹸とちり紙が手に入らないから、石鹸にしよう。そうすればふみゐにやることもできる。

（1）大詔奉戴日　毎月八日を大詔奉戴日とすることを一九四二年一月に閣議決定した。この日を太平洋戦争完遂の源泉日として町会の常会を開かせ、ラジオの談話放送などで戦争目的の徹底を図った。

（2）秋元寿恵夫　医師。一九〇八年東京生まれ。一九二九年に一高理科（乙類）に再入学する。一九三八年東京帝国大学医学部を卒業し、緒方富雄の下で血清学の研究にとりくむ。結婚に際して日吉に立原道造の設計で家を建てたが、一九四一年に離別。日記にあるのはこの家。一九四四年五月末、陸軍臨時嘱託としてハルビンの七三一部隊に派遣された。この過酷な体験への痛烈な反省から戦後は医学を志す青年の教育に携わる。

二月九日（月）　晴

冷えまさる。十二時に目を開いたが寒いのと頭が重いのとで容易に起床できないでるうち、又うとうととした。今度は石井がのぞいて呼んだ。もう一時すぎて居れば今さら役所へ出るのもおかしな話だからと、郵便局で向山宛の本を送り出し飯を食い終える、もう二時だ。そこで磯田を研究室にたずねたが来ていない、帝大新聞へ行って、野沢さんとの前約を果たすことにする。

読書新聞の田所を激励するために野沢さんと田村へ行く、三人で喋っているうち、いつか私も読書新聞を手伝うことになってしまう。鎖でつながれたようでいまいましくてならなかった。但し新聞にコントを書くこと、古典案内で多少面白くやれそうなこと。

又帝大新聞社へもどって昭森社へ電話するが、校正はまだ出ないとのこと。召集即日帰郷で帰って来た桜井[1]とルネサンス、イン、イタリイの出版について打合せする。

そのあとで兼井連[2]についてさんざんののしった。佐々木にも兼井のことを毒々しくそしっておいた。私は狷介にして人を許すことが出来ないのである。

五時になると、ジョホール水道を越えてシンガポール島の攻撃が開始されたとのニュースが入った。私は三月一ぱいかかると思ったのに、余り早いのでおどろいた。誰かが、毒瓦斯放射器を使用してると言ってたが或はそうかも知れない。いずれにせよ、早く南方が片付けば、独乙の春季攻撃に呼応して必ずシベリア侵入が開始されるにちがいない。

風呂に行く、去年までは月一回の休業だったのに今では十日に二日休む。あれもない、これもない、最低限度以下の生活にいよいよ近づいて行く。

(1) 桜井恒次　編集者。一九一七年飯田市生まれ。水戸高校を経て一九三八年東京帝国大学文学部社会学科入学。帝大新聞編集部に加わり第七代編集長となる。一九四一年十二月繰上げ卒業。翌年二月召集されるが即日帰郷。同年四月から帝大新聞常務理事となる。戦後、青年文化会議発足や未来の会運営に尽力する。

(2) 兼井連　一九一一年大連生まれ。一高文科（甲類）で杉浦と同期。東京帝国大学法学部政治学科在学中に『未成年』に参加した。兼井の同人費不払いが毎号編集担当者を悩ませた。『未成年』終刊の一因に出販費用問題があったため杉浦は兼井を「許すことが出来な」かった。兼井は一九三八年大学を卒業すると現役入隊し、一九四一年九月に除隊。生活社で働いたのは短期間だった。

二月十日（火）　晴

相変らず冷い。十二時に蒲団から這出すのに容易ではない。寒い上に何処か心から疲れているのだ。役所へ行って森としゃべる。戦争に対して日本の文学者がいかにその馬脚を露したか論じ合う。大体傾向は同じ。私がいつかすすめたベールキン物語によってプーシキンのファンとなった。日本では荷風や独歩、四迷、芥川などほめ、高村光太郎の「蔣介石に与へる」詩をさんざんこきおろす。

そういえば報道部員として従軍した阿部知二[1]や尾崎士郎[2]が死んだという話が出た。死んでも惜しい存在ではないが、可愛そうではある。

帰りに樋口に会う、神田でビールを飲む、例の古典の排撃は文化協会ではなく情報局の差金だということだ。私は大いに文化協会の民間的役割を力説しておいた。それから新橋へ行ったが、飲ませる店もないのでアララギへ行く。相沢[3]は飛鳥山に居をかまえ、近いうちにきくや[4]の姉娘と結婚することになった。［相沢の］妹婿の小暮が土屋先生[5]にその旨を伝えると、先生曰く「一応やって見て、だめだったらやり直すんだねえ」と。

青山は曇っていただけだが、神保町は夕立のあとが濡れていた、餌差町に降りると菊坂までずっと薄く白く雪が積っていた。

シモンズを一頁、そのほかアルベルティの「家族論」に手をつけてみたが、非常にむつかしいのに驚いた。最初からどうしても意味のとれない数行にぶつかった。

（1）阿部知二　小説家、評論家、英文学者。一九〇三年岡山県生まれ。一九二七年東京帝国大学文学部英文科卒。評論集『主知的文学論』、小説『冬の宿』などを発表。陸軍宣伝班員に徴用され一九四二年フィリピンに送られる。途中船が撃沈され夜の海を泳いで助かる。ジャカルタに駐在するが胸を病んで十二月に帰国した。

（2）尾崎士郎　小説家。一八九八年愛知県生まれ。一九一七年早稲田大学高等予科修了。一九三三年から「人生劇場」を『都新聞』に連載。一九三七年の日華事変では中央公論特派員として北支へ、一九三八年は軍の要請で武漢作戦に従軍。一九四一年大政翼賛会中央協力会議員となる。同年陸軍宣伝班員としてフィリピンに送られたが胃潰瘍のため一九四二年帰国。

（3）相沢正　一九一二年甲府市生まれ。一九三四年法政大学国文科卒。一九三一年アララギに入会し土屋文明に師事。中央公論社で働くかたわら発行所の事務を担当し、樋口、杉浦らと親しく交わる。一九四三年応召し中支で戦病死。義弟小暮政次の編集による『相沢正歌集』（白玉書房、一九五四年）がある。

（4）喜久屋　吉原京町二丁目にあった老夫婦が営む飲み屋で三人の娘がいた。アララギの仲間とよく飲みに行ったことが、杉浦のエッセイ「新生館時代」に書かれている。

（5）土屋文明　歌人。一八九〇年群馬県生まれ。高崎中学を卒業後伊藤左千夫を頼って上京。苦学して一高、東京帝国大学文科を卒業した。松本高等女学校長を務めるなど信州の教育界で活躍するが、左遷をきっかけに一九二四年上京して法政大学予科に勤める。一九三〇年に『アララギ』の編集発行人となる。一九三一年二月に杉浦は文明に入門した。生涯にわたる師弟関係は『明平、歌と人に逢う』に詳しい。

二月十一日（水）晴　紀元節

私ははつゑの家の縁側にいた、はつゑはもう嫁入をしてしまった。だから家はさびしかった。

しかし私の座っている縁側に対する丘はいつか春【冬】さりて草が萌えていた。直ぐ目の前に日の照る草が春のにおいを漂わせながら萌え立っていた。そうだ、もう春がもどって来た、しかしはつゑはもういない。はつゑの家にははつゑの嫁入の日の名残の餅が天井に貼付けてあるばかりだった。

目をさましたとき、私は山田をおとずれた春のにおわしさを思うと涙が浮んだ。又春がおとずれる。あの暖かなすべてが悩ましいまでに和らぐ春が来る。けれど私の待つものは何であろう。去年の今ごろはつゑは東京へ来ていた、そして私は市川までたずねて行き、肥ったはつゑに失望して帰って来るのである。けれどもうはつゑはいない、何故はつゑは私を待たなかったんだろう。私には涙がおとずれる、春よりもさきに。

二時まで寝ていた、それから石井と三越へ行った。石井が三越のネクタイ売場の女に惚れて私にネクタイを買ってくれるというのである。けれどあいにくいなかった。私たちは三越をうろついた。若いしなやかな乙女を見るたびに私は自分がこういう少女たちに働きかける権利をすでに喪失してることを切なく感じた。小暮を呼出した。

ミュンヘンで小暮を待ち、京橋あたりに行って飲んだ。

二月十二日（木）　晴

大分酔っていた、そのためか沢山夢を見た。一度は若草の敷きつめた田圃の中に座って本を読みながら草をむしっていた。多分二宮金次郎のつもりで本をよんでいたのである。ペンペン草が咲いてしみとおるような春の日ざしが私のからだを暖めた。

一度目さましたとき、私の頭裏にはつゑが浮かんだ。すると私は声を立てて泣いた、暫くすると私の枕許に昔しばしば訪れて来たあの老婆がやって来た、そして口の中からねちゃねちゃした唾を私の目の中に滴《たら》しこんだ。私の目にはその前から涙がたまっていた。老婆は指で唾と涙がよくまじり合うよう瞼を撫で廻した。ああそうか、これではつゑのことが忘れられ、悲しみが消えるのだな。やがて私の頭から悲しみが忘れられて行くような気がした。

一時半まで眠っていた。それから役所へ出かけるのもいやなので、図書館へ行き、夕方足から冷え出すまでエンチクロペディア・デ・イタリアのレオナルド・ダ・ヴィンチの項を翻訳した。

夜阿部の弟と冨本さんが来た。そした十一時すぎまで喋って行く。冨本さんにはリプトン紅茶を飲ませなくてはならない。

シンガポールはまだ陥ちない。陥ちると酒が五合配給になるという。

二月十三日（金）晴

又夢を見る。私は青い空から松の梢に落ちては舞上がる鳶を観察していた。レオナルドを翻訳して以来、私は鳶の飛翔に注意するようになったのである。なるほどレオナルドの書いてるとおり鳶は風の流れに乗っている、けれどどうしてか翼の先にひらひらとぼろ切れみたいなものだけが絶えず動いている、そして光っている。そばには妹も眺めていた、私がレオナルドのことか何かを説明していると、鳶は恐しく低く、滑り降りて来た。「啄《つつ》こうとねらってるのだ、危いから家へ入れ」というと、妹はあわてて勇次さの家へ逃込もうとした。果して鳶はまっしぐらに妹を襲った、と思うと余り低く下りすぎて衝突せんばかりになったはずみに、思わず正体を現して地べたへ倒れた。それはカーキ服の大尉か少佐であった。「矢張り化けていたんだ」と私はその男に唾をかけた。しかし少し知らんでる間にその少佐は鳶になって又屋根をかすめて空高く舞上がってしまった。

「畜生、よく唾をひっかけておけばよかった。唾がかかると魔力が失われるからな」と言った、ところが私はそのとき深い谷間をのぞむ岨路《そばみち》を歩きながらつぶやいていた、「俺もお化けや狐のことを信じるなんてずいぶん迷信深いのだなあ」と。

そのあとでは　ぐみをとりに行く夢も見た。

昨日一日はよかったのに又寒冷が逆もどりした。役所に行っても燻る石炭の煙にむせて本を読んでも居られない。土方氏は北京に務めるようになるらしい、そして私を北京にしきりに誘った。私は自分の仕事を抱えているのでシャオに逢うことを除いては何処へも行きたくない。

銀座で茂串をたずねる、シモンズの「学問の復活」をやることを引受けた。それからビーコンで佐々木と金に会う。佐々木の友だちにシモンズの一部を下訳してもらうのである。佐々木と兼井連のことをののしった。

本郷では本屋を歩く。近ごろは新本もいい本だと容易に手に入らない。

夜は相変わらず冷えるので紅茶をがぶ飲みしながら翻訳だ。

二月十四日（土）　晴

ふみゑを呼ぼうか、それとも寺島の妹でももらおうかなどと考える。

昨夜も夢を見た、土屋先生たちと汽車に乗遅れる夢で野原の中の道であった。そのあとで、「石神問答」を買って弘のところへもって行くところも見た。又新居格[1]が小説を書いたと誰だったか雑誌の編輯人のところへ行くと、「それじゃ序でにお前たちがらくたのものせてやろう」というようなことを言った。私は自分の作品にもっていた矜持をすっかり傷つけられ、いまいましくてならなかった。

午前ちゅう丸山[2]が石井のところへ来ていた。石井は私のコーヒー沸しを持って行ってコーヒーが沸いたと呼んだが遂々起きて行かなかった。

そしてやっと二時、床を片付けたところへ江頭[3]がやって来た。兵学校の教官になるのだそうだ。明石もやって来た。一緒に家を出たが、私は一人帝大新聞へ行く、五時半に会う約束をして。

しかしルネサンス、イン、イタリイの企画について出版協会の岩崎純孝[4]に会ったりしてるうち、樋口が今夜土屋先生とあんこう鍋を食いに行こうと誘われるまま、江頭の方をふってしまった。万世橋の伊勢源、会するもの土屋、田中四郎[5]、樋口、柴生田[6]、小暮、菊地、小市巳世司[7]、計八人。今夜から防空演習、又これから何処かへ出直そうと下相談はまとまったが、先生が無理やりに渋谷行組を引きつれて行ってしまった。

夕方おきわすれた手帳をとりに帝大新聞による。

国友に「日伊文化研究」を送っておいたら、私のサケッティを大へんほめてくれたのでうれしかった。私は人には実力以下にしか認められていない、しかし国友や寺田、こういう自分を知っていてくれる人々が何処かにいることが私を激励する。私はそういう人々のためにだけ書こう。

(1) 新居格　評論家。一八八八年徳島県生まれ。七高を経て一九一五年東京帝国大学法学部政治学科卒。文

学、映画、風俗、社会などの多方面の評論を執筆、アナキズム思想家としても活躍した。

（2）丸山眞男　政治学者。一九一四年大阪生まれ。一九三一年一高文科（乙類）入学。一九三七年東京帝国大学法学部政治学科卒業。一九四〇年に同学科助教授。一九四五年に三度目の応召。広島で被爆する。一九四六年五月塙作楽のすすめで「超国家主義の論理と心理」を『世界』に発表して江湖の注目を集める。一九五〇年東京大学法学部教授。

（3）江頭彦造　国文学者、詩人。一九一三年佐賀県生まれ。一九三一年一高文科（乙類）入学。一九三七年東京帝国大学文学部国文科卒業。在学中『偽画』『未成年』に参加、後『コギト』に加わり『四季』にも作品を発表する。石巻中学校教諭、江田島海軍兵学校教授を経て、戦後は静岡大学、上智大学教授。

（4）岩崎純孝　翻訳者、児童文学者。一九〇一年静岡県生まれ。東京外国語学校卒。一九三二年日本ファシズム連盟結成に参画、機関誌『ファシズム』に「ファシズム文学論」を発表した。この頃は日本出版文化協会の書籍部海外課主事だった。

（5）田中四郎　一九〇一年和歌山市生まれ。和歌山商業学校を経て神戸高商を卒業。一九二二年鈴木商店に入社。この頃から『アララギ』に投歌を始める。同社倒産後、山陽電気軌道、栗本鉄工所に勤務した。高商の恩師飯島幡司の日本出版文化協会専務理事就任に従って一九四一年一月同協会常務理事、業務局長に転ずる。一九四三年三月退任し産業界に復帰する。一九四五年二月応召、同年八月十五日終戦を知らず北朝鮮で戦死。

（6）柴生田稔　国文学者、歌人。一九〇四年三重県生まれ。府立一中、一高を経て一九三〇年東京帝国大学文学部国文科卒。一九二七年アララギに入会し斎藤茂吉に師事。一九四一年に処女歌集『春山』を出版。一九三一年から明治大学で教鞭をとる。一九四一年に退職し敗戦まで陸軍予科士官学校教官。一九四六年明治大学に復帰し同大教授。

（7）小市巳世司　歌人。一九一七年東京生まれ。一高文科（甲類）を経て一九三七年東京帝国大学文学部国文科入学、アララギ会員となり土屋文明に師事。一九四三年応召、中支に派遣され一九四六年三月帰国。戦後文明の長女草子と結婚。一時歌から離れるが一九七二年に復帰し、アララギの発行人を一九九三年から終刊まで務める。

二月十五日（日）　雪

今暁から雪が降り出した、朝九時に目をさましたと思うと、時計が停っていて、それは十二時すぎで、小山が枕元に座っていた。小山は折にすしをもって来てくれたので、火のけのない火鉢に対いながら、湯だけ下からもらって来て、午飯を食った。それが終るともう二時だ、生田の家をたずねる約束があったけれど、まだ止まない雪のゆえにためらい始めた。小山と明菓でコーヒーを飲んだあと、とうとう小山も誘って三鷹まで出かけることにした。私は西方より東の江戸川下流の方が好きだ。しかし今日は用事で出かけるのだ。

三輪は先に来ていた。早く晩飯を御馳走になったら直ちに吉祥寺や中野の古本屋を見歩くつもりだったが、お喋りしているといつか十時すぎてしまった。レオナルドの翻訳打合せどころか、雑談会だった。こういうお喋りも毎日では頭が痛くなるが、一月に一回ぐらいなら疲れを休めるのに適当だ。結局はカステルの色鉛筆と古本の話に落着いてしまう。

凍り出した雪の上を三鷹駅に歩いている途中、ラジオがシンガポールの陥落を報じていた。私も五合の配給酒にありつけると言った。下宿へかえると十一時半、それから火をおこして、シモンズの翻訳を始めた。夜はいたいまでに冷え、火は直き立消えとなる。

小山の話によると、田中一三は満州で戦病死したというのはうそで、上官と合わず、ピストル自殺を遂げた、そのため遺書も最後まで持っていたノートも焼却されてしまったのだという。印刷にして一応流布しておかないとそういうみじめな目に会う。

二月十六日（月）　晴

相変らず冷い。十二時に離床するのに決意がいる。その上五時すぎに眠りにつくのだから一層起きにくい。毎日起きるときには今夜こそ早寝をしようと期しながら、いつか三時四時まで起きている。シモンズの翻訳が遅々として進まないし、アルベルティは徒らにむつかしいのである。どちらにせよ四百字八百乃至九百枚の大仕事だから、それに専心したところで、ゆうに半年はかかる。それを昼の間はとも角役所へ出てポカポカ時間をすごすのだから勿体なくて仕方がない。

土方先生は北支へ移るためしきりに運動している。私は租界のない上海でくらすくらいなら、こちらでのんびり翻訳でもしていた方がいい。しかし明日はどんな風が吹くか誰か知ろう。

シンガポールが陥ちたことより、いよいよ北が切迫して来たことの方がより意味が深い。我々にはいよいよ困難なる幾十年かがつづいてくるかも知れない。自分の中に時々卑怯にも妥協して安楽に暮したいという希みが湧くのを感じる。

役所の帰り途で茂串を訪ね、杉田益次郎氏[1]をシモンズの翻訳陣に請うよう、会う手筈をたのんだ。白山上までバスで行った。窪川書店へ久しぶりに立寄って、「ちりひぢ」を見出した。八十銭で廉《やす》いとよろこんだが下宿へ帰ってみると奥附が欠けていた。

（1）杉田益次郎　美術史家。一九〇七年生まれ。上智大学中退。美術研究所嘱託を経てニューヨーク・メトロポリタン美術館東洋部に勤務。帰国後は日独文化協会嘱託となる。当時すでに訳書『レオナルド・ダ・

ヴィンチの絵画論』などを出版していた。

二月十七日（火）　晴

昨夜石井から、近いうち磯田が支那へ行くとの話を聞いて眠るとたちまち夢の中で磯田に会い、支那に行ける身を羨しがったのである。

矢張り眠りつきが悪く、目をさますのはいつも十二時である。冷くて雪は解けない。

二時に役所へ出る、「日本の言葉」なぞをめくっている。いつまでこうしてぶらぶらしてるのやら。月給は安くてもこうして自分の好きな本の翻訳でもして居られればいいが、課長や調査官が代ってしまうと、私も追出されるかも知れない。

土方氏と銀座へ出てから帰宅。石井の弟が——早大の建築科へ行ってる——石井の隣室へ引越して来たので、一緒に飯を食う予定であったが、都合で石井と二人だけで百万石へ行ってふぐちりを食った。石井が奢る。

石井と別れて一人床屋へだべりに寄ると、医療器具店の桑原さんと山喜房の親父が私に嫁をもらえとしきりにすすめた。私はほとほと当惑していいかげんな返事をしていた。けい子ちゃんの方がいいのかなと桑原さんがいうと、私はすっかりまごついてしまった。私は近ごろ矢張り結婚しなくてはいけないかと思うけれど、くじ引きみたいな見合いは閉口だ。自分の知ってる女となると、差当り誰もない、はつゑが失われて以来は。

下宿へもどればおそくまでシモンズの翻訳と紅茶だ。

二月十八日（水）　曇

冷えて六時ごろまで眠られなかった。但し今日はシンガポール陥落祝賀の日であるが、午後一時半に銀座で佐々木と会うべき約束があった。一時に起きると、そばを一ぱい食っただけで銀座へ出たが、昼酒が許されているので大へんな人出だ。美しい女もいる。私には縁がないけれど。

ビーコンで佐々木、塙、及び小島輝正(1)に会う。小島は日本貿易会に勤めているが、私のシモンズの下翻訳をしてくれることになっている。そのとき丁度明石がジャーマン・ベーカリーから出るのを見付けたので、一緒にいた昔の本郷夜店の古本屋永池とともに呼び入れる。永池は直ぐ去ったが、残り五人で次に富士アイスの地下室で雑談をつづける。そのあとで明石と日伊協会へちょっと寄った。

本郷の古本屋を歩き、夜になるとテラオで飯を食う。

七時ごろ生活社の桜井と大木がシモンズの出版打合に来る。又しても兼井のことを思いきりののしっておいた。ああいう不潔な人間がのそのそ歩いてるのは思うだにうっとうしくなる。

次に阿部弟が田舎から送って来たという味噌餅をたずさえてくる。乏しい炭火を吹きながら焼く。石井兄弟も加わって。阿部にもシモンズを手伝ってもらうことにする。それにしてもまだ人手が充分でない。

毎晩早く就寝しようと思いながら三時四時をすぎてしまう。もうそのころには炭火も白い灰と化し、室が冷え始め、今夜は久しぶりで大きな地震がした。そしてしばらくすると微かな余震も伝わった。

シンガポール島を昭南島と改称、いろいろ苦心して一番拙い名をえらび出したというところ。

（1）小島輝正　仏文学者。一九二〇年札幌生まれ。府立高校を経て東京帝国大学文学部仏文科入学。神田隆は高校大学時代からの友人。一九四一年繰り上げ卒業で南洋貿易会（年譜による）に就職、同僚に塙作楽がいた。一九四二年秋から敗戦まで仏領印度支那（ベトナム）で勤務する。戦後勤務した文明社、生活社、自身で起した洛陽書院が次々に倒産し、編集者をやめて神戸大学講師となる。この頃『ＶＩＫＩＮＧ』に参加した。後に教授となる。同僚に猪野謙二がいた。

二月十九日（木）曇・時々晴

昨夜考えるには、私はは つ ゑのことを努めて忘れようとしている。酔払って理性の抑制が失われたときか、夢の中でなくては、もうめったにはつゑを思い出さない。フロイトのいうところもこの点では正しい。しかし私は更にはつゑのいいところではなくて、悪いところを思い起そうと努めているのを感じる。冷静に考えれば、私は決してはつゑと結婚する気持などなかったのだ、私は他のものがすべて失われた場合の最後の拠点としていたのであった。

それから「青春」も上京してから二、三日手を加えて見たばかりでそのままになってしまった。何か読み直すにさえ物憂い。傑作どころか普通の程度でさえない。自分の才能に可なり自信を失った。

土方氏が「翻訳ばかりしてるとだめになるぞ」と言ったが確にそうだ。自分の思考を発展させる力が徐々に欠けて行くらしい。他人の模写だけに長じる。というものの、それでもまだシモンズを翻訳する方が土方氏の民族問題の著述より遙かに、恐らく二、三千倍或はもっと以上に日本文化のためになる。ただ訳者は自己を犠牲にしなくてはならない。私なども矢張りそこまであきらめ切れるわけではない。

夕方餌差町の古本屋を見て、又つまらぬ文庫を買いあつめる。六時少しすぎてテラヲに寄ったらもう飯がなかったので、のんき迄行かねばならなかった。

明石と福井が下宿に来る。福井は女房を失って本当に失望している。目白のアパートも憶い出すばかりだからとそのままにして他の家にいるという。アパートを出るというから私はふみゑを呼んで学校へでも通わせようか知らと考えた。今ではふみゑに一生を結びつけるのにそんなに強い決心もいらない。もうそれでいいではないか、と思う。その中にあきらめも含まれていない。それが私の定めであるように思い、そのとおりに従おうとむしろよろこんで考える。ただ母の反対は火を見るより瞭かだし、何よりも余り若すぎる。

二月二十日（金）　晴

明石は対ソ戦計画を疑っている。しかし一般には雪解及びドイツの春季攻勢と相俟って対ソ開戦説が流布されている。松岡前外相が沿海州買収交渉にロシアへ行っているという話もあちらこちらで耳にする。後の噂が本当なら交渉最中に日本は攻撃を始めること必定だ。——明石はジャーナリズム政治に終始している、だから独ソ開戦にせよ、日米戦争にせよ、いつも起らないと称していた。又日独伊三国軍事同盟発表の晩には独ソ講和も発表されるなどと、まことしやかにふれ歩いた。独ソ休戦などありえないはずだ、又日ソ開戦も、日本の南洋における軍事的成功が予期以上の結果を見た以上、自然の成行で、ソヴィエトが沿海州割譲に甘んじない限り起らざるをえない、しかもそういう屈服を肯んずるほどソヴィエト連盟はまだ弱っていないはずだ。私たちは日ソ戦をどんな意味でも歓迎しない、始まらないでくれることを祈る。しかし我々の希望と、歴史の、否、独占資本家の意志とは別ものなのだ。見よ、すでに巷には、昨日までの自由主義者より脱落せる幾群が日本は沿海州を必要とすると唱えていることを。明石の理論はジャーナリスト・マルクス主義の理論であって、――ブハーリン、トロツキイ等――、噂を直ぐに信用する代り、常識公式以外の現実を信じない。ところが、政治にせよ戦争にせよ現実は明石の見ているとは全然ちがった底を深刻且複雑にいくたの変化を試みながら一定の方向へ流れているのである。

役所へ行くと土方氏が、ドストイエフスキイの「スタヴローギンの告白」において少女を強姦するより接吻する方が心理的に深いなどと言出した。そしてマイステルの「或美しい魂の告白」の方が遙にいいなど言う、土方さんなどはきれいごとが好きで、それだけが文学としている。一口言いたかったが、まあ争っても仕方がないので聞流すことにした。

日伊協会で杉田益次郎氏と会う、シモンズについて打合せする。茂串のいうところによると、第二国民兵の点呼があるということだった。いつか知らないが、近ごろは十三貫近くあるのでそのころまでに大いにやせておかねばならない。兵隊はまっぴらだ。茂串も召集にふるえ上って仕事に手が着かないらしい。

青山へ行く、歌の話でもしているのが一ばん無事だ。ぶどう酒を一ぱいやったせいで、帰りみちで樋口をつかまえて文化協会推薦図書を可なり激しくやっつけた。何かああいうお先棒を担ぐ仕事に腹が立って仕方がないのである。昨日も読書新聞に「目刺しの歌」というのがのっていて、「米がないのではない、今まで無駄に食べ過ぎていたまでのこと、炭がないのでもない、今まで無駄に使い過ぎていたまでのこと……」云々、実際はずかしげもなくこういうことをいう奴とこんな原稿をのせた奴を目刺にして出版文化協会の入口にでも吊しておくがいいのだ。

家よりバターを送ってくれる。十一時すぎて下宿へ帰っては翻訳をするのも亦たのしい。

二月二十一日（土）　晴

滅法寒い。弟から葉書が来る。士官学校の生徒どもが旧正月の最中、飲み食いしたいばかりに田舎へ行軍して宿泊した。それから隣の十郎がボルネオで戦死した。陸戦隊員として八月ごろ召集されたのである。妹が女の子を生んだ。男の子でなくてよかった。又人殺しを製造するところであったから。

昨日着いた小包を開くと餅が出て来た。

昨夜は寒いせいか夜中に何度も小便のため起きて行く夢を見た。今のは夢だった、今度こそ本当に目を覚ましたのだからやろうとするとそれも又夢だった。こんなにして何度も繰返した。目をさましたが恐ろしく冷たいので床の中に三時までぼんやりしている。

明石に道で会う。鈴木弘二(1)のところへ手紙を出そうと手にもっていたが、ポストを取り去ってしまって、容易に見当らない。明石と上野へ下るともう五時で夕ぐれとなったので、豚カツ屋へ行く明石と別れ、ビアホールを覗いたが満員だったので、バスで銀座へ出た。ビアホールでビールを飲む。それからアララギ発行所へ。今夜鱈ちりをやるというので。

十時半までぼんやり遊んでいて、寒く冷たい夜を下宿へ帰る。石井が三越の女がこの十日ほど店に見えぬというので小暮にたずねて見る約束したが、小暮も真面目に相手にしていない、私も何か本気で手伝えない。石井は物思うことのないものはよいなど言って少々くさっていた。

（1）鈴木弘二　未詳。あるいは後述（234頁、四月二十三日）の鈴木光次の誤記か。

二月二十二日（日）　晴

きょうはいつもより温かで雪もようやく解け始めたけれど、それでも二時すぎまで蒲団の中にちぢこまっている。此頃は毎日一食制になってしまった。

白十字でケーキを食って通りへ出ると、バスの窓から土方氏らしい人が手をふった。しかしそれは小山であった。小山と農学部の温室をのぞいたり、根津から逢初へ出て上野へ出るうちもう夕方になった。麦ところ《ママ》へ行って麦ところ《ママ》を食う。二時間ほど待ってるうち私はしきりにおしゃべりをした。それから本郷の私の下宿で十時まで喋っていたが、小山が帰ったあと私はすっかり疲れていたほどだ。

石井が「末摘花」をもって来たので拾いよみしている。野鄙であることはいうまでもないが、余りくそリアリズムで女というものに対して何の興味も抱きえなくなるたぐいのものである。日本の猥本はすべて汚ならしいばかりで、美しい情をそそる部分が少しもない。そのくせ相当に煽情的である。この川柳ももう一つ突込めば面白くなるのに、いつも常套的な手法しか用いてないので、何百句あっても単調で退屈だ。

昨夜は久しぶりで歌が出来る。

人生の目的は事業にありと努むれど時々女のことを思ふも

いつの日か田舎に帰らむ願ひをばはつゑのゆゑにもちしもあはれ

青きかび生えたる餅食《もちひ》ひ終れば昨夜につづく翻訳に向ふ

二月二十三日（月）　晴

矢張十二時に目をさます。いつもより暖い。外へ出ると春のような日ざしで、凍っていた道が解けてぬかるむ。毎日ハモと塩いわし、何か牛肉でも鶏肉でも食いたい。

マンサダによると磯田に会ったので、文学の話を始めるうち二時になった。上海の安藤[1]はどうやら無事らしい。私は真先きにだめだったろうと信じ、且つ誰のところへも手紙が来ていないというので、もういないだろうと佐々木や明石にふれ歩いた。それで磯田に「明石君と同じぐらいデマを飛ばして信用できないぞと思った」と痛いところを衝かれた。もう役所を休んで磯田としゃべるつもりだったけれど今日は給料日と磯田が言ったので、私もいそいで役所へ赴いた。そういえば三省堂の金本が「長塚節」出版の契約書を取りに来る約束があった。そして金本がやって来た。私は今週、樋口、田所、野沢さんとの会合、それからルネサンス、イン、イタリイの打合会、次いで佐々木たちと飲む会の三つを控えている。そこで野沢さんに電話をかけたが、どうしても連絡がつかず、生活社の桜井も外出していて話が出来なかった。佐々木の方だけは金曜に定まった。そのほかまだ圭介君に会う約束もあるし、田宮とも会わなくてはならない。いらいらしている。

土方、金本と銀座へ出て帰る。追分から古本屋をのぞきながら帰ってくると、テラオで塩いわしが出た。ああこれなら屋台で牛丼でも食ってくればよかった。

（1）安藤次郎　経済学者。一九一三年生まれ。一九二九年一高文科（甲類）入学。留年して杉浦と同級となる。一九三六年東京帝国大学経済学部を卒業、東亜経済調査局（後満鉄調査部に組織変更）に就職。かたわら田村町に英独翻訳社を設立する。上海に転勤。満鉄調査部事件に連座する。戦後は生活社編集顧問となり印刷出版労働運動に挺身する。一九五五年に金沢大学講師、後に教授。

二月二十四日（火）　雪

雪の中を昭森社へ行く。

夜樋口をさそって野沢氏、田所と歓談する。鳥又にて酔う。

二月二十五日（水）　晴

又麗かな日がもどって早くも雪は解け始める。昨夜の酒が残っているのでしばらく寝ていたうえ、昼飯もやめて役所へ出る。

生活社の桜井と大木が来るので一緒に銀座へ出る。それから日伊協会へ立寄ってかえる。

家から食パンとバターを送ってくれる。

昨夜は酔っていたせいかシャオのことを思い出して恋しかった。

二月二十八日（土）　曇

ルネサンス、イン、イタリイの会。生活社桜井。杉浦（「歴史」「文学」の一部）、杉田（「学問の復活」）、茂串（「文学」の始め）、生田（「文学」の一部）、荒(1)（「カトリック反動」）。数寄屋橋辰巳家にて。私のモダン・ライブラリー・ジャイアントを裂いて頒ける。

夜中に朝鮮の安藤保(2)が来て泊る。日本製鉄の経理会議出席のため。

（1）荒正人　評論家。一九一三年福島県生まれ。一九三〇年山口高校に入学し佐々木基一を知る。一九三五年東京帝国大学文学部英文科に進み、佐々木、小田切秀雄と文芸研究会を始める。大学卒業後、教師をしながら評論と翻訳の活動を本格化する。戦後『近代文学』の創刊同人。

（2）安藤保　一九三五年一高文科（甲類）卒業。一九三九年東京帝国大学経済学部を卒業し日本製鉄株式会社に就職。一九四二年応召。一九四三年病気のため除隊。復職して朝鮮で勤務する。敗戦時は博多で帰還労務者の受入事務に従事した。

三月一日（日）　薄曇

五時に眠るとまず猪野兵長に呼起される。猪野の［妻が］女児を生んで、菊子と名付けたという。昼飯を食って猪野は聖路加病院へ妻君の見舞に。

私は安藤を待つ。二人で浅草へ出かける。観音のおみくじを引く。「第三十一末吉」で「鯢鯨未レ変時、且守二碧潭渓一、風雲興二巨浪一、一息過二天涯一」、近ごろいつも同じように時を待つべき占が出る。確にまだ私の時節の到来せぬことは確である。そして私が天涯にまで及ぶことも確でなくてはならぬ。

晩飯を共にしようと本郷へもどったが、百万石は休業、天ぷらやも本日売切、仕方なく珍楽へ入ったが、豚肉も鳥肉も全然なく、蟹と貝類だけであった。しかも大入鮨づめで一時間も待たされる。私は牛肉が食いたくてならぬ、肉に飢えている。何か物足りないものがあると思うと、それは肉が胃袋に入っていないからである。この食糧難を眺め感じると戦勝国ではなく戦敗国に生きてるもののごとくである。かつてソヴィエトの行列を非難した連中が今こうして民衆を行列つくらせるのである。

きょう安藤と歩きながら、喫茶店にせよ往来にせよ、ごく稀に若い美しい女が男と一緒に歩いてるのを見かけると、——実際美しい女はどんなに年若くとも決して一人で歩いていない——、私は嫉妬のつのったあげくの憎悪に燃えるような気がした。こうなると私も自分一人でいることが危険になった。しかも昨夜あたりからしきりにシャオの幻が浮んで来て、再び逢えないことを切なくさせた。

三月二日（月）　雨

二、三日まえの夜、「青春」を読かえした。出来のよいわるいは別としてこんなに暗い小説だとは思わなかった。何処からも光がさしてこない。灰色で陰鬱に閉されている。これは私の、そして此の世代の、本当の反映なのであろう。自分の抱いているペシミズムがこんなにはっきりうかがわれるとは我ながら知らなかった。しかしこれを発表する機会も当分ありそうにない。手をいれるべきところもそのままに私の机の上で埃をかぶっているがいい。

そうして私は夢を見た、その夢に入るまでに私は長いこと眠りつきの悪さに悩んだ。私は大阪の松竹座でレビュウを見ている。花道には踊子が足をあげて踊っている。確にその中にはつゑがまじっているはずだった。一人々々舞台へ現れるのを見ても、ぬいぐるみを着ているせいか、どれがはつゑか分らなかった。その上このごろレビュウガールになり手もなくなったのか、ちっともきれいな子はいない、はつゑは多分スターだった。私は何処へはつゑが出てくるか、プログラムを一覧した、今やってるのは「水戸黄門漫遊記」で、今度は男の珍優が二人手どり足どりにされて舞台へ登ってくる。私は名前を探しながら、思い当たった、そうだった、はつゑはこのレビュウの始まるより先にやめて結婚してしまったはずだった。どうして私はそんなことを忘れていたろう。それから後いつまでもこの愚かしい夢が続いて行った。

目をさますと十二時だ、そして雨が降ってる。

役所へ出ても何か落着かない。昭森社へまだ校正が出ないか催促すると、向うでも威張っておどすような返事をした。私は昭森社でもかまわぬからしっかりしたものに仕上げようと来るみちで市電の中で決心したばかりだったので、すっかり腹が立ってしまった。もう少しで土方氏にあたりそうになるのを抑制した。

四時になるよりさき銀座をまわって帰る。しかし本郷肴町まで行き、そこから動坂下に降り古本屋を見ながら雨の中を歩いた。

翻訳はルネサンス、イン、イタリイのほか、サケッティを又続け、アルベルティは家族論を中断して、三度絵画論をつづけることになった。

三月三日（火）　曇

昨夜も寝つきが悪く五時すぎまで目を開いていた。いくつかの仕事の構想が次々に群なして頭の中を通りすぎる。昔は灯を消してから眠りつくまで女のことを妄想していたが、今ではもう空想の糸が直ぐ途切れてあとが続かない。従って考えることもしないので、結局仕事のことに落着く。

けれど仕事の遅々として進まないのには驚くに耐えたものがある。どの本も一日に一頁やればいいところなのである。しかも最近は読書ということを殆どやっていないし、役所へ提出すべきレポートも去年の十月以来中絶している。その上自分のものは何一つ書く暇がない。せいぜいこの日記と、ごく稀に手紙をかくぐらいなのである。

一時少しすぎて起床する。眠りが不安なので疲れ切っている。今日は「白桃」が出る日だ。八木君に送る分は漸く買ったが、生田と寺島に頼まれたのを手に入れるために苦心した。生田の分は三省堂の金本に頼んでおいたのが手に入った。役所の帰りに三省堂に立寄って受取りがてら、金本に左翼本のことについて注意しておく。私を味方と信じていた金本はずいぶん失望したことが顔色に読まれた。次に樋口君と神保町でようやくにして一冊見出して寺島への責任を果した。

飯を終って下宿へ帰ると、父から牛肉を送って来てあった。二、三日まえ葉書で頼んだからである。石井とスキ焼をするのだが、葱も菜も手に入らないので、明後日の晩まで画策する手はずを整える。

国友からも便りがあった。詩集を出したいと言って来た。私も以前からそれを希望していたが、この無名の一詩人を援けてくれる本屋があるかしら。私の小説と同じ運命に遭いそうだ。私はしばしば私の叢書を考える、それに自分の小説や国友の詩を入れようなどと。

三月四日（水）　晴

昼、街を歩くと春めいている。

何か腹が立ってならない。何のためであるか分らない。山喜房へたのんで葱を分けてもらって、明日の晩下宿で石井と牛肉のすきやきをする予定である。家から小包で足袋を送って来たので開くと葱であった。ところが考えてみると醬油がない、配給制になったため何処で買うわけにも行かない。石井もう残り少ない。だから鎌倉のお寺でわけてもらって来ないかなと言うとしぶっているので、私はすっかりむかむかしてしまった。醬油ぐらい石井が都合できるだろうと思ったのに、葱から醬油までこちらで奔走するのなら、始めからアララギの発行所へでも持って行く方がましだった。そんなことを考えて腹が立つのであった。これは石井が悪いのではなく、今日の私の虫の居り処がいけないことを承知しているけれど。

国友や八木君にも手紙を出さなくてはならんけれどそのままにしてある。翻訳もあちらこちらひっくりかえして見るだけで一こうに進まない。そうこうしてるうちに四時になって暁が近い。

何か時間が足りない、そしていたくつかれている。

三輪に今日電話してレオナルドはしばらく中絶してアルベルティの「絵画論」を始めることを約束した。私の何と移り気なこと。

三月五日（木）　雨

米国の飛行機が近づいたというので昨夜から警戒管制に入った。そして今朝空襲警報が発せられて市民を恐慌に陥れたが、何も来なかった。尤も私はそのころ眠っていて何も知らなかった、むしろ夢の中で半分うつつで、昭森社のやつを電話でどなりつけていたものである。

石井に醬油の話をしようとのぞくと、石井は室にいなかった。そして昨夜餅を焼いたらしく、何かがそこにちらばっていた。私は昨夜は醬油を惜しんで黄粉で餅をすませた、石井は少しでも余計に使用しておこうという腹であったらしい。何かこまかしい計算が不快であった。

明石と銀座から帰りみちで、山喜房に立寄って醤油を頒けてもらった。石井は鍋で飯をたいている、鎌倉から大船まで歩いて京菜を買って来たという。私は下で葱をきざんだり、七輪を運んだり、大へんなのに石井は飯を見ていなくてはと言って京菜も放り出したまま、――いや、後で自分が食べるのだと半分又持ちかえるだけして――室で座っていた。牛肉は少し腐りくさかったが、私は誰にも黙っていた。明石、阿部、石井と四人。石井はなるべく私のものを使うつもりで砂糖も炭も皆私の方に任せた。その上わずかばかり残った醬油を大分損したと言いながらもちかえった。肉は久しぶりだからなかなかうまく、何も残さず食ってしまったが、石井がいやにけちけちしたことをするので、私はすっかり気を悪くしてしまった。それをこんなところへ書くつもりでもなかったのだけれど、このごろのように事のない日がつづくかぎり、そんなところに鬱ぷんを洩らすより仕方ないのである。

そのあとへ安藤がやって来た。安藤は事務の話ばかりしている。だから安藤の話はちっとも面白くない。ただ一緒にいるのはさすがにいいものだ。

三月六日（金）　晴

急に暖くなり、冬オーバーでは重くなった。真綿のチョッキも脱いだがまだ汗ばむ。何かが私をゆりうごかす。

ところで役所の廊下で華山書記官[1]に会った。私は卑屈な愛想笑を浮べて挨拶した。すると向うは「君は一体毎日出てるのかい」とぞんざいな口を利いた。「来ています」と私は又丁寧に答えた。「何かすることがあるのかい」「翻訳をしています」私はうそをついた。しかしこの男は始終私を何か邪魔者扱いにしているのが分ってるのに、私の方は又おそろしく卑下してしまうのが腹立たしかった。毎日役所へ遊びに行ってるのだから矢張りこういう屈辱に会うのも当りまえだ。もう一年遊んでいる。早くレポートを仕上げて罷めなくてはならぬ、と今度は心から決心した。支那へ行けるわけでもない以上、何をのめのめとこんなところにいることがあろう。だがただレポートだけは書上げて行かぬといつまでも私の恥になる。

夜は安藤、石井と百万石でふぐちりを食う。

そういえばもう三月で菜の花が刺身にそえてあった。私は田舎の春を食うようにそれを食ってしまった。そうだ、もうふみゑも卒業だ、東京へ呼迎えることも出来まい。シャオのことも思い出すたびに胸がしめつけられるように疼き出す。もう二度と会うのぞみも絶えた、私はあきらめに近くなっている、そして日本で結婚でもしようかとそんな気持になってくる。

（1）華山親義　一九〇〇年山形県生まれ。山形高校を経て一九二六年東京帝国大学法学部卒。杉浦の嘱託採用時に総裁官房書記官として面接をした。戦後は山形県副知事、衆議院議員（社会党）。

三月七日（土）　曇・時々雨

相変らず眠れない。何処かで五時が打つまで目を開いている。夜半にサイレンが一度短く鳴ったので空襲かと思ったが、間違いらしく、その後何の音沙汰もなかった。今日の新聞によると、サイレンの修繕中誤って音をさせたのだそうだ。しかしお蔭で外灯もすっかり消して真暗になった。

朝寺島が来た。昨夜宴会で課長の池島重信[1]をなぐったと言った。私もなぐるなら課長をなぐってやれと大いに応援しておいたのである。どうも出版文化協会の近ごろのやり方は気に喰わぬので、私も又大いに寺島を激励しておいた。人々は無理があっても自分の百円ぐらいの月給を守ることを訓える。しかし私は反対の行為を讃える。

次に小山が来た。それから外へ出ると、昨日約束したので、三輪が来た。三輪とアルベルティの「絵画論」をやることにしたのである。三輪は勉強家なのだが、どうしてかきわめてカンが悪い、ドイツ語の方を見ていてもいつも意味を直截に捉えることが出来ないで、ちょっと異議を挿むが、くどくど考えてるうちに結局私が主張したところへ戻ってくるのである。

そのうちに生田も来た。しかし今日は白十字でケーキを食ったあとで別れた。そこで会った明石と十時までしゃべった。そのあと番茶をすすりながら、シモンズを訳し、アルベルティを訳す。アルベルティに至っては翻訳するというより暗号を解くのに近い。

昼は春めいて暖かだったが夜雨が上がると風が吹いて寒くなって来た。

(1) 池島重信　一九〇四年水戸生まれ。一九二九年法政大学法学部哲学科卒。一九三五年の法政大学騒動で野上豊一郎とともに教職を辞し日本放送協会に転ずる。日本出版文化協会設立に伴い雑誌課長に就任。戦後法政大学教授。

三月八日（日）　晴

昼に起きて山喜房でしばらく喋っていた。横丁で千葉の野菜売が経済警察[1]に捕まって品物と売上金を没収されたそうだ。この近所では皆この闇売に野菜の供給を仰いでいるので恐慌をきたしている。山喜房では家内が野菜を正式に買うため二時間あまり列に加って待っていたため風邪を引いて医者代に五十円つかってしまった。野菜の闇なら三十銭五十銭ですんで時間も経済なのだからこの方が余程大闇だと言っていた。

それから浅草へ出かけた。粂平内でおみくじを抽くと、矢張りしばらく時節を待てというのが出た。その上恋は邪魔が入って叶わず、縁談も進まずと出た。それからどうしてかきょうはふしぎにシャオの幻が結ばれて目の前に立ちもとほった。どうして私はあの子を眺めるだけのためにでも、そばにいることが出来ないのであろうか。又昭森社と喧嘩してやろうと思ったが、待てとあるのでためらった。松屋の今度海軍に入る小僧が、「戦争なんて資本家のためにやるんだ。人民なんていい面の皮さ。資本家が行きつまると戦争を始めてうまいことをするのだ」などと凄いことを言っていた。

晩飯をすまして龍星閣の下を通ると二階の窓に灯がともっていたので、菅原のところへ立寄った。そして別に何ということもなく喋ったうえ、通りへ出てコーヒーを飲んで別れた。

昨夜国友、今夜八木に手紙を書いた。

興亜院をやめるについていろいろ考えたが、いくら考えても名案もないのであった。

（1）経済警察　正式には警視庁経済警察部。国家総動員法（一九三八年施行）によって生産や流通が厳しく統制されていたが、経済統制法違反を取り締まるために一九四一年二月に設置された特別な組織。

三月九日（月）　晴

カルモチンを服んで二時半に寝るとぐっすり眠って漸く目をさますと一時であった。昼飯も食わねば八木君への手紙も机の上に忘れたまま役所へ出かけた。例の一年間のばしたレポート「支那におけるキリスト教の動向」を何でもかでも書上げて三月一ぱい又は四月一ぱい、私の顔を知ってる人のあるうちに興亜院をやめなくてはならぬ。その後のことは後の話だ。

夕方波多野さんと数寄屋橋へ出てコーヒーを飲みながらいろいろしゃべる。華山書記官というのはえこじで一旦嫌われるともうどうにも仕ようがないという話だった。私はいつか鈴木部長[1]の室にいるころモオロアのバイロン伝を読んでるところを見付かったことがある。その上文化部の属官になることを拒み、更に東亜研究所[2]に話をつけてくれたのをずるずる引っ張ったうえことわってしまった。そのためにすっかり心証を害したらしい。私の方の言分は、ともかく三十にもなってたった八十円の手当だけで辛抱させられているのはこの人のお蔭で、文化部の属官にせよ東亜研究所にせよ、これと大差ない待遇を与えるつもりだったから拒んだのであった。月給ということからいえば恐らく一緒に一高又は大学を出た同級生のうちで私は最低に属するであろう。毎月の生活費の約半分にしか当らないのである。華山が「それでもちっとも少なくはない」と言ったのが、私の自尊心を傷けたと同時に華山に対して絶対に憎悪を抱く原因であったらしい。

六時近く市電に乗ると、混合う中へ銀座四丁目から姉妹二人と小学生の弟を伴ったのが乗って私の前を向うむきに立っていたが、これは確にいつか一年ほども前に万世橋から妹をつれて乗った少女にちがいない。私は小さい弟に席をゆずってやろうと手を引いたが、丁度向うの席を少し押して狭い空間を作ったところへ腰かけてしまった。本を読みながらも始終そちらが気になったが、あちら向きなので顔もよく見られなかった。姉が前に見た女で二十二、三で映画女優の高峰三枝子に似ているというのだろうか。妹の方はよく見なかったが、丈は少し高かった。本郷へ着くともう六時半に近かった。私はこの女の家を知りたいと思った。農学部前より彼方であることだけは確だった。けれど私は昼飯を抜いているので晩飯をやめるわけには行かなかった。うっかりすると寺尾がしまってしまう。そこで心を残して帝大正門前で降りた。

しかしもう寺尾は灯を消していた。その上牛肉屋も今夜は出ていなかった。焼豚を食い、焼鳥を食い、それから炒飯を食った。夜台店三つ歩いて二円五十銭もつかった。恐ろしく高い晩飯となってしまった。こんなことならあの女について行って追分あたりであろうから、あそこでおでんでも食えばよかったとひたすら悔やまれた。機会は三度とはない。もうこの女と出会うこともあるまい。

夜明石が寄った。

（1）鈴木貞一　中将。一八八八年千葉県生まれ。陸軍革新派将校として木曜会を組織する。参謀本部員時代には対満積極策をとなえた。興亜院設立時に政務部長となり一九四一年に近衛内閣の国防相兼企画院総裁に転じた。東條内閣でも留任して戦争遂行のための物資動員計画を推進した。極東国際軍事裁判でA級戦犯として終身刑の判決を受けた。

（2）東亜研究所　一九三八年九月企画院の外郭団体として設立された国策調査・研究機関。総裁は近衛文麿。岡倉古志郎や内田義彦らも勤務した。一九四六年三月に解散し資産は政治経済研究所に引きつがれた。

三月十日（火）　曇

どうしてか知らんが、一晩中次々と夢ばかり見続けた。千葉の向うまで自転車で行ったりするのであった。しかも目をさますと十二時半だった。きょうはいそいで昼飯を食った。

役所で例の仕事をつづけようとすると三省堂の金本が来てしまったので一枚しか書けないでおしまいとなった。

土方、金本と銀座へ出る。それから土方氏が本郷で本を買うというので一緒に本郷まで来る。晩飯を一緒にというのをやめてコーヒーを明菓で飲んで別れる。もう六時だ、今夜又飯を食いはぐれると大変と三丁目から正門まで駈足だった。そのお蔭でなまこやら鶏と玉葱のバター焼きやらに有りついた。

そのあとで棚沢書店へ寄ると、ふと西周伝を見出した。七円だったが、こんな珍本は高い安いの問題ではなかった。久しぶりで珍しい本を手に入れた、この本はまだ大学のころ明治文学書が殆ど一部の本屋でしか注目されなかったころ、三崎町の雄松堂で帙入のを立原と見たことがあった。そのころ三円だったので、私には手が出なかった。そして直ぐ売れてしまった。その後古本目録でも本屋でも一度も目にしたことがなかった。立原が生きていたら羨しがるだろうなあとふと思った。ペリカンさんによると帙の代りに他の本の箱を探し、それから虫食の穴を裏打ちしてくれると言った。しかし兎も角西周伝を見出したことは私の近ごろのよろこびであった。昨夜あの女を見たことと同じく。よろこびというものは待ってても来らず思いがけぬところにころがっているのだなあ。

下宿へかえると、田中明と吉野正雄(1)が練習船の期間を終え二十日からいよいよ勤務することになったと挨拶に来た。今夜田舎へ帰るというので、百万石へ行ってふぐちりを食わした。二人の話を聞いてると、もう自分の時代が終って、そういう華やかさを次の世代にゆずるべきときであるのをつくづく思い沁みた。そうだもう結婚してもいいときになった。

（1）吉野正雄　未詳。

三月十一日（水）晴

又夢を見続ける。しかもシャオの夢なのである。折立の家の二階か或は何処か借間の二階らしく埃っぽい室にシャオがいた。シャオの家は風紀が紊《みだ》れているらしいことを私は知った。シャオが、先のお父さんとか、兄さんのお父さんとかいうからであった。シャオの姉は女優か何かになっているということだった。私はシャオが差出したアルバムにシャオの一家が写ってるのを見る、何か支那人らしい一家が五、六人並んでいて、シャオも少女時代と見えてちっともきれいではなかった。「それはその前のお父さんです」と又ちがった父親を教えてくれた。よく見るとシャオもとても美しいというより口がいやに大きかった、この女も相当経験を積んでるのだなと私は知った。だからキスをすると彼女はちゃんとそれに応じて私の唇を噛んだし、又始めてではないらしく身を任せるのであった。ちっとも本物のシャオには似たところがなかった、しかし目を覚ましてから、シャオの夢を見たことだけでも私をよろこばすに充分であった。

役所から昭森社へ電話をかけ、かなり激しく物をいう。今少しで決裂する間際になって、どうしてか私は折れてしまった。あとになって、一気に話を解決してしまわなかったことを悔いた。しかしいよいよこの翻訳を投出そうという決心を固めた。

帰りに日伊協会で茂串を訪ねる。

本郷で道草を食いながらもどると、もう九時十五分すぎで十分ばかり前に安藤が別れを告げに来たところであった。今日一日はシャオの夢を見たことが唯一つ私を慰めた、そして昭森社との争いは中途半端な妥協でお終いにしただけますます不快になった。その上下宿で翻訳してるうち、ふと必要があって石井に借りた「世界経済年表」を探すと、石井が黙って持帰ったらしく、そこらになかった。二、三日まえ借りたばかりで、こちらに暫く必要があるのに、妙にけちけちするのが意地悪されてるように腹が立った。先刻に会ったのに、もって帰ったなら、そういえばよいのに。

今日はいやな日であった。

三月十二日(木) 晴

昨夜は昭森社の出版を中止しようと決心すると、電話をかける文句がいろいろ考えられて眠られなかった。

暖い春の日になった。役所へ行って見ると、今日は第二次戦勝祝賀日(1)で午後は休みであったが、行くあてもないので、四時まで例の論文を続けた。生活社の桜井にも出版文協の樋口、寺島にも電話をかけたが連絡が取れなかった。土方氏が出て来ていないので、昭森社の話はどうしようとしばらくためらったが、四時少しまえ胸を轟かせながら電話をして森谷(2)に話した。きょうは昨日と反対に出来るだけ弱く、これ以上交渉をつづけてはこちらが神経衰弱になるから、ここで話を打切ろうと言った。向うも多少困ったらしいが、どなりつけもしなかった。しかし中止ときまると、悪夢から覚めたように息を吐くことが出来た。——私の初めての出版であるから、本屋として不満だったけれど、きれいな本を出してくれるというので辛抱することにしていたら、何かしらこちらの立場を無視するどころか駆引ばかりして、とうとう私をじらじらさせてしまった。大がいじらされると参るものだが、私はこれに対して絶対的解決手段をとる。私は千里のことでも、シャオの写真のことでも、このじらじらにどんなに悩まされたか、それだけでも辛抱出来ないのである。こちらがどんな損をしてもじらされるよりはまだいい、と昨夜そう心を決めたのである。そしていかなることがあってもこの点ではゆずらない。明日土方氏とどういうふうに話をつけようか、そんなことはどうでもいい。私の出版にはいつもけちがつく。

夕方樋口のところへ寄る、帰りにビールを飲みに寄ったが、小ジョッキイ一ぱいであとは品切れとなったので、物足りぬ思いでアララギ発行所へ出かける。警戒警報が発令されたので、真暗な街を下宿へもどる。

阿部弟と石井が室に来てしばらく喋る。

夜は少し冷える。

毎日一つずつ悦びがあるはずだから、今日はきっと下宿に蘇州からのよい便りでも届いているにちがいないと当てにしたが、何もなかった。

（1）正しくは、戦捷第二次祝賀日。ラングーン陥落の祝賀日。戦捷第一次祝賀日は二月十八日で、シンガポール陥落を祝う国民大会が日比谷公園で行われた。

（2）森谷均　出版人。一八九七年岡山県生まれ。一九二一年中央大学商科卒。大阪での会社員生活を経て一九三四年上京し書物展望社に入社。翌年銀座に昭森社を創業した。一九四二年当時同社は神田錦町にあり、社員に菊池章一らがいた。戦後は神保町に移り『思潮』や『本の手帖』を創刊した。森谷はその風貌から「神田のバルザック」と呼ばれた。

三月十三日（金）　晴

矢張り眠られぬ。六時近くまで頭がいたくなるまで考え考え起きている。そして十二時には目をさます。早くレポートを仕上げるために毎日確実に役所へ赴かねばならない。それに今日は土方氏と会って昭森社の話を最後的に決定するため、桜井と茂串に電話をかけるため、どうしても行かねばならなかった。

土方氏は漸く三時に出て来た。そしてともかく一応本を出すことにしてはどうかというけれど、私は一旦じらされた以上、牛と同じでもう止めるわけには行かないのであった。土方氏も困ったらしい、が、私は仕事は公のことである以上今に至って単に感情的に処理することは出来なかった。これが土方氏には分らなかった。

昨夜眠れぬままに私は森谷を思い出した、すでに禿げかかった頭は何か悲しい思いをそそる、押しだけで生きのびて来た商人の厚かましさとずるさの間に時々ふと現れる善良さと小心さ。それは彼のずぶとそうな表情が附焼刃にすぎないことを物語っている。こういう人間と争うことは何かあわれを催おすものだ。けれど仕事というものは又別だ。

ビーコンで佐々木、明石とコーヒーを飲んだのち、ミュンヘンでビールを飲む。明石も珍しく二はい飲んだ。

下宿へ冨本さんが来る。西周伝を取出して見せる。

三月十四日（土）　曇・夜雨

昨夜は昭森社に手紙を書いた、美濃紙へ毛筆で書いた。私がもう絶対に決定を変更しないことを明かにしなければならないから。昨夜は投函するのをやめようかとも思ったが、今朝になると切手を貼って出した。

俄に暖いというより五月ごろの或日みたいに蒸暑くなった。和服を着て本屋を歩き、それから帝大新聞へ行く。桜井は青森へ行ったきりまだ戻らないのである。茂串が「レオナルド・ダ・ヴィンチ」五巻を書くというので、その出版について相談しなければならない。

野沢さんと出版野蛮協会の紛争についていていろいろ話する。私は自分でもいろいろ飛廻ってデマを飛ばしたりして、この内紛を大きくしてるのを承知していた、私にはこういう文化を統制する半役所ぐらい気にくわぬものはない。私も大分陰謀政治家になったなと思った、会議などは三十分も出席しているともう頭が痛くなってしまうのに、こうして個人的に話をして歩くのは面白い。

それから野蛮協会に寺島をたずねる。いろいろ今後の行動について、又一般の見透しについて教えて帰る。寺島が課長をなぐったことが発火点に達していた内紛を明るみに曝らすことになったらしい。それには私も一役買っているのである。

神保町から柳町へ古本屋を見ながら歩く。

夜晩飯のあと、真暗な街を山喜房に寄って少し遊んでから帰る。

もう一月近くなるけれど、蘇州からは何の音沙汰もない。

三月十五日（日）　雨

昨日は毛糸のジャケツを脱ぎ、足袋を脱いでもまだ暖かすぎて汗がにじんだのに、きょうは又冷々とした雨が降る。一夜さ猥らな夢を見た、しかも私はそれが現実ではなくマスターヴェーションのために思い浮べているのだと、夢の中でも半ば自覚しているのがいまいましかった。これではいよいよ結婚でもしなくてはならないのである。ふみゑが大人になるのを待ってる暇もなさそうだ。

半年ぶりで田宮に会うために阿佐谷に赴いた。そのついでに駅の附近の古本屋をのぞいて見たが一冊だに買いたいのがない、岩波文庫さえろくなものはない。

田宮のところには寺島が先客として座っていた。それから九時まで夕飯を食って喋りとおした。ただ話がたまたま小説に及ぶと、忽ち田宮と見解を異にした。私が渋川驍[1]を実に下手くそな小説家だというと、田宮はうまいという。田宮が、――尤も冗談にではあるが――翻訳の小説を禁止すると自分の本が売れていいというと、私は日本の小説を禁止した方がいい、外国の小説ばかり読ましておけば、日本の小説も少しはうまくなるかもしれんと言った。しかし田宮もその中へ入っているわけだったと直ぐ気がついてどちらも悪い顔をした。

又寺島は新体勢論者[2]であって、自由主義の残屑を攻撃し、文学もすべて現在の戦時体勢に従わねば意味がないと主張するが、このあたりでは私は田宮と連合して、旧体制の意義を認めるのであった。

しかしいずれにせよ、隔心の少ないおしゃべりはよい。警戒管制で真暗な道を懐中電灯をもった田宮が駅まで送ってくれた。そういえばこの三、四夜の警戒管制は何のためであるかさっぱり分からない。今夜田宮たちと喋っていてふと思い付いたことだが、いよいよソ連と始まるのかも知れない。

（1）渋川驍　小説家、評論家。一九〇五年福岡県生まれ。佐賀高校を経て東京帝国大学文学部倫理学科卒。東京帝国大学附属図書館に司書として勤務。『日暦』に参加する。暗い時代の市井生活を丹念に描いた「龍源寺」で広津和郎に認められる。生涯地味で堅実な作風を貫いた。
（2）正しくは新体制論者。一九四〇年近衛文麿らが提唱した運動で政治、経済、産業、文化におけるあらゆる既存の体制を解体し挙国一致の新体制構築をめざした。同年その機軸として大政翼賛会が結成された。

三月十六日（月）　雨・午後晴

昨夜眠りついたのは六時すぎであった。そしてきょうは桜井に用事があるのでどうしても役所へ出なくてはならなかった。そのくせ眠り足りないので、うとうとと床の中に一時間余りいるうちに十二時がすぎた。

冷たく小雨が降る。

桜井が訪ねてくる。茂串の本について打合をする。

役所の帰りがけに土方氏に昭森社とはさっぱり縁を切ることを言う。近いうちに原稿を取戻さなくてはならない。何処で出そうか、創元社にしようか、そんなことを毎日考えてる。私はもう一応有名にならなくてはならない、無名であるために非常に多くの損失をして来たのだから。

池之端七軒町から団子坂をとおって肴町まで例のごとく古本屋をのぞき歩いた、それから棚沢でヘーゲルの大論理学（中）を買う。一冊は神田で一昨日買った。蘇州の向山に送るのである。向山をとおしてシャオの動静が知りたいし、又写真をもらってもらわなくてはならない。向山は直ぐにでもというようなことを言いながら、一こうに駄目だ。もうそろそろ一年近くになる。シャオの透明な美しさがたまゆら浮んでくると、私の胸はとどかないあこがれのゆえに呼吸が苦しくなる。先の手紙を出してから、もう一月以上たつのに、向山からは何とも音沙汰がない。

父も十日に上京すると言ったきり未だ何とも言って来ない。牛肉、卵、醬油、餅、砂糖を頼んである。その上食パンも持って来てくれることになっている。東京だけでは食うことも出来ない、田舎からの私的な補供によって漸く栄養を維いで行くのである。

きょう上野の方を歩いていると、そばやの格子に第二国民兵の点呼の告示が貼ってあった。とうとう我々にまで来てしまった。自分勝手に戦争を始めておきながら、我々にはすべての犠牲を、自分たちにはすべての儲けを、決めていやがる。私にシャオを与えるなら、私は妥協しよう、がそのほかなら、一生の敵であるだろう。

三月十七日（火）　晴
眠りぎわに三省堂と約束した「長塚節」について構想した、私はまだ長塚節については何一つ読んでいないけれど、構想だけはすばらしく華やかなものをつくった。啄木を一緒に書かねばならないけれど、今啄木を通して私の述べたいことは国禁の想いである。しばらく私は休まなくてはならないのだから、啄木にはふれないことにしようと思った。
今日も十二時に目をさます、眠りたりないうえに、昼飯を食うと猛烈に腹痛が起った。しかし休んだとて何もすることもなければ又何処へも行くところもないのだから役所に出かける。そのまえに向山宛ヘーゲルを送った。

嘱託の室は寒い、その上きょうは少し熱があるらしく精神集中しないので、本も読めず、何かいら立ってくる。

帰りがけに路上で骨と皮だけに痩せた犬がうろついていた。「もう直き我々もこういう風になる」と森が言った。「そうだ、そうだ」と一緒にいた連中が言った。

日伊協会に寄って茂串とレオナルドの出版について話し合い、野菜サラダを食って別れた。警戒管制の解かれた街は明るくもどった。寺尾で今夜何か御馳走があるというのでそれをたのしみにしている、鶏があった。

父はまだ上京しない。

十一時ごろ猪野が来た。上官の中尉か何かが弟を京華中学へ入学させるため、猪野の義父に交渉に外泊を許したが、もうおそくていくら叩いても門が開かないので泊って行くことになった。

三月十八日（水）　晴

私の眠ってるうちに猪野は去った。

私は正午に桜井、茂串と会わねばならないので、目醒し時計を一年ぶりで掛けた、十一時に。そして睡い目を腫らして銀座へ出かける。山茶寮で飯を食いながら茂串のレオナルド出版の話はまとまった。そのついでに私の「手記」の出版を一緒に出したらどうかと茂串がいうので、私は自分の弱点を衝かれたようにまごついた。私は創元あたりで出したいという気持を洩らしてしまった。土方氏が昭森社へ紹介して私のレオナルドと一緒に森谷に渡した小沢という人の小説集の原稿が返送されて来たというので、土方氏の昭森社に対する風向きが大分悪くなって来た。或は私の方の余波かも知れん、そうだとすると私の原稿を取返すのに又一骨折らねばならない、そんなことを考えると小心な私は早くも怯えはじめる。

夕方は銀座で佐々木に会う。生活社の校正係をしている今関氏に紹介される。今関氏は五人の子供を抱えて暮らしに困窮しているので、何処かで校正の内職を探してほしいというのであった。やや頭が禿げかかって、吃りでロシアの小説に出てくる二等官の書記か何かのようにおどおどと善良であった。どうしてかすっかり腹が減ったので、本郷へかえると四杯も飯を食った。

今日も父は上京しない、その代り国友から詩の原稿を送って来た。

三月十九日（木）　晴

明石が昼間やって来た。私は第一銀行から百円引出してから役所へ赴いた。

役所の帰りに出版野蛮協会へ寄った。樋口、寺島、猪野と神保町でビールを飲む。寺島は課長殴打事件以来、自分が花形役者になったようにそのことで浮かされている、軽率な言動が目に余るらしいのが私と三十分ばかり一緒にいる間にも察せられた。頭はよいし、気性もさっぱりしてるにも拘らず、地球が自分の周りを廻っていると信じている点によって対人的にも自分自身にも救いがたくしている。彼は社会が矛盾のうちに動いていて論理はそれを解析するに役立つものだと知らず、論理の命じるところに従って社会が動くのだと思っている。矛盾は社会それ自体から生れているものではなく、個人的な頭の悪さとか性質に帰してしまうのである。つまり前からそうであったが、形式論理学を学んだばかりで弁証法を知らないのである。それに彼が謙虚さを欠いてることがその欠陥にも気付かしめなくする。他人のことや一般問題では非常に理屈正しいが、自分のことになると話が全く別になる。一種の牡鶏でありトハチェフスキイでありエゴイズムである。彼は他人が自分の敵か味方か明瞭に決心していて、味方たるものは職を賭して自分を支持してくれるものと信じている。だからだかつて飲やでいざこざがあると直ぐ川越氏[1]を引合に出して警察の力をふりかざそうとした、実際にはそれをふりかざす機会がなくてすんだからよかったようなものだが。今度でも田中四郎に上告すればその権威で忽ち向うを制圧しうるつもりでさわぎ廻っているのだが、そのため田中氏や樋口が迷惑するばかりで寺島に対する支持をも不可能になってしまった。又企画課長がひそかに寺島を支持するという噂を聞くと公然とそこへ出かけて宜しく応援たのむなどというので、折角の支援もだめにしてしまう。——寺島の問題に対して他人は寺島自身ほど熱も興味も持っていないことを知らないで、万人が彼の行為をめぐってそれぞれの批判なり何なりを投票しなくてはならぬと思っている。

ビールを飲んで寺島は一人帰り、私と樋口と狩野[2]は寺島問題の善後策を相談しながら、神保町からとうとう青山五丁目まで歩いてしまった。一時間余りの遠足で腹がすっかり空《へ》ってしまった。

十一時半下宿へもどったが何か頭が痛い。今夜は翻訳も読書もやめて一時半には床に入ることにした。

（1）川越了介　未詳。
（2）狩野登美次　一九一〇年群馬県生まれ。一九三五年アララギに入会し土屋文明に師事。群馬県庁の書記から一九四一年日本出版文化協会業務局用紙配給課に転職。戦後全国教科書供給協会、短歌新聞社に勤務。

歌集に『小紅集』がある。

三月二十日（金）晴

丸山が来る。丸山の話によると、寺島の行動には女に対する見せびらかしが含まれているらしい。寺島は牡鶏のように女の前で英雄に見せたく、とさかを立てるのである。女に対する愛情とは別でいつも誇示の方がさきに立つ。だから問題が紛糾する。

生活社に立寄って原稿用紙を受取る。小島に渡さねばならないから。雑然たる空気にみちた二階に幾人か机を並べているのは余り気持のよいものではない。

土方氏に国友の詩集について話すと八雲書林はどうだろうという。月曜に原稿を見てもらうことにする。

小島から今日は会えないという電話が来る。しかし役所が終ると土方氏と銀座へ出て行く、そして土方氏は数寄屋橋に待合せる相手があるので私は一人ビーコンでコーヒーを飲む。そういえば今日土方氏が「英語の文芸論の本をもってるか」たずねた、持っていないというと、それじゃあ何を持っているのかというので、「文芸論など一冊ももっていない。皆腹の中に入っている」と答えたものである。

新橋から市電に降【乗】ろうとぶらぶら歩いていると銀座七丁目の裏で丹下に出会った。ミュンヘンでビールを飲む。そこで大久保一郎[1]に何年ぶりかで出会った。丹下と少し気焔をあげて別れた。

下宿へ中村真一郎[2]、明石、阿部弟が来、石井を交えておそくまで喋る。阿部の話によると埼玉県の女が群馬県で芋を買って利根川の橋まで来ると、その県境に巡査が頑張っていて通さない。抱いていた赤児をさしてこの児に乳が足りないからどうか見のがしてくれと言っても、巡査はあくまで芋を返して来ないかぎり埼玉に入れないと言った、するとそれじゃ仕方がないと、女は赤坊を河の中へ投げ込んでしまったということだ。又前橋か何かで子供をもった母親が米を予定よりも先に食べすぎたため配給所にたのみに行ったが、予定日以前には断じて渡さないときかないので、家にもどると子供を殺して自分も死んだ。するとその夫が配給員を殺そうとして未遂にして捕まった云々。

中村の話によると、日比谷のミマツ食堂の前に行列が続いている、コックなども交じっているのできっと食パンか何かの売出しだろうと並んでいると区役所へ入って種痘するのだったとか、銀座でずらっと二、三十人並んでいるので何を売出すのだろうと一番先頭にいた二、三人にたずねると、ここで待合わす約束で三人ばかり座っているといつの間にか後へ人がつづいてしまい、今さら逃出すわけにも行かないので困っていると答えたそうだ。又亀屋の辺りには始終何か売出すのをねらってうろうろしてる連中が居る、何でもいいから売出しが始まったら並んで買うのだそうだが、或人がウイスキイか何かだろうとついて買って見たら馬用の堅パンだったとか。

（1）大久保一郎　一九二九年一高文科（甲類）に入学。思想問題で留年し杉浦と同期になる。一九三七年東北帝国大学法学部卒。「お馬」のニックネームで『三とせの春は過ぎやすし』に登場する。

（2）中村真一郎　小説家。一九一八年東京生まれ。一九三五年一高文科（甲類）に入学。『校友会雑誌』などで活躍し、復刊計画中だった『未成年』同人に立原道造から誘われる。一九四一年東京帝国大学文学部仏文科を卒業し、速記者養成所講師として衆議院の嘱託となる。同人誌『山の樹』に参加し、一九四二年に福永武彦らとマチネ・ポエティクを結成した。

三月二十一日（土）　晴　春季皇霊祭

圭介君と会う約束があったので、明石が迎えに寄った。十二時に正門前で落合い、独文研究室の助手をしている瀧崎安之助(1)も加わって飯を食った。豚カツがあった。

そのあと上野へ独立展を見に行く。瀧崎を除く三人で。動物園のまえは行列を作って待っている。独立展は中頃で疲れてしまった、私は日本画の手法を採入れた林か何かの絵に一番心を惹かれた。そして私には日本的なものを愛する趣味が何処か潜んでいるのだなと思ったほどである。文展よりはいろいろな思い付き工夫に富んでいてましであるけれど、幼稚であることは免れない。しかし必ずしも絵だけでなく文学などはもっと甚だしい状態にあるのではないだろうか。絵には絵具其他の材料に制約せられて宥赦《ゆうしゃ》せざるをえない点もあるにちがいない、しかし文学はそんなハンディキャップは存しないはずだ。

本郷へもどり藪そばでうどんを食い、次いで明菓でケーキを食い、それから私の下宿へ上がる。夕方になって私は氷川下の本屋に用事があったので、駕籠町まで市電で圭介君と行を共にした。六時に本郷にもどったが寺尾も休んでいるし、牛丼やも出ていないので、疲れ切った足を引きずりながら追分まで歩かねばならなかった。

きょう上野あたりで髪を二つに分けて結んだ少女を後ろから眺めるたびに、シャオを連想した。ああ、シャオは純粋に少女である。あんなにまざりけのない少女の顔を二つと知らない。まざまざと面影にたつにつけて私は胸が痛くなるのを覚える。

（1）瀧崎安之助　独文学者、評論家。一九一四年愛知県豊橋生まれ。豊橋中学、八高を経て一九三九年東京

帝国大学文学部独文科を卒業。一高教授を経て東大教授。戦後新日本文学会に入り、一時期『人民文学』に参加した。

三月二十二日（日） 晴

寺島が来たので昼飯を食ったりコーヒーをのんだり本屋を歩いたり三時間ばかり一緒にいた、寺島も此前ほど熱していない。それよりも私はもうあんないざこざの中へ立入るのがいやになった。寺島のいうには、高円寺の川越さんの娘が先ごろ嫁入したけれど、それが僕を好きだったと言った。僕はそんなことをちっとも気が付かなかった。気がついたとてどうでもないけれど、何か女の気持に意外なものが含まれているものだと思った。しかし最近の娘はもう少しちがっているらしい、寺島が野蛮協会の児童課とかにいる二十才の娘に求婚したところ、向うがもう二、三年こうして勉強したいが、交際だけなら親の許可さえうればその間続けてもいい、と答えたそうだ。そして親が許可したから、交際するけれど、二、三年のうちにひょっとして自分に間違いがあったにしても、そのことを予め含んでいてもらいたい、と言う。

赤門堂でS・Pを見たが、矢張り物足りない。面白いけれど、他の人がわいわいもてはやすほどのものではない。こういうものもよいものが三つ四つあれば足りるにちがいない。

すっかり春の光になって毛糸のジャケツも脱いだが、夕方になると涼しい風が吹く。今日は魚河岸が休みで本郷通りの食堂は大がい休業の札がぶら下っている。ようやく珍楽でまずい高い支那料理にありついた。

夜阿部が来る。石井とつまらぬ口論をして、途中で私の方がつまると、ひどくむらむらとして来た。このむらむらを抑えるのはどんな困難であることか。そうなると言葉も旨く出て来ないのはいうまでもなく、頭の中から論理的な思考が全然消え去ってしまうのである。

夜半になるとしくしく空腹を訴える。

三月二十三日（月）　晴

むし暑く、五月の末を思わせるような日だ。そんな日だから体は直ぐぐったりと疲れたうえに、役所へ行って給料をもらうとき、森が九十円に昇給してるのを見て腹を立てた。森は私より後から学校を出、後から興亜院に入り、八十円になるときは一緒だった。私もこの一月ごろ十円昇給する、そうすれば他へ変っても公然と百円もらえるつもりであった。華山の奴はこんなちっぽけなところにまで意地悪をしてるのだった。

丁度そのとき土方氏が昭森社へ電話をかけた。すると私のレオナルドの校正が出たと言う。私は代ったが余り腹が立ったので、向うでそれじゃ損害を半分負担してもらうというと、する、と答えてしまった。恐らく向うでは少し早目に校正さえ出せばこちらが折れるつもりで、先日の手紙などは無視してやった腹の中が見え透いてた。それにこんな汚ならしい本屋とはどんな損をしても一刻も早く手を切らねばやり切れなかった。

私はそのことを忘れたようにしていた、しかし半分負担するとしても三百円ぐらいいる、その金を何処で作ろうか、頭を悩ました。この本を出していくらか金をもうけるつもりだったのに、逆になってしまった。そんなための金を五十円ぐらいならとも角、何百円か父にもらうわけにも行かないではないか。始めから気の進まぬままに土方氏に対する義理づくであんなインチキ本屋に渡したのが誤りだった。だから一そのこともっと早くすればよかったのだ。何しろあんな人間とかかわり合ったのがこちらの負けだ。——あの原稿を放擲してしまえばそれまでであるが、一年余り苦心を重ねたものを矢張りあきらめ切れないらしい。

夕方ビーコンで佐々木、小島に会い、それから石井をつれて第一ホテルへ中央アジア研究会の松尾氏と磯田に会いに行く。松尾が北京で二百五十円出すのを何か大した金額であるかのように吹きまくるのさえ癪にさわった。私は矢張り三百円のことを考えていたのである。

本郷へもどって池田忠[1]に久しぶりで会い、喫茶店で文学の話をしたが、矢張りうわのそらで、三百円のことを思い患っていた。

冨本さん、明石が下宿に来た。

この日記の始めに私はよきことにみちることをねがった。しかし事実は反対でいいことは何一つ起らず——せいぜい「西周伝」の発見ぐらい——、いやなことばかりが行列している。

（1）池田忠　一九三七年一高文科（乙類）卒業。国産軽銀工業株式会社で同僚となる。

三月二十四日（火）　曇

春嵐が吹く、生あたたかく埃っぽく、汗ばんでくる。

役所へ小山がたずねてくる。立原の全集のことで二十七日堀さん[1]の家へあつまることにする。四時になると小山と一緒に出て、お濠端を歩き、日比谷公園をぬけてゴロウでコーヒーを飲む。そうだもうレオナルドのことなど忘れて他の仕事に専心しよう。あんな海に千年山に千年生きた男を相手にすればこちらが馬鹿を見るだけだから。そして小山と会っていたお蔭か昨日ほど昭森社のことなど気にならなくなった。

夕方にはしぐれて来そうな模様だった、本郷どおりに六時すぎてもまだ夕明りの残るなかを古本屋を歩いたが別に買うものもない。

飯を終えると下宿にこもってシモンズを翻訳したり、国友に手紙を書いたりした。そして十時すぎるとしくしく腹が減り出したが、食うものも何一つない。石井のところには餅があるが、石井は私に食わせたくないようだからそんなにして貰いに行く必要もない。——昨日の中央アジア研究会の話は石井もことわり手紙を出したという。もちろんことわる方がいいけれど、しかし石井が仕事に就く気持よりまず先にことわる口実を考えるのが不快であった。この無気力の生活ははたで見る目がいらいらして来る。

今夜は七時から家にこもり、誰も訪ねてくる人もなかったけれど、かえって頭が疲れていつもより仕事が進んでいなかった。もう少し短い時間でなくてはならない。

（1）堀辰雄　小説家。一九〇四年東京生まれ。府立三中から一高理科（乙類）に進み、在学中から『校友会雑誌』に作品を発表する。一九三九年東京帝国大学文学部国文科を卒業すると文筆生活に入る。『ルウベンスの偽画』や『聖家族』などで注目される。一九三三年に詩誌『四季』を創刊すると堀を慕って立原道造ら若い詩人が集った。

三月二十五日（水）　晴

　春の彼岸らしい日がつづく。私の中にはあの清らかな悩ましさをたたえたシャオが泡のように浮び上って来ては消える。それからふみゑもう卒業したろうか、それからどうしたろう、製糸の教婦講習所の試験に受かったかしら、受からなければ百姓を手伝いながら裁女へ通うと言ってたから、そうであれば、まだ田舎へ帰るたのしみが残っている。田舎の春は私の胸を江南の春と同じように攪《か》きみだす。しかしそれには生気を吹込むものがない。核心がない。恐らく本当にのんびりと日を送るだけであろう。

　午後、寄留届と寄留地点呼願を出しに区役所へ行く。それからあとは、帝大病院附属図書室の三輪をたずねて、アルベルティの絵画論を読合せする。丁度そこに来ていた不二書房と北川桃雄氏[1]に昭森社のことをこぼすと、二人とも昭森社の評判のよろしくないことを言っていた。

　六時にまだ明るい街へ出て、それからテラオで蟹を食う。何か下宿へもどる気にもなれないので足の向くままに初音町の方へ下って古本屋を見歩いたけれど、別に何もなかった。岩波文庫も盛んに買込んだから今では残りも百五十冊ばかりとなったが、その百五十冊がいずれも余り見当らないのである。

　石井が来て、小山忠恕[2]の妹を丸山がもらうからその姉をもらえなどと言った。私には別の当てがある。

（1）北川桃雄　美術史家。一八九九年東京都出身。一九二四年京都帝国大学経済学部卒。京都第一工業学校の教師となる。一九三五年に文芸同人誌『リアル』を創刊し、白樺派作家とも交遊する。志賀直哉の勧めで一九三八年東京帝国大学文学部美学美術史科に入学。在学中の一九四〇年鈴木大拙著『禅と日本文化』を邦訳し岩波新書として出版。戦後共立女子大学教授。
（2）小山忠恕　一九三四年一高文科（乙類）卒業。丸山眞男と同級。一九三八年東京帝国大学経済学部卒。

三月二十六日（木）晴
年度末手当百三十円。
夜、月例会ミュンヘンにて。佐々木、磯田、明石、岡田道文、[1] 佐藤[2]（大蔵省）。寺島も偶然隣に来ている。酔って日本橋の方まで歩く、昭和通りのミルクホールに入ると、ホットドッグがあった。
（1）岡田道文　長野県飯田中学から一九三〇年に一高文科（甲類）入学、三高戦問題で検挙される。一九三四年東京帝国大学経済学部に入学。一九三六年歴史学研究会内の現代史分科会を平沢道雄らと創設し左翼的啓蒙につとめたと『特高月報』に記載されている。戦後立正大学短期大学部教授。
（2）佐藤一郎　官僚、政治家。一九一三年東京生まれ。一高文科（甲類）で杉浦と同期。一九三七年東京帝国大学法学部を卒業し大蔵省に入省。戦後大蔵事務次官を務め、一九六七年に自民党から立候補して参議院に当選。佐藤内閣で経済企画庁長官を務める。一九七九年から衆議院議員。

三月二十七日（金）晴
朝になるとよく眠ったせいか、いつもよりかえって頭ははっきりしていた。しかし寒い風が吹き出したので、役所へは行かず、昼飯を食って帰ると、そのままシモンズの翻訳をつづける。夕方風呂で脂を洗い落したうえ、阿佐ヶ谷の堀さんのところへ出かける。昨日までは暖かかったのに又しても毛糸のチョッキが欲しいほど冷い。

小山と生田と来る。立原の全集の話をするためであったのに、いつの間にか雑談会となって十一時近くまで喋っている。堀さんの奥さんは少しシャオに似かよったところがある、受口のところと何か少女らしさの残っている点が似てるのであろう。シャオはただおそろしく美しい。

そういえば一昨日の暁には蘇州へ行ったが、シャオがもういなくなった夢を見た。

八木君より真澄(1)がなくなったと知らせてよこす。私がとみ子のゆえになげいていた六年ほど昔、彼が小学校教師であったころはしばしば小学校で話をしたものであった。

(1) 清田尋常高等小学校で一学年上だった鈴木真澄と思われる。

三月二十八日（土）　曇

寺島と飲む。ミュンヘンにいると、昔帝大新聞にいた田口(1)が寄って来て「谷の遊び場」以来待望しているのに杉浦さんは才能倒れになりますよ、と言った。それから、田宮さんは努力倒れだから小説をやめた方がいいと一度言っておいて下さいと。

吐いた。そのあとで水道橋近くに下宿してる金子さんという女のところへ寄った。文協で寺島の好きな女であった。そこで酔ったのにまかせて十一時半まで喋った上、飯を食って帰った。

(1) 田口　未詳。

三月二十九日（日）　曇・時々小雨

夢の中で立原に会った。数寄屋橋の上で、生きてるときと同じようにロバのような目をしていた。私は彼が死んでることを承知していた、だからどうしたのかたずねた、「余りさびしいから迎えに来た」と立原は腕を引いた。「まだ早すぎるよ、だめだよ」と私は、別に少しもこわく感じないで答えた。「それじゃ仕方がないなあ」と立原は答えた。

きょうは立原の四回忌であった。昨夜一度水道橋で別れた寺島が、小田急か何かの連絡社線がなかったからと又もどって石井の室に寝ていた。明石と三人、昼飯を食ってもどると、小山が待っていた。家から食パンと卵を送って来ていた。

谷中に小山と着いたのは二時ごろだった。深沢紅子さん[1]、水戸部さん[2]、生田、小山、僕それに立原のお母さんと達夫さん[3]だけで、のり巻が来るまで喋っていた。

雨もよいとなったので、京成で上野まで出たが、今度は小山と二人で上野駅前―御徒町―黒門町―湯島―本郷一丁目と古本屋を見ながら歩いた。本郷一丁目できび餅を食い、やぶそばでうどんを二杯食ったうえ、晩飯まで食ったので腹がおかしくなった。

明石が十一時までいた。丙種の点呼があったり召集があったりして憂うつな話をした。

今読んでいる本、プルターク英雄伝――グラックス兄弟のところで感動した。泰西の政治家の血となり肉となってるものであることがよく分る。「自然弁証法」――唯研の連中のは言葉づかいがうるさい。「セルヴァンテス短篇小説集（上）」――持ってあるいてるのはサウジー「ネルソン伝」と「復活」（上）。役所では高村光太郎「造形美論」――芸術至上主義者はこの程度を超ええない。茂吉の方がまだしも複雑な陰翳に富んでいる。ラ・ブリュイエール「性格論」（中）――この著者が貴族出でなかったことはこの書を深刻にしてるのではあるまいか。

仕事は家では「ルネサンス、イン、イタリイ」を主として、その合間にアルベルティ「絵画論」を翻訳し、役所では「支那におけるキリスト教の動向」を草している。

（1）深沢紅子　画家。一九〇三年盛岡生まれ。旧姓四戸。女子美術学校で岡田三郎助に師事。堀辰雄をはじめ『四季』同人と親しく交わり、その著書の装丁も手がけた。

（2）水戸部アサイ　一九一九年栃木県生まれ。一九三五年栃木県立栃木高等女学校卒。タイピストとして働いていた石本建築事務所で立原道造と知りあう。立原最後の恋人、婚約者と言われている。東京市療養所に入所した立原に付き添った。

（3）立原達夫　立原道造の二歳下の弟。久松尋常高等小学校高等科卒業後、家業の木箱作りを母光子（本名登免）と営んだ。

三月三十日（月）　曇

桜の花が咲いた。しかし何か本当に春が来たとは思えない。何かまだ不安が黒くわだかまっている。今朝国友から送ってよこした詩の終りにあったように、

「……世界中どこもかしこも真暗だった。
日は明るく照り映えていたが、
心は深夜に喘いでいた。」

昼間はしばらく春の光が輝いていたが、二時すぎると忽ち風が出て空がかき曇り、肌寒さを覚えた。役所の嘱託室には一人しかいない。そこで出版野蛮協会へ電話をして見たが樋口もいなかった。四時に外へ出ると、角張さんに会った、和服を着て大人びて見えた。遠くから見ると顔立ちがはっ

きりしてるので惹かれるが、そばへ寄ると何かが大づくりで強すぎる。この反対であるといいのに。それにしても一言口を利くと何かたのしい明るい炎が燃え上がるような気がした。

銀座へ出て日伊協会をたずねる。五時に茂串とホット・ドッグを食おうと、先の晩佐々木たちと酔って入ったミルクホールを探して昭和通を行った。その店は見付かったが、ホット・ドッグはなかった。だから京橋で別れた。銀座で晩酌を心掛けながら四丁目まで歩いたがとうとう食物は見付からない、結局本郷へもどって食う。

下宿へもどってから何か腹具合がよくない。今朝は又家から餅を送って来たが、パンも餅も食えないのである。腹のせいか疲れが甚だしい。

三月三十一日（火）　晴

寺島が来たので目をさます。昨夜は自分がもう直き死ぬのだという夢を見た。何とかしてこの夢から早く覚めようとして目を開こうと努めてもどうしても目が開かなかった。目を開くとしばらくの間、宇宙の中に自分はたった独りきりであり、死んでしまえば何もなくなるのかと深い寂寥にひしひしと取囲まれた。

役所へ行き、帰りに樋口のところへ寄る。二人でしゃべってるうちに五時半になったので「万葉集古義」を借りるために発行所へ行く。

宮益坂でニュース映画を見る。ボルネオの椰子の蔭、掘立小屋の町で汗をふく兵隊を見ると胸がつまる。全く優秀な民族だ。しかもこの優秀さを自己の私慾のために利用して飽きない資本家に限りない憤りを覚えた。ティベリウス・グラックスもローマの兵士に対して同じように感じたにちがいない。又日本製の漫画映画を見た、阿ゆ迎合をこととする徒とはこういうものだ、その芸術的はもちろん社会的、政治的鈍感さは憎みても余りがある。

出て坂の途中でおでんを食い焼鳥を食う。腹の模様は依然変調だった。明石の下宿に立寄る約束だったが、十一時だったのでやめた。

下宿へもどると湯をわかしたうえ、ルネサンス、イン、イタリイをつづける。

四月一日（水）曇
暁まで窓が明るむ月夜であった。

十一時に寺島が来た。二間つづきのアパートでも借りて妹に飯たきをさせようかなどと言っていた。役所に行くとつい土方氏とお喋りしてしまってレポートが書けなくなる。その上桜は咲き柳が芽ぐんだというのに肌寒い日になった。すると寺島が三宅坂の情報局へ行った帰りだと寄った。食堂でしばらく時間をつぶしてもどると、土方氏が日本橋へ一緒に行こうというので三時半だったが出てしまった。

丸善で洋書の背中を探していたら目が痛くなった。京橋の富士アイスで晩飯を食っていると横田瑞穂(1)と伊豆公夫が通りかかった。横田氏は二、三年前外務省のころ福井と一緒に来たので知っている、伊豆公夫は始めてであったが、土方氏時代の人間らしい薄汚さをもっていた。

それからコロムバンの二階で永井、摩寿意(2)に会った。

本郷へもどらず、小石川へ出た。清水谷で下車して古本屋を見たが、一軒で買うと、古本を新本の値で売付けられたのに気がついて、十銭のことではあったが、いたく不快で唸り出したほどである。中富坂の明石を訪ねると約束があるので、伝通院の暗い並木へ入って行ったが、曲り角を間ちがえたため結局又電車どおりにもどったりしてさんざん疲れて、明石の下宿へ行くと丁度外出したところであった。

下宿へもどると火を熾《おこ》して餅を焼く。風呂へ行ったりしてるといつの間にか二時すぎてしまう。

(1) 横田瑞穂　ロシア文学者。一九〇四年函館生まれ。一九三〇年早稲田大学卒。『ドストイエフスキイ全集』(三笠書房) 中の「同時代者への書簡」を翻訳。戦時中は内閣情報局嘱託。一九四九年から早稲田大学で教鞭をとる。早稲田大学教授。

(2) 摩寿意善郎　美術史家。一九一一年東京生まれ。一九三二年一高文科(甲類)、一九三六年に東京帝国大学文学部美学美術史科を卒業。大学在学中に『東大派』『潮流』『日暦』に参加。一九三七年都新聞記者から日伊学会主事に転ずる。同年十二月から翌年九月までナポリ東洋高等学院の日本語科講師を務める。一九四〇年創立された日伊協会主事に就任。戦後、東京芸術大学教授。

四月二日 (木) 晴

腹の具合がよくない。

役所へ行ったが、何もすることもなく二時間すごす。今日はどこからも電話がかかって来ない。今日土方氏と昭森社に会う約束だったが、土方氏がそのままにしておいた方がいいと言うのでそのままにしておくことにした。余りうるさくなったら、出版野蛮協会に入って、煙に巻いてやろうと思う。

帰りに肴町まで行き、古本屋を見て歩く。二、三冊岩波文庫を買った。寺尾で晩飯を食って帰ると、直き明石が来た。

その他の時間は番茶をすすりながらシモンズの翻訳をつづけるばかり。

蘇州から一こうに音沙汰がない。春になったら、何か胸がもぞもぞして来る。あの少女にはもう二度と会えないのかしら。私は支那の小説を読みながら美女のことを書いた個所に至ると必ずあの少女を彷彿と思い出し、何かやるせなく吐息でも吐きたくなる。

四月二日で何か悪いことがなければいいと希ったが、幸にして一日無事で終った。

この日記は今日でやめる。何かすばらしいことが起ってくれるようにとこの日記の始めで冀《ねが》ったけれど、何もなく、むしろ余り明るい話も生れないで終った。

＊

明石博隆

明石も二十九になった。相変わらず本の一杯つまった皮鞄を下げて急《せわ》しそうに歩いている。大陸問題研究会をやめたが、南方問題に首を突込み、あちらこちらからいろいろなニュウスを聞いて来る。尤も相当デマが多いといううらみがある。学者ではないことはむろんだが、自任してるようなジャーナリスト的才能も、その変応性のない性格のために、余り高く買われない。しかし物事を要領することは速く適かであり、又行動家としては可なり高く評価される。私は実に限りない知識を彼に負うている、私を現実の動きから退かしめなかったのは明石だったにちがいない。そして今でも小石川で近いから、二、三日に一度は必ず下宿へ来てしゃべって行く。彼の最も欠点は女にロマンチックに惚れてしまうこと、特に女の方に好かれぬことであろう。
樋口賢治
出版文化協会の企画課にいて、アララギの編輯事務を取扱っている。ときどきビールをのむが、昔のように乱酔することもなくなった。樋口君は善良で忠実な事務家である、文学部へ入ったのが何かの誤りであったろう。彼の甥が二人も士官学校へ入ってるのを見てもいかに奉仕するために出来ているか分るではないか。
寺島友之
何故か寺島は妙に他人行儀になる、と、そのときは人に物を頼むというより押付けるのである。正直で鼻柱が強くて、自分の周り以外に世界はないということを疑ったことがない。そのくせ他人に横暴だというよりむしろ他人の立場というものを解しないのである。愛すべきエゴイストである。その頭の精確な働きの上に、現実の流動性を把握とまでいわなくともその存在を気付くだけでも、もう少し何とかなるであろう。その欠陥のゆえに期待どおりに大成しないのである。
土方定一　興亜院の嘱託
茂串　茂　日伊協会
生田　勉　三鷹村の航空研究所
一時生田をいたくののしったことがあるが、今にして思えば生田は矢張り同時代の私の少数の友人の一人である。
三輪福松　東大病院図書室主任

三流どころの人間のような気がする。誰にも憎まれないで名士を心から尊敬してそれを拝むことで生涯を送る。だからそういうカン所にふれない限り誰とでも中等程度に仲よくして行ける。図書館の本を借出してくれること、名士や本屋と近しいことで、なかなかの益友である。

猪野謙二　衛生兵伍長
　ときどき日曜外出でやってくる。一ころの自信も失って、何か人なつこい。

寺田　透
　満州で相変わらずアランを棄てないでいる。何故アランなどを知ったのだろう。そうでなかったら、寺田は一流の評論家になっていたかもしれない。

国友則房
　福岡。篤実とは国友に当てはまる。彼は極めて鈍いけれど、かつて傍道したり退歩したりしたことがない。だからいつの間にか我々の中で最も前を歩いてる一人となってしまった。

八木喜平

石井深一郎　もう大学にいること九年！　酔生夢死！

阿部幸男　東大西洋史の学生

増田　渉　興亜院嘱託

佐々木正治
　佐々木はいつの間にか日本貿易会に移ってしまった。一高のころは、があがあ喧ましいのでよく知っていたが、それが左傾したのに驚かされた。しかし余り交際もなかった。彼が除隊して大学の哲学へ入ったころ二、三度道で出会うと、いきなりわあわあとどなるように喋られて狼狽した。河合の関係で彼が生活社へ入って、社用でしばしば興亜院に現れるようになってから急速に接近した。そして一週間に二度位は大して用事もないのにビーコンで落合って官吏になった連中の悪口を言って溜飲を下げる。学生のうちに女房をつかまえてもう二人子供が出来た。去年の冬生れたのが男だったので、すっかり親父となって子供の品ばかりあつめている。

小山正孝　日本学研究所

田宮虎彦　共同出版社で文化人名簿を作っている。

野沢隆一　帝大新聞理事

田所太郎　読書新聞編輯主任

冨本貞雄

丹下健三

四月三日（金）晴　神武天皇祭

約束どおり明石が来た。昼飯をすますと市電で護国寺前まで行った。花曇りでスプリングが重たく体が汗ばみ始める。雑司ヶ谷墓地を高い欅木立のまだ芽吹かぬ下を通りぬけて池袋へ出る。昔立原と行った赤春堂という露地の奥にあった古本屋を探して見たが遂に見付からぬ。市内では今満開の桜がこの辺り、窪地で日当りのいい庭ではもうしきりに散っている。桃も咲けば柳も芽ぐんでいる。鬼子母神の境内では欅も銀杏も青くほころびている。そういうところを古本屋を求めながら何時間も歩いた。岩波文庫も何も殆ど姿をひそめてしまった。

早稲田へ出て戸塚を歩いているうち夕光立ってスプリングが必要なほど涼しい影が伸びる。明石が大観堂のごみ本の中でペトラルカの「ｌｅ　Ｒｉｍｅ」を見つけてくれた。これが今日一日何里か歩いたうちで唯一の収穫であった。明石の知人で本屋に勤めてる清水という男に会う、昔帝大新聞へ来ていたので顔を知っていた。この男が先月末河合が出て帰郷したというニュースをもたらした。河合と同じ清和寮に下宿しているからである。六時になると、戸塚の辻の一膳飯屋で醬油辛くにぼし臭いからし菜のおひたしで晩飯をすます。

本郷へもどるとさすがに足が痛くなっていた。明石はしばらく私の下宿へ寄ってあれこれ話して行った。将来に対して楽観的な気持になるような話をばした。

四月四日（土）　晴

十二時まで眠る。飯を食って本郷どおりを歩いて下宿へ帰ると夕方までシモンズの翻訳だ。出版協会へ樋口に会いに行くつもりだったが、もう少しもう少しとしているうちにいつか五時半すぎ、昨日の埃を洗うために銭湯へ行く。

晩飯を食ってから青山へ出かけようとスプリングの肩ポケットに眼鏡を入れて、駈足で寺尾まで行くと暑くてスプリングを脱がざるをえなかった。棚沢へ寄ってから、バスへ乗ろうとスプリングをかかえたままレールを横切ったが、このときふと眼鏡のことを思いついた。どのポケットにも入っていない。そこで寺尾をのぞき棚沢をのぞき、下宿へもどっても矢張り見付からない、何処かで落してしまったのだ。金よりも何よりも、此頃ようやく目に合った眼鏡であるので嘆かれた。青山に行くにしても眼鏡なしでは電車の中で本をよむこともかなわぬので、眼鏡屋へ行って先刻新しい眼鏡を買った。度が強くてはっきり見えるけれど、なれない眼鏡で目が疲れ、何か絶望的に悲しい。

青山で前山周信氏(1)に会う。清水から出て来た、豊橋中学、一高の先輩である。山崎寛夫(2)も五味さん(3)の重役に就任した中等教科書会社への話で出て来た。しかし私は何より眼鏡のために心が落着かなかった。十一時まで青山にいたけれど、何か焦点が合わぬようにじらじらしていた。

十二時に下宿へもどって餅を焼く。もう青いかびが生えている。

（1）前山周信　一九〇一年豊橋生まれ。一九二八年東京帝国大学文学部西洋史学科卒。大学在学中に結核に罹り脊椎カリエスが宿痾となる。一九三七年アララギに入会。清水に居を移し、戦後は闘病を続けながら清水西高校で教鞭をとる。杉浦の『暗い夜の記念に』などの評論集の自費出版に際して協力した。

（2）山崎寛夫　長野県川中島の地主の家に生まれる。一九三四年東京高等師範学校に入学し短歌会で五味保義の指導を受ける。中等学校教科書株式会社に勤務したが、敗戦後帰郷。

（3）五味保義　歌人。一九〇一年長野県生まれ。一九二三年アララギに入会し島木赤彦に師事。島木没後は土屋文明の指導を受ける。一九二八年京都帝国大学文学部国文科を卒業。一九四二年、土屋と田中四郎のすすめで中等学校教科書株式会社の役員（編集局長）に就任する。一九四五年二月退社。戦後アララギの発行名義人となり再刊に力をつくした。

四月五日（日）晴・夜雨

深い眠り、しかし胸苦しく息苦しく、しかもむし暑くて掛布団一枚にしてもまだ重たかった。そして目をさますと一時近い。

昼飯を食ってマンサダでコーヒーを飲む。しかしそれから普通なら本屋をのぞくべきであるが本屋は公休だから山喜房へ行ってしばらく喋り、白十字でケーキを食って下宿へもどる。

夕方まで翻訳だ。しかし新しい眼鏡は強すぎるためか、しばらく本を読んでると後頭部に皺が寄ったように疲れて来る、目も痛くなる。昨日の眼鏡が惜しくてならないので、昼にバスの停留所まで探しに行ってみたがもちろん落ちてはいなかった。

晩飯のあと阿部のアパートに行くつもりで、小雨と風の吹きまく中を歩いてると、山喜房のけい子が小学校の先生の帰途を待って門口に立っていた。私はしばらくけい子と夜の暗い軒下で話をしていたが、この幼ない女の子の傍にいるのは何かかなしく切なかった。

阿部はいなかった。下宿へもどって又十時まで翻訳だが、矢張り眼鏡のなれないせいかすぐにいらいらして来る。

下宿の婆に買っておいてもらったビールを一本、鮭の燻製をかじりつつ飲む。

此頃は石井は決して私の室へやって来ない。私が行くと眠ったふりをしている。何か自分が意地をもってるつもりなのであろう。しかしそれに対して別に腹も立たない。そうかと言ってこちらから何かごたごた御機嫌取る気にもなれない。石井を甘やかすには、私がもう少し余裕の出来た人間とならねばだめだ。

四月六日（月）　曇・時々雨

ビールを飲んで寝るとよく眠り、暁方一枚だけかけて寝たので寒くなったけれど、それもそのままに眠る。十時に目をさまし、ドテラのまま翻訳をしてると寺島がやって来た。明日田舎へ帰ってくると言って。

昼、樋口のところへ立寄った。樋口は田中四郎氏が鈴木庫三中佐(1)なぞに受けが悪いというより、言いがかりをつけられてどなられたことを心配していた。博文館資本対講談社(社長(町尻中将姫(2))――町尻――陸軍――鈴木庫三、其他)資本の対立なのであろう。

役所へ行くと土方氏と其他一人が昇給したという。私はもう腹は立たないけれど、役所がいよいよいやになった。その上上海の佐藤事務官が来たが、この男がすっかり事務官然と納ってるのが又癇にさわった。

冷えるのでお喋りしてるうちに四時になってしまった。早くレポートを書上げて辞めなくてはならないのに、いつまでたっても捗らない。その上森のところへは赤塚課長から上海へ行かないかと話があったそうだ。森は行きたくないという。私の話は何から何まですべてうまく行かない。気をくさらせている。

佐々木へ電話をかけてもいない。

晩飯がすんで下宿へ帰ると机にへばりつくようにして翻訳に専心する。

(1) 鈴木庫三　軍人。一八九四年茨城県生まれ。陸軍派遣学生として東京帝国大学文学部に学ぶ。一九三八年に陸軍省情報部員(雑誌担当)となり一九四一年日本出版文化協会設立準備委員会幹事となる。言論界からは「小ヒムラー」と恐れられた。

(2) 町尻量基　中将。一八八八年京都に壬生基修伯爵の次男として生まれ、町尻量弘子爵の養子となる。一九三八年十一月陸軍省軍務局長。印度支那駐屯軍司令官を経て一九四五年五月予備役。妻は賀陽宮由紀子女王で娘登喜子が講談社社主の野間家に嫁いでいた。

四月七日（火）晴・一時曇

桜は七分がた散って若葉が萌えている。お濠の草も青めば、いろいろな樹の芽がいろいろな緑色に輝き出した。けれど私は何も待つこともない。

役所に行って翻訳でもしようとしてると、佐藤が来たため、又お喋りが始まってとうとう一行も出来ず終いになった。

三省堂の金本が来たので、ビーコンで佐々木に会う。佐々木はウィスキイの瓶をさげていた。何を喋るのでもないけれど、矢張り一週に一度ぐらい顔を合せて馬鹿話をしないとさびしい。明石にも二日に一度ぐらい会いたい。このごろ私はいやに人なつこく、そして妙に軽薄なお喋りをするようになった。

卵があるというと佐々木は本郷まで取りに来た。佐々木のウィスキイを茶のみ茶碗に一ぱいのむと、焼酎の臭いがまだ残ってるようだった。そして悪く酔った。晩飯をすまして通りを歩いてると冨本さんに出会って喫茶店でしゃべったが、悪い酔が去らなかった。

九時に下宿へもどると直ぐに明石が来て十一時まで話した。餅の黴をナイフで削り落して焼きながら。

風呂から帰ると十二時だ。昨夜寝つきが悪くて今朝は十二時まで眠ったため、朝の翻訳を省かねばならなかった。それゆえ夜も処定の枚数五枚を仕上げるために二時半までかかった。

八木君や国友に手紙を出さなくてはならん。

きょう佐藤から聞くと華中の近藤英夫氏は蘇州へ移ったという。ああ蘇州はどうなったのか知ら。と何か胸がうずき、切ない。

冨本さんが先夜撮った写真をくれた。明石は平田小六(1)のように、私は長塚節みたいにうつっていた。

(1) 平田小六　小説家、評論家。一九〇三年秋田県生まれ。弘前中学卒。一九三三年『文化集団』に長篇小説『囚はれた大地』を連載し注目される。一九三八年検閲の厳しくなった日本を逃れ天津に渡る。敗戦後帰国。

四月八日（水）　晴

どうしたわけか昨夜は眠りに陥ちるのがむつかしく、とうとう六時すぎまで目を開いていた。そのあいだいろいろ女のことなど考えようとしたけれど、このごろはもう女のことを妄想してもちっとも痛切でなく、生き生きと感じられない。

それでも十一時半にはもう目が覚めて、二枚ばかり翻訳をやる。

役所へは又佐藤が来たのでしゃべってすごす。情報室のだべりによると、印度、豪州に対する今は丁度支那事変当初の情勢に似ている、不拡大方針がいつの間にか手に余る拡大戦線になってしまう。その上北の方もドイツの慫請《はいせい》によって大分危くなっている。東郷(1)が外務大臣を罷めたら始まるのだ。

四時に終ると私は市電に乗って浅草橋まで行く。この辺りに古本屋があったのを憶えているから。久松町の露路の本屋で岩波文庫を買い、更に明治座前の通りを歩き、人形町に出て、帰った。

山喜房によると、けい子が日常科学の宿題を出されてもてあましてるところだった。暫く手伝ったが私にも余りいい智恵が浮ばなかった。「熱のある病人は何故酸っぱい果汁を好むか」というのはとうとう説明出来なかった。

（1）東郷茂徳　外交官。一八八二年鹿児島県生まれ。一九〇八年東京帝国大学文科を卒業、外務省に入る。一九四一年東條内閣の外相兼拓相として日米交渉にあたるが、大東亜省設置に反対して辞職。鈴木貫太郎内閣の外相兼大東亜相として終戦工作に献身する。極東軍事裁判で禁錮二十年の判決を受け拘禁中に病死。

四月九日（木）　晴

風が吹く。

昨夜は腹にものがたまっているせいか、夢の中で食って腹が一ぱいになって苦しかった。役所の帰り明石の事務所へ寄って新聞紙に包んだ木炭一包みを抱えて二人で銀座へ出る途中、市電の中で土屋先生と一緒になる。明石と二人で、先生が松屋で鳥打帽を買うのや、近藤で参謀本部地図を探すのについて行った。夜になったので、松木へ入って鶏のタタキのスキ焼を食う。先生の御馳走だ。

明石と下宿にいると、阿部が前橋からと酒を下げてたずねて来た。明石はちょくに一ぱいのむと帰ってしまった。すると間もなく石井が来た。そして三人で三合ばかり飲んだ。十一時半に近かったので、風呂に行く暇もなかった。

四月十日（金）　曇・一時雨

食事に行くといつも一時で、寺尾では家族の昼飯が始まっている。私の目覚時計は暖い日には進むけれど、この二、三日のように寒くなると一日に二十分も遅れるが、ついそれを頼りにしてしまう。一方私の腕時計は姉にもらったのだが、これ又一日に五分ぐらいずつ進んで行く。下で鳴る時計と三つの時計を綜合判断して時間を知るというわけである。

役所には曇ったせいか人がいくたりも出て来ない。その上四時近くなると曇って風の荒れる空がみるみる暗くなり、早目に役所を出ると、幾かたまりかの黒雲が頭上の方へさかまき上ってくる。いつも役所においてある蛇の目を取ってかえるころぽつりぽつり細かな粒が落ち始め、芽をふき出したお濠端の柳の緑が風にもまれている。

下宿へ直ぐにもどらず、追分まで行き、古本屋を見ながらもどる。

晩飯をすましてから山喜房へよる。けい子が地理の勉強をするため、本棚に世界地図をピンでとめてるそばに立っていた。この幼い少女の中に甘いものを私は感じた。自分に好意をもってくれる、邪気のない愛情である。いわば純粋に抽象された愛である。これは十二、三から十四、五の少女の中にしか存していないものだ。

それにしても春になったせいか、女が目についてならない。そして少し目を惹く女の子が向うでもこちらを注意してるように思えてならないのである、何故だかしらないけれど。

四月十一日（土）　晴

朝、といっても十一時半だが、明石がやってくる。昼飯を食ってから亀戸の方へ出かける。古本漁りである。市電の亀戸終点で降りると、まず天神の境内へ行った。春の日がうらうら照っているが、春外套なしで出て来たから日蔭を歩くとひやりとする。境内の藤は芽をうるませたばかり、池の水もまだ冷いと見えて去年のように仔鯉は孵っていない。

亀戸のあたりを岩波文庫を探しながら歩いた。明石は煙草をいくつも買いためた。私は結局二、三冊しか買わなかった。明石はオストロフスキイを探し出した。

汚ない賑かな路次のような道をぬけて再び千葉街道に出て、そのまま小名木川の方を志して歩いて行った。古本屋も二、三あったが、いよいよ汚ならしく、いい本があってもすっかり擦り切れて買えないような代ものであった。

小松川から小松川橋を小舟で投網か何か投げてるのを［眺めながら］、冷い川風に吹かれながら渡ると、もう夕影立った五時、小橋からバスで錦糸堀に出て本郷へもどった。

晩飯を終えると帝大新聞へ行って見た。花森[1]がカット書きに来ている。大木と三人、本郷通りで一ぱい飲もうとしたが、何処にもないので、紅茶だけで別れた。

家へ帰ると翻訳だ。三時すぎまで。

(1) 花森安治　ジャーナリスト、編集者。一九一一年神戸生まれ。松江高校を経て一九三三年東京帝国大学文学部美学美術史科に入学。『帝大新聞』編集部員となる。文芸欄の斬新なレイアウトが注目され、佐野繁次郎の推薦で在学中に伊藤胡蝶園宣伝部に入社。一九三五年結婚。一九三七年卒業、同年応召、一九四

○年病気除隊。大政翼賛会宣伝部に勤務。戦後大橋鎮子と『暮らしの手帖』を創刊した。

四月十二日（日）　曇

風が強く吹いているけれどむし暑さが仄かに感じられるいやな日であった。

昼飯をすまして下宿へもどると、翻訳にとっついたけれど、頭が鈍って捗らない。

四時ごろ明石が寄った。神明町の方の古本屋を見て来たと風呂敷包をもっている。私も今日阿部が来たらそちらへ行ってみるつもりだった。そこで晩飯前に神明町から逢初の方を歩いて来ることに定め、明石と出かけると、丁度向山から葉書が来ていた、立ちよみすると、その中に「シャオ嬢は健在嬌として毎日笑顔を見せている。最近ホールで会ったり特に仲よくなっている。いい娘だ。然し風聞によると常熟の地主の子供と婚約中とか、君の心を暗くすること絶大なものあるべしと同情する。必ず決る前に彼女の写真でも送ろう。」とあった。私は明石に悟られないように葉書を懐にいれると何でもないように笑った。俺の心が暗くなるものか、そんなことは承知の上だ、と私は向山に腹立たしくつぶやいた。それから明石と白十字でケーキを食ってから別れ、神明町の辺りを雨雲の巻上ってくる下をこうもり傘をステッキ代りに歩きながら、自分の心が暗くなって行くのを覚えた。私がはつゐに定めなかったのも向うがあったからだ、百万分の一かもしれない希望を当てにして、私ははつゐを失ってしまった。この恋は千里の場合よりもっとみじめというより滑稽な一人よがりである。そしてあらゆる条件から言ってそれは空想の世界に属することを承知しながら、私はもしやしたら超自然の力が不意に現れて私の夢を実現してくれるのを待っていた。そういうことは起らなかった。私は、しかし、矢張り目が暗くなる。そういえば昼、東亜経済懇談会の竹村和夫(1)に会って一緒にコーヒーを飲んでると、昔私に期待をかけた、という。いつか田口もそう言った。私は自分の力を信じているけれど、すべてが喰違って行くことを切ないほど感じている。女のことは、客観的に見れば、私は縁のないようにに作られている、はつゐだって、私がもう二寸も丈が高かったら、決してあんなに安々と嫁入するはずがなかった。シャオのことでも、たとえシャオに婚約者がなく、私が支那に行って彼女の近くに住みえても、まず自分の悲しみをもっと具体的現実的に化しただけであったというのが公平なところだ、（もちろんそれでも彼女のそばに行ければよかった）。こんなに実力のない女のことはあきらめるにせよ、文学に関しては私は全く何か不運がつきまとっている。何かそういう二つの暗さが織まざって私を乱《みだ》してやまない。

雨はこぼれたと思うと降らなかった。樹々の芽立つ、やさしく愛撫するような緑の中に、山吹が黄色にまじっている大学の構内の夕ぐれを通ると、春もおそくたけていた。

何のせいか頭がいたく、翻訳も捗らないでいると、冨本さんが来たので、十二時まで喋った。

（1）竹村和夫　高知出身。一九三八年東京帝国大学経済学部卒。訳書に『ネール自叙伝』（国際日本協会、一九四三年）がある。

四月十三日（月）　晴

昨日考えたことだが、私は女のことはもうだめだ、その代り文学にそして翻訳に力を注ごう。だが私はそう決意らしきものをしてみたものの、さらに自分が気力を盛返すのを覚えなかった。

昼飯を食ってから床屋へ行く。だがこざっぱりとしたところでそれが何であろう。私には矢張り蘇州乙女のことが悲しく思われた。自分一人の希望を現実とすりかえようと計ったけれど、矢張り現実の前には一たまりもない。私は十二月に条平内で一銭のおみくじを抽いた、観音の方のはこの一年ぐらいじっと待てというのばかり出るので、一銭銅貨をあの小さな自動箱の穴に押しいれて見たら、内務省認下《ママ》の文字がついている印刷されたおみくじが出た。それには五ヶ月待てとあった。丁度この四月が五ヶ月目に当っている。それから二月ごろ矢張りもう一度引いてみると、今度はねがいはさきに伸び、縁談は成立しないとあった。もちろんそう出るのは最も正しい答であったけれど、私は神々の力によってその答と反対になることをのぞんでいたのである。そうであるなら何で神々の力を俟つことがあったろう。

役所に橋本魁(1)が来た。帝大の東洋文化研究所にいるという。私もこれが創立されたおり、一そのこと入ってしまえばよかったのだ。しかしあの方がだめなら支那へ行ったとて仕方がないではないか。

帰りに日伊協会に寄った。

晩飯をすますと必ず山喜房へ立寄る。近ごろでは人手が足りないので、店は日がくれると直ぐカーテンをおろしている。悲しい私はけい子の声をそばに聞いてるときだけ何かほのぼのと甘い気持をよびさまされる、ふみゑの場合だったら私はその気持にすっかり包まれてしまうのだけれど。

夜は風が出る。阿部が来るので此間残った酒をかんして飲む。足りないところは一本残ったビールをあける。

めずらしく田舎へ帰ろうかという気持が湧く。だがそこは魂がぬけてまるで白痴のように美しい。田舎も今では私から遙かに遠ざかってしまった。

（1）橋本魁　東京高等師範附属中学を経て一高文科（乙類）に入学。杉浦と同期だった。一九三四年に東京帝国大学法学部に入学。

四月十四日（火）晴

朝婆さんが葉書をおいて行った、十時ごろ昌平の手であるので睡りながら見ると、昌平に徴用令が来て十四日今日豊橋の職業紹介所へ出頭することになったとある。馬鹿にしてる、と私は又しばらく眠った。そしてもう一度目をさまして起きたところへ明石がやって来た。

いつになく一時半ごろ役所へ出たが間もなく企画院の橋本八男(1)や日本商工会議所の橋爪克己(2)がやって来たので、しゃべったあげくこの連中について三時少しすぎたばかりに日比谷へ出た。汁粉を食い、あん蜜をくい、次ぎに餅菓子を食い、雑煮を食い、更に苺クリームを食った。苺クリームを除けば余り甘くなかったけれど、それでも胸が悪くなってしまった。

それから時間があるので浅草へ行った。おみくじを引くと凶で、ぐわんもうかなわずと出た。一昨年あたり大吉が出て以来、次第々々に下り坂になってこの前は半吉とうとう凶が出た。大凶というのがあるかどうかしらんが、私の運勢は確に今がどん底に近い。すべてが絶望的になって、一つの希望もかけられない。まるでわざとのように喰違ってしまう。まことに今の場合に吉が出たらおかしかろう。来月五月の花咲くころとなったら私の運命も少しは芽が出るかも知れない。大吉も吉も私にその予言したところをもたらさなかった。

寿町筋を歩いて本郷へもどると、ビールを一ぱい飲んだ。何か自分が救いがたく思われる。「青春」の誤ちも少し時間をおいたせいか、はっきりして来た。又余裕が欲しくなった。

昌平はどうなったかしら、父も町長をやめて家で小世話ばかり焼いてるらしい。――昌平が徴用されて一度他人の中で暮らすことは、或はいいことかも知れない。特に田舎の小所有者根性が多少ともぬけるかも知れない。やがて来る変革の場合を考慮すれば、一応自分の足を縛り付ける縄を切る力をもたなくてはならないのだから。ただ後に残って父と母とでは商売がやって行けないだろうし、一万何千円かを投じた畠村の店も閉して死蔵したままにおかなくてはならないだろう。それから矢張り自分の肉親が獣のごとき連中に仔羊のようにさいなまれるのを思うと気持がよくない。

阿部が「君主論」をもって来てくれた、拾い読みして見ると、自分の翻訳の生硬なのが感じられてこれでも又絶望のようなものに囚われた。

そういえば今日橋本、橋爪などに、将来何をするつもりか決定してから職を探せとさとされた。私は文学をのぞいては何もする気がない、ほかのことはすべて方便にすぎない。ただ生き生きした生活の中に入ることは望ましいが、それがさてどういうものかと具体的に考えるとよく分らない。父は今でも私がへっぽこ官吏にでもなることを希んでいる。父にはそれが一番立派に思えるのだ。官報に正六位勲六等と載ったところで、それは実に何千万人の一人にすぎなく、誰がそんなものに興味を持とう。私の今していることの方が――それもまだつまらぬことであるにせよ――どんなに立派な仕事であるか、分らない。そういうことはアジアの軍人官吏専制の下に生れて批判力を与えられなかった父には理解されない。セザンヌの伝記をよみながら、セザンヌの父も息子を理解しなかったとはいえ、なおフランス人であった。

（1）橋本八男　一九一〇年生まれ。興亜院嘱託から企画院に転じた。興亜院時代の著作に土方定一と共訳の『上海史』（生活社）や『山東省山岳地質』（興亜院政務部）などがある。

（2）橋爪克己　一九〇三年静岡県生まれ。一九二八年一高文科（乙類）卒業。一九二七年度の文芸部委員として活躍した。一九三二年東京帝国大学法学部卒。当時は日本商工会議所東亜課長だった。

四月十五日（水）晴

相変らずスプリングが必要なほどの涼しさ。

相変らず石井はすねている。今朝といっても十二時すぎだが、スリッパが脱いであったので、襖を開けて話しかけたが、こちらもふり向かず、返事をするのもいやだというように一口答えた。私もちょっとむかむかしたけれど、こんなのを相手にしてる暇もないのでもう一切無視することにきめた。何かあわれみが私を石井につないでいるのであるけれど。

佐々木をビーコンで待ってると、文藝春秋社の校正をしてる高橋君[1]に会った、中島敦[2]という一高の先輩の二百枚の小説が「文学界」にのると言った。

佐々木としゃべってると生活社の兼井が来合わせて五時半に会って一緒に飯を食いたいと言ってたが、約束の時間を少しすぎるまでジャーマン・ベーカリイにいたが来ないので、二人で支那料理を食いに行った。佐々木は葛飾へ昨日転居したという。

本郷へもどると八時だった、大木に会った。大木の話によると、斎藤大典[3]が改造のために小説をたのまれているという。何か私は段々追いぬかれて行くような焦燥を覚えた。そのせいか、帝大新聞に出版文化協会の傾向について書くことを約束してしまった。

下宿へもどると、安藤保が召集されて朝鮮の連隊に入るという手紙をよこした。昌平のことも明日になれば知らせてくるだろう。

昨日のことだったか、新聞にレオナルド・ダ・ヴィンチ展の記事がのっていた。ミラノで開いたダ・ヴィンチ展の模造を並べるのである。それにつけても私の本が出ていたら、相当な売行を示しただろうと、あんな昭森社のようなインチキ本屋に渡したことが腹立たしかった。どうして私の努力はすべてこんなに無駄になってしまうのだろう。土方氏も自分の本ならやかましいくせに他人の本だから、無責任に一こう原稿を取戻してくれない。

今夜は下宿へもどると、机の上に三月近くものせて埃をかぶった「青春」を拾い読みした。そんなに悪くはないが、遊離化が不足して、重苦しい。そんなことを思いながら、埃を払うと、机の抽出にしまいこんだ。

（1）高橋　未詳。
（2）中島敦　小説家。一九〇九年東京生まれ。一高時代に文芸部員として活躍。一九三三年東京帝国大学文学部国文科を卒業し、私立横浜高等女学校教師となる。一九四一年三月喘息の転地療養も兼ねて南洋庁の国語教科書編集書記としてパラオに赴く。出発前に一高先輩の深田久弥に託した原稿「山月記」と「文字禍」が『文学界』一九四二年二月号に、「光と風と夢」（原題「ツシタラの死」）が同五月号に掲載された。一九四二年三月帰国、十月に喘息の発作で死去。
（3）斎藤大典　千葉県出身。一九四一年東京帝国大学文学部美学美術史学科卒業。『帝国大学新聞』に「日本

青年文学者会に就いて」（一九四一年）、「作品本位に疑点——文学賞の統一に就いて」（一九四二年）などを発表。一九四二年二月『正統』の創刊同人となり小説や評論で活躍するが、一九四三年一月応召。戦没。

四月十六日（木）　曇・後雨

昌平のことを何か言ってよこすかと待ったが今日は何のたよりもなかった。

小島と阿部とに、シモンズの下翻《したやく》の金百円を昨日桜井に頼んでおいたところ、桜井は留守になるから、池田という男が届けてくれることになっていた。二時半ごろ池田より今日は午前中に都合がつかなかったため社の金庫がしまって銀行為替になるがいいかと電話がかかって来た。私は明日でいいからとことわった。しばらくすると又かかって来た。都合が悪いからこちらへ取りに寄ってくれないかと言った。何か人をなめてるような気がしたので、いそがしくて寄ってる暇がないとことわった。すると兼井が代って昨夜は十五分おくれていそいでかけつけたのに、帰ってしまうとは余りだ、「僕に対するとどうしてそんなに偏狭にするのだ」と言った。私は昨夜は一応兼井と妥協してもいいと思ったのに、約束の時間をおくれたので何かしゃくにさわって帰ってしまった。尤も兼井のことなど余り気にもならなかったが。だけど何か気の毒なように感じたのに、直ぐそのあとで又池田が明日も都合が悪いから、金を送ると言ったのを、電話を切ってから考えると、人を馬鹿にした話だ、兼井がわざわざ届ける必要などないと言ったからだろうと邪推して気持がもやもやして来た。

四時に増田さんと神保町に行った。俄に降り出した雨の中を私の用意した蛇の目をさして古本屋をのぞいて廻った。そして御茶ノ水の駅まで送って別れた。

晩飯のあと丁度一緒になった阿部と本郷どおりの本屋を見た。

今読んでいる本、電車の中ではオースチン「説き伏せられて」、役所では今泉みね「名ごりのゆめ」、家では岡麓「朝雲」、ケトレー「人間について」(下)、及び「ソヴィエト工業経済」。

四月十七日(金) 曇

昨夜火事があった、西の空がしばらく明るかった。

午前ちゅうに起きて翻訳をするつもりなのに、五時すぎてから眠るのだから、矢張り十二時まで目をさますのをやめる。どうしてか、とみ子の夢を見た。

田舎から包が来た、開くと牛肉とさやえんどうであった。夕方改めて取出すと、牛肉、及その味噌漬、醬油、砂糖、えんどう、葱、筍一本が入っていた。

そのうち牛肉を半分、丁度百目ばかりを山喜房にやり、夕方飯をたいてもらうことにした。明石に役所から電話した、そして夕方初音町の古本屋を見てかえると、早そく、葱を刻んだりえんどうの莢の筋をとったりしてるうち明石が来た。七輪の方を明石にまかせて山喜房に御飯をもらいに行く。けい子が自転車で危かしい三角乗りをしながら飯櫃を荷かけにつけて下宿までもって来てくれた。私はそれが何よりもたのしかった。

二月の中旬ごろの寒さなのですき焼きには丁度よかった。石井に連絡をとることを忘れたのでその代りに石井の弟を加えて飯も四はいずつ。父から丁度葉書が来たが牛肉を送ったという通知だけで昌平のことは何も書いてなかった。

大木が立寄って行った。

四月十八日（土）　晴

朝寺島が来たが又眠ると今度は小山が来た。私が床を離れようかどうしようかしてると、頭の上を極めて低く飛行機の過ぎる音がし、続いて二、三発花火のような音がした。「敵の飛行機か」と小山が冗談言った。少したつとサイレンが鳴り出した。空襲警報らしい。それから小山と昼飯食うまえに昨夜の飯櫃を返しに山喜房へ行くと、けい子が先刻アメリカの飛行機が赤門の上を飛んで印が見分けられるぐらい低かったと言った。まさかと言ったが、どうやらアメリカか何処かのが来たことは本当らしい。寺尾へ行っても飯を食ってる人は一人もいなかった。皆道へ出て興奮している、爆弾を落したのが見えたという、西の方に確に煙が上っていた。小山とは何処かへ散歩するつもりだったが、すでに交通は停ってそれどころではないので、帝大新聞へ行った。大学生が皆腕章を巻いて、春の日のうららかな草の上に集まって空を仰いでいる。上野の方の小学校の屋上にも監視哨が立っている。東にも北にも煙が上がり、又頭の上を二、三台逃げるように行くと、高射砲が鳴り出した。

四時にやっと解除になった。月島の方や川崎の方が燃えて居り、牛込の山伏町あたりにも焼夷弾が落ちたという。皇室は御安泰でいらせられるとラジオで言ったけれど、「そんなことは誰も気にしてはいない」などというものがあった。

白十字で明石に会った、文協へ寺島に会いに行く。五時になったので、神保町でビールを飲む。そして一ぱいやると、小山、明石と別れて、二人でミュンヘンに赴いた。そのあとで又寺島が金子さんに会いたくなり、円タクで水道橋までもどって誘い出した。何処か喫茶店でレモンティを飲んだ。水道橋まで来ると、寺島は一旦別れて帰る金子さんを又追って行った。

ビールが覚め出したので、眠られないでいると二時ごろ又空襲警報が鳴った。

四月十九日（日）　晴

明石と阿部と三人で板橋か浅草かへ本屋を見に行く予定であった、三人で寺尾へ行くと常連がしきりに防衛本部のだらしなさをやっつけていた。敵機九台を撃墜した、名古屋、神戸も襲われたという以外損害の発表は一つもない、ただ火事の一部や水運びをしてるところの写真が新聞にのってるだけ。小学生が機関銃の掃射を受けて死んだなどとある。焼夷弾の威力怖るるに足らずというようになっている。敵の方が天晴れだと皆言っている。大きなことばかり言って敵が入るまで空襲警報も出さないなんてふざけてるというのが衆口の一致するところである。

あちらこちらの噂を拾い集めると、牛込では映画館と病院に落ちた、尾久では十キロ爆弾が破裂して火事が出た。品川、五反田、石川島、淀橋、赤羽根、川崎、大宮等がやられた。軍関係の被害については全然分らないが、何しろもっとひどいものだろうと皆推測を逞くしている。

しかし一時に又空襲警報だ。阿部は大学へ行ってしまう、私は明石と苺ミルクを食ってから本郷通を歩いて下宿へもどる。山喜房ではけい子がこわがっている。

今日はさらに飛行機も現れない。昨日は遅すぎたが、今日は早すぎたのであろう。三時に解除になるまえに明石がかえると阿部が来た。上野へ出ようと工学部前の芝生の間をぬけると建築学教室の窓から丹下が声をかけた。白十字でケーキを食べてから逢初へ出、団子坂の菊そばを食って本郷へもどると丁度六時だった。丹下を本郷三丁目まで送ってから、晩飯だ。昼飯もにらを食ったら少し体が臭くなった。

四月二十日（月）　雨

　役所へ行くと嘱託連中が集まって防衛参謀長をやめさせろなどと言っていた。今日の新聞に横浜で表彰された男のことが出ていたが、この男は頭上を飛翔し去るのを認めて県防衛本部へ電話したというのである。この男を表彰するということより係の怠惰を譴責すべきである。山伏町も五、六十戸焼ければ、川崎では日本鋼管に見事に命中して四十人死者が出た。「空襲で亡びた国はない」と新聞に出ているが、そんなことは今の場合自己の非を覆うものであろう。一般民衆の防空防火活動をやたらに持ち上げているのも何か妙なものである。その上造言蜚語取締がやかましくて、自己の痛いところにさわられないようにしている。敵機撃退というけれどあれはガソリンがなくなるからで、そのまま頼んでもいるはずがない、などと思い切りしゃべっていた。表で言えない憤懣をここでぶちまけるというわけであろう。そしてひたすら空中戦を見たがっていた、新聞にあるように日本の飛行機が忽ちバタバタと敵機を墜すのを見られると思っていたのであろう、それがうそだったというように皆は信じ出した。

　佐々木と約束があったのでビーコンで五時まで待ったが、佐々木はとうとう現れなかった。雨が降り出したからか知らないが、何かただささえふさいでいた気分が一層くもった。

大木が来てしばらく喋って行った。雨にぬれて羽織をぬらしていた。

四月二十一日（火）　晴・後曇

朝刊の大本営の発表を見ると、襲来した敵機は約十機、搭載せる航空母艦三隻は我駆逐艦に逐われて懸命に逃走したらしい。当日の発表によると敵機九台を撃墜したことになっているが、それは一体どうしたものだろう、一機しか逃げられなかったわけだ。そういう発表の喰違いを皆嘲笑っていると、夕刊には敵機を追撃した何とか少尉他一つの談話がのっている、一つによると向うは黒煙をはきつつ海上に逃れたが、こちらはガソリンがなくなったため引返して前途を見届けず、他は、矢張り煙を上げて雲の間に見失われたが海中におちたらしいと言っている。何かしらじらしい。

夕方佐々木とビーコンで会う。寺島の妹が東京へ出て来たいというので、就職の話をつける。丁度嫁をさがしてるのがあるというから、私はあわててそれはだめだと言った。

電灯がともるころ又しても警戒警報が発令されたが、一時間ばかりで解除になった。夕映える雲のたたまる高空を幾群かの飛行機が編隊をなして行く。

鳥又で瓜生の除隊を祝して野沢さん、桜井、大木と五人で集まった。瓜生の日本ニュース映画では撃墜された敵機を探しまわったがついに見当らなかった。大森あたりで墜されたのはこちらの飛行機だった。米機の一機が南昌へ不時着した、捕虜が東京へ今日送還されたそうである。横須賀では潜水母艦が一隻やられ、名古屋は瓦斯タンクに落ちた。

直に酒がなくなり、食うものもなかった。野沢さんが帰ってから、四人で松よしでビールを飲んだ。

下宿へ帰ると十時半。又翻訳である。

このごろは本屋に古本が出ない、岩波文庫を蒐める人ばかりがふえて売る人がさっぱりなくなったと言っていた。十二月八日には大分本を売払う連中があったが、今日本屋をのぞくと果して棚沢にも森井にも岩波文庫が一揃い売出してあった。あと九十冊ばかり集めれば岩波文庫が大よそ揃う。

四月二十二日（水）　晴

役所へアトリヱの遠藤がヴェレンソンを届けに来た。丙種だが召集令状が来て三日間入営し、その結果によってそのまま在営ということになるかも知れないと言っていた。

役所がひけてから樋口をたずねる。寺島とも会う。樋口と発行所へ行く。明日は風呂屋の公休だから十時までに帰ろうと思ったが、先生が帰られず、樋口と碁などやってるうちに酒が出た。そして先生が帰られて十一時までいた。先生と柴生田さんと樋口は愛国者である。陸軍の間のぬけたやり方に対しては弁護の余地もないらしいが、それでも先生は夜中にも直ぐ起きてコールテンのズボンをはき足袋に草履ばき――屋根に焼夷弾が落ちた場合の用意に――で頑張ったそうである。樋口君はあの日三階の窓から眺めていたが、友だちが煙の上がるのを見て「ああ、愉快々々」と野球見物のつもりでいたと憤慨していた。柴生田さんはあの日直ぐ士官学校へ駆けつけるつもりで靴をはいてる途端、高射砲のさく裂する音に思わず玄関から家の中へ飛込んでしまったなどと言った。

夕刊を見ると、ダ・ヴィンチ展のためにイタリア大使館で鈴木企画院総裁などを招待した会の記事がのっていた。私の本が出来上って居ればよかったものを。いそいで取戻して他の本屋から出したいと憤ろしくなる。土方氏は自分のことになるとえらくやかましいけれど、他人の話だから極めてのんきでいつ取返してくれるやら見当もつかない。何か私はあせって来た。問題はレオナルドにあるのではなくて、すべてが喰ちがって努力が悉く空しく消えてしまったことにあるのだけれど。

下宿へもどると十二時、とうとう風呂へも入れなかった。家からも何も言ってよこさなかった。

四月は全く悪い。五月になったら少しはよいこともあるやも知れない。この前の前の日記帳は縁起がわるく早く終れば新しいすばらしいよいことでみたした日記が成立つと思ってたのに、平凡に終った。そしてこの日記帳にもよいことあれと祈ってあるけれど、すでに悪いことはあったが、いいことはまだなかった。

四月二十三日（木）　晴

腹がおかしい。朝明石が来た。

宇佐美、杉本[1]、戸谷などが昔のことでやられた。

鈴木光次[2]は結婚の通知をよこした。

平沢[3]はすでに自由になった。

今日になってもまだレオナルドの手記を至急出版して一応有名になりたいという念がしずまらないどころか、かえって熾烈になった。ところが土方氏は役所に現れない。

重慶放送によると、重慶では爆竹を挙げて祝賀しているということだ。こちらでは誰も彼も醜悪だったと言ってるし、且新聞発表のでたらめさにすっかりあきれかえってしまった。

夜ミュンヘンで明石、佐々木、磯田と飲む。東京クラブへ行ったり、屋台へ行ったり、私は今月は金につまりそうだったが、矢張り十円つかってしまう。

家からはまだ一こうに音沙汰がない。

帰りに山喜房に明石と寄って、午前一時近くまでべらべら喋っている。

(1) 杉本俊朗　経済学者。一九一三年神戸市生まれ。武蔵高校を経て一九三四年東京帝国大学経済学部入学。在学中に学生消費組合に加入し『図書評論』編集委員となる。卒業後東洋経済新報社勤務を経て世界経済調査会研究員。明朗会系非合法グループの一員として検挙される。戦後横浜国立大学教授。

(2) 鈴木光次　愛知県出身。一ノ宮中学卒。一九三〇年一高文科（甲類）に入学。杉浦と同級で二人は農村出身で進歩的な思想傾向も一致していたので親しくまじわる。

(3) 平沢道雄　一九一四年東京生まれ。平沢越郎子爵の長男で小原直司法大臣の甥。一高で杉浦と同級。伊藤律指導の進歩的グループの集まりが平沢邸で開かれ、杉浦も参加した。東京帝国大学経済学部在学中セツルメント活動を行い、たびたび検挙される。日銀に入行するが一九四二年執行猶予付懲役刑の判決を受け退職。召集され戦死。

四月二十五日（土）　晴

昨夜は帝大新聞の原稿を書いて五時半になった。

十二時に福井が来た。明石と約束があったので待ったけれど、一時になっても来ないので外出してしまった。三時に上野から亀有に行く。中川をこえて、堤の下の畑を拓いたばかりのところにまだ壁を塗って間もない家が佐々木夫妻の住居だ。佐々木は駅に迎えに出て行きちがいになったので、中川堤の杉菜の中に埋もれて岩波文庫を読んでいると磯田と佐々木が来た。ビールを飲み、酒をのみ、大いにしゃべって十一時すぎに辞去した。家へもどると十二時、まだ翻訳が残っている。少々飽きて来た。

四月二十六日（日）　晴

早春から一とびに初夏になった。藤の花は咲き垂れ、何か花らしくない。柿の蝋細工のような萌浅黄の方が美しい。

十時ごろ大木が来て十一時に去ったあと、また眠ると、今度は二時に目をさます。明石の下宿をたずね、上野の麦とろへ晩飯を食いに行くが、時間が早かったので、御徒町あたりを歩いた。

今夜は徹夜するつもりだったが、午前四時になると、何となく眠くなる。

けさの新聞には敵機の残骸が靖国［神］社に展覧されてる写真がのった。発表の矛盾をうめるために次々に苦しい手段を弄するのだとしか思われない。

四月二十九日（水）　曇・天長節

昨夜から十二時間眠った。その間夢を切れ切れに見続けた。蘇州に行ったが、のぞみが絶えている夢も見た。

昼飯をすましてから本屋を歩いていると鈴木忠一氏[1]に会う、もう家をもちたまえとすすめられる。下宿にいると大木が来る。ビールを飲んで、晩飯を食う。四月も終る、私には何かいやなことばかりあった四月の終るのがうれしかった。五月になったら何かいいことでもあるかも知れないと待つのである。今朝家へハガキを出したら、夜行きちがいに父から葉書が来た。そして合服と卵を送ってよこした。昌平は徴用を免れたという。

もう長い間果物を食べてない。夏蜜柑もない。やがて苺とさくらんぼが熟する。はつゑもふみゑも待っていない田舎が私をさそう。そういえばはつゑが私から去ってしまったことは当然だったし、私にも何の不平のあるべきすじのことでないのを今ではよく分った。そんなことはみんな私の夢の中だけで行われることだった。

（1）鈴木忠一　歌人。落合京太郎の本名。一九〇五年静岡県生まれ。一高文科（乙類）を経て一九三〇年東京帝国大学法学部卒。地裁判事を歴任し、一九四二年八月から一九四六年五月まで陸軍司政官。戦後最高裁人事局長、司法研修所長を務める。

四月三十日（木）　晴

選挙投票日。私もいつの間にか有権者になっていた。自分の感心するようなのは一人もいないけれど、軍政府は国民が立憲政治の存在しないことを感じているのを選挙に対する無関心によって表明するのを恐れて、棄権に対してうるさいことを言出した。何か理由を書いて届出ねばならないのである。仕方ないから役所を休んで投票に行くことにした。

朝、阿部兄弟が来る。沼田の戦車隊に入っている阿部兄が上京したから。

いつもより早く寺尾へ行って昼飯を食ってると向いの郵便局で貯金部の前に並んだ行列が道路にま

ではみ出している。ガラス戸越しではあるが、その行列に加わってる若い婦人の傍にときいろのワンピースを着た少女が立ってるのが目についた。そしてそれは何処かで見覚えのあるような気がした。飯がすんだとき、もうそこには見えなかった。けれど表通りへ出ると、郁文堂の店頭に雑誌を立読している、しかもそれはいつだったかバスに乗合せて、シャオに余り似ているので驚いた少女ではないか。今日はあのときよりももっとシャオにそっくりだった、あのときはシャオを見て間もないせいだったか野性があり過剰が残っているような気がしたが、今日はシャオと同じであった。尤も私も何げなくその側へ行って雑誌を開いていたが、ごくたまにしかそちらを見る力しかなかった。そんなにまぶしかった。丁度少女が雑誌をおいて去ろうとしたとき、中村真一郎が通りかかったので、私はそちらを呼びかけた。しかし少女はそんなことにちっとも関心なく果物屋の横を曲って行った。私はあの森井の番頭の娘かと思ったが確にそうではなく井上書店の娘にちがいないと思った。昔から評判の子供だったが、あんな美しく成長したのだ、尤も十九か二十だけれど。井上の前をとおったとき若い女を見かけたのでそれが有名な美人かと思って案外な気がしたけれど、それは女店員だったのである。二、三日まえも明石と「井上の娘なんてちっともよくないじゃないか」と話し合った、明石も賛成した。

　中村と古本を買ってから、一人で追分国民学校に投票に行った。原彪[1]をいれた。別にこれでなくてはならぬわけでもないが、翼賛会推薦でないこと、と、一高の先輩で、先晩寺崎万吉[2]が手伝ってるというのと、余り有望でないことが理由であった。

　それから本郷どおりの本屋で油を売って夕方まで遊んだ。寺島に電話をすると、妹の上京は見合せになったと言ってよこした。私は本当をいえば多少寺島の妹に期待するところがあったのだが、今日の少女に会って以来何もかも一変したような気がした。

もう蘇州まで行くに及ばない。私は晩飯のあと月の上った街を湯島の下まで歩きながら路みちそう思った。何かふしぎにつながれていればよい。しかし自分が三十にもなっていることを思うと絶望した、私に何の取柄があってあんな美しい少女と結ばれうるであろうか、人より取柄がない、自分一人で食えないのに。もう五年若かったらと私は空しくすぎたとしつきを悔んだ。

それにも拘らず、私は四月がいよいよ終って今度こそ本当によいことが始まるように信じた、いな祈った。

冨本さんが遊びに来たので井上の娘の話をすると、坂の下にある鈴木という古本屋は従兄妹か従々兄妹に当るのであそこに遊びに来ているのを写真に撮ったことがあると言った。体が弱いというようなはなしであった。けれど私はあの少女がシャオとそっくりなことも、その写真が欲しいということも遂に言わなかった。

何の当てがあるわけでもないけれど、何かいいことが始まる、新しい生活が開けるというような予感にうずいている。

（1）原彪　政治家。本名彪之助。一八九四年岡山県生まれ。一高を経て一九二一年東京帝国大法学部政治学科卒。一九二四年日本フェビアン協会設立に参加。一九二八年法政大学教授。一九四〇年、社会大衆党の分裂時に安部磯雄と行動を共にする。一九四二年法政大学を免職。翼賛選挙に抵抗して立候補するが落選。戦後、日本社会党所属の衆議院議員となる。

（2）寺崎万吉　小樽中学校を経て一高文科（甲類）に入学。杉浦と同級。一九三三年東京帝国大学法学部に入学。戦後弁護士。

五月一日（金）曇

五月になった。メーデーだ。寒く曇った一日であった。しかし不吉な四月から開放せられて私は甦りを感じた。そして特に昨日の少女を見て以来は。

正門前に立つ古い模造石築建の奥行の深い暗ぼったい井上書店を通るたびにのぞき込まずには居られなくなった。

昼飯を食ってからマンサダでコーヒーを飲んでいると、和服の上に上っぱりをつけた娘が入って来て林檎を二つ受取って行った。甘えるような声であった。それが井上の娘であるのは直ぐ分った。そして瓜実顔というのだろう、なかなか美しい娘であった。私は何かあきれたように見ていた。娘と入代りに女中が来て又林檎を売っていただけませんかというと、おかみさんが「今お嬢さんが買っていらっしゃったばかりですよ」と言った。確に井上の娘にちがいなかった。しかしいつの間にか私は新しい疑問に逢着した。それは昨日の娘と同じではないということだった。なるほど井上の娘も美人に属するのだろう、しかし昨日の少女はシャオの妹で、清純そのもののような少女であった。井上の娘は和服だし、それに髪を引っつめにしている、昨日の少女はシャオのようにロング・カットか、短いお垂げで、年ももっと若くまだ熟れぬ酸っぱさが残っていた。いろいろ考えているうち矢張りちがうということになり、井上の娘に興味を抱くのを一応中絶することにした。昨日あちらへ曲ったから、てっきり井上の娘だと綜合判断を下したのは早計だった、中村など放っておいて少し尾行すべきであった。

昭森社の話と国友の詩集について八雲書林との話とを早く片付けたいと思ったが、土方さんはきょうも役所へ現れなかった、一時ばかり本を読んでるともう四時になる。

代議士当選の発表が出るが、翼賛会推薦候補が優勢である、杉浦武雄[1]は落ちて田島[2]などというへっぽこ中将の古物が最高点で当選したりする。あちらの小市民性は救いがたい。私の投票した原彪之助は四千票しか取れなくて落選。考えて見れば、あれだけ政府が大童になって応援してもなお推薦以外の連中が当選することの方に注意しなくてはならない。今日の選挙運動は翼賛議員が適任であるということ以外には宣伝を強力的に禁じられていたからである。すべていいことをしたのは兵隊で、政治家は悉《ことごと》く悪いことに責任があるということ以外に発表を許されない以上、老衰して色気ばかり旺んな老兵が当選するのが当然でなくてはならない。

雨が降り出しそうな模様だったが、浅草橋へ降りて古本屋を見、それから浅草に出る。おみくじを抽くと、二十七番吉で、黒雲が破れて月の皎々たるを見るというようなことが書いてあった。兎も角今迄のいやなことが去って新しくいいことがひらけるというのだから、私の今の場合にそのままあてはまる。

（1）杉浦武雄　政治家、弁護士。一八九〇年愛知県豊橋生まれ。一高を経て一九一六年東京帝国大学卒。一九二四年憲政会から立候補して初当選する。杉浦明平の父太平が支援していた。

（2）田島榮次郎　中将。一八八三年生まれ。愛知県出身。陸軍士官学校、陸軍大学校卒。下関要塞司令官などを歴任する。第二十一回衆議院選挙（いわゆる翼賛選挙）に日本進歩党から立候補し、同じ愛知五区の杉浦武雄を破って当選した。

五月二日（土）　晴

眠るまえにゆで卵を三個食ったせいか腹が重くて眠りにくかった。

選挙の結果は推薦候補の大勝利である、このことは日本国民の性格を如実に現わしている。自主独立の精神をもたず、お上よりの降りものをもって有難いとする。今度のようにそれがはっきり出るとは予期しなかった。ドイツでヒットラーの人気があるのも同じところに由因をもっているにちがいない。

昼飯のあと又あの少女を見かけはしまいかと街をうろついたのち、下宿へ帰って翻訳。

夕方寺島と学士会館へ行って、読書新聞の田所、稲勝（1）と落合う。ビールと食事。撞球を始めていると田宮が来る。撞球といえば蘇州百貨店の三階に少女たちがゲーム取りをしていたっけ。

田宮が上海の綿業組合の口をもって来たが、今では特別の待遇でもないかぎり、上海に行く気にもならない。第一シャオはいなくなる、第二にこちらにシャオと同じ少女がいる、人二人ありとしいはば何かなげかむと言ったのが本ものになった。というものの何処の娘かも分らないのだが。帰り途で田宮が義妹をもらえと言ったが、そういう気にもなれなかった。

三人はお茶の水から省線へ。私は稲勝と途中で牛丼を食って帰った、それから又一しきり翻訳である。

（1）稲勝正弘　静岡県出身。浜松二中、松江高校を経て一九三四年東京帝国大学文学部仏文科に入学。戦後同人誌『麦』を創刊。浜松市職員となり浜松市立図書館長、市民会館長を務める。

五月三日（日）　曇・時々小雨

久しぶりで猪野が来た。まだ十時半で眠かったけれどビールを出したりして喋った。猪野は昨夜の二時から衛兵に立ったと眠そうで、直ぐ顔が赤くなった。

一緒に昼飯を食いに出ると、きょうは大学の五月祭で本郷通りは人が出ていたが、本屋の公休日で時間をつぶす場所もない。或は先日の少女を見かけはしまいかと正門前を二、三度往復して見たが、果物の売出を待つ行列に忍従に耐えた顔たちが並ぶばかりであった。

下宿へもどってると、明石がやって来た。明石は選挙の結果、すなわち推薦候補の絶対優勢を民意の期待に基くとなした。私はむしろお上に依存する半封建的根性のあらわれと見た。民衆はそういう議員たちが――右翼独立派を除く――自分たちを代表して自分たちのために政治に参画してくれるとは当てにしていない、むしろ良き牧者を見るような気持ではなかろうか。いずれにせよ、半年も経れば、どんな待望にもそむかれることは明かであるが。

明石と大学へ行って見た。若葉がやわらかに燃えている。肌寒い曇り日。構内には若い女たちがうろうろしてるので、或はあの少女もまじってるかもしれないと、私の期待はそればかりであった。火焔放射器の実演を見た。日本の市街のごとき木造建築の間にあってはかかる武器に対抗して市街戦を行う可能性が殆どないと思う。尤も実験された放射器は怪しげなもので、何度も空しくガソリンだけを放出したけれど。

明石と明菓へ行ったが、三十分も待たされて結局持って来ないので憤然と帰った。明石は豊島さんというのでないもう一人の少女が自分に気があるらしいと此頃言っていた、尤も明石に対して気があるのではなくて、明石の方が気があるという意味なのだが。その明石に気のあるはずの少女に注文したのに忘れていつまでたっても持って来なかった、それで明石の憤慨は私より甚しかった。それからもう一度マンサダへコーヒーを飲みに行った、私の思いは矢張り変らないのだが、ねがうことは必ずしも実現されないのである。明石にそのことをちょっともらしたが、どうしてか口に出して言うと実にたよりないものであった。気持としては切ないけれど、何も具体的に描写すべき手がかりもなかった、シャオに似てることを強調しておこうとしても、私以外には興味のあるはずがなかった。自分がひとりで躍起になってる気持を分析してみると、まずシャオに望みがないこと——その補足を求める欲求と、矢張り女が欲しい、しかも美人を妻にしたいという卑しい心とが摘出された。

夜は山喜房で二時間ばかり喋っていた。それから下宿にもどって翻訳だ。

五月四日（月）曇

腹に何かがたまっているし、それに睡眠不足だ。又警戒管制である。

土方さんが出て来たので、話のついでにレオナルドの原稿を取戻してくれるようにたのむ、生活社から出すのだからと言うと、それなら昭森社で出しても同じではないか、と言った。私がもっとはっきり答えようとしたら、丁度電話がかかって来たのでそれなりになってしまった。土方さんのことではいつになるやら分らない。このようにずるずるべったりになっているのが実にいやで仕方がない。あの話をつけてからもう五十日になる。私は土方氏に任せてあるのに向うは一こういそがない。あの原稿が一年がかりでどんな苦心と希望とをこめて作られたものか、土方氏のように蝶々みたいな人間には分らないのだ。尤もこと自分の原稿に関すると恐ろしく神経質だけれど。

四時に役所を出ると二人で銀座まで歩いた。そしてジャーマン・ベーカリイで摩寿意、永井と落合った。土方氏はテーマとモティーフの概念規定のためにもう十日も頭を悩ましている。文化政策について考えたりしている。それが唯概念を規定するだけの問題でそれ以外の興味ではないから、現実とのつながりなしに考えているから、何一つ実は結ばない。このあらしの中にある現在の段階に文化政策は文化指導と文化教育と大衆との接触とにある等、言葉をもてあそんでいるのは何か悲しいほど滑稽に見える。この世代の人々はすでに現実から遊離している。何のために昔赤い本をよんだのか、そこに書いてあったことが頭の何処へ消えてしまったのか、ふしぎでならない。

六時ごろに別れる。下宿へ大木と明石が来る。選挙の結果お上はいよいよ自信をつけて軍政施行へ急速に歩を進めるらしい。それが情報局其他の改組となってまず現れるらしい。世の中はますます険しい。

今日の昼須田町行の市電に乗ると、ふと向う向きに青い上衣を着た丈の高い少女を見た。須田町で降りるとき、うしろから頸すじのあたりを見ているとシャオと余り似ているので胸がさわいだ。短いお下げといい、肩の形といい、丈の高さといい、頭部の小さく、足の細々と長いことといい、シャオそのままであった。その少女は九段下で、面影は似かよっているが低くくしゃくしゃとした姉らしい女と一緒に降りた。顔は少女らしいけれど、美しいとはいえなかったが、それでも私はシャオの面影をむりに引出して動悸した。

五月五日（火）　曇

昼は夕立でも来そうなほどむし暑かったが、夕方から冷えて火が必要なほどになった。

昼飯を正門前のテラオで食うのだが、少し早目に行くと大抵大学生で満員なので少し空くまで本屋をのぞいたり、マンサダでコーヒーを飲んだりしている。その間にもしやしたら、あの少女が現れはしまいかと目がいたく疲れることである。

きょうは井上の裏口に井上の娘が立っていたが何かそんなに美しくなく、あの少女と決して同一人でないことだけ確実になった。この妹でもあるのかしら、と思うが、今迄あつめた材料から判断するとそういうものはどうもないらしい。

役所では早く例のレポートを書上げようとあせるのだが、興が乗らず、中断してつづけ方が分らないので、結局本を読んで時間をつぶしてしまう。

佐々木と会う約束があったが、時間が余ったので、日伊協会へよると、アトリヱの宮がいる。宮は二、三日中に土方さんの媒酌で結婚するのだそうで、細い長い体をひょこひょこしながらうれしそうに赫くなっている。お茶でも飲もうとトリコロールへ行くと、店の隅に女が二人、一人は前髪の有閑マダム、一人はもじもじした娘だった。前者は土方夫人で、後者が宮夫人たるべき人であった。

佐々木と会ってから、市電でそのまま本郷肴町まで行って古本屋をのぞいてくる。古本どころか新本も岩波文庫はすっかりなくなっている。

寺尾で阿部に会ったのでそのまま下宿へつれて来る。

あとは翻訳。

五月六日（水）曇

樋口、寺島、小暮と飲む。金歯が抜ける。

五月七日（木）雨

宿酔で頭がいたい。一日ぼんやりすごす。明日帰省の予定で、山喜房で白十字のケーキを買ってもらう。

五月八日（金）雨

夜十一時二十分の汽車に乗る。

五月九日（土）晴

徹夜したので家へ帰ると眠った。

五月十日（日）晴

雨が多くて寒いせいで、苺も虫がついてくさり、桜桃も少ない。

夕方八木君の家より古田の河岸へ出た、前の畑にすっかり耄碌した婆がいて、ふみちゃが居らんでいかんのんと言った。美智江は丁度母親を呼んで畑からもどってくるところだった。ふみゑは豊橋の乾［繭］検定所附属の製糸指導工女養成所へ入った。

五月十一日（月）　晴

何とよく空が晴れていることだろう。三、四羽の鳶がその青さの中で輪をえがきつつ次第に高く目から青さにとけこむほどに昇って行く。

庭に咲く花はもう少ないが、あやめの紫、淀河の紅、柿の緑、月見草の黄、草むらにはゆきの下の白く、紫かたばみの薄桃色、かたばみの黄色なる、咲きのこりたるたんぽぽの白と黄。

夕方は山田へ行って見た、ちせ子でさえもう高等一年だ。それより下の子供はもう顔も知らないのばかりである。私の心にはおそい夕ぐれに似たしずかなあきらめがただよっている。真竹も筍のころだ。一年まえと今と、何とちがったことか、自然さえも。

蛙が繁く、蚊も出る。

幸子が生まれたばかりの千鶴子をつれて朝鮮へ発つ予定のところ、夫が突然戦地に行くことになったのでそのままになる。

おそい風邪がはやって母も姉も幸子も熱を出し頭いたがっている。

今夜より父の買って来た寝台に寝る。

五月十二日（火）　晴

毎夜どうしてか眠られぬ。眠ってもまるで熱のある眠りのように妖しい夢にうなされる。疲れが去らない。

雨が降っては何処へ出るわけにも行かない。一ときの晴間を見て踏台を担出して桜桃を籠に摘みためるだけ。雨で傷みはじめた。

運動不足に陥らぬように、と思ってもこんな日では出かけるところもない。はつゑでもいれば、私は雨の中をたのしく峠をこえることができた、或いは必ず家にいるふみゑのところへ行くのをよろこんだくらいだった。けれど今では何処へ行こう。

二階へ上って本をよむくらい、しかし本に疲れたときいずこにも所在がなくなる。

五月十三日（水）　曇

夕方古田へ寄って見た。沢山いる弟たちは、食用蛙のおたまじゃくしを黒くくさった用水から抄《すく》っていた。美智江は丈が高くなったけれど、ふみゑがいなくては何かたえられなくさびしい。

桜桃を採る。

五月十四日（木）　曇

寒い風が荒れる。十日前には鰈がとれたが、この風つづきで漁がない。見突《みず》きも出来ないという。

船舶建造計画のため各人所有の欅と樫を庭木を除いてすべて切れと言ってくる。買上げるというのだが、無料同様な公定価格でしかも一切の費用をこちらもちで結局こちらの負担となるような買上げなのである。負担の均等どころではない。

山田へ行こうと思ったが、風が烈しいのでやめた。その代りさち子を自転車へのせて畠村へ出かけた。

五月十五日（金）　晴

夕方さち子を自転車に乗せて山田へ行く。げんげをつんだり清水を飲んだり、はつゑの家で筍をもらったり。ちせ子はまだ桑畑から帰っていなかった。

桑の皮の供出を命ぜられて、どこの家でも一本々々指を痛めながら、皮をはがしている。各戸何貫目という割当だから、その労力だけでも大したものだ、その買上価格などは子供の駄賃ほどにもならない。

五月十六日（土）　晴

山本書店からレオナルドの出版を申込んで来た。堀さんから聞いたと言って。私は創元社に話してもらいたかった。昭森社をやめて山本では牛をロバに乗りかえるくらいなものだ。

父は大昭漁業合資会社をつくって私たち兄弟四人（明平、昌平、川口房子《のぶこ》、山岡幸子）がその社員なのだ。今年は二、三万円純益があったので、裏に長屋を普請するやら店を改造するやら大へんだ。私は土蔵の書庫の空いたところへ本棚を立て増してもらった。

桜桃はもう終りだ。手のとどくかぎりには蓼々として来た。日蔭になる東の枝を除いては。

夜ラジオで歌謡曲を聞くと、私は哀れをそそられる。それは私に乙女と恋を語れとささやきかける。

もうおそい、しかも私はまだ自分が十六、七の少女と恋し合うことができるように信じているのである。歌謡曲というのはそういう気持をそそるようにできている、だから常には別に惜しいとも思わぬはつゑを失ったのが悲しくなったり、ふみゑと一緒に夕ぐれ拗ねられていたくなったりした。このごろの生活は単調で無味乾燥だ。田舎に落着かねばならぬのなら、私は芸妓遊びなどを始めなくてはいられぬだろう。仕事は一時まぎらしてくれるが、救ってはくれない。

五月十七日（日）　曇

又風が出る。

一日どこへ行くあてもない。夕方古田へ行って見たが、別に面白くもない。山田へ行くつもりだったが、はつゑが目がなくなったほど肥えてもどったという話を聞いたので出かけるのをやめた。矢張り行きにくい。

夕方荒木先生[1]が寄られたので、後から畠[村]の井筒へ行く。八木君と三人でしゃべる。十二時にかえる。

今日の新聞に尾崎秀実[2]其他のスパイ事件が公表された。皆日本人がどうしてスパイになれるだろうと言い合っている。すると金になれば何だっていいのさと答えるものもいた。

（1）荒木力三　清田尋常高等小学校の教師。作文の指導と俳句に力を入れた。杉浦が文学に関心をもつきっかけをつくった。

（2）尾崎秀実　ジャーナリスト。一九〇一年東京生まれ。一高を経て東京帝国大学法学部卒。朝日新聞記者、近衛内閣嘱託、満鉄調査部嘱託を務める。一九四一年ゾルゲ事件で逮捕された。一九四二年五月十六日に司法省が事件を公表し国際諜報団としてセンセーショナルに報道された。一九四四年十一月絞首刑。逮捕のきっかけが伊藤律の裏切りにあったとされ、伊藤の共産党除名の理由の一つになった。

五月十八日（月）曇

もう明後日は東京だ。向うになればこちらへもどっても待ってる人もないから、それですむが、こうして物ぐさが身につくともうあの雑踏の中へ入りたくなくなる。

退屈ではあるけれど、まあ満足しなくてはならないような生活だ。シモンズの一部を裂いてもって来た二十五頁ばかりを八日そこそこで仕上げた。東京なら二十日近くかかるところなのに。あと十日もあれば、シモンズは一応終らすことができたであろう。尤も私は始めから二十五頁だけしかもって帰らなかったが。そのほか本も沢山読んでいる、つまり何もせずいらいらしてる時間がなくてすむからなのであろう。

父は夕方塩釜へたつ。私はさち子を自転車に乗せて山田へ。清水を汲み、筍をもらったりして、はつゑの家に行くと、納屋の蔭からちいが「わっ」と大声を立てた。拇指ほどしかない人参を揃えていた。はつゑも井戸端にいたが、こちらへ出て来た。顔ばかりでなく体も太って子供でもできたように見えた。はつゑの声を聞いてると、それから昔のままの汚れた野良着をきてるのを見ていると、そのうえ、ああ竹薮の影に深くなる夕ぐれの中であるので、はつゑが嫁入したのをうそのように時々感じて、涙をそそるのであった。そうだ、あの井戸端の明り窓の下にいたあの少女がこんな世なれたような挨拶をするのだろうか、その声はどんなに角がなくなっていても、私にはもう他人の声であることがはっきり感じられた。いつかははつゑは私の現れるのを鳩のようにおどおどしながら、それでも心から待っていたことが、僅かな乏しい言葉の端から洩れ輝いていたこともあった。けれども今では言葉が滑かに出てくる。昔と同じようなことを話しているのに、何と何もかも変ったことだろう。魔法の杖か何かでふれたように忽ち昔のままに変る瞬間が交るために、私はめまいがした。しかしちせ子もこんなに大きくなり、もう十四で高等一年、はつゑよりももっと素直ないい子になった。私は十四のはつゑをまるで一人前の乙女のように愛したのに、十四のちせ子は何て子供だろう。けれどあのちっとも分らなかったちいがこんなにのびのびと丈も高く、よく分るようになったのも奇妙な気になる。美智江だってあんなに細長くなったし、ふみゑなどはもう本当に娘になってしまった。

父は夜行へ乗るまで豊橋で私の国民服をあつらえ、二十日に牛肉を都合し、カステラを頼んでくれた。

五月十九日（火）　晴

又雨となる。午後ずっと蔵へ入って本棚の整列を正したり、岩波文庫にパラフィンをかぶせたり。明日は上京の予定を明後日に変更。

夜鶏の水たき。

五月二十日（水）　曇

古田へ寄ると、ふみゑが次の日曜に来るという話をしていた。直きに小牧か何処かへ行くのでしばらく家へ帰られないので、帰りたいと言って来たのだそうだ。私ははつゑよりもふみゑに会いたかった。

昼の間一時間余り私は畠村の出店に行って店頭に腰かけていた。それは何故かというと、四、五日まえワンピースを着た少女が県道にいた、はじめとみ子かと思ったが、とみ子よりも遙かに垢ぬけがしてさわやかに見えた。ビールを取りに来た畠村の料理屋の女中だというので、私はもう一度会いたい気になったのである。そしてひょっとすると出店の近くだから買物に来るとまでいわなくとも表を通るかもしれんと思ったわけであった。

夜は母が方々を探してやっと一枚の石鰈を買って来てくれた。

五月二十一日（木）　曇

ふみゑに会わないで去るのが惜しかった。

母は苺を採って洋皿に盛った。

空は晴れていたが、豊橋からさきは次第に雲が多くなり始めた。

渥美食堂へよると父が行きがけに注文しておいてくれた牛肉が届いていた。それに父が手配してくれた洋服屋が国民服の仮縫に来た。父は前日豊橋へ卵八十、砂糖五斤とうどん粉をたずさえてカステラを焼くことをたのみ、上京のついでに卵と一緒に先に私の下宿へもって行って下さった。

汽車は二時半、静岡まで立っていた、むやみに女に目がついてならない。ちょっとした女なら直ぐ目について離れないのだ。車内はむし暑かった。すっかり曇って雨になりそうな雲の間から、雪の輝く富士の頂だけがしばらく見えた。沼津に至るより早く雨が窓に走った。

東京では直ぐ山喜房へ牛肉をおいて、けい子としばらく話をしていた。矢張り何かたのしくこの幼い女の子の話を聞いている。

五月二十二日（金）　晴

高円寺の川越了介の告別式に赴く。寺島と会ったので新宿へ出、それから銀座へ行き、八木と一緒にミュンヘンでビールを飲む。

帰りに明石の下宿へ寄り、一時まで喋る。

昼間通りで森井の番頭の娘を見かけた、これも矢張りシャオの妹とは似ても似つかない。ベレー帽は昔のままだったが、真白にぬったのが白日の下ではいたましく見えた。

五月二十三日（土）　晴

頭痛く眠った。変な夢を見た。はつゐが出て来て、実に白々しいことを証明して、私をすっかりいやにしてしまった。

日伊協会へよる。茂串から杉田さんからの話として、レオナルド・ダ・ヴィンチを筑摩から出してはどうかと言われる、原稿がもどったらそちらへ渡すことを約束する。

それから読書新聞へ行き、寺島に会う。きょうはビールを飲む力もない。

夜明石と阿部と来る。

五月二十四日（日）曇

小山と博物館へ。宋の婦人像、陶磁器、法隆寺の童女像、崋山の鹿島詣ぐらいが見るに耐えた。それより芝生に出て、一本立つ若葉のすずかけの大樹の下に寝そべって葉をゆるがせて吹く風を仰いでいる方がよかった。

六時すぎると飯を食うところがない。やっとのんきで飯にありついた。前に日伊協会にいた福永としゃべる。福永は摩寿意の悪口を言う。私は相槌を打つ。

下宿にはシモンズの翻訳と、クローチェのレオナルドの翻訳が待っている。その上今夜は石井の腹痛が本物らしいので医者を呼んだら盲腸炎だと分ったので入院するのを手伝ったりごたごたした。

杉田さんから筑摩と話をするから原稿をもって来てくれという速達をもらった。

五月二十五日（月）曇

朝寺島が来た。寺島に出版蚕協の図書雑誌をやらないかと誘われて気持が動いている。百七、八十円の月給に釣られたいのかもしれぬ。

役所へ行く、土方氏に昭森社の原稿を取もどしてもらおうと思うが、なかなか切り出せない。とうとう言わずにしまった。そうかといって別の人にたのめば怒るに定っている。又国友の詩集について八雲書林に紹介してもらわなくてはならないけれど、それももう二月たっているのにそのままだ。今日も銀座でバスを降りたとき、土方氏が止って立話をはじめた相手が八雲書林だというので、紹介してくれとたのんだら、又あとから、と言うのだった。

夜佐々木、磯田と三信ビルの下でビールを飲む。二人とも私が図書雑誌をやるのに賛成した。磯田は今日はしきりにシチェドリンを推称した。

五月二十六日（火）　晴

眠る間ぎわに必ず何か物足りず、女のことを考えている。

三十年若いさかりを一人の女もしらずに生きて来たことが悔やまれる。世界に沢山少女はいるのにどうして今までそして今もそばに誰もいないのか。

朝佐々木が卵をとりに来る。それから石井の母親が上京して、石井の室で休んでいたので挨拶に行ったが、叔母さんという人もいて、何か侮辱されたような気がして引退った。石井の母親はしっかりしているつもりだから石井に乗ぜられるのであろう。石井は本郷医院で手術したままで、腹膜も腫れたので、傷口がそのままになっているという。石井や石井の弟だけのときには私も石井を手伝ってやりたいと思っていたが、他の人が来ると、私は全く友人でさえなく、赤の他人としておしのけられる。葬式のときなど、どんなに本人と親しい友だちも俗悪な近親に友の屍を奪いとられるような気がするものである。

土方さんと昭森社に来週の水曜に会うことを約束した。夕方浅草へ行く、シャオのことを幾たび祈ったか知らないが、遂にだめだった。いまだに時々浮ぶ面影が私を涙ぐませる。

朝国友から、夜寺田から便りがあった。寺田は病院にいる。

晩飯のあと阿部のアパートに寄り、角力の噂話などした。

五月二十七日（水）　曇・時々雨

朝父が仙台の帰途を立寄り、林檎と百円とをおいて行く。

別にどこが悪いというでもないのに食慾がちっとも起らない。その上きょうは眩暈がしてとまらなかった。尤も夕立が過ぎて涼しくなってからは楽になったが。

夜明石とつまらぬ覚えちがいのために議論した。そのときは熱くなって自説を曲げなかったが、あとで自分の思いちがいだと気がついた。今夜は何となく右下腹部に疼痛を覚えた。石井のように盲腸炎ではないかと少し気になる。

六月一日（月）　曇

ずっと腹をいためて寝てしまった。毎日夕方には七度を越す。食物が不自由で回復がなかなかむつかしい。

熱のあるとき私はふみゑのことを考えていた。製糸にやらず、東京へつれてくればよかった。

六月三日（水）

昭森社よりレオナルドの原稿帰る。

六月四日（木）
桜井、生活社を免職の手紙来る。

六月五日（金）晴
寺島、樋口に会う。

六月九日（火）曇・時々夕立
きょうは私の誕生日だ。いつか何年かまえのこと、この日私は千里に会うことができ、そして私の第二の誕生日となることを予期した。その日はたしかに私の人生を変化させたが、それはむしろ絶望の色に変えたのであった。
きょうの昼私は食事を終えて本屋から市電へ乗ろうと道を横ぎりかけると、丁度バスがとまった。私がそれの後尾から急ぐとき、前の方から道を横切ってくる少女があった。柿色のブルースだ。あの少女じゃないかしら。本当にそうだった。私は並んで吊革につかまった。少女は前に腰かけていた和服の女と挨拶をかわした。「バレーの試合がありますのね」と向うの女は言った。少女が何を答えたか聞かなかった。しかしそのものをいう口を見てると、シャオから遠く距っていた、声もシャオのように低い柔かなひびきをもたなかったようだ。むしろ荒い日本の娘だ。私は急にシャオがありありと目に浮んで限りなく悲しみをそそった。だがバスが混んで次第に少女と隣合ったまま奥へ押されて行き、やがて少女は反対側の吊革の一番端に移った。その隣りは入ればまだ一人は充分余裕があった。私はしばしためらった。しかし私の臆病はそれを私に許さなかった。横から口をつぐんで澄ましてるのを見ると、睫毛の多い目のあたりが、シャオそのままだった。シャオより髪は多い。御茶ノ水で降りるかと思ったらそうでもなかった。奥の座席が空くと少女が座った、もう一人座れるのを見ると、私は思い切って座った、もう一停留所しか残っていないけれど。少女は桃色に黒い花模様の入ったスカートをつけていた。私は横顔をうっとり見耽った。少女は首にかけていた紐を引き出すと小型な皮の財布が現れた。私はそっと内容をうかがったけれど、何も分らなかった。銀座まで行くのだな、それだったら急いで半蔵門の乗換を切ってもらって損した。此の少女はもう二十ぐらいだ、女学校を出て家にいるのだろう。銀座に誰か待ってるのかもしれない。井上の娘だろうか、確にそうではない。けれど何処かそうのような気もした。

駿河台でバスを降りると少女が向うの窓ぎわに座って向うの外を眺めながら去って行くのを見た。自分に関心をもたれなかったことも別段私を嘆かせなかった。きょう会ったというのは何かの予告ではないだろうかなどと一人で都合のいいように考えた。

帰りに池之端七軒町に降り古本屋を見歩くが全く岩波文庫が跡を絶った。

夜明石がくる。夏蜜柑を剝き、片栗を湯がいた。きょうシモンズの翻訳を終えた。

六月十日（水）　晴

生活社の前田に会い、下翻訳に支払う百円を受取る。きょうも昨日のようなことはないかと待ったが何もなかった。

六月十一日（木）　晴

夏になった。昼、磯田、寺島、中村真一郎に会う。それから理学部の今井功[1]にレオナルドの物理のところを見てもらおうと教室へ行ったが、今井が非常にいそがしがっていたので、何かすっかりこちらがどぎまぎしてしまった。

病院附属図書室へ行って三輪と久しぶりにアルベルティをつづける。それから血清教室の秋元氏のところへ行って夕方までしゃべり込む。

（1）今井功　物理学者。一九一四年大連生まれ。神戸一中から一九三〇年に一高理科（甲類）に入学。一九三六年東京帝国大学理学部物理学科卒。大阪帝国大学助手を経て一九三八年東京帝国大学理学部講師、一九四二年に助教授となる。一九五〇年教授。流体力学、数理物理学の分野で大きな業績を残した。

六月二十八日（日）　夕立

とうとう「夢の代」を手に入れて下宿に帰ったころ梅雨明けの夕立が来た。むしろを敷いてねころんでいると、婆が手紙をもって来た。一つは一宮の本屋からで、「受胎告知」があるというので昨日むりに朝早く起きて振替で送金したら、よそへ廻したとことわって来たのである。も一つは筑摩書房からレオナルドの出版おことわりである。この本は何か悪いめぐりあわせに生まれついたと見えて容易に世の中に出られそうにもない。

七月三十日（木）　曇

二、三日まえ山西から帰省した小西[1]に会い、今日阿部と本郷座に「木蘭従軍」を見に行くと、せつないばかり支那へ行きたくなった。翻訳などやめてしまおう、そして支那へ行こう。

夜大木と飲む。

（1）小西　未詳。

八月七日（金）　曇・時々雨

五日に土屋先生が樋口、小暮、松原三人と一緒に福江に寄られた。私は家から宿屋まで一ダースのビールを運んだ。そしてその後樋口たちと散歩に出たのは十時すぎであったし、その上八木君も一緒だったので、私の目的地へ行くのを思いとどまらねばならなかった。六日の朝、昨夜からの夕立にぬれた道を杜国[1]の碑に先立ちながら、私は例の家の前を通った。先生の一行は、午後三時のバスで、結局古田の海岸を散歩したばかりで、帰途に就いた。

一日に福江にもどって以来、ずっとシモンズの翻訳の手入ばかりに囚われている。古田へ一度行って見たが、ふみゑは旧盆でこの二十二、三日ごろにならねば帰らぬというし、美智江は逃げてばかりいるので、又行く気にもならない。それから山田へも臆怯《おっくう》になって出かけない、どんなに暑くても、少しぐらいは雨が降っても、日ぐれのいろがただようと惹かれるようにふらふらと出ずにはいられなかった山田へもまだ一度も行ってない。そういえばはつゑは一昨日ごろ帰って来たという。近ごろ姑との折合がよくないらしい。しかしそんなことが今さら何であろう。

私の幻に浮ぶのは誰であらう。それはシャオだ。それから、もっといきいきと感じられるのは、たった一度しか見たことのない少女、とみ子に似た待合の手伝いをしている少女である。それが私の目的地であった。樋口にことよせて私はそこへ行く筋書をかいていた。私はあの少女をもう一度見かける機会を求めたが、まだ一度もそれをつかまなかった。けれど私は昔より更に臆病というより、ねちねちと自分一人で反芻するくせが甚しくなった。だから私はあの家の前を罪を犯すようにおびえつつ自転車で一度、樋口君たちを案内しても一度通ったばかりである。——だが、きょうそれとなく人に聞いて見ると、あの少女は、徴用をおそれて、自ら進んで何処かの工場へ行ってしまったということである。

雨が通ってから俄に秋風となる。小山にハガキを書く。

（1）坪井杜国　松尾芭蕉の門弟。名古屋の富裕な米問屋だったが、米の空売りで領内追放となり保美村（現・田原市保美町）に住んだ。一六八七年に芭蕉が杜国を訪ねた時の連句「師弟三吟の句」の碑が保美の潮音寺境内にある。

八月八日（土）　晴れたり曇ったり

どうしてかがっかりする。あきらめというより悔恨が私を貫ぬく。何のために私は若さを享楽しなかったのか。或人々はすでに私の年齢では飽きているのに、私は過去に荒蓼たる枯野を眺めるばかり。あの少女が私に田舎へ帰る張り合いを与えていたのにちがいない。しかし私のあこがれは清らかな性質のものではなく、もっと汚ならしい。畠村へ行くことに興味を失った。

ふみゑに会いたいと思っている。しかし又行きちがいで会えない。
夕方始めて山田へ行く。ちせ子はいないで、はつゑが縁側から首を出して物をいう。もう少女らしさが半分うせてしまった。私はものをいいながら微かに困惑を覚える。はつゑはもう私には存在しないのだ。こうしていつも帰るたびにこの家に昔どおりに、しかし全然ちがった女がいるのは錯覚みたいである。
翻訳を注意して改めたら、阿部がやってくれたはずの一章が落ちている。三十五頁ばかり。気をくさらす。

八月九日（日）晴
朝から夜中まで翻訳の手入れ。他のことをする暇がない。
夕方海岸へ出、それから弁財の崖の上を通って古田へ出た。人通りの殆どない、小松まばらに、潅木の荒れているこの小路は私の好きな散歩道だ。こうして荒古の人里に出ると、直きふみゑの家がある。去年だったら、夕方になると、待っていれてくれたのだがなあ。
小山より葉書くる。

八月十日（月）晴・時々曇
オッセンドフスキイの「背教者レーニン」を読みふけったため、寝そびれて暁の色が見えそめるまで輾転反側していた。樋口をだしにあそこに行きそこなったことをあのとき、ひどく残念に思ったが、まだたのしみがあった。しかしもう何も待つものがない。それにしても私はいよいよ行動力を失って、くじくじと頭の中でつまらぬ幻を追う傾向が甚しくなった。

睡眠の足りないため、一日冴えず。何処へも出ず。西瓜と桃を食うたのしみあるのみ。

八月十一日（火）晴

鈴木圭介君が今日一日帰省したので、畠村の君の家にて夕方まで喋っている。浜木綿が散りがたの花を青い太いしべと一緒に夏の光に映している。空は気味の悪いほど青い。

夕方丘の越に上ると、丁度島に入日がゆらゆらと没する刹那であった。圭介君と間瀬という八高文科の生徒。小松が小路に程よく伸びて夕ぐれは愁いをよみがえらす。誰か私の愛する少女と一緒にこういうところを歩くことを夢みてからはや十幾年になる。

聞くところによると、はつゑはもう離縁になって帰ったのだという。そういえば何かそういうところがあった。馬鹿な嫁入をしたものだ。

八月十二日（水）晴

つくつく法師が鳴く。

夕方山田へ行く。はつゑは芋畑の草を除っている。帰りにはちせ子もいた。自転車が道端の松の根方によせてある。もろこしのゆれる間に、まるで五年ぐらい昔にかえったように、立っていた。

警戒警報が出た。ここは甲地区に属するので、空襲時における と同じく微光も洩らしてはならないのである。雨戸を閉め切るとまだ暑いのである。夕方とみ子が自転車でとおった。白いワンピースをきていると、細くて昔みたいに少女らしかった。いつか少しまえ、ずいぶん肥って醜くなったが、やせると惹くようなものがあらわれる。

官庁の整理案が発表になった。

八月十四日（金）　晴

山田へ行くと、はつゑはちせ子と前庭にキャベツの苗を移植しながら近く東京へ行くと言った。

夕ぐれ婦女子青年団の映画会があると、隣りの娘たちが出かける。一人私の見知らぬ女がいた。夕ぐれが濃くて顔がさだかでなかった。あとであれはとみ子じゃなかったかしら、すぐ近くに立っていながら気がつかなかったのは少しどうかしてると自分でおかしかった。

眠りつきわるし。

八月十五日（土）　晴

日中は息づまるほど暑いが、朝夕は涼しい秋風が鳴る。

豊橋のアララギ会員松井庄蔵(1)という男が八木君の家を訪ねて来たと電話が来たので、時間が惜しかったが、出かけた。八木君は扁桃腺を腫らして寝ていた。二時ごろまで歌の話をして帰った。豊橋みたいな町とはかかわりたくない。豊橋、田原、名古屋、どれもこれも何て町人的で精神のない卑屈な町ばかりだ。福江のプチブル的な活気が最も私には親しい。

父は名古屋の帰り途で牛肉を買って来たまう。汗を流しつつすきやきを食う。野菜は母の作ったもやしと玉葱だけしかない、母は説教所まで隠元豆をもらいに行ったが、五月豆を作っているだけだった。

（1）松井庄蔵　愛知県生まれ。当時豊橋市立下条尋常高等小学校で教鞭をとっていた。戦後、杉浦の協力を得て豊橋アララギ会をつくり歌会誌『朝明』を発行した。

八月十六日（日）　晴

残暑きびしい。

夕方山田へ行く。シェピーをつれて。はつゑはちせ子とお針をしていた。八月のしまいに東京へ行くと言った。ちせ子は川で釣った大きな鰻をくれると言った。ちせ子の長くよく伸びた足、いつの間にかもうこんな娘になりかかってるのを眺めると言いがたい気持に襲われる。

はつゑよりちせ子の方がこのましくなった。はつゑは余りふとりすぎた。ちせ子はちゅうちゅう鉄砲でシェピーを撃ってよろこんでいる。ちせ子の鰻の代りに番茶をもらう。帰りに隠元豆をとるつもりで折立畑へ寄ったけれど、花ばかりで二つしかなっていなかった。

明後日上京の用意に荷物をまとめる。

この休みは実に毎日同じようにすごした。まず朝九時ごろ起きると、新聞のくるまで離れの縁側でシモンズの翻訳を見る。昼飯が終ると、樫の木の蔭で藤のベッドを出して昼寝する。真青な空を毎日鳶が輪を描いている。レオナルド・ダ・ヴィンチを思ったり、私が鳥だったら蘇州まで舞って行くのになあと思ったりしている。暑く灼けた土の上を通って来た風と木の茂みをくぐって来た風とがかわるがわるに、或はまざりながら吹いて行く。

三時ごろに目をさます。それから木の下で読書。四時ごろ昌平が畠村からもどってくるので西瓜を切る。それからしばらく夕日影が斜に机の上に又頭にまともに射すまでシモンズ。夕ぐれは俊介か千鶴子をあやしたりしている。山田へさえも三回ばかりしか行ってない。

晩飯にはビールを一本。その後で往還に出て天の河を眺め、風呂が終ると又離れの縁側でシモンズ。これが私の一日。もう虫の音が繁やかになり出した。

八月十七日（月）　曇

昨日より腹をこわす。一日木の下で睡ったり覚めたり。少し熱がある。

夕方薬を買いに出たついでに荒古へ寄る。ふみゑはこの土曜日に帰ってくるという。いつも行きちがいだ。

八月十八日（火）　曇

昨日は昼飯を少し口にしただけで絶食した。父は鶏を一羽買って来てつぶした。水たきにするはずだったが、明日の晩に延ばした。そのため上京も一日おくれた。

まだ腹の中は十分掃除できていないらしかったが、明日はどうしても出かけなくてはならないので、少しずつ物を食う。

夕方夕立の模様だったけれど山田へ出かけた。「大池の底をぬいたから明日魚をつかまえに行くにおいでな」とちせ子が竹藪の路で言った。「明日は東京へ行かねばならん」というと、「一日ぐらい延ばせばいい」と言った。皆家の外に出てキャベツの苗に水をかけたりしていた。はつゑは一人台所だった。

今日の昼枯れてしまった苺畑で家じゅうそろって写真を撮った。

八月二十二日（土）　晴

第二国民兵の点呼。丙の予定のところ甲乙指定された。まわりのいろいろを考えると、むかっぱらが立つ。茂串が第三乙で始終召集を心配し、勉強に手がつかないと言っていたのが、今にしてようやく分るのである。

樋口、寺島、小山と学士会館に至ってビールを飲む。私は浮々しなかった。完全に兵役と縁が切れると信じて少しも疑わなかったのに、或は明日召集が来るかもしれないのである。

私は某々中佐の講演を聞きつつ、この男がジュスイットとなって見えたりディアヴォロに見えたりした。

八月二十三日（日）　晴

昨夜は酔払っても面白くなるどころか不快に陥ちて行くばかりだった。きょうも朝うとうとしながら、絶えず昨日丙から甲に変えられたことが浮んで来た。明かに不公正な取扱いを受けたのである。しかしこれ以上こんな不愉快なことについては書くまい。又考えることもつとめて避けよう。又そのときになったら何とかなるであろうから。しかしとも角今まで落着いて勉強できたのが何かに絶えずおびえていなくてはならなくなった。自らを何ものにもおそれしめぬ精神にまで養え。

午ごろ猪野が来た。猪野の家へ行って昼飯を食う。十二月にはしゃばへ出て来られそうだという。蒸暑い日で、その上昨夜のビールのせいで腹が定まりかねた。本屋をのぞいても何もない。果物を食いたいが果物は売っていない。

夜浅草へ行って来た。

明石が寄る。それから阿部が一昨日帰京したと土産の梨を持参する。

私は急に女房が欲しくなった。はつゑは上京するというけれど、もうはつゑとの結婚は考えられない。きょうのように気の沈んだ日、今日かえればふみゑに会えると思うと、何か無茶苦茶にせき上げてくるものがあった。ふみゑは私を愛している。私は甘い気持に酔いしれる瞬間がある。しかしまだ三、四年は何とも仕方ないし、私はそんなに待っていられないのだ。

八月二十五日（火）　晴

昨夜は太田克己が東大久保の加藤家に婿養子に入ったので招かれて遊びに出かけた。西向天神の近くであった。生田と、太田の中学の同級の中川というのがいた。太田夫人、いや加藤夫人は女子大出というから大へん悍馬で太田の手に負えそうもなく見えた。それよりも妹のあや子さんの方がきりっとしていていいと思った。

飲みすぎたため吐いて眠った。

私は太田と床を並べて眠っていた。

庭の芋や茄子を見ていると今日は昨日より更に暑そうだった。あや子さんは一度も出て来ないで、奥でレコードばかり鳴らしている。始めは「春雨」だった、それから独唱に移り、次はバイオリンとチェロが鳴り、最後にはベートーヴェンのピアノが聞えた。

昼近くになったので太田と一緒に外へ出る。かえりがけに奥から出て来てお辞儀したのはあや子さんだったが、昨夜とちがって丸々していた。昨夜のように少しつんと取澄ましてる方が美しい。

新宿で太田と別れて文協へ寄った。夕方は銀座で佐々木と三井武夫氏[1]と酒を飲もうとしたが、宿酔で腹が悪くてだめだった。すしを食ったり氷水を飲んだりした。

(1) 三井武夫　一九一一年山梨県生まれ。慶応義塾普通部、一高を経て一九三三年東京帝国大学法学部卒。大蔵省に入省。退官後は専売公社理事、農林中央金庫副理事長などを務める。武翁名で連句集『朴の花』がある。

八月二十六日（水）　晴
一時半の急行で立った太田を見送りに東京駅へ行くと、もう列をつくっていた。向うの父母もいた。あや子さんは青い服を着ていた、矢張り顔が広すぎてそんなに美しいとはいえないけれど、少女らしさがあってシャオに似ている。しかし丈が思ったよりも高かったので、私は忽ち自分が失格したのを感じた。太田たちが改札口へ入ってしまうとあや子さんは顔をおおって泣き出したが、その後姿や髪の切り具合が大柄なシャオと言ったところだった。向うは一隊の婦人たち、私は塙とあきらめ悪く人ごみを見捨てた。もうあや子さんとは偶然の機会でもなければ会うことはないだろう。どうせ私は失格したのだからその方が気がらくでよいのだが。

暑い日であった。もう役所へは出ない。文協へ入るからと宣伝を早まりすぎたのでかえって困る。図書館へ入って夕方までイタリアのエンチクロペディアを繰っている。

夜茂串が寄る。

八月三十日（日） 雨

昨夜寺島と大木が泊った。寺島とおそくまで図書雑誌のこと、文協入りのことを話し合っていた。又女房をもらうことも寺島はしゃべった。まだ寺島もあてがないのだ。新潟や若松あたりでとおりすがりに見かけた少女のことをいろいろいうところを見ると昔と変らぬ。

昼すぎから沛然たるどしゃぶりになった。寺島も大木も傘なしなので、そのおつき合いでマンサダに二、三時間しゃべっていた。寺島は永井荷風のノートを書く計画をしゃべった。又中野重治の「斎藤茂吉ノオト」について、「赤光」より最近をよいとする樋口——即ちアララギの説に寺島の反対する方に賛成した。斎藤茂吉[1]が芸術会員になって堕落したことをしらぬ人があるだろうか。

夜茂串くる。

（1）斎藤茂吉　歌人、医師。一八八二年山形県生まれ。東京帝国大学在学中に伊藤左千夫に入門。歌集『赤光』や『あらたま』を発表しアララギの代表歌人となる。一九三七年帝国芸術院会員。日中戦が始まると国策に協力的な歌が増える。茂吉の歌をめぐってアララギ内で争いが起きたことを杉浦が「新生館時代」に書いている。

九月一日（火）晴

三十二、三度。三十年ぶりの暑さという。

昼田所、寺島と学士会館で食事。食後二人は撞球を始める、私はそんなことをする暇が少しもない。実に一日の時間が短くてこまる。三十時間四十時間あっても仕事はしきれない。

ついでに樋口に会う。履歴書を催促される。

それから西洋史の研究室へ行ってシモンズの挿画をさがす。それから図書館で百科辞典を引く、今カードにしているのは、アルベルティ、ボッカッチォ、コムパーニ、バリオーニ家、とチォンピの乱である。

夜になっても汗やまず。明石と初音町の古本屋を歩いた。明石は栗田書店へ入ることになったらしい。

九月二日（水）晴

まだ暑さは去らぬ。

目をさまして新聞を手にとると興亜院は廃止になって大東亜省(1)ができると書いてある。どうしてか動揺を感じた。文協などよりそちらの方がいいように思えた。

それから東郷外相がやめた。東郷がやめたら対ソ戦が始まるという噂を聞いた。そうなるかもしれない。

午後はずっと日伊協会でシモンズに入れる挿絵を写真屋に撮らした。丁度五時までかかった。

夜青木書店の武井[2]が訪ねてくる約束だったので待ったけれど現れなかった。

殆ど毎日翻訳の手入に没頭している。中村真一郎に頼んでおいたラテン語の引用は二ヶ月以上たつのにまだ来ない。それから大木が清書してくれるというから三百枚ばかり渡したけれど、それもまだ持って来ない。大木は先ごろは本文の一部を渡したらそれを紛失してしまったことがあるから心配でならんのである。

食いものなく飲ものなし。

(1) 大東亜省　一九四二年十一月一日に東條内閣によって新設された。総務、満州事務、支那事務、南方事務の四局からなり、興亜院、拓務省は廃止された。
(2) 武井豊夫　一九一二年東京生まれ。木更津中学から一高文科（丙類）に一九三一年入学。一九三五年東京帝国大学文学部美学美術史科に入学するが、中退。青木書店に入社し、編集者として主として美術書の出版にかかわる。

九月三日（木）　晴
蒸暑く汗したたる。図書館で少し勉強してから西洋史の研究室に寄ると、林健太郎[1]がいた。なるほど顔は昔からおなじみだった。
それから三輪のところへ寄り、マンサダへ出て白桃を食べた、三輪は内緒で白桃を七つ買ってそれを抱えて歩いた。

夜青山へ行こうとして電話をかけたが、ちっとも出ないのでやめにした。大木が下宿へ来ておそくまで喋って行く。

まだ中村は何とも言ってよこさない。茂串に会ったら今度つとめる科学史学会の同僚平田寛(2)がラテン語をよめるというので早そく手紙を書いた。

(1) 林健太郎　歴史(西洋)学者。一九一三年東京生まれ。一九二九年一高文科(甲類)に入学。杉浦の一年先輩だったが、林は二年生からは通学生となったので接点が少なかった。一九三五年東京帝国大学文学部西洋史学科卒。副手を経て一高教授。戦時中は反ファシズム論を展開し『独逸近世史研究』(一九四三年)を発表。丙種合格(後第三乙種)だったが、一九四四年十二月召集され横須賀の海兵団に入隊。戦後東京大学教授。東大紛争時の文学部長。一九七三年東大総長。

(2) 平田寛　西洋科学史家。一九一〇年兵庫県生まれ。一九三六年早稲田大学文学部史学科卒。一九四〇年まで同大大学院に在籍。一九四〇年から一九五四年まで創元社勤務。退職して早稲田大学で教鞭をとる。早稲田大学名誉教授。

九月四日(金)　曇・夜雨

涼しくなる。午後西洋史の研究室で写真を撮った。金沢君(1)という助手が親切にしてくれた。私はこういう助手とかその他の人々に先天的に恐怖を感じるけれど、向うで私の名を知っていて便宜を計ってくれたのがありがたかった。少し座り込んでしゃべっていると、丈の高くない我々より少し年輩の人が気軽に入って来た。金沢君の話ぶりによって村川堅太郎(2)だと分ったが、私はこそこそと退却してしまった。

昨夜アララギに「白桃」の歌四首の合評を書こうとペンと原稿用紙を並べたが何一つ言葉が出て来ない。余り翻訳ばかりやっていたために発想の自主性が失われた、というより麻痺してしまったのであろう。そのためきょうは文協まで行ったが、樋口は退けたあとだった。青山へ行って苦心惨憺してようやく五、六百字を埋める。

鈴木忠一氏が昭南島の司政官で今夜立つというので世田谷まで樋口、小暮、狩野登美次と出かけた。暗い半田舎道をしばらく行くと、軍属服に刀を吊った鈴木さんに会った。土屋先生一家も一緒に地下鉄で新橋までついて行った。

下宿へ帰ると十時すぎ。昭森社から早く話を片付けようと葉書をよこした。わざと私を怒らすように書いてあるが黙殺だ。自分の心臓をきたえる稽古台にする。

翻訳の見直しもようやく終りに近づいたが、中村からはまだ何のたよりもなく、大木も昨夜言っておいたのにまだもって来ない。昨夜の模様から判断すると、或は又紛失したのではないかとも思われる。原稿を清書してくれるというけれど、大木では原稿の保管が危険だからことわったけれど、しきりにいうので気が弱くなって、危いと思いながら渡してしまった。三百枚で二百円近いし、今更翻訳し直すこともできない。

（1）金沢誠　歴史（西洋）学者。一九一七年東京出身。浦和高校を経て一九三九年東京帝国大学文学部西洋史学科卒。東京帝大助手、「スタイル」編集長などを務める。戦後学習院大学教授。

（2）村川堅太郎　歴史（西洋）学者。一九〇七年東京生まれ。父堅固は東京帝国大学教授。浦和高校を経て一九三〇年東京帝国大学文学部西洋史学科卒。一九四〇年同科助教授、一九四七年に教授。

九月五日（土）　雨

胃が悪い、いつも張っている。けれど町に出てはいろいろ拾い喰いをする。食うこと以外に何のたのしみがあるのか。

大木に会うと、「原稿の催促でしょう」と言った。私は大木に悪いことをしたように考えた。

テラオが休業だから、丁度あぶれた平君[1]と一緒に赤門前まで晩飯を食いに行った。その食堂に花柳小菊という女優が来ていて、女子供が窓からしきりにのぞいていた。伊達巻にして垢ぬけはして美人というのだろうが、別にどうという感傷も浮ばなかった。

瓜生は一週間ばかり大阪の病父の見舞にもどっていたが今夜上京した。

大木の原稿は大丈夫と分ったが、中村の方からはまだ何とも言って来ない。一体どうしたのだろう。

（1）平　未詳。

九月六日（日）　晴

昼飯を食おうと出て行く途で、牛カツ屋に山喜房のけい子たちが御飯を食べていたのでそこに入り込んで一緒に飯を食ったあと、留守の山喜房へ上がりこんで秀夫坊主と将棋をさしたりした。

きょうは本屋の公休日で本郷通りは静かで行くべきところもなかった。相変らず腹が張っているので薬屋も探したがそれも公休だった。

あとは一日下宿で「支那におけるキリスト教会《ママ》の動向」を仕上げるのに費した。明日これを辞表と一緒に提出しなくてはならぬ。シモンズの手入れも可なり捗《はかど》り残り幾頁かになったのに、まだ中村からは音沙汰がない。一応催促の葉書を出した。

手紙も来なければ友だちも来ない。

九月七日（月）晴

寺島が早く履歴書を出せとやってくる。文協なんて話を聞くごとにいやになる。保田與重郎の仔分がいて絶対主義をおしつけるのだという。それを聞いただけでむかむかして来た。

スターリングラードが陥ちそうである。ノヴォロシースクは今夜の夕刊で陥ちた。私は一高のときストライキなしの無疵の学校が遂に傷つけられるのを見ないで出てしまった。

私の一生も亦それに似ているのではないのかしら。軍人官吏坊主先生の下に歯を喰いしばって一生をすごし、我々の夢が、苦心の果実がみのるのを見ないのではないのかしら。気が弱く、そうしてぐらつく瞬間がある。悪魔に魂を売ろうかとついふらふらと考える。

久しぶりで役所へ出る。「支那におけるキリスト教の動向」を赤塚調査官[1]に提出する。大東亜省になったところで役所などいるべきところではないから、他に当があったら早く身をかためる方がいいよと赤塚氏は言った。それはいい言葉であった。

長野朗氏[2]の説によると、対ソ説と濠州説との二つに分れてまだ決しない、すでにソロモン島まで奪取されているから、どうなるか分らんというのである。

役所の帰り、市電の中でときおり少女らしい顔を見るのは私の心を慰める。

晩飯がすむと、図書館へ入って九時半まで。

中村真一郎からはまだ何とも言ってよこさない。明日軽井沢へ速達でも出さなくてはならぬ。

（1）赤塚調査官　未詳。

（2）長野朗　国家主義者。一八八八年静岡県出身。陸軍士官学校卒。支那駐屯軍に属し資源調査にあたる。中国研究に専念するため大尉で退役。東方通信社社員などを経て一九三九年興亜院嘱託。戦後公職追放。中国関係の著作が多数ある。

九月八日（火）晴

昼佐々木、伊藤、山本[1]と一緒に飯を食う。

それから役所へ行って履歴書をタイプで打ってもらう。永井老人[2]に英語の難解の個所を教えてもらう。

夕飯を食ってから阿部が試験がすんだというので本郷一丁目から湯島の改正道路を通って佐竹町、浅草寿町まで古本を見に歩いた。

帰りに福永と菅原の下宿（龍生閣）へ寄る。中村はすでに東京へ帰っているのだという。

大木のやつもまだ持って来ない。

（1）山本二三丸　マルクス経済学者。一九一三年愛知県豊橋に生まれ東京で育つ。一九二九年一高文科（丙類）に入学。左翼活動で検挙され落第して杉浦と同期になる。一九三六年東京帝国大学経済学部卒。東京貯金銀行書記、東亜研究所所員などを経て、一九四一年から日本鋼管株式会社書記。戦後は立教大学経済学部教授。山本の叔父は豊橋中学の卒業生で杉浦の父太平とも親しかった。

（2）永井　未詳。

九月九日（水）晴

きょうは実に不愉快なことばかりあった。

朝、生活社の池田から速達で企画届を送ってよこしたが、一枚しか役に立たぬ、あとのはもう誰かの印が押してある。

寺島が来たので昨日のタイプライタによる履歴書を渡した。

十二時半に青木書店の武井に会う約束だった。一時半近くまで待ったが遂に現れない。二度目の背約だ。葉書で絶交状でも叩きつけてやろうと思ったが、丁度住所が分らなかったので仕合せだった。その代り大木のところへ至急原稿を返すように速達を出した。

誰も彼も一人だって約束を守るやつがいやしない。そこで仏文の研究室に中村真一郎が現れるかもしれぬと寄ってみたが、午前中武井が来たけれど、中村は見えなかった。

余りいらいらしたため、折角図書館へ入ってもちっともまとまらず、落着かず、少しも勉強ができなかった。チォムピを少々読んだばかりだった。

夕方本屋を歩くと、森井書店で今朝がた岩波文庫が一揃い出たけれど忽ち売れてしまったということまで何か私をくさらせた。あと四、五十冊入れれば岩波文庫が全部揃う予定なのである。それから慶応書房まで行くと、中村真一郎に会った。中村は中村で僕の出した手紙と葉書の住所が間違っていたと憤慨していた。何よりも私をくさらせたのは、ラテン語を頼んだ森有正[1]は中村と入れちがいに軽井沢へ行ってしまい、居所不明だというのである。

晩飯食ってから、松屋によって、昨日小僧に頼んでおいた塵紙を取りに行くと、忘れて売ってしまったという。

下宿へもどって本を読みさしたが何か心底から疲れたので灯を消して二時間ばかり眠った。それから昨夜休みだったはずの銭湯へ出かけると、公休日が繰下ったのか本日が休みだった。一つ一つみんな喰いちがい、当てはずればかりだ。

昨日の読売の夕刊はスターリングラードの悲壮な防禦戦を報じている。「市民は今彼らが街を喪うという感傷などはふっとばして、たゞ血汗の続く限り武器をとり銃火を放って鯨波の如く押し寄せるドイツの大軍に立ち向い、女まで一人残らず起き上って文字通り総動員でス市防衛に当っている」。又アナウンサーは次のごとく放送を繰返している。

「政府告示！　われらが同志、スターリングラード市民諸君！（何と言う悲痛な呼びかけだ）。かつて味わったことのない死闘の中に、諸君は国土防衛の第一線に立つ尊き戦士として、最後までス市の土を離れてはならない、わが国土建設の大業が成るか成らぬかは実にこの一戦にあり、諸君が一歩退けばわれらの大業は数歩後退するであろう、国家のため諸君の子孫のため死をもってス市を守れ、敵を討て、最大の敵意をもって寸分の慈愛をも棄てて敵に立ちむかえ、それはわれらの尊き犠牲であり、ソ連の勝利を齎す唯一の道である。」

これは恐らく相当日本化された放送であろうが、それにも拘らずなお興奮せしめる力を残している。

（1）森有正　哲学者。一九一一年東京生まれ。暁星中学、東京高校を経て、一九三八年東京帝国大学文学部

仏文科卒。一九四三年に処女論文『パスカルの方法』（弘文堂）を出版した。戦後一高教授、東大文学部助教授。一九五〇年にフランスに渡りパリを本拠とする。

九月十日（木）　晴

十二時すぎてコーヒーを三ばい飲んだら七時まで眠られなかった。

大木の果していつ原稿をもってくるか、始め請求してからすでに十日立っている。何か答にあいまいなところがあるから、例のだらしなさで、紛失したのじゃないかと又うたがわれて来た。いずれあと十五日すれば兵隊へ入ってしまうのだろう、それまでずるずると引っぱって最後に一言詫びてごまかそうという腹ではないかなどと思う。何にせよ、もっと腹をすえてはっきり原稿を渡さなければよかったのだ。こんなにいらいらさせられてはかなわぬ。二百七十枚も翻訳し直すなんてもう肉体的に不可能だ。

中村の方にしてもいつ返事がもどるやら見当もつかない。もうこのこと一つで一日落ちつかない。

本屋をのぞくと、長いこと待った「伊藤左千夫」が出ている。「漱石の思ひ出」などを買ってややいい気持になって農学部前まで胃の薬を買いに行った。大清堂のおかみさんとしゃべっていると、丁度道の向うに二人少女がバスを待っていたが、赤い洋服を着たのが目覚えあるような気がしたので眼鏡を出してかけて見ると、あのシャオの少女だった。私は重たい風呂敷包をさげてのこのこバスの停留所へ並んだ。けれどバスが来ないので、胃薬を買うのを忘れたのを思い出して又レールをわたった。すると丁度バスが来た。私はひょこひょこ駆けてお終に乗込んだ。少女は一番奥に腰かけ、革のハンドバックを膝の上にのせている。私もその近くに座った。シャオとちっとも似てやしない。口もとに何かやや足りないというのか、婆さんじみたというのか、私の好かないところがあった。けれど目は澄んで美しい。私の隣りにいるのが友だちらしく、二人できょうは一時半というのにおくれてしまった、どちらがさきに稽古を終るだろう、どちらのピアノに当るだろうなどと話していた。ピアノのお稽古か、農学部前と正門前とどちらからも乗るところをみると、西片町十番地のお嬢さんにちがいない。ずいぶん見ないつもりであったけれど、私はつい大きな目をして見たらしく、少女も私に注意されてることを意識したようだった。あいにく、私は腹をこわしたためやせて頬骨が出ている、睡眠不足のため目が疲れている、そしてひげを剃るべき日なのにまだ剃ってない。だから怪しんだのにちがいない。明大前で二人が立上りざま、その少女が私の方を見かえったのは、尾行でもされはしないかと心配だったからかもしれない。二人は主婦の友の体育場の塀に沿って左へ入って行った。私は駿河台下で降りて直ぐに又バスで本郷へ逆もどり。十銭で実にたのしい思いをした。

仏文の研究室へ行って中村に仏蘭西語とフランス人の注とを教わった。森有正も月曜には出てくるという。そうなると残りは大木だけだ。その大木はきょうも一日待ったけれど、遂に現れなかった。いよいよ紛失のうたがいが濃厚になって来た。大木に関する限り前科ものであるから、実物がもどるまでは、絶対に安心できない。

家から梨を送って来た。丁度本庄[1]がやって来たので二人で七つばかり食べた。

きょうの一日も暑かった。腹をこわしたため、目方が十二貫を割りそうになっている。そしていらいらして仕方がない。大木のためにすっかり落着かなくされてしまった。分り切っているのに、一時の弱気で渡さねばよかったのだ。二百七十枚、もう一度やりなおす力なんかもうない。

(1) 本庄寛一　一九一二年京都生まれ。一九三五年一高文科（丙類）入学。一九四〇年京都帝国大学法学部卒。一九四一年十二月から大東亜省南方事務局に勤務。一九四三年五月華北交通東京支社に転ずる。同年海軍に応召。戦後龍谷大学学生部長。

九月十一日（金）晴

大木の原稿紛失は私の頭の中ではどうやらある本当らしさを帯びて来た。十枚二十枚ならとも角二百七十枚を今さらどうしたらいいだろう、私は殆どこの半年をこの本にささげて来たと称しても過言ではない。今一歩というところで、自分のためではなくだらしない他人のために蹉跌するとなると耐えられなかった。そのため昨夜も三、四時間しか眠ってないのに、どうしても寝つかれず、輾転反側した。仕方ないのでカルモチンを服むと、今度は昼の十二時まで八時間ばかり正体もなく眠りこけた。

きょうも暑い。本郷どおりをうろついて、あちこち電話をしてるうちに三時になった。大木はきょうも帝大新聞へ現れていないらしいので、又速達を出した。生活社の方は此間の写真もでき上って、明日じゅうに送ってよこすという。

大木に土曜日に会ったとき、写真が出来るまででいいんでしょう、まだ百枚位しか写してないからと言ったけれど、何となく彼が私に対して苛責を感じているらしいのを見逃さなかった。写さなくてもよいのだから兎もかく原稿だけ返してくれと言ったら、持ってくるとも来ないともあいまいに言葉尻をにごしていた。もし原稿をもってるんだったら、もっとはっきり何かいうはずであった。

大木のことを考えていると、図書館で勉強する元気もなくなり、午後は病院図書館の三輪君のところへ行ってだべっただけ。むやみやたらに口がかわいた。

四時になったので帝大新聞社に大木は来ていないかとのぞいて見る。居ない。しかも昨夜一緒に飲んだというのがいて、大木が「明平さんから速達をもらったけど困った」と洩らした、と言った。この一言はぴんと私にこたえた。果たしてそうだった。私の危惧は実現された。それにしても一言の挨拶もなくすっぽらかそうというのが何か私を怒らせた。もう図書館どころではない。昨夜パスを落したと言ったから或は鎌倉にいないかもしれないが、ともかく「ゲンコウスグイル」と電報を打った。私がどんなに必要であるか承知してるからやって来られないのだ。そして何とかして卒業して兵隊に入ってしまえば後は野となれ山となれであるから、そうする腹であることが私にははっきり読めた。

下宿へもどって瓜生にその話をすると、大木では信用できないと言って、私の確信を裏書した。鎌倉まで出かけようと思うのだが、それにしてももし留守なら何もならない。僕は頭が熱くなって何も手がつけられない。

瓜生と寺尾へ飯を食いに行くと、前の道を昨日の少女らしいのが風呂敷をもってとおる。おや、と僕はそのまま飛出した。瓜生は余り感心しないと言ったけれど。私は少し後から見失わないようについて行くと、郵便局敷地を囲む塀の前に出ている靴直しの前に止った。私はその近くで風呂に行く途中のけい子に会ったので少し話をしていたが、向うは靴屋に何か言ってた。けい子がもっと道草してればいいと思ったけれど、直ぐ行ってしまった。仕方ないので背後をとおって松屋まで行ってもどる。間違いなくあの少女で靴を新聞紙に包んでいる。きょうは上衣ではなくスカートが赤い。別に私などには興味をもっていない。その代りどうしてか寺尾の前をとおると、ちょっとのぞき込むような姿勢をした。「あれは何処の娘だろう」と寺尾の婆さんに聞くと、飯を食っていた安田スケレ氏と寺尾の息子の元一が表へ飛出した。もう遙かになったらしい。「赤いスカートの女の子さ」というと、元一がもどって来て、「なーんだ、あれは西片町だよ」と言った。婆さんが言うと、「中村みな子だよ」と元一は答えた。彦根高商の校長をしていた人の娘だそうだ。寺尾ともと近所だったのだという。「肺病だよ」と元一が言う。「おふくろさんがヒステリーだよ」と婆さんが言った。しかしこの事のお蔭で大木のことなど忘れてしまった。何かそわそわした。

しかし下宿へもどってしばらくすると又いら立って来た。大木をののしる文句ばかり次から次へと湧き出して来た。八時すぎにやってくるか待っていたけれど、誰も来なかった。文協から十四日に面会に来いという速達と、昼間電話で用を足した話が生活社から矢張り速達で来たばかりだった。大木からせめて速達か手紙かで何とか言ってよこせばいいにと思うのに、それさえ来ない。

今迄の様子では十中八九紛失確実だ。あとは神だのみだけだ。私が仕事をしようとなると必ずケチがつく。どうしてかしらない。ダ・ヴィンチがそうだった。今度も何か起りはしないか心配だった。印刷所が焼けるとか、等々の。私の予感がどうやら実現した。三百枚のためにあと千枚の原稿が全然無駄になってしまう。同じところを手をいれるのならとも角三百枚も改めてやることなど肉体的にもとても不可能だ。そんなことをするよりこの本を出さない方がいい。そういえばいつか「西蔵旅行記」の書評の原稿をなくなしたのも大木だった。三度目ではないか。何故俺はあんなのに渡したろう。

大木のことを考えたら少し頭がおかしくなった。いつか夢の中で大木に泣きたけりにたけったことがあった。そのときそんなばかなことはありえないと思ったが、あれは本当だった。けれど腹を立ててもどなりつけても三百枚の原稿がないという事実を一歩も動かすわけには行かない。そのゆえに一枚の原稿ができるわけでもないということは、僕を発狂せしめるほどいらいらさせる。大木に対して目茶苦茶な手紙を書いた。

九月十二日（土）　晴

まだ暑い。昼に帝大新聞へ行って心当りへ電話をかけて見たが大木は見当らぬ。桜井にたずねても伊吹(1)に聞いてみても、「大木に原稿を渡すのがそもそも失敗だ」などと言っている。

昨夜は輾転反側して眠れなかったが、それでも図書館へ行く。そして本を借り出して見ると、長いこと探し求めていたヴァルキの肖像が見付かった。

五時ごろ帝大新聞をのぞくと、大木のやつ、昨夜まで酔払っていたのでとすましていた。原稿はちゃんとあるらしい。半分だけはその辺の机の中にしまってあった。あわてて妙な手紙を出したことを後悔した。大木の方も少々くさったらしい。私は何か悪事を犯したような気もしたが今夜はぐっすり眠られるのをよろこんだ。今迄の興奮がばかばかしくはずかしくなった。これからは又少女のことでも考えていられる。

（1）伊吹信一　京都出身。一九四一年十二月東京帝国大学法学部卒業。在学中は帝大新聞編集部部員だった。戦後京都市立洛陽工業高校教諭。

九月十三日（日）曇

まだ暑い。明日文協の面会、考えるといやになる。勤めなどしないで山の中へでも入って暮らす法はないものかしら。

シャオの幻が目に浮ぶ。何という美しい女だ。こんな抽象にまで美しくされた女はどこにもいない。寺尾の婆さんが病気で飯を食うところがない、中央公論の平氏とビールを飲み、それから屋台で鹿の肉というのを食ったが、どうやら犬の肉らしい。

夜大木が原稿をもって来た。大木はどうせ兵隊に行くんだからと、明日から始まる卒業試験をふろうとした。瓜生が帰って来てこれを叱って鎌倉へ勉強にかえした。

九月十四日（月）晴

仏文研究室をのぞいたけれど、森有正はきょうは出て来ないらしいというので、三輪のところへ行って昼までだべった。

生活社から前借した五十円を引き出しに神田の住友銀行へ入ってから、その小切手が昼夜銀行のそれであるのに気がついた。

午後三時から文協の飯島専務(1)と田中四郎氏とに面会。結局あっさり決定してしまったらしい。企画院の毛里課長に会おうと毎日電話するが、とうとう間に合わず、明朝になる。これではどうしても文協に入らなくてはならなくなった。

夕方になると早くも文化局企画課書記百四十円、の採用通知が来た。そのくせ私の待ってる生活社からの写真は届かなかった。

夜明石が来る。明石も二、三日うちに神田の栗田書店につとめる。興亜院のときは竹工堂で隣同士、今度も亦お隣りだ。

（1）飯島幡司　出版人、評論家。一八八八年大阪市生まれ。一九一三年東京高等商業学校専攻部卒。神戸高等商業高校教授から実業界に入り大阪鉄工所の経営を再建する。朝日新聞社に入社する。一九四〇年日本出版文化協会専務理事に就任するが内紛で辞任。

九月十五日（火）　雨
役所へ辞表を出す。

九月十六日（水）　晴
昨日の雨から俄に涼しい。

午後瓜生のつくった「ビルマ戦記」を見に宝塚劇場へ行く。帰りに日伊協会に立寄って原稿料百三十円をもらってくる。

シモンズに入れる写真と、注の調べで少しのひまもない。

文協に定ったのは仕方ない。けれど再びシャオを見ることが出来ぬかと思うと、絶望に突き落されたように感じる。あきらめて惰眠を眠るために私の心は蘇州へさまよう。

九月十七日（木）　晴

丸山眞男にヘーゲルの引用をたずねに行く。昼飯に百万石に行くと、磯田に会った。蘇州の向山はるいれきの手術のため東京へ帰っているという話だった。とうとうシャオの写真もだめだった。磯田はこの休に神戸で河合をたずねた。河合はダントサン会社につとめている。私にぜひ小説を書け、そして皆で回覧して読んでもいい、と話し合ったと言う。

図書館へ行って本を借りる。会田由が案内して書庫を見物したが、イタリア語はほんの僅かしかなかった。

夕方小山に会う。飯島専務が辞表を出したという。田中四郎氏も危いらしい。私は又何のために文協に入ったのか意味が分らなくなった。小山はまだ話していたいらしかったが、私はふり切るようにして図書館へ入ってしまった。

九月十八日（金）　雨・後曇

一時半から日伊協会で又写真を撮るつもりであったが、写真屋の都合で駄目であった。そのため午後をすっかりつぶしてしまった。今では一時間というのがとても貴重なのだ。本当に此頃益々時間が惜しい。他人のために費すのが勿体なくてならない。

夜は図書館だ。人に会わず、字引の中にうずもれている。ビールが飲みたいとも思うけれど、そのために一晩喪うのをおそれている。此の仕事からも早く解放されねばならない。

九月十九日（土）　雨

生活社の池田と約束したので朝十時に起きて念のため電話をかけて見ると又写真屋の都合が悪いなどと言い出した。昨夜はおそくまで起きて睡眠不足のところを無理に起きて来たのに、どうしてもだめなのだ。火曜ということにして昼から図書館へ入り込んだ。疲れやすい。頭が乱れる。時化模様になる。

夕方下宿へもどり、寺尾で晩飯をすますと又図書館だ。少々頭が痛くなって来た。九時半に下宿へもどると、生活社から電報が来ている。電話してくれというのだ。それを下宿の婆は夕方もどったとき忘れていたのだった。一体何用なんだ。せっかく原稿が揃ったと思うと今度は写真で毎日時間をつぶし、いらいらさせられてしまう。

目方を計ると十二貫を割っていた。

九月二十日（日）　曇・夜雨

朝、猪野が来た。

昼すぎて瓜生と大学構内を歩いた。椋《むく》が黒くなってこぼれている。

三時間ばかり昼寝すると夕方になる。明石が来たので一緒に飯を食いに出る。

それから菅原のところに寄る。ビールが飲みたかったけれど何処にも見当らぬ。仕事が一段落ついたような気持でまとまらぬ。

何と支那へ行きたいことだろう。

九月二十一日（月）　雨

カフェー・キリンで佐々木、伊藤、磯田と飲む。

九月二十二日（火）　雨

台風の余波を受けて降ったり照ったり。

朝、文協から雑誌準備委員会に出てくれと呼びに来る。駿河台の読書新聞社で大熊信行[(1)]、古賀[(2)]、田所、寺島等が集っている。

昼から猛雨になる。日伊協会に赴いて写真屋を待ったが、途中で雨に妨げられて三時すぎまで待たされた。

夜図書館からもどると、田中明が南洋から帰航したと泊った。

（1）大熊信行　経済学者、歌人。一八九三年米沢市生まれ。一九二一年東京高等商業学校専攻部卒。小樽高商で教鞭をとり小林多喜二、伊藤整を教える。一九二七年に歌誌『まるめ』創刊。戦後公職追放となるが、『告白』を発表して自己批判し評論活動に復帰。

（2）古賀英正　経済学者、小説家。ペンネーム南條範夫。一九〇八年東京生まれ。山口高校卒。一九三〇年に東京帝国大学法学部を、一九三三年に同経済学部を卒業。経済学部助手を経て一九三六年満鉄調査部東京支社に入社。一九四一年日本出版文化協会海外課長、企画課長に就任するが、改組時に辞職。戦後は国学院大学政経学部教授を務めながら小説を発表。一九五六年『燈台鬼』で直木賞受賞。

九月二十三日（水）　晴

興亜院へ出て月給をもらい、華山書記官に挨拶する。このロッパみたいに太った男は僕を非常に嫌いであれば、僕の方もこの男を見ると、生理的にもぞもぞする。並木属に会い、食堂でしばらく喋る。十月には調査官になって広東に行くという。私も支那へ行けたら！　もうそんな自由は失われた。何だってあんな文協へ入ってしまったのだろう。おまけに何とか彼とかこまごました事務ばかりを押付けられそうな形勢なのだ。帰りに寺島に金をかす約束があったので、企画課に寄ると、今月中本館に寄宿することになったというので、不快になった。金曜日から出る約束をしたが、何か事務室の中が逃げ出したいほどいやだった。この感じは興亜院につとめた初めの半年ばかりのあの絶望的な気持と似ている。そういえば二、三日前、私は文協ではなく日伊協会につとめ、何故こんなところにつとめねばならないのだろうと、一人泣き出したい気持になった夢をまざまざと覚えている。

寺島は結婚の準備のために帰省すると言ったのを古賀課長が何かひやかしていたので、私もつまらぬ口を挿んだ。あとで寺島と別れてから樋口が、寺島は前に読書新聞にいた栃原[1]という女を追っかけて四国まで行ったので、日どりまで定っていたのに女が破談にしたので、寺島はそれと結婚するのだという。つまらぬ半畳をいれた自分がおそろしく間が抜けて見えた。そして自分がすっかりくさったのは、ただその失態ばかりでなく、寺島がそういう気持のいいふるまいのできることか、あるいは私には言わず課長に打明けたことか、どちらかに対する嫉妬もまじっていないとはいえない。

夜は図書館だが、矢張りつかれる。

（1）栃原は杼原の間違い。正しくは杼原愛。広島県生まれ。役人だった父が京城で早世し、父の郷里で母子家庭に育つ。弟睦、妹恵がいた。一九四一年東京女子大学高等学部卒。日本出版文化協会に就職し読書新聞編集部に所属するが、一年ほどで退職して帰郷した。学生時代に結んだ婚約を破棄していた。

九月二十四日（木）　晴　秋季皇霊祭

変に不快な夢ばかり見る。

十一時に目をさます。自由の日は今日かぎりか。明日はわざと遅刻して行くことに定めた。半年だけつとめて後は自由になろう。途中で不愉快なことがあったら何日でもやめよう。

土方さんと生活社へ手紙を書く。

昼から瓜生と上野七軒町から根津八重垣町、団子坂を上って本屋を見歩いたが、これというものもなかった。

夕方二人で百万石へ行ったが、ビール一杯ではいかなこと物足りなかった。そのあと私は一人、小石川初音町の方へ出て歩いて帰ったら、結局十円余りもって出た金が二、三十銭しか残っていなかった。

九月二十五日（金）　晴

九時半駿河台下の出版文化協会の三階、企画課に出る。午前中座っていただけでうんざりした。それに一介の事務員となることは何かしらひどい屈辱感を催した。古賀課長は一癖あるので、なかなかそりが合いそうにもない。小山君が私の側にいるが、つまらぬ仕事を仰せつかって気の毒になった。

私の方もなかなか向うの分室へ机を移してくれそうにもない。私は独りで自由に働きたいと思う。課長はこれを抑え付けようとしているらしい。単に事務主任であったら、到底長くつづけるわけには行かない。

私は昼飯に本郷へもどって、帝大新聞の送別会に顔を出した。桜井が、「明平さんに編輯は可愛そうだよ」と言った。何げない言葉であったが、私自身もそう思っている言葉であった。

一日も早くやめること、これがモットーである。

私に似合わしいことは勤めないことである。四、五年つとめただけで、もう充分という気がする。自分の時間がくだらぬ仕事に奪い去られて行くのが、やり切れない。

何か疲れ、且つみじめな気持で夕方かえると、図書館へ行く。私の目の前にはシャオの幻が立つ。疲れるといつもあの幻が浮んでくるのだ。何故あんな美しい女の側にいられないのだろう。

唯一つ、スターリングラードがまだまだ陥落しそうにないことだけが今日のよろこびであった。

九月二十六日（土）　曇・夜雨

大木を送るために夜瓜生と三人で銀座のバーを飲み歩く。私は二十円余り、瓜生は五十円近く費い果たす。新橋まで至ると大木が伸びてしまった。丁度文藝春秋の高橋君がいたので担いでもらって、円タクに乗せて帰る。

九月二十七日（日）　晴

大木は父親と京都へ帰る。瓜生と昼飯を食ってかえると、昨夜新橋のバーにいた女が瓜生を訪ねて来て、二人で白十字のケーキを食べに出て行ったあと、私も山喜房へ行ってしばらく遊ぶ。

夜瓜生も私もトランプでハンドレッド・ワンを始めたためいつまで経っても止めることができず、おそくまで起きていなくてはならなかった。

九月二十八日（月）　晴

寺島と飲む。神田から銀座へ出て、更に「きくや」へ行くつもりで、地下鉄へ乗った。浅草で降りると寺島は吐いた。街へ出て自動車を拾おうとしたが、つかまらぬので、本郷へもどってしまった。寺島は広島まで行ったが、しばらくその話は待ってくれと言われたという。

九月二十九日（火）　晴

そんなに酔ってもいないつもりだったが、頭が痛くて叶わぬ。寺島も頭が痛いと言っている。二人で梨を食ってから神田へ行った。

宿酔のせいもあるが、古賀課長を相手にしてると疲れる。別に敵意をもつほどのこともないが、何となくがさがさいそがしいので、私の性格には合わぬ。その上、土方成美[1]の弟子で難波田春夫[2]の相棒では物の考え方が全然ちがう。

夕方生活社の池田と前田に会う、紙と販売との都合上、本を幾冊にも分けてはどうかというのである。これは断った。

下宿へもどっても何か食いたい。銭湯で目方をはかると十一貫八百であった。

（1）土方成美　経済学者。旧姓町田。一八九〇年姫路市生まれ。六高を経て東京帝国大学法科大学経済学科卒。一九二一年同大教授、一九三七年には経済学部長を務める。矢内原忠雄を批判しその辞職のきっかけをつくる。一九三九年平賀粛学で休職免官となる。

（2）難波田春夫　経済学者。一九〇六年兵庫県生まれ。東京帝国大学経済学部卒業後、同学部の助手となる。平賀粛学時に辞表を提出するが撤回して助教授に就任。一九四五年経済学研究所長となるが、戦後公職追放で大学を追われる。後、関東学園大学長。

九月三十日（水）　晴

瓜生と朝飯を食うともう十一時だったので、興亜院に赴いて増田さんに会った。協会に引返すと何かごたごたしている。しかし古賀氏にも少し馴れて奇妙な圧迫感が薄らいで行くのを感じる。文化局の吉沢(1)や樋口にビールを誘われたが、私は寺尾でビフテキを出すというのが食いたかったので、寺島と渋川(2)と読書新聞をのぞいたのち、本郷まで一人歩いて帰った。順天堂の角で秋元さんに出会うと、秋元さんは日伊文化研究にレオナルドの医学について書いたのが緒方助教授(3)の忌避にふれたとこぼしていた。

田舎から卵を送ってくる。警戒警報が発令された闇の中で半ば手さぐりで粳糠《ぬか》の中から取出した。幾つか割れていた。

今朝生活社の池田が来てシモンズの原稿を持って行った。夜久しぶりで図書館に行けるつもりだったのに、この暗闇では、辞書閲覧室は使えないからだめだ。

（1）吉沢潤　一九一〇年東京生まれ。一九三七年東京帝国大学文学部教育学科卒。日記当時は日本出版文化協会文化局の書記。後に日本大学文理学部教育学科教授。
(2) 渋川農夫　一九四一年東京帝国大学文学部社会学科卒。日本出版文化協会文化局書記。
(3) 緒方富雄　血清学者。一九〇一年大阪市生まれ。緒方洪庵の曾孫。一九二六年東京帝国大学医学科卒。一九三六年助教授。血清学研究の基礎を築き血清学教室を創立し医学部図書館の建設にも尽力した。戦後同学部教授。

十月一日（木）　曇

仕事に漸く馴れる。神田(1)、大塚(2)のほかに慶応出の柴田(3)が来る。編輯手当てのことで、神田、大塚が少し不満の色を示す。

夜久しぶりで図書館。

(1) 神田澄孝　俳優。芸名は神田隆。一九一八年東京生まれ。府立高校を経て一九三八年東京帝国大学文学部仏文科にすすむ。胸を病み卒業が遅れる。一九四二年日本出版文化協会に就職、松竹の内田岐三雄に見出されて俳優に転ずる。その経緯は杉浦のエッセイ「スターをつくる話」にある。一九四三年応召。戦後松竹に復帰。
(2) 大塚正　日本出版文化協会書記。府立高校を経て一九四〇年東京帝国大学文学部英文科卒。書評誌の計画が頓挫すると上海の中支那振興会社に転職した。
(3) 柴田錬三郎　小説家。一九一七年岡山県生まれ。本姓斎藤。一九四〇年慶応義塾大学支那文学科卒業。在学中『三田文学』に作品を発表。内国貯金銀行、泰東書道院を経て、日本出版文化協会に就職。協会時代については「善魔の窖」（『真実』一九五〇年一月）、『わが青春無頼帖』などに書かれている。一九四二年、一九四四年の二度応召。戦後、『眠狂四郎無頼控』などを発表して人気作家となる。

十月二日（金）　曇

午前大熊氏と会議。

午後神田と一緒に本郷へ出て、床屋へ行く。図書館で会田由に本を見せてもらってからバスに乗る。すでに三時すぎていたが、丁度駿河台の東亜研究所の向いあたりを二、三人の少女が歩いていたが、その中で赤いジャケツを着ているのは明かにあの少女であった。今ごろ学校か何かからのように帰ってくるところを見ると、あの辺にＹＷＣＡでもあるのではなかろうかと思った。

夕方寺島、神田とマンザキの地下室でビールを飲む。私は寺尾で御馳走があるというので気が気ではない。すっかり汗を流しながら混雑の市電で柳町に降りて、息を切らせてかけつけた。食の後、図書館へ行く気もなくなり、本郷通りの本屋をのぞいてもどった。

十月三日（土）　晴

夜築地花月で、田中四郎氏、五味保義氏、樋口、狩野と会談する、酔う。

十月四日（日）　曇

十二時までいろいろ妖しい夢の中に眠っていた。福井が来たので、瓜生と三人で昼飯を食いに出、それからケーキを食う。明石とも会った。

宿酔のためきょう一日何もできなかった。

十月五日（月）　晴

「読書圏」編輯員は神田、大塚、柴田、浅野[1]と一応揃った。夜田中四郎氏を囲む会を花月で催した。寺島が大いにしゃべった。

私はきょう一日で思った、自分に実務を処理して行く能力があるだろうか、と。矢張り私にはこんな仕事は全く適さない。重荷というより何か場所ちがいで滑稽だ。こちらが一生懸命になるほど滑稽になる。五、六人のすれからかしを統率し、上から古賀先生みたいながちゃがちゃに何か言われていつまで続くか予想つかない。できるだけ早くやめること、これが私の希望だ。きょうより明日、明日より明後日、暇になるどころか、いよいよ事務に忙殺されねばならぬとは、考えるだけで頭が痛む。編輯だけのつもりだったのに、会社をつくったり本棚を買うのまで、やらなくてはならんのだ。

上海に出版文協でもつくってそこへやってくれないか知ら、というのが唯一の頼みだ。

（1）浅野　未詳。

十月六日（火）　晴

生活社の池田を呼んで、四六判で出すことに同意を与え、同時に百円前借することにした。

庶務の尾藤[1]と情報局第四部一課へ行って、「株式会社日本読書新聞社」創立について意向を訊した。自分ながら落ちぶれたものだと思った。

夕方須田町の万惣で佐々木と会う約束をする、寺島を誘って来てくれ、という。寺島が何の用事だろう、というので、多分汽車の中の話だろう、と答えた。つまり寺島が大阪からの帰りの汽車で、佐々木に偶然会ったら、君の妹を河合徹にくれ、と言ったという話があった。

しかし須田町で市電を降りると、意外なところにビアホールが隠れているのを発見したので、佐々木のことを忘れたつもりで二人で飲んだ。

佐々木の話はむしろ本の出版についてであった。そのうちに佐々木が河合の話を始め、私にも加勢しろ、というので、「いや、独身者はだめだよ」と答えると、「そうか、すると自分でねらっているのだな」と佐々木が言った。私はすっかり狼狽してしまった。

夜平君の下宿で保田與重郎をこきおろしていると、十時すぎてしまった。喫茶店で支那の女の話をしてるうち、ありありとシャオの面影が浮んで来て私を限りない哀愁に憑かせた。

（1）尾藤晴夫　一九〇六年徳島生まれ。一九三一年慶応義塾大学国文科卒。東京出版協会に書記として勤務。『著作権の知識』（一九四〇年）を自費出版する。日本出版文化協会総務部主事に転じ、『日本読書新聞』一六六号から編集発行人となる。戦後有斐閣宣伝部長。

十月七日（水）　晴

午後、警視庁図書課と情報局第二部第二課に雑誌の挨拶に行く。実に不快であった。

世田谷区下北沢の寺島の下宿へ泊った。寺島はレコードをかけ、コーヒーを沸かし、近頃やってる写真を見せた。広島まで行って撮して来た杼原女史の弟妹のも交っている。

二時半まで喋った。冷える。

十月八日（木）　晴
　すでに色づきそめた柿の実る庭に臨む、よく日の当る二階の手すりによりかかって寺島に写真を撮ってもらった。下北沢の古本屋を見たのちお茶の水に出て、別館の方へよると、古賀氏が会議室から降りて来て、査定会議において雑誌のプランについて説明してくれたまえと言った。始めはおびえたが立ってやって見れば、それほどのこともなかった。今まで人前で話したことがないので気怯れするけれど、これからはつとめてこれをなくさねばならぬ。役人どもとの面会にしても私は恐ろしくおびえて、ペコペコ頭をさげる以外に知らないけれど、進んでやらなくてはならぬ。三十にして人生への出発みたいだ。自分が今までに学びえた戦術を実地に行うことができるためには、絶好の修行である。自分の気怯れすることを進んで行うこと、これが今日決意として定まった。本当のところそんなにおそろしい人間などいるはずがないのだ。
　夜寺尾で、鰈を二尾、鶏のすき焼き、まつたけの吸物と腹一ぱい食った。そのあとで平及び相沢と田村へ行って雑談した。
　阿部が来たので、石井の母のところへ、電報を打ちに本郷郵便局まで行く。単衣を着ていたら寒かった。

十月九日（金）　曇・夜雨
　土方氏から建築用語をたずねてくれとたのまれたので建築教室の丹下に会った。十一時に別館に顔を出し、本館へ行って二十頁ばかり「歴史文学論」を繰ったのち又本郷へ引きかえした。西洋史研究室をのぞくと、金沢助手と板倉勝正[1]がいるので一緒にお茶を飲みに出た。もう二時である。白十字へ寄ったが、きょうは自動車の故障でケーキは何時来るやら分らぬとのこと。バスの窓から駿河台を上る寺島を認めたので、手をふって呼びもどした。

理事会に雑誌の説明をするように呼びもどされたので別館へ行くと、土方氏が来ていた。上海工部局に話をしようかと言う。そのころ、――つまり、雑誌の大よその見通しがついたころ、もうシャオはいないにちがいない。

久しぶりで図書館へ行った。本の中の生活の方がどんなにいいことか。

（1）板倉勝正　古代オリエント史学者。一九一五年東京生まれ。浦和高校を経て一九三七年東京帝国大学文学部西洋史学科卒。一九四〇年に日本医科大学予科教授（ラテン語担当）。戦後北海道大学助教授を経て中央大学教授。日本オリエント学会創立に参画。

十月十日（土）　雨

生活社のやつ、金をもってくると言いながら、電話をかけると、社まで取りに来いなどと言った。眼鏡を忘れたので早く寺島と本郷へ引上げた。丸山の研究室をたずね、私の下宿で石井の梨を食った上、寺島と「百万石」でふぐちりを食った。そして山喜房で喋っている。けい子が眠そうな目をしながら側で刺繍をしてるのを何か愛しく感じた。それは丁度ふみゑが近くにいるときのようであった。

子供の中にほのかに戻る女らしさ。

木枯に似た風がさわいで寒い。

十月十一日（日）　晴

瓜生が大阪出張より帰った。近日中、南津に出張する予定という。私はさっそく乾ぶどうの土産を依頼した。帰り途で上海に立寄れるのを羨んだ。

明石と古本屋を歩いたり、ケーキを食ったり、麦とろへ行ったりした。そのうち興亜院から退職賞与二百五十円の為替が着いた。三年九月務めたのだから三百円ぐらい出してもよいと思った。

冬のように冷い風が吹く。明石と初音町の方へ降りてアルコールとアルコール・ランプを買う。瓜生と阿部と三人、九時すぎて飲みやを探す。結局「金ぼたん」でビール一本ずつ。もう松茸むしが出る。いつぞやざくろを、そして一昨日から柿を見始めた。

アルコール・ランプの試験に湯を沸かす。

十月十二日（月）　曇・夜雨

昼、寺島と二人で日本商工会議所の橋爪克己をたずねる。

夜は上野雨月荘で第一回の雑誌の会。秋元、岩上[1]、中村光夫[2]、林健太郎、武谷三男[3]、安井[4]、井本[5]、丸山。会の後、本郷へ出て寺島、井本、丸山と飲む。

（1）岩上順一　文芸評論家。一九〇七年山口県生まれ。早稲田大学在学中に共産党に関わり検挙される。転向して出所。一九四〇年東京外国語学校露語科を卒業。この頃ロシア・リアリズム文学論に拠った評論を『中央公論』などに発表していた。

（2）中村光夫　文芸評論家。一九一一年東京生まれ。一高文科（丙類）を経て一九三五年東京帝国大学文学部仏文科卒。一九三八年『文学界』同人に推される。同年フランス政府の招聘留学生として渡仏するが第二次世界大戦開戦のため帰国。外務省情報局嘱託のかたわら執筆活動をつづけていた。

（3）武谷三男　物理学者。一九一一年福岡県生まれ。一九三四年京都帝国大学物理学部卒。湯川秀樹らの中間子論研究に協力する。『世界文化』の同人に加わり一九三八年検挙され、翌年釈放。一九四一年から仁科芳雄グループの一員として原子爆弾を研究。一九四四年に再び検挙されるが病気のため釈放される。戦後『思想の科学』を創刊。立教大学教授。

（4）安井　未詳。

（5）井本農一　国文学者。一九一三年千葉県生まれ。成蹊高校を経て東京帝国大学文学部国文科に入学。杉浦と同期だった。卒業後文部省社会教育局に勤務し、山口高校教授を経て東京女子高等師範に転じた。

十月十三日（火）　曇

寺島と女の子の話ばかりしていると、つい自分もそんな気になって文協にいる女の子が目につくようになった。一人は文化局、一人は経理の給仕であった。しかしこんな愚かなことはやめねばならぬ。

昼、主査との懇談会。大熊氏が我々に対して不満の言葉を洩らした。

夜、平君と百万石で河豚を食った。

明後日の夜寺島と帰省する予定。寺島は小北[1]の結婚式があるのでそれに出るのだという。そして一緒に大阪まで来ないかと誘う。何か寺島が私の腹を見透かして、私のあえて出来ないことに自然の緒口をつけてくれるつもりのような気がするが、矢張り乏しい休み日は田舎でゆっくりうまいものでも食った方がいい。それに三日も休みが続けばふみゑが帰っているかも知れない。

ドイツがスターリングラードを攻めあぐんで声明を発して以来もう二、三日になる。新聞からはスターリングラードの記事が減った。

（1）小北　未詳。

十月十四日（水）　曇

午前警視庁の検閲課に雑誌の内交渉に行ったが、意地悪をされたばかりであった。その帰りに興亜院に寄りみちした。二階のガラス窓の向うにタイピストたちが並んで手をふっていた。

夜、旭、(1) 神田、寺島と飲む。

（1）旭一美　一九一七年兵庫県出身。神戸三中を経て東京府立高校に入学、小島輝正と同級で親しかった。一九三八年東京帝国大学文学部哲学科に入学し佐々木正治と同級になる。日本出版文化協会に書籍部書記として勤務。戦後、祖父の設立した玉田学園をつぐ。神戸常盤女子高校長を経て、常盤女子学園理事長。

十月十五日（木）　晴

古賀課長と検閲課へ行く。

夜行十一時二十五分で寺島も一緒に帰省することにする。

十月十六日（金）―二十日（火）

福江に帰り、鶏、石鰈、ふぐ等々を食う。

お祭りだったが雨で流れた。

一番失望したのはふみゑが帰らないことだった。去年の正月ごろからもう一年近く会っていない。休日がつづくから帰るにちがいないと思ったのだが、丈の伸びた美智江だけであった。

山田へ一度だけ行くと、誰もいない家へ東京へ出たと思っていたはつゑが戻って来た。はつゑはうれしそうに話しかける。丁度そこへ母親が畑から帰って来たので私はすっかり狼狽してしまった。はつゑは声をはずませてしゃべった。けれど今さらどうなろう。私はもう涙と一緒にはつゑもしぼり出してしまったのだ。私には思い出の中にいるはつゑの方がいい、そして色気のないちせ子ととりとめのないお喋りをしてる方がいい。私は、しかし、はつゑに何か責任に似たものを感じて、むしろ不快であった。いなはつゑに対してよりもはつゑをあんなにさせ、今度は私に押しつけようとしてる周囲に対して憤懣を禁じえなかった。私は逃げようと思った。

十月二十一日（水）　晴
私には経理課にいる少女を見るのが唯一のたのしみだ。今日から経理課は二階から五階に移転した。私は金の清算のために何度も行った。丁度四階の踊り場で少女に会ったから課長は来ているかたずねると、知らないとそっけない声で答えた。けれど二、三度五階へ往復している間に顔を覚えたと見えて、久富専務(1)の就任挨拶が終って文化局から引き上げるおり、雑誌課の給仕に何か雑誌を返却するところであった。「映画之友」など読んでるんだなというと笑った。しかしそんな些事を書いたとて何になろうという気もしないではない。もっとちがったものに追われているときに、私は矢張り色気もない少女の笑いの中に救いを求めているのか。

夜は図書館へ行った。注をつけるのも容易に捗らない。

本庄がコーヒーをくれたので、図書館の帰りに阿部のアパートに立寄ってコップで飲んだ。

只の原稿を二つ、「四季」[2]と「立教大学新聞」に約束したけれど、今では思想が流れ出ない。

（1）久富達夫　新聞人。一八九八年東京生まれ。府立一中、一高を経て東京帝国大学工学部造兵科ならびに法学部政治学科卒。一九二五年大阪毎日新聞社入社し、一九四〇年に東京日日新聞を退職するまで新聞人として活躍した。内閣情報官、大政翼賛会宣伝部長を経て、一九四二年日本出版文化協会専務理事に就任。日本出版協会に改組後は会長を務めた。

（2）「四季」　詩雑誌。一九三三年五月に堀辰雄編集で創刊。春・夏の二冊を出す（第1次）。一九三四年十月に堀、三好達治、丸山薫共編で再刊（第2次）。萩原朔太郎、中原中也、立原道造らが同人に加わる。一九四四年六月81号で終刊。一九四六年、堀の手によって復刊（第3次）されるが5号で終刊。

十月二十二日（木）　晴

夜、瓜生と寺島と日比谷で日響を聞いた。

十月二十四日（土）　曇・後雨

月給日、先日の十日分が加わって百五十円ほどであるが、棚沢が四十円、寺尾四十円、下宿二十五円払ってしまえば五十円足りずである。

あの少女を見るのがたのしみで経理課とか海外課とか用事にかこつけて五階までうんとこうんとこ登って行く。しかし本当のことをいえば弱々しくて少女雑誌の表紙みたいで少女らしさはあるけれど私の欲してるもっとちがったものが見出せないのである。それは柔かさというか、優雅というか、そういう種類のものである。もう一人文化局に唐木[1]という少女がいる、これは矢張りさっぱりと装飾のない顔をしているので気を惹かれたが、よく注意すると、我々に会うと目を細くして見るが、それは一種の媚態に近い気持をそそるのである。いつまでたっても漠然と女の子が気になるのだ。

午後、企画課は湯河原一泊旅行に出たけれど、雑誌の連中は全部行かなかった。私も瓜生の送別会を口実にしてやめてしまった。土曜日曜二日がつぶれるのがたまらなかったからである。三時に本郷へもどると図書館へ行って九時まで頑張った。

昨日第一公論社の男が来て、去年の年末に訳して企画院に渡した「海洋の自由」に手を入れてくれといった。十一月一ぱいを約束した。シモンズの校正も一せいに出てくるだろうし、日伊協会にも約束がある。手紙も寺田、国友、荒、生田とたまっている。

（1）唐木　未詳。

十月二十六日（月）

文圃堂の集り。野々上慶一[1]、福井研介、大内（秀夫）[2]、明石、寺島の六人、銀座裏を飲み歩く。

（1）野々上慶一　一九〇九年山口県下関生まれ。実父は実業家松本太郎、兄は外交官の松本俊一。父方の祖母の実家野々上姓を継ぐ。京北学園から早稲田大学専門部政治経済にすすむが、一九三一年に退学。本郷に文圃堂書店を開店、小林秀雄の懇請で『文学界』の発行元となる。一九三六年閉店し十一組出版部に勤務。一九五〇年から父の事業に加わる。晩年は文圃堂時代を題材にエッセイを発表。

（2）大内秀夫　未詳。

十月二十七日（火）　晴

相も変らず階段を上ったり下りたりして一日をくらす。あの少女に会うときだけが唯一のたのしみだが、別に話かけるわけでもない。午後警視庁へ赴く、いつになったら埒のあく仕事やら。こんな仕事をするのなら最初から入るべきではなかった。私にはいくら努力しても殆ど不可能に近いことだ。その上大熊博士などがくだらぬことをいうし、編輯の連中はさぼること以外には考えていない。神田と浅野は仕事をする気だけれど、柴田と大塚はずるけることを仕事とする気でいる。

一人つかれて御茶ノ水からいつになく空いたバスに乗ると、一緒に例の中村みな子がいた。どうしてか一番初め見たときほど、そして二度目に見たときよりも、美しくなく、線がきつかった。シャオと少しも似たところなどなかった。私の中にはシャオが今もなお生きているのに、似た人もないのである。

晩飯をすますと図書館へ行く。文化協会の仕事などのために時間を捨てるのが勿体なくてならぬ。桜井のいうとおり、私は野にいて本を読んでいる以外に能がないのである。

十時ごろ冨本さんが来たので、リプトンをいれて古本の話をした。

十月二十九日（木）　晴

銀座に出て日伊協会を久しぶりでのぞく。紅茶茶碗半ダースを買う。

夜、阿部が高崎から土産の日本酒を提げて来る。

十一月三日（火）　晴　明治節

瓜生は二、三日まえ南津に発ったので下宿にたったひとりとなった。又寺田が満州から小倉の陸軍病院にまで送還されたハガキをもらった。

きょうは昼から明石と一緒に上野へ出かけた。そこから思いついて亀戸に古本探しに出かけた。日曜で四度乗り換えた市電はどれも満員だった。亀戸でエヴリマンを二冊買って厩橋二丁目まで歩いてくると夕もやが立ち冷えて来た。上野で晩飯を食ったのち、私の下宿で九時まで喋って行った。誰と話してもいつも結婚のことに落ちて行く。私の気持の中には何か生まれてくるものがあるけれど、シャオの面影が現れてはすべてをおろかしいものと化す。漠然と心に抱いたおとめたち幾人はシャオの透明清純哀艶なるに比較されるとき余りにも美しさが疎々《うとうと》しすぎるのである。シャオのような美しさは日本の少女では肺をむしばまれて消え去ろうとするたまゆらの命の仄めきとして現れるだけなのに、そのはかない美しさがシャオには現容として定著しているのである。一人おるとき何か限りない悲しみが私をとらえる。日本の女は花にたとえるのには相当の形容詞となるけれどシャオは海棠にも梨の花にも、いなそれらの花の精とでもいえる。

槐並木もみづる街を行きしとき吾に浮べる幻は何

悉く願ひし希みはかなくて時々人と争ひののしる
月夜すぎて安らに眠る幾夜ならむ明日の仕事も思ふことなく
本棚をかぢる鼠をにくしみて起き上がるさへたのしみに似つ
閃めきて面影消ゆる支那をとめ又会ひがたし嫁ぎぬらむか
紅のばらの花よりほのかなる茉莉の花に心よりゆく
久に会へばよろこぶはつゑの手をとりてなあはれよと言ひがてにけり
あはあはと恋ふることさへ稀なりき我に三十の秋逝かむとす

十一月九日（月）　晴

早朝父寄りたまう、牛肉とうどんとをたずさえて。なおカード整理箱と松茸と葱とは手荷物配達で送ったという。夕方帰宅すると下宿に待っていられるので一緒に上野駅まで荷物を受取りに行ったがまだ着到していなかった。寺尾でうどんをゆでてもらって、二人で食べる。私は父の前でことさら沢山飯を食べた。十時の夜行で仙台に発つ父と菊坂で別れて阿部のアパートに寄った。

秋というのにもう寒く、そして毎日いそがしい。仕事は次から次と私を追っ駆けてくる。こんなことをしていていいのか、と、私の中に目をさまして呼びかけるものがある。

興亜院で三年を空費した。しかし、あそこでは政治というものの核心の一端を観察したし、その上支那に行って美しさというものをも見た。けれど原稿取りと役所での低頭とによって何か与えられるものがあるだろうか。

そうだ、私は今度こそ断然半年なり一年なりこういう仕事から手をふり切って自分に定められた使命に就かねばならぬ。他人に強いられるのではなく、背水の陣を自ら求めねばならない。そこにだけ確かな路が拓かれるであろう。

昨夜の新聞で二つの皮肉な記事を見た、一つは「青島陥落二十五週《ママ》年記念」の会、一つはソ連革命二十五週《ママ》年記念日のためソ連大使館は我朝野の名士名数を招待して祝賀式を催し交歓したという。

十一月十日（火）　晴

昼佐々木が別館をたずねて来たので神田や大塚と学士会館へ行った。

眼鏡を忘れたので本郷へとりにもどった。

夜、昨日父のもって来た牛肉を寺尾で切ってもらい、それに葱と白菜をもらい、下宿の婆さんに白い飯をたいてもらって、阿部と二人ですき焼をした。明石に連絡がとれなかったので、阿部に中富坂の下宿まで迎えに行ってもらったが、矢張りまだ帰宅していなかった。

十二月ほど寒い。阿部と古本屋を見て帰る。

「四季」の原稿を三枚ばかり書く。

十一月十一日（水）

「霞ヶ関茶寮」で佐々木、寺島、樋口と一緒に工業倶楽部の阿部[1]に招待さる。

（1）阿部　未詳。

十一月十二日（木）

アララギの会。高円寺ジンギス荘。

十一月十三日（金）

浅野が三崎町までの旅費として二円要求したのにあきれる。歩いて二分ぐらいなのである。神田や大塚が浅野を悪く言っていたのがやっと分った。柴田を読書新聞に貸したことをひどく悪いことをしたように感じる。

十一月十三日（金）　晴

昼休みに芝生に出て日に当りながら昼飯を食うのはたのしみの一つである。毎日遠足みたいだ。柴田の荷風張りの思い出話に笑いこけたりする。

午後本館へ行くのもたのしみの一つである。特にあの給仕を見るのが私をよろこばせる。いつか夕方薄暗いころ見たらずいぶんよかった。きょうは海外課の菊池[1]のところへ小島が南洋出張の挨拶に来ていたのでしばらくそこで喋っていたが、会計課の少女は丁度その端に一人座っているのだった。私の好きなのは短く結んだお下げのせいかも知れない、唯何となく病気らしい白皙な少女だった。そしてそれが私を惹くのかもしれない。

夜山喜房へ寄る。けい子が髪を短く結んでるのを見ているとシャオがしのばれる。私がシャオの中に見出したのは美しさと混合っている少女らしさだったのにちがいない。日本にはあのように透明で潔白な感じのする乙女はいない。美人は表面だけが美しく一切なかから湧出したような感じがないのである。

「四季」のために書いてるのは「ペトラルカの戴冠」。それが終ったら「日伊文化研究」にヴァレリイの「ダ・ヴィンチ論考」を書かねばならない。板垣鷹穂(2)のレオナルドが出たらそれを帝大新聞へ批評する予定である。「海洋の自由」の原稿に手を入れねばならんし、レオナルドの手記も何とかしなくてはならん。そのうちに生活社の方からの校正も出始める。雑誌の編輯も本格的になってくる。仕事におしつぶされねばいいぐらいだ。

（1）菊池靖　フランス文学者。府立高校、東京帝国大学文学部仏文科で小島輝正、旭一美と同級だった。日本出版文化協会では海外課書記。戦後東海大学留学生別科主任教授、国際部長。

（2）板垣鷹穂　美術史家。一八九四年東京生まれ。東京帝国大学文学部美学美術史科を退学して一九二一年東京美術学校講師となる。一九二四年から一年間文部省在外研究員としてヨーロッパに留学。帰国後は多数の大学等で教鞭をとる一方で精力的に評論活動を展開していた。

十一月二十八日（土）

高橋ミキ(1)。

（1）前述の会計課雇員の少女の名と思われる。職員名簿によると正しくは「キミ」。

十一月二十九日（日）　晴

猪野が寄って行った。来月には召集解除になりそうだと言った。寺田も九州まで送り返されている。やがて人々が集まるであろう。

山喜房へ寄るとけい子が二階へ案内して本箱だの人形だのを一つ一つ見せてくれた。けい子の中にはシャオがいる。というよりシャオの中に何か少女らしいものがただよっていたのだ。昨夜もいろいろシャオの面影を再現しようとこころみたけれど、あれほど深く目の底に焼きつけたはずの幻がどうしても浮んでは来なかった。
夜阿部が来る。

十二月十日（木）　晴
昨日の夕方、寺島や小山と文協の本館を帰るとき地下室の階段を上ってくる高橋さんが、低い声で「左様なら」と挨拶した。私もそれに答えたけれど、果して私に対して言ったのかどうか怪しくなった。きょうも五階へ何度も上って行った。一体どういう気持か、自分でもとりとめがないけれど、会うとうれしいのである。こんな子供に何をのぞむことがあるのか。
昨夜は寺島と小山と三人で酔い、きょうは野々上氏の宅で寺島や井上朝彦(1)などと御馳走になった。
寒くて冷い。

(1) 井上朝彦　一九三二年一高文科（甲類）卒。寺島と同期。

十二月十二日（土）　晴
高橋さんはきょうは姿を見せない、しばしば五階まで昇って行ったけれど。
夕方、寺島と口論し、そのあとでビールを飲みに行った、神田がオブザーヴァで。

少し酔って山喜房によったが、夕飯を終えたけい子が私の帰ったあとの戸を鎖すために土間に降りて来た。そしてそんな少女に物を言っていると、よくふみゑが戸口まで送って来てたあいもない別れの言葉をいつまでも交していたことを思い出し、そして正月にふみゑに会えるのが何か胸のぬくもるような期待になってるのを感じた。

ふみゑも変ってしまったろうけれど、まだ私のことを忘れてはしまわないにちがいない。

時おりシャオのことが浮ぶ、もう二度と見ることはないであろう。見るだけで私の気持は満ちるのに。何か絶望で胸苦しくなる瞬間がある。

十二月十五日（火）　晴

寺島に召集令状が来たので、昨夜は明石、佐々木、小山、吉沢とカフェ・キリンからきくやにまで飲み歩き、あげく寺島の下宿へとまった。

朝、田宮と小山と寺島の父が来た。

夜は企画課の送別会。神楽坂で、二次会に来た芸者が中将湯の広告みたいだと石渡氏(1)は言ったが、千里を思わせるように美しかった。私はいつまでも側に座っていたかった。だから途中で「小山」というその女が立去っていつまでも戻って来ないどころか、私たちも帰るときになると、私は門馬(2)や石渡にだだをこねてどうしても宿って行くと言ったうえ、弁当箱を忘れて帰ってしまった。あんまり見とれていたのでまさか金を出してもだめだときめていたのが、そうでないと言われて心が残ったのだった。樋口と石渡が水道橋まで、小山は下宿まで私を送ってくれた。小山は私の下宿に泊った。

（1）石渡恵四郎　日本出版文化協会企画課主事。寺島の上司にあたる。
（2）門馬　未詳。

十二月十六日（水）　晴

マフラーまで昨夜の待合に忘れて来たことに気がついた。連日の酒で腹がすっかりひどくなり、体が疲れた。家からバターとカステラを送ってくれた。

小山と協会へ行くと、丁度高橋さんがエレベーターを待っていた。この建物では四階以上でなくてはエレベーターを利用させないが、私の属する企画課は三階、だが高橋さんのいる経理は五階にあった。私は経理の用事を思い出したので一緒に上ることにしていると、経理の男が包を両腕一ぱいに抱えて来たのを高橋さんにももたせた。

ところが経理の書類には課長の認印が必要だったので、私はあとで高橋さんをよこしてくれという機会をえた。

企画の室には樋口の九州土産の蜜柑が机の上にころがっていた。私が待ちかまえていると、やがて高橋さんが現れて、給仕の石川さんに何かをきいているので、書類と蜜柑をもってそばに行き、これを君にあげよう、と差出すと、高橋さんは一散に逃げて行ってしまった。私は少からず手持無沙汰であった。しかしそのあとで階段で会うと高橋さんは微笑むようになった。

午後三時半から情報局で官庁連絡会議、雑誌発行の件について説明したが、途中で何も喋ることがなくなってへこたれた。しかも結局情報局との意志疎通を完全に欠いていることが暴露せられたきりで、つまり私と古賀課長がはじをかいただけで、何一つうるところなくして終った。私はその割合に責任を感じなかった。

虎の門に出るみちの暗い夜において私は何か昨夜の女が恋しかった。余り色気がないのがよかったのだ。金がしきりに欲しかった。

アララギ発行所で鶏を食って帰る。明朝寺島の家へ佐々木と向う約束ではあるけれど、金のこと、女のこと、そして仕事のやり直しのことを考えると行きにくくなる。しかし下宿へもどると、寺島から「カタマチセンナガヲエキニコイ」との電報を受取ると、そうむげに約束をやぶるわけにも行きがたくなった。

十二月十七日（木）―二十一日（月）

朝七時半東京駅裏口まで行って、きょろきょろ探していると佐々木が構内から降りて来た。九時のつばめで京都まで、よい天気。何かいいことがありそうに富士が晴れている。奈良線木津まわりで長尾駅に七時着、月夜の道をもう寝込んだ百姓家でたずねたずねしながら寺島の家に到る。

十九日朝寺島を堺まで送る一行と京橋で別れて広島県府中に向う。ひるすぎに古い長い府中の町に降りて杼原家をたずねて行くと、みぞれが裏の滝木山をかすめては流れてくる。マフラーを失くしたのが悔いられる。杼原の家でこたつに入りながら九時半まで佐々木と勝手な熱をあげ、一応話をまとめた。

杼原と弟の睦と妹の恵が私と佐々木が二十一円も出した吊るし柿の籠をかたみにもちながら夜の街

を府中駅まで見送ってくれた。夜行の超満員に弱り果てて寺島の家までもどると即日帰郷の寺島はのびのびと眠っていた。夜行で帰ったが途中で風邪から耳が痛み始めた。

寺島の入営前後と府中のことはあとでくわしく書くこと。

十二月二十四日（木）　曇

耳に三角片をしばり、マスクをかけ、のどをまき、不精ひげをのばしきりで文協に現れると、病人らしく見えた。小山と高橋をさそい出して、「なかなか芝居がうまいだろう」というと、「しかし主役ではなくて三枚目だね」と小山が言った。この言葉はたしかに適中した。

夕方、神田を本郷へ誘い出して、百万石で飯を食う。ビールで少し舌がすべると、つい、寺島の妹をもらおうかと思っている、と誰にももらしたことのない秘密を喋り、又蘇州を潤色してしゃべった。そうするとシャオの幻がどうにかおぼろに浮んでくるのであった。

私がむりにも寺島を送って行ったのには寺島の妹のことを予想していたのを否みえない。しかし寺島の家でも容易に姿をあらわさなかった。声だけ「兄《あん》さん」と呼ぶのが聞えたけれど。寺島が酔払ったあげく、佐々木と親父の前で美知子(1)を明平にやってくれなどと言った。しかし送別会のさい、寺島のやつは小山に「僕の妹をもらってくれ、丁度いいじゃないか、世話をしてやってくれ、明平」などとも言ってるのである。寺島の妹は寺島を送って大阪まで出た。赤いコートを着ると、大柄で私よりも遙かに高かった。それで私は望みを絶った。八時〇八分の汽車で大阪駅を府中にたつとき、向うのホームに立ってるのがそうだからと佐々木が窓を開けようとしたら、丁度向うへ電車が入ってしまった。佐々木も汽車の中で私に寺島の妹をもらえとしきりにすすめたが、矢張り少し大きすぎるな、と言った。

外で見ると、相当大きな一人前の娘に見えるが、家へもどると、まだ稚いところがある。夜の八時ハイヤーでたつのを裏門から出て来て父母と一緒に見送ってくれたときは何か思いしむものがあった。寺島が私の下宿に三晩泊って一時すぎまでだべっている機会をつかまえて私は「君の妹をくれないか」とはっきり言おうとしたが、何度も口まで出かかったのが凍ってしまった。

（1）寺島美知子　一九二四年二月十三日大阪府生まれ。寺島家は地主で父友一、母房栄の三女。一九四一年に京都市立二條高等女学校を、翌年同校補習科を卒業。徴用を避けるため大阪市役所の職業紹介所で働く。

十二月二十八日（月）　晴

雪がはらつくほどの寒さで何処へも出られない。運動不足を補うために午後築山に植えておいたじねんじょを父と一緒に掘る。熊笹の根と肉桂のかんばしいにおいとがまざっている。

まだ咳がやまないし、痰も出る。西風が吹きまくので何処へも行かぬ。昨日はちせ子が友だちと買物に来たが、ずいぶん丈が伸びていた。ちせ子とお喋りするにはいいが、はつゑを押しつけられるのがこわいので私は山田へ行く気がしない。私はできたら寺島の妹をもらう気になっているのである。

川口連が召集解除になって帰っている。姉の一家四人が私の家に寄っているわけ。それに妹が子供づれである。母は恐しく忘っぽく、一人でぐちを言うようになった。めっきり老いを感じさせる。そのために家の中が乱雑で不潔でしまりがない。

昼はうどん、夜は牛肉すきやき。そして毎晩ビールを一本ずつ。父は牛乳を頒けてもらうために高木のはずれまで行った。牛乳紅茶にして飲む。リプトンを山田の明の家からもらった。

今日寺島から葉書が来たが、何か力弱いことが書いてあった。

ベッドに寝る。

十二月二十九日（火）　晴

風が落ちて日が照る。こんな凪にはなまこ捕りも出るから今夜からはなまこが食べられる。去年は鴨猟があったが、その人が朝鮮へ移住してしまったというので鴨も山鳥もだめらしい。

昼まえは離れの縁側で「昆虫記」を読んでいる。ガラス戸を越して日の光が暖く流れ込む。枝を払った桜桃や山桃の上に青い空が輝いている。

八木君のところへ寄ってから、潮風の吹き上げる古田の河岸へ出る。婆さんが死んだので近ごろでは子供だけしかいない。きょうは母親も美智江もいた。庭には籾が干してある。私がよく遊びに来たころ生れてぎゃあぎゃあ泣いてた赤坊がもうその辺を駆けまわり、別の赤坊がよちよちと立つぐらいになっている。兄の礼二郎も一昨日帰省して丁度落花生を買いに出たところだった。美智江がいうにはふみゑは明日か今日かえると。

そういっているところへ本当にふみゑが入って来た。袴を胸高にしめ、えんじ色のショールを長くかけ、風呂敷包をさげて帰って来た。短いお下げをしばって、赤い頬が透きとおりそうな少女であった。いくらか豊橋弁ではあったが、此間別れたばかりのような気がした。都会で洗練されただけがちがっていた。私の空想したような少女であった。はつゑにせよ、とみ子にせよ、娘になるにつれて泥くさくなったのに、ふみゑは輝かしくさえなった。

ふみゑは妹に玩具のみやげを頒けたりしていた。袴を脱いでも彼女の華やかな着物は汚れた家の中にふさわくなかった。ふみゑが見せてくれたアルバムには安写真屋の撮った写真ばかりが貼ってある。すましたふみゑは目と口の間が妙に間伸びして写っていた。二見ノ浦で夫婦岩を背景にして製糸教婦講習所の修学旅行団が並んでいるのでもふみゑは矢張り妙に間のぬけた長い顔にうつっていた。

ふみゑは一月十五日まで休みをとっているというので私は安心して引揚げた。四月に講習を終って製糸工場へ入るのだそうだ。ともかく私は美しく成長したふみゑを見て何か心の安らかになるのを覚えた。

夜ふろふきとなまこ。

十二月三十日（水）

朝寺島来る。

一九四三（昭和十八）年

東京・本郷の下宿にて（右は瓜生忠夫）

一九四三（昭和十八）年一月一日（金）　晴　四方拝

昨夜はおそくまで寺島と寄せ書したり、我々が二十前後の少女たちを相手にする年齢をすぎてしまったと歎き合ったりした。私は何とかして美知子さんの話をしたい、というより寺島をして美知子さんを貰えと言う機会をつくりたかったが、遂にそのかいがなかった。自分から切り出すには年齢の差が大きいのと、何よりも私の丈がちびすぎるのが邪魔になった。それでなかったら私は話をきめていただろう。けれど私は石井への寄書に

　広島と岡山は隣り同士かな
　三十や嫁迎ふべき殿御ぶり
　三十一の翁や一人残されし

と書いたりした。石井も岡山の故郷の方に嫁の話があるというのである。

寺島は十二時の汽車に間に会うように九時四十分のバスで鮓子《ママ》づめになりつつ帰って行った。寺島が去ったあとには軽い失望と安堵と退屈とが残った。

今年は何をしよう、というよりこれから五日間何して暮そうということが主に心にかかった。ふみゐがいる。そこで私は午後、畠村から古田の河岸へ出た。何処かで木群がひゅうひゅうと鋭く風を切っていた。クラス会に行ったと志子をのぞくと礼二郎を始め家中が昼飯だった。ふみゐは白い割ぽう

エプロンなどしてねえさんじみて見える。母親の蒲団作りを少しばかり手伝っていたが、そのうちに赤坊を負って火鉢に炭を移したりし、美智江や博と一緒にトランプに加った。私はこうしてふみゑたちと一緒に遊べるのがたのしかった。美智江は三十一をやっても二枚合せをしても婆抜きをしても負けてもげらげら笑って勝負に慾がない。ふみゑは一番熱心でずるい。そしてどんなにずるくても私にはよかった。終いには傍観していた礼二郎まで加っていつの間にか日が落ちて五時になる。こんなことをしていると十七になったふみゑも去年とちがわない。この家でなかったら私はもう二年はふみゑを待つ気になったほどである。けれどトランプに熱中してしまったので私が帰るのも余り気にならなく、私は海風が吹込まぬように、私の出た扉をよく閉めてくれと大きな声で帰りがけに呼ばねばならなかった。ふみゑは扉を閉めに来たけれど、何かもう少し色気のある見送りが欲しかった。

　今年の祈りはシャオに一度逢えること、美知子さんのこと。兵隊を絶対に免れること。家じゅうの安泰。私の文学の成功すること。などである。

一月二日（土）　曇・時々晴

　雪雲がときどき空に拡がったと思うと風に吹きちらされて青空に日が照り始める。けれど寒い。昨夜の夢は余りよくなかったが、初夢は今夜だからと気を取り直す。シャオに会いたいと上海まで行った夢は去年見たのだったかしら。シャオを憶うということは私には一つのマニアとなっている。しかし私の夢想にあれ以上完全な美しさがないのだから一生の間憑きまとわれるであろう。一度口を利いただけで、通りすがっただけの人に。もし夢の中で自分の思う人のところへ通えるなら私はどんなであろう。しかしもう一年以上も夢の中でもシャオに会っていない、むしろ折角行ってももういない、もうやめてしまったのを足ずりして残念がるばかりなのだ。夜机の抽出を整理するつもりで一ぱいになっていた手紙の類をそろえていると、向山の葉書が出て来た。それを二、三通拾いよみしたが、要するに向山が私をからかっただけですべてである。私のどうにもならぬ気持が何故シャオに通じないのかしら。特に他人が介在しては私の気持は滑稽化されるばかりなのである。あの写真のフィルムに何一つうつらなかったことがすべての歎きのもとであった。心をこめることは現実を一分も動かすことではない。

家に閉じこもっていたが、三時すぎて私は古田へ赴いた。そして今日もふみゑたちとトランプをした。ふみゑは家に居馴れたせいか、もっと去年と変りない相を呈した。ただ一つ去年の方が私を愛することが強かっただけちがっている、何かそこに年齢と時代の差異が見出されるような気がして寺島ではないけれど寂寥に襲われないでもなかった。

一月三日(日)　晴　元始祭

石井から年賀状が来た。寺島の方を待っているのは、美知子さんのことがあるからであろうか。時おり三十一という年が私を不安ならしめる。もう時おそいのではあるまいか。私の愛するのは二十になるやならずの少女ばかりなのに、向うは私を爺に見ているかもしれないのである。もともと私は独りでくらすべく宿命づけられたのであるかもしれぬ。千里と結ばれないならば文学に一生を捧げようと一旦覚悟したのに又新しく少女を見ればそちらへ惹かされるという風で、そのゆえにしがない浮世の仕事になれない身と心を痛め、三十一になっても未だに文学者としての生活力をえていないのである。更に悪いことはつまらぬと信じる仕事に時間を奪われて文学をおこたってしまったことだ、そういう点においては田宮の方が私に数十倍優れている。才能が問題ではなく、根気第一である。いつになったらこの俗事と手を切りうるか、私は自分をたよらず何か超自然の力が私を助けてくれることのみを当てにしている。飢える覚悟がつかないゆえである。それに女房が欲しいゆえである。文学か生活かどちらかを犠牲にすることを日本の社会は要求している。すべての優秀な文学者が血を以て証明したところである。私はそれを承知しながらどちらへ行くことも出来ず、浪にもつかず磯にもつかず漂っているありさまなのだ。

女のことにしてもそういう矛盾に挟まれている。私は恋がしたい、恋愛の上に成立つ結婚を夢想している。しかるに年齢と風体を顧ればもはや恋愛などは不可能なこと明明白白である。けれど見合結婚など想像にすら入って来ない。

今日も午後三時にミルク紅茶を飲み終えると畠村へ何か缶づめを探しに出かけた。阪本屋をとおりかかると娘のつや子が寄って行けと呼ぶので入って羊羹とロール・カステラを買った。そして雪にでもなりそうな冷たい河風の吹きつける中をふみゑの家に行く。ふみゑはエプロン掛けでと志子とお裁縫だ。私はと志子の名古屋への土産に羊羹を二本頒け、それからカステラを子供たちと食べた。今夜と志子と礼二郎とふみゑは福江座にかかっている八百屋お七の芝居を観に行こうかなどと言っていた。私もこんなに寒くなければ一緒に行きたかった。——私が行くと美智江が猫みたいにふざけながら歓迎してくれる。けれどふみゑは裁縫に熱心で去年のようではない。何か私には物足りない気持が残ってならないのである。

一月四日（月）　晴

きょうも矢張り夕方古田へ寄ったが、と志子はもう名古屋へ立ったあとでふみゑは帯を縫っている。昨夜は八百屋お七を観に行ったそうだ。私は昨日よりももっと冷い風の吹くので早く帰ろうと思った。扉をしめてくれ、と叫ぶとふみゑが今降りて行く、と答えた。私は表に立って自転車をもったままふみゑが来るのを待っていた。ふみゑは扉を閉めに来た。しかし風が冷いのでか、扉の蔭にかくれながら閉めてしまった。顔を出したら何か言ってやろうと待ちかまえていたのに何か力をそらされたように拍子ぬけして坂を上った。

夜は山鴫《やましぎ》と山鳩を煮る。それになまことこのわた。毎晩ビールが一本ずつだ。

明後日の朝一番のバスで上京するつもりであるが、汽車が手荷物輸送を取扱わぬという。バスは一尺四方の荷物制限をやって居る。すべて一月々々ごとに不便が加ってくる。

夜ベッドに入ってからふと千代のことを思い出した。豊橋の東八丁に住んでいた中学生の私はあの頬の赤い女学生の帰りに会うために自転車でぐるぐるあの狭い町を廻っていた、そして名古屋新聞支局の掲示板に貼られた新聞を二十分も三十分もかかって読んだものだった、千代も私を好きだった。私はそうだと知っていた。長山へ行く長々しい山路が不思議になつかしさを含んでいた、忠雄が教えてくれる路の一つの草一つの石も私には愛すべきであった。私の唯一つの恋であった。そうだ、私は千代と結婚すればよかった、否しなくてはならなんだのである。それを意識しながら私は自分の前途にもっと華やかな何かがあるように想像してあの話をことわった。そのとき私は自分が一生このことを悔いるだろうと明確に予感した。そのとおりだった、お前はあれ以来一度でもまともな恋をしたことがあったか。すべてが落着きを失った偏執以外の何ものでもなかった、私の愛した少女たちは私の飢える思いを飽かそうと夢にも思ってはくれなかった。はつゑでさえが私を裏切った。私はふみゑをもう信じていない。

私がこんなことを思い出したのは美知子さんからの連想であるらしい。私は確に美知子さんについて多少千代と錯覚を起しかけていた。友だちの妹であることや長尾から藤阪に至る長い田舎道などがそういう錯覚の原因なのであろう。寺島が美知子は世話女房型だなどと言ったのも私の気持にそんなイリュージョンを起すもととなったのであるが、しかし美知子さんはすれてはいないというものの、寺島を送る電車の中で注意した観察に従えば寺島と同じく気位の高いところがある。だから私などに目をとめなどしないであろう。

一月五日（火）　晴　新年宴会

もし千代とあの時結婚していたら私の生活はどう変っていたろう？　私は中学校の先生に落ちぶれ子供の三、四人も抱えていたかもしれぬ。ともかく今のようなフライなものではないだけに人生の苦さもなめていたであろう。

凪が凪いだので山田へ行って見た。常夫が日向でマニラ麻を縄になっていたが、皆和地へ出かけたと言った。一時間ばかりして雲の流れが速くなっておりおり日かげるころ、ちせ子とよしのが自転車で帰って来た。はつゑは十二月に東京へ行ったという。ちせ子はなかなか可愛らしい少女になった。そして物を言うのが素直で耳にも快い。はつゑがいないのだったらもっとしばしば遊びに来ればよかった。ちせ子たちは芋切りぼしを藪の蔭でつまんでからお宮の掃除に出かけた。

私は又夕ぐれごろ古田へ行く。ふみゑは兄のズボンにアイロンをかけている。私は、電灯が点って納屋の上につくつくと立った椋《むく》の梢を鳶が吹き飛ばされる空が暮れて行くまで、上り口に腰かけて他愛なく喋っていた。ふみゑの下ぶくれした顔はときおりとても可愛く見えた、しかしふみゑは自分の袴や兄の袴にアイロンかけるのに忙しくて私が帰るときも別に気にしていなかった。私は美しい思い出をつくろうとして却って今まで胸の中に養っていたたのしさをこわしてしまったように失望した。去年まではふみゑは私以外に世の中を知らなかったけれど、もう今では面白い人生の門が開きかかっているのである。私は何か一言ふみゑに左様ならを言ってもらいたかったのに、矢張り一人の他人にすぎないのだけを深く感じた。これならちせ子の方がはるかに私に親愛を持っていてくれる。

明朝は六時に起きなくてはならない。

一月六日（水）　晴

六時に起きたが、まだ昏かった。母が五時ごろから真下の勝手で食器をがたがたさしているのを聞いていた。餅を食いミルク紅茶を飲んでから、折立からではバスにおいてきぼりを食うおそれがあるので畠村の発着所まで自転車で出かけた。ほのぼのと白みかけた空気は指を切るように冷かった。ひょっとしたら礼二郎も同じバスで行くというからには、ふみゑがその辺りまで見送りに来るかもしれぬと思った。あと十五分しかないから寝坊してやめたんだなと思った。七時の定刻近く田原に通う学生たちが辺り一ぱいになった。剣道の面や小手や竹刀を担いで幼い方は年長者に挙手の礼をする。何かこういうにきびの出る前後の青年は自分の汚物を見るようにいやらしい。しかしふみゐにしてもそのほかの誰にせよこういう少年たちを自分の夢の中で抱いているのであって、私のようにあごひげの剃りあとの青くなった男ではないと実感させられた。そんなのを見てると礼二郎がやって来た。そしてふみゐがトランクを重たげに提げてついて来る。バスは七時すぎたのにまだしきりにゴストンをかけているが煙が出るばかりでかからない。ふみゐは未だ起きて来たばかりのように眠そうな目をしている。母親のらしいどてらを深く着、ショールを巻いて傍の柱によりかかって見ている。寒いのでか、いくらかの出っ歯を蔽おうと唇をすぼめると目と口との間が引きのばされて、丁度写真に写ってるのと同じように間のびした。私は列から離れてふみゐの側へ寄ったら、ふみゐは人々に畏れているようにかたくなりながら、美智江はまだ眠っていた、と言った。朝寝したのでこんなにおそくなったのだそうだ。私はふみゐに何か言ってやりたかったけれど、それが何であるか分らなかった。けれどどてらを着て柱によりかかるようにして立ってる姿を見ていると、兄を送って来たというよりむしろ活動写真か何かにあるように何処か伊豆の漁村の酌婦が若い恋人を諦めて見送っているようにうらぶれてみすぼらしかった。はつゐも時々恐ろしく見すぼらしく見えたことがあるけれど、ふみゐの中には見すぼらしいと同時に何かあわれに惹きつけるものがあった。

七時を十分余りすぎてからバスは動き出して我々を乗せた。私は割に早かったからたやすく席を占めたが、礼二郎の方はようやく乗り込んだだけであった。だから礼二郎は車の前の方に立って居り、従ってふみゑもその方を見送っていたが、私は右側に座って居たし、通路には中学生たちがぎっちりつまり出したのでふみゑの姿が見られなかった。ところが私の傍の人が奥へ入った。私は礼二郎を大きな声で呼びよせた。ふみゑも廻って私の窓の側に立っていた。窓は次第に人の呼吸で曇りはじめた。バスが動きはじめるとふみゑはお辞儀をした。私も半分ばかり頭を傾けた。何となればふみゑのお辞儀は私にしたのか兄にしたの分らなかったから。しかしいずれにしても私にはいい別れであった。直に丘の上に日が昇った。

九時三十八分の急行で豊橋発。汽車が混んでいたのでデッキで礼二郎のトランクに腰かけて本を読んでいた。刷毛雲はひろがっていたけれど富士は雪の少ない肌をまざまざと見せていた。

三時に東京着。御茶ノ水から文協別館へ寄り、更に本館の方へも行った。小山に会って小山が寺島のところへ手紙を出すというと、私は嫉妬を感じた。

山喜房に立寄った。けい子は髪を長くしていたのでシャオに似たところがなくなった。おやじが短いのを分けてしばるのがサーカスの女の子みたいでいかんというのだそうだ。

下宿へもどったが寺島の手紙は来ていなかった。折立で待っていたけれどとうとう来なかったのでこちらへ来ているのかもしれぬと思ったのである。滞在中に母や妹が妙に面倒臭がったことを不快に感づいたのかもしれぬ、それでは困るのである。何にせよその後一片の音沙汰もないので気に病み出した。

その代り杼原恵さんからは年賀状が来ていた。

一月七日（木）　晴

目をさますと十二時すぎであった。ひげを剃ってると一時すぎてしまった。

塩川（1）が召集解除になったハガキは来たけれど寺島からは音沙汰がない。昨日斎藤錬三郎から明平さんはこのまま独身であれかしという便りをもらったけれど、それをそのまま承服するには余りにさびしすぎる。松尾夫人（2）から見合写真を送ってくれるという葉書をもらったけれど何か分りかねるのである。

神田と本館に出かけた。海外課と経理課は背中合せなので私はしばしば行く。菊池をさそったけれど、きょうは里によって米をこの鞄につめて帰らなくてはならんと私の誘いをことわった。私は高橋さんに「今年幾つになったの」ときいたら高橋さんは「いくつにもならん」とすげない声でこたえた。その声は余りすげなさすぎた。その上午後五時になって皆帰宅するころと私は旭と一緒に飲むべく廊下に立っていると、やがて高橋さんがあらわれたけれど、丁度通りがかりの他の男の蔭にかくれて「さようなら」とも言わずに逃げるように下ってしまった。ああ私でなかったら！　ああ私のように丈が低くなかったら！　私はひとりつぶやかずにいられなかった。私は正直なところ高橋さんが好きだ、けれど高橋さんは十六か十七になるかならぬかの年齢であるのみならず私よりも丈が高すぎる。私が高橋さんを好きだということは分っているけれど、それだけに高橋さんは私にどうだというのではないから、人の蔭にかくれて逃げるより仕方ないのである。

旭と神田と鰻料理を食った。旭は唐木のことを何とか彼とか言った。それから百万石で飲んだ。それから山喜房に寄って十一時ごろまで喋っていた。旭を見送って菊坂を下り春日町三丁目まで行った。

私の中でみたされないのは何だろう。

（1）塩川孝雄　福岡出身。一九三四年に東京帝国大学経済学部入学。『帝国大学新聞』編集部員となる。
（2）松尾道子　帝国大学新聞社の社員松尾武夫の妻。武夫は一九三一年東京帝国大学経済学部卒。

一月八日（金）晴

十時半まで寝ていると猪野が来た。猪野は十二月末に召集解除になった。寺田も宇都宮の病院に来ている。明日あたり出てくるかもしれぬということだ。猪野とコーヒーを飲み古本屋を歩いてからつとめに出ると一時だ。神田は大船撮影所から俳優になれと誘われて今日は向うへ出かけてしまった。小山君が昼休で別館へ遊びに来ていたので大塚と本館に赴いた。大塚は経理の三浦女史のファンである。高橋さんの方はきょう休んでいるらしく一度も見かけなかった。

企画の給仕の石川さんが私に寺島さんの住所は何処とたずねた。正月に私と寺島と連名で寄書を出したから、その返事を出さなくては悪いでしょうと石川さんはいうのである。その寄書は私の発案になるものであった。しかし石川さんは寺島に手紙を出すことに少女らしい仄かな憧憬をもっているらしかった。私は、だから、寺島は二、三日中に帰ってくるから出すには及ばないでしょうと答えた。

アララギの高橋愛次氏(1)がすっぽん料理を御馳走するから一緒に行かないかと誘われて、夕方から樋口夫妻と日本橋の丸ヤに出かけた。会したのはその他に土屋先生の一家と小暮である。高橋氏がビールを一ダースさげて来たので相当に飲んだ。しかしこの会に私が何故さそわれたか私はいろいろ思案した。ひょっとしたら草子《かやこ》さん(2)との見合でもさせるつもりなのか知らと思った。

京橋で皆をまいて樋口、小暮と銀座に出たが、大詔奉戴日とやらで特殊喫茶しかなかった。私はもう飲みたくなかったので酔いに身を任せて居った。銀座を新橋へ歩きながら樋口が草子さんをほめると小暮もそれに唱和した。私も草子さんの少女らしい清潔さを好きなのであるけれど、それだけに何か私には遠いような気がした。今夜の会がそんな所にあったとは思われないけれど、何かそういう気運が私を包みかけているのは感じられた。下宿へもどると十二時である。冷えている。

（1）高橋愛次　実業家。一八九八年高知県生まれ。一九一六年高知商業学校を卒業し岩井商店（後・日商岩井株式会社）に入社。一九一八年からニューヨーク支店勤務。一九二五年に帰国、翌年高橋愛次商店を起す。一九三八年に志村アルミニウム（後の扶桑軽合金）株式会社を設立。一九三三年にアララギに入会し、土屋文明に師事。著書に『時差表』などの歌集の他に『伊呂波歌考』などがある。

（2）土屋草子　文明長女。一九二三年松本市生まれ。青山学院高等女学部を経て、一九四一年東京女子大学国語専攻部に入学。一九四四年九月繰上げ卒業。中等学校教科書株式会社に勤務する。一九四七年に小市巳世司と結婚。

一月九日（土）　晴

寺島にハガキを書いた。

神田が大船入を決行しようか否か、決心をつける推進力を待っている。大塚も昨日までは絶対反対だったけれど、けさは賛成に変った。先日撮した写真が不愉快な優男にでき上ってるのを神田は持ち廻っている。第一回が李香蘭[1]の相手役らしい。そんなことを喋ってると佐々木がやって来た。佐々木も真面目な話なら考えものだと言っていた。私は活動の役者がそれほど劣等な職業ではない、いわんや出版文化協会などにつとめて文学に色目をつかっているより、大衆を、それがミーチャンハーチャンであるにせよ、直接訴えうる技術を習得するだけでもまさっている。ましてやそういう夢のような生活転換は一度逃したら二度と迎えることのできぬチャンスではないか。職業の高等下等の観念などは自己の努力によって或程度解消しうるものであり、且つこの三、四年のうちに社会がどんな変動を経るか分ったものじゃあない、そのときにも映画というものが依然いなますます有力なる社会の宣伝手段である以上、俳優の地位は遙かに高くはなっても低下することはないであろう、というようなことを説いた。神田の映画入の話が稍々具体化して以来、私は双手を挙げて賛成し反対者をすでに幾人も説伏した。

そのうち夕方になったので神保町へ出て、佐々木、大塚、神田と飲んだ。それから佐々木と本郷まで歩いて、カレーライスを食って喋った。寺島の妹がも少し丈が低ければ河合にいいのだが、と佐々木は言った。どれ位あるだろうと私がいうと、五尺四寸ぐらいかもしれん、と言った。私はせめて三寸ぐらいなら何とか話ができるけれど四寸では全然問題外へ押し出された落胆を感じた。

下宿へもどって本を読む。東京は寒いのか、咳がやまない。

（1）李香蘭　歌手、女優。本名山口淑子。一九二〇年撫順生まれ。満州映画協会所属の中国人女優として日本映画に出演しスターとなる。敗戦後漢奸として裁判にかけられるが、日本人であることが証明されて国外追放になる。後、歌手、女優、ＴＶ司会者として活躍。政界に転じ参議院議員を務める。

一月十日（日）晴

雨戸をみんな閉めて寝るので十二時になって目をさました。

　あきらめのよしなりしかなと思ふとき何にしばしば襲ふ涙ぞ

と歌ったのははつゐについてであったけれど、美知子さんを棄権するについても矢張り同じだ。考えてみれば、私は千代以後もはや主演者たるべき資格を喪失しているのに自分では主演者以外のどんな役割をも欲しなかったところから、すべての歎きが生れて来たのである。美知子さんにも私より小山君の方が適当してると考えた寺島は正しい。あらゆる意味、特に身長という点において私は美知子さんにふさわしくない。私は寺島の方から美知子をもらわないかと言うまで自分から切出す資格はないのである。私は心の底では確に向うがそう言うのを待っているのを認めずには居られない。けれど私は早くもあきらめることを練習する。そうはいうものの私は美知子さんをそんなによく見ていない、そしてどんな娘だったか覚えていないほどである。

　草子さんの話にしても一昨日のは樋口君の酔ったはずみにすぎない。ただそういう話が何げなく持ち上がるだけましなのだ。松尾さんの奥さんから義姉の妹の写真を近いうちに送ると言って来たし、寺尾でよく会う〈二～三文字空白〉君も友人の妹の写真をもってくると言っていた。

　私にとっては今が結婚の最後のチャンスなのであろう。ただ私の気持というか決意というのかはまだ定まらない。

　本郷通りも本屋の公休日で行くところもない。下宿で冷えつつ本を読むだけだ。夕方になると真暗な横丁へ晩飯を食べに出て行く。星が田舎と変りなく見えるようになったのも戦争のお蔭か。

　牛カツ屋を出ると懐中電燈をもったけい子に会った。支那そばがあるかどうか、そこのそばやに聞きに来たのである。私はけい子の細い指を握りながら山喜房に行った。そして五目並べをした。
下宿にもどると風呂に行き、それから婆さんにお銚子とちょこをかり酒をかんして飲んだ。

一月十一日（月）

夕方磯田に会う、蘇州の大丸にまだシャオらしき姑娘を見かけたという。

一月十二日（火）

トルチハへ帰任する黒田[1]の送別会をカフェ・キリンで。樋口、小暮、相沢。酔払うと梯子をやり、シャオの写真を取り出してつまらぬことを言った。樋口は歩きながらしきりに草子さんの話をした。本郷通りの公衆電話で自宅へ通知したのち樋口と下宿へもどると寺島が待っていた。

（1）黒田　未詳。

一月十三日（水）　晴

樋口はひとり早く起きて出勤した。私は寺島と十二時近くに起きて文協に出る。きょうは高橋さんと三度顔を合せた。だんだん可愛ゆくなる。

夜は佐々木と寺島、小山とカフェ・キリンに行く。小山は芝居を見に行く。三人でミュンヘンに行く。佐々木が給仕をからかうとバーテンがおどかしに来る。道で二、三応酬して反対におどかして、佐々木はジョッキイを一本かっぱらって引揚げた。本郷まで来て佐々木は帰る。

一月十四日（木）　晴

睡眠不足、耳の傍らに蝿が飛ぶように耳鳴りがする。寺島と本郷を歩いてるうちに十二時過ぎる。別館に行ってごたごたした話をした。

アジア青年社の岩佐(1)が来た。

それから四時ごろになって本館に赴く。五階まで上ったが経理の室に入りかねて又下に降りてしまった。私が二階へおりて行こうとするとき、高橋さんが茶碗をもって急いで降りて来た。「高ちゃん」と呼びつつ、も一人の給仕が急いでかけ下って来た。高橋さんは私を半分笑うように半分そしらぬふりをつくりながら見て三階の湯飲所の方へ曲った。私が二階から上って来たとき高橋さんは茶碗の台を上手にもって行くところであった。荒野の中に咲いた小さな花、と私は心の中で呼んだ。

棚沢書店で会った本庄と下宿へもどってコーヒーを沸かしていると、寺島が来た。杼原の母親が今になって結婚の話をやめにしようと速達をよこしたのである。二月二日に式を挙げることに定めて大分あちらこちらへ宣伝してあるのに。私も亦広島下りとなった。

（1）岩佐圭奘　国家主義者。興亜青年運動本部を改組してアジア青年社を設立、月刊『大義』を刊行した。兵役体験をもとに『神戦　一帰還兵の国難を狂気して叫ぶ声を聞け』を一九四〇年に出版。

一月十五日（金）─十七日（日）

十五日の午後一時「燕」で私は寺島と西下し、京都乗換で京阪電車長尾に降りた。新月が春の夜のように河内平野を照らす川堤を一里ばかり歩いて寺島の家に着いたのは十一時だった。汽車の中から電報が打ってあったので、美知子さんもまだ起きているだろうと当てにしたけれど、もう母親がいたばかり。その上父親は今朝仲人と一緒に広島へ赴き、話は片付いたと電報をよこしたという。風呂を浴び酒を飲んでると父親が終列車で帰って来た。実にあっけなく話がついたらしい。もう広島まで下る必要はなくなったので、十六日には大阪市役所の岡市と朝日ビルで会った。

出版文化協会の大阪支社をのぞきに行くと偶然にも東京から出張中の吉沢(1)に見付かってしまった。それから寺島、岡市の三人で明石の小北の新婚家庭を訪れ、例によって酒も副菜もありったけ食い尽した。八時半の汽車でないと津田まで間に合わぬので引揚げた。小北夫人のアルバムにのっていたクラスメイトの少女が聡明そうでなかなかいいと言うと、寺島が名前と住所を聞けと言ったけれど、私は可なり酔ってはいたのに、口にする勇気がなかった。

私は往の汽車の中から白雲の多い中に富士が見えぬと思っていると、沼津を越したころから次第に晴れ上がって富士駅から西にかけては夕光となった。大井川の辺りにまですっかり藤紫になって行くのを眺めたので、始めの晩美知子さんが起きていなくとも、又翌日は勤に出て会えなくとも失望しなかった。きっと最後にいいことが生ずる、と私は自らをだましていた。明石から終列車でもどると、十二時近くみんな眠っていた。そのときから私はもう余計者になったのを感じた。日曜日の朝から時々雲が流れて雪をこぼした。京都の姉も幼子をつれて来ている。美知子さんは縁側の日の当るところで夕方まで裁縫したり或は料理法を読んで母親に聞かせているらしかった。私は座敷で寺島のレコードをかけるのを聞いたり、姪のてい子ちゃんとかるたをとったりして時間をつぶした。岡市がたずねてくるというのに夕方まで現れない。一日籠っていると頭がぼんやり霞んでくるので、咳をする寺島をむりやり散歩に引っぱり出した。門の前で子供たちが鬼ごっこをしているのを美知子さんが立って眺めている。何とか池の暮れてゆく昏い水面を枯草の間にのぞむ辺りまで散歩して引き返した。岡市は六時ごろやっとやって来た。それまでに私たちは今夜九時半大阪発の急行で帰京しようと定めていた。酒もまずかったから。そして大阪では間に合わぬので京都へ連絡よく出ることにした。誰しももっといろとめもしなかった。その上八時半に父親にせき立てられて家を出るとき、美知子さんだけは顔を見せなかった。もう眠ってしまったのかしら、そして門を出るときも矢張り姉さんだけだった。

岡市は自転車で長尾駅まで送って来てくれた。京都駅から二十二時十五分の汽車に乗ったが、もう雪がひひとして降り窓の外は真白だった。汽車は混み、その上スチームが弱くて足の先から冷えるのであった。

眠られぬままに私は今度の旅行が見事に失敗だったのを知った。柳の下にはいつも鰌はいない、私は再度救世主として現われるつもりだったのにちがいない。ところがそんなのぞみは喜劇的なものだった。私は、それにも拘らず、自分の予感を盲信して、それによって何かよいことが生ずるのを確信していた。私は美知子さんがそんなにやたらに大きいとも思えなかった、むしろゆたかで万葉の乙女のようだったし、何か千代と心理的なつながりをもっていた。けれど私は美知子さんに口をきくどころか美知子さんの方へ目をやるのも何となくやましかったのであえてなしえなかった。京都の男の子が私のことを「小ちゃな小父ちゃん」と呼んでいるのを聞くとなおさらそうだった。美知子さんは千代のように私に関心をもってはいないのである。私は何か苦い液を飲んだようにあきらめの涙を感じて咳きつづけた。

（1）岡市　未詳。

一月十八日（月）　晴

九時に文協に出てみたが、石川さんのほかはまだ殆ど見えない。午前に旭のところまで行ったが経理課をのぞくのを止めて別館にもどる。

私は自分ながら醜いと思いながらどうにも抑えられないことがある、それは寺島と小山君が仲がよいと嫉妬を感じること、これである。特に寺島の送別会の夜、寺島が小山に「俺の妹をもらってくれ」と言って以来はっきりそれを意識し出した。私は美知子さんを見ていて私よりも小山君の方がふさわしいとふと思った。そして小北のところで写真の娘さんをいいとほめたとき、寺島が明平の好みだから是非世話をしてもらえ、としきりに言ったのは酔っていたとはいえ一種の排口《はけぐち》ではないかと疑われたりした。寺島の目には小山の方がよいと見えたら私はあきらめる以外にはないのだから。もちろん寺島はそんなに深く考えてもいないらしい。

小北のところで聞いたし、今日の夕刊にのっていたが、今年も第二国民兵の点呼があるという。私はこの圧倒的な力に対して歯ぎしりして憎しみを感じた。しかしスターリングラードにおいて、ウェリキエ・ルキにおいてソ連が勝ちつつあるのは気持よい。

一月十九日（火）　晴

目をさましたのが十一時、今朝のうちに床屋へ行こうと思ったけれど、寒くて蒲団をぬけ出せない。その上昨夜は早く寝ようと床に入ってからトランプ占いを始め、うまくあがらないので十二時すぎてしまったから、少々睡気も残っている。十二時近くなって床屋に行くと満員だ、つまり主人が町内会で旅行に出たので人手が一つしかなかったのである。私は顔も洗わねば髪も梳らずぼうぼうたるさまであった。昼飯をすませてからもまだ先客がいた。山喜房のおかみさんと喋って一時半になると、やっと床屋へ行くことができた。けい子がピアノを稽古してる話など聞くと何か妙にいじらしい姿が浮んで来る。

二時半からつとめに出る。そして直ぐに本館へ赴く。皆が見ちがえるというので、私は高橋さんに会いたくなって二、三度五階の旭の室まで行き、旭と茶を飲みに出るまでしたけれど、とうとう高橋さんには出会わなかった。

佐久間[1]がたずねて来た。

下宿に鶏卵が来ていた。門口で割れ卵をぬき出してると、本庄と明石が来た。明石は風邪を引いている。オーヴァも新しければ鳥打も新調、眼鏡も太いロイドに代え、髪にも油をつけ、もみ上げみたい。冬休の間に結婚の話でも定ったらしく、「二間つづきのアパートを見付けてくれ」と言い、にやにや笑っていた。今年じゅうに大変乱が生ずるなどと喋り合った。

私は明石までが結婚するとなると矢張りじっと待ってるわけには行かなくなった。今のところ草子さんあたりが一番可能性があるようだが、私には、先生のような善良な平凡な一生を希う気持ちに掣肘されることがおそろしい。私には波瀾と激動とにおいて私を支えてくれる女でなくては困るのである。私が美知子さんを考えるのは、それが寺島の妹であるがゆえに私の生活上の無理を寺島を通して納得してもらうことができそうに思うからだ。私は幸福な生活、というのは平穏なという意味だが、を持ちえないかもしれぬ、その場合先生が背後にあっては私の公生活を犠牲にせざるをえない窮地に追いこまれるであろう、特に私自身個人関係に対して情脆いのであるから。しかし寺島であったらそういう私生活の犠牲を納得するだけではなく、その肉親はもとより、或は私の家に対してまでも、私の公生活を護るようになるであろう。

（1）佐久間　未詳。後出（一九四三年二月二十五日・380頁）の佐久間義夫か。

一月二十日（水）　晴

寒いので床を離れるのが容易ではない。夜明け方地震のする前後に妙な夢を見た。私たち、というのは佐々木や寺島など十人位だったらしいが、私たちは弁財の海岸から折立の県道に出る電車に乗っていた、前の電車が私たち専用の車をひいて田圃の中を走って行くらしかった。その中、佐々木が主導して赤旗の歌か何かを全員合唱でどなり出した。私は前の車両に聞えやしないかと心配だった。が、車輪と車の切る風の音に紛れてしまうらしかった。その次に私たちは電車を降りて歩いているらしかった。そして「左様なら」と別れるところだった。けれど、美知子さんは東京につとめているのだから、いつでも会える。と私は考えて希望にみちて別れたのである。

そんなところで目がさめたというより夢が終った。美知子さんを夢に見たので私の胸はまだ暖かみをたもっていた。けれど半ば目ざめた意識が、今のは夢にすぎない、美知子さんは東京にいるのではなく、大阪の市役所につとめてるじゃないか、と呼ぶ声がして、途端に私の胸は冷くなった。

明石と昼飯を食う約束があったので本館で寺島をさそおうとしたが、まだ来ていなかった。正午まで十五分ばかりあったので五階まで上ったが菊池は席にいないので、その背中合せに座ってる三浦女史[1]の弁当箱をのぞいて「うまそうですね」などと言ってると、室の隅に立っていた高橋さんが横目を長くしてこちらを見た。何か胸を甘くするようなものがあった。

明石と小山と山東軒へ出かけた。しかし支那料理もだしが変るだけで五皿は五皿、六皿は六皿、みんな同じ料理しか出ない。はも、貝柱、小海老、あわび、兎肉、鶉卵とだしはちがっても同じ味で同じ野菜とのごった煮だ。土方さんは支那に行くという。私も支那に行きたい。食後、学士会館で林檎を食った。黄色で甘かった。ゴールデン・デリシャスというのだそうだ。

午後別館へ第一公論社の富田[2]と、生活社の本間[3]が訪ねて来る。

四時に課長と打合があったので本館にもどる。五時になるまえ、又五階へ上って行く。今度は菊池がいた。しばらく馬鹿話をしてる。「高橋さん、企画課へ行って何かをおいて来て下さい」といいつけるのを聞いた。私は二分もたたないうちにその室を出た。きっと階段で出っくわすであろう、と思った。そうなったらいやでも顔を合わせずには居られない。私がその室の扉を押すともう高橋さんが引くのと一緒だった。「ぶつかりそうだ」と私は言いわけのようにつぶやいた。高橋さんは少し目を細くして半分泣笑いのような表情をした。それで充分だった。感応があったのだ。土曜日からこのかた一度も会わなかった。細い病身の少女らしい高橋さんの中に色気みたいなものが微かに生れたのを感じた。

下宿にこもって本を読み、パンを食う。酒を絶って三日目である。

（1）三浦正子　経理課書記補。
（2）富田　未詳。
（3）本間　未詳。

一月二十一日（木）　晴

神田の大船入は正式に決定した。

午前中別館で本を読んでいたが昼飯を食いに出たまま本館に入り込んでしまう。神田の処置について大塚が古賀課長の名前で大船宛に手紙を出したが、それを私も見ながら課長の目を通さずに出さしてしまった。だから課長に、それは余り失敬だよ、と言われてうやうやしく謝った。

佐々木がたずねて来た。廊下で神田などと立話してると高橋さんがすまして通った。きょうも何度も五階まで上ったけれど高橋さんに会ったのは一度きりだった。神田には一度高橋さんのことを話したことがあるので神田がにやりと笑いかけた。

寺島、佐々木、神田、旭と「寒掛」で菓子を食う。下宿へもどると家から行李がとどいていた。うんとこさげて二階へもち上げ、開いた。海苔、砂糖、米、おへぎ、ドロップ、バター、等が出て来た。ウィスキーは入っていなかった。

今朝家へ五十円送ってくれるように手紙を出した。しかし計算すると百円足りない。又書かなくてはならぬ。

夜冨本さんが遊びに来た。十一時半までしゃべった。ところが私は国友、生田に書く手紙のほかルネサンス、イン、イタリイに挿入する地図を校正する必要があった。このごろは自分の仕事がちっともできない。

一月二十二日（金）曇

朝の出かけに私は昨日着いた森永ドロップを四包ポケットに収めた。企画課の給仕の石川さんに「高橋さんにも上げなさい」と言ってやるつもりだった。午前中直ちに本館へ行ったけれど、何か胸がどきどきして石川さんにドロップを与えることができなかった。

昼飯すましてから企画課の室にいた連中にわけてしまった。そして石川さんには一つだけ渡った。もう一つしか残らない。それから旭のところへ階段を呼吸切れしながら上って行くと、高橋さんが降りて来た。私はうれしそうな顔をしたにちがいない、「何処へ行くの、下へ行くの？」ときまりきったことをたずねながら頭を撫でてやった。高橋さんは何か下へ行くというようなことを口の中で答えた。はっきり聞えなかったけれど、私に会ったのをそんなに悪く思ってないように私を見たし、いつものようにつっけんどんな物言いでもなかった。旭の室でドアを開けたままドロップをしゃぶってると、庶務のがあがあ声の給仕が通りかかった、私は残ったのをこれにやってしまった。そのあとで高橋さんがもどったらしかったが、私はドアを閉めてしまった。私は自分がだんだん熱を加えてくるのをはずかしく思う。十年ほど昔、私が二十二、三のころ、十二、三のはつゑを恋したのに似ている。何処までがただの好きで、何処からが恋しているのかその境があいまいになりかかっている。これが私の病癖なのだ。丁度女でもなければ子供でもないというところに高橋さんも立っているのである。

夜は寺島と西銀座の十一組をたずねる。佐藤氏(1)と野々上氏と虎の門のバーみたいな店に入ってトンカツを食い酒を飲む。野々上氏も嫁をもらえ、といえば、寺島も今年中か少なくとも来春までにもらえ、と言う。そして先日明石の小北夫人のアルバムにあった少女の住所と名前を聞いてやるから、あれをもらえ、あれは明平の好みに適ってしかも病的なところがない、非常にいい女だ、と言う。私はかなり酔ってはいたけれど、それでも矢張り、美知子さんが欲しいのだ、とは言い出しかねた。私の舌には石臼が縛りつけてある。

(1) 佐藤八平　十一組出版部代表。

一月二十三日(土)　晴

昨夜雨が降って春さきのように暖かだった。寺島が朝来ることになっていたので昨夜のうちに残ったドロップ三包をオーヴァのポケットに入れておいた。きょうこそ石川さんに「高橋さんにも上げてね」と渡すつもりだった。

三時すぎに企画課に行った。石川さんが昨日のお礼を言ったので、私は又ポケットから取出して一緒に屈み込んでいた今さんと二人にやってしまった。結局高橋さんにと意気込んでいたのに何ごともなく終ってしまった。そこで五階に登って行って旭をさそい出す。五時まえにも寄ったけれど高橋さんを見かけなかった。

夜は私の下宿に寺島、小山のほかに高橋、小糸、北城(1)、岩間、日比野の青年たちが集り、正月用の酒を飲んだ。日比野がもってる写真の中に高橋さんのうつっているのが二枚あった。一枚は給仕が二十人ばかり集っているけれど、高橋さんは一番左端にいるので、ピントが合わず、顔がはっきりしない。もう一つは渓流のほとりに一人のがっちりした大人を中心にして青年の四、五人が並んでる両わきにオカッパの少女たちが立っている。夏だと見えて足を出してる子供もいる。寺島が指でついて私に何か言う。それはパジャマみたいなものを着て矢張りオカッパの女の子供が何かひっかかるように笑っている。それが高橋さんだという。始めはちっとも分らなかったが、よく見ればなるほど面影がかよっている。けれど今のように細い線が明瞭になっていないので一見しただけでは分らなかったのである。まだ一年もたたぬ前の写真であろうが。

小糸と日比野は酔払ってのびてしまった。

米が不足して来たために、食堂は外食券なしでは食わしてくれぬことになった。その上魚屋は隔日、青物屋は二日置きに休むというから、寺尾も材料難で休日が多い。そうなると飯にありつくため本郷通をうろつかねばならぬ。私は女房の必要が切実になったのを感じた。そして美知子さんを希望しているけれど、口を切る勇気がない。そのくせ寺島が小山君に先約でもしてはいないか心配なのである。寺島はそんなに深く考える人間でもなかろうが、早くほかの女をもらわして、私の切り出すのを避けようとしてるのじゃないかとも思われる。

（1）北城登　一九二三年茨城県生まれ。府立四中の夜間部に通いながら『日本読書新聞』で働く。同紙の献納により日本出版文化協会の編集部雇員となる。中央大学専門部にすすみ一九四三年学徒出陣で出征。戦後結婚により鈴木姓となる。杉浦、寺島と戦後も親しく交わる。高橋、小糸章、岩間元三郎、日比野勉はいずれも日本出版文化協会の雇員。

一月二十四日（日）　晴

高橋さんをこんなに熱く好きになって行ってどうなるのだろうと溜息が出た。日比野の写真を一枚ぬきとっておきたく思った。幼くうつっているのは一昨年というから高橋さんは今年十七になったのであろう、しかし高橋さんの成長を待ってるだけの余裕はもう私には許されないのである。高橋さんに対してせつないほどの愛慕の情をもちながら、そうかといってこんな子供に対して何を求めるのであろうか。私の病癖なのだ、こういうはかない努力をするのは。私は日に日に自分が真剣になって行くのを感じるが、もう坂をころがり始めた雪だるまのように自分のふくれて行くのをとどめるすべを知らない。

小糸と日比野は九時ごろ起きて昨夜の食器を片附けたり、屋根に吐いた汚物を掃除したりしていた。私は一時まで眠った。

昼飯を食べるにも二時では仕方がないので、そのまま大森千鳥町の土方さんの家を訪ねることにした。省線蒲田で乗換える。昔猪野が大森［臼田］坂のアパートに住んでいたときに一緒に歩いた古本屋を見ようと通りを探したが見付からなかった。道端では乏しい金盞花を紙につつんで女の子が売っている。町に群れてる女も薄汚くその雑踏は支那の街を思わせた。目蒲線武蔵新田で降りた。霜どけの深い黒土の道。土方さんは待っていた。八時すぎまで喋っている。土方さんは北京に就職する模様だという。私は上海の方がいいと言ったけれど、よく考えればシャオもいるかいないか分らないし、よしいたにせよ私に興味を抱いてくれるわけでもないのだから、もう支那へ出ても仕方ない。第一今しばらくは結婚のことが焦眉の問題であり、結婚してしまったらシャオに対してどうすることもできないではないか、但し兵役を免れることにはなるかもしれぬ。

土方さんの書斎は余り雑然としてるので待望の「新上海」を探し出すわけにも行かなかった。アトリヱの〈二文字空白〉がおいて行ったという鶏肉を御馳走になり、それから自由ケ丘の平和書房に案内してもらった。もう消灯してカーテンもおろされていたが土方さんは裏口へ廻って呼出した。画集は二、三あったけれどイタリア関係のものはなかった。帰りは土方さんは蒲田まで送って来てくれた。風が冷く頬が切れそうであった。下宿へもどると十一時、手紙がたまっているけれど書く気になれぬ。

一月二十五日（月）　晴

けさ目を覚ましたのは十二時十五分前だった。

私は海外課又は経理課へ行くのがたのしみである。しかしきょうも高橋さんは見えなかった。しばらくの間岩崎純孝などと喋っていると高橋さんが現れてその辺りを歩いていた。私はつとめて無関心をよそおった。高橋さんも私に関心をもたぬようにふるまっていた。しかしそうではないと私は思いたかった。そして室を出がけに本箱の蔭に当っている高橋さんの席に近よって「本をよんでるのですね」と言うと、高橋さんは顔を上げて泣きそうな微笑を浮べた、いやそれは表現が大きすぎる。高橋さんは会釈とも微笑ともつかない顔をしてすぐに又本を見てしまうのである。

別館にもどると猪野がたずねて来た。直ぐ五時。私は生活社の本間に今夜下宿に寄ってくれるように電話してから外へ出た。たまたま階上には鈴木情報官の南洋帰朝談があって女子が聴講に集りつつあった。経理の高橋さんは来てるかたずねたけれど来ていないらしかった。私が二階へ人を呼びに上がったときも見えなかったが。

猪野、神田、大塚とランチョンでビールを飲む。大塚は上海の中支那振興会社の調査部に就職が決定した。それで支那の話ばかりした。酔ってしまうと今度は本郷の百万石に移った。本間との約束も破った。もはや支那にも望みはないけれど望あるかのごとく自分を信ぜしめるために人にもそう説くのである。

一月二十六日（火）　晴・時々曇

書評雑誌に関する打合会が十二時から岸体育会館に開かれるので十一時ごろ本館へ行った。高橋さんは洗面所の鏡の前に立ってる後姿を見た。私が便所へ行ったのは妙なものであった。高橋さんは逃げるように湯飲場へ入って私を見ないようにしたようであった。しかし私はまだ午後打合会の会費清算のために経理課に公然と行けるたのしみを持っていた。

打合会は出席予定者十四人のところ六人しか集らなかった。留岡[1]、金子[2]、清水[3]、坂本[4]、古賀の各課長である。起立して経過報告をしなくてはならないかと内心びくびくしていたが少人数のせいで飯を食いながら喋ってすませた。私は座談は得意だが講演は下手で、うまい言葉が出て来ない。

雨にでもなりそうだった。

経理へ清算へ行ったとき高橋さんはいたけれど私にそしらぬ顔をしていた。私は自分がうるさくつけまとっているような気がした。高橋さんの小ちゃな神経質な顔が私にはどうしていいか分らなかった。何か紙片を渡されて出て行くと私も降りて行く。階段で出会うかもしれぬと予定したのに出会わなかった。二階の庶務課まで用事ありげにのぞいたけれど。

寺島は愛子さんがキリスト教の洗礼を受けると手紙をよこしたとひどくくさっていた。

夕方は神田と本郷まで帰って山喜房に寄る。山喜房のおやじはスター出世紀念に金鶏を一箱神田に贈った。

靴の支払をするとあといくらも残らなかった。

阿部が来た。残した酒にかんして飲む。

（1）留岡清男　教育者。一八九八年、東京に社会事業家留岡幸助の四男として生まれる。東京農業大学、法政大学教授を経て父のあとを受け北海道家庭学校を運営。一九四二年、日本出版文化協会の文化局次長。日本出版協会に改組時に理事・総務部長に就任した。

（2）金子弘　書籍部、参事。

（3）清水清　海外課、参事。

（4）坂本越郎　詩人。一九〇六年福井市生まれ。永井荷風の従兄。山形高校在学中から短歌と詩作に没頭し斎藤茂吉、百田宗治に師事する。一九三〇年、東京帝国大学文学部心理学科を卒業。文部省社会教育局に勤務のかたわら文学活動を行った。この当時は日本出版文化協会少国民課主事だった。戦後は文部次官として視聴覚教育に尽力。後、お茶の水女子大学教授。

一月二十七日（水）　晴

近ごろになく冷かった。私は福江から送ってくれる百円を待っている。キャベツでも鶏肉でも送ってくれと書いてやったからそれも来るかもしれない。

きょうは五階の経理課に二度上って行った。始めは大塚と一緒だった。大塚はバスと市電の回数券を使用済の表紙と引換えるためだった。だが丁度課長がいなかった。高橋さんは自分の席に腰かけて書写をしていた。帰りぎわに「高橋さん、何してるの」というと、上目づかいに見た。別にうれしそうな笑いもしなかったので私はかえって当惑して引き退った。余りつまらぬことをするとうるさがられるから二、三日五階へ行かないですませよう、と覚悟した。

夕方は旭をさそって佐々木と飲むつもりで本館に赴くと、神田が義兄に頼まれて旭を連れて行くというので佐々木に電話をかけろと言った。文化科学課の電話が通じないので海外課の方へ行って何度も何度も掛けてもらった。高橋さんは始め自分の席にいたけれど、立って戸棚から日附スタンプらしきものを取出した。そのとき何かのはずみで私の前に来たけれど、特別な表情もしなかった。それゆえ私はなるべく戸棚の蔭になって目に立たぬところで馬鹿話をしたのち、もう帰ろうと扉を押して出ると、高橋さんが後から追いかけるようにして何か渡してくれた。それは回数券であった。単なる使いにすぎなくても私は何となく高橋さんと用事の交渉をもったことによろこびを感じた。

寺島とカフェ・キリンに至ると、佐々木とアジア青年社の岩佐が待っている。岩佐は佐々木の軍隊における後輩である。可なり酔払ってから銀座七丁目裏の「みゆきサロン」にビールを求めて入った。ここは岩佐たち右翼の溜りであるそうだ。寺島と並んで腰かけるとやって来た女が「まあちょっと似てるわね」と叫んだ。「それはそうさ、俺の弟だからな」と寺島が言った。佐々木が「え？」というような顔付をした。佐々木は私と美知子さんと約束でも成立したのかと思ったらしい。ところがこれはよく方々で言われることで、少しまえ、食堂の男と市電に乗り合わせた翌日、「昨日兄さんと一緒だったね」と言われたことがあり、その話を寺島にも話しておいたので寺島はそんな風に答えたのであろう。私はそう感じたけれど、そうなることを希っている今、あえて反駁もしなかった。けれど佐々木がそんなに感じたのを感じた寺島の方がかえって白々しく感じたらしい。

寺島は今夜広島から愛さんが着くかもしれぬとはっきりしない電報をもちつつ、いつの間にか列車到着時間をすごし、女にしなだれかかる。私は寺島が女を口説くときの顔は好きでない。ひどく助平たらしく陶酔的になり、お前だけが好きだ、とその瞬間の気持を誇張して囀るからである。私はそれより岩佐の日本主義乃至愛国主義を論駁する方がよかった。何故かなら佐々木は頭ごなしにやっているけれど、余り意味の通じない比喩を用いるから、私が相手と同一の立場に降りて然るのちに一つ一つを弁証しなくてはならないのである。

今夜も寺島に美知子さんの話を切出すことができなかった。

酒の覚める四時半まで本を読む。

一月二十八日（木）　晴

家の中の水も凍って一日解けない。

福江から牛肉を小包で送って来たが、切ってないので山喜房へ頼みに行く。杼原母子が大野屋に入ったのに挨拶に寄る。

弁当をもって駿河台に行くともう一時だった。神田は映画入が決定して以来出席率も悪ければ仕事も手が著《つ》かないらしく、編輯部の名前で書店から本を取寄せてもって行くほかのことをしなくなった。きょうも二度五階へ登ったけれど、高橋さんには会わなかった。尤も高橋さんが湯呑所で湯の沸くのを待ってるらしいのを垣間見たし、私が旭と喋りつつドアを開けひろげておくと、一直角をなす向うのドアを排して高橋さんが出て行ったのは見たけれど。そこで私は旭とのお喋りをやめて下に降りたけれど遂に会うことがなかった。

夜半に下宿の婆さんが倒れた。便所から曳きずり出した上、元町の本屋を呼びに行った、明日明石や北城を集めてすき焼会を開こうとしたのがだめになったのが直ぐにこたえる。人の子一人見えぬ坂を欠けた月の辺りを黒い叢雲の走る下を急ぎつつ私は自分がずいぶん臆病なのを覚った。

私は美知子さんのことを時おり考える。あのふっくらした感じは万葉美人であり朝鮮系だなと思うのである。

一月二十九日（金）　晴・時々曇

どうしてか昨夜は疲労し切ってぐったり眠ってると寺島が引越用の蒲団袋を取りに来たのに目が覚めた。それから雨戸を開くと寺島が持って上ったらしく父から百円の振替がついていた。キャベツを六貫目俵で送ろうかと書いてある。

帝大図書館の入館証のため金を払ったのち帝大新聞に寄ると、桜井たちが窓辺に並んで私に女房の世話をしようかと話合ってるところだった。

駿河台に行ってた大橋さん(1)からほうれんそうを一たば獲得すると別に仕事もないので本館へ三人で降る。コーヒーを飲んだのち三人で五階へ登る。旭と菊池が口実であるけれど、私は海外課で調べてもらうたよりもあったのだ。高橋さんは狭いデスクの間を往来して用を足していた。誰に対してもその細々とした、二月前よりも娘らしくなった顔に微笑を浮べているのに、偶然私の傍を通りかかって顔を見合わせても取り澄ましていた。高橋さんが扉の外へ出て行ったので私も神田と三階へもどると矢張り湯呑所に腰かけていた。

久富氏と話をした。丁度田中氏が入って来た。

読書新聞の北城少年をつれて本郷にもどる。北城は中央大学の夜学に通ってるので角帽でマントをかぶっている。婆さんは倒れたままだが娘の店から女中が手伝いに来ていて、それが飯だけ焚いてくれるというから。牛肉を切るのとねぎとほうれんそうとを山喜房に取りに行くと、丁度閉店のころでカーテンをおろしたところへ寺島の親父が挨拶に入ってくる。本朝着いて大野屋に宿をとったという。美知子さんが一緒にくればよいのにと私は思った。

明石、阿部、北城との四人でスキ焼を食う。

(1) 大橋鎭子　編集者。一九二〇年東京生まれ。一九三七年東京府立第六高等女学校を卒業し日本興行銀行に入行。一九四〇年退職して日本女子大学に入学するが病気で退学。翌一九四一年日本読書新聞社入社。同紙献納により日本出版文化協会に移る。戦後花森安治と『暮らしの手帖』を創刊する。

一月三十日（土）　曇・時々晴

十時半に目を覚ましても床の中で起きようかどうしようかためらってるうちに十二時になる。昨夜は高橋さんの夢を見た。高橋さんは遠い遠いアフリカの島から会社に通いそれから夜学に行っては午前一時すぎにやっと家へもどることができるのだった。その夢には私の疲労と悲哀とが濃くにじんでいた。

つとめに出ても雑誌の編輯が中絶してる以上殆ど仕事はない。矢張り午後出勤する神田や大塚と女の話ばかりしている。そのうち土方さんの紹介で創芸社が訪ねて来た。そこでレオナルド論を一席論じた。最後に創芸社は清長のを模写をしたという春画を繰りひろげて見せた。写真よりも迫真力があり醜悪の度が小さい。

三時すぎると本館に出かける。例によって旭の室をのぞき次に菊池のところでだべる。高橋さんは用事を言付けられて出て行く。私も降りて行ったが矢張り出会わなかった。そこで二階の庶務課をのぞきに行って青年たちと喋ってると、顔見知りの経理の男が「毎日ごろごろしていてずいぶん暇そうですね」と言った。なるほど毎日経理、海外課に赴いてお喋りしているからには目に付くはずだ。月曜から当分つつしもう。それに毎日出かけたところで高橋さんは別にうれしそうな顔一つしてくれるわけでもない。

夕方からは小山と二人で三鷹の生田の宅をたずねる。十一時までおしゃべりした。凍った夜を帰りながら私は小山に、今の給仕の大島さんの代りに高橋さんでもくれないかなあ、となげいた。

一月三十一日（日）　晴

昼飯を食ったら逢初橋附近の古本屋を見た上浅草に廻っておみくじを抽こうと予定した。ガラス戸を開けてみると道の上に雪が消え残って汚れたまま凍りついていた。

洋服にしてまず本郷通りの本屋をのぞいていると、農学部前の慶応書房で明石とばったり出会った。そこで二人で切通しを下った。古本屋にも碌な本は見当らぬ。しかしきょうは矢代教授の(1)「西洋美術史講話」を発見した。十一円七十銭という高値だが買った。根津八重垣町まで来ると明石は昼飯が食い足りなかったと浅草行に同意しないので、根津権現の坂を上って又本郷に舞戻った。坂の途上に啄《ついば》んでいた鳩は山鳩や鴫を思い出させた。鳩の頭から背にかけての羽毛の色の変化はぬれた貝殻のように微妙に美しい。

マンサダで大蔵省の佐藤一郎に出会った。私の文協勤めを適所適材だと言った。私はそうとは思わない、私には勤をしないでいる以外に適所は存しないのである。佐藤も上海や蒙古にいたことがある。もう一度行って見たいなどと言った。

そんなことをしてるうちに夕方になった。明石とも別れて浅草に行ったが観音堂の大きな扉はずっしり鎖されていた。

赤門前の大野屋に宿泊してる寺島の親父を訪ねたが水戸へ行ってまだもどらぬというので、山喜房で八時まで喋っている。けい子は風呂からもどって来たが私はこの子が可愛くてならない。

十時ごろまで寺島の親父と喋っていた、私がわざわざ訪ねたのは顔をつなぐためであった。私の心の底に美知子さんに対する希望がひそんでいることは否まれぬ。

（1）矢代幸雄　美術史家、美術評論家。一八九〇年横浜生まれ。一高を経て一九一五年東京帝国大学文学部英文科卒。一九二一年イギリス、イタリアに留学。ベレンソンに師事してイタリア・ルネサンス美術を研究。帰国後美術研究所設立に参画、後に所長。

二月一日（月）晴

冷さがしみて蒲団から抜け出せない。雨戸の一ところだけ開けてあるのから乏しい光が入ってくる室で、箱や机の上に堆く積上げた本を何となしに数えたりしていると十二時を過ぎてしまう。

きょうは予定どおりつとめに出ないことにした。一時に第一銀行で百円を引き出すと帝大の病院附属図書館に行った。下宿を出るとき松尾夫人から見合写真らしい大きな封筒と手紙とが届いていた。写真の方は後のたのしみと思ったのか、それとも不愉快だったのかそのまま出てしまった。みちみち松尾夫人の手紙を開いて見ながら歩いたが、女子商業の出身と四尺九寸というのを読むともうやめてポケットに捻じ込んでしまった。

図書室には創元社の連中がいた。ここでも神田が俳優になる話を一席やった。どこへ行っても喜ばれるので私はもう何回もこの話を繰返した。三輪の所に送って来たタンキリをポケットにいれて図書館に行く。久しぶりなので直ぐに疲れた。それでも辛抱してタンキリをしゃぶりながら六時近くまで頑張ったが、大して捗らなかった。

七時に来る約束になってる生活社の本間を待ってると本人は来ず、寺島、本庄、石井が代る代る室に入って来た。寺島は明日の式のため床屋へ行かねばならぬというので、大阪からつれて来た男に婆さんに頒けてもらった木炭を背負わして去る。明日三時からの式は杼原女史の要求を容れてキリスト教式に行われるので、学友が五人並び杼原未亡人がオルガンかピアノを弾いて賛美歌を歌うという。見たければ列席しないかという。寺島の親父もそう言った。こちらは親戚だけであるから列席することは縁起がよいかもしれぬと思った。

二月二日（火）晴

高橋さんは髪を縛るのをやめてロング・カットのままであった。ひどく透明で病気ではないかと思われた。階段で会っても私はようごと口をきくことができなかった。

夜は学士会館で寺島の結婚式、列席者がいずれも知人ばかりなのでまるで半分ぐらい私の会みたいだった。それでこの次は私の結婚式ということになった。

あとで銀座のみゆきサロンに出かけた、一行は野々上、樋口、福井、佐々木、岩佐、桜井であった。私はすっかり酔払った。

他人に結婚の話をされると私の気持では美知子さんと定っているけれど、矢張り寸法が適わぬなげきが伴うので口に出すことができぬ。

二月三日（水）雨

昨夜は酒の醒めぎわに頭がずきずきして夜明まで眠られず、しかも十時半に生活社の本間が地図の下図を受取りに寄って一時間半ばかり喋って行ったので、十二時から又眠った。四時に起きると家から鶏肉と葱を送って来てあった。

スターリングラードに籠ったドイツ軍二十万が壊滅した。きょうの新聞にはドイツ側の悲愴な通信がのっている。ドイツの敗戦は決定的となった。ヒットラーは二年を経ずして野良猫のように縊られるだろう、或は尻に帆かけてアメリカ辺りに出奔するだろう。あの変質的な目がいまごろどんなに恐怖にみちてるだろうと思ったりする。私は毎朝独ソ戦線の記事だけを熱心に拾い読みする。ドイツが敗けつづけの此頃はごく短い記事しか載って居ないし、ドイツの敗北、退却については他の事件と関連して弁解するように述べてあるだけだから眼光紙背に徹して読まなくてはならぬ。いずれにせよスターリングラードの敗北はドイツの敗戦の決定的な第一歩を印づけた。

夕方寺島の親父を誘って一ぱい飲もうと大野屋へ寄ると前の会社の同僚というのが来ていてかえって晩飯の馳走に預った。九時まで喋って帰った、こんなにご機嫌取りをするとかえって美知子さんの話をし難くなりそうだ。

おそくなって石井が来たので、石井が鍋で飯をたき、アルマイトの〈一文字空白〉で鶏と葱を煮て食った。

二月四日（木）　雨・後晴
ぬかるみだ。鶏肉の残りを山喜房へおいて三輪と打合せたように十一時すぎに駿河台に至る。しかるに三輪は所用で来られないと電話があった。
午後は本館へ行き、五階へ登って行く。廊下で偶然会った創元社の松村(1)と話をしてると、高橋さんがそこの机の上に雑然とおいてある道具の中からお茶を汲みに出て来た。「髪をどうしたの」と結ぶのをやめてロングカットみたいな形の高橋さんに話をかけようと心掛けているのに、高橋さんが警戒するような気配をするので私ののどから声が出なくなってしまう。

夜は大東亜会館で日野水(2)の結婚披露式。日野水の親父は三井農産会社々長なので名士が百何十人か集っている。磯田、寺川、ユゲ(3)、高橋(4)、山縣(5)、斎藤治平(6)、貝原(7)が一緒の卓子に座ったけれど、汚い国民服を着てるのは見渡すかぎりのフロックの中で唯一人だった。その上今朝は三輪との約束のため急いで家を出かけたので髪も梳らずひげも剃らなかった。ぬかるむので古靴をはいて出たがそれは四、五日磨いてなかったのである。実際私は自分の場所ちがいの世界に来てしまったと思った。尤も同級生がいるのでそれほど気圧されはしなかったけれど。病気でおくれて外語を出てから外務省に入った貝原を除いては皆女房持ち乃至子供持ちであった。

会後、昭和通りの田舎じみた特殊喫茶へ行った。そこでアルコールのせいか私はシャオの話を磯田にのろけた。

（1）松村泰太郎　編集者、小説家。一九〇九年山口県生まれ。早稲田大学政治経済学部中退。創元社に勤務。横光利一に師事。『文学者』（一九四九年三・四月合併号）に発表した「八日間」が芥川賞の予選候補となった。
（2）日野水一郎　麻布中学から一高文科（甲類）に入学。一九三四年東京帝国大学法学部に入学。大東亜会館（現・九段会館）の結婚式に一高文甲二組の級友たちを招いた。
（3）立花弘　ユゲはニックネーム。東京府立一中卒。一九三三年東京帝国大学法学部に入学。
（4）高橋勇己　福岡県浮羽中学卒業。一高時代苦学生だった。一九三九年東北帝国大学法学部卒。

（5）山縣義雄　小倉中学卒業。一九三三年東京帝国大学法学部に入学。国産軽銀工業株式会社で杉浦の同僚。
（6）斎藤治平　群馬県富岡中学出身。一九三三年東京帝国大学法学部に入学。
（7）貝原庄一　広島府立中学卒。一高文科（甲類）一年生の終りに胸を病む。故郷で療養に努めたが、一九三三年に退学した。

二月五日（金）　晴

十二時に目をさましてひげを剃る。毎朝睡眠不足で頭が重たい。昨夜は美知子さんのことを考え、そしてはるばる大阪まで寺島について行ったことを考えた。美知子さんの目には私は映っていない。存在していないのである。私は少くとももう一寸なくては目の高さに及ばないのだ。この話に可能性を信じていたけれどまともに考を拡げて行くときは不可能以外ではない。

道を歩いてると春のようにうらうらしていた。真綿のチョッキと毛糸のジャケツ、それに毛糸のシャツ二枚といういで立ちでは背中が汗ばむ。

佐久間が鉄道病院の雑誌の話で駿河台に来た。神保町まで下ってコーヒーを飲んだのち本館へ行った。一度海外課をのぞいたけれど私はすっかり怯気づいて高橋さんの側へ行けなくなってしまった。しばらく本館でうろうろしたのち昨日の夕方金を払っておいた本を古本屋から取って駿河台へ行こうとすると神田に会ったので、又一緒に五階へ引きかえした。旭の姿が見えぬので二人で菊池のところへ行って喋ってると高橋さんが向うで外来客らしい爺から用事の説明を聞いていた。透きとおるような顔色だった、そして泣き出しそうな幼児みたいに小さな口をし、汚れのない目をもっている。高橋さんは私がいることをちっとも気にしていないのでつまらなかった。やがて、紙きれを手にして私たちの立ち遮ってる通路を通った。私は体をよせたが高橋さんは無関心以外のどんな表情もなかった。戸棚のこちらと向うと二つの通路があるのにこちらをわざわざ通ったのに私は意味を見出そうと試みた。尤も向うの通路には何も通れないように邪魔物があったのかもしれぬ。私は途中で高橋さんに会えるように間もなく五階の階段をおりて行ったが遂に出会わなんだ。

夜、日伊協会の摩寿意、菅原に招かれて馳走になった。

二月六日（土）　曇・夜雨

茂串、阿部、北城をつれて三崎町の支那料理店で午飯を食った。

旭と飲む約束があったので退け時前に本館に行き、五階へ何度も昇った、そして高橋さんに二度ばかり物を言いかけたが、高橋さんは私を白い眼でちらと見たばかりであった。きょうこそ何かよいことあらしめようと希願していたけれど、何もなかった。むしろ自分が完全に高橋さんに興味ないのみか、うるさがられてるのが関の山だということを知っただけであった。もう二度と五階へ上がるまいと決意した。しかしその決意がいつまで続くかは自分で保障できない。月曜にでもなれば又しても五階へのこのこ這入って行くことであろう。それはそれとしても私はもう少女を恋することを許された時代を終ってしまったのだと悄然と独り涙を垂れた。

夜、旭と神田と飲む。神保町でビールを飲み百万石で酒を飲んだ。

二月七日（日）　雨・後晴

雨があがったので寺島の新居に出かける。父から牛肉を送ったとハガキが来ていたので午後まで待ったが着かなんだ。松戸線の亀有で降りてぬかるんだ北側へ寺島のかいてくれた地図に従って辿ると、濁った水が溢れんばかりに流れる小川にそい、やがて遙かに村が見わたされる田圃に差かかった。こわれかけた木橋が危く小川の濁流の上にかかっている。冬枯の木立がつくつく立ち並んで工場の寄宿舎らしい建物が集っているところ、そこへは田圃の中にかかってる一枚板の橋を踏み越えて行かねばならなかった。道も亦田圃みたいにどろどろに水がたまっている。蒲原町とはそんな田舎で店屋らしいものは一軒もなかった。新建だが安普請の三軒長屋、しかし寺島は幸福そうだった。私には昨日まで一人でごろごろしていた男がこのように陶酔したように二人生活ができるのが不可思議だった。ともかく直ぐに二人で酒を飲み出し夜に至った。外では荒々しく叫びながら風が吹きまき、時おり職工たちのがやがやが聞えた。

寺島は先般小北のアルバムで見出した娘について小北に問い合わせてやろうかなどと言った。そして九時には懐中電燈をもって田舎道を亀有駅まで四分の三のところまで送ってくれた。私は美知子さんのことを言い出そうとしてはどうしても口から出すことができなかった。

風は激しく次第に冷さをまして本郷へもどったころは肌を切るかのようになっていた。寺島の結婚は誰よりも私にとって夢みたいである。

二月八日（月）　晴

日当のよい室に大塚、神田に田宮が集ってだべっていると蘇州の向山が訪ねて来た。向山によるとシャオは十ヶ月ばかり前に結婚して今では二階の事務室につとめているということだった。向山はあの少女が全くいい女だった、明平さんと一緒にしたら実に似合いだったろう、などと言った。私は結婚したと聞いたときには蒼ざめるのを感じた。それから顔がかっとほてり出して、「もうその話はあとだ、あとだ」と叫んだ。皆でキャンドルへ行って支那の話をして別れたが、私はいつまでもシャオの話をしていたかったので、駿河台の方まで向山について行ってぜひ写真をもらってくれるように頼んだ。

私は悲しかった。本当に悲しかった。銀杏クラブ(1)の会が終って田宮と水道橋に向いつつ暗闇の中で矢張り涙が襲って来るのを感じた。私に一筋の望みでもあったわけではない、それを私は充分に誰よりもよく知っていた。ただ一目見ただけの少女ではないか、又私がそのまま蘇州に滞在したところでどうにもなるわけのものではなかった。それなのに、ああそれなのに私はあのように美しい少女について は何か奇蹟が生じて私と結ばれることがあるかもしれぬと自分に信じさせていた。そしてそういう奇蹟が起るように神仏に祈りつづけたものだ。私は奇蹟が起ってシャオが私のことを思い、そして私といつか相会う定めになることを憑《たの》んでいた。あれだけ思いをこめれば、もし人間の心が心に伝わるとすればシャオも十度百度は私の幻を見てもよいはずだ。

奇蹟は起らなかった。祈りも聴かれなかった。シャオはもう結婚してしまった。何というばかなことだ。私の魂の中にあった一筋の結糸がぷっつり音をたてて切れたような感じだ。しかもなお私はそれが向山の誤伝であってやがて奇蹟が勃発するのを信じたいのである。

支那へ行くのにかけた糸が切れたわけだ。どうせそうであり、又それ以外にはありえないことではあっても矢張り私は悲しく、涙が胸に迫るのをとどめることができない。

（1）銀杏クラブ『帝国大学新聞』の元編集部員の会。

二月九日（火）晴

夜、明石と石井と北城とですき焼をした。石井も結婚の話で岡山へ帰るらしいし、明石に至っては既にスプーン半打、電気アイロンなどを買込んでいる。

二月十日（水）晴

日のあるうちは春のようにほかほかとして空が輝いていた。花屋の門をとおりすがりにガラス戸の中に梅の枝ががしゃがしゃと押しこむように一ぱいになってるのを見ると胸がしめつけられるような気がした。

朝キャベツがついた。夕方神田に一個、山喜房に一個、寺尾に一個、下宿の婆さんに一個頒ける。神保町で土方さんに会う。中支資料研究所というのができるから運動しないかと言われてその気になったが、さてシャオがもうだめだと思うと、気が進まなくもなる。むしろ二度と支那へは行かず、可能性もありえたのだと自慰しつつ胸に秘めておくべきかもしれない。

夜、田町の古本屋を見ながら中富坂の明石の下宿によると、明石の未来の夫人が来ていて、薬缶に水を汲んで来たり、火鉢に火をおこしたりなどした。下宿へもどると本庄が京都へ帰省して結婚の話をば田舎へ一任して来たといい、石井は明朝婚約者の伯父をたずねて行くと言った。

二月十一日（木）　晴　紀元節

猪野が式の帰りだとフロックで寄って十二時近く眠ってる私を起した。一緒に昼飯を食おうと寺尾に行ったが私一人分しか飯がなかった。キャベツにソースをかけて食う。野菜もなければ肉も魚も移入途絶で食堂は大半休業だ。外食者は飯を求めて街をうろうろしている。

本屋を歩いたけれど何も見出さず。山喜房でしばらくだべってから浅草に出かける。おみくじをひく。シャオと一度だけでも会えること、美知子さんと結婚すること、兵役を免れること等を祈った。九十三番吉で「ぐあんばうかなふべし」というのであるが、私の祈り求めた答には稍々漠然としすぎていた。ともかく今年はこのとおりになるよう。もう二度ひくまい。

浅草橋の古本屋へ廻ってみたが休んでいた。

晩飯を終えると、行く当てどもないので下宿へもどって紅茶を伺ばいかすすりつつ本をよむ。やがて十二時近くなるとしくしく腹が空ってくる。石井が田舎へ帰るまえに私の室によって抹茶を立て食い残した乾柿を探しだしたが、何か鹹味《かんみ》のものが口に入れたい。こんなに不便になると、食うことだけのために結婚したくなるなどと話し合った。そして昨日のハガキには卵をたのんだが、今日もキャベツの受取りを知らせついでに、食パン、おへぎ、米とフライパンを依頼する手紙を父に書いた。

ガダルカナルの敗北退却を「転進」という言葉でごまかした。

二月十二日（金）　晴

本館の五階へしばしば昇ってみても高橋さんを見ない。又体が悪いのかもしれぬ。透明すぎた。

金がない。一文もない。文協の金をつかい込んだ。

板垣鷹穂の「レオナルド」の批評を書く。(1) ややばりに類する。

（1）タイトルは「ダ・ヴィンチの「創造的精神」――一名＝「板垣鷹穂氏の非創造的精神」」で、『帝国大学新聞』（二月二十二日）に掲載された。戦後『暗い夜の記念に』（私家版）に収録した。

二月十三日（土）　晴

腹が減ってかなわぬ。金もない。生活社に印税の前借りを申込んでおいたのに返事がない。

きょう五階へ行ってみると、高橋さんのいた机には新しい見知らぬ給仕が座っていた。高橋さんは体が悪くて止めたのであろう。私の緑のオアシスはこうして消え去った。

二月十四日（日）　晴・後曇

正午に阿部におこされた。昼飯を一緒に食う約束だったが、こんな時間から出て行ってはうっかりすると食にはぐれるおそれがあったので寺尾で我慢した。それから二人で亀戸からモスリン裏(1)まで古本屋を歩くと春の日ざしもいつかはやて雲に覆われて冷い風が当り出した。錦糸町の楽天地で番茶を煮つめたように黒い紅茶をのみ、須田町食堂では股旅唄らしい場末にふさわしい旋律をもった音楽を聞きながら塩水に鳥菜の五切れ六切れを浮かせた五目そばを啜った。

寺尾の晩飯には塩鰯と鶏肉の野菜いためが出た。もとは口に入れなかった鰯さえうまくなった。鶏肉は葱とほうれんそうに埋もれて姿が見えぬ。腹一ぱい肉が食べたくてならぬ。そういえば今年は遂に雀を一羽も食わなかった。

戦争の噂話つまりガダルカナルの「転進」の話をするとひっくくられるそうだ。自分たちの責任を国民になすりつけようというのである。

今朝になって板垣鷹穂論について漠然と感じていた不満が理解できた。私は予め挿入しようと予定していた肝心の二行を書き落したのである。この二行があの小論の眼目であって、これがないためにあの論文は単なるばりになってしまったわけだ。

いつもなら三日目ごとにひげを剃る。今夜はやめた。何故かならもう高橋さんに会うことはないから、いくらじじむさく見えても汚くても余り気にかける必要がなくなったから。

（1）亀戸七丁目にあった市電の停留所。近くに東洋モスリン株式会社の亀戸工場があった。同工場では労働争議が頻発し、なかでも一九三〇年にはストライキと激しいデモがあった。

二月十五日（月）　晴

首まきを忘れて出たら再び風が冷い。

雑誌と新聞の課長になるべき福林氏[1]が始めて現れたという。こちらの室の机を占めたというので秘書の大野[2]に電話をかけておどそうとしたら反対にやりこめられた。私は予め頭の中に作っておいたことを喋り終ると、もう向うの言分に対して当意即妙な返答というものが出来なくなってしまうのである。

福林氏は帝大新聞の先輩だから二、三度顔を見た覚えがあるが、田舎の新聞社々長というような平べったい大きなあから顔にちょびひげなどをつけて下卑て見える。四十越した新聞記者上りだから古賀氏みたいに扱うわけには行かぬ。兎も角頭の上に人がくるとそれだけで充分窮屈である。

本館へ寄ったおり海外課の給仕に高橋さんは罷めたの、とたずねたら、まだいる、と答えた。姿は見かけないのに、何処にいるのだろう。しかしまだいると聞くと急にひげでも剃りたくなった。

夜は田所と学士会館で飯を食い、ビールを飲む。

出版文化協会が統制会になってからの我々の対策を討究したのだが、私としてはもう早くこういう商売を切り上げて上海へでも行きたかった。尤も上海にもたのしいことが待ってるわけではないけれど。

家から又牛肉を送るという葉書が来た。

（1）福林正之　出版人。一九〇一年北海道生まれ。養父母のもと貧苦の中に育つ。実父と篤志家の支援で松本高校に学び、一九二四年東京帝国大学文学部社会学科入学、『帝国大学新聞』編集部員となる。卒業後は報知新聞社記者、日本工業倶楽部事務局、中央物価統制協力会議を経て、久富達夫の勧めで日本出版文化協会に入った。

（2）大野利貞　秘書課主事。

二月十六日（火）　晴

きょうも冷い。

読書新聞編輯室との境にあった襖を取りはずした。福林氏が両室を一目で見渡しうるように。

三時ごろから三人で本館に赴く。五階へ上るとなるほど本当に高橋さんがいた。久しぶりで会ってもうれしそうな顔もしない。むしろ避けるようにしている。矢張りいたところでつまらぬ。

毎日塩鰯ばかりだ。もう四日も塩鰯がつづいている。

夜、冨本さんが寄った。

二月十七日（水）
寺島、小山と学士会館のスタンドへ行く。旭が今井という男と来ている。今井邦子[1]の息子だそうだ。腹をこわしてるせいか忽ち酔ってしまう。しばらくすると旭と三崎町辺りの金子さん[2]の下宿を探していた、すると後から寺島が小山をつれて矢張り金子さんの下宿を襲おうとしてるのにぱったりぶつかる。旭と寺島をおいて小山は私を下宿まで送って来た。小山によると私は学士会館でしきりに吐いたそうだが記憶がない。

（1）今井邦子　歌人。旧姓山田。一八九〇年徳島市に生まれ、長野県下諏訪の父の実家で育つ。下諏訪尋常高等小学校卒業。女学校進学を許されず文学を志して上京。中央新聞社に入社、政治部記者の今井武彦を知る。結婚して長女節子、長男幸彦を得る。一九一六年『アララギ』に入会し島木赤彦に師事。一九三五年に退会して女流歌誌『明日香』を主宰する。
（2）金子倭子　日本出版文化協会雑誌部書記補。

二月十八日（木）　晴
気味悪いほど暖い。
夜は福林氏を囲んで新聞雑誌の懇談会。飯の代りに黍団子に冬瓜汁みたいなものがかけてあった。直ぐ腹が減ったので下宿にもどると、二切残してあった牛肉とキャベツを石井の鍋を持って来て煮た中に寺島からもらった餅をぶちこんで食った。やや砂糖甘い点を除けば上等の御馳走だった。

帝大新聞で原稿を紛失したというので書き直すことにする。四時になる。

二月十九日（金）　曇

きょうは又首巻をして出るほど寒い。

午後帰るまで別館で文庫の目録の整理をした。本館へ一度も行かなかったことはこれが初めてである。一つには寺島があの晩金子さんの下宿へ酔払って行ったのを思うと、何故か寺島のどろんと目尻を下げた助平づらにむかむかして来たのである。

福江から鶏卵と、牛乳わかし、餅、黄粉、おへぎ、米、ドーナツを送ってくれた。

板垣鷹穂論を書き直した。

二月二十日（土）　晴

床屋へ行くつもりだったのに正午まで眠ってしまった。

飯を食って帝大新聞社に原稿を届け、桜井たちと表であんみつを二杯ずつ平げて駿河台に出たのは二時すぎ。

ひげものび髪もふけにまみれたまま乱れているので、もしやして高橋さんに出会うといけないと本館に行く気にならなかった。その上文庫目録の作成が甚だ面白くて切り上げるのにちょっとした決心を要するほどだった。

けれど何となく向うへ行きたくなって四時半になって赴くと、たちまち別館から明朝九時半より出勤すべしという電話が来た。

夜は寺尾ですき焼。家からの牛肉は極めて上等だった。寺尾の二階で寺尾一家と鍋をつついた。

二月二十一日（日）　晴

冷える朝を早く起きて駿河台に赴いたがまだ扉も耳門も開いて居らず、勝手口から入った。しかも一時半までいたのに誰も現れなかった。月曜との間違いに相違なかった。始めはこんなに馬鹿にされるよりは辞表を提出しようといきり立ったが、文庫目録を作成してる間に次第に鎮静に帰した。

午後は浦和別所の田中四郎氏を訪ねる。番地が分らないので路地のおちこちを四十分余りも探し歩いた。自然科学の井上氏(1)が柿の剪定のために来て居ったし、間もなく樋口もやって来た。寺島は約束を破って遂に出現しなかった。十時すぎまで喋った。樋口は又しても草子さんの話を持出したが、私は美知子さんの方の見込がつくまでそちらの話をするのを避けたかった。

（1）井上頼数　日本出版文化協会書籍部課長。

二月二十二日（月）　晴

朝早く起きることはそんなに不愉快な仕事ではない、殊に今朝などは春めいて来た。

田所、福林氏と予算の打合せをしたのである。

それから室の日のほかほか当る机の前で文庫目録を作成してると古賀先生が会議をすまして這入って来て、こんな役にも立たぬ仕事はやめて何かほかの直ぐに必要なことをした方がいい、と言った。私は半分怒りのために頭が熱くなった。

樋口と本館へ行って樋口の弁当を食った。しばらく喋ってから五階へ上ろうと階段を二、三歩踏出すと丁度樋口が二階の用足しからもどって来、それに続いて高橋さんが企画課の方へ行った。私は樋口を呼び止めて企画課に引き返すと果して高橋さんが紙片をもって人を探していた。高橋さんはまるで嬰児のようにほんのりと紅く透きとおった顔をしている、そしてさわったら直ぐにも泣き出しそうだ。私が樋口と喋ってると帰りぎわの高橋さんと顔を合せた。私は高橋さんばかり見凝めていたのである。高橋さんは私が注意してるのに気づいている。だから止むなく顔を見合わせたとき微妙な感情が面をかすめて行く。私はそのときあの稚さが消えて女の美しさが現れ出るように感じた。私にいい感情をもっているとは自信できなかったけれど。

樋口が文房堂の一隅にカステルの色鉛筆が残ってるのを発見したので、さっそく四円ばかり買った。四時ごろ大阪の岡田眞氏が訪ねて来たと樋口から電話がある、久しぶりで岡田氏に会う、岩波文庫の欠番を話し合う。

二月二十三日（火）　晴

十時に起きると床屋に赴いた。私は一度経理へ出かけて高橋さんに見せたかったけれど、しかも経理に用事があったけれど、仕事がつかえているので遂に本館に行くことは能わなかった。しかも明朝予算案を説明する草書をつくるのに十時半までかかった。北城にプリントを刷らせたが半分でやめて月の照る街を帰った。

下宿へもどると十一時だったが、火をおこして合成酒にかんし、一方牛乳わかしへバターをぬった上卵をおとしてフライエッグをこしらえ、キャベツを手でむしってこれにあしらい、ソースをかけて摘みものとした。父から又牛肉を送ったとの葉書が来た。

二月二十四日（水）晴

風強く寒い。暁方高橋さんの夢を見た。

しばらく風邪で休んでいた寺島が別館に寄る。そのため午後は本館に赴く。寺島と別れてから五階へ登って行った。高橋さんはいたけれどこれということもなかった。

夕方、十一組の佐藤氏、野々上氏と飲む。風が冷くなる。

下宿へもどると家から牛肉に玉葱と葱をそえて送ってよこした。カステラも一緒に結えつけてあったが、圧縮されて小さくなっていた。

そこで私は今日そのことあるを予期して買って来たほうれんそうを洗い、葱を切り、キャベツを刻んだ。ほうれんそうと牛肉をバターでいため、ソースをかけて食った。晩飯の代りにかびの生えた餅をあべ川に作った。

本庄が来てあれこれ喋って行った。卒業免状ほどもある国債を二枚百五十円を抵当にして金を借りたいと言ったが私は文なしであった。

二月二十五日（木）　晴

きょうは月給日だ、こんなに待たれた月給日はない。まず別館へ寄って風呂敷包をおいた上本館に行く、各人の給料袋をポケットに入れたのち五階へ上って行く、海外課の菊池を誘い出して扉口で菊池が面会人につかまって立話をしてる傍で待ってると扉が引かれて高橋さんが出て来た。通路がふさがっていたので私が稍々おくれ気味に身を避けると高橋さんはお辞儀をするようにして私の笑いかけるのに久しぶりで答えた。しかしそれは泣き出さんばかりの微笑であった。そして帰りにはもう私の顔を見ないように俯目で道を作って行った。

それでも今日は一日心が愉しんだ。神田と帝大眼科の佐久間[1]と昼飯を食ったりお茶を飲んだりしたのち、又五階へ行って旭をさそった。文房堂でカステルの色鉛筆を八本ばかり買った。もう一度五階へ行くつもりで途中企画の室をのぞくと樋口が昨夜土屋先生の家が全焼したと言った。そこで荷物を取りにもどって二人で青山へ出かける。

先生は発行所で寝ていた。小市や狩野が灰と泥で焦げついた本を整理していた。私も少し手伝った。夜は沢山の人が集って賑かに食べた。奥さんやお嬢さんたちもまだ興奮がさめきらないらしかった。先生はつとめて元気をつけて居られたが何かしら急に弱ったようにも感じられた。常よりもやや多目に酒を飲むと直ぐ隣室の床に入ってしまわれた。

（1）佐久間義夫　豊橋中学の同期生。一九三一年一高理科（乙類）に入学。一九三四年東京帝国大学医学部に入学。戦後豊橋で眼科医院を開業した。

二月二十六日（金）　晴

相変らず風が強く冷気を含んでいる。久しぶりで朝寝した。

読書新聞の辻村[1]や石井を相手に喋ってるうち読書新聞の悪口を言い出した。何かむかむかして辻村をやっつけた。

東京文理大の田中正一[2]がたずねて来る。

三時ごろ本館へ行く。古賀氏はひどく機嫌がわるい。もう直ぐ縁が切れるのだから怒りたければ怒っているがいい。私はできるだけ先生を立てるように遠慮して来たのにどうも性が合わぬらしい。

寺島は南発金庫に転職しようかと相談するので私もその方がよかろうと答えておいた。

本館に来たついでに五階に上り、帰りぎわに少女小説を読み耽ってる高橋さんをのぞいたら白い眼で上目づかいしただけであった。

夜阿部を招いてすき焼をする。

（1）辻村正三　日本出版文化協会書記。

（2）田中正一　豊橋中学の同期生。一九四四年東京文理科大学心理学科卒。戦後愛知学芸大学教授。

二月二十七日（土）　晴

蛎殻町の相馬商店の空家に新生活を営んでいる磯田を訪ねる。約束の五時より遙かにおくれて八時半だった。それは予算をつくるために時間がかかったからである。明石はすでに飯も済んだあとだった。杯を重ね十一時半近くまで喋って人形町から市電に乗る。

二月二十八日（日）　晴

ひるに生田が来る。明石もそうだったが生田も私の板垣鷹穂論には全部賛成というわけではないらしかった。私もあの論文の中に何か適切でないものがあるように感じられてならないのである。私があいう男を軽蔑することに変りはないけれど、私の表現したところの鷹穂は彼の最も弱点を衝いてるのではないのである、私にはそれが分ってるけれどまだ具体的な言葉にならないのである。

生田と古本屋を見たのち、アララギ発行所に赴く。焼けくずれ水びたしになった本を道や屋根に干しそれを整理するのであった。帰ったら十一時であつた。

三月一日（月）　曇

早朝父が上京した。

一度目をさましたが直ぐ又眠った。眠りは重苦しい。そして女が欲しくてならぬらしい。その上今日から税金が殺人的に引き揚げられ、飲食も衣装も殆ど不可能になった。これなら家で食ったり飲んだりするよりほかない。妻をめとるということが現実の要求となって現れた。そして私は美知子さんを最も希望している。

父がおいて行った白米の握り飯を風呂敷に包んであちこち金を支払ったのち、まず本館へ行った。支払い終った財布には二十円しか残っていない。これでは一回のビール代にも足りない。五階に用事があったので運転休止のエレベーターを見捨てて階段をのぼって行ったが高橋さんは休みらしい。その上別館にもどると予算の立て直しを福林氏と田所とで苦心していた。

夕方は父の手荷物を受取りに東京駅に出かけたが、五十人余りの人が列をつくって待っている、結局二時間近く立ってようやく受取ることができた。そして七時半、最後に寺尾に間に合った。父の手荷物の箱を開けると、牛肉、時雨のつくだに、芋きりぼし、白米、バター、それから鰈が入っていた。

昨日もきょうも暖く、昼など冬外套では汗がしみ出るほどである。しかし日々に世は険悪に窮乏し、我々の危険と飢餓との上に兵隊が独裁権を強化して行く。

三月二日（火）　曇

一度別館に寄ったのち本館に赴く。五階までエレベーターで直行すると丁度廊下で高橋さんたちがお茶を注いでいるところであった。私が経理課で交渉してるおり他の給仕たちと笑いながらその辺にまでやって来た。私に対して笑ってるわけではなくても何か自分のためのように思い取らずにいられないのを意識した。

樋口と街を歩いたのち別館へもどるとそれから六時まで文庫書目の整理に傾倒した。大塚は狂人に闇中打撃されて傷を負いて出勤せず、神田も何故か二日続けて現れない。

飯をすませて下宿へもどったら父が待っていた。芋切りぼしをはじめ、あれこれ送ってもらうことを頼んだ。弟からハガキが来て品物不足で商売も困難ゆえ、絵具や方眼紙、大学ノートを小売値で買いあつめて欲しいと言ってよこした。東京でもないことは同じであろう、差当り買いおきの大学ノートを五冊ばかり父に託した。
父は十時過ぎ、空くらく雨もようになりかかった中を空箱と革鞄を両手に提げて帰る。今日は昨日と異ってひどく冷える。
国友、寺田を始め手紙を書きそびれて書きにくくなった友だちが多いので毎晩頭をなやます。

三月三日（水）　晴
日の当ってるところは暖いが日蔭は冷い風が吹いている。
昼すぎに経理課まで雑誌の原稿料を受取りに赴く。
千五百円ばかりの金を数えるのを待ってるおり、何かのはずみに室の隅へちらと目をやると丁度高橋さんが腰かけるために体を傾けこちらを向いたのとぶつかった。そのまま高橋さんは本を読んで頭を上げなかった。私は高橋さんのそばを通るのを遠慮した、
夕方から寺島、神田と学士会館へ行き、ビールを飲む。

三月七日（日）　晴
ひるごろから三時すぎまで山喜房に遊んでいた。
本屋の公休日なので表にはカーテンをおろして、土間で勉強をすませ飯を終えたけい子と竹馬に乗ったり押しっくらをしたりしていた。幼い愛情が発露してくるのが胸をしめつけるように受けとられた。けい子は何でもないのに無茶苦茶に私をゆすぶって疲れちゃったなどと言った。私ももう五つぐ

らい若かったらと甘い悲しみにおそわれたりした。

夕方らしく冷えて来たのでかえりかけると、道でけい子が配給野菜を麦藁細工の鞄に重そうに提げてくるところにぶつかる。「重いからもってって」というのを私は受取って又店の前まで引きかえした。

食堂の公休日で寺尾も飯がないので夜は一人で鍋で飯をたいて見た。石井にならって湯のみ一ぱい半ほど白米をいれ、手の切れそうな水でよくかしいでから火鉢にかけた。途中で水が足りないらしいので湯を二度ばかり足したけれど充分うまい飯になった。それからキャベツを刻み、卵焼をつくった上、お銚子をつけて晩飯とした。阿部が来て十時まで話して行く。銭湯へ出かけたら今夜は休みだった。

高倉正三の「蘇州日記」という本を題名に惹かれて買って来た。別に内容は言うべき個所もないが、大丸の名が出てくるので身に迫るものがあった。私もそのころ（昭和十三年）から蘇州にいたらシャオをつかまえたかもしれない。けれどそんなところにあのような少女がいることを知ったのは余りに遅すぎた。私は自分の空想にさえ、もどらぬなげきを繰返しているのである。

三月九日（火）—三月十四日（日）晴
大腸カタルから九度熱を出して寝た。始め神田が、後では阿部がいろいろ世話をしてくれた。明石と猪野、北城と小山、大塚が見舞に来てくれたが、寺島はどうしたのか現れなかった。小山の話によると母親が上京しているらしい、美知子さんも一緒の模様だが、美知子さんの方はさきに帰ってしまったかもしれぬ。それにしても一度くらい寺島の奴ものぞいて行ってもよさそうなものである。

十一日に出版文化協会が解散して日本出版協会創立、寺島は小山と日本橋の方へ遊びに行ったそうだ、もし美知子さんが来ておれば、寺島は小山に必ず美知子さんの話を持ち出したに相違ない。寺島にとっては私より小山の方が自由になる、というのは小山の社会モラルの欠無のゆえに彼のエゴイスチックな生活観をとがめ立てしない、口に甘い弟でありうるだろうからだ。

病中「蘇州日記」をひもといておるとそぞろ支那への郷愁に胸を塞がれた。あのように絶妙にやさしい少女が私のためではなく何故生れたのか、何故存在するのか私には分らない。あの少女の価値を一目で知った私以外のためにどうして創られえたのであろうか。それにも拘らず彼女は私と無関係に生きているのである。これがどうしても私には分らない。

熱が退いて床の中にいるとあれやこれや食いたいものが次々に浮んでくるのに、今では配給の大根以外に何一つ口に入らない。田舎へ帰ればもう春の潮で新しい白身の魚が脂を帯びてぬるむ水の間を泳ぎ始めているだらう。車海老も青いからだを泥の中からもたげて車輪のように泥をかいているだろう。玉ちしゃも育てば菜の花もとうが立って、あと一息で春が満ちるばかりに正に袋の口がはちきれようとしている。

ときおりはうどんが食いたくなった。しかし今東京のどこにうどんを売っているか。奴豆腐が欲しかった。

そして又ほしぶどう、――ほしぶどうを最後に食べてからどれ位たったことだろう。ああ二貫目も買っておけばよかった。上海から誰か土産とでも言ってもって来てくれないかしら。フランス租界にでも行けば少しは残っているだろうがなあ。

三月十五日（月）晴

午後からつとめに出る。狂人に歩行中頭をなぐられた大塚も傷癒えて出ている。二人で本館に赴く。古賀の面を見るのが何故か不愉快でたまらない、大塚もそうなのである、今迄できるだけ好意をもとうと努めたけれど、向うがことさら意地悪であるので遂にこの男を敵とせざるをえなくなった。

寺島にきくと、矢張り美知子さんが一緒に上京したが、もう帰国したということだ。小山が私を見舞に来たおり、私にもうお嫁さんをもらいなさいと言ったのは自分に心当りがあってのことかなどとしきりに私はひがみ出す。いずれにせよ、美知子さんがもう帰ってしまってはつまらぬ。それなら一昨日あたり田舎へ帰ればよかった。美知子さんのことが私の最後の結婚の機会かもしれぬと私は考え、そして少々あせり気味なのである。寺島が美知子さんのために電気アイロンを買う話などするのを聞くと、美知子さんの結婚も間近ではないかという気もする。これを逃したら私は一生独身ですごさなくてはならんであろう。

腹の具合はまだ完全ではない。渋っている。

金がない。買いたいものも二つ三つあるけれど、十円しかポケットには残っていない。弟のために絵具を買った。

下宿へは中村真一郎が京大の白井という学生と一高へ行ってる従弟をつれた来た。白井君は京大の伊太利文学科に籍をおいておる。イタリア文学についてはデ・サンクティスの「イタリア文学史」にふれたばかりであとは俗談。

久しぶりで銭湯に行く。

三月十六日（火）　晴

十一時に目を開く、井戸の底から上って来たように。体が綿のごとくに疲れている、内部から疲れているのである。「万定」に寄って蜜柑を三個求める、中野好夫氏(1)に会う。板垣評はああいう戯文ではなく書かねばいけない、と言われた。

今日は神田も大塚も出勤。台所へ闇売で南京豆が来たので、一升四円で買入れる。神田も大塚も一升ずつ買込んだ。

旋風が吹きまいて夕ぐれの街空は黄色く曇ってしまった。

（1）中野好夫　評論家、英文学者。一九〇三年愛媛県松山市生まれ。三高を経て一九二六年東京帝国大学文学部英文科卒。中等学校教員、東京女子高等師範学校教授を経て、一九三五年に東京帝国大学英文科助教授、一九四八年教授。戦後、文芸時評、社会時評など幅広い文筆活動を行った。

三月十七日（水）　晴

腹の調子がまだ本ものにならぬ。

夜、丸山が喋って行く。明朝の防空訓練のため大学に泊るのだそうだ。

三月十八日（木）　晴

すっかり春らしくなる。田舎が私をいざなう。田舎の少女たちはもう私から遠くはなれて、はつゑのことなど二世紀もへだたった夢のようにおぼろげに浮んでくるばかりだ。それに高橋さんのことからして別に本館まで行くのが面倒臭いぐらいである。但し蘇州は何故か私の胸を甘くしめつける。夜、青山へ行き硬い牛肉を食う。まだ酒に対して欲が起らぬ。月夜は朧ろに霞み、大きな暈をかぶっている。

三月十九日（金）　晴・一時曇

きょうも一日別館で文庫目録の作成だ。こういう頭を使わないで名前を列べる仕事が私には一番得意とするところだ。そのくせ葉書一枚を書きしぶってすでに幾人へも不義理を重ねているわけである。夕方、土屋先生のお伴をして神田の古本屋を見る。今川小路で別れて帰ろうとしたが今夜も牛肉があるというので青山へ一緒に行った。

十一時に下宿へもどる。燈火管制の夜ゆえ月の中天高く小さく光を放っている。家から送ってくれた鶏卵を木箱の釘を叩き開けて取り出す。この一部分を誰にわけてやるべきか考える。寺島に対しては余り自分勝手だから除いておこうなどと考えるのである。もう少し落着いたら又友だちが入用となるであろう。

三月二十日（土）　小雨

毎朝くたくたに疲労して目をさますが、体が重たくて起床する気にならぬ。いつまでも蒲団の中でうとうとしてすごす。何と頭がいたく重く濁っていることか。

だから十一時半に起きて寺尾に弁当を取りに行く道が遠くて苦しい。もう腹は収ったらしいのに疲れだけは癒えないのである。今日は本屋も果物屋も休んで本郷通も亦神田もひっそりしている。お午すぎれば文化協会の連中は三々伍々帰宅してしまう、私は夕方まで文庫目録の整理だ。

大塚が上海行が決定したと出て来た。二人で本館へ行くべく降りず降らずみの表へ出ると、前庭に花盛りの海棠の一鉢が濡れている。薄紅をふくんだ艶やかで愁然たる花にシャオの幻が執拗にからんで目を離れなかった。

本館には寺島も出て居らず、雨にくらい室でみんな仕事もなく駄べりつかれたように重苦しい顔をよせ集めていた。五階へ行ったが、高橋さんは向うむきに腰かけていた、尤もそれほどせつない気もしないのであるが。大塚、旭と茶を飲みに行ったきり。

駿河台にもどると大塚の友人の阿閉吉男[1]が来てしゃべって行く。

明日は寺尾も休日。一月四回の休日では日曜ごとに飯を食うさきに頭を悩まさねばならん。

(1) 阿閉吉男　社会学者。一九一三年東京生まれ。一九三四年府立高校文科（乙類）を卒業し、東京帝国大学文学部社会学科に進む。同大学院を経て一九四〇年から東亜研究所所員。一九四三年共立女子薬学専門学校教授に転じる。戦後日本大学、静岡大学を経て名古屋大学教授。

三月二十一日（日）　曇　春季皇霊祭

防空演習だから雨戸を閉めて寝たが、目をさましたのは十二時だった。今日は何処で二度の飯を食ったらいいだろうとまず頭をひねった。出かける際明石が来た。二人で藪そばに行き、そばともつかずうどんともつかず、むしろ揚州の支那店で食った支那そばに最も近いところのうどんを食った。三ばい食っても昔の一ぱいに若《し》かない。

明石と二人で本郷肴町から逢初橋まで古本屋をのぞいて歩いた。それから動坂下に出たが、丁度明石の訪ねる桜井武雄氏[1]に出会った。本屋をのぞいていると会ったのだが、その本屋の向いにあるミルクホールに桜井氏は友人と待っていた、そこでは羊かんが出た。昔私は餡系のものを一口も口にしなかったけれど、昨夜は山喜房で夕飯直後だったのに三個の牡丹餅を食い、今日は羊かん二切れをうまいと思った。

本郷の古本屋を見終ると九時少しすぎ、さあ何処で晩飯にありつけるかと何よりも心にかかったが、落第横丁の魚屋の食堂が開いていた。飯にありつけたとは何というよいことであろう。金融独占資本家とその走狗である職業軍人並に官吏は我々の日常茶飯を奪い殆ど餓死せしめんとしている。今日町を歩いても店という店に何一つ並んでいない、今年の十二月ごろにはどんなことになるのであろう。久しぶりで銭湯に至り——銭湯も半分以上は休業している、昨夜も十一時ごろ出かけたら本日休業の札がうるわしくかかっていた——目方を計ったら十二貫に足りなかった。

室でゆで卵をつくりビールを飲む。

（1）桜井武雄　農業問題研究者。一九〇八年茨城県生まれ。水戸高校中退。大陸問題調査室で農業問題研究にあたるが、その報告書『日本経済の再編成』（中央公論社、一九四〇年）が理由となって横浜事件に連座し一年余りを獄中で過ごす。

三月二十二日（月）曇・時々小雨

十時から田中氏・神田と「統制会の進路」につき打合せ。

午後本館へ行く。高橋さんに久しぶりで会ったけれど別にうれしそうな顔もどんな顔もしなかった、私は何か言おうとしてもどうも何も出て来なかった。

学芸課の升谷氏のところへ茂串君の本のことで行くと、丁度今泉篤男氏[1]が居合せて、例の板垣鷹穂評が近来の痛快な文章で美術史・美学界にセンセーションをおこした、と言った。その世界は特に仲間ぼめで安泰を極めていたところであったから相当にショックを与えたことは本当らしい。

あの文章についていろいろの批評があったからここで思い出すままに記しておこう。

明石は余りひどすぎると言った。生田は、板垣はあれでもなかなかヒューマニストなんだよ、と暗に私のやり方に賛成でないところを仄めかした。中野好夫氏は「戯文をかいてはいけない」と言った。旭は「明平に会ったときの人間らしさがちっともない」と言い、小川は「あんなことを書いても、明平さんがげらげらと笑っただけで何にもならんじゃないですか」と反対した。

これに対して神田は私のやり方を弁護した。茂串君は大いにわが意を得たりとした。帝大の建築学の学生も快哉を叫んだそうだし、仏文の研究室でも評判がよかったとのこと。佐久間に従うと、医学部の人も悪口もこれ位になれば文学だねと言ってたそうだ。茂串君の弟も法学部の学生がこれをよろこんだと言っていた。今泉氏の弟は「板垣が可愛そうになった」と言ってるとのことだ。生活社の本間は近ごろこんな気持のよかったことがないと言っていた。

当の板垣鷹穂はどうだろう。まだ反駁文も現れない、皆待っているらしいが。——相沢の話によると、「帝大新聞にはひどく口の悪いのがいる」とこぼしていたというし、田宮の説によると日伊協会に現れて「杉浦明平というのは下品だ」と憤慨したそうだ。

（1）今泉篤男　美術評論家。一九〇二年米沢生まれ。山形高校を経て一九二七年東京帝国大学文学部美学美術史科卒。一九三二年から三四年までパリ大学、ベルリン大学などで学ぶ。帰国後美術評論を始め、『帝国大学新聞』にも寄稿した。戦後、国立近代美術館設立に尽力。

三月二十三日（火）　晴

春めいた日で毛糸のジャケツを脱ぐ。

晩飯を終えてから下宿にもどるには早すぎたから小石川初音町辺りの古本屋を歩いてると明石に会った。明石の下宿でコーヒーをわかしてると明石夫人が訪ねて来てコップを洗いに流しの方へ出て行ったりした。

金がないことすでに幾日か、預っていた雑誌の金を大分流用してしまった。

三月二十四日（水）　雨

昼間花森の送別会を催したら夕方小市巳世司の送別会となった。近々対ソ戦が始まる可能性がある。いずれにせよソ連にかなうはずはないが、ソ連が勝利するまえにむざむざ死ぬのは犬死であるゆえに、われわれは葉書一枚の召集に従って「しこのみたて」となりたくはないのである、何のために大君の

「しこのみたて」となるのか、恐らく日本中に職業軍人を除いては一人だって納得するものはいないであろう。ばかげきわまったポスターのために二度ととりかえしのつかない生命をなげうちうるのは職業兵隊以外誰があろう。自分の生命にさしつかえのない奴どもは勝手なことをほざいているけれど、大君のためなどに生命をすてようという気になるやつが一人だってあるだろうか。私は憤りにもえる。私は歯ぎしりして叫喚したくなる。けれど世間のやつどもは何という冷静だろう。この不正この不義に対して何という冷静だろう。

三月二十五日（木）　晴

昨夜は大して酔払ったつもりはなかったけれど今朝起きて見ると手に掻き傷がありこうもり傘の骨が折れていた。その上口がかわいて足がふらふらする。

闇売の草餅を買った。旭や樋口が来て食った。

大塚も神田も辞表を出す。私一人だけ残される。

三輪に電話すると、児島喜久雄教授[1]が板垣評を大いに笑い、まだまだ手ぬるいと言ったとのことだ。神田としゃべってるうちに伊太利文学辞典を計画しようという気になった。岩崎純孝あたりをそそのかして乏しいイタリア文学研究者をかり集めようというのである。

夜は神田、大塚と百万石で少し飲んだ。しかも二人が金を払ってくれた。赤い顔をして山喜房へ行くとしばらくしてけい子がお風呂から帰って来た。そして今夜は大そうきれいに見えた。

酒がさめると腹が減って来る。

（1）児島喜久雄　美術史家、美術評論家。一八八七年東京生まれ。学習院中等科、一高を経て一九一三年東京帝国大学文学部哲学科卒業。『白樺』の創刊に参加。一九二一年から二六年まで欧米各地に留学した。一九三〇年から『東京朝日新聞』に美術批評を寄稿する。留学中に始めたダ・ヴィンチの実証的研究が高く評価される。一九三五年東京帝国大学助教授、一九四一年教授。

三月二十六日（金）晴

文庫目録を古賀氏のところへもって行く。古賀氏は文協を退くつもりで何処か大学の講義を紙片の上に鉛筆でぎっちり書いている。そして私の原稿をぺらぺらとめくったのち、大変だったねと始めてお世辞を言った。それから少し喋った。

私は海外課の岩崎純孝を引き出してお茶を飲みに行くと、丁度文協会主催の観映画会が終った時刻と見えてぞろぞろ階段のところですれちがった。高橋さんも上って来たが、何の顔もしなかった。岩崎に私はイタリア文学、いな南欧文学辞典の企画を示唆したが、話してるうちに岩崎あたりとは必ず途中で衝突しそうな予感がしたので自分は逃げ出す恰好を見せておいた。

夜は旭が下宿へ来て、配給の酒を飲んだ。本庄が来て之に加わる。葛西善蔵[1]だの嘉村礒多[2]だのを引き出して文学論を行った。

旭によると田中四郎氏は詰腹を切らされたという。私の立場はいよいよ悪くなった。上海へ赴く運動をでも始めるべきではないだろうか。

明日、日本出版文化協会の解散式がある由。

（1）葛西善蔵　小説家。一八八七年青森県弘前市生まれ。貧苦の中で肉親の犠牲の上に文学活動を続ける煩悶をモチーフに『子をつれて』『哀しき父』『椎の若葉』などを書き、大正時代の私小説、心境小説を代表する作品を生み出した。

（2）嘉村礒多　小説家。一八九七年山口県生まれ。自己の醜悪な面をことさら描いた『崖の下』『途上』など私小説の極北をなす作品を生んだ。

三月二十七日（土）曇

出版文協の解散式。文化学院の講堂に於て。田中氏は本当に退くことになってその挨拶をした。古賀氏もやめた。

夕方樋口、寺島と銀座へ出て、佐々木とカフェ・キリンで落合う。ビールはうまかった。あとで佐々木、寺島と銀座新橋界隈の飲みやをさがしたが、まだ夕ぐれて漸く昏くなったばかりの七時なのに、もう何処にも場所がなく、大がいのれんを引っこめていて、表戸に錠がかかっていた。だから吉原のきくやへ行った。少し酒を飲んで浅草まで猥談をしながらもどった。みちみち私は寺島に美知子さんの話を持出そうとしたが全然その機がなかった。何か私は全然気怯《きおくれ》がしてしまうのである。

一人本郷へもどったが屋台店もない。山喜房へ寄ってお茶づけを一ぱい、ゆで小豆を一ぱいご馳走になった。明日は日曜だが又しても飯にありつくために頭を悩まさねばならないのだ。

昨日家から米と砂糖と芋切干とを送って来た。ただ芋切干は奥歯が両方とも虫くってるため本当に嚙めないのである。だから文協別館へもって行って女の子たちにやった。

三月二十八日（日）　雨

一時半に起きたらもう飯を食うところがない。冷い雨のそぼふる中をきょときょと飯を求めながら歩いていると落第横丁の口で猪野が私を訪ねてくるのに会った。白十字へ入ったがもう食事はない。怪しげなマシマロというものを一皿食ったところで空腹を刺激するのがおちである。結局うどんやを発見して割合ましな天なんばんを腹に入れた。猪野は友だちの結婚祝を買うためにバスに乗って銀座方面へ去った。

私は山喜房へ寄る。けい子がトランプをして遊ぼうと誘ったけれど、私はそこでけい子としゃべってる方が好かった。けい子はピアノの稽古に行っている。ピアノの教本を二階から持って来たりした。それから夕ぐれまで本郷通りの古本屋をのぞいて歩いたが、買って帰ったものは紅茶一缶とインキ一ビン、鉛筆かぶせとであった。インキも近ごろ品不足で店頭から姿を消し始めた。

丸山に会ったので下宿へ呼んで紅茶をいれ、芋切干をあぶった。そして夕飯は横丁の肴屋へ行ってたこわさびを食った、丁度外食券が財布の中に二枚残っていたので。

下宿へもどると今度はもう十時すぎて銭湯へ行くまでもう本を読むばかり。十二時近くなるとしくしく腹が空いてくる。

三月二十九日（月）　晴

父よりディーゼルエンジン一台を手にいれがたいから田中四郎氏に話をして見てくれと言って寄越した。田中氏は前に鉄工所にいたからである。

日本出版協会の発会の挨拶あり。

福林氏から職員心得の執筆を求められた。こういう仕事ができるたびに私は不快になる。しかし午後はそのためにわざわざ日比谷の中央物価協力会議の法規相談係を訪ねた。

更に神田へもどると出版文化クラブで日本出版配給会社の雑誌拡張案について打合せする。

夜は下宿。

三月三十日（火）　曇

暁方より腹痛を覚え輾転反側した。そして二度ばかり下痢した。心臓の調子も甚だ不整でこれなら兵隊に行かずにすむと思った。十二時に起きたが疲れがひどい。その上夜明より俄にました冷えのため風邪まで引きこんだようである。外へ出ると冷い風がのどの周りを通って行く。

例の出版協会職員心得を至急書けといわれて面白くない。頭がどんより、しかも乾いているのである。しかし福林氏や田所と文化アパート[1]の下検分からもどると重い鉛筆で原稿用紙のコマを埋める。

夕方本館へ行って見る。創芸社に頼まれたクローチェの「ゲーテ」をつき合わすべき伊太利語のテキストを岩崎純孝に相談に行く。私が岩崎と喋ってる最中、高橋さんが近くに来て用事を言いつかっていた。私が何げなしにそちらを見たおり、高橋さんの横目でこちらを見たのにぶつかった。高橋さんは相当狼狽したように下を向いてしまった。そして階段で会ったときは私が「下へ行って来たの」と物を言いかけても返事はしなかったけれど、私のことが少しは気にかかるらしいのを認めていくらかよろこばしかった。

昼飯がおそかったので本郷へ直ぐもどる気にはなれずバスでそのまま駒込林町まで行き、古本屋を見た。

下宿に早くもどって本を読んでると冨本さんがたずねて来て十二時まで話して行く。

アララギの原稿を書かなくてはならないが、何故か気が重くなって手がつけられない。

（1）文化アパートメント　一九二二年森本厚吉設立の財団法人文化普及会が建設した日本初の洋式集合住宅。ホテルのような設備がほどこされ本郷区元町（現在の文京区本郷二丁目）にあった。一九四三年に日本出版協会に譲渡され、敗戦後は進駐軍将校の宿舎として使われた。

三月三十一日（水）　曇・後雨

石井が朝岡山から鶏五羽を提げて帰京した。家からは食パン二斤小包便で送ってよこす。バターとジャムが戸棚の中で長い間退屈していた。

矢張りいつものようにおひるごろ弁当箱をかかえながら駿河台の勤めに出かける。今日から「日本出版協会別館」の大きな木札がかかっていた。

大塚も出て来たが直き帰った。私は職員心得をでっち上げる。

三時半には佐々木がたずねて来た。私の机の上においてある一升四円の大闇で買った南京豆は人の来るたびに袋から減って行く。寺島に会うために佐々木と本館に赴く。二人で馬鹿話をしながら階段を上って行くと、直ぐ前を駆け上って行った人が二階のランディングに佇立して誰かこちらをうかがっていた。それは高橋さんだった。高橋さんは私をみとめるとまるで逃げ出すように三階の方へ駆け上ってしまった。果して私の声を聞いたために高橋さんがあのように立ちどまったのかどうかは分らなかった。

それで五階へ登りたい気もしたが寺島に会わねばならんので地下室へ降りた。寺島が明朝帰省する金がないというので、佐々木は女房に工面させてもって来たのである。神田も亦やって来た。佐々木と寺島はアジア青年社の岩佐に会うというが、私は今夜石井の持参した鶏を食わねばならぬのでキャンドルで紅茶を飲んだだけで別れた。私は、しかし、寺島に美知子さんの話が是非したかったのである。ただ私は寺島の結婚についていろいろ奔走したのが、美知子さんをねらうためだと思われたくないという自尊心があった、——実際には美知子さんのことも充分考えていたのだが。——ともかく結局美知子さんの話をする機会は生じなかった。こんなにうろうろしていると後悔の臍をかむときが来るぞ。

下宿には石井と石井の友人で万年高校受験生の長田と丸山が集った。私は残念なことに、右の下大臼歯と左の奥歯が蝕まれていて繊維を噛むと必ず挟まって痛むのである。腹もまだ収まり切らないがそれよりも歯が私を悩ました。

四月一日（木）　曇

今日も曇って冷たい。夕がたほろほろと雨さえ落ちて来た。

十二時ごろ通りへ出て行くと丹下に会った。建築の連中は板垣評をよろこんで声を出して朗読し合ったということだ。丹下は今都市計画をやっている。私は技術をもってる連中が羨しい。

床屋をのぞいたが満員だったので山喜房へ行って弁当箱を取出して飯を食った。副菜は菜っぱが一つかみだけれど白米だったので無理につめこんだ。

駿河台へ行ったらもう二時すぎだった。三時に文協の解散手当が出るというので本館に赴く。

経理課に用事があったので五階へ行く。五階にいる給仕の丈の小さな子は私を見ると笑うけれど、高橋さんはちっともいい顔をしない。けれど片隅で用事を話してると、丁度本箱の蔭ではっきりは分らなかったけれど、机に向って座ってる高橋さんが私の方をそっと注目してたような気がする。ただそれだけだ。次に廊下で会ったときにはどんな顔もしなかった。

大塚、神田も本館に来た。手当が出る。第一銀行の小切手で六百円。案外沢山だった。尤もボーナスが入っていたからだが。大塚と神田は忽ち姿を消した。そして私が別館で明日の移転の用意に抽出を片づけてると、もう金を引き出したと帰って来た。

晩飯は寺尾で馬肉と野菜のバターいためであったけれど、又しても呪うべき両方の奥歯のゆえに嚙まずに薬か何かのようにのみこまねばならなかった。そのため胃の中をごろごろころがっている。

四月二日（金）　晴

ようやく春だ。駿河台の日本出版協会別館から文化アパートの二階左の翼に移転する。五階から机をうんとこうんとおろしたり、馬車が門前へおろした本を運び上げたりした。私の方はもう神田も大塚も罷めてしまったので私と伊藤さんと二人きりだ。そして室の割当にしても軒をかりてるみたいで不快でならぬ。

午後俳優登録試験の第一日をすませて神田がやって来た。それまで私は一人でぷりぷり腹を立てていた。

神田と今までの住居たる別館に寄っておいてもらったほうれんそうを受取り、且つ寄贈図書を十冊ばかり紐でしばって古本屋まで提げて行った。十九円五十銭ほどでこれを以って大塚送別会の税金の足しにすることに定めた。

本館に寄ると今日から四時半終業なので皆いそいそと帰って行く。五階をのぞくと丁度海外課の給仕が子供用のリュック・サックを背負って出かけようとしてるところだった、四葉会の一泊旅行である、高橋さんも机の前で支度してたが私の声を聞いたために、わざと長くかかっているらしかった。けれど三階で企画の高橋少年たちと喋ってるとそこを通りかかった。高橋たちが互に合図していたところから見ると、少年たちも亦高橋さんに気持をもってるのではないかと思われた。一階にまで降りると出口には少女たちががやがや集っていたが、私はそこで神田を待つのがいたく間が悪かった。

神田と銀座へ出て、しかるのち田宮の紹介で陸軍美術協会(1)の鈴木清(2)、古我菊治(3)に会う。「喜田」に於て。ビール一本ずつで私はすっかり酔って喋った。

下宿へもどるとほうれんそうをバターでいためて食った。そして石井と十二時まで雑談した。

(1) 陸軍美術協会　陸軍の外郭団体として一九三九年四月に発足した。
(2) 鈴木清　未詳。
(3) 古我菊治　編集者、随筆家。一九〇五年滋賀県生まれ。一九二九年同志社大学英文科を卒業後上京。一九三三年に『日暦』、一九三六年に『人民文庫』に加わる。戦後東京書籍に勤務し『日暦』を復刊し編集にあたる。

四月三日（土）　曇　神武天皇祭

午前に猪野が来る。二人で上野へ。東照宮の苑に木蓮が一ぱいに咲きかがやき、木立にまじる桜もすでに含《ふく》らんでいる。

博物館を見めぐる、彫刻に二つ三つよいものがあった、特に宋時代の観音像は二尺ばかりだが微かに唇に朱をのこしていて、美貌な女であった、尤もシャオとくらべるとはるかにふっくらとまるかったが。絵画は椿山の花鳥の弱いところのある色彩の美しさをのぞいては見るに耐えず、こんなものよりもむしろ頽廃した江戸町人の生活を伝える浮世絵の方がより親しむべきであった。

今日は昼にマンサダでコーヒーを飲み、寺尾でも飯の後コーヒーを一ぱい出してくれた。博物館を出ると上野駅前の横丁の本屋をのぞいたのち、風月で又コーヒーを飲む。それから広小路を少し入った氷屋に猪野の同年兵がいるのに寄ったら、みつ豆二はいとサイダーを御馳走になる。その上猪野は土産に芋羊羹をもらったので、それを頒けてもらうために本郷の明治製菓に入ってレモンティを飲まなくてはならなかった。

晩飯がすむと小石川の方へ降りて古本屋を見歩いた。七時少しすぎたばかりなのにもう店は大部分閉っている。いつも私はこういう町中を歩きつつ耐えられぬ哀愁を感じたものだ、そのたびに胸が締めつけられて苦しかったのに、今夜もそういう哀愁が私をとらえたけれど、もうそれは仄かなものであった。私にはあこがれるものさえないのであろうか。私にはシャオがだめであることが判明して以来絶望が巣くってしまった。幻が私に浮んで吐息を吐かせる。

四月四日（日）　曇・後雨

十二時に床をぬけ出すと、ほうれんそうをバターでいため、トーストにそえて食った。これがきょうの昼飯だった。

本屋も公休日だからさてどこへと行くあてもない。山喜房へ寄っただけ。

四時半に約束どおり生田と石井が来る。三人で百万石に赴く、ビールをのむ。ふぐはすっかり味が落ちた。生田は歯槽膿漏のため禁酒してるので二人で三本飲んだがそれで酔った。

下宿にもどってコーヒーをわかしてると警戒警報出る。生田を本郷三丁目まで送って行くとまだ十時なのに早くも新橋行き赤電車だった。

雨となる、生ぬるい。

四月五日（月）　曇・後晴

朝は雨だったから傘をもって出たが、いつか霽《は》れてしまった。

今日から御茶ノ水の文化アパートの二階だ、西南に窓のついた室だから午後は西日がさし込む。私の室には机が五つ、伊藤さんと給仕の大島しかいない。窓の向うは省線電車の通う濠を距てて駿河台で、何処かの病院らしい木造の建築の炊事場が見え、そこに時々人が出てきて背をまげて何かしている。

旭が遊びに来る。生活社の谷本が校正刷りをもってくる。

会計の清算をする必要があったので旭と駿河台下まで出かける、お濠の斜面に四、五本立ってる桜はぽつぽつ花を開き始めている。

三階へ上ったとき高橋さんに会った。それから五階へ上ったら、五階には姿が見えぬ。新しく経理課から百円前借することにしたが、百円札を渡された。今両替に行ってるというから、ああ高橋さんはそんなところへお使いにやられたのか、暫くその辺りの椅子によりかかっていたけれどとうとうしびれを切らして立上った。階段を降りかかったら高橋さんの急いで上る足音がした。そして高橋さんが現れた、「お金を替えに行ったの?」と聞くとそうだと答えた。じゃあもう一度もどろうと、向きをかえて上りながら、「昨日はどうだった?」とたずねると、高橋さんは「とても面白かった」と素直に返事をした。そばで見るとこの少女は小さな頭をもって居り、顔色が非常に蒼黝い、そしてまだ嬰児みたいな匂いが残っていて、とても恋などのことを考えようとは思えない。その上声が悪いだけではなくて素っけなさすぎる。けれどともかく私は高橋さんと二言三言言葉をかわしただけで相当に酔ったように満足した。

本郷一丁目の古本屋を見て帰ると今夜もまだ警戒管制がつづけられている。道々私は何か自分の風呂敷包の中によいものがしまってあるように思った、そしてそれが何だろうと自ら考えると、「文芸復興史」の校正刷であった。そう分かってもしばらくすると又期待にみちた愉しい気分だけが私をとらえていた、何故そんなに愉しきか自分にも分らない。

石井はこの十一日に結婚式を挙げるために、革鞄と小さな木箱を振り分けにかついで暗やみの外へ出て岡山へ帰る。

四月六日（火）　曇

今日も雨傘をついて出るが昼すぎると霽れそうになった。きょうは御茶ノ水へ行かず帝大病院の図書館に行く。三輪に図書館の本を借り出してもらうためである。丁度三輪の教えている看護婦養成所の娘が近き卒業式の答辞を添削してもらいに来ていた。

図書館で会田由と三輪との二人の名前で坂口昂の「ルネッサンス史概説」、大類伸の「ルネサンス文化の研究」、コムパーニの「クロニカ」の原文と英訳、フィッシャーの「ペトラルカ」、フォスコロの「ペトラルカ論考」、クローチェの「ゲーテ」と一抱え借り出して、ペリカン書房へ傘と一緒に預けた。三時半だったがバスで駿河台下まで乗る。茂串と車内で出会い、少し話をする。日本出版協会の本館で神田を待ち、旭、猪口[1]をさそって一緒に飲み、夜の「田中四郎氏送別会」に出かける。丸の内、中央亭に於て。ビールがなかった。田中氏は明日私と神田とを芝居に招待してくれた。

往と同じ四人で真暗な丸の内を東京駅東口に出て市電に乗る。猪口の下宿は私の下宿の近くらしいが、板橋の旭も目黒の神田も一緒に本郷まで来てしまった。警戒管制が続いているのに。

下宿へもどると明日渡す約束の校正三十頁あまりを見なくてはならない。三時半まで起きているといつか雨になっている。

（1）猪口富士男　四高から一九三六年東京帝国大学文学部宗教学宗教史学科入学。当時日本出版協会書籍部文化科学課書記だった。

四月七日（水）　雨

霙が降っている。十二時十五分前に約束どおり帝国ホテルのグリルに赴いたが、神田が待っていたのみ。田中氏、古賀、吉沢がおくれて順々にやってくるまでに食堂は売切の札を掲げた。その上約束の芝居、ではなくて、レビュウは貸切で割込む余地がない。仕方ないので交詢社ビルで食事をし、談話室でしゃべった。

神田と二人で日伊協会へ。

それから御茶ノ水の文化アパート。しばらくすると明石が訪ねてくる。本館に用事があったので駿河台下へ降る。神田も順天堂まえまで一緒だったが傘を間違えていたのでもどってしまう。

本館の三階へ行くと、丁度高橋さんが湯呑所にいるのが三分開きのドアの隙から見えた。それだけで明石とお茶を飲んだり本屋を見たりしつつ、早くらくなり出した神保町を歩いて行く。岩波書店を出ると私を探していた神田に呼びとめられた。三人で山東軒に行き、先日売り飛ばした「武士道全書」の全十九円也をすっかり食ってしまった。

水道橋で神田と別れてから冷い雨のそぼふるのを風が横吹きに吹きつける中を明石と対ソ戦の有りやなしやについて考えつつ歩いた。明石は二十五日に結婚する。

下宿にもどると十二日に五年ぶりで除隊し、一昨日あたりからこの近所に下宿した塩川がやって来て、東京の物資欠乏ぶりにあきれたと言う。

四月八日（木）　雨

相沢正召集。秦中将[1]参謀次長となる。風雨正に来たらんとしている。

相沢歓送のために夜アララギ発行所に至ったが、少しアルコールが廻ると樋口が例の話を具体的に進めてよいかと言い出した。けれど私には美知子さんの方がのぞましいのである。

まだ警戒管制がつづいている。米国艦隊のハワイ隊集結のためだという人もあれば、北方への移動のためだという人もある。いずれにせよ、人心は昏い。

（1）秦彦三郎　軍人。一八九〇年三重県生まれ。陸軍大学卒。陸軍きってのロシア通と言われた。日中戦争が始まるとハルビン特務機関長、関東軍参謀副長。秦の参謀次長就任は陸軍中央部の戦争体勢強化人事の一環だった。一九四五年関東軍参謀長に転ずる。敗戦後ソ連に抑留され一九五六年復員。『苦難に堪えて』（日刊労働通信社）に抑留体験を書いた。

四月九日（金）　晴

創芸社からクローチェの「ゲーテ」の英語版からの翻訳をもちこんで手をいれてくれと言われたので、図書館から借り出した原書を片手に目を通したが、粗雑で全部書き改める以外にどうしようもない。小さな原稿用紙なので書き込みがきかず、しかも紙質が悪いので破れそうである。文化アパートの二階の隅でそんなことをしている。

桜井が訪ねて来て「書評」雑誌の原稿を大半もって行った。当分創刊ののぞみがないので帝大新聞へ掲載してもらうのである。

本館へ行くと各課の移動の準備でごったかえしている。企画課長は小森田[1]。課は五階へ上る。今まで出勤時間などきわめてだらしなかったが、今朝留岡総務部長が腹を立てたそうである。しかし私にとって何よりも困ったことは、経理課が二階の別室に隠れてしまうので高橋さんを見る機会が殆どなくなってしまうのである。もう順天堂前から駿河台下までやってくる意味がなくなるから、かえってよいのかもしれぬ。

小山と文房堂で鉛筆と原稿整理箱を買った。

夜、阿部と本間がくる。阿部は田舎から焼餅を土産にもって来た。

（1）小森田一記　出版人。一九〇四年熊本県生まれ。早稲田大学政治経済学部卒。一九三〇年に中央公論社に入り、『中央公論』編集長、出版部長をつとめ一九四一年に退社。日本出版協会に勤務するが、一九四四年一月に横浜事件で中央公論編集者グループの一人として検挙された。戦後は世界評論社を創業。

四月十日（土）　晴

街には学生が氾濫している。学用品の不足が目立って来た。

新秘書課長の白根孝之[1]がアパートへ来た。しかし誰も私には目もくれず挨拶もしない、矢張り田所の方が紳士として取扱われている。人はすべて見かけを尚ぶ。しかしそれはどうだってかまわぬ話だが、今日の白根は私が折角話をしてる最中、別の方を向いて別の話を始めた。これこそ怨みが身にしみたと言ってよいだろう。いずれ目に《ママ》しみるときがあるだろう。

小山と寺島と又文房堂へ出かけてバヴァリア鉛筆を買う。三省堂では寺島と同じく原稿用紙を十帖ずつ買い求めたが、今ではインクの滲まぬ紙はない。今日のなど全くざら紙である。

夕方相沢の送別会が青山にあるはずだったが、私はどうしてか気がすすまぬので本郷へもどった。秋元さんに会う。
二、三日まえからディノ・コムパーニの「年代記」を翻訳し始める。始めたばかりのせいか何よりもたのしい。

（1）白根孝之　一九〇五年生まれ。広島県出身。一九二八年九州帝国大学哲学科卒。東京高等師範学校、法政大学講師をへて、日本出版協会参事、局長室室長兼秘書課長に就任。

四月十一日（日）　曇

寝るときに私は美知子さんのことを考えた、まあ美人に属するのだろうが、その美しさが華やかにすぎて内容に乏しい。それにくらべるとシャオは骨の髄からしみ出てくるような美しさだ。始めて見た十六、七才ごろのシャオは清く輝くばかりだった。二度目のときはもう成熟して、それが内にこもっていた。いくらあこがれても何にもならぬ。神々は私に美を許したまわぬ。

寺尾会ができてきょうは十時から弁当をもって植物園に散歩した。曇って寒い空の下に桜が咲きみだれていた。草樹の花や若芽の間にいることは救われることだ。

夕刻塩川が来た。きょう配給のビールを飲んで、結婚の話をした。

夜は山喜房に寄って、うどんを一ぱい食う。けい子は風呂からかえって来たが、この変化の萌している女の子を見ていると、むしろ不可思議な感情にとらわれる。

下宿へもどるとコムパーニの翻訳。これはたのしみだ。

四月十二日（月）　曇

毎日昼に出勤する。自分ながら多少後ろめたいが、いわば自棄くそのような気もするのである。田中さんが文化アパートの三階に一室を借りて文協史を書く。二人で神保町へ本を探しに行った。佐々木と寺島に電話したがどちらへも通じない。

夕方神田が俳優登録試験にパスした、とやってくる。彼は本郷まで一緒に歩いて障子紙を買って帰った。

晩飯で阿部に会ったので二人で佐竹町から浅草橋の古本屋を見に行く。警戒管制は解かれたが、依然街は暗く、凸凹のできた鋪道も修繕されていないので、しばしば水溜に踏込む。シュニツラーの翻訳を五冊買った。

「年代記」の翻訳を勤め先と下宿と両方でする。

四月十三日（火）　晴

矢張り十二時出勤。一昨日よりしばしば地震、きょうも鉄筋コンクリート製の文化アパートが可成ゆれた。夜も微震あり。

伊藤さんにたのんで南京豆と草餅を買ってもらう。

夜は佐々木、旭とカフェ・キリンでビールを飲む。一人三ばいずつでお終い、もう閉店と銀座へ出たとき、まだ空には明るみが残っていた。

山喜房へ寄ったらもう九時でけい子は寝てしまったあとだった。草餅をおいて帰る。

四月十四日（水）　晴

十二時出勤。春めいたがうすら寒く、夜は冷えてまだ火鉢があっても差支ない。

本館へ行って二階の一室に入った経理課をのぞく。高橋さんは髪を結わずにいるが、ずいぶん長くなっていた。そして薄暗い室で見たせいか丈がずいぶん高かった。机に向ってペン習字の稽古をしていたのでものを言いかけたが、一口も答えず、ふりむきもしなかった。

小森田企画課長に紹介さる。

寺島と創元社の松村泰太郎とお茶を飲みに出る。松村の話によると、帝大新聞の板垣評は大分問題になった、横光利一(1)の家へ行ったところ、横光がそれを読んだところで、「君これはどういう男か知らんかね、すごいよこの悪口は。」と言ったそうである。横光の注意を引いたということが私には今までの反響の中で一番大きな収穫のような気がした。

つとめ帰りは徒歩。きょうは林檎と南京豆を包んだ風呂敷をさげていた。山喜房へ南京豆をおいて行く。又一つかみずつを松屋の小僧にわけ、大学ノートを売ってもらう。このごろは大学ノートは一般の人にはもちろん、大学生にも二冊ずつしか売らないのである。土方さんをはじめ、福井だの明石だのに頼まれている。

夜明石と塩川がくる。私の召集も遠くないらしい。

寺田、八木から音信。石井は新婚旅行の鳥羽から絵ハガキ。

（1）横光利一　小説家。一八九八年福島県生まれ。早稲田大学中退。川端康成らと『文芸時代』を創刊する。一九三六年のヨーロッパ旅行の体験を「旅愁」として断続的に発表。一九四〇年以降は文芸銃後運動講演会に協力し、大政翼賛会主催の修練会におけるみそぎ、大東亜文学者大会での宣言文朗読など戦時体制への協力的な姿勢が目立った。一九四七年没。

四月十五日（木）曇・後雨

十二時に起きた。きょうは休んで茂串たちに会いに行こう。だから弁当もいらない。寺尾へ行ってせっかく詰めておいてくれた弁当をその場で食ってしまう。

久しぶりで図書館に赴く。ブリタニカとイタリア百科辞典とを抱え出すが、以前みたいに根気がつづかぬ。

帝大病院中央図書室にいると創元社の山崎が歯を抜いた帰り途と頬をおさえながら寄って、又例の板垣評の話を始めた。何処でも君あれを読んだかとセンセーションをまきおこしたのだそうだ。あの四、五日あと板垣に会って、面白かったですね、と言ったら、当人腐ってだまっていたそうだ。あれで葬むられてしまったのだと言っているらしい。

茂串、秋元、三輪と百万石に行く。ビールがジョッキー一ぱいずつしかない。ふぐもすっかり味が落ちてしまった。そこからタムラに行って九時すぎるまで、摩寿意とか緒方富雄の悪口をさんざん言った。

いつか雨になっている。下宿へもどると直ぐ銭湯へ出かけたが、もう上り湯もぬるい。美知子さんのことを考えたけれど、美知子さんがいやだというにちがいないと思うと、この話を切り出すのがいよいよむつかしくなって来る。

四月十六日（金） 晴

朝九時に起きる。それだけ。

読書雑誌の準備工作の準備として発行理由を福林氏、田所と額をあつめて協議した。その相談結果を原稿にまとめたのち本館に赴く。文庫分類目録の原稿を包んだ風呂敷をさげて。

夜塩川来る。

四月十七日（土） 晴

昼間は晴れていた、尤も午後夕立が通ったが。しかし夜分は冷えて火をいれざるをえない。

きょうから読書新聞の編輯部に岡田忠軒[1]が入った。一高の後輩だから私の仲間になれるだろう。昼は昨日矢張り文化アパートに移転せる雑誌部との懇談会、岸体育会館で食事、別に面白くも何ともなかったが、矢張りそこへ金子さんとか今君とか顔馴染の女の子が入ってくると心がなごやかになってくるのを感じた。

本館をのぞき、又文房堂へ行って鉛筆をかう。

（1）岡田忠軒　一九一七年生まれ。一九三九年一高文科（甲類）を卒業し、一九四二年東京帝国大学文学部

英文科に入学。日本出版協会における待遇は書記補。戦後、茨城大学人文学部教授。

四月十八日（日）　晴

いい日だったので阿部と石原町あたり、錦糸堀、洲崎、門前仲町を散歩しながら古本を漁った、そして途みちコーヒーパーラーと称するところなどに立寄ってコーヒー、蜜豆、すし、しるこ等々を食った。いくつか濁れる或いは蒼々した水を見渡す橋をわたった。

夜冨本さんが来る。喋っていたら風呂へ行けなくなってしまった。その上、生活社の校正をしていると三時半がすぎてしまった。

四月十九日（月）　雨

破れた底から雨水が入ってべとべとの靴を一日じゅうはいて歩いた。

岡田と本館へ行ったが用が足せなかった。

夜編輯室の常会。伊藤君のことでやや不快を感じた。

校正一段落。

四月二十日（火）　晴

朝定刻に出勤せよとうるさい。

午後岡田と本館に行く。きょうは本屋の公休日で時間のつぶしようがない。

帰りに赤門前までくると、けい子が弟の秀夫とピアノのお稽古から帰り道。そこで山喜房へ寄り道してけい子とおしゃべりしている。何か胸がくすぐったくなるようにたのしい気持が折々襲って来た。

四月二十一日（水）　晴

自分の机の前にいてディーノ・コムパーニの翻訳をし、伊藤君にはシモンズに附ける訳者注の清書をやらせている。しかし空気が私に冷く当る。

久しぶりに神田が来た。田中氏が贈り物として神田にアパートの扉についてる鏡をくれるというので。経理の係と打合せたうえで神田は自分で鏡を外し出したが、福林氏が文句を言ったのでやめにした。何かにつけて私もここにもう長くないという気がした。

本館へ行って小森田氏に文庫目録について話をしたが、果して印刷になるやら分らぬ。

佐々木、寺島、神田、岡田とカフェ・キリンで飲む。きょうはビールジョッキ二杯半ずつ。何か酔い足りぬ。しかも金はなくなる。これで十日ぐらいのうちに二百円消えうせた。

佐々木が女房をもらえというが私は相手にしない。いろいろな話がもち出されるが結局美知子さんが一番よさそうだ。けれどこれはどうしても言い出せない。

四月二十二日（木）　晴

十二時に起きて出かける。何かしらむかむかしていたので一時間ばかりかかって事務日誌に読書新聞の連中をやっつけて書いた。

しばらくすると甘いものが食いたくなったので本館へ出かける。皆講演か何か聞きに出かけて寺島と小山がいるきり。きょうは「寒掛」のどらやきは休みというので、四時になると三人で裏神保町を歩きミルクホールで唐もろこしのあべ川もちを食った。

帰りに山喜房に立寄る。私にはほんのささやかなぐさめでよい。

つまらぬ本を一ぱい買い込んで帰る。塩川が来てしゃべって行く。僕のところにくるといつも悲観材料ばかりだと言った。

四月二十三日（金）　晴

早目に起きたが、このごろ睡眠不足で一日疲れておる。

「寒掛」でどら焼をとったがこれをハトロン袋に収めて、帰りに山喜房に立寄ったが、けい子は伊豆へ行っていない、おやじがむしゃむしゃと食ってしまった。

阿部と明石の下宿をたずねたが、一昨日引越したあとであった。小石川のあたりでやきそばを食い、しるこを食い、おかめそばを食った。食ものをみるとまるで餓鬼のようになる。

四月二十四日（土）　晴

靖国神社の臨時大祭で休み。

約束通り十時に阿部がおこしに来てくれた。福井がやって来たけれど、相手をしてるひまもなかった。

寺尾で弁当をつめてもらって錦糸堀へ。浦安で魚料理でも食ってくるつもりだったが、駅前のバス乗場に蜿蜒《えんえん》と並んだ釣、潮干狩、買出部隊を眺めると勇気を失い、今井で辛抱することにした。春の川をこえて中川運河のほとりへ。その辺りには東京市内からの買出部隊が陸続と橋を渡って千葉県へといそいでいる。今井の終点近くに荷車一ぱいの大根を売ってるのを買いたかったが、帰り途でということにした。

中川の堤、散り方すぎて汚い桜並木の下に、すぎなの上に寝そべってるといつしか眠ってしまった。寒さを覚えてさめると三時半だったので、それで今日のピクニックは終りにする。ここまで季節を味いに来たのだ。もう大根は売っていなかった。風呂敷包二包も三包も両手にさげ背負いつつ主婦たちがもどってくる。大根、菜っぱ、それから葱だ。これらの買出は潮のようなものでとどめるすべがないであろう。

阿部と別れてからまだ早いので肴町の本屋へ行った、そして帰りみちで大清堂に寄る。昨日一寸より道したら、おかみさんの妹で二、三年まえしばらく手伝いに来ていた娘がもう二十二、三になっていた。細りしていいてよかったので、きょうも寄る気になったのにちがいない。

下宿へかえるとさすがに疲れ、畳の上にねそべって目をつむると、隣の下宿屋からラジオで端唄か何かが聞えて来た。あの内攻のあげく自らを頽廃させた日本民衆の声を聞くと私も亦胸がいたむ。華やかなる青春の一日ももつことなくして我々の青春はすぎてしまうことを宿命づけられている。しかしそれもあきらめよ、うまれのままの眠りをねむれ、というのである。

わたしは配給の合成酒をかんして生葱に味噌つけて一ぱいのんで寝るよりほかない。

四月二十五日（日）　晴

食堂が休みなので本郷通りに飯をさがしに出ると、矢張り本郷三丁目の方から飯をさがしつつやって来た本庄にぶつかる。すしとうどんとでどうやら腹をもたせた。

又棚沢で猪野に会い、三人で早稲田の本屋を見に行く。ランツィの絵画史の英訳本があったが、そのつもりで出なかったので和服で財布に二円そこその金しか入っておらず、二十五円ではどうにもならなかった。猪野も本庄もいくらも持っていなかった。有島武郎全集を見つけたが、予約だと称して売らない。

不愉快なことが多い。早大のグラウンドで野球の稽古を見物して本郷へもどるともう五時すぎ。

四月二十六日（月）　晴

九時に起きた。すっかり晩春の日ざしに移った。

勤めでディノ・コムパーニの翻訳に精出して疲れると神保町へ甘いものを求めに行く。木箱を十注文したら三十円では足りず、四十五円いることになった。

このごろは文房堂にもメイド・イン・バヴァリアの鉛筆がすっかり姿を消してしまったので一まわりしたのち、銀座の日伊協会へ出かけたが、ここもきょうは会で人がいなかった。

夜下宿へもどると又コムパーニの続きだ。四分の一ばかり終った。これを岩波文庫に紹介してくれる人はないか知らと思う。

四月二十七日（火）　晴・後曇

幸子《ゆきこ》より母が中風で寝ていると言って来た。私は親不孝ばかりして来て、いまだに何一つ母に報いていない。これを機に女房でももらうか、と思った。

荷物をこしらえている最中、稲勝が来て、私のことを、「徹底的な合理主義者だ」と言った。後から冨本さんと明石が来た。

四月二十八日（水）　晴

寺島と一緒に昼飯を食った。

四月二十九日（木）　晴　天長節

朝寝をするつもりだったが運送屋が来、次いで本庄が北支行決定したと報らせに来、又石井が座禅を組むために新妻を田舎において出て来たと、ちり紙と砂糖とを土産にくれた。そして鉢の木へ行って昼飯を御馳走してくれた、何か分らぬ怪しげな料理だが、それでも七円五十銭も取られたらしい。床屋へ行き、山喜房に寄る。けい子はピアノの稽古に出かけるところだった。

五時から日比谷山水楼で明石の結婚祝い。明石の母のほか平貞蔵夫妻(1)、渡辺佐平氏(2)、桜井武雄氏、小川平二氏(3)、伊藤君など十三人のささやかな会であった。この方がインティメイトでよい。

明石の新居は氷川下の古本屋の二階二間である。私はそこまでついて行った。或いは母親と祖父を本郷の宿屋まで案内しなくてはならぬかもしれなかったから。けれど母親は頑強に夜行で神戸に帰ると主張した。

こんなに誰もかれも結婚してしまうとわたしも覚悟しそうになる。美知子さんを私は心の中でえらんでいるけれど、何よりも丈のちがいが甚しすぎるので、無理がある。そのためあえて寺島に切り出せないで一人困っている。

（1）平貞蔵　社会思想家。一八九四年山形県生まれ。東京帝国大学卒。昭和研究会の支那問題研究会に参加。法政大学教授、満鉄参事。一九三八年に昭和塾を設立するがゾルゲ事件で解散。

（2）渡辺佐平　経済学者。一九〇三年生まれ。栃木県出身。一九二七年東京帝国大学経済学部卒。一九三三年法政大学経済学部教授。大陸問題調査室幹事。昭和研究会に参加し昭和塾で講師を務める。後法政大学総長。

（3）小川平二　政治家。一九一〇年長野県に小川平吉の次男として生まれる。佐賀高校時代に青地晨とともに左翼運動に関係して停学処分を受ける。東京帝国大学経済学部卒業後、東亜研究所に勤務。一九四九年衆議院議員。自治、労働、文部大臣を歴任。

四月三十日（金）　曇

午後十一時二十分の汽車に石井と乗る。混雑して石井は行李の上に座ってねむった。

五月一日（土）　晴

荒井あたりの浅い谷には藤の花が咲いていた。九時ごろ家に着く。母は思ったより元気であった。指さきが痲《しび》れると白く腫れたようになっている。
幸子の姑が来ていたので畠村へ行く。午前も午後も昨夜の徹夜の分を取りかえすために眠る。夕方裏へ出てみたら、筍がまだ短く、えんどうとそらまめの花が昔のように甘くにおっていた。しかし今年は寒さが遅くまでのこったので、苺も花の盛りだし桜桃も青い。又冬の間雨の乏しかったせいか、雑草や樹木の茂りが薄く伸びほほけたたんぽぽのみだれた姿のみが徒らに目についた。
昼は鶏のだしでさやえんどう、筍、葱の煮味噌。夜はビール。鰈の煮付に大根切干。大根おろしに蟹の酢のもの。鰈は身が緊って何とうまいことだろう。

五月二日（日）晴
午前　ミルク紅茶。
昼　わかめのみそ汁。大根おろし。筍、えんどう、わらびの煮付。
夜　牛肉すき焼。玉葱、えんどう、筍、ごぼう。
八木君の家へよる。それから荒古へ廻って見たが、田圃へ出て雨戸が閉っていた。またたとえ誰かいたところでよろこびもない。
コムパーニの「クロニカ」をもって来たのでその翻訳をつづける。

五月三日（月）曇
昨夜の雑談によると、はつゑは東京の蒲田あたりの職工のところへ嫁入ったのだそうだ。もうどうでもかまわない話であるけれど、やはり快いものではない。

夕方近く県道で「とみちゃん」と呼ぶ少女の声が聞えたので外へ出てみると、もうはるか向うであるけれどとみ子らしい後姿が見えた。百姓らしい着物を着ていたがその歩き方にはむしろ成熟しすぎた肉体が遠くからでも感じられた。あらゆる意味において不幸な生まれ合わせの女であると思った。

夕方八木君の家へ行って白絹のワイシャツ地をもらった。山田へ出かけようと思ったが、いつか六時をすぎてしまった。

母の調子不良、脈拍二百以上。それなのに家中余り心配もしていない。姉も幸子も自分の子供のことにかまけ切っている。二階を降りて便所へかようのが今の体では非常に悪いのに、それさえ誰も気をつかわないのである。我家の便所は父の趣味で必ず縁側から切り離され一旦下に降りなくてはならない。これが病人にはどんな苦痛にひびくか、考えても腹が立つ。

明日は豊橋へ行ってくる予定。

蝿が群り飛び蚊の声も聞える。昼すぎ雨もよいとなると蛙がかいかい短く鳴いた。

昼　うどん。

夜　石鰈煮付、大根切干。烏賊筍木の芽あえ。

昨夜はいろいろ夢を見た、千里を探そうとしていたらしい。

五月四日（火）　晴
豊橋へ行くために早く八時半に起きる。出かけに牛乳を飲む。ふと座敷のガラス戸から往還を眺めるとバス停留場に若い女が立っていて私の方にお辞儀した。はつゑではないかと思った。そして本当にはつゑだった。

同じバスだったけれど私は一番奥へ座ってしまった。はつゑは伊川津で降りた。そしてまだバスがとまっているとき窓のそばに寄って「いつおいでになった？」と言った。離れて見たときも、バスの中で背後から見たときも、一ころよりやせてあかぬけがしてかえってきれいに見えたが、そばによると目が小さく顔が荒れていてむしろ汚ならしかった。

私は「海辺の村」のことを考えていた。

豊橋では知ってるかぎりの本屋を歩いたが、新川橋の近くで「有島武郎全集」揃を十三円で買っただけで、あとはくたびれ損。岩波文庫などどこにも見えなかった。ただ大日本国語辞典と名著全集との揃いが目についたけれど、運搬に困るのであえて手を出さなかった。

電車もバスもやたらにつめこんで客あしらいがひどい。全く官僚風がいたるところへ行きわたってしまった。

朝出かけの牛乳と田原駅の待合の牛乳と豊橋の喫茶店のアイス・ミルクとそれだけで夕方まで辛抱した。家へ帰ると五時半。東京から送った本箱二つが届いていた。

晩飯　ビフテキ、サラダ菜、えんどうのバターいため。

五月五日（水）　曇

本を土蔵に片付けるのに午前中かかり、午後は岩波文庫を調べるために棚へ番号順に並べて見た。可なり紛失したのがあるらしい。中腰で調べていたら夕方には腰骨がいたんだほどだった。東京から速達が来て、十日に第二国民兵の教育を実施するという。何かしらそのことが腹立たしくてならなかった。

山田へ行って見ようかと思ったが、風が強いのでやめた。

県道に沿った縁側におかれた藤の寝台に凭りかかっていると、とみ子が医者の帰りらしく切手を買いに来た。ひどく年寄りじみた着物を着ていたが、矢張り欲情をそそるようなものがあった。ひどくすましたものの言い方をした。ひどく距ったものだ。

母は今日は按摩のせいか、夜お茶をのみに起きて来たほどである。その代り幸子の子の千鶴子が高熱を出した、幼児の熱の高いのに高い叫びを立てて遊ぶのを見てると何故か痛々しく涙をそそられる。

昼は味噌煮、夜　もずく、すきやき。

五月六日（木）　曇・後晴

夜明に雨を聴く。

朝、牛乳で紅茶をわかして飲む。夜はリプトンをたのしむ。

本の整理で一日の大半をすごす。十日の訓練のことが不快に気になる。

夕方山田へ行く。谷には白い木の花が咲き、紫の藤が若いやわらかな緑の間にかかっている。本当とは信じられないように幻的な景色であった。明の家で金柑をポケットに一ぱいもらう。それから藪をまわって重平さに行く、はつゑはもう東京へ帰った、重男は富山商船学校へ行った。家の人は蚕の共同経営と田圃のれんげ刈とで、ちせ子と雪男が昏い家の中にいただけ。ちせ子は柴をぽきぽき折っては風呂竈に押し込んだ。いつかはつゑが十四、五のころこんなことがあった、そのころのはつゑは一人前に近い少女に見えたのに、ちせ子はまるで子供にしか見えない。土間にはもろこしの苗が揃えてあるし、そばの若い茎がぬきちらしてあった。

私は時間が欲しい、今なら小説が成熟して生まれてくるであろう。

母は今日も快調。

昼　大根おろし、焼のり、若めみそ汁。

夜　ぎんぽ丼。カレーライス。もずく。

福林、寺島、神田に葉書。

五月七日（金）　晴

出版協会の事務所へ行ったら、もう移転したということであった。そこで新しい事務所へ行くと、そこは道路に沿うたビルディングか何からしく、二室を通して縦に机が並べてある。読書新聞の連中しかいない、一番上手に大きな机は新聞編輯長の田所の席になっている、ふん大したもんだと自分の席を探しに行くとそこには又五、六人見知らぬ顔ばかり並んでいて、「雑誌と調査は別の室ですよ」と言った。畜生勝手に追い出しおったな、しかしまあ休んだのだから仕方がない、皆勿体ないほど上等の机を占領しているな。すると佐々木が面会に来たという。事務室には客を通すなということになってるが、腹が立ってたから呼ぶと、佐々木は室に入るなり、田所の机に目をとめて、おやいい机があるじゃあないか、と言ったかと思うと、いきなりその机の上に靴のまま飛上って、二つ三つの足踏をした。編輯員たちはあっけにとられて見ているのを、私はさあ向うへ行こう、と引っぱり出した。しかし自分の室に一足入ると怒気心頭に発した、何故かならそれはがらんとした大広間でその真中に机がいくつか、それも汚れていたんだようなのばかりで、そこに伊藤君などもいた。「何だ、これは」と私は怒りふるえつつ机を蹴飛ばした。こんなところへ、侮辱するにも程がある、私は早速電話をかけようとした。向うには一人々々卓上電話がとってあるのに、こちらは室の壁に二つ三つ備えつけてあるばかり。私は福林氏を呼びだしてののしってやろうとしたが、いくらかけても駄目だった。漸くかかったと思ったら会議中であった。――そういう夢を見た。

東京にもって帰るべく夏蜜柑をとる。苺が色づき始めた、もう四、五日で盛りに入るであろうのに。しかし去年夏の旱《ひでり》によって優良種は殆ど絶滅した上、冬から今に至るまで雨がないので、充分に実が太らない。

夕方さち子を自転車にのせ、清水に水汲みに行く。シェピーがついて走る。れんげの花ざかり。蕨はもう拳をひらいてみずみずしい羊歯になっていたが、杉林の中で二本ばかりおくれたのを摘んだ。きょうはちいは竃に向って大根干を大鍋でくたくた煮ていた。そして家の人は皆留守だった。

昼　ふぐ

夜　鰈煮つけ。車海老鬼がら焼、及びフライ。

…………

今、我家には父（五十七才）と母（〈空白〉）がいる。母は萎縮腎と心臓肥大症とで弱って病臥中である。弟（二十九）昌平《まさへい》は昼晩の食事に自転車でもどってくるほかは畠村の〈本《やまほん》雑貨店を独りで経営している。そのほかに東離れには旧臘除隊［した］姉婿川口連《むらじ》（〈空白〉）と姉房子《のぶこ》、及び長女さち子（七才）、次男俊介《しゅんすけ》（三才）が寓居して、姉の病気の快癒を俟って北海道に赴くことになっている。又裏の新築の離れには妹の山岡幸子が長女の千鶴子（二才）と一緒に起臥している。

…………

いつぞやの日記にヘッセにならって「世界文学をどうよむか」考えたことがある、あれからどれだけたったか知らんが、今とは多少ちがっているであろう。後々の覚えのためにここに又記しておこう。ギリシア文学ではホメロスというけれどこれは原典でなくては味読しえないからしばらく措く。アエスキュロスもいまだ読んだことがない、ソフォクレス、エウリピデスは一応目をとおしたが、翻訳が悪くてだめだった。

それよりもアリストパネス、これこそギリシアの芸術的感性と原始的粗漏《ろう》さとを混合して成った傑作だ、（「蜂」）。プラトンは「ソクラテスの弁明」「クリトン」「饗宴」の三つによって代表されよう。アリストテレスは何を採るべきか知らぬ。歴史家ではヘロドトスの長々しくしかも無数の挿話によってはちきれてる「歴史」をえらぶ。時代が下がると、テオプラトスの「人さまざま」、最後にプルタルコス、これは真の意味で面白くてためになる人類不朽の傑作だ。

ローマと中世からは私は一つも採らぬ。それは近ごろのカトリック信徒に任せておけばよい。

イタリアではダンテ、ボッカッチォ、マキアヴェルリ。それにレオナルドの手記。それだけあれば充分であろう。ペトラルカのソネット、サケッティの小説、アルベルティの「家族論」も第二に考慮せられる。カムパネルラの「太陽の都」は第三に。

イスパニアでは「ラサリーニョ」に始まり、ケベードその他の悪漢小説の一連を読むべきである。しかしてそれらの集大成たる「ドン・キホーテ」は正にシエイクスピアとともに人類の宝といわれてよい。カルデロン、ロペ・デ・ベカの戯曲はどんなものか。又ポルトガルのカモエンス【カモンイス】はどの程度か、一読してみたい。

フランス。「ガンチュア」、モンテーニュ「随想録」、ディドロ「ラモーの甥」、バルザック「人間喜劇」、スタンダール「赤と黒」「パルムの僧院」、フローベール「ボヴァリー夫人」（及び「聖アントワーヌ」）。これだけをまず最初にすすめる。次に私は好意をもたぬがパスカルの「パンセ」もそのものとしてはよいであろう。それより私はラ・ブリュイエールの「水さまざま」やモンテスキュウの「法の精神」、ルッソオ「エミール」（一つのみ）、ラ・ファイエト夫人「クレーヴの奥方」、ボーマルシエ「セヴィラの理髪師」、ゾラ「ゼルミナール」を挙げるべきであると思う。なお言い残したものにモリエールがあるが、モリエールは最も有名な作品三、四に限る。サン・ピエルの「ポールとヴィルヂニイ」、ユーゴー、シャトオブリアン「アタラ・ルネ」、フロマンタンなどは一読して捨てれば充分だ。新しくはヂード、プルーストを三流としてすすめる。ヴァレリイを読むぐらいならベルグソンにつけ。

私はデカルトよりもスピノザの孤高透明なのを愛している。

ドイツではゲーテの少数を除けば、文学より哲学者のライプニッツ、ヘーゲル、フォイエルバッハ、更に〈九文字空白〉こそ文字でかかれた人類の師範である。しかしハイネを忘れてはならぬ。ルターを逸してはならぬ。

イギリスはトーマス・モア「ユートピア」、チョーサー、にいでてシェイクスピアに至って世界文学の最高峰を形づくった。しかし以後は芝居よりもガリヴァ、リチャードソン、フィールディング、ディッケンズ、サッカレイの一連の小説にその本領が発揮された。女流作家では誰をとるかといえば矢張り妹のブロンテの「嵐ケ丘」を尤もなるものとする。

新興アメリカにはポオがいる。彼はその子ボードレールよりも原始的な強靭性に富んでいる。マーク・トウエインの「ハックルベリ・フィン」などは新しい健康な国のみに生れる作品であり、ジャック・ロンドンの「ホワイト・ファング」も亦そうである。これは古典の中に属する。

北欧ではデンマークにアンデルセン、この童話は人生の珠玉を織りなしている。アンデルセンの前にはアンデルセンはないが、アンデルセンの後にはこれを超え、正にゲーテに摩する峻嶮孤高の弧峰ストリンドベルヒが聳立《しょうりつ》している。彼の長い嶮しい人生こそフィヨルドに侵蝕された北欧の人生といった姿で、まことにえらばれた人のみが彼に接近しうる。ニイチェ以下の超人主義者のごとく人生と戦ったことのない甘い酒酔とは質が異る。

イプセンの抒情的な雰囲気は私に好ましくないが、ハウプトマンあたりとくらべるといかに偉大であるかが分る。又ビヨルンソンの牧歌の素朴甘美な匂いはケラー、デレッタの三、四流と並べたときに鮮明にされる。ヤコブセン、キェルケゴールについてはドイツ人よりましといえる。

ロシア文学については長々しくのべるのをやめよう。

プーシキンは近代文学の父であって、我々の父でもあるのだ。彼の詩一篇をよむためにロシア語の勉強を志すという人あるも宜《むべ》なるかな。ゴーゴリは質やや落ちるが、又無類の大作家である。レルモントフは「現代のヒーロー」に早熟な天才を閃めかせているが、他はバイロンの亜流である。ツルゲーネフも一時は甘さが不快でならなかったけれど、世界文学の中では一流の地位を与えなくてはならぬ。彼の作品は「父と子」か「処女地」かいずれに代表さすべきであろうか。トルストイとドストイエフスキイについては言う必要はない。ゴンチャロフもロシア文学の巨人の間に見失われがちだが、その中でも巨大な一人である。「オブローモフ」はもっと読まれてよい。コロレンコもいいがシチェドリンの「大人のための童話」の痛烈さは世界無比であろう。チェーホフ、ゴーリキイの血を引いた新文学では何よりもオストロフスキイとショーロフで、それにアウディエンコをつけ加えておこう。それから〈四文字空白〉の凱切な論文集を。

東洋には作品はあるが、作者はない。「千一夜物語」は東洋人の織り上げた美しい巨大な夢だ。支那には孔子の「論語」が最も美しい。老子を私は部分的にしか理解しない、荒踏《ママ》にすぎる、それに比べると論語は一語々々金を伸べたようだ。思想家としては「墨子」。歴史は「左伝春秋」。「戦国策」。「史記」は諸侯の興廃を記したところで、一般にいう列伝をそれほど高く買わない。「水滸伝」「三国史」はまだ読んだことがない。しかし一度読んだ「聊斎志異」の艶福な怪談は忘れがたい。けれど、何といっても軟文学は「紅楼夢」に尽されるであろうか。近代では大魯迅が卓然として世界の水準を凌いだ。

国文学で必読の書は、「万葉集」「古事記」。「竹取」「源氏」「今昔物語」。「保元・平治物語」「金塊集」。「徒然草」、「歎異鈔」「一言芳談抄」「夢中問答」。西鶴。芭蕉「俳句」及び「俳諧」、蕪村の一部。宣長「玉くしげ・秘本玉くしげ」。「五輪書」。江戸文学を一つというなら「浮世風呂」を加えよう。

「能狂言」の極く少数のもの。「蘭学事始」。

明治以後では、四迷の「浮雲」他二作。鷗外の全部。藤村詩集。子規の小説をのぞく全部。独歩。漱石の「猫」と「坊ちゃん」、荷風「おかめ笹」「腕くらべ」「あめりか物語」「江戸芸術論」「濹東綺譚」。春夫「田園の憂鬱」「都会の憂鬱」及び初期短篇。有島武郎全部。志賀直哉「暗夜行路」。芥川「河童」以下晩年の作品。

歌は左千夫、茂吉。詩は萩原朔太郎。なほ福沢諭吉の文章、特に「自伝」と「文明論の概略」。

歴史家では原勝郎のもの。又魯庵の随筆全部。

現代では小林。中野。それから梶井。横光は「家族会議」以前。川端は「伊豆の踊子」に尽きる。

まだ書きおとしはあるが、ここでやめる。

五月八日（土）　晴

昼　うどん。

夜　鶏水たき。たこす。

苺が熟し始めた。夜は遠蛙がやかましい。

船材として、なつかしい樫の木が伐られるらしい。

明日出かけるのがいやになる。こうして何もしないで本ばかり読んでるのはいい生活だ。私にはこれ以上適した仕事はないのだ。

母はそばにある茶箪笥の抽出を明けてごらんというのでそのとおりにすると、ウィスキー入りのチヨコレートが一つころがっていた。

夕方又さち子とシェピーと清水に行く。谷あじさいが色々としている。谷間の生活もはるかになって、あのころの子供たちは娘の齢をこえて大方は嫁に行ってしまった。国民学校へ通ってる子供で私を知ってるのは、今では高等二年のちせ子のクラスだけになった。しかもそのちいですら昔の高等二年生みたいに娘っぽく色っぽい感じがなく、まだほんの童にすぎない。

荷造りして行李の中へ夏蜜柑とえんどうをつめてトラックで父が出してくれる。紐をからげるのは川口の仕事だ。

夜になると母の脚が又白くはれたという。母もすっかり元気がない。昨日はお茶を飲むとき起きて来て元気だったけれど。それでももとみたいに同じ話を誇張して語ることがなくなってしまった。

五月九日（日）　晴

十一時のバスに乗るため家じゅう大さわぎ。握り飯をつくって焼く。ビフテキをあぶって折につめる。一方で牛乳を煮沸して水筒にいれる。片方では湯をわかして紅茶をいれるし、朝飯としてかれいを煮たりわかめの味噌汁をつくったりする。

母はひどくさびしがって夏休みには西瓜の出るころ帰れと言った。さくらんぼも二、三日で熟すらしくようやく透明になって来たし、苺は雨の少いため不良ではあるが一せいに色づき、けさも二十顆《つぶ》ほど口にした。いつか故郷にかえって住むことがあるだろうか。

バスでは荒木先生が名古屋に行かれるのと一緒だった。先生は教員として三十年に垂んとしていられるそうだ。

豊橋の本屋も別に見るべきものがないのでマイエルの「希臘主義の東漸」を新本で買っただけ、それと肥後和男の愚かな「日本国家思想」とを読み終えた。汽車はいつもよりは空いていて直き腰かけられたがむし暑くてかなわなかった、豊橋では八十度あったと話していた。空は霞んで富士は頂の雪だけが霞の中に遠く輝いていた。「源氏物語」を読むと、こういう風にほしいままに色恋の生活だけを生きたやつらが憎らしくなった。

山喜房へ寄って海老を冷蔵庫に預ってもらう。

下宿にかえって教育令状を見ると十日より三日間とある。三日とは余りにも長すぎる、考えても頭が痛くなる。そしてこういうことを思いついた兵隊どもを殺してもあきたりないと憎む。川口に診断書を書いてもらって持って来はしたが、三日の間、見ているのもやりきれた話ではない。七時半に集ればよいのに六時から集めるので五時には起きなくてはならん。下宿の女中がいないので中風で右手の利かない婆さんが弁当の用意にも困っているのである。

五月十日（月）　曇・晴・夕立
五時に石井がおこしてくれた。それは駒込の六義園で行われる。朝靄がこめて雨を催しそうだったが、九時ごろ晴れ上っててりつけ出した。楠の古葉が散ってすっかり萌黄いろの若い葉に入れかわったところであった。私たちは砂ぼこりをつむじ風が巻く中で国民服を白くしつつ這ったり歩いたりしてるとき、鳩のようなしかし鳩よりも大きな鳥がけたたましく叫びつつ頭の上を斜め一直線に木立の中に舞い込んだ。訓話の一つびとつが、彼らの勝手な立場から我々におしつけたものであるのを痛切に感じた。まことに合理主義を危険思想と混同するのも宜なるかなと思われた。

そういえば、朝下宿を出るとき婆さんがアララギ発行所から私が配給をもらっていないという証明書を町会からとってくれといって来た手紙を見せた。しかし私はずっと配給をもらっているので困ったことになったと頭を悩ました。私一人ではなくアララギ発行所にまで迷惑を及ぼしそうな成行だからである。それが教練中にもしばしば頭に浮んで来て私を心配させた。

五時少しまえに夕立が襲おうとしてぽつぽつ雨が落ち雷鳴がひびいたときやっと第一日が終った。木銃をふりまわさせられて体が痛かった。

昨夜あずけておいた車海老をとりに山喜房へ行くと向つ《マ》て《マ》天ぷらにしてくれた。丁度髪床に来ていた寺島と一緒に飯を食った。寺島もずっと出版協会を欠勤しているという。飯のあとで又山喜房へ寄ると下宿住居を始めた旭が風呂をあびてやって来た。そこで八時すぎまで喋っていた。晩飯をすましたけい子が奥で遊んでいた。女の子を見てるのはたのしい。

家から託送した行李がついているので開けると夏蜜柑、さやえんどうを始め、海苔、さとう、醤油等何から何まで入っていた。

風呂で目方を計ったら十三貫近かった。

五月十一日（火）　晴

よく眠り六時に目ざむ。体がすっかりよくなっている。こういう肉体的な仕事は強制的でなくては行う折もないのだから、たまにはいいことかも知れない。殊に気候がよいときであるから。

七時半に集合。きょうも楠の若葉の盛り上ってるやわらかさにおどろく。そしてこういう肉体ばかり使用してるときには無精に活字が読みたくなるのを覚えた。

十五分の休みにはソログープを取出してひろげたが忽ち読了した。

夜、阿部来る。カステラを食いしゃべる。

五月十二日（水）　晴
昨日は余り体を使わなかったと思ったのに今朝はかえって疲労が深く眠り足りないものがある。しかしきょう一日で終ると思うと、とてつもないよろこびが待ちかまえているように胸がうずうずした。

午後査閲が行われた。きょうの青空を背景にして楠の萌黄が風に小波《さざなみ》だつのが見える。そして欅は暗い青、銀杏は重い藍いろにそれぞれ光る日であった。重山大佐とかいう査閲官の意地悪そうな、自信だけあって脳の味噌のなさそうなつら付を見ていると噴き出したくて弱った。自分たちの階級に都合のいい規則で我々をがんじがらめに縛って、それを我々国民の義務だなぞと教えてくれる。

こうして一日はすぎたけれど、疲れすぎたのかどうか終って見ればうれしくも何もなかった。又うれしいはずがない。

夜明石が来る。明石のかえったあとで警戒警報が出る。

五月十三日（木）　曇

兵隊のやることはレビュウか何かみたいだ。そして指揮する連中も制服によっておどる役者みたいなもので、個人的な匂いを失ってしまう。それにきまり文句を暗誦するのは特にそうだ。

午前十一時に文化アパートに出勤。コムパーニの翻訳をつづける。

夕方洋服地を樋口に渡すために本館に至る。

小山と冨山房を出て来るとき、丁度高橋さんが赤い格子じまの入ったセーラー服を着てスクール・バックをさげていそぎ足に後から来た。私たちを見ると、ちょっとためらうように頭をさげかけて、挨拶していいのかどうか分らぬようだった。しかし「左様なら」とつぶやいたような気がする。田舎からもどったばかりのせいか、高橋さんが大へん素晴らしい少女に見えた。少女らしい洋服のせいも手伝ったに相違ない。

明石と小山と三人でコーヒーを飲んだのち、明石とその新宅に行く。阿部と二人で腹一ぱい御馳走になって帰る。

五月十四日（金）　晴

むかむかすることが多い。

午後は本館へ行って油を売ることにした。野々上氏が来たので長くしゃべった。二、三日うちにレオナルドの校正が出始めるという。

今日は高橋さんには会わなかった。樋口に草子さんの話を又すすめられた。が、矢張り私は美知子さんの方が希《のぞま》しいのであった。

五月十五日（土）　曇

熱田島がいつのまにやらアッツ島にもどり、米国兵に上陸せられている。しかし夕方警戒管制が解除された。

午前中、白木屋の七階日本貿易統制会の佐々木のところへ。磯田とＩ・Ｒが先に来ている。Ｉのデヴィスのソ連印象記の話に耳を傾けている。それはホイヒトワンゲルの本を裏書するもので、ジイドなどの与りしらぬ本当の世界がうかがわれた。磯田は東洋文化研究所を罷免され、Ｉは来月下獄する、佐々木の貿易統制会ももう解散する。私も出版協会をよそうかどうしようか考慮中なのである。しかしすでに文科系統の職場は急激に収縮されて、大破局の序曲をかなでようとしているから、あまりうかつに進退することもできない。Ｉの忠告は正にそのとおりだった。更にＩは私に小説を書けとすめた。私はこのことを深く心に刻み込んでおかなくてはならない。

午後から勤めに出たが、あの室にいるのはとも角、隣室でくだらぬ編輯会議が始まるとじっとしてはおられぬほどむかついてくる。

帰りに山喜房へよると、今夜活動写真を見に行くからとピアノのお稽古に行ってるけい子と秀夫を自転車で迎えに出かけた。けい子は家へ入ってくると、私に甘ったれた。カンカン帽みたいなのをかぶってもうぽつぽつ娘になりかかって来る匂いが感じられた。

今夜は寒く、火をいれて丁度よかった。

美知子さんのことを寺島に話そうと何度も決心するがどうも自信がもてぬ。寺島は小山と話をきめてるかも知れぬし、親父さんも余り賛成しそうにもないし、特に美知子さんは侮辱を感じるかもしれない。まあ当ってくだけろ、ということもある。しかし就職の場合も樋口君に勧誘されたのを上海行を希って長いこと折れなかったあげく遂に上海がだめだったように今度も同じような経過を辿るかもしれん。

五月十六日（日）　雨

冷い雨。猪野と一緒に猪野の家へ行く。鮭の燻製の頭をもらい、肴町附近の本屋を見る。

小石川竹早町、小石川区役所前で代書をしている山内伯父(1)をたずねる。

伝通院の坂を降り本屋を見ていると阿部に出会ったので、二人で田町の本間の宅をたずねた。夫人が苺に砂糖をかけて出してくれた、しかしその苺はへたが取ってなかった。

下宿へもどると今夜も火をおこした。炭をすっかり使ってしまった。

（1）山内一二　小石川の伯父と呼んでいる。母よねの従兄。一二は両親との縁が薄く田原の高和家でしげ、よね姉妹とともに育った。

五月十七日（月）　雨・後曇

午近く本郷通りで茂串に出くわしたので帝大病院の三輪をたずねる。そしてエンチクロペディア・デ・イタリアのレオナルドの項をタイプライターに打ってもらうことにする。次いで買いおきしてあったフィルムを利用して、美術研究所よりコーディィチェ・アトランティコをかりて之を全部写真にとることにする、三輪が児島さんを通じて何とかするのである。

一時半ごろから出勤したが、あの室にいると心悸亢進するほどつまらぬことで腹が立ってくる。生活社へかけても三省堂へかけても電話がさっぱりだめなので本館へ出かける。外食券の問題は無事に片づいたからその罰金として歌集「霧苔」「冬岡」の批評を明後日の昼までに書け、と樋口に命じられた。

企画課にいると高橋さんが何か用事で入って来た。遠くからその長い格好のいい足を見ていると、又その幼児の泣き出す前みたいなところの残ってる顔をちらと眺めていると、わたしは胸がもぞもぞしてくる。シャオもこういう幼な児のように汚れぬものをもっと柔かな女の中にもっていた。そして帰りに旭と寄った山喜房で図案の相談をしにくるけい子も亦そうであった。

目方はすでに十二貫台を割った。下宿で夜おそくまでおきてると腹がへってくるけれど、夏蜜柑のほか何もない。火がないのでお茶も飲めない。ディノ・コムパーニの翻訳は英訳があるから急速に進捗している。何とかして岩波文庫に入れてくれないものかしら。

五月十八日（火）　曇

神田がいなくなってから話相手がないので時おり本館へ出かけて旭や小山を引っぱり出すよりほかに憂さばらしができない。寺島も休んでいる。

きょう企画へ行くと今日も高橋さんにそこで会った。しかし高橋さんは下を向いて挨拶もしてくれなかった。いろいろな話をいろいろな人から聞いているうちにいよいよ出版協会に対する憤まんが昂じてくる。

夜は歌集「霧苔」と「冬岡」の批評を七枚半ばかり書くために苦労する。かんをつけて飲みつつようやくでき上がる。
二、三日まえから椎の花が匂う。

五月二十一日（金）　曇

昨日は新宿二丁目の自慢本店で出版一高会があった、大橋達雄[1]が生ビール二樽を寄附したので盛んに飲んだ、大橋氏と一緒に自動車に乗り込むまでは覚えているが、あとは知らぬ。

私は湯島一丁目を歩いてるのだと思った。交番で呼びとめられ、それは田村町であった。もう一時頃か、乗物はすっかり途絶えていた。上衣は隣にいた東條氏[2]のといつの間にか変っていた。本郷まで歩くのにはみちのりよりも途中の交番が面倒だった。そのうち足の指がすれて痛むし、体の節々がいたかった。日比谷まで歩いたが、そこで朝まで待とうと、三信ビルの軒、天水桶の蔭にしゃがんでしばらくまどろんだ、が、冷えて眠られるどころではなかった。朝はなかなかやって来なかった、そしてどうやら明るくなったが、市電は一こうやって来ない、それでわたしは痛む足を曳きずって数寄屋橋に出、そこでしばらく待ってやっと市電に乗った、体は疲れ頭はきりきりやめ腹もいたみ吐気が生じて来た。どんなに下宿の二階の自分の蒲団が恋しかったことだろう。

午後二時すぎまで寝ていた、起きざまに夏蜜柑を二個くってしまった。それから山喜房へ出て日配の東條氏と連絡をとった。

「まんさだ」で苺を買った。寺尾で、もろきゅうを食った。

東條氏は勤めの帰りみちに山喜房へ寄って、無事上衣の交換をした。昨夜は赤坂あたりの待合に行ったらしい、そこで上衣をぬいで踊ったというが、そのほかのことは東條氏も覚えていないようだった。芸者も出て来たのかもしれん、それだったら覚えていればよかった。

下宿へは家からさやえんどうを送ってよこした。そこで婆さんに飯をたいてもらって、さやえんどうをバターでいためた。

（1）大橋達雄　博文館創業者大橋佐平の孫。一九二六年一高文科（甲類）を卒業。東京堂常務として出版配給機構新体制準備委員を務め、一九四一年日本出版配給会社が設立されると専務に就任した。
（2）東條　未詳。

五月二十二日（土）　晴
昼、銀座へ出て野々上氏に会う。レオナルドの校正が出る。三十二頁。
日伊協会に立寄る。
神田で明石をさそう。そして明石の家に行き晩飯を食う。

五月二十三日（日）　晴
亀有の佐々木の家をたずねる。寺島と赤飯のごちそうになる。中川運河に舟を浮べ釣をしたが寺島が言ってたごとく櫓をこぐことができず、流れに沿うて下り、上げ潮にのって溯った。佐々木の知った外語出の小林という男が途中堤から加わった。魚は一尾もかからなかったどころか餌を食いもしなかった。もう夕方になる。

本郷へもどると八時半。川口が昼来て苺をおいて去ったという。丁度たずねて来た阿部とミルクなしの苺ミルクをつくって食う。

又寺島の家から去年の末広島の途中でおいて来た柿を今ごろ送ってよこした。何か侮辱を感じたが。

五月二十四日（月）　雨

午後会議があって何処へも出られなかった。特設警防団を組織する、などと福林氏が思いつく。くだらんことばかりよく思いつけるものだ。

夜塩川が来る。配給の酒をのみつつ十二時までしゃべっている。

五月二十五日（火）　曇

きょうもごたごたしているうちに日がくれた。

松屋でカード三千枚、ノート五十冊を買った。

初音町の方へ先日見ておいた浜田耕作の日本美術史研究を買いに行ったが、もう売れたあとであった。

レオナルドの校正、第二回出る。（六四頁まで）

五月二十六日（水） 晴

頭がいたくなるほどむし暑い、夜中に夕立が通った。

寺島と二人で神田の本屋を歩いてみたが、「日本美術史研究」も「支那文学思想史」も見つからなかった。その上夕方になると今までにないほど猛烈に腹が減った。

本館で高橋さんに会わなかった。

下宿へもどるとひどく疲れて眠った、十時ごろ目をさますと、空は暗く風呂からもどったころ夕立がすぎた。

五月二十七日（木） 曇

白米を一升二合ばかり寺尾にもって行き、夜出版協会の青年たちを呼んだ。下宿へ北城、高橋、小糸、岩間、日比野が来た。そして十時すぎまで喋って行った。

五月二十八日（金） 雨

甘い甘い汁粉を食った、そこへ伊藤君の話で桜井が来たので一緒にお茶の水に出てレモンクリームとフルーツポンチのおばけをのみ、神田で林檎を食った。

帰りがけに山喜房で牡丹餅を五個、すっかり胸やけがして下宿へもどると、塩川が純コーヒーを持って来たのでこれを二はい飲んだ。

六月十九日（土）　曇

疲れて畳の上にうつらうつらしている夜の九時ごろ私をたずねる人がある。降りて見ると明石夫人であった。けさのことであるという。私は今ごろ明石をいじめるのは惨酷であると思った。

次には私かもしれぬと思った、しかし明石のことを聞いたときより自分のことを考える方が落着いていた。私の場合はただ母の病気にさわるのが苦しい。もちろん私は自分が何もしていないのを知っているが、このごろのように気分で人をつかまえる世の中ではいつ自分に鋒先が向けられるか覚悟をきめておく必要があるのである。

六月二十日（日）　曇

朝塩川来る。

午後亀有の寺島をたずねる。夕方まで桶に一ぱいざり蟹を釣った。流れにそって田圃の中まで散歩したが、こうして久しぶりに田園の中に呼吸するのはよい。

大きなキャベツ二個さげて帰る。

六月二十一日（月）　曇

一日不愉快でたまらぬ。福林の低能にはむかむかする。いつも会議のあとで、ああ言えばよかった、こういえばよかったと一人で憤る。

六月二十二日（火）

明石の下宿をたずね、夫人を慰めてかえると家から母わるしという電報だった。明石夫人が心づくしの――明石がこれは明平さんの飲みものと言っていた――ビール二本に酔っていたのでそのまま眠ると、夢に明石を見た、それから田舎に苺をもってかえると母は重態でねて居り、畑には玉のような大つぶな苺がころがっている、そんな胸のはりさけそうな夢のつづきは、私のところへ召集令状だった。これで三つのいやなことを夢で見てしまった。しかし、いずれも最悪のところまで行かずまだ救いがないではないと自ら目がさめてのちなぐさめた。

六月二十三日（水）―二十七日（日）

於福江。

母は病床にいて腕のむくみが減ったと眺めている。二、三日は心臓がひどく悪かったが、ようやくいくらか落着いたらしい。

川口は土曜ごとに豊橋まで薬をとりに行く、そしてアイスクリームを買って来る。

きょう二十七日山田へ行く、田植の最中だった。肋膜を悪くして商船学校からもどった重夫に会うと、はつゑも田植の手伝いに来ているといった。

八月二十五日（火）　晴

二、三ヶ月ばかり日記を怠けた。その間に幾つかの事件があった。明石が捕ったのはこの前の日記の末尾に書いておいたはずだ。そうすると日記の休業はまだ二月足らずかもしれぬ。伊藤律が前審破棄となりうろうろしてるうちに召集されたが、ポリの物言いがついて入営差止めとなったのは八月の九日のことだったか。

日本の戦争はいよいよ敗北色濃厚となり、南方は島を一つびとつ奪われ北のキスカも退却した、そして一方ヨーロッパではドイツがオリョール、ハリコフから「こま状戦術」と称するやつでふらふらしながら逃げ出せば、北阿より英米軍がシチリアに上陸し、忽ちにしてこれを席捲した、ハムブルグ、ローマの空爆は七、八百機の編隊によって堂々行われ、このためファシストは一日にして没落、ムッソリーニ以下昨日までだぼらを吹いていた喜劇役者たちは永遠の暗黒にのみこまれ、やがて来るべき大山師ヒットラーの道を予示した。

しかし日本でも今に至って空爆必至を唱え、深さ二、三尺丁度棺の代用にふさわしい穴を東京じゅうのいたるところに掘り、警防団の訓練に寧日ない。しかも人口疎散についてはいまだに結論がないのだからあきれた話である。

こんな状勢であるから第二国民兵の召集がひっきりなしに行われ、点呼も相当強行された、乙上になったから或は召集にあうかもしれん。

自分のことについていえば、レオナルドの「科学について」の校正が終った。処女出版であるうえに、自分の専門外に手を出したのであるから、相当の不安危惧を覚えざるをえない。

七月の昇給日に自分一人を除かれたため私は福林とはっきり絶交した。そして転業を決心した。腕力があったら福林などなぐり倒してやるところだ。

美知子さんが上京した。寺島の女房が里へかえったときに。日曜に小山君と蒲原町へ遊びに行った。美知子さんは向うで見たほど華かな感がなかった。わたしは何度も寺島に交渉しようとしながらどうしても切り出しかねた。うろうろしてると売約ずみの札が貼られそうだが、何といっても、丈が足りないので、自信が生まれない。

十九日の夜行で東京をたつ。二十日に福江に帰る。母はずっと悪い。

八月二十六日（木）　晴・折々曇

夕立が近づいたらしいが依然暑さが去らぬどころかかえって蒸々する。

朝は七時ごろ離れの白い蚊幮《かや》の中で目をさます。どうしてか毎朝いたく疲れ、夜明にはいやな夢を見、朝空を鳴いてゆく鳶や烏の声を耳にする。

九時までに煉炭が熾《お》きるので牛乳紅茶をわかす。昨夜父が特別にあつらえたカステラを食べる。それから十一時新聞がくるまで机に向って本をよむ。母の病床によるか、それとも千鶴子俊介を相手にしてるうちに昼飯。午後は千鶴子が裸で眠ってる蚊幮へもぐりこんでやや夕づくまで昼寝する。風は通すが西に傾く日がカーテンを越してさしこむので相当に暑く、汗ばみつつ眠っている。

三時から四時、樫の木蔭へ切盤をもち出し冷やした西瓜を切る。もう秋になったせいか、沢山は食べられず、さち子たちも一切れぐらいしか口にしない。

樫の下で夕日が昏らくなるまで本を読む。

晩飯はビール一本。

九時すぎると、赤子どもが寝てしまうし、自分も離れに入って又本読みだ。

十一時就寝。

……………

四、五日まえの晩、小学校の校庭で同窓会主催の映画会が開催された。七時すぎに自転車で行って見た。臨時設備なので電線に故障ができて一時間余り待たされた。別に何もないので帰りかけると人垣のうしろに三人並んで立ってる娘がわかつとみ子らしかったので、わかつに話しかけるようにして、そのまましばらくそこへ停屯した。とみ子はなるべく私に近よらないようにしていたが、それでも気が残っているのが感じられた。映写してる電灯の光が時々こちらへ洩れて顔を照らすと、とみ子は直ぐ顔を蔽うか、暗がりに引き退った。何げなしに彼女の手にさわってやろうかと思ったが、結局そんなこともできなかった。眼鏡はもたず映画は古くてのろく何やら切れぎれでさっぱり分らぬ、その上じっと立ちつづけですっかり足が痛くなったのでわかつに帰ろうとさそうと、とみ子も、家には誰も居らんでおそがいけれど、一緒に出て来た。そしてわかつの家まで一緒にやって来た。わかつははっきり左様ならと言って家へ入ったが、とみ子は口の中でぼそぼそとつぶやいただけだった。

そして一昨夜は古田の地蔵さんの縁日であった。

今年は別に出店もないけれど、いろいろ祈ることもあるので西川と歩いて行った。真暗だった。古田の坂の上でとみ子らしい娘が三、四人の子供と一緒に帰って来る影が見えた。だからわざと手を出すと、「まあ、変な明ちゃん」ととみ子が体をかわして通りすぎた。「誰だん?」と西川がきいたが、「誰だったか知らん」と私は答えた。

昨日はじめて山田へ行った。ちせ子は山根の芋畑で草を抜いていた。

八月二十七日（金）　晴・時々曇

度々小雨がすぎたがむしあつい日だった。晩桃も残ってぶんぶんに半分食われ発酵の気味のある三個をもぐと今年はこれで桃も終りだ。

母は昨夜眠れなかったために今日は又心臓が躍りて苦しがる。午後庭の上を烏が二羽しわがれ声で低く過ぎた。すると果たして母はこれを聞きつけて枇杷の木で鳴いたなどと気にしはじめた。

夕方さち子と山田へ行った。丁度川をわたるところで、ちせ子は桶に水を汲んでいた。井戸が涸れたのでキャベツの苗にやる水がないのだそうだ。家へ行くと母親がキャベツのもらい苗を植えていた。生垣の代りに伸びに伸びた南瓜は花咲き、屋根に昇るひょうたんもなっていた。はつゑはもう遠く、私の記憶にもめったに浮んで来ない。蒲田の職工に再嫁したが、その夫が今度は肋膜を病んでるということだ。ちせ子は大きくなった。そして周りによしのみたいな意地悪がいないので素直な子だ。私は何か思い出に対するようにちせ子と話をする。

夜は鶏の水たき。ビールを飲み、肉を食い、白米を腹一ぱい食うことができる。

母は医者を呼んで注射をしてもらう。父は牛肉を買ってくると言って畠村へ出てしまう。川口が勤の隙を盗んで名古屋からもどってくる。

八月二十八日（土）　晴

昨夜豪雨と雷鳴があったのに今朝は晴れわたっている。しかし一夜にして秋づいた。寺島と田宮とから葉書が来た。

ドイツ軍はハリコフ西北方〈空白〉からも撤退して戦線を収縮し守備を強化した、やがて旧ドイツ領内にまで収縮強化し、次いでベルリン一市にまで戦線を短縮し、最後にはヒットラーを始めこの山師の取囲《とりま》き狼やユンケル将軍どもと一緒に無にまで収縮し、空にはむかう敵なし、ということになるであろう。そういう見透しをもってるドイツ軍当局は、七月以来ソ連は百六十万の損害をもって僅にウクライナの三十分の一を奪還したにすぎぬ、と負惜みを言っている。やがて三十分の三十奪還され、それが、軍事的に無価値だと、丁度イソップの狐みたいに負惜みを言うであろう。

一方イタリアにおいても爆撃が強化され、ミラノは再三の空襲によってあとかたもなく、ミラノ本寺、カステル・スフォルツェスコ、王室博物館も被害をうけたという、尤も「最後の晩餐」は辛うじて助かったそうだが。これが戦争だと思うものの矢張りこういう貴重な文化的遺産がむやむやと喪われるのを傍観するのはいたましいかぎりだ。新しい文化がつくられるまで我々は生きているだろうか。

かくてカナダのクエベックにおいてはルーズヴェルト、チャーチルの会談が行われ、ビルマ奪還が当面の問題として議せられる。ドイツに対する第二戦線結成はソ連の弱化をねらうため暫く延期とするらしい。いずれにせよ日本も戦線短縮、戦略的転進は必至だ。そして空襲も必至だし、反枢軸軍の上陸も蓋然性が生じた。そこで今朝の新聞には、空襲に対して「備えあれば全し」と一号の見出しで飾られているけれど、現実にあっては備えがないから、全く駄目なのだ。彼らは毎日はずかしげもなく現実のぎまんにこれつとめている。

その一つは婦人会の竹槍訓練で、各地競演しているが、これは大佐や将軍閣下のエロティシズムの一端を満足させるためにすぎない。竹槍が効《ママ》を奏するならガダルカナルやアッツ島で負ける理由がない。要するに将軍たちは半病人たる第二国民兵はおろか女子供までを自分の安全の犠牲にしようとねらっているのだ。やつらのためにはいくら血を流しても太平洋が血の海と変っても、飽きるということがないらしい。

これと同じく国定歴史が出来上るそうだ。国定お伽話とでもすれば適当だろう。しかしそれが出来上るが早いかそれはもはや日本人には必要なくなるであろう。労力の損失にすぎないが、どうせこういうくだらぬ労力が浪費されているのだからには、浪費ついでにそういう面白くもない話をこね上げてみるのも宜かろう。

…………

きょうは母の下痢止めを買いに畠村に行っただけ。夕方仄かにくらくなってから運動場へ千鶴子を抱いて行ったが、その帰りに川のほとりに黒い服を着て立ってるのがとみ子らしかったので何度もふりかえってみると向うも何かこちらを気にしてるようだった。が、近眼の度が進んだため少し離れると誰かよく分らぬ。ともかく、こんな気分をたのしんだところで結局何ともなるものではない、よしもっと接近したところでいろいろの責任を考えれば手を出すわけには行かないであろう。こんなに立派そうに身を保つくせをつけては何とも身の動きがとれないではないか。

「科学について」の予告広告が朝日新聞にのっていた。十月十日—二十日に発売というけれど反響は全然ないかもしれぬ、或は皆にしっぽをつかまれるかもしれん。

八月二十九日（日）　晴

昨夜もしばしば夕立が通った。畑はよみがえった。しかし昨夜から寝ぐるしくて朝も頭が重たい。又女が欲しい気持に迫られているのであろう。

きょうは弟は点呼だった。川口も軍医中尉の服に勲六等旭日章をつけて出かけると、俊介や千鶴子が「兵隊ちゃん、兵隊ちゃん」と言ってよろこぶ。芥川の言うとおり兵隊と子供とは同じ趣味だ。竹槍、銃剣これが日本人の武器であり、絶えず少佐殿が主張しておられる決戦用の道具だ。まことにそれらは大和魂にふさわしい。竹槍と銃剣はノモンハンでソ連の戦車に千本一からげに幾十束がふみつぶされた、竹矢来をふみにじるのと大差ないのだから。ソ連にもかなわぬし、況んやアメリカ兵に対してをや。それでは何のためになるかといえば、まず支那人に対して役に立つ。次に満州人、朝鮮人、そして最後に最も重要なる任務として日本人の暴民に対して威力を発揮しうる。

ともあれ銃剣がいかにはかないものであったか、アッツ島の悲劇が如実にこれを物語っている。きょうの新聞によれば二千五百四十余名が全滅した。それは悲壮ではあるけれど統帥の失敗による犬死の見本であるにすぎぬ。これがよき教訓として国民の生命を大切にするよすがとでもなればこの二千五百名は犬死ではない、が同じ悲劇が南方でも繰返されるのをやめないであろう。成程アメリカ人は人間が貴重な生命をこんなにもそまつに扱えるものかとびっくり仰天したかもしれぬ。丁度われわれが生蕃人の乱暴さに恐怖を感じるように。しかしそれにも拘らず、二千五百名が一人のこらず消え去ってアッツは結局悠々とアメリカ人の據《よ》るところとなってしまった。「アッツ島につづけ」という標語が出来上った。しかし行賞となると「勇士を代表して山崎部隊長」だけが「二級進級した」のである。職業軍人に対してのみひたすら恩賞が加重される、彼らはどんな勇敢な死に方をしようともそういう特別の賞与に値しないはずなのに。もともと彼らはそういうふうに死ぬために平和なときから飼われてあるのだから。大佐から中将になれば遺族扶助料だけでも大したちがいだ。しかし一等兵が上等兵に、或るは中尉が大尉になったところでそれは遺族に座布団一枚多く与えるがほどもない。

……………

きょうは道でとみ子に会った。黒い服を着て私の前をあかくなって通った。ひどく病人くさい。

夕方山田へ行く。ちせ子は今日も畑で草をとっている。雪男は道で自転車の稽古をしている。ちせ子はまる顔で豊頬でちょっと天平美人の趣がある。そしてはつゑのように気どっていないで、すなおだ。

八月二十八日（土）―九月三日（金）

母が狭心症の発作に再三襲われ、一時は一人々々に遺言し、病床を囲んで嗚《お》えつしたこともある。そして四六時中傍を離さず、手を握っていてくれと言う。甘えるのであるが、私はもう座るのにつかれ、又「もうどうせ今日じゅうもたないのだから」と泣き言をいうのにききあきてしまった。睡眠不足と消化不良とでいらいらして来た。母を死なしてはならないが、多少芝居じみているのがやりきれなくなってくる。

一日の夜、寺島に美知子さんをくれないかと言ってやった。

九月四日（土）　曇・時々晴

古い番頭の吾一、講七兄弟が御津《みと》から昨日来て今日夕方帰った、小石川の山内伯父が午後来られた。私は疲れていらいらする。夜花火を子供たちのために出したあと、父が「お母さんの側に居ってあげろ」と言ったとき、「今から少し勉強しなけりゃ。どうせあとで寝にくるから」とついつっけんどんなものを言った。そして母の手を撫でたが母が「もういいから勉強しておいで」と細い声で手をふりきった。悲しそうな目を見ると何か悪いことをしたように胸がいたんだ。

九月五日（日）　曇・時々雨

小石川の伯父が夕方かえって田原の伯母来る(1)。母はいくらか食慾をます。半熟卵二、うどん茶わん一、林檎一、牛乳一合半。始めてかゆ。小魚一。

昌平に徴用来る。四十才以下の商売に従事するもの一人のこらず徴用されたらしい。一体一万五千円を出した店の方はどのように賠償してくれるつもりなのか。大資本のために無数の恩典や補助が用意されてある。しかるに小さな所有者はあわれなるかな。むしろ一物もなきにしかない。わずかなるものをもってるがゆえに彼らは社会の進む方向に反対の勢力に加担して、畢竟いずれにせよおしつぶされざるをえないのであるから。

南も北の又支那大陸も戦局は日々に非となってくる。東京空襲はいつのことか、それがすべての転換点となるであろう。この福江には試砲場こそあるが軍事工場等々がないのでひそかによろこんでいたら、伊川津に海軍飛行場を建設中とのこと。兵隊が大きなつらをして歩きまわるのを見なくてはならぬのか。

一方東部戦線はタガンログ陥ちブリヤンスク危く、戦局の中心はスモレンスクの争奪にかかっている。しかもスモレンスクの奪還も今月を出でぬかもしれぬ。ヒットラーの首つりも刻々迫っている。三日朝には反枢軸軍が早くもシチリアからレッジョに上陸、北進しつつある。ピサやボローニヤも爆撃されて大損害をこうむっている。私には矢張文化的遺産の破壊に心がいたむ。寺島からはまだ何も言って来ない。さすがに寺島も当惑しているらしい。

（1）高和しげ　母の姉。養子を迎えて家業の農機具商を営んでいた。

九月六日（月）　晴・時々雨
きょうの夕方川口が勤めの関係上名古屋に行くことになると、早くも朝から母は胸が痛むとむつかり出した。夜も睡眠薬をのんでもいつとちがっていつまでも寝つかれないらしく、畠村の店に宿っている昌平を呼んでくれとか、もうだめだとか口癖をはじめた。私はもう六、七日も便秘で何かいらいらして仕方がない。この冬ごろめっきり年とって小さくなった母が土蔵へ何か私の寝巻をでも取りに行きながら肝心の寝巻を忘れてもどって来るというようなことが何度もあった、そしてときどきひとりでぶつぶつ何かこぼしていた。そんな母の姿を思い出すとひとりでに涙が出てくる。
山喜房、佐々木、樋口、神田、増田渉氏に佃煮をおくる。
夕方久しぶりで夕立のすぎた小学校の校庭に出て俊介や千鶴子とあそぶ。秋風が吹く。帰途で石橋

やや蓮っ葉で疳の強そうな物の言いかたであるけれど、体の形が矢張りよかった。早口でそして丁度溝で肥桶を洗う百姓の女房に何か話しかけ、そのまま橋の上に座りこんでしまった。のたもとでとみ子に出会った。器械縄を四つも作ったので腰骨がひりひりいたむなどと言った、

九月七日（火）　晴・時々雨

昨夜は母が眠りつきがわるいのを看ていたため一時すぎてしまった。寝るまえにミレヴァルを一錠探して服んだが朝まで利かなかった。昼と夕方に二回浣腸したがこれ又殆ど効験がなく、午後のミレヴァル三錠も役に立たず、ますます気分がわるくなるばかりだった。熱が七度二分。食慾はないようである。母は脈拍七十余、ジキタリスのきき目にしても順調。

ニュウギニアには又米軍が上陸する。イタリアでは枢軸軍の巧妙なる撤退が相次ぐ。北伊に上陸のおそれさえある。

午後離れで蚊やり線香を立てて昼寝してると小学生の同級生亀井邦司の帰還の万歳がひびいて来た。私の同級生では木村武雄上等兵が上海戦で、鈴木圭一が病気で、鈴木宗男が戦病死、鈴木孝一が海軍で戦死した。そして現在までに応召せぬものは四、五を数えるにすぎない。

九月八日（水）

腹を病んで寝る。

九月九日（木）晴

寺島と樋口君から手紙来る。出版協会の方はいよいよ面白くないらしい。

寺島は、例の話は妹にその気持があるなら僕は結構だと思っている、と言ってきた。美知子さんにその気持があるかどうかは相当疑がわしい。少し丈の距りが大きすぎるから、誰でも少からず考えるであろう。

いずれにせよ私はあの手紙を出してからいろいろ妄想するけれど、美知子さんのことは殆ど浮んで来たことがない。そして特に寺島の返事が待遠しいという気持もない。ただどこかでどうか話がうまく行ってくれるといいと漠然とあこがれてるような思いである。美知子さんがいやだとことわって来てもがっかりはするだろうが悲しいというようなことはなさそうだ。

腹の具合はいくらかよいので、昼はうどん一ぱい、夜は飯を一ぱい半食べたが、まだ下腹に溜っていると見えて、熱っぽい。

ラジオがイタリアの無条件降伏を報じていた。大破局は直ぐそばまで来た。ドイツは咽喉もとまで迫られた。いずれにせよイタリアが早く手を挙げたことはルネサンス文化の遺産に損傷少くしてすんだことを意味し、世界的に目出たい。尤もドイツの野蛮人がどんな乱暴な爆撃をするか予想できないけれど。東部戦線も切迫している。いよいよヒットラーが没落する日数が数えられるに至った。

九月十日（金）晴

腹の調子本当にならず、毎朝母がもう死ぬから、皆の顔が見たい、といってはおこしによこす。子供みたいな母だ。

昼と夕方の二度にわたって地震した。夕方は地鳴が伴った。東京でもつぶれたかと思った。

英米軍がナポリに上陸。ドイツはムッソリーニを首班とするファシスト政権を北伊にもりたてた。幽霊の幽霊が出たのである。

新聞では「裏切りもの」とか「卑劣きわまる国」とかしきりにイタリアの先駆を口惜しがっている。イタリアは昔から弱く戦争に負けてばかりいたとか、裏切ばかりしていたとか。悪口雑言のかぎりをつくしているが、これこそひかれものの小唄というやつであろう。

九月十一日（土）　晴・時々曇
朝母が悪いと起さる。脈拍異常なし。血圧は六〇―一三〇で一時二二〇に達したのと比べて平常となった。山内伯父、川口来る。
田宮と神田より手紙来る。
久しぶりに自転車で畠村に赴く、古田をまわって帰る。

九月十二日（日）　曇・時々雨
ひるすぎ夕立の襲うすぐまえまで庭さきの桜桃の幹で今年最後のつくつくほうしが一つ啼いていた。
夕立がくると虫の声に変ってしまった、そして近くにも遠くにももう蝉の声を聞かなかった。
畑もとうきびをこいで見わたしがひろびろとひろがり、紫蘇や其他の雑草も老いさらぼいて秋らしい色と変った。紫かたばみ、母が始終鉄の串で掘りあつめて倦まなかった、いくら掘っても球根がこぼれただけふえるからだめだといわれてもやめずに、一粒でもとればそれだけ減ると言って掘っては、口のとれた薬缶に一ぱいためては山田道へ捨てに行ったものだった。そして毎年毎年初夏になるとさわさわ繁り出すのにため息つきながら、葉をむしってやるだけでもいくらかちがうと飽きずに葉をむしっていたけれど、今年は誰もかまい手がないので、あちらにもこちらにもしげり放題で、薄紅の可憐な花をもっていた。

病床についていると、母が泣き話を始めるので、「そんな話はやめなさい」と少し口荒く言うと、あとで幸子に「明平に叱られたけど、余り叱らないでおくれとたのんでおくれ」と泣いたそうだ。

きょうは一日じゅう涙を流したり、胸が動悸すると訴えた。神経性の心悸亢進だけれど、ひどく変った顔をふと見たとき、何か胸に釘をさされたように感じた。

山内伯父帰京。

九月十三日（月）　晴

母は胸の疼痛と手足のさきの痺れを訴えている。しかし脈拍は六十乃至七十、血圧は百六十―九十だった。一日じゅう通じが近づきながら結局出ないで苦しむ。母のところへ行くと、昼のうちに医者に話しておいてくれればこんなことにはならないのに、とか、どうせもう幾日ももたないのだからもう少し親切にしてくれてもよい、とかいうので、皆いやがる。

私も便通なし。

昼はぬき菜の煮味噌。夜は車海老の鬼がら焼、一昨日までは腹の加減をおもんばかって節食していたが、一こうに甲斐がないのでもう好きなままに飲食することにした。

福江港の口に東から突出している青山洲、そこに今、海軍の爆撃機基地が建設されつつある。その洲は沼地のように砂地に浅い水がたまり、海辺の雑草や百合まじりにまつなが一めんに野生した。春さきから初夏にかけて、まつばぼたんの葉に似た厚い歯ぎれのいいまつなは私をよろこばせた、母は私が好きだからと伊川津あたりから売りに来るのをよく買っておいてくれた。しかしもう来年からはそのまつなも食べられない。きょうは丁度伊川津から婆が風呂敷に包んで買ってくれと寄った。県道ばたの縁側で籐椅子によりかかっていた父が一升二十銭で買った。

毎夜婦人会の銃剣術の稽古が行われる。五十、六十の老婆が分列に前へを十時すぎまでやらされる。アメリカの落下傘部隊にそなえ、竹槍で敵を殺すためであるそうな。そのために百姓仕事が留守になる。

九月十四日（火）　雨・時々曇

もう終りと思われたつくつくほうしが雨の晴間にあちこちに二つ三つ鳴いている。

母は下剤の効目が何度も現れ、かえって疲労して脈拍速く、胸部の痛みを訴えた。

私の腹はいくらかよかったが夜食に天ぷらとこうのものを食べたら腹の中に固体がごろごろいつまでもころがっている。

ムッソリーニが救出されたそうだ、幽霊思想と幽霊政権がいつまでつづくかちょっと面白い見ものである。肝心のドイツは戦線の短縮をドニエプル近くの線にまで行わざるをえざらしめられている。やがてドイツ国境にまで短縮するであろう。

一方南方においては我軍の戦闘機は常に米国の飛行機を遁走せしめている、しかし爆撃が終っても逃げない飛行機というものを未だ寡聞にして誰もしらないといっている。百機のうち三機を落したのでは張合がないと道端の縁台でしゃべっている。

月見。夜は薄い雲がたなびいた。ときどき夕立がとおったが、月は明るくガラス戸の内まで射している。

増田さんより葉書。

九月十五日（水）　曇

夕方より母発熱。

歯医者へ行く。左上奥歯二本、右下奥歯一本、蝕《むしく》いて咀嚼に苦痛を覚ゆ。相当大きな空洞ができていた。

昼神田より応召の電報。せっかくすすめて映画界入をさせたのになすところなくして終った。

鳶がしきりに舞う。主屋の屋根にきすを干して予防のために網をかぶせておくと網のまま二尾ばかりさらって行った。

ぬき菜出る。夜は牛肉のすき焼き。

寺島の返事がおそい。遅いのはいい前兆ではないにちがいない。

九月十六日（木）　晴・時々曇

独軍がブリヤンスク撤退、ノヴォロシースクの赤軍を絶滅したと今日の新聞に出ていたのに、五時のラジオは市街戦が行われつつあると報じている。イタリアはサレルノ辺りで独逸軍が出しゃばって米英軍はとまどいしているが、これも時間の問題にすぎないであろう。今の問題は矢張東部戦線で、スモレンスク、キエフ、ドニエプル、ペトロフスクが次の独軍撤退地となるであろう。

毎日暇を見ては、用意して来た本を読んでいる、現在は改造社版マルクス・エンゲルス全集（二五）の往復書簡の補遺を見ている。ブルクハルト（浅井真男訳）「ルーベンスの回想」は「イタリア・ルネサンスの文化」に遠く及ばない。ルーベンスそのものに興味が湧かないのだ。オルダス・ハックスリの「作者と読者」、実証主義と不可知論とのつながり合いがよく分る、小説より味がある。「十訓抄」はこの種のもののうちで一番つまらぬようだ。

又コムパーニの「クロニカ」を翻訳している、二百七頁中百三十四頁まで終った。この休業中に下訳を完成する予定だったが、まずだめであろう。ムラトーリの「イタリア年表」をカードにとっているが、これも一二六七年あたりで、容易に一三〇〇年に達しない。

離れの縁側に幾日かぶんどう豆がほしてあった。午後父が一升壜をもって来て漏斗によって詰めながら、お母さんは土屋先生の娘でももらってはどうかと心配している、と話す。私は、美知子さんの話にいまだ返事がないので、ただ笑ってごまかしておいた。

九月十七日（金）　晴・時々曇

午後三時母重態。ビタ・カンファによって回復。

民衆の声とは、

A「どうも余り有難くない世の中だて」

B「しるこが食いたければ食える。これが飲みたければ飲める、そうなってこそ働くかいもあるのだが」

C「統制経済などより自由経済の方がずっといいさ、何もかもなくなって困るばかりよ。多いものといや公債と女だけだが、その女も一人しかもてぬときまってるのだから仕方があるまい」

B「なにその中に戦争に勝ったとなれば、各人に自動車二台女五人ずつ強制割当となるかもしれんて」

A「そうなると道もアスファルトになるが、ガソリン代がかかってやり切れんだろう、一台ぐらいわざとこわすか」

C「そうすれば又一台くれるさ」

B「何にしたって明日にでも赤紙がくれば、それで何もかもお終いよ、アッツ島やガダルカナルで軍神部隊の二千何百分の一になったところで死んで花見《ママ》がなるものかだ」

A「赤紙が来ればそれまでだ、白紙徴用だって似たりよったりさ」

B「そうだ、こんなに毎日紙片の来るのにひやひやしておらにゃならん、たまらん話だ」

C「でもまあ三十年生きたからいいさ」
A「だが俺たちは二十からこのかた十年というもの一年も安気なことはなくすぎてしまった、まるで苦しむために生きたようなものだ」
B「全く戦争に四年、徴用で三年、喰うや喰わず、今日死ぬか明日死ぬか、弾丸の下を肥料のたねとなったあげくやっと生きて帰ったのに又しても引張り出される。いずれ来年あたりは勇ましく戦車の下敷だ」
C「実際不平を言ってるどころじゃあない、来年の今ごろは伊良湖岬に敵が上陸したげな、というふうなことになる」
B「アメリカだってドイツだっていいさ、死んで花実がなるものか、無事に生きて喰わしておいてくれれば、どうせいつの世にしろ大臣になれるわけじゃあないから充分だ」
A、C「その通りだ、早く戦争はすまんかなあ」

九月十八日（土）　雨
癪と腎臓の疑と腸の患いとのため母はげっそり衰えて、あきらめ切ったように、昨日までのような我侭を言わなくなった。疲れ果てたように目をつむっている母のやせて尖ったあごを見ていると涙が出てとどまらない。そこで格子窓から県道でも見ようと廊下へ立ったが、昔客用の湯殿のあったところの廊下は、そのころ窓のそとにくちなしの花が咲いて居り、母は気分がすぐれないときはいつもこの廊下へ汚い蒲団をのべて主婦の友などをひろげながら寝ていた、ときどき駄菓子の紙袋を下にかくしながら。ここは夏になるとよく風が通ったから。時には母はここで一日じゅう泣いていた。又そこの隙に蜜柑や梨がかくしてあって、内緒で出してきてくれたりした。

急に衰えたのを見ていると何かもうだめではないかとさえ思えた、それで隣につきそって寝たが、夜中に小便がたまったためと癪がいたむせいとで寝そびれて、ひとりで腹を立ててしゃべったり、一分ごとに寝がえりを打ったりした。特に夜分床を庭に向いた室へ移したので、藁蒲団が片方へよってしまって寝にくかったためでもあった。

川口と田原の伯母来る。

九月十九日（日）曇

とうとう母につきそって、目をさますたびに肩をたたいて眠らせたりしてるうちに夜が明けた。まだ熱がある。十時すぎまで離れで寝て行くと、丁度豊橋病院の鈴木一郎氏の診断が終ったところであった。けさは急にげらげら笑ったりしたそうだが、もう落着き、目をつむっていた。そして夕方ごろには「又直るだろうか」などときいたりした。「直っても片輪みたようなものだから」など言いもした。何とかして癒《なお》ってもう五年だけでも生きていてくれるといい。

九月二十二日（水）晴

昨日一昨日、烈風吹きまき折々雨がざっと通った。するときょうの新聞には四国、九州、広島、島根にかけて大風水害が報ぜられている。南瓜、冬瓜は捨てるほどなり、豆類も未曾有の豊作、胡麻もそうだというが、米は分枝がわるく、その上八月下旬以来の雨と風とで、この模様ではどうやら来年は大豊作見込の芋で飢を凌がねばなるまい。「米国はあらゆる犠牲を払って戦争を短期間に終了しようとしている」と東條首相は言う。なるほど米国は、父親徴兵を断行するそうだ、百万の兵を出したそうだ、そして飛行機、航空母艦の製作のために平和産業の一部を停止せしめたそうだ、そして労働強化のために罷業までおこったのを武力弾圧を加えるそうだ、そして学生は航空兵となるそうだ。けれどそれら一切をひっくるめて見せてくれても、われわれの目からは天国のように見える。「あらゆる犠牲を払っている」のは、そしてあらゆる犠牲にもかかわらず、絶望しかもたないのは何処の国であるか。衣食住の殆ど乞食的低度までの引下げ、公債、貯金、税金によって生計費以下にまでの収入の収奪、あらゆる精神的発展の纏足的なる奇形化、笑うことの絶対禁止、更に徴用による監獄労働の強要、断末魔の痙攣としての全国民女子までの兵役化。そういうことは何処で行われているのであろうか。きょうは、四十才までの第二国民兵が召集されることになった。われわれは兵役をぬけるまでにまだ十二年もかかることになった。しかし人は他人の不幸をよろこぶ、かつて補充兵たちのよろこびのうちに兵役に編入された第二国民兵が、今度は四十才までの連中の仲間入に胸のうさをいくらかはらしたのである。弟などはそういうことを公言する。

ところで二、三日のあいだにブリヤンスク、タガンログ、ノヴォロシースクが落ちて戦線は更に西へ、スモレンスク、キエフ、ドニエプル中流へと移った。「大胆なる後退戦術によってケッセルリング元帥は全世界を驚歎させた。」次には何元帥であるか知らんが、もっと大胆な後退戦術によってもっと全世界を、特にドイツ人を驚歎させるにちがいない。第二のタン〈二〜三文字空白〉と化したはずのサレルノ戦線から、又カラブリア、プリアからドイツ軍が退却したのもこれ又大胆な驚歎すべき戦術だった。こちらにおいてもキスカの撤退の巧妙と神助とがたたえられている。

そしてこの一、二月ばかり「撃ちてしやまん」の標語の影がうすくなり、それと入れちがいに「神州不滅」が表面にあらわれて来た。まことに撃つのはやめにして、「不滅」さを恃むことになった。自らを知る賢明な策である。掛声ばかりいや高くなるにつれて、その隠そうという意図が悲惨にも、露われてくるのである。武士は喰わねど高楊子、どころか、腹は減らぬ、ひもじうない、とどなって走りまわっている。こうなったらもう行儀もくそもない。ただ自分の目で見たことと反対のことを金切ごえでがなり立てることによって、自己を、できれば、人をも瞞着すればいいのだ。

保田などいうのがその張本人だ。

…………

母は膀胱カタルで三九度八分の熱を出し、夕方も八度五分を下らぬ。私は腸のせいか八度から七度の間をうろついて、昨日は頭がいたく、きょうは腹が鳴っている。そこへ今朝下宿から「本富士署特高第一課」から出頭依頼が来ていると葉書が来た。明石のことであろうが、何か矢張不快に体が圧されるようだった。うまい具合に父にも読まれないですんだらしい、それで仕事の都合上、来週月曜に上京すると言った。そして本富士署の方へ手紙を出しておいた。何もないだろうから、多分叱られるぐらいのことであろうが、気にかかってならぬ。母の病気がどうなるか、それも気にかかる。

寺島から一作日の葉書で、例の話は家から相談して後程返事をするといってきた、とだけあった。始めは一応脈があるのだろうと思ったが、よく考えるとことわりの口実を探してるということなのであろう。余りあっけなくことわるのも悪いと思ったのであろう。同じ手紙で小山君が応召すると報らせてよこしたが、昨日小山君からも挨拶状が着いた。私は美知子さんのことで小山君を妬いていた、小山君はちっともそれを感づかなかったらしいが、時々良心がとがめた。そして葉書をもらったときもそうだった。

今夜はじねんじょのとろろを食べた。

九月二十三日（木）　晴

熱は下ったが午前中床の中で妄想にふけっていた。

秋づいて肌さむく光が透明になった。

母は今日も八度五分の熱を保ち、二度カンフルの注射を行った。食慾も減って体が弱ってゆくらしい。脈を数えるのは私の役だ、私でなくてはいけないという。土屋先生の奥さんから見舞状が来た。それから出版協会から月給を送ってよこした。

一億総力を挙げてたたかうために従業禁止令、文科系学校の整理、徴用の制限撤廃、官吏の減員等々いよいよ息づまるところをさらけ出した。どうなるやら誰も知らない。

九月二十四日（金）　晴　秋季皇霊祭

秋季皇霊祭でお休だが別に私には変らない、耳下腺炎らしく唾を嚥下するとき右の後頭部にひびく。歯科医へ久しぶりで行った。

母の病気は小康。熱も三十七度三分まで下る。するともう喋ったり泣いたりする。父がちっとも親切にそばについていてくれないと訴える。こんどの病気になったのも、何か父が畠村の女のところに通うのを怒って、元湯殿に入り込み、内から錠をおろして、一日じゅうそこで泣いていたためだ。外から姉や幸子や大工の一治さんなどが順番になだめても戸を抑えていて出て来なかった。父はそんなことができるくらいの病気なら結構だ、と言った。父にしてもどうしようもなかったのだから。最後に夕方一治さんが湯殿の明採りをこじあけて入り、どうにかこうにか連れ出したが、それ以来心臓病を再発して寝就いてしまったのだそうだ。父が晩に畠村へ出かけると母は必ず泣いて病気がわるくなる。病気の篤いときにはしばらく家にじっとしてるが、少しでもよくなると父は必ず毎晩出て行ってしまう。一つには父が一人子の老人児で甘やかされ通しに育って自分の欲望をとどめることができないためであろう。そして他人のことを一切顧慮しないのである。しかし同時に母の愚痴に耐えられないのであろう。母は自分の病気を父の放蕩と姑の嫁いじめに帰し、そのゆえに父に少しぐらいは夜家にいてくれてもいいなどと、権利みたいに言張る。なるほど原因はそうであり、祖母の生きていた間母は一日も安き日はなかったにちがいない、しかし健康な父に一年じゅう病人の附き合いをしろと要求するのは、病者として駄々をこねるにすぎない。そして一晩出れば忽ち熱と脈拍の異常でおびやかそうというのだが、そのために父はますます遠ざかってしまう。だから母が快癒して起床できるようになったら父は看護人としての気持を直ぐに捨てて自分の好きなことをはじめるにちがいない、そうなったらもう一度悲劇がくりかえされる。父のエゴイズムと母の頑固な我侭とはいつまでも折合えないのではないかと心配になる。

ドイツ軍は果してアパメ港を撤退してタマン半島の橋頭堡をば、世界を驚倒さすべく、ソ連に譲歩した。ポルタワ破れてキエフ近く、チェルニゴフその他の陥落はスモレンスクの命旦夕に迫ったことを告げている。ついさきごろドネッ地方から転進するに当ってドイツ軍はドネツは価値なし、戦線を短縮して穀倉ウクライナを堅めるにしかず、ウクライナは今やドイツにとってソ連と戦うに欠くべからざる援助を与えている、と言っていた。ところが昨日きょうの記事によると一ドイツ将校は、ドネツなきウクライナは一文の価値もない、とおっしゃった。早くもウクライナ喪失に備えている、これで見ると、全世界を彼らの放胆極まりなき退却戦術によって驚死さすべく、ウクライナ全土をソ連に渡すのも近日中らしい。ドイツ軍は潮のごときソ連軍に追われて一歩々々退いてゆくように見えるが、実はその退却の歩みが一日一日加速されている。水はあふれた、土手はくずれはじめた、大破局は目睫に迫っている。従ってこちらにおいても「他国を恃まず独力で戦いぬく決意」が要望されはじめている。

九月二十五日（土）　晴

小康を保っていた母が夕飯後呼吸困難を訴え、やがて熱が八度一分にまで昇った。

寺島からの手紙があって、寺島の家では私にくれる意向があるらしい、しかし来年の三月までは無理だろうとのこと。それよりも仲人を立てるとかいろいろ面倒くさい手続がいるらしい。も一つ、草子さんの話を曖昧のうちに引っぱって来たのをはっきりことわらねばならない、仲人に土屋先生をたのむのが便利だが今度は具合がわるい。

父に一応話をしたうえで、母にも告げた、母はもう話が決定したように思っている。しかし寺島のおやじがわざわざ上京したくらいだから相当の可能性があるのだろう。

納屋の屋根の端を覆う椋が黒くなったので梯子をかけてとる。なつめも数乏しいがいくらか白くなって葉の色と識別できるようになった。木戸の外へ出て見ると、とうきびが抜払われたために丘の麓まで見渡しがきいて、秋らしい荒涼さがただよっている。

きょうはどうしてか新聞が来なかった、ラジオによると、スモレンスク、キエフ戦線を中心にドニエプルペトロフスク、メトロポルまで動いている、すでに赤軍の一部はドニエプル河の線に到達したと報ぜられている。ドイツ側はドニエプルの西岸には厳重な防備が施されてある云々とすでに東岸の放棄もやむなきに至ったことを認めている。

明後日の上京の支度をはじめる。

九月二十六日（日）　晴
早くもスモレンスク、ヤロスラフからドイツ軍が退却した。今やキエフが全戦線の焦点として強く目をひく。一日まえの新聞にのる略図にはブリヤンスクが最も東の端をなしていたのに、今やブリヤンスク、ポルタワより更に東、キエフの近郊二十粁に赤軍は迫っている。キエフも今月をいでずして陥ちるだろう。まるで洪水だ、一かたまりずつ粛然とドイツ軍が退却するあとを赤軍の圧倒的勢力がのしかかって行く、まことに怒濤のごとしとはこれである。巧みに「損失なしに」退却するドイツ軍も旧ポーランド国境を越えるころには三分の一の兵力になっていることであろう。それを最小限度の損害という。いな彼らは逃げるに疲れて戦友の数などしておられないのであろう。

とみ子を近ごろ見かけないと思ったら例の飛行場工事に行ってるのだそうだ。はじめ土工をやっていたが、トロッコから落ちて怪我をしたら主任の家まで押しかけて、肋骨八本折ってしまったから楽なところへかえてくれ、と、今では伝票係か何かだそうだ。この間はその傷の療養中だったのであろう。若い男の中に入ったら危いものだなと思う。こちらが「良心」のためにぐずぐずしてるうちに、土工などは簡単に帰りの畑ででもどこででも片づけてしまう。何か口惜しい気がする。

母は稍よい。が、夕方から矢張り熱が昇るようだ。藁蒲団に代えさすとき、いかに衰えているかが分った。

明朝上京。昨夜荷を行李へつめこんだ。東京では何よりも第一に本富士の問題をさっぱりしなくてはならぬ。それから帝大病院でエレクトロカルジオグラフィで心臓を診てもらう。レオナルドの製本もできているだろうから、これを寄贈したり、ごたごたするだろう。ルネサンス、イン、イタリイの第二巻の原稿を渡す、第一巻の校正がひょっとすると出てくるかもしれぬ。更にコムパーニの「年代記」の売込にかかる必要がある、会田由を通して岩波文庫にでも入れてもらえるといいのだが。一方就職の方も少々当っておく方がいい。

美知子さんの話をもっと具体的に進めるのは勿論であるが、同時に樋口君に草子さんの方をはっきりことわらねばならぬ。

九月二十七日（月）―十月一日（金）

上京してまず警察庁の特高渡辺洸に面会して交際が危険だと注意された、塙のことと明石のことである。

寺島に会った。近いうちに父に津田まで行ってもらうことにする。

帝大でエレクトロカルジオグラフで心臓を再検査してもらったが、丁度悪い具合に、結滞が現れなかった。

茂串、三輪、佐々木、旭、樋口、桜井、それから阿部に会った。阿部は出版協会に就職した。

上京の際急行の中で斜め向うにうしろ向きの少女が座っていた、短い髪を小さくお下げにして結えているかたちが、シャオを彷彿とさせた。私の胸を躍らせた、しかしこちらを向くと頤も頬も反りかえり、少しずつまがって、どうしてこんなにこねそこねたのだろうと思えた。日本の女は皆つくりそこないばかりだ。それはともかく東京にいるあいだ女が目について仕方なかった。

すると又電報が来た。阿部にたのんで本の目方を量りながら荷をつくった。

三十日夜行に乗る、十月一日から改正になる汽車の時間割の影響で大混雑をきたした、弾丸のもとをおくるために人間の四割を減らすのだそうだ。

この四、五日の間に独ソ戦線はドニエプル渡河戦に重点が移った。

十月二日（土）

昨日帰りざま母の顔を見たら、すっかりやつれて生きてるようにも見えなかった。一時は赤痢の疑いまで出て殆ど絶食をつづけ、食塩注射で漸く生命を保っている。今日は腸が破れてそこから出血してることが判明して、始めて牛乳一合飲み、熱もやや下る。

椋の木に上ったり、石梨を採ったり。あとはコムパーニの翻訳をつづける。東京で会田由に岩波文庫の件をたのんでおいたので急がなくてはならぬ。

ドイツ軍は例のごとクレメンチュグを撤退した、又ゴメルも陥ちたという。

十月三日（日）　雨・午後晴

コムパーニの翻訳に余念なし。東京から送った荷の着くのが待遠しい。岩波文庫は、ブルクハルト、「アンナ・カレーニナ」その他二、三を除いて全部木箱につめ込んで送るようにした。豊橋迄の切符を一枚託送用において来なければならなかった。

大橋女史より食パン来る。

椋、なつめ、ざくろを採る。

十月四日（月）　晴

涼気至る。

美知子さんとの話がうまく行きそうな見込がつくと、今まで余り考えもしなかった結婚ということが待遠しくなって来た。しかしまだまだ話は始まったばかりだ。今まではうまく行けばいいし、行かないでもかまうものか、と大よそ他人まかせ、運まかせであったが、今度は何となく、話を促進させたいようにあせる気持が認められる。

コムパーニはあと数頁。でも原稿用紙が尽きた、行李の中に入っているが、それは昨日運輸会社に着いている、と父が畠村の帰り途で立寄ってしらべて来た。

母は依然熱が退かず、流動食のみの状態。夕方より医師三名で腸の掃除を始めたが、二時間ばかりでやっと一部のみを終った。殆ど九月初以来のものが溜っているそうだ。

十月五日（火）　晴
朝、父と泉村までバターを買いに行く。

帝大病院の村上氏と秋元さんに佃煮をおくる。郵便局へ出しに行った帰りに運送会社で木箱を一つ自転車にのせたが、ふらふらして自分が乗れないので、曳っ張って帰った。箱の木が薄く且つ釘が悪いので、横板がばらばらにはずれている。本がなくならねばいいが。こんなに六、七貫目のものを載せられないでは、僕の女房になる美知子さんもさぞ頼りないことであろう。

ドイツ軍はタマン半島から遂に追払われ、クリミア半島に逃げこむ。

コムパーニの翻訳終了。全部鉛筆、特にカステルの五Bを用いた。原稿用紙は三種類ですんだ。

東京から行李の中へ、あとで何かあったときうるさいと、資本論を包んであったのを入れて来たつもりだったのに、開いたら白カード千枚であった。

夜、鶏の水たき。

十月八日（金）　曇
二、三日睡眠不足。
川口が腸内の掃除を三日つづけて以来、母は急速に体温降り昨日より七度一分二分の状態を保っている、一昨夜のごときは、川口が御飯を食べたら力がついてよくなれる、と言うと、一碗のかゆを苦しそうに汗を流しながら食べ、まるで子供みたいだ、と幸子が言った。
そして一昨夜、夜中に父を呼びおこして側に座っていてくれ、とねだったところ、父が眠気まぎれに叱りつけたので、それ以来気が弱くなって、余り人が看とりすることをせがまなくなった。
岩波文庫を整理する、五十五冊ばかり足りない。コムパーニを見直している。

十月十日（日）　雨
歯痛に悩む、額に熱を覚える。

十月十一日（月）　晴
爽かなる一日。歯医者に行く。
権田が療養所から手紙をくれた。

十月十三日（水）　晴・時々曇
婦人会の竹槍訓練が盛んだ、運動会の呼物だそうだ。というのは一旦大空襲があった場合、警防団に属しうる男という男は悉く、すでに手配ずみのトラックで名古屋へ運ばれる。そして名古屋に於いては三菱重工業の工場の周りを包むように配置せられた高射砲陣地によって弾幕が張られる。砲弾はすべて周囲の民家へ落下し、敵機は三菱工場の上空にだけは入りえない。或は名古屋市民は敵弾と味方の砲弾のために全滅しても差支ない、三菱だけを安全に護る、警防団員は三菱工場以外の家屋を破壊するために連れてゆかれる。豊橋などの連中は東京へ送られる。従って田舎には一人の青壮年男子もいなくなる、従って敵の落下傘部隊が降りた場合には婦人部隊が竹槍をふるわねばならん、そう警察部長が語ったそうだ。人間を虫けらほどにも思わぬ彼らの精神が躍如としているではないか。今日新聞紙上で某々参謀談とあるのは、これ悉くこれを多少覆っている言葉にすぎない。

飛行場の土方人足に出ても、雑談はみんな戦争の話で、すべてが、もう長くない、負けや負けたときの話で、われわれへっぽこは飯をどうやら食って行ければいいのだから、心配ないて。今えらそうなことを言ってる東條などが首をつられるのも、もう直ぐだ、可愛そうな話だが、いばるときだけいばって、あとは知らんと言わせるわけには行かんからまあざまはいい話だ、そんなひどい話をやってるそうだ。

コムパーニの読直し、大至急。英訳片手にやったので割合出来がよい。アルベルティの「絵画論」を三輪と共訳する約束だが、何が何だか分らんところが続出する。謎をとくようなものだ。

冨本さんより葉書。生田と寺島へ手紙。

月夜。

十月十七日（日）　小雨　神嘗祭

赤軍はクリミヤ半島に上陸し、ザポロージェを奪取した、すでに降雪があったと伝えている。ドニエプルを挟んで戦線の動きはややゆるやかになったが、これを渡られたらもはや国境まで一瀉千里となって独軍の大胆なる「後退戦術」が世界を驚倒さすのみにちがいない。

しかし私は東京においては戦闘的になるが、田舎へもどると小地主らしい不安におびやかされる。これから二、三年さきはどうなるやら。

それと同時に南太平洋における日本軍の竹槍戦術の圧倒的敗北は、空襲近しの感を濃厚にしてゆく。人民の生命に一文の尊敬はおろか注意も払わぬお上の下に立つわれわれが、まずその最初の生犠《いけにえ》たることは言わずもがなである。五百機の盲爆に対して防ぎうる壕一つだに掘られていないし、且つ掘ることを禁じられている。実に日本人の敵はアメリカだけではない。

きょうはお祭の二日目だが小雨がそぼ降った。しかし午後はいくらか晴れ間があった。子供角力があるというので四時ごろ一人でお宮へ詣ると、土俵のまわりは大分人が出ていた。丁度向う側にとみ子を認めたが、何故か怯じけて近くへ行くことができなかった。一昨日は土方に出たと見えて姿を見せなかったが、きょうは雨で休みなのだろう。紺の上っぱりを着て同じ服装の友だちと人ごみのうしろに立っていた、歯が悪いと見えて時々口をすぼめた。やっと餅まきになると、一ばん隅の桜の下あたりで人の少いところに立っていたので、声をかけるとびっくりしたように、そしてきまりが悪いように声を挙げて笑った。終ったころ雨が降り出した。こんな沢山と泥でよごれたのを一つかみ見せてくれた。しかし直きに雨に追われていそぐ人々の中に姿を見失ってしまった。一番先に帰ってしまったのだろうと私も江川までいそいだが、かえって、私よりもあとから田圃道の方をまわるらしかった。矢張り私はとみ子のように鋭さが含まれてるのが好きだ。きょうは特にそれが女らしく内に包まれて感じられた、大きな声で喋りさえしなければ無教養さも疳の強さもあらわれない。しかしいくら私が好きでも、向うの方も私を憎からず思っても所詮結ばれぬ糸だ。

十月二十一日（木）　晴

冷える。苺の移植をぽつぽつはじめる、母が手をかけないため時期がおくれたけれど。

夕方もうとっぷり昏れてから道でとみ子に会った。昨日の夕方会ったときは何か変にすまして物を言ったのでつまらなかったが、きょうはモンペもはかず、着物を着ていたから遠くから見るとずいぶん丈の高い娘が来ると思った。「江比間《えひま》でもらって来た」といなを二尾笹にとおしてもっていた。「上げるか」と私に差出したが、遠慮した。今日は江比間へ自転車へも乗らずに行ったのかしら。ともかくきれいに見えた。

明晩父が大阪へ行って寺島の親父と話をしてくるということになった。父はえその干物を土産にすると畠村で買って来た。

松茸のシーズンで松茸攻め。昨日はちせ子が松茸と鼠茸をもって来てくれた。石鰈は卵をもってすっかり味が落ちた。果物は柿が不作なので、蜜柑だけしか今年はもうない。青蜜柑がきょうはじめて八百屋に出た。

母の様子は七度で小康を保ちつつある。

「ディーノ・コムパーニとその年代記」に著手しようと大分苦労して種をあつめたが、矢張り東京へ必要な本を幾冊もおいて来たことが分った。われわれの蔵書の乏しさと、日本の田舎の不便さが身に沁みる。

アルベルティの「絵画論」を見直しているが、この前分らなかったところは矢張り分らない。エンチクロペディア・デ・イタリアから抜萃してタイプに打たせた「レオナルド」にも手をつけたが、案内《ママ》解らない個所が多々ある。

十月二十二日（金）　晴

「ディーノ・コムパーニとその年代記」を一枚半書く。カステルの五Bで。

一日清田学校[1]の運動会を見ていた。若い男など殆ど見当らぬ。女子青年団の分列式があって、黒い和服にモンペで並んだが、それは皆私の昔の友だちであった、しかし今ではその最も若い女でさえ一人まえの娘になっている。昔可愛かった子が見苦しくなり、気にもとめなかった子が美しくなっていた。しかしいずれにせよ少女たちは花のように美しく、夕方の光のようにやさしい。とみ子は見物していたが、もうそれに加わらなかった、そして私はきょうは近くに行くのをためらって遂にあきらめた、白日の下なので。

リレーを見ていたら胸がいたくなるほど興奮した。

十七時のバスで父が大阪に発つ。

茂串、樋口君よりハガキ来る。

（1）清田学校の当時の正式名称は、福江町立清田国民学校。

十月二十四日（日）晴

幸子の夫山岡少佐が南方にやられたというので、幸子は一日泣いている。私は千鶴子のお守だ。低い聞えるか聞えないかの声で「ミンチャン」とよちよち歩き寄ってくる。人なつこい。姉の子俊介の方は素早く一日中駆けまわっている。

苺を移植して水をやる。毎年母の仕事だったが今年はおくれてしまった。白苺が絶えなければいいが。母は床の中で葉をみれば種類が識別できるのに、ともどかしがっている。

夕方山田へ行った。ちせ子のところへよる。健三と母親が鉢山までしめじを採りにゆくのについてゆく。もう手もとも怪しくなった羊歯の中を掻きわけて、それでも松茸、しめじ、鼠茸を五升籠に略々一ぱい採った。三、四十分で丘を降りたが、もう殆ど暮れていた。茸のほかに芋や白菜を自転車につけた。ちせ子はふかした芋を四つ新聞紙に包んでくれたが、家へ帰るまでにポケットの中ですれてこぼれてしまった。

十月二十六日（火）晴

朝父大阪より帰る。美知子さんの話も大よそまとまったらしい。結納とか式とか面倒くさいことが続いて来そうだ。樋口君のところへ手紙を書いて、その終りに二行ばかり報告しておく、草子さんの件があるのでちょっとまずい。

メリトポリ陥つ、キエフは未だ。

千鶴子が高熱を出す。

十月二十八日（木）　晴
ドニエプル・ペトロフスク陥落。

中野重剛《ママ》[1]自刃、この模造ヒットラーは、不遇のためにヒステリー的な正直さをもってしゃべったのが悪かったのであろう。

苺の移植、葱の間に。

そういえば古田にこういう話があった、成章中学の二年生で急性赤痢のため家へ帰ったが、手当がおくれて危篤に陥った、そして次第に脈も細って行くのを自ら承知したこの少年は、「戦場でないのが残念だ」としきりに繰返し、いよいよ息を引取る間際に「天皇陛下万歳」と叫んだ。

僕はこの話を聞いたとき、肌に寒気を覚え、顔が赤くなった。教育と宣伝の力は恐るべきである。誰がこの魔力をのがれえよう。

「科学について」の見本が出来たと送って来た。そして二千部売切で、直ちに再販にかかると言ってよこした。母は午前中一寸した感情問題で泣いたり怒ったりしていたが、その話をするとすっかり元気になってにこにこ笑ったりした。夕方弟は一晩借りるよと持って行った。

（1）正しくは中野正剛　政治家。一八八六年福岡県出身。早稲田大学卒業後、記者を経て東方時論社主筆となる。一九二〇年から三九年辞職するまで八期衆議院議員を務める。三〇年頃よりファシズムに傾斜し東方会を率いて全体主義運動を推進。一九三七年ドイツ、イタリアを訪問。一九四二年翼賛選挙に非推薦で当選。一九四三年『朝日新聞』元旦号に発表した「戦時宰相論」が東條首相の逆鱗に触れる。十月憲兵隊に逮捕され帰宅後自決。

十月二十九日（金）　晴・時々曇

きょうも苺畑の手入れ、背戸の隼人瓜の下にさち子のために二畝ばかり植える。

そのあい間に本を読んだり——ヘーゲルの「精神現象学」（上）、「西洋文明の源流」、ルカチ「歴史文学論」、竹内義範「教行信證の哲学」、——翻訳したり——エンチクロペディア・デ・イタリアの「レオナルド」、アルベルティ「絵画論」——そして特に論文「ディーノ・コムパーニとその年代記」を書いたりする。論文はようやく二百字六十三枚出来たが、それは自分の知ってることを一つのこらず詰込んで、未だ整理のつかない下書にすぎない。

十一月七日（日）—八日（月）

七日十時より豊橋吉田会館にてアララギ歌会。土屋先生、樋口、小暮、八木君、上村孫作さん[1]と蒲郡、健碧楼に宿る。八日、引馬野神社を詣で海岸にて蛤をハンケチに二包ほど拾い、之を上村さんの大阪土産とする。昼の汽車に乗る、上村さんは大阪行、私と八木君は豊橋まで。先生たちは新居まで。

アララギ歌会へは権田忠雄が出席した、そして会場の縁側に出ると、豊川平野の彼方に本宮山が霞んでいた。少年の日の哀愁がよみがえらざるをえなかった。

この会で豊橋の日本兵器の河原正男氏や御津《みと》村の藪医師御津磯夫、(2)豊橋中学の先生近藤博之氏などを知った。

（1）上村孫作　一八九五年奈良県生まれ。一九一四年奈良県立郡山中学校卒。一九一五年アララギに入会。当初土田耕平の選を受けるが、一九三〇年から土屋文明に師事。一九三六年、文明の十津川、熊野行に杉浦らとともに同行した。一九五五年から六二年まで短歌雑誌『佐紀』を主宰した。

（2）御津磯夫　本名今泉忠男。医師。一九〇二年愛知県生まれ。一九二〇年慈恵医大に入学、翌年土屋文明と出会いアララギの同人となる。一九三二年帰郷。同年短歌会を創立し『三河アララギ』を主宰。

十一月十五日（月）　晴・後曇

朝起きると寝巻のまま畑へでて苺を見廻る。もう大部分は根づいたらしいが、二、三日まえ移植したのには、まだ日に照られるとしおたれるのが残っている。在来種の丸苺と白苺のみにしようとして苦労する。いつの間に入りこんだか、雑種のような苺がほしいままにひろがって危く他の優良種を絶やすばかりになっていた。白苺はその繁茂の中で萎縮し、丸苺は追跡されてからたちの根の下や蜜柑の木の蔭へ逃げ込んでいた。福羽は殆ど滅びてしまった。はじめは種類の見わけがつかなかったので好加減に移植したが、丸苺は丸葉、白苺は黒みがかった丸葉、福羽は透明な感じのする丸葉であることが分ったので、一旦生きたのを抜きすてては、それらを後に植えた。そして日蔭にある良種を日向に出すようにつとめた。始めに移植したのは今では肥えた大きな葉をひろげているが、一こうはかばかしくないのを毎日毎夕新しい勢のよい芽の出るのを待っている。

築山の裏に五、六年まえ埋めておいたじねんじょを掘った。十日がかりで四尺も掘った。きょうようやく掘り出した。又梨の木の下に伸びた長芋を掘って母の食膳に供す。

夏蜜柑の夏芽、レモンの夏芽を摘み、石梨の芽を切る。肉桂の子生えの四五本を倉の前や西に移す。あとは椎を移植してやらねばならぬ。

又小学生と一緒に樫の実を拾う、わが家の樫の木二本は風のたびにぽとぽとどんぐりをこぼす。三つの俊介が手籠をもち、二つの千鶴子もよちよち土の上にかがんで拾う。

しかし世の中は急激にというより、真っしぐらに大崩壊、奈落に向って突進しつつある。赤軍はすでにキエフを越えてなおも西へ西へと雪崩れている、ペレコプ地峡からの退却によってクリミア半島の独逸人は文字どおり袋の鼠となってしまった。ドニエプル彎曲部内のドイツ軍は専ら撤退を戦略とし、この冬は旧ソ連国境を守りとおしうるかどうか。一方南太平洋ではブーゲンビル島沖の驚異的戦果が発表された。或人はこれを、人心をわきたたすための宣伝だろうと疑っていた。その疑いは第四次、五次のアメリカ艦隊の出撃によって或程度裏書される。尤も個々の兵員の優秀さにおいては日本が勝っているであろうから、ノックスの称するごとく「全然のデマ」ではないであろう。しかし、よし完全にそのとおりであるにしても、その勝利は戦争を半年長びかすだけであり、従って民衆の苦しみをそれだけ深刻化し長期化するにとどまるであろう。きょうの新聞に「国民の生命を虫けらのごとくそまつに取扱うアメリカ」という句が見えたが、これは読む方をきまりわるくさせた。

美知子さんの話はきまった、いつの間にか本当にきまってしまったが、それでよいのであろう。美知子さんが余り大きすぎるのが矢張り気になる。

十一月十六日（火）　曇・夜雨

朝起きると直ぐ苺畑を見にゆく、大体根づいたようだが、太々した芽を擡《もた》げるのは少い。午後は、父が何処からか手に入れて来た一袋の混合肥料を根もとに埋めてやる。三時間かかった。

そしてそのほかの暇にはどんぐりを拾う。忽ちにして手にあまるほど拾っては手籠に入れる。

アルベルティ「絵画論」の翻訳は一昨日終った。「ディーノ・コムパーニとその年代記」は容易に捗らぬ、特にこの五、六日は畑で運動するので夜眠くなって来てさっぱりだめ。「レオナルド」の翻訳はぽつりぽつりといったところ。

十一月十七日（水）　曇

ジトミール陥ち、全ウクライナの独軍は壊滅に殆《ちか》い。

幸子の夫山岡有武少佐が十月二十二日中支より南方へ移動の途上で戦死したとの電報が入る。幸子は「鳩のように」泣いていたが、幼い千鶴子は嬉々として母の膝に乗れることをたのしんでいた。

十一月十八日（木）　曇・風

山岡の乗った栗田丸は宮古島附近で潜水艦に襲われ、魚雷四本を受けて、轟沈したという手紙であった。全員一〇九七名のうち救助されたものわずか七十五名だという。

昨夜は父も母も一睡もせず、幸子は一夜泣き明かし、今日も夕方まで母の側で声を挙げている。素人の娘が軍人商売をしてるもののところにとつぐのがそもそもの誤ちなのだ。観兵式だけが商売ではない、況んや罪なく、欲望せざる幾百万が虫けら同然に死ににゆかねばならぬとき、後の保証を与えられた専門軍人の死はむしろ幸福なる死に属するのである。尤も山岡は個人的には、会ったことはないが、気の毒ではあるけれど。

十一月十九日（金）　晴

風激しく吹く。どんぐりも落ちつくした。

寺田と塩川、それに福林帮間氏が出版報国会の見舞金五十円にセンチメンタルな見舞状をそえてよこした。

苺の植かえはすっかり終った。肥料も一通りやった。新しい芽が太ってむくむく起き上ってくるのを待ってるが容易に出て来ない。

築山に五、六年まえ埋めておいたじねんじょを十日がかりで掘ったのを食べた。家の土でも相当にうまい。

十一月二十日（土）　晴・後曇

苺におとしをやる。

足袋をはき、毛糸のシャツを着る、

山岡の荷が上海から着いたので幸子は又泣いている。

十二月二十五日（土）　曇・時々晴　大正天皇祭

昌平に徴用来る。名古屋の三菱へ。

美知子さんとの話がまとまってから何か自分の生活力に不安を覚える。自分一人の口がすぐせないのに二人の口をどうしよう。私は出版協会に勤めることによって自分の実務に対する無能力を証明してしまったから。

美知子さんにきまったことは、別に不快ではないが、そうかと言って胸がおどるというようなこともない。ただまだ何処かに他の女がいるような気がして、一人に定まるのが残念なように思えるだけだ。

美知子さんが余り丈が高いのが今から心配の種だ、尤も私はそれだから好きになったのだが。

私はこのごろは重子に会って話をするのがたのしくてならぬ。いつも毛糸のジャムパーを着て元気よい、顔に白くもみたいに白く耕《はた》げたところがあるが、目がよく動くので生々している。大まかな顔だちだから、近くで見るとそれほどでないところは美知子さんの型かもしれぬ、きょうは夕方学校から何かの当番の帰りで道に自転車をとめて友だちと喋ってるところに会った。しかし十五、六の少女は昔考えたように色気などちっともない。

ギルバート諸島の敗戦と米軍マーカス岬上陸と相次ぐ敗報に皆憂愁にとざされている。そしてぶらしていることをとがめ立てるような嶮しい目つきで見る。人々は真剣になって身に迫ったものにおしつぶされまいと自分を支えている。しかしすでに、田地の分配を要求したり、米作拒否の気分が漂ったり、敗戦必至のシニカルな笑いがみちたり、民衆と政府との間は完全に乖離している。昨日まで科学万能を排斥するにこれ努めたお上は、今日、泥棒の逃げるを見て、科学振興に大わらわである。けれど国民学校も中学校も、科学どころか一般知識の涵養もそっちのけで、増産応援はまだしも朝から夕方まで駈足と分列行進で時間をつぶしている。知識なくして科学だけがあるという、これまた、お上の精神的な信念のあらわれであろう。

「ディーノ・コムパーニとその年代記、——フィレンツェの夜明け」は二、三日まえ下書を完成した。手入れに毎日を費やしているが、捗りおそい。もう二月余りコムパーニの翻訳をはじめて以来、殆ど読書ということをしたことがない。そのつもりで東京から持って来た本の多くもそのまま埃がつもりはじめた。

十二月二十九日（水）晴

ルナールの「フロレンスの労働史」を読む、フランス語も論文なら大よそかじりついてゆける、コンサイスと首引で。フランス語四週間を取出して勉強はじめる。

加茂儀一氏からダ・ヴィンチのお礼とコーディチェ・アトランティコの促進が来た。

夕方山田へゆく。くらくなってちせ子は学校の薪木背負出しで足がいたくなってしまったといいながらもどって来た。高等二年生が出動したのである。小豆を五升頒けてもらって峠の下までくると、しょいこを背負った少女の一隊に追付いた。しげ子もみちゑもいた、「闇をしちゃいかん」とみんなが小豆の袋を見てがやがやはやし立てた。そして丘の南側に開墾した畑の麦を踏むと駈け上って行った。

この十九日に川口一家は名古屋へ移ったが、父が神戸の帰りにさち子をつれて来た。

一九四四（昭和十九）年

1944年5月5日 美知子と結婚

一九四四（昭和十九）年一月五日（水）　新年宴会

わが家には父と母と、弟昌平《まさへい》と、妹山岡幸子《ゆきこ》と姪千鶴子、及び川口さち子がいる、十二月の末にふみゑが豊橋から帰省した、私は昔のように殆ど毎日あの河風の吹きまく畑をぬけて汚い家へ行く。裏手は崖を切って道を拓きつつある。屋敷内のたった一本の植物、夏蜜柑が黄色く輝いている。ふみゑは芋をふかしているか裁縫をしている、小学校を出たとき十貫しかなかったのが、今では十二貫五百もあるという。肉付がよくなった。しかしまだお下げにわけている。何の話もしない、昔のように芋を沢山食ったなどとからかうだけである。美智江は十六で丈も伸びたが、顔の造作が歪んでいる、ふみゑは口元がやや悪いが、全体に女らしい。――けれどふみゑもきょう去ったはずだ。

何処へも行かぬ、毎日朝九時すぎに起きて牛乳紅茶を飲み、昼までかたばみを掘り、昼すぎにはフランス語の本を強引に読み飛ばす、三時には番茶で、大きなくりぬき火鉢の側で妹と飲む。日がおちるまで「フィレンツェの夜明」の手を入れる。黄昏ごろから千鶴子と遊ぶか、風呂を焚く。晩飯には少量の酒。入浴後は又離れで十二時すぎるまで論文の手入れ。

こういう毎日がつづく。

一月十四日（金）　晴

十日に弟は徴用されて名古屋三菱工場へ行く。

戦争の状況がいよいよきびしく一人として勝利を信じるものはない。不安をこえて絶望と自棄の中にある。狂暴化した当局者は、進んで「家族制度」を根底から破壊して、徴用に、又女子挺身隊として、一家の分散を強行する。

疎開が叫ばれながら、一つの行方の保証もないゆえに、実行されない。民衆の犠牲は明白でありながら、いささかの予防手段も講じられない。ソ連軍は旧ポーランド国境をこえた。ドニエプルの線ははるか後方になって間もなく新聞上の地図からはみ出て消え去るであろう。

四、五日前より風邪で熱っぽく、又鼻水が出、くしゃみが出る。外へは出ない。

母が二階へ引越した。

一月十九日（水）

風邪と腸の故障とで微熱あり、すっかりだめだ。運動不足のためよく眠られない。鼻水ばかり出る。魯迅を読んでいる、今の日本は魯迅の支那よりもっと退却した、しかし一時憤ったりしたけれど、私はもう魯迅のように落着いて、諷刺にみちた新聞をひろげるのを毎日のならわしとする。今の社会は一箇のよき諷刺文学ではあるまいか、たとえば今日は、日本人は「醜の御楯」として徴用令に一言の文句もなく従うが、ルーズベルトはこれを納得さすために数千言を費さねばならなかった、と自慢している。

まことに便利きわまるものがあって、それによればあらゆる悪が絶対に変ずる、しかも飛行機の飛ぶ千九百年代においてである。魯迅にこの不可思議な文明国の話を聞かしてやりたかった。支那人はもっとだらしなく、われわれの醜の御楯ほど純良ではないだけ、もっと悪を働くことにおいて小さかった。

しかし私は落着いた、けだし歴史はその正しい方向を向いたから。悪壮《さか》んなれば天に勝つ、天定まって悪遂に破る、天網恢々粗にしてもらさず、は言いえて妙ではあるまいか。私は落着いている、尤も多少の一身上の不安と危惧なしにではないが。

第一に召集という有難い仰せがある、兵を集むるはじゃがいもを集むるより易しである、第二は今度は徴用という懲役制度が出現した、鞭と憲兵とをもって全く無辜なる民衆の労力を絞り取るわけだが、まことに戦地にあって草をかみ土を食ってる兵士を忍ぶために豚の餌をくらわねばならぬというわけである。もちろんそうすることが何の役に立つか誰もしらぬ、ひとえに「醜の御楯」の身にしみて有難き所以である。

そしてもし新しい社会が生れたにしても、われわれはそこでいかなる任務を果しうるか、身に一本のピンを作るの技術もなきを顧みて歎ぜざるをえない。われわれはついに敗北者にすぎないのではないだろうかと。

しかし最も悪いのはそれではない、もし我々がその社会に下に埋まっても、われわれの後世は幸福になり、われわれの努力にいつか多少の感謝をもってくれる、いなそんなものは必要ではない、ともかくわれわれの理念する歴史的に正しい社会が生れれば、一応、われわれの任務は完了されたのであるから、それで満足だ。しかしそういう社会ではなく、敗戦後に一箇の東洋的ヒットラーが出現し、民を殺すことを草を薙ぐごとく、――われわれは民草だから又やむをえないが――、粛然として声なからしめるかもしれないのである。しかしてその可能性は、あらゆる民衆利益の擁護者を掃蕩することによって、今日本においては準備せられつつあるのだ。まことに陰惨苛烈なる運命が日本人の前には待っているといってよい。歴史を正しく成長させねばならぬ。

一月二十三日（日）　晴

天気がよいので八木君のところへ行く。近ごろ徴用よけのために木造船会社の人夫に入った八木君は昨夜、夜警に出たため今日は休んで新しい借家を整理している。

帝大新聞を送ってくれた、茂串君が「科学について」の批評をうまく書いてくれた。茂串君の文章が僕のそれに釣られているのが愉快である。

二、三日中に上京しようとて、片付けはじめる。

一月二十四日（月）　晴

東京行の荷造で一日費す。切干、蜜柑、煮干等を詰め込む。

一月二十五日（火）　雨

五ヶ月余りいた田舎もいよいよ引揚げだ、この五ヶ月の間、母の危篤の間は別とするも、矢張り仕事が捗った、「フィレンツェの夜明」四百枚成る。「ディーノ・コムパーニの年代記」の訳稿五百枚。

「レオナルド・ダ・ヴィンチ」の訳、「アルベルティの絵画論」の訳出来上る。

苺畑をつくったのも大きな仕事だった。

幸子の夫が戦死した。美知子さんとの結婚の話がきまった。昌平が徴用された等。

きょうは冷い雨だが夕方破れた雨傘をさして古田の八木君を訪ねる、その帰りに陸橋を渡って地蔵坂へ出、機屋の前に出た、ガラス戸が一枚開いて奥で何か火を赤く焚いていた。しげ子を呼んだら弟が出てきた。しげ子は裏の家で勉強してると言った。別に出てくるのを待ってるほどでもないから、そのまま帰ったがしげ子に会えなかったのが何か心残りであつた。しげ子や美智江たちが三月に卒業してしまうと、もう私の愛した女の子はいなくなる。私ももう女の子と遊べない。

長くいたけれど殆ど外出しなかった。山田へも三、四度しか行かぬ、寒くて行く気にならぬのである、もとはどんな寒風の吹きすさむ中でも、雨の中でも平気だったのに。

一九四五（昭和二十）年

一九四五（昭和二十）年三月四日（日）　曇

いつ来るかと思った空襲は頻《しき》りだ。今朝も曇った空を唸りが聞えた。そして東京を爆撃したということだ。明後日上京する予定で、けさは餅をついたりした。

一人であの狭い防空壕へもぐりこんでるなんて余りうれしい話ではない。資材もよこせずに生命を託するところだから完全なものをつくれなど、よくもほざけたものだ。一機もよせつけないはずのが、千機余も一度にやってくるではないか。

太平洋のあらゆる島々で「民草」幾十万をほろぼしててんとしてはずる所がないのみか、本土へひきつけた敵機が跳梁するのに、自らは「完全なる」退避所にたてこもって「民防空」を高唱してござる。そして幾万の人間が斃れるのを平然と、いな得意然と見下ろしながら、何とか寮あたりに弾が落ちたからとやたらに恐縮しておわび申上げるのに大変。「民草」は火に焼かれる、彼ら「日本武尊」たちは民草の近きをば薙ぎはらって自己の勲章のたねとしたまう。「敵に出血を強いた」はずなのに、自らの大出血は正に不具老人まで狩立てるに至っている。アメリカの兵隊がなくなるのを待っているのだそうだ。余りのばかばかしさ。しかしまだ人々は神風を待ちつづけている。最後にとんでもない奇蹟が生じるように信じこまされている。

三月五日（月）　曇

もののの芽がほころびはじめる、梅も今年はおくれてようやく三輪四輪ちらつき出したが、今日高木へゆくと椿の花が落ちて曇りを透す光も春めかしく胸をときめかす。こんな時上京しなくてはならぬとは情ない。上京しても不安ばかりあってたのしみ一つないからにはますますつまらない。

きょうも朝からからたちの棘を切って鋸で四、五寸に伐った上、斧で割る。棘は火に入れて湯をわかすたすけにする。毎日の僕の仕事だった。時間さえあれば山へも出かけたかったが、高木へ鶏をもらいに行ったり、十五日ぶりでひげを当ったりなかなかいそがしかった。会社から書留速達で一、二月分の給料を送ってくれたところを見ると急いで上京するにも及ばなかったようだし、且上京しても再び休むことができそうだ。唯借家をそのまま空けてあって隣組がうるさいことと、美知子の転出証明書がまだもらってないこと、並に社長に依頼されたこのわたが腐敗しないうちに上京しなくてはならないのだ。それに一月でも早い方が遅いよりはましにちがいない。そしてうまく東京都内から籍を除いておかぬと首都防衛団に釘づけにされるおそれが多分に生じて来た。いろいろな問題が錯雑しているが無事に逃出せますよう、神々よ僕をまもりたまえ。

墓参の道は真如寺の山門に歩哨が立っている――寺に怒部隊が駐屯しておる――ので裏門から入ってゆかなくてはならぬ。往復ともとみ子に会った。ついでにそこの蜜柑の根に掘った防空壕をのぞいて来た。

山田へも行った、この休に二度目だ。この谷間にも四十糎砲一門が据えられ、ゲリラ兵用の横穴が掘られたということで、その匿蔽のため伐木を一切禁止されてしまった。いつの日にこの谷に平和がもどることだろう。僕は一つの小説を構想する、旧地主の没落、クラークの成長、プチ・ブルジョワの飛躍、この三つのテーマをもったコメディアをば。今度逃げ帰ったらそれをまとめ上げよう。

僕に二、三度リプトンを土産にくれた船員の百次は戦死して公報が入ったという。そこの金柑も今年は雪霜のため萎えて黄色に色づかない。よしのは赤坊を負っている、彼女の婿は水兵で松島にいる。はつゑも今年すでに二度野菜を背負い出しに帰ったそうだ、はつゑも赤子を負って帰ってくるという。家にはちせ子がひとり縁側にいたが、やがて昔のはつゑのように暗い土間で桑の枝を折ってはくどに押込んで晩飯の支度をはじめる。枝の斜めの切口からはじくじく泡が吹出る。明り採りから流れこむ夕ぐれの仄明り、すべてが十年昔にかえったようだった。

そのかえりには又珍しい人に会った。

晩は鶏の水炊き。我家には毎日何と御馳走のあることだろう。明日はもう東京で、しかも冷く寒くひとりで警報のサイレンにおびえながらくらさなくてはならないのか。

夜雨となり風さえ加る。

結婚してからも折々蘇州への、又支那へノスタルジアが胸をしめつけることがある。茉莉花の幻を目のまえにうかべて二度と踏みえないであろうあの町にこがれる。あのころは若かったからよかった、よし再び訪れることがあろうとも、あのときの不思議な気持は再び僕を訪れないにちがいない。

三月七日（水）　曇

昨夜東京に着いた。中野の家にひとりでくらさなくてはならんと思うと限りなく心細かったが、上京してみればそれほどのこともなく又前と同じ生活のレールにはまってゆけそうだ。しかしけさ神田界隈の惨乱たる廃墟を一眺したとき慄然とした。防火挺身隊ぐらいで空襲に対処できるなどと甘い考に酔っていた連中も今は少しは気がついたろうが、気がついたときにはもうおそかったという具合である。要に敵機を上空に寄せぬことにある、それ以外においていかに民防空を唱えてもそれは人をあざむこうとする悪意的な宣伝にすぎない。民草は焼かれても仕方がない。

会社へ出たが皆心細げにいる、仕事など手もつかない状態だ。爆撃を近くにうけた人のいうとおり「それは話にも何にもならない」のである。しかし一方旅客輸送を更に大縮減するとか、国民勤労動員令とかまことにわれわれの生活を脅かす計画ばかりは進められている。東京に完全なる地下防空壕を設ける話など未だかつて聞いたことがない。これは文字どおり民を網するものである。民は人ではなく草であるから強い風のゆく方へ唯々として靡くのみであるからそれもよいだろう。

樋口君に会い、家へもどる。冷い室にひとり座ると本を開く気にもならず、心細く寂しい。美知子がいないことが痛切に感じられる。晩飯の支度もどうやらしたが片付ける気にもならずぼんやりする。いろいろ仕事はあるはずだがどれも明日へ繰越してしまう。

三月十一日（日）　晴

九日の夜十一時ごろ警戒警報が出た。敵の第三目標が房総半島の辺りから反転したという遠いラジオを耳にしたのち眠りに入ると、やかましくぶうぶう鳴る。太田の小母さんが「空襲ですよ」と呼ぶ。高射砲が狂気のように鳴り、サイレンが悲鳴を挙げている。もう東南の空が赤く燃えていた。敵機は三機ぐらいずつこの中野の頭の上を折れて都の上空を旋回するのである。火の手はいよいよ大きくなる。敵機が操照灯の十字照射の中を急スピードで走る、高射砲が四方からこれを追いかける、二つばかり燃えて空低く落ちた、その辺りが一時ぱっと明るくなった。

夜明までガラスが赤々としていた。

翌日省線の両側、四谷から新橋に至るまで焼野原と化していた。鉄筋コンクリートの建築はいまだ窓から白煙をあげ、ところどころ焔を立てているのも見えた。電車の不通個所も四方にある。昨日送った小荷物も焼けたかもしれぬ。遠いところにもあちらこちら煙があがっている。

きょうは一日家にいた。鉄道も荷物の受付を停止し、郵便局へ行ったが、これ又第三種以下を受付けない。東京へ籠城したような恰好になった。しかも戒厳令が施かれそうだというからますます心細い。

きょうの話によると、敵機は百三十、それによって被害は二十二区に亘り、そのうち十一区は全滅に近い。日暮里も浅草も亀戸も亡びてしまった。僕の歩いた町はもう灰燼のみとなってしまった。沢山の古本屋もどこにあったか、あとも分らないだろう。本郷さえ一区画を除いては全く消滅してしまった。大学前だけ残ったのがせめてもの話だが、これもいつまで存在するか分からない。死傷二十万と称するが本当は三、四十万も出たにちがいない。罹災者は二百万に近いと想像される。新聞では憤激を新にするなどというが、もうそれどころか恐怖だけにつかまれているのであって、防火活動も何もあったものではない。あんな子供だましのような訓練によって空襲を防ぎうると宣伝した連中にこの幾十万の犠牲者に対する責任を問われなくてはならぬ。危険なる日本家屋から田舎なり何処なりへ疎開を保証することではなく、こんな燃料のような安ものの家に縛りつけたのは誰か、それを糾弾しなくてはならぬ。東京の三分の一が焼けるのもよい、木造などはそうなるのが当然だ。ブリキと煉瓦と見渡すかぎりの野原に立つと新東京など生まれて来ないと思う。そういう復活の力はどこにも含まれていない。

三月十五日（木）　曇

名古屋も焼け大阪も焼かれた。一日おきに来るから十五日の夜が危いといっている。僕は五百冊の本を抱えて嘆息するばかり。昨日阿部の罹災証明によって行李と木箱を送り出したが、どれだけも減らない。

昨夜は阿部が泊った。朝七時半警戒警報が出る。機動部隊が東南方海面を遊弋《ゆうよく》中とのこと。紅茶を何杯も飲んで十時半まで家にいたがその後音沙汰がないので会社へ赴く。重く曇って寒い。しかし夜明に庭の木立の中で鶯が鳴いた。心をゆるがすものがあった。

昨夜から風邪気味で熱っぽく、今日は腹具合まで悪い。

新聞は疎開を高唱する、当局者も疎開を強調する、しかし輸送してくれないのだから話にならぬ。新聞によると各駅において疎開相談所が本十五日より開設されるとあったが、高円寺駅では誰も知らない、しかも疎開者、罹災者の荷物まで個数制限をすると掲示してある。

今迄マリアナ基地にはB29二百機以上の収容力はないと言っていた、しかるに、きょうに至って三百五十機がいると発表してある。新聞の記事の一つ一つが逆説と諷刺だ。

会社にも五、六人しか出ていない。山内[1]は八王子へ、野知[2]は浦和へ、それぞれ移転する、一人だけ東京へ取残されたようで頼りない。しかも東京向小荷物が当分の間停止らしいので僕の自炊生活も行詰りが見えて来た。きょうのように体の調子の悪い日にはやり切れない。本さえ送ってしまったら、さっさと逃げ出すのだがなあ。

床屋へ行かぬこと四月、髯をそらざること十日。

（1）山内勇　青山師範学校を卒業後に一高に入学、杉浦と同級。一九三三年東北帝国大学法学部にすすむ。戦後は地検事務官、副検事など司法畑を歩む。

（2）野知俊夫　一九三二年一高文科（甲類）卒。

五月二日（木）雨

四月二十八日東京を去る。夜八時豊橋着。東八丁町一三四、川口連方に二泊。三十日田原よりトラックにて福江に帰る。福江には沿岸守備隊一ケ師団進駐せり。

沖縄本島の戦闘終結に近き折から、赤軍はベルリンを侵し、きのうのラジオがムッソリーニの処刑を伝えれば、きょうはヒットラーの「薨去《こうきょ》」が伝えられる。遂に山師がくたばった。人類の敵は亡びた。天網恢々粗にしてもらさずとは之の謂であろう。しかしこの幾千万幾億の人間の禍を作ったやつの死に方にしては余りにもあっけなさすぎる。もっと長い間苦しめてから殺さなくては飽き足りない。

五月四日（金）晴

ゲーリングが自殺し、ルントシュテットが捕虜となる。ヒムラーが降伏申し入れを行えば、デーニッツはその家族を人質として逮捕して処刑を以て脅かす。イタリアの全軍は手をあげ、オランダでも休戦が始まる。二、三日にして夢魔の国ドイツは崩壊してしまった。

午後山田へ行った。わらびを探したがもう開いてしまったうえ、今年は食料として採取する人が多くて四、五本しか見当らなかった。雉が飛立って人を驚かす。杉林の中では兵隊が無電の稽古をしている。

はつゑは二人乳呑児を抱えて、爆撃の四、五日まえ蒲田を引揚げて来ている。細く、そして目が開いて娘の時より見よくなった。夏蜜柑を食べながら夕方まで二人でしゃべっていた。

夜は鰈、うまくなった。

昨夜京阪地区に空襲が行われた。

五月五日（土）　曇・後晴

歯痛で一日頭重い。畑へ出て土をいじっても山辺を歩いても気が紛れぬ。新聞はドイツの降伏を伝えていくらか黎明が感じられる、が、こちらは疎開貨物の制限、転出の抑制等々不愉快な記事ばかり、東京へおいて来た二十七個の荷物、その大部分は本だが、それがやはり気にかかる。五個しか扱ってくれないし、取締を厳重にするから大部分は東京で焼けるのを待つよりほかはない。荷物の送出しはいつも食違いが生じてうまくゆかなかった。徹夜で並んだのも役に立たなかった。他人がうまくやった話を聞くとむかむかする。

苺色づく。空には雲雀。

五月九日（水）　晴

疾風。きょうは敵機来襲なし。苺を摘んで来て千鶴子に食べさせる。ヨーロッパでは戦争が終った、米軍七十個師は相踵《つ》いで帰国するという、戦争がすんでしまう、というのは何ということだろう、皆ばかみたいになってしまうにちがいない。ドイツ人だってそうだ、ナチの圧制から解放せられて茫然自失しているにちがいない。明日からはもう爆撃も召集も来はしないのだ。こちらにはいつその日が来る？　誰も彼もその日を待ちこがれているのに。

美知子を実家へやってひとりぐらしももう三月になる。福江でこうして生活していると二人の生活よりもこの方が親しい。そして心の底からは絶えず蘇州へのノスタルジアが浮かんでは消える。もう支那へも行くことはあるまい、よし戦争は終っても老いるまで見ることはないであろう、この時代のあらしの中をシャオのごときはかない美しさはどのように吹き廻されてゆくことであろう。

福江へ師団が入ってわずか十日しか経たぬのに肉も魚も悉く徴発されてゆく、新兵たちは留守へ押入って飯を食ったり、芋をねだって歩く。その上京阪から闇買出部隊が盛んに進出して物価を釣上げるばかりか、掻払い泥棒をほしいままにして人心を険しくさせてゆく。

最近の友人

明石博隆　昨秋執行猶予で出て以来、日本商工経済会につとめている。小石川窪町の家には女房と二つの弥生子ちゃんがいる。神戸へ帰りたいと言っていた。

寺島友之　中等教科書会社、亀有。
佐々木正治　東京製鋼砂町工場。勤労課長から防衛課長に左遷されたので方向を転じようとしている。市川の社宅に女房と二つの次郎君。
樋口賢治　日本出版協会。妻子を北海道へ疎開させて四谷の家に心細く住んでいる。
阿部玄治　田宮君に紹介して東京歯科医学専門学校生徒主事補に入れたが、学校附属の病院、食堂が焼け、自分も本郷のアパートを焼出され、生徒課がやたら忙しいのでくさっている。板橋の新しい下宿へはまだ訪ねたことなし。僕の一番若い友人だろう。
小山正孝　日本出版協会。奥さんの在所目黒へ移ると間もなく四月上旬に応召した。前回は即日帰郷だったが、今度はそのまま。
神田澄孝　北支の部隊で幹候生になったそうだがしばらく便りがない。
生田勉　一高教授、三鷹の家へ三月三十日の夜泊めてもらったが、その翌晩空襲であの辺りに時限爆弾が盛んにおちたらしい。こちらへ帰る前々日、所用で荻窪から省線に乗ったら桐生の奥さんの所へ行くのに偶然一緒に会った。しかし話してるひまがなく私は高円寺で降りてしまった。
寺田透　大日本再生製紙。横浜。
猪野謙二　東京第二陸軍病院教育班の軍曹だ。
国友則房　六月ごろ東京へ来たが会わないうちに九州へ又転勤した。四、五年会わぬ。
八木喜平　海軍へ入団。別府の療養所にいる。
瓜生忠夫

桜井恒次
三輪福松　帝大病院附属図書館主任
茂串茂
冨本貞雄

六月五日（火）　晴

豊橋の姉より電話があって中野の家が焼けて箪笥だけが助かったとか。箪笥なんか焼いても本だけ助かればよかったのに、と腹が立って仕方なかった。そんな風になるのを覚悟しておいて来た本を調べたが、新しく買込んだ四、五十冊のほか辞書その他菊倍、四六倍型の第四種郵便で送りえなかった本のほかには、なくてかなわぬと思うのは二十冊そこそこであったが、矢張り四百冊となると惜しい、それにナイフやフォークやスプーン、紅茶々碗が惜しいし、一つだけ苺ジャムの缶詰も残してあった。桜井を当てにしなければ本ももう五十冊は助かったのに。

腹が立ったので薪木を割ったり草をむしったりした。

六月七日（木）　晴

疾風激雨、その中を阪神地区爆撃が行われている。

ドイツから新聞記者どもが帰って来た、いかに敗戦のドイツは我々に大きな教訓を与えることか、精神力に限度のあること、ショーヴィニズムが常に敗因をはらんでいること、最後に無条件降伏も余力のある中になすべきこと等々。

苺は略々《ほぼ》終わりを告げて、ゆすら梅と枇杷がこれに代る、桃も大きくなる。

六月九日（土）　晴

三十三回目の誕生日。

朝より午すぎまで空襲警報が続いている。名古屋の爆撃が海を越えてガラス戸を震わす。

日射が暑くなる、草をむしっていても十分もたつと耐えられなくなる。

美知子を大阪へやってひとりぐらしも昔どおりでかえって気楽でいい、妄想もほしいままにできるはずだが五年まえより空想に生々しさが失われ、直ぐに退屈する。

朝起きるとコーヒーか紅茶を飲む、千鶴子とあそぶ、草を取り薪を割る、それだけで一日が暮れてしまう。

家には父、父は朝から茄子に水をやり甘蔗に水肥をかけ、煮干の買出にゆく。母は忘れっぽくなったとひとりこぼしながら、土蔵の二階を片付けたり、そら豆をほしたり、薪を物置に積上げたり、午後はカステラを試みに焼いている。幸子《ゆきこ》は防空壕にたまる水を女中のこととふたりで二百ぱいも汲出す。千鶴子がそのあとをよちよち追っかけてゆく。昌平《まさへい》は渥美航空へ、先月の二十六日に来た恵美子(1)は昌平の留守中畠村の出店の番をしている。

（1）杉浦恵美子　昌平の妻、旧姓鈴木。

六月十日（日）晴

太田の昌孝君が来る。太田の家が焼けて我家は助かっている、従って荷物もそのままあるとのこと。陸軍技術研究所のトラックが二、三日中東京へゆくというので、その帰りに積んで来てくれるように工作している。

きょうも早朝から空襲警報が鳴りひびいたが、いずれも東北進して東京方面へ入った模様。

議会が始まったが、陸相の演説を見ると本土決戦をやるつもりらしい、一つの成算もなくして、民を殺すこと草を刈るごとくするつもりであろう。首相は国体を離れて国民なしと言っている。

六月十一日（月）晴

国民義勇隊の恩典罰則は軍隊に準ずると陸軍兵務局長が議会で申された、召集もあるというから若い女をさぞかし召集することだろう。あらゆる男女を自己職業階層の楯とするのは、まことに彼らにとって快心のことであろう。六百万以上の無辜の人民が衣食を失って、更に幾百万かが失うことも彼ら二、三千人にとって毫も痛痒を感ぜしめない。軍事措置法と称するものをほしいままに発布し、以て家でも人間でも奪うことが自由であるから。しかも義勇隊に与えられる武器は竹槍だ、皇軍独特の肉薄斬込あるのみだ、時によっては手榴弾を配給することがあるかもしれないそうだ。それについて私は腹立たしく歯がゆくてならぬことである、なるほど戦車に向って竹槍をふるって突撃しうる、又爆弾に跨り、特攻機に乗り、或はベニヤ板製の特別潜航艇とともに我身を破片と化すこともいとわない、しかしそれを果して勇敢と称しうるだろうか。日本人は犬のように、勇敢だがお上に向っては一つの口答えもなす気力をもたず、正しきものと不正との区別さえ出来ない、武器をよこさぬ奴らに武器を要求する勇気がなく、唯々として竹槍をかついで目をつむって敵弾の中に突入するのである。余りの愚かしさに言葉さえ出ない、そのために何人か些かでも幸いになりうるか、よきことが起りうるか、世界の文化に一片の貢献でもなしうるか、或は子供たちによいことがめぐりうるか、皆否、子供たちまで竹槍をもって戦車の下敷になれというのである、陸相の報告によると、日本陸軍は未だ無瑕である、という、山の奥においてベトン式防空壕の奥において指揮するものが無瑕でなくてどうしよう。陸軍（職業軍人）が無瑕でしかもあらゆる方面（ビルマ、タラカン、沖縄等々）において戦争に敗けているというのは愉快な話である。いつまで続く戦争ぞ、どうか商売人だけでやってもらいたいものである。

六月十二日（火）　雨

入梅、太田君帰る。技術研究所のトラックがきょう出発する、本をのこらず積んで来てくれるという。敵上陸の場合の立退先調査が始まる、昨日まで新聞記事を信じ切っていた連中はあわて蒼ざめる。今ごろになって何処に逃げるところがあろう、敵が上ってくるまでだましつづければよいのに、又してもあわてて民心を攪乱するというわけだ。東京、名古屋、大阪、神戸、横浜の罹災民だけで五百万をこえている、それだけが着るものなく住む家なく流離しているとき太平洋沿岸から又三、四百万が移動して何処に膝を容れる余地があるつもりなのか。すでに五百万の民衆はこの冬はいわずもがな梅雨をどうすごすか、戦争責任者たちはガソリン自動車を乗りまわして宴会にいそがしく、その対策一つさえ樹《た》ててやらない、役人は地方総監府などいうものを設け、格式を上げることに汲々しているが、彼らの一人だって穴の中で生活しているものがいるというのか。日本にくらべたらドイツの方がはるかに幸福である。

六月十三日（水）　曇・時々雨

本格的な梅雨に入ったと見えて降っては止み、かすかに日の光が射したと思うと又はらついてくる。梅がほんのり色づくのを採り、梅の実と一緒に犬枇杷をとって口に投込む。苺の新しい苗が根づいた模様なので白苺と福羽とを移植して秋の定植まで育てるのである。母がそれがもう一度食べられたらいいが、と言う。全く無智なる民衆の間には恐慌が生じ、何一つ手がつかないというものさえ現れた。

東京が焼けてしまったことを思うにつけ、沢山の美しい少女たちは何処へ行ってしまったろう、今は或は挺身隊と称するものに入って工場等で働いているがその後でどうなることだろう、とりわけ本郷から冬の五時半ごろ市電に乗ると二、三度見かけた白い制服の少女は何処へ行ったろう、神田駅前で降りて地下鉄へ下りて行ったから浅草方面だろうか、稍卑淫なかげのあるのを除けば楚々としてシャオ・ハオ・インを彷彿させた。そのために私は焼けた街があわれでならないのかもしれぬ。シャオもどうしたろう、私のはかない思いは今も遠くにかぎりなく馳せるときがある。

下痢を伴う風邪が流行している、父は二日絶食して羅漢のようになった。

鶉豆実る、茄子の花紫に、トマトの花黄色に咲きそむ。

六月十四日（木）　曇

坂井連隊区司令官が[1]、ドイツも無条件降伏を一年前にするとよかったという記者は敵の謀略にのせられているのだ、と言っている。沖縄については殆ど新聞にも出ないから終了したことは略々確実だ。墓詣の帰途、憲兵曹長で憲兵学校にいる鈴木嶅に遭った。東京の模様を少しく聞いたが、あとで何となく胸くそわるかった。

（1）坂井徳太郎　中将。予備役だったが一九四五年三月に名古屋連隊区司令に就任。連隊区司令部は徴集、召集、在郷軍人会の恩給等事務、国防思想の普及、学校教練をも管掌した。

六月十五日（金）　雨

追われているようで一日が何となく不快である。何ものが私をかり立てるのであるか。

四日ぶりで空襲があったが、近くに弾の落ちぬのが物足りぬ気がしないでもない、一種の空襲病に馮《か》かっているのであろう。

太田君が豊橋まで持って来てくれた本十五冊ばかりを川口から送ってよこした。それは離京の前日野方の古本屋で求めたもので、せめてそれだけでもと思ったが、手にとって見ると自分の待っていたのはこんな本ではなくもっとちがった本であるような気がした。技術研究所のトラックが幾個の荷物を積んで来てくれるか、それに一縷の期望が懸けられている。

百姓は芋の蔓をさしながら言っている、この芋が向うのやつら（アメリカ人）に食われるのでなければいいが、と。因《ちなみ》に近ごろの兵隊は果物を荒し、馬鈴薯を掘るのみではない、さつま芋の種芋をまで掘出して食ってしまう。

六月十六日（土）　晴

むし暑し、母と幸子と女中とで二畝の麦を刈る。僕は苺苗の移植に忙しい。

東京方面の友人から便りがない。寺島と阿部だけは無事、樋口君、明石、土屋先生、いずれも焼けたのは確実だが消息なし、福井君も同様。三輪、丹下はどうしただろう。特に不安なのは寺田で、杳として便りがない。

太田さんから引越荷物十五個を十一日に発送したと言ってくる、研究所のトラックは今夜あたり帰るというが、それが残りを積んで来てくれればすべてうまいのだが。

新聞には精神・物量ともに限度ありとか相変らず詭弁が横行している、B29が三千機で毎日来ても日本人を皆殺すまでに四千年かかるそうだ。しかしすでに百数十機一夜で二、三十万を殺したではないか。又かつて東京を焼きつくすのに三年かかると言って三月もたたぬに、東京はもちろん大阪、神戸、名古屋、横浜、浜松其他が全滅しているではないか。半年前フィリピンまで侵出するのに三年かかると言ったが、すでに半年にしてフィリッピンはおろか本土まで上陸してしまった。数字を弄して民の目を昏ます術。更にアメリカは七十万の兵を上陸させると豪語し、その実現は必ずしも不可能ではないらしいが、これに対して一億特攻だから百人で一人を殺してもなおお釣りがくると称している、敵の数字は厳密な検討を加えて最低に見積りながら、それに対してこちらは標語にすぎない文句を対立させる。実際は九千万、うち朝鮮人其他が三千万だから残りは六千万、その大部分は児童であるはずだ、老幼を除いて義勇隊に強制されるものが公称二千五百万もあればまず大したことだが、外地に取残された兵隊などを除くと二千万ぐらいであろう、しかもその半分は女でしかも大部分は竹槍以外に何一つ武器を持たない、従って一対百でも向うは草を薙ぐように百人を薙ぐに困難ではない、よし二千万としてもこちらの戦闘員全部が一箇所に集結しうるわけではないから一対三十といふ数字も矢張りうそである、もしそうとするなら向うの補給可能の人間を悉く加えねばならないから、一億対一億三千プラス竹槍対飛行機という結論とならざるをえない。

六月十七日（日）　曇・午後晴

きょう国民義勇隊の結成式が行われたそうだ、伊三郎が麦畑で母としゃべっている。「さっきはがっかりして腰をおろしたまま立つ気がしなかったあね」。何故かというと、「武さの嫁さの話じゃ、きょう義勇隊の式場で陸軍のえらい人の話だったそうだが、渥美湾や伊勢海は近いうちに艦砲射撃を受けるという話だったでのん」。結成式に連隊長が艦砲射撃がきょうあすにもあるかもしれぬからそれにそなえよとでも話したのであろう。ともかくこの二、三日仕事するのもいやになったとこぼすのをしばしば耳にする。

荷物はどちらもまだ来ない。トラックは二十九日に帰るそうだ。私の荷物をのせた貨車が東京を離れるまでどうか中野や汐留駅が焼けないよう。

もう美知子が子供を産んだかもしれない、始めて妊娠らしいと医者に聞いたときは激動を感じたが、今ではこれからさきの世の中のことを考えるにつけ、重い負債のようにしか感じられない。

六月十八日（月）曇

暁にかけて空襲があった、三十目標が頭上を唸りながらすぎて行った。東の空に雲が赤かった。豊橋かと思ったが浜松だった。

朝豊橋の川口から荷物十五個が着いたと電話あり。うろうろしていると豊橋で焼けてしまう。明日父がトラックに同乗して取って来てくれるという。技術研究所の方のトラックは東京で故障を生じたため運転手も助手も汽車で引揚げたという。

空襲の後蚤に悩まされて空白むまで眠れず。

東京方面からは依然音沙汰なし。寺田からも無音。

六月十九日（火）晴

新聞には義勇隊の主要任務は爆雷を抱いて戦車の下に飛込むことだと肉薄斬込みだけを指令している。憤りのため歯がきりきりと鳴った。

父はトラックに便乗して豊橋に着いた荷物十五個をもちかえった。机や箪笥や底のぬけた沓《くつ》等で肝心の本の包みは三つ四つしか入っていないので、一時力ぬけがした。しかし思いなおして縄を解いていると相当のたのしさが湧いてくる。何とか残りの本がたすかってくれればいいが。

いつ本土上陸が起るやもしれぬけれど、それを思うと落着かないけれど、差当りまず本が大切だ。

寺田から未だ消息がない。

六月二十日（水）　晴

今暁二時間にわたる焼夷弾空襲によって豊橋は全滅した模様。

昌平が渥美航空のオート三輪に便乗して豊橋よりさち子と俊介をつれて帰った。一眺千里という有様で川口たちも練兵場から牛川へ逃げたのだそうだ。病気中の姉は途中で気絶したがきょうは牛川村の農家に休んでいるという。何処の家でも豊橋へ兄弟子供を出していない家はないので心配そうに避難して来た人々をとらえて詳細を聞き出そうとしている。向いの「錦華紡」は娘婿が着のみ着のままで歩いて来た。見舞に出かけた親類の男は子供だけ自転車に乗せてさきに着いた。大村屋でも娘の一家が、新吉さでは娘が居るが消息がないと言った始末、等々。

荷物の蓋を開ける。あちらこちらから本が出てくるのはたのしみだが、大部分東京に残っていると思うと待っていたのと少しちがうような気もしてくる。しかし辞書類も略々帰ったし、主な本も着いた。それに昨夜豊橋が焼けたのに僅かの差で助かったと思えば、これらの荷物は二度まで間一髪の危機を免れた奴らで何と運のいいことだろう。残りの荷もそうであるように。――しかし技術研究所の運転手にわたりをつけてくれた西川の話では、トラックの修繕成ったが、こちらから取りにゆかず向うの運転手が運転してくるかもしれない、そうなれば望みなし、とのこと。

六月二十一日（木）　晴

姉は富夫の自転車に乗せられて豊橋から帰る。父の剃刀と時計を二、三月以上預っておいて焼いたと父がこぼした。

従姉の久子は[1]行方不明だったが、焼跡より小さな炭の塊となって出たとのこと。六人とも小さく固まって見分けはつかぬが、炭に油をぬったような塊で、子供らしいのは両足を投出したまま後頭部がかけていたそうだ。防空壕へ入る準備でもするため一家で集まった室へ大型焼夷弾が落ちて六人とも即死したらしい。長男の孝は隣室に寝ていたが爆発におどろいて飛出し二川まで逃げたため生命は拾った。そんな悲惨な話が到るところにころがっている。

電灯は点いたが、新聞が来ないのでほかの町のことは分らない。静岡と福岡も同じ夜襲われたらしい。こうして幾百万の衣なく食なく住家ない民をつくり出した以上、この冬には餓死と暴動とは必至となった。絶望的な暴動と化するであろう。南や支那に行ってる兵隊たちは帰って見れば家どころか町も村もなく浦島のように茫然たるものがあろう。

（1）鈴木久子　太平の姉杉浦てる（通称守山の伯母）の三女で鈴木一郎に嫁す。孝だけではなく一郎も難をのがれていたことが後日明らかになった。

六月二十二日（金）　晴
夜半空襲警報あり、朝又空襲。
豊橋から罹災者続々と入り込んでくる。
三日ぶりで二十一日附の新聞が来る。例によって「世界に誇る皇軍独特の精華」挺進斬込の解説が図入りで出ている。一目見ただけで胸くそがわるい。よくもはずかしげもなく毎日こんな民衆殺戮法を人前へさらけ出したものだ。

福江にも一万以上の兵が駐屯して、日夜軍役奉仕と称して人民を駆り立てて山の裾や道端に壕を掘っている。そして奉仕者の弁当を盗み食いし、果物を荒し、じゃがいもを掘る。一種の匪賊である。だから西川などは言っている、——兵隊でさえちょっと腹の減ったぐらいであんなかっぱらいを平気でやるのだから、我々も食うものがないとなったら、人のものも自分のものもあろうか、竹槍でぶち殺してでも奪って食わなくては。

土蔵で本を片づけたり、薪を割ったり、そんなことで一日がくれる。

六月二十三日（土）　曇

寺田の行方は未だ分からない。誰からも便りがない。豊橋駅も郵便局も焼けてしまったから　郵便も正常には行かぬ。

新聞では空襲のあるたびに昨日の空襲の教訓を並べるが、相手のやり方が機動性に富んでいるから教訓を覚えるだけで大へんだ。前回の教訓は次回に役立たないのだからますます大変だ。「逃げないで消火に敢闘した人だけは無事だった」とあるが、第一回の空襲より今日に至るまでの空襲が教えた一つのことは「逃げたものだけが助かる」ということこれである。更に他の一つは、飛行機には飛行機以外に防禦手段なし、飛行機の邀撃《ようげき》なくして民防空を説くは民を薙ぐものである。油断したからとか、逃げたからとか、まるでそれだけが罪のようなことを書き立てるが、最大の罪人は敵機をみすみす国土の空に容れ、数万の爆弾を雨《ふ》らせて平気でいるやつでなくてはならぬ。

豊橋焼失以来人心はすっかり浮上ってしまった。二十五日に渥美郡を灰にしてやる、とビラを撒いたとか言って盛んに壕を掘り出した。小中山では一昨夜空襲警報が出ると大八車に荷を積んだ人が右往左往したということである。

土蔵へ入って本を片づけて一日すぎる。

六月二十七日（水）　曇

二十日女児誕生したと大阪から通知があった。そのほかには東からは依然一通の葉書も来ない。

朝と夜半と二度ずつの空襲が毎日ある。伊勢湾沿岸に投弾するのでその音がガラス戸を震動させる。豊橋焼失以来民心は極度におびえて、二十五日には田原と福江特に中山を焼払ってしまうというビラを撒いたという話が忽ち伝播した。ギリシア人が「翼ある」噂と形容したのも尤もである。二十四日の夜空襲警報が出るや小中山では大八車に荷を積んだ人で雑沓した、道路が狭いからつき当るやら押し合うやら、中には小麦一俵途中で落してあわてたものさえあったという話だ。二十六日の朝は一機が堀切に爆弾を投下した。今まで畠に出てのん気にかまえていた百姓もほうほうのていで逃げ帰り、釣に出ていた連中は砂洲にへばりついてふるえていた。近所でも荷車へ衣類や蒲団を積込んで畑の真中に潜んでいた。

沖縄は完了したらしいし、国民義勇隊と称する上からの強制的「死ぬための」組織が法令として発布せられた。「本土上陸は我が思う壷」だそうだが、「義勇隊必携」を見ると不意打しか教えていないのだから情けない限りである。千早城の石ころがしや、背後から鎌による襲撃がすべてである。あとは爆雷又は火炎瓶心中あるのみ。二十四糎の鋼鉄をビールビン一本のガソリンが果たして「蛙の面に水」以上の効果があるだろうか。

全国民が死をまで強制されているとき、或は苦力《クーリー》として強制労働を強いられているとき、将校たちは依然として宴会に余念がない。罹災地から勤労奉仕苦力として多数が入込んで来たが、その宿舎として各旅館が割当てられたところ、駐屯部隊の将校から高級二旅館だけ除外せよと抗議が出た。何となれば彼らの宴会に邪魔になるから。

六月二十八日（木）　晴

梅雨明けらしく暑い。畑へ出て十分もすれば体が燃えそうになる。昨夜は蚤と蚊に責められて安眠せず、剰え《あまつさ》下痢の気味で体がだるく、二階の寝台に裸で横たわっていると幸子がモリエル全集や芥川全集を山岡の記念の品としてもって来てくれた。

昨夜から午前にかけて警報の鳴らぬこと久しぶりと思っていると夕方一機が通り、夜十時すぎると又サイレンが鳴りわたる。

新聞を見ると腹が立つ、人が集まれば心細い話ばかり。全く何もかも兵隊さんのおかげだ。

六月二十九日（金）　曇

非戦闘員は岡崎在へ十五日の期限中に避難することになる、と避難の手筈がきまった。それを聞いて葱を植えていた母は畳に俯伏せとなって、もう何もしたくなくなった。蒲団や着物なども空襲にそなえて疎開分散させたり、或は庭に投出す用意をしておいたがそんなこともういやになった、と。

鯖の大漁で買ったりもらったり。鯖のきらいなのは僕と母と幸子。茄子漬が始めて出る。父が畠村からもらいものの桃をもち来る。天津桃系で甘味に乏しい。

近ごろは外へ出ない。朝起きると苺畑へ出て苺の苗を北の空地へ移植するか、土蔵で本を片づける。十二月八日の地震で本立の二つが倒れた上、新しく到着したので乱雑を極めている。十時ごろ番茶、それから二階へ上って少しばかり読書。昼すぎると畑へ出て五、六本の草をむしったり、千鶴子と遊んだり。枇杷をとる。三時の番茶。薪を割ったり、少時の読書の後、もう夕ぐれになるのである。

八月五日（日）　晴

七月四日より大阪へ行って赤ん坊のミナを見て来た。七月十四日帰る。以後日夜小型機、艦載機の来襲つづき、泉村、小中山等にも投弾並に機銃掃射あり、又夜半鈍く地震の唸のごとく浜松方面に対する艦砲射撃の音を聞く。

新聞をひらくごとに憤怒にかられる。虚偽とデマと空威張とにおおわれているから。義勇兵役法など世界史始って以来の残虐極まるものだ。女や子供をかり立てて自分たちは後方の山中に酒を飲もうというわけだ。正に狂気沙汰ではあるが、それだけにこわい。アメリカ人にはいたくもかゆくもないだろうが、敵にかなわぬから弱い味方をいじめようというわけである。すでにB29によって焼かれた町だけでも今記憶に残っているのは、東京、大阪、名古屋、神戸、横浜を始め、青森、仙台、平、郡山、日立、水戸、宇都宮、銚子、千葉、立川、八王子、川口、川崎、横須賀、平塚、茅ヶ崎、小田原、三島、清水、静岡、浜松、豊橋、岡崎、一宮、甲府、長岡、富山、福井、敦賀、岐阜、大垣、桑名、四日市、津、宇治山田、新宮、海南、和歌山、堺、尼崎、芦屋、明石、姫路、飾磨、岡山、広島、呉、徳山、光、宇部、下関、萩、徳島、高松、高知、松山、宇和島、門司、八幡、小倉、福岡、久留米、大牟田、佐世保、大村、熊本、大分、延岡、鹿児島となって、その罹災者一千万を越えるであろう。戦争中におけるイギリスの損害死傷十四万、ドイツの死者六万（？）に対してこちらは僅か半年にして百万人の死を見ている。しかしそれは民草だから損害のうちに入らないのである。ああ、何という国だ。

八月七日（火）　晴

姉母子豊橋へ帰って家がさびしくなる。遊び相手を失った千鶴子はふくれて一時間あまりたたきへ座って動かなかった。

午前中B29の編隊が夏の陽を浴びて西から東へ進んだ。豊川工廠が爆撃されて悲惨なものだったと、たまたま会社の用事で出かけたが、舅の安否を気づかって豊川へ行って来た昌平が語った。中学生や女学生も工場の一角にすでに弾丸が落下しているのに待避を許されず、建物と一緒に霧散してしまったのが多数あるという。

近所からずいぶん徴用されて行っているが一人も未だ安否が分らないので、今夜自転車で出かけるというものが二、三ならずいる。民を賊する仕わざだ。広島で使用したという新型爆弾に対しても全然対策がないにも拘らず、恐れてはいかんなどと勝手な命令を出している。民を殺戮することが彼らの任務であるらしい。

八月八日（水）　晴

朝は七時と八時の間に起きる、桃の熟したのを探って一個か二個食い、れいしの雌花を探して人工授粉をこころみる。父とミルクを沸かして飲み、お茶を飲んだのち、東の六畳で、東京から送返してもらった事務机に向って本をよむか、ミケランジェロの手紙を翻訳する。このころ警戒警報が出るか、時には空襲警報に変るが、それにかかわりなく本をよむ。東京へおいて来た荷物、つまり本やメモや原稿用紙がしきりに欲しくなるのもこのときだ。八つばかりの包が向うに残っている。三十個送れるつもりで荷造りしたのに、十五個しか来なかった。が、あと入用なのは十個あった、うち行李は太田の昌孝君が大体運んでくれたし、又裁縫箱の入っていた包も大よそ持って来てくれたらしい。だからあとは八個で、その中一つは炊事道具だし、本も蓆で巻いたのが多いから目方にすれば一個五貫内外のものであろう。明石が上京したら罹災証明書を利用して三個位を何とか送るように計ると言って行ったが、東海道線の絶間ない不通・故障、豊橋駅の焼失、更に昨日の御油駅飛散等を考慮すればその三個も絶望かもしれぬ。桜井の運送屋は六百円受取ったままとうとう何処かへ逃げてしまった。

午後三時すぎて空襲警報が出たが、それは関東地方へ入ってしまった。

八月九日（木）　晴

夕方屠殺夫が酒欲しさに、兵隊用に殺した牛肉を持って来たのですきやきをするため、藤豆をもらいに山田道へ出た。人形を負った千鶴子の手を引いて。すると山の方から自転車で降りて来た男が「ソ連が宣戦布告したというが本当かね」とたずねる。まだ聞いていないがそんなこともありうると答えると、「どうなることだしらん。まあ長くないな」とつぶやきながら又山の方へもどって行った。

それは本当だった。しかし誰も驚かなかった。それでも降伏などしないで戦争をつづけることだろう、戦闘員よりさきに非戦闘員がまいってしまうだろう、それも仕方ないさ、疎開々々と言っても何処にゆくところがあろう、そんなことをあきらめて人々は話しあうだけである。

八月十日（金）　晴

東海地方は一昨日の豊川を除いてここ十日ばかり静穏が続いている。新型爆弾の威力を一方では大きく取扱い、又米国への抗議を提出するなど惶《あわ》てながら、国民には備えがあれば最小限度の被害で喰止めることができるから心配いらぬなど恬然と二枚舌をつかっている。最小限度の被害とはどれだけのことか、聞きたいものだ。何ら対策なきにも拘らず自己職業階層の維持のため、いまだ国民を殺戮することを考えている。彼らは日本のことなど露ほども考えたことがない、自分たちの威張ることだけが目標である、だから支那でいばれなければ国内を虎狼のごとく荒らしまわる。彼らを処罰するまで断じて死ぬべからず。

しかしこの海岸ではいつ米軍が上陸するかもしれず、その場合生命の保証はされない。敵ではなく味方の督戦隊に射たれる危険率が大きい。こういう場合には信州でなくとも、本道より十里も山の奥に家ある人は幸いだ。

朝東京へ敵編隊が向った。

八月十三日（月）　晴

タラカン島の皇軍は奮闘し、群がる敵中に挺身斬込を続行、一週間に殺傷百五十人の「大戦果」を収めた。満蒙国境でも殺傷五百の戦果。ビルマでもバリクパパンでも敵に多大の出血を強要して戦慄せしめている。ところが国内ではＢ29六十機が約三十分に亘って豊川工廠を爆撃「若干の損害」ある模様。註、若干とは約五千人を指す。「上司」の方々が退避命令を出すことを忘れてあちこち飛び廻っているうちに数千人は跡方もなく敵の戦果に収められてしまった。

工場長は逸早くハイヤーで退避した。そのため今では白昼人前に出ることができず、憲兵隊に匿《かくま》われているとのこと。

八月十四日（火）　晴・夜夕立

きょうも蒸暑く、朝より夕方まで敵機の出入頻繁たり。名古屋への投弾がガラスを震動させる。父は丘の中腹へ村の連中と防空壕掘に出ている。五日目には兵隊のために穴掘り又はもっこ担ぎで、百姓どころではない。

猪野、樋口より来信。

広島の原子爆弾は二機によって死者実に一万五千、町は全滅したらしい。丸山眞男が広島にいるがどうかしら。

夜九時のニュース（戦況について一言もふれない）の前後に、明日正午重大放送ありという。西川は対ソ宣戦の詔勅ぐらいだろうという。そうにちがいないが、一方で講和（無条件降伏）のそれではないかとふと思ったら、胸さわぎがして本の活字も見えなくなる。早く戦争がすめばいい。誰もかれもそう言っている。

きょうは田原で電車が四機の機銃掃射を食って四十余名中十九名即死、十六名重傷だった。進行中の事故は駅に責任がないというので、田原駅長は退避命令が発せられていたにも拘らず発車の合図をした。二、三分の後田圃の真中で襲われたのである。運転手は急停車すると同時に前方の窓から飛出し、続いて運転手台の後に立っていた二、三名も逃げたが、あとは女車掌以下車内で斃れてしまった、という。

夕方、道側で涼みながら、そんな話や、又小型機に白いものはいかんというので白いシャツなどそめさせたが、原子爆撃の輻射には白いものがなくてはいかん、という。まあ指導者は目をまわして気がちがってしまったんだ、と言い合った。結局どこでも死んだものの損ということになった。

雷雨来る。

警戒警報が出た。平和は矢張り来そうもない。

八月十五日（水）　晴

戦争が終るのではないかという期待がふくれ上っていつまでも眠れない。戦争がすめば第一、召集の心配がない。恐らく今度は永遠にない、従って在郷軍人なんて厄介からも解放されるだろう。第二に、義勇戦闘隊などという愚劣なものになって戦車の下敷になるおそれがなくなる、つまり敵前上陸の不安が解消する。もちろん空襲、艦砲射撃の恐怖もなくなる。母や千鶴子のおそれおののくのを見なくてすむ。徴用の懸念もいらない、等々。本当のところ僕は徴用を忌避するため五月一日の国民登録をしなかった。しかし工場の焼失によって徴用の恐れは全く焼失した。次にこの八月一日届出の国民義勇隊名簿もごまかした。或は会社の方で勝手にのせていたかもしれんが、こちらでは東京に籍があると嘘をついた。その結果万一の場合には何処へでも行けるし、且つ軍役奉仕で苦力になる必要がない。又近く実施される戦闘訓練にも参加せずにすむ。がしかし万一届出を怠ったことが分ると刑法で処罰されるので表へ出るのも憚られた。それから会社をさぼっているから会社から憲兵隊あたりを通じて調べでも来るかとそれも心にかかる雲をなしていた。在郷軍人の方は中野の籍をぬいてこちらに籍を入れてないから教練など出なくていい。

午前中何も手がつかぬ。希望にあざむかれることを自ら警めたが矢張落着かぬ。十時警戒警報が出て防空情報の途中、官庁告示として、本日正午全員参集、重大放送を行う、というのでさてこそと思った。正午にはラジオの前に父と母と幸子と四人で座った。果して降伏の詔勅だった。矢張り胸がつまりそうだった。

隣へ行くと兵隊が二人、村のものが二、三人集って、とうとう最後までやることになったそうな、と言う。ラジオが聞きづらいので最後の一人まで云々という個所だけ耳にしたらしい。説明してやると、区長の登三さは向うが上陸してくるまでやるべきだ、と主唱し出す。自転車で何処かを一廻りして来て十人中七人までは戦争終了に反対だ、向うが来れば男は皆殺されてしまうか、何もかもとりあげられて餓死するかだ、といきり立った。「あーああ、特攻隊の人々も皆犬死になってしまった、そうなるのではないかと思っていた」と吐息したのは三人息子を戦死させた倉吉である。

昌平と重夫は畠村で防空壕掘りにかかったが、くたびれ儲けだった。昌平は昨日から壕掘りを始めたのである。百姓たちも降参が本当かどうかをただしにそれぞれ県道へ出てくる、皆明日から金が通用しないと信じている。

まず牛と豚は一番始め徴発されて食われてしまう、牛車の車だけ残っても引曳《ひきず》ってあるけるものではないから早く殺して食うが勝ちさ、というかと思えば、アメリカ人が来たら洋服でも何でも皆とってしまうだろうと心配するものもある。娘も嫁さも皆食われてしまうのだ、と支那帰りの兵隊がいえば、毎日百姓の忙しい間に兵隊の穴掘に出たのは何のためだったたろうとつぶやく。いずれにしてもつらくなることは間違いない、ということは皆予感している。えらい奴らの嘘八百にだまされた、もう供出も何もするもんか、何でも引ったくり合いだぜ、今夜にでも保美の梨を盗みに行こうじゃないか。そんなことを夜更まで県道傍の縁台でしゃべり合っている。兵隊が駈足ですぎる、長い剣をぶら下げた下士官がいつになくものあわれで、皆あわれむように見送る。死んだ奴の死に損、焼かれた奴の焼かれ損、と皆同じような考えをもっている。軍服と星にもこれで永のお別れになる。皆ソ連軍が進駐してくれることを希望している。

矢張り決してうれしくはない、今までの不安は一応消えたが、えたいのしれぬ雲みたいなもののため気が沈むのをとめることができない。何をなすべきか、まだ方針もつかぬ。

八月十六日（木）　晴

江比間《えひま》では中隊長とかが、断じて戦うと称して依然壕掘りを続行させている。上官の命令だから仕方ないと兵隊たちはこの暑さに穴を掘っている。東京では暴動が起ったという噂だ。

士官学校出身の将校は昨日までのように威張りちらすことができないばかりか、明日から飯の食いあげ、悪くすると笠の台がすっ飛ぶのだからやけくそだ。最後の一人まで戦うというのも道理である、けだし最後の一人は彼なのであるから。しかし将校どもの栄枯盛衰はややあわれをもよおすに足る。次に夫や子を失ったもの、戦災によって裸一貫となったもの、軍需会社で儲けたもの、これらも又暴動化する要素であろう。いずれにせよ全国民生活が戦争とだけに結びつけられ、負ければ負けるほど真剣になっていたのだから、こんな急転直下の没落には耐えられないのが当りまえだ。僕でさえ外国人がのさばるのを考えるとむらむらして竹槍でもかついで突進したくなる。こういう気持がナチスを急激に抬頭せしめたのにちがいない。

工場は操業を停止、工員は涼しいものかげに寝そべって思う存分指導者を罵って腹の虫を下げる。東條をせめさいなんで殺せ、それが万人の一致する声である。米国人は憎くない、それより嘘八百を並べて人を三年も銃火の下をくぐらせ、おまけに何年か食うや食わずの生活をさせたやつの方が百倍もにくたらしい、平出大佐(1)なんて大ぼら吹きもたたきころせ、ワシントンで入城式をするの、日本の上空へは敵機は一機も入れないの、入れたら体当たりで落してしまうの、空爆で破れた国はないの、敵が上陸して来たら水際でやっつけるの、飛行機はいくらでもあって山の蔭にかくしてあるのと言った奴らを殺してしまえ。しかしアメリカ人ならまだしも支那人が来たらどうしよう。向うでやったことの仇を討たれるぞ。寒いからと人の住んでる家に火を放ってあたったからなあ。女だってまずどれもこれも無事にはすまぬ。そんなことを喋り合うのだ。

敵機が飛ぶのも今までとは又異ったいやな唸りに聞える。

漁師の中には今朝から金では魚一尾も売らぬ。欲しいやつは何でもいいからものを持ってこい、とどなりつけるのもいるという。

東久邇宮内閣が出来るという。近衛だろうと万人の予想していた所を裏切ったが、なるほど近衛では兵隊が承知すまいから、重臣もうまいことを思いついた。

（1）平出英夫　軍人。一八九六年青森県出身。海軍大学卒。イタリアとの軍事協力強化を推進した。太平洋戦争中は大本営海軍報道部課長として海軍側の大本営発表を担当した。

八月二十日（月）晴

近日中美知子がミナをつれて帰るという速達が来た。

停戦協定が成立したらしく灯火管制の解除、次いで兵隊の召集解除が始まり、軍馬や軍犬の貰い手を探してあるくのがおれば、乾パンやキャラメル、弾丸を何処かの山側の壕から学校へ運搬しているのもある。もう抗戦気分はいささかもない、一昨日は海軍航空隊が、徹底的抗戦あるのみ、というビラをまいたそうだが。

流説粉々として民心は恐慌の中にある。支那で日本兵がどんな行動をしたか、それを思って人々は復讐を予期して戦慄する。しかも渥美郡へは重慶軍一万が進駐するというデマまで飛び散る。重慶軍を引いた所は一番の貧乏くじだ。

　夜重大放送があるというので九時にも十時にも十一時にもラジオに注意したが、東久邇首相の言葉は明瞭を欠いて分らなかった。恐らく敵の進駐に際して辛抱しろということなのであろう。軍需工場も即日解散で混乱を極めるらしい。

　山本二三丸が海老の疎開先から昨夕来て今朝帰った。

八月二十一日（火）　晴
　旧盆で迎え火を焚く。「後に続くものを信じ」て死んだ若者たちはあざむかれたことを知らないからいいようなものの、知ったら幽霊になってでてくるだろう。

　民心の不安はいくらか収ったようだ。日本人の諦め早いこと。軍使はすでに調印をおえて帰国したという。

　内地の部隊は服、毛布、米一斗をもらって解散する、軍関係工場も一年分の給料と貯蔵せる日常品の大盤振舞にやっきとなっている、さらし三反にねる三十尺をもらってくるものがあれば、洋傘、しゃぼんを抱えてかえるものあり、中にはミシンをもらうものさえある。支那や南方にいるものは三、四年は帰る見込もないのだからその家族たちは、白髪の婆さんになるまで百姓して待つより戦争していた方がいい、と言っている。今さら降服なんて天皇もくそもあるもんか、というなり。

　大本教と天理本教とは、今までの経過は——つまり鳥の翼あるものが飛んできて火の雨を降らせ、日本は殆ど全滅に近い状態になる等々——お筆先の予言どおりだが、最後の一厘がちがった。つまり最後には日本は勝つ、というのだ。だから日本人全部が心を入直して今一度戦えば必ず勝つと大本教はいう。天理教は予言は同じだが、日本人の心を入替えることができるとは思えんから、やってもだめだと答えた。

好次郎の家では男子は上海呉淞クリークで戦死し、娘の婿も南方で死んで公報が最近入った。ところが隣りは町役場の配給係、瘧病《マラリア》で南方から帰ったと言われている勇は福井の酒造所から酒を持出して夜半まで敗戦祝いのドンチャンさわぎ。

又保美の果樹園から葡萄の無料供出を申出た。去年は酒石酸をとるため一粒も残らず福井へ運んだが、今年はその必要もなくなったので遺族に五百目宛配給してもらいたい、と。すると福井から慌てて人をやって一晩中に葡萄を採ってしまった、役場では酒の無心をする関係上、すでに配給の通知を出しながら、これ又取消しをするのに大わらわである。

軍隊は軍隊で又行きがけに料理屋へ砂糖二俵ずつおいてゆくというし、某経理将校は馬車で何台も食料や衣類を個人の倉庫へ運び込む。どさくさまぎれ。

八月二十七日（月）　曇・後晴

明石夫婦は山田に落着かせた。八木君が宇佐より帰ったというので会いに行った。

敗戦以来、国内は知らずこの附近は軍用品の残りの分配で町じゅう沸騰している。そもそもこの辺りに駐屯する護京部隊六千は福井、滋賀方面の兵から成立っているが、解散に当って各兵に毛布二枚、冬軍服一揃、靴二足、靴下十足、背嚢、米一斗、甘味品等各人の持参しうるだけのものを分配することになった。それで約十五貫ということであった。ところが福井酒造場に宿泊している連隊長松本大佐が米四、五十俵、砂糖、衣類、毛布等を船で何処かへまず運んだのち、福井にも何十俵かの米が分与されるに及んで、経理係の将校並に下士官がそれぞれトラックを備って横領品を夜半何処かへ送った。高木に駐屯する下士のごときはトラックを米原までやったという。トラックその他運送の便をもたないものは親しい家に牛車で運びこんでは隠匿をはかる。且つ個人的に世話になった家へ燃料や食料の残りはおろか、外套、靴、軍服、毛布から米何俵を贈与するに至った。泰吉は米を何俵もらった、登三へは夜中米五俵とちり紙三梱をリヤカーで運んだ、勇は役場から砂糖をかっぱらって来た、もらえない人々は夜半まで兵隊の動きを監視して他人の貰いを計えている。一方輜重部隊は解散に先立って馬の処分に窮したらしく、馬のもらい手を探して歩いた、飼料不足のため貰い手がないと分ると、豆粕三十枚、燕麦二十俵、アラ麦十二俵を添物にした。すると肥料欲しさに馬のもらい手が続出し、上官の許可も見ないうちにめいめい馬を引き去り、且つ飼料を運んだ。馬をもらわぬものまで喧嘩づくで豆粕を持ち去った。

　こうなると折立じゅうが貰いものの不公平で鳴り出した。同じ兵隊の世話をしても下士とうまくやっていたものは闇値に見積って何千円をもうけたのに、一等兵や二等兵ではまず何一つ得をしなかった。まして公的に援助したものなど紙きれ一枚おいてはゆかない。しかも今まで兵隊にお茶一ぱい与えることをも拒んだ連中が分配の不公平にいきり立った。兼原部落では遂になぐり合いがおっ始ったあげく、各人もらったものを提出ののち、公平な分配を行ったという。いずれにせよもう敗戦後の恐怖は利慾争いにすっかり忘れられてしまった。今日は憲兵と巡査が協力して没収に廻っている。しかし結局大ものはまぬがれるにちがいない。矢張り軍人などあわれむ必要はない、徹底的に駆除しなくてはならぬ。

荒木先生の墓に八木君と詣った。金盞花や百日草を花壷に立てながら、先生に三年まえの夜予言したことが今そのとおり実現したのを思った。

八月二十九日（日）　晴

すでに京浜地区には米軍の進駐が開始されている。日に幾度も屋根すれずれに灰緑にカムフラージした飛行機が轟きすぎる。新聞の様子だと一こう改革も行われず、米人と軍官協力の専制でもはじまるおそれがある。われわれの夢はまだ何十年かさきだ。人々は早くもナチを萌芽させている。

しかし福江では軍需品の争奪で喧々ごうごうとしているのみ。中山の父子が古田で軍靴十五足を盗んで帰るのを尾行され、家へもどったところをつかまったが、結局二足だけもらって盗みどくということになった。㋣[1]がドラム缶を盗んでペンキでぬりかえれば、澱粉屋は木炭を運ぶ。憲兵がどれだけ吐出せたか、心細い話である。真如寺の末女は経理の下士と婚約した。砂糖、米、その他が山のように運び込まれた。役場の配給係の勇は夜中に船で屋敷へ持込んだほか、矢張り夜半リアカーで二所へ米らしいものを隠した、等々。中山においては伐材費二万円の受取人が誰だか分らないので騒いでいる。古田で昨日中に出た米だけで百数十俵というが、折立でも米三升以下を除いて兵隊からもらったものを全部届出よ、という回覧板が廻ったけれど、区長の登三が米五俵を出した以外に一人も申出ない。米を何俵かもらった泰吉は、「あれは糠だよ」とすましている。米原までトラックを使った兵には電報で召還令が出た。すでに滋賀へ帰っているというので。――ところでこの混乱のそもそものおこりは、酒が飲みたいばかりに福井少尉を副官として少尉の自宅福井酒造場に泊り込んだ〈二文字空白〉少将が自分のものを船一ぱい送ったことにある。続いて松本大佐は「米軍第一陣は厚木飛行場に着陸」というラジオを「渥美飛行場」と聞きちがえて、「全物品を全隊に大至急配布せよ」という命令を出した。渥美飛行場などいうところは何処にも存在しないが命おしさを暴露してしまったのである。それで収拾つかないことになってしまった。これに比べたら影山一派の大東塾[2]生十三名が切腹したり、某右翼団員十余名が青酸加里自殺を遂げたことの方が、滑稽ではあるが、まだ自己の節に忠実である点で肯定できる。大佐などは日常兵卒にくだらぬ死と服従とを強制しながら、自分の番に廻ると、兎よりも臆病だ。しかも米軍の態度が紳士的だなどと新聞にのるとさっそく自分たちが助かるようないい気持になり、一個師団を残してもらえる予定で精鋭を選抜したり始める。

昭和十二年ごろの「改造」を見ると、林房雄[3]がくだらぬことをしゃべっている。林や保田などどう処分されるだろう、今ごろ青菜に塩どころか、小便をひっかけられた蛭のように小さく縮こんでいることだろう。芳賀檀の芝居がかりも相手にするものもなく、浅野晃など又転向するにも方向がもうなくて頭痛をおこしているにちがいない、チャンドラ・ボース[4]が事故死し、陳公博[5]（東京市民に二十匁ずつ砂糖をくれた）が自殺したのに倣ったらよいけれど、そんな勇気のあるやつもいまい。何しろサーベルを背景にしているから皆が黙っているのにつけ上って、ほしいままな高言をはきちらしただけの、いわば風船のような連中だもの。

（1）渡辺長作の屋号。福江町の魚介類仲買で煮干製造業者。清田漁業組合長、福江町長も務め、『ノリソダ騒動記』にも登場する。
（2）大東塾は影山正治が一九三九年に結成した右翼団体。影山は豊橋中学出身。中学時代後輩の杉浦の文才を認め自宅に招いたことがあった。敗戦時影山は北支出征中で、父庄平が代々木練兵場で塾生十三人と自決した。一九七九年に元号法制化を求めて影山も自決した。
（3）林房雄　小説家。一九〇三年大分県生まれ。東京帝国大学法科中退。在学中に新人会に加わる。京都学連事件で検挙され実刑を受ける。プロレタリア文学の論客として頭角をあらわす。一九三三年に『文学界』に参加。一九三六年にプロレタリア作家廃業を宣言して転向、日本浪曼派に接近する。戦後追放される。後『大東亜戦争肯定論』を著し右翼イデオローグとして復活。中間小説を多く執筆。
（4）チャンドラ・ボース　インドの独立運動指導者。一八九七年生まれ。枢軸国の力を利用して英国からの独立を企てた。日本の敗戦時に台湾で飛行機事故で亡くなった。
（5）陳公博　中華民国の政治家。一八九二年生まれ。王兆銘とともに南京政権樹立。自殺は誤報で一九四六年に漢奸として死刑になった。

八月三十一日（金）　曇・時々小雨

もろこしの穂を樽の中に倚《た》てかけた石臼に打って実をとる。ぱらぱら飛散るのを鶏が啄む。歯医者へ行こうとしてるうちに雨となる。夕方の晴れ間をうかがって明石の所へ塩ますと鶏卵とを持ってゆく。そのあとではつゑの家へよっておしゃべりする。沢山の男の子や女の子がうろうろ遊んでいる。ちせ子は反物を鋏で截っていた。いつの間にか十七になってやさしく女らしい。はつゑより丈は低いが顔立ちはよい。「十五で明ちゃんにもらってもらえばよかったに」とよしのがいう。よしのも母親である。はつゑが嫁入りした日の苦い感じが湧いてくるのを覚えた。はつゑはもう二人目の子を胎《はら》に入れている。そしておかみさんくさくなって昔の俤が薄らいだけれど、わたしはいつゐと話するのが好きである。

降伏以来丁度半月、一時の恐怖も覚めて民草は日常生活の軌道へ又はまり込んだ。徴用解除工や除隊者で村がにぎやかになっただけである、敗戦が生活にまで沁み込むにはまだ少しく時間を要するが、どうころぼうとも民草の生活にはそれほどの変化はないはずだ。一時は掠奪特に日本兵が支那で行って来たごとき強姦を極度に恐怖し、道端に集っては吐息ばかりついていた。気の早い人は戦死者の写真まで焼捨てた。一方清田学校に駐屯する軍隊も一日二日呆然として歩いていたが三日目には何を思ったのか、陣地に就けという命令で、食糧弾薬を携行して一年近くかかって掘った山腹の壕にものものしくこもった。村でもすわ戦火とばかり動揺した。民家のあたりを食物欲しげにうろうろ歩いていた兵隊の姿もなく、一日道ゆく兵も真剣な面持ちであった。「四国沖では我特攻隊が敵航空母艦四隻に体当りしたそうだ」「横浜へは一万の米軍が揚った」「鳥羽へも上陸しようとしたのを撃退したそうだ。」海軍航空隊は天皇の命令であろうと何であろうとあくまで戦う、というビラを豊橋に撒いた。

然るに軍隊では巨《おお》きな豚を屠殺した。酒樽を山のように積んでゆく。やがて夜更になるに酔払って「ああそれなのに それなのに」と千鳥足の一隊が歩いて来る。それでもう戦争はないことが明らかになった。一、二日気ばっていても敵は一こうに現れず、しかも老兵が二人三人と召集解除となって背負えるだけのものを背負って帰ってゆけば、又隊でも各自に軍需品の分配を始める。それに一般民間人が加わったため、とうとう米や毛布のもらったのもらわないの、の問題に夢中になって敗戦のことはすっかり忘れられてしまった。

高木の麹屋は十俵もらってうち五俵は千円ずつで篠島へ売飛ばしてしまったし、泰吉もさっそく一升二十円の闇を始めた。憲兵の介入によって区長の登三は五俵の米を返却したが、ほかの連中は一物も出さぬ。運び込むのを垣根ごしに見ていた隣人たちが数量を数え立てて承知しない。兵隊さんも負けたばかりではなく、もらわぬ人はもらわぬゆえに、もらった人は返さねばならぬゆえに、兵隊さんに面白からぬ感じを抱き、今まで歓待していたものが臆怯《おっくう》がるようになった。又馬三頭千五百円で売飛ばした中尉は軍法会議にかかり、米原までトラックを傭った下士たちは電報で呼返されている。そういう極度の軍紀弛緩をひきしめるためか、今日から一やめた帯剣をつけ、昨日まで草履で歩いていたのが又靴に変り、教室にぶちこんであった銃を掃除することになったそうだ。しかし二時間の海水浴以外にはすることがなくて体をもてあましているという。

九月一日（土）　曇・時々雨

俄に秋らしく昨日まで裸でくらしたのにシャツ一枚では冷さを覚えることがある。藪の片隅に掘った穴で籾がらを燻蒸して炭を焼いたが、十日余りになるので小雨の晴れ間を見ては幸子と女中のことで掘出した。まだ熱かった。

兵隊の分配さわぎは一応しずまった。福井などは米五十俵もらったが、経理中尉から正式の受取証をもらっていたからそのまま許されたという。

日本の改革はどうなるか、まだ軍隊の解散も行われず、一般も戦争生活から離れ切っていないせいか、官僚は依然他のものの犠牲において自己を維持しておるし、軍部も将校になると何万円という退職金と軍需品の莫大を握って一生の保証をえて逃げ支度を完了した。どこに戦争責任者がいるのか。戦争成金たちは巧みに平和産業に転換することを名として政府の補助金を貪ろうとする点に変りはない。われわれの夢みた自由の王国はまだ遙かである、米軍と資本家との連合搾取、つまりデモクラシーの下に更に激しい闘いが続けられねばならない。我父などはソ連ではなく米軍が日本を占領することをよろこんでいる、けだし米国なら同じ資本主義国だから土地の没収等々のことはあるまい、と。

村には職を離れた男女があふれこぼれている。どこの家にも三家族、四家族が共棲し、平均十人位になっている。伊三郎では娘二人、息子一人が帰ってのらりくらり遊んでいるので、どうして食ってゆこうか、飛びまわるばかりで仕事に手がつかないらしい。

九月二日（日）　雨

雨の晴れ間に黍の穂を摘む。店にはもろこしと粟と黍とをほし並べてある。

降伏文書の調印が行われる。軍部は徹底的に勦滅《そうめつ》されるであろう。将校たちが自宅へ運んだ物品も容赦なく摘発すべきである。折立の問題はまだ片附かぬ、菊之助は米ではない、もみだと主張し、泰吉のは松材の上にのせて来たところから判断して木片だというのが尤もだというものもある。古田の㊦は、船を貸した貸賃だから誰が何とこいても返さぬ、とがん張る。畠の区長は五十俵預ったが、「それは皆さんを驚かしてやろうと今までだまっていました」と常会で申しわけしたそうだ。

「戦後」という小説を構想する。

九月八日（土）　晴

四日夕美知子、ミナが寺島父に送られてくる、田原まで出迎える。美知子はやや痩せ、ミナは七十五日で一貫五百にもふとる。あざさえなければ立派な赤坊だが。乳が足りるので殆ど泣声も立てずに眠っている。千鶴子は四つだけれど、お姉ちゃんのつもりで傍にいる。そして余った乳を飲んだりする。

五日野知、山内、六日真鍋[1]が遊びに来た。角上に宿泊して酒を飲んだ。

七日朝、寺島父、附添の老婆、野知一行及明石がトラックにて豊橋へ向う。明石は東京の様子を探るため、米三升、南瓜三個を背負って上京する。

昨日と今日の二日は粟の穂を叩く、三斗五升ほどの粟が穫れた。

二、三日まえ新居あたりへ俘虜受取の米兵が上陸して、町を軒並に荒して傘、下駄、衣類を片っぱしから持去った、という話である。又横浜方面で婦女子暴行事件が頻発するという噂のうえ、十二日にこの辺りに進駐するというデマが飛んで人心慌々たるものがある。十月二十日、武器引取に来るというのが本当の所らしい。

（1）真鍋勝男　一九三二年一高文科（甲類）卒。東京帝国大学法学部卒。国産軽銀株式会社に勤務していた。

九月十日（月）　晴・時々曇

昨日ミナの目方を量る、一貫六百五十匁。目をさましているときそばに人がいないと泣くようになった。

マリアナ方面の戦死者五十数名の遺骨が帰る、皆犬死だと口々に言う。人々は星と碇《いかり》の徽章を剝ぎ、勲章を棄て、軍人手帖を焼く。恩給も五年間停止という。六千いた兵隊も爆薬を国民学校に集積し終って、続々発ってゆく。将校も丸腰で、襟章も何もない、敗残兵というにふさわしい。

アメリカの態度は依然判明しない。まだ進駐をつづけるばかりだ。日本のおえら方は向うの静観態度を甘く解して稍々図に乗って来た。ソ連は満州方面で強硬に出ている、日本の新聞はそれを誇大して書く、すでに日米連合国の臭いがしている。

九月十一日（火）　曇・夕立

はつゑがあざを消す法を知っているが、奥さんにでなくては教えられない、と言っていたから、きょうは山田道の畑へ来ているというので、美知子と二人で桑畑へ尋ねて行った。しかしそれはえなを貼ることであった。その方法なら美知子もまえに聞いたことがあったが、遅くては何とも致し方がない。二人ともがっかりしてもどった。せめてくだらぬまじないでもよいから今から使える療法があってくれればいい。

ミナと千鶴子とを遊ばせているうちに一日々々がすぎる。魚を食い、晩酌をやり、今は憂うべきこともない。まず幸いな日々といわねばならない。神々よ、この幸いを護りたまえ。

東條英機が逮捕に先立って自決した、とラジオは伝えている、寺内[1]も重態という。戦争犯罪人数千名の名簿がすでに作成されているそうだ。東條などはいかにしても逃れられぬところだ、総辞職のときか、終戦詔勅発布の日にでも自決すれば死花を咲かせたといえただろう。最後の重臣会議においてさえ、俺にやらしておけばこんなことにはならなかったろう、とうそぶいていたという噂であり、まだ一旗挙げるつもりだったらしいから、往生際の悪いこと。よし連合国が見逃したとしても日本国民が承知しないであろう。軍部の傀儡《かいらい》にすぎず、演じそこないの日本的名君であった。ドンキホーテであった。首相となって以来、漬物屋をのぞいたり、ごみ箱の蓋を開いて見てまだ菜っぱのくずが残っていると訓戒して見たり、芝居が好きであって、いつか自己をヒットラー、ムッソリーニと並べてしまったようだ。尤も清掃桶だけは臭いから東京市長にゆずって自分でのぞくのをやめた。

昨日だったか九平と道で会ったら、近ごろはサーベルなどさげて歩いてるやつを見ると叩き殺したくなる、と言った。これが一般の声とならなくてはならぬ。新聞にあらわれたところでは且つこの辺りの人々の声を聞いても、まだまだ敗戦の責任の所在が曖昧にされていて、米英のデマにしてやられたのだと言うものもあれば、米ソの衝突が間もなく必然到来するからそのときこそ再起のチャンスだ、と信じているのが普通である、相手もそれぐらいのことは承知の上で来ている。

（1）寺内寿一　軍人、伯爵。山口県出身。一八七九年寺内正毅の長男として生まれる。師団長、台湾軍司令官、広田弘毅内閣の陸相などを歴任し、一九四三年に元帥。太平洋戦争中は南方軍総司令官。敗戦時には病気で重態だった。降服文書には寺内に代わり板垣征四郎が署名した。サイゴンで病死。

九月十二日（水）　曇

東條は米国兵の輸血によって生命を取留める見込という。ピストルを慌てて急所が外れたらしい。東條内閣の閣僚全部が戦争犯罪人として引致された。鈴木貞一も。元帥杉山元は自刃した。杉山としては潔い最後であった。

田宮から雑誌をやるという手紙をもらった。明石も上京すれば、山本二三丸も出たがっている。どさくさまぎれに一旗挙げようともそもそしている連中だ。私は田舎で赤坊や子供と一日々々を送り迎えている方がいい。泡沫のような名誉を何にしようぞ。

九月十三日（木）曇・時々夕立
ミナの丈、五八糎。

九月十四日（金）曇・時々雨
太田昌孝君来る、リックサックに本を一ぱい詰めて。防空壕に入れておいたら雨が入って水浸しになった、そのため表紙がぐにゃぐにゃになって黴が生じ、紙には斑点がついている。
美知子とミナをつれて墓参、紫苑と百日草と鶏頭の花を供《さ》げる。
日本は四等国になった、とマックアーサーはいう。朝鮮の日本人は悉く引揚げさせる、とトルーマンはいう。米兵相手のダンサーを募集したら、一日で数倍の応募者があった、と新聞はいう。戦争は終ったが、塩も大豆も輸入できないから味噌、醤油もできないだろう、綿花が入らぬから衣類もできないだろう、われわれはことをここに至らしめた責任者たちを徹底的に糾弾しなくてはならない。

九月十五日（土）晴
太田君の持参せる本を日に乾す、皆反りかえって日向臭くなる。太田君は午後、味噌、小麦粉、甘藷等八貫目を背負って帰京する。

九月十七日（月）　曇・後雨

瓜生から上京せよという葉書がくる。上京の気持が起る。

九月十八日（火）　晴

夜半より台風、棗、梨落つ。

午後、晴れて風強し。

九月二十二日（土）　雨

冷い雨が降りつづく。砂糖の配給が始まった。一人二十匁ずつで、これがストックの最後のものだから、今後三、四年は砂糖の顔を見ることもないと、買手が朝からつめかける。砂糖を包んだアンペラを洗ってきょうはおしるこをつくるのにも忙しい。

ミナは母親の声と顔とを覚えたらしい。昼寝から覚めてひとりでむにゃむにゃつぶやいてる、寝台へ顔を入れると声を挙げてよろこぶようになった。昨夜は三時ごろから目をさましてしまった、美知子は、眠いので泣きたいわ、オバカチャンと叱ると声を出して笑う。しかしそのお蔭で今日は一日ねむい。

マックアーサーの政策によって日本の軍部〈一字判読不明〉滅は極めて順調に、日本政府の友誼的協力によって行われる見込だが、しかし明治維新と同じく又しても上からの改革に終る可能性が大きくなった。

九月二十八日（金）

ミナは百日になる。六四センチ、一貫六百七十匁ある。

十月一日（月）　晴

朝から薪割り。節の多い木を切って、まだ湿っているのを日向に干したのち、細かに割る。昼の陽は暑いが、木末はすがれ、峠から見るとあちらこちら紅葉づいて来た。

五味保義氏、岡田眞氏より手紙が来た。五味さんによって東京へ引きよせられる。岡田さんは蔵書を売払って岡山県に避退するという。

夕方いつものように千鶴子をのせて山田の明石をたずねる。塩鯛を少しばかり提げて。ちせ子は夕方おそく洋裁のけいこから帰ってくる。

……………

私の交友関係は大体次のようなグループに分たれる。

一、一高文芸部関係。寺田、生田、猪野、国友、太田、稲田、中村真一郎、堀辰雄、池田忠。明石、寺島、秋元、高尾亮一、もこれに属する。

一高同級生。多くが死没して僅かが残っている。伊藤律、安藤次郎は保釈出獄したという。磯田、

平沢、戸谷、広田、三井は出征した。日野水、斎藤治平は役人で、大久保、寺崎、知里、松本、鬼塚、武田、山縣

他のクラスでは、佐々木、河合徹、山内勇、岡田道文、岩崎武雄、芥川武、荒川正二郎、山本二三丸

先輩　瀧沢、松下正

理科では、小笠原、井合毅

上級生には、高橋正汎、五味智英、野知俊夫、摩寿意善郎、井上朝彦

下級生、大場喜一、安藤保、岡田正三、大塚克良、本庄寛一、石井深一郎、丸山眞男、塙作楽、丸田浩三

二、アララギ関係、　斎藤茂吉、土屋文明、鹿児島寿蔵、五味保義、吉田正俊、柴生田稔、佐藤佐太郎、山口茂吉、藤森明夫、岡田眞、大村呉楼、渋谷嘉治、田中四郎、樋口賢治、小暮政次、山崎寛夫、狩野登美次、宮本利男、高安国世、松原周作、扇畑忠雄、張間喜一、八木喜平、中島栄一

三、大学国文学、　久松潜一、近藤忠義、井本農一

其他、渡辺一夫、中島健蔵、森有正、安士、林健太郎、金沢誠、板倉勝正、菅原、永井、宇佐美誠次郎、荒正人、小島

大学新聞、　久富、野沢、田宮、花森、鈴木実、岡倉、塩川、田所、松尾、瓜生、桜井、山縣、阿部兄、阿部弟

四、興亜院、　鈴木貞一、毛利英於菟、土方定一、増田渉、波多野乾一、永井、森、橋爪克己（上海）

出版文化協会、大塚正、神田澄孝、岩崎純孝、旭一美、小山正孝、福林
国産軽銀工業会社、斎藤武三郎、常盤正平、糸賀信章
小学校、鈴木敏夫、杉浦勇一、木村常一、西川重夫、井上富夫、松本秀太郎、鈴木虎吉、田中明
中学校、向坂正一、竹田岩尾、権田忠雄、加藤長次、山本精一
其他、鈴木圭介、丹下健三、浜口隆一、三輪福松、茂串茂、会田由、福井研介、野々上慶一、青木正雄、棚沢書店、冨本貞雄、度会宇平、矢口新

十月五日（金）　暴風雨

内務大臣、警視総監以下全警察部長の罷免。政治犯人の釈放。治安維持法以下の撤廃、特高警察の廃止が連合軍司令部より命令された。いよいよ民主化への一歩が踏出される。

十月九日（火）　雨

幾日つづく雨だろう。飢饉は必至となる。薯は地中で腐り、稲は白穂と化す。
私はオブロモフとなり、食ってふとるだけ。仕事を机の上に積上げたまま頭が鈍くなって働かぬ。

十一月二十二日（木）　曇・後晴

進駐軍が相変らずビールを探しにくるがもうない、子供たちはお菓子がもらえないのでつまらなさそう。夜トラックをとめて三人ばかりが両手一ぱいのチョコレートで酒を要求したが、辛うじて断わ

った。そのトラックにはいつもやって来たスペイン系の混血兵たちがまじっていて、盛んに手をふっていたという。顔なじみのが去るのはちょっと惜しい気がする。

地主保有地の面積が五町歩に引上げられそうな模様となる。共産党は小作人の窮状について云々しているが、この点では煽動の理由にならない。田舎には小金持が簇生しているから。但し小作制度の不合理性については別である。

ミナの身長六八・五センチ、体重一貫九百五十匁。

十一月二十三日（金）　晴

朝より正三来たりて土蔵の本立を修繕する、昨冬の大地震で二棚がつぶれ、本を積上げてあったため不便で困ったからである。夕ぐれに至る。

進駐軍の一部交替したという、昨夜はその連中だった、それならあんな沢山のチョコレートと交換すればよかった、としきりに悔む。

米軍は日本人の勤労奉仕のだらしなさを見て誠意がない、敗戦国民だという自覚を持っていない、と非難しているそうだ。清田学校に保管してある弾薬を毎日海中に捨てに行っているが、先日海上で小中山の宮本屋の船から魚を買取り、代金の代りに弾薬箱を一車くれる約束だった。それは米兵が焚火をするためわざわざ弾薬だけを海にあけて小中山試砲場まで持ちかえった箱である。宮本屋が一車空箱をもらって帰るのを見かけた住民は、われもわれもと試砲場に押入り一夜のうちにせっかく米兵の持ちかえった箱をすっかり盗み去った。米兵は激怒して全部返却せねば部落を焼払うと声明した。そこで駐在巡査は蒼くなって箱の返却をすすめて歩いているという。
アララギのために「写生論発展のために」十枚を書き終る。
今月に入って殆ど本を読まぬ。国友が来たのが二十日で二十一日の朝帰ったが、国友はさっぱり変らぬ。尤も、全然変化しないのではなく彼の誠実さは一歩々々しか足を運ぶことができないというだけであって、彼にこの五、六年会わなかったのに話が決して喰いちがわない、私は飛躍した自信をもっていたが、国友も同じだけ進んでいたわけである。ただ華族制度の存続について興味をもっているところが国友らしい。

十一月二十四日（土）　晴
小春日和がつづくがきょうも朝から本立修繕で、それが終ると米兵の例のスペイン人が来て焼酎を飲んで行く相手をしたので、苺畑を見廻る暇もなかった。十月じゅうに植えた苺は殆ど悉く根づいたが、四、五日来肥料の効きすぎのため赤枯れが見え出して心配していたところ、一昨日の雨で又生々した緑白の芽を吹き出した。桃の剪定も大体終った。

十一月二十六日（月）　曇
昨日ビールを断ったアメリカ人、のっぽで粗暴な男が来て家探しをして、父の洋服箪笥の中から本直しを見付けた。裏の幸子の家まで探した。そして二十円というのに十円だけおいて、しかもコップを二つ持ち去った。しかもメチルをおそれたのか毒見として私がいやだというにも拘らず〝Ｄｒｉｎ

k you〃と再三強制した。女たちは恐怖していた。そして私は一日じゅう暗かった。午後清田学校にいる日西混血児とニューヨーク児と分隊長がビールをたずねに来た。私はけさのことを訴えた。分隊長氏は〃not good〃と言い、われわれは〃friend〃だからと手を握って行った。

父は京都より帰る。

復員軍人に対する恩給支払の停止命令。財産税設置命令出《い》ず。

十一月二十七日（火）曇・午後晴

長い間床に積上げてあった本を棚につめこむ。行方の知れぬ本が沢山ある。明り採りが一つしかないので昼でも暗い。

田原の寿次(1)がルソン島に収容されているという便りがあった。

夕方畠村へ行こうと自転車を曳き出していると、ニューヨーク児がとおりかかって、昨日の乱暴な兵隊は足を負傷した、と教えてくれた。

（1）高和寿次　医師。母の姉しげの次男。一九二九年豊橋中学卒。

十二月十日（月）晴

父は松江に赴く。塩釜の度会宇平の娘きい子の婿に結納金をもってゆく。美知子もミナを抱いて一緒に里帰りする、小兄の純一が北支より帰還したと電報があったから。早朝トラックで発つ。

午ごろ又例ののっぽの若いアメリカ人兵が酒を求めて来た。昨夜農業実行組合で焼酎の配給が行われたというので、協同経営工場まで案内したが手に入らなかった。すると明日必ず二本用意しておけと言い捨てて帰って行った。明日来るというので家じゅう恐慌を来たした。いやなことだ。しばらく来ないのでやっと難を免れたと思っていたら又やってくる。しみじみいやになる。

解説

「暗い夜」の夢想から戦後の活躍の助走へ

鳥羽耕史

1 空想上の恋愛から結婚へ

杉浦明平は、戦時中から敗戦直後にかけて書きためたエッセイを一九五〇年に自費出版する際、『暗い夜の記念に』と題した。アジア太平洋戦争の時代を「暗い夜」や「暗い谷間」として振り返るのは珍しいことではないが、ここに活字化された日記を読みはじめると、暗かったはずの夜の意外な明るさに驚かされる思いがする。とりわけ、「久しぶりで日記を始める」きっかけにもなったであろう高橋はつゑへの思いをはじめとする、淡い恋心が詳細に書かれているのを読む時、それが戦時下に、三十歳を迎えようとする男によって書かれたことを忘れそうになる。他にも初恋の人・権田千代、かつて結婚を申し込んだ鷲山千里、一九三九年に訪れた蘇州で一目惚れしたシャオこと蕭鶴英、郷里の山本ふみゑ、出版文化協会経理課の高橋キミなど、この日記には様々な女性たちへの若々しくみずみずしい恋愛心理が描かれている。特にユニークなのは、一九四一年十二月二十日に高橋はつゑの嫁入を知ってからの経過である。十日間嘆き悔やんだ後、あきらめた杉浦は、はつゑが不幸になると決めつけ、

「社会を根本的に革命しないかぎり一人のはつゑだけでなく、もっと可愛そうなはつゑが何十万といるであろう、私は一人のはつゑを失った代りにこの後に生れる幾百万幾千万のはつゑを救わなくてはならない」と考える。さらに「私は丁度二十代の間抱きつづけたはつゑの幻から解放されねばならぬ、プロレタリアートが土地から解放されたと同じように、それと同時に一切の安定からも亦解放されることになった」と、政治的問題に結びつけながら大げさに締めくくっている。文脈は違うが、「人間は、恋と革命のために生れて来たのだ」という太宰治『斜陽』の有名な一節をも想起させる。

結婚相手となる「寺島の妹」が日記に初登場するのは、翌一九四二年の二月十四日のことである。最初は「ふみゑを呼ぼうか、それとも寺島の妹でももらおうか」などとあくまで空想上の結婚相手の一人にすぎなかったのが、十二月二十四日に「寺島が酔払ったあげく、佐々木と親父の前で美知子を明平にやってくれなどと言った」のをきっかけに現実味を帯びる。以前、寺島友之が小山正孝に「僕の妹をもらってくれ」と言ったのも聞いていた杉浦の中には焦りも生まれるが、背の高い美知子さんとは釣り合わないだろうという思いもあいまって、寺島に切り出そうと思いつつ逡巡する期間が八ヶ月にも及ぶ。最後は郷里で母の看病をしていた一九四三年八月二十八日から九月三日にかけての日記をまとめて書いた中で、「一日の夜、寺島に美知子さんをくれないかと言ってやった」と簡単に述べているだけだ。若杉美智子は杉浦がこの手紙を出したきっかけについて、「数カ月にわたって生死の境を彷徨っていた母が、明平の結婚を強く望んだからだ」と説明している。(1) 寺島からの返事は遅かったが、九月二十五日に「くれる意向」が告げられ、翌一九四四年一月二十五日、「美知子さんとの結婚の話がきまった」ことが記される。しかし日記はこれから一年以上の長い空白期に入ってしまい、五月に結婚して中野区に新居を構えたことなどは記されていない。また、一九四二年元日から四月十五日まで言及のある、はつゑを描いたはずの小説「青春」も残されていない。

後年、杉浦はこの時期の日記をふりかえって、「万一特高にやられたとき、赤の証拠にされるのがこわかった」ために「重要な社会問題やそれについての意見感想は一行も書かれていなかった」と述べており、[2]片思いの履歴書の観もある日記を額面通りには受け取れないかもしれない。それでもこうした純情さが杉浦青年の一面であったことは否めない事実だろう。丸山眞男が竹内好の日記を評価した際に、時局用語がほとんど登場しないことに感心し、精神が内へと凝集していったプロセスを読んだように、[3]杉浦の日記についても、社会の記録とは別の価値を見出していく必要があるだろう。

ただし、ほとんど記録されない日本の情勢とは別に、一九四二年九月七日から一九四三年二月三日にかけて、スターリングラードをめぐるナチス・ドイツとソ連の攻防戦が、当時の不完全な報道の中から「眼光紙背に徹して」読み取り記録されているのは特筆に値する。「スターリングラードが陥ちそうである」というところからはじまった悲観的な記述は、九月九日の読売新聞夕刊に掲載されたソ連のアナウンサーの悲痛な呼びかけの引用でクライマックスに達し、翌年一月十八日の形勢逆転を経て、二月三日のドイツ軍二十万の壊滅に至る。杉浦は「ヒットラーは二年を経ずして野良猫のように縊られるだろう、或は尻に帆かけてアメリカ辺りに出奔するだろう」と予想しているが、併せて日本の大本営の先行きをも考えていたかもしれない。ナチス・ドイツへの憎悪とソ連への親近感には、五年後の共産党入党につながる杉浦の思想が垣間見えるだろう。

2　頻繁な帰省と豊かな食生活

永井荷風は一九四三年六月三日の『断腸亭日乗』で、「架上の洋書にて読残せしものも次第に少くなれり。洋書と共に蓄え置きし葡萄酒も今は僅に一壜を余すのみ。英国製の石鹸も五六個となりリプトン紅茶も残りすくなし。鎖国攘夷の悪風いつまで続くにや」と嘆いた。ドナルド・キーンはこの記述から、「荷風が軍部の愚かしさを嘲笑し、また苛立ちを覚えたのは、軍部が始めた戦争が荷風の好物である英国の紅茶を荷風から奪ったからだった」とまで推測している。[4] しかし「船員の百次」や「山田の明の家」からリプトンをもらえていた杉浦は、同じ一九四三年の五月六日に「朝、牛乳で紅茶をわかして飲む。夜はリプトンをたのしむ」と書いているし、東京大空襲後の一九四五年三月十五日にも紅茶を飲んでいる。豪農とはいえ、福江町山田の田中家がどんなルートでリプトンを入手できたのかは不明だが、地方には地元の農産物以外にも、都会にはなかった余剰物資があったのかもしれない。とにかく戦時下の杉浦の食生活は、意外に優雅で豊かなものであった。

次第に物資の乏しくなっていく東京と、郷里の福江とを往復していた杉浦の移動を、日記からたどると以下のようになる。

一九四〇年十二月二十八日帰省、一九四一年一月六日上京
一九四一年五月上海、蘇州に再び出張（この間の日記なし）
一九四一年十二月二十六日帰省、一九四二年一月二十七日上京
一九四二年五月八日帰省、五月二十一日上京
一九四二年八月一日帰省、八月十九日上京

一九四二年十月十五日帰省、十月二十日上京
一九四二年十二月二十五日〜二十七日の間に帰省、一九四三年一月六日上京
一九四三年一月十五日〜十七日京都の寺島家訪問
一九四三年四月三十日帰省、五月九日上京
一九四三年六月二十三日〜二十七日福江滞在（移動日不明）
一九四三年八月十九日帰省、九月二十七日上京
一九四三年九月三十日帰省、一九四四年一月二十六日頃上京
一九四四年二月〜一九四五年二月日記なし
一九四五年帰省日不明、三月六日上京（中野の家へ）
一九四五年四月二十八日帰省、そのまま郷里に滞在
一九四五年七月四日〜十四日大阪（最初の子供である長女ミナと初対面）
一九四五年九月四日美知子、ミナ、福江に来る
一九四五年十二月十日日記終わり

帰省が徐々に頻繁になり、戦後の定住へと至っていく様子が窺える。東京ではハモと塩鰯が常食で、一九四二年二月には一日一食制になったというが、名前の挙げられる飲食物は意外に豊かである。麦ところ《ママ》（麦とろ）、刺身と菜の花、野菜サラダ、豚カツ、うどん、蟹、鶏のタタキのスキ焼、雑煮、支那料理、にら、三分の一が魚肉のすき焼き、鰻丼、ゆで卵、焼鳥、牛丼、ふぐちり、つぐみの焼鳥、釜揚うどん、おでん、鱈ちり、あんこう鍋、すし、そば、焼豚、炒飯、なまこと鶏と玉葱のバター焼き、

牛カツ、犬の肉らしい鹿の肉、ビフテキ、鰈、鶏のすき焼き、まつたけの吸物、松茸むし、鰻料理、すっぽん料理、カレーライス、はも・貝柱・小海老・あわび・兎肉・鶉卵の支那料理、苺ミルク、苺クリーム、ケーキ、きび餅、汁粉、あん蜜、餅菓子、水ようかんとアップルパイ、食パンと苺ジャムとバター、妹から送られたザボン、白桃、ゴールデン・デリシャスという林檎、菓子、ビール、日本酒など。一九四三年一月から外食券制となり、同年三月一日から「税金が殺人的に引き揚げられ、飲食も衣装も殆ど不可能」になったといい、自炊の記録が増えるが、あいかわらず外食も多い。キャベツにソース、塩水に鳥菜の五切れ六切れを浮かせた五目そば、塩鰯と鶏肉の野菜（葱とほうれんそう）いため、硬い牛肉、そばともつかずうどんともつかず、むしろ揚州の支那店で食った支那そばに最も近いところのうどん、闇売の草餅、怪しげなマシマロ、割合ましな天なんばん、たこわさび、スキ焼、鶏と葱、黍団子に冬瓜汁をかけたもの、ふぐ、うどん、やきそば、すし、おかめそば、もろきゅう、蜜豆、あんみつ、しるこ、唐もろこしのあべ川もち、どら焼、レモンクリームとフルーツポンチのおばけ、などを外食で食べ、ビールやコーヒーを飲んでいる。ご飯を炊き、キャベツを刻み、卵焼をつくった上、お銚子をつけて晩飯にしたとか、牛肉とキャベツ、ほうれんそうと牛肉のバタいため、ゆで卵、トーストなどを自炊し、羊かん、牡丹餅、乾柿、ミルクなしの苺ミルクを食べ、紅茶の他に抹茶やコーヒーやビールも飲んでいる。地元から送られたり上京した父が持参したりするものも多く、母がひいてくれた黄粉に一つまみの塩、姉の作ってくれたドーナツ、餅、食パン、砂糖、バター、牛肉、葱、卵、醬油、カステラ、白米の握り飯、梨、海苔、米、おへぎ、ドロップ、牛乳わかし、黄粉、玉葱などが送られ、仲間とすき焼きなどをやっている。郷里に帰ると、うどん、牛肉すきやき、ふろふき、鶏の水たき、肉、白米、ぬき菜の煮味噌、車海老の鬼がら焼、天ぷらとこうのもの、石鰈、ふぐ、なまこ、じねんじょのとろろ、山鴫《やましぎ》、田鴫《たしぎ》、鷭《ばん》、鶏などの肉、松茸、夏蜜柑、苺、桃、西瓜、羊羹、ロール・カステラなどを堪能し、毎晩のようにビールを飲む他、牛乳や紅茶も飲んでいる。手に入らず夢見ていたのはほしぶどうぐらいであろうか。戦時下の記録に頻出するすいとんや代用食などは全く見られず、現金や食料の仕送りに支えられた食生活の豊かさが印象に残る。このような、〝グルメ〟ともいうべき食への関心は、のちの『カワハギの肝』（六興出版、一九七六年）などのエッセイにつながるものとなる。戦後の上京が遅れ、渥美半島での定住に至った理由の一端も、質量ともにレベルの高い郷里の食物にあったのではないか、と思わせられる。

ただし、様々な友人と行き来して会話を楽しむこと、古本屋をまわって岩波文庫を集めることは東京ならではの楽しみだった。一九四一年十一月二十五日に岩波文庫の「紅楼夢」第三分冊が出ることを「唯一のたのしみ」と書いた杉浦は、翌年二月二日に三輪と岩波文庫の蒐集の話をし、三月二十五日には「残りも百五十冊ばかり」、四月二十一日には「あと九十冊ばかり」まで集める。同日の日記に「このごろは本屋に古本が出ない、岩波文庫を蒐める人ばかりがふえて売る人がさっぱりなくなった」とも書かれており、岩波文庫の蒐集は、市中に出回る本が少なくなった当時、ポピュラーな趣味だったこともわかる。杉浦は一九四二年九月九日に「あと四、五十冊」、一九四三年五月五日には実家に送ったのを土蔵で整理し「可なり紛失したのがあるらしい」ことを確認、十月八日に「五十五冊ばかり足りない」ことを書いて、日記での記述は終わっている。戦後にかけて杉浦は岩波文庫を全て集め、杉浦の影響を受けた川口務も岩波書店に在庫していた全てを購入したところ、新刊が出るたびに恵送されるようになったとのことだが、この日記は、そうした若い知識人の教養を支えた岩波文庫の受容についても教えてくれる。また、一九四三年四月二十六日と五月十七日にはコムパーニ「年代記」の翻訳を岩波文庫に入れる希望を記し、九月二十六日と十月二日には会田由を通して具体的な相談をしていたらしいことも書かれるが、実現せずに終わった。岩波文庫に杉浦明平の翻訳が入るのは、一九五四年〜五八年の『レオナルド・ダ・ヴィンチの手記』(上下)を待たねばならなかった。

3 「歌のわかれ」とイタリア語

この日記の書かれた期間は、杉浦明平にとって短歌と訣別していた時期にあたる。一九三一年六月に「鶯の鳴くなる春になりぬれば練兵場に人多く遊ぶ」など五首が『アララギ』に掲載されてはじまった杉浦の作歌は長く継続していたが、一九三八年一月の「傷つきし君倒れゐし二日目にそばの死骸が臭くなりしとぞ」という、いかにも戦時下の、しかも厭戦につながる歌を最後に発表されなくなる。佐高信は、歌人であり新日鐵副社長にもなった飯村嘉治の言として、「自分たちは杉浦明平を許せない、戦後は反戦のような顔をしているけれども、当時は万葉調の歌をずいぶん詠んでいたじゃないか」という戦時下の作歌についてのコメントを紹介しているが(5)、事実誤認と言うべきだろう。杉浦が次に短歌を発表するのは『アララギ』一九四五年十二月号、「戦争すぎてはや二月かベネズエラに起る革命も思ひしむもの」や「本の中にて学びし革命の迫りくるをおそるる思ひ人知るなゆめ」など十首で、三年後の共産党入党にはまだ遠いながらも、社会的関心を示しつつ、地主の長男としての不安をも併せ持つような内容となっている。この頃から地元の〈みさき短歌会〉の指導をはじめたこともあり、本格的に作歌が再開されるわけだが、それは戦後の空気に触れてのことであっただろう。一九三八年に短歌の発表をやめてこの日記執筆をはじめた頃は、中野重治の「歌のわかれ」のような、短歌的抒情や詠嘆との訣別も意識されていただろう。また、次第に戦争賛美に傾いていった戦時下の『アララギ』と距離をとったと見ることも可能だろう。かわりに杉浦が「暗い夜」を過ごすよすがとしたのが、一九三八年四月からはじめたイタリア語の学習と、ルネサンス文学の研究・翻訳であった。

一九四二年二月四日の「仕事の予定」リストにも、未完に終わった小説「青春」と、三省堂に約束したがやはり書けなかった長塚節評伝の他は、「レオナルドの手記」、アルベルティ「絵画論」「家族論」、サケッティなどのイタリア語からの翻訳や紹介、共同作業として進められていたシモンズ「ルネサンス、イン、イタリイ」の全訳が挙げられている。他にもディノ・コムパーニの「年代記」、「フィレンツェの夜明」といった本を杉浦は翻訳した。「ルネサンス、イン、イタリイ」の翻訳出版は原稿の一部の焼失などのために実現しなかったが、戦時中に杉浦はダ・ヴィンチの『科学について』を出版している。また、サケッティの翻訳やレオナルドについてのエッセイなどは『日伊文化研究』に掲載されているが、これは戦後に『近代文学』を拠点に活躍することになる佐々木基一（永井善次郎）の編集する雑誌であった。佐々木は「日伊協会はエアポケットみたいなところ」で、「検閲の元締である情報局なども、外郭団体であるため、かえって気を許していたのかもしれない」と推測し、ほかにないほど自由な雑誌であったと回想している。(6) しかし、佐々木からの依頼で杉浦が執筆した「ジアノ・デルラ・ベルラと正義の革命」という原稿は、「ムッソリーニ政府が発禁処分にしたというわけではなし、何の添加も歪曲もせず、史実を七十枚にまとめただけのものだし、これを発禁処分などしたらファッシズムの友好国に対して失礼ではないか」という杉浦の思惑も空しく、事前検閲のため掲載されなかったという。[7] いかに「ファッシズムの友好国」のものを自由な雑誌に発表するとは言え、「正義の革命」というタイトルが戦時下に見逃されると思っていたところが杉浦らしいところである。掲載されたのはもっと穏当な翻訳やエッセイばかりだった。

「学生時代と同じく、いつもすり切れた革の鞄に書物を一杯入れて持ち歩いていた」杉浦とはじめて口をきいたのが日伊協会であり、「ルネサンス、イン、イタリイ」の翻訳を企てていた杉浦に、高校時代からの友人であり、のちに『近代文学』同人ともなる荒正人を紹介したことも佐々木は記録している。[8] このような形で、ルネサンス文学に関わる戦時下の杉浦の活動は、戦後の評論家としての活躍を準備することにもなっていったのである。

4 多彩な人脈と戦後の活躍の原点

先の『日伊文化研究』と似たような経緯で『文藝』や『大陸』での原稿掲載もかなわなかった杉浦にとって、戦前・戦中の発表舞台は『校友会雑誌』と『帝国大学新聞』、九号だけの同人誌『未成年』、そして『アララギ』であった。高橋はつゑをモデルに『未成年』に書いた小説「谷の遊び場」と「谷間」は話題になり、後者は坂口安吾『吹雪物語』のヒロインのモデルとしても知られる矢田津世子や大谷藤子によって芥川賞に推薦され、『文学界』からの原稿依頼があるかもしれない、という話が杉浦にもたらされたが、どちらも実現はしなかった。この日記における「青春」の頓挫、そして出版文化協会で企画していた書評誌『読書圏』あらため『書評』の不許可、といった過程の中で、杉浦は評論家の道を歩みはじめる。

その時、最大の話題を呼び、歯に衣着せぬ辛辣な批評家としての杉浦を印象づけることになったのは、『帝国大学新聞』（一九四三年二月二十二日）に掲載した書評「ダ・ヴィンチの「創造的精神」――一名＝「板垣鷹穂氏の非創造的精神」」であった。これについては一九四二年十一月十三日に執筆予定、翌年二月十二日、十四日、十九日に執筆中の記述が見られ、かなり前から準備されたものだったことが窺える。板垣鷹穂『レオナルド・ダ・ヴィンチの創造的精神』（六興商会出版部、一九四二年）を「紙魚のうんこ」として徹底的にこきおろし、「この人はまるでギリシヤの詩人ニカルコスに諷はれた藪医者マルコスと同じで、その手にふれるといかなる不滅不死といはれる神々のごとき人物も、たちどころに生命を喪つてしまふのである。かうしてミケランヂエロは死んだし、レオナルド・ダ・ヴィンチも死んでしまつた。南無阿弥陀仏」と結ぶ文章は、二月十二日の日記で「ややばり（罵詈）に類する」と述べた通りのものであった。

掲載後の反応についても二月二十八日の明石、生田の否定的なものをはじめ、三月十六日の中野好夫、二十二日の今泉篤男、旭、小川、神田、茂串、帝大の建築学の学生、仏文の研究室、医学部の人、法学部の学生、今泉氏の弟、生活社の本間、二十五日の児島喜久雄教授、四月一日の丹下健三を経て十四日の横光利一に至るまで、有名無名のインテリ層による、概ねは好評の声が記録されている。特に横光の「君これはどういう男か知らんかね、すごいよこの悪口は。」という反応に気を良くしたためか、杉浦はこの書評を戦後最初の著書となった『ルネサンス文学の研究』（潮流社、一九四八年）と自費出版の『暗い夜の記念に』（一九五〇年）との両方に収録した。一九四六年二月二十一日の『大学新聞』

に「遮断機　売笑婦的文化人！――我々はだまされない」を書き、翌月の『文学時標』の「文学検察」欄に「保田與重郎」を書いて戦中・戦後の文学者を厳しく批判する活動をはじめることになる杉浦の原点が、ここにあったと言えるだろう。

その他の面でも、この日記に出てくる人々との関係は面白い。例えば瓜生忠夫や神田隆との交流は、日本映画史の一断面を見せていて貴重である。一九四二年二月六日、三月三十一日の項に見られるようにニュース映画、漫画映画、角力映画などを観ていた杉浦だが、日本映画社に入った瓜生が敵機の残骸を探しに行ったが見つからなかった話を一九四二年四月二十一日に、また陸軍省監修の記録映画『ビルマ戦記』を彼の作った映画として見たことを九月十六日に記している。一九四五年八月七日朝に広島原爆のことを知り、柏田敏雄カメラマンを現場に派遣する以前の瓜生の仕事である。(9)

また、同じ出版文化協会から松竹大船撮影所に入り、俳優・神田隆として活躍をはじめることになる神田澄孝のデビュー前後が記録されているのも、きわめて興味深い。一九四三年一月八日に「神田は大船撮影所から俳優になれと誘われて今日は向うへ出かけてしまった」とあるところからはじまり、翌日迷う神田の話で「第一回が李香蘭の相手役らしい」ともある。一月二十一日に大船入りが正式決定した神田は、三月二十五日に出版文化協会に辞表を出し、四月二日から俳優登録試験を受けて十二日にパス、しかし九月十五日には応召の電報を寄越し、杉浦は「せっかくすすめて映画界入をさせたのになすところなくして終った」と述べている。一九四五年五月九日の「北支の部隊で幹候生になったそうだ」というのがこの日記での最後の消息となるが、復員してからは吉村公三郎監督『安城家の舞踏会』（一九四七年）など松竹映画から、山本薩夫監督『真空地帯』（一九五二年）など独立プロ映画を経て、佐伯清監督『母子像』（一九五六年）など東映映画の脇役として長く活躍することになる。

神田のデビュー経緯について、杉浦は「スターをつくる話」（『芸術と人生の環』未來社、一九五四年）で詳述し、出版文化協会の同僚だった柴田錬三郎も『わが青春無頼帖』（新潮社、一九六七年）で回想している。杉浦は筈見恒之助の松竹入りを機会に大船撮影所で開かれた「ひろく文化界の意見を徴するために催された会」で「松竹の引っこぬき専門係」に勧められたとし、柴田は出版文化協会が松竹の城戸四郎を招いた席で城戸本人から「俳優になってみませんか？」と誘われ、杉浦が「いいじゃないか。やれやれ」とそそのかしたとしている。そして両者とも、神田が三百円の高給をもらうことになったと記し、杉浦はそれに加えて当時の出版文化協会での神田の給料が七十円、杉浦が百三十円、課長でも百八十円から二百円どまりであったことも記録している。当時の李香蘭は満州映画協会でも松竹でも東宝でも大活躍だったが、松竹にしぼると、相手役として想定されていた映画は清水宏監督『サヨンの鐘』（一九四三年）かマキノ正博監督『野戦軍楽隊』（一九四四年）あたりだろうか。「スターをつくる話」での「近ごろは兵隊ものばかりだから、おれのようなゴツイスターを作ろうというんだろう」という神田の発言を重視すれば、後者だったかもしれない。神田が徴兵されるかわりにこうした国策映画に出演していれば、という幻の映画史を思い描くのも面白いだろう。

杉浦は折に触れて、友人について整理して日記に記している。一九四二年四月二日、一九四五年五月九日、十月一日の三回で、最初の二回は思いつくままに友人の動向を記録しているだけだが、敗戦後の十月には自らの交友関係を次のように分類してみせている。

一、一高文芸部関係、同級生、他のクラス、先輩、理科、上級生、下級生。有名・重要なところで

は寺田透、生田勉、猪野謙二、国友則房、中村真一郎、堀辰雄、伊藤律、知里真志保、五味智英、摩寿意善郎、丸山眞男、熇作楽ら。
二、アララギ関係。斎藤茂吉、土屋文明、五味保義、柴生田稔、高安国世、八木喜平ら。
三、大学国文学、其他、大学新聞。久松潜一、近藤忠義、井本農一、渡辺一夫、中島健蔵、森有正、永井善次郎（佐々木基一）、荒正人、小島輝正、田宮虎彦、花森安治、田所太郎、瓜生忠夫ら。
四、興亜院、出版文化協会、国産軽銀工業会社。鈴木貞一、土方定一、神田澄孝（神田隆）、岩崎純孝、小山正孝ら。
五、小学校、中学校、其他。丹下健三、三輪福松、茂串茂、野々上慶一ら。
最初の一高関係の「先輩」と「上級生」の違いは不明だが、杉浦の人脈の広がりが一望できるリストである。また、このリストには挙がっていないが日記に登場する有名人としては、赤羽寿（赤木健介・伊豆公夫）、古賀英正（南條範夫）、斎藤（柴田）錬三郎、福永武彦らの名前が挙げられる。これらの人々のうち、生田勉、中村真一郎、土方定一、福永武彦、丸山眞男、森有正については公刊された日記を参照したが、時期の違いなどもあり、この日記に関連するような記述は見つけられなかった。[10]
一高時代に立原道造と友誼を結び、没後は全集を編み、『鮎の歌――立原道造散文集』（山本書店、一九四一年）の校正もし、といった立原との関係が、一つの人脈となっていた面にも注目したい。小山正孝、丹下健三、生田勉、国友則房、武基雄、秋元寿恵夫、中村真一郎、堀辰雄、深沢紅子、水戸部アサイ、立原光子（登免）、立原達夫といった人々との縁は、立原によって結ばれたと言って良いだろう。
こうした人脈を持ちながら、杉浦は郷里に留まりつづけた。敗戦後、十月五日の日記では、連合軍司令部による数々の命令に「民主化への一歩」を感じていたが、十一月二十二日には進駐軍がビールを探しに来てももうないことが記され、十二月十日に至るまで、酒を求めて来る彼らが徐々に強権的になってくる様子が記録されている。そうした過程を経て、一九四五年の日記が「しみじみいやになる」ことで閉じられていることの意味は深い。戦時中にも豊かな食生活を送り、地主の息子としてのメリットを享受していた杉浦が、「民主化」を進めているはずの米軍への不満を、生活の中から感じたことを意味するからである。この後、『ノリソダ騒動記』(未來社、一九五三年)に書かれる地元の日本人ボスたちに対するノリソダ裁判闘争を経て、『基地六〇五号』(大日本雄弁会講談社、一九五四年)での米軍試射場反対闘争に進んでいく杉浦の戦後の道筋が、日本共産党の綱領から導きだされたトップダウンのものではなく、生活感覚に根ざす「しみじみいやになる」感覚からスタートしたことを、この日記は理解させてくれるのである。

二〇一五年の今日、この日記を読む意義はそうした点にとどまらないだろう。「戦後レジームからの脱却」を唱える政権によって、戦後民主主義を支えていた教育、報道などのシステムが、根こそぎ作り替えられようとしている様は、朝鮮戦争下のいわゆる「逆コース」以上の勢いがあるようにも思える。もちろんこれは単なる軍国主義への逆コースではなく、新しい「戦争」と監視社会へ向けての準備になっているわけだが、ここに生じつつある抑圧的な状況は、戦時下の杉浦明平が向き合っていた現実に似た部分があるようだ。全てのメディアが大本営発表をもとに戦争を報道し、思想・言論の自由が失われた状況下でも、杉浦は「眼光紙背に徹して」スターリングラードの攻防を読み取り、戦後につながる自らの思想を醸成することができた。また、思うように進まない出版文化協会などでの仕事や翻訳・評論などの執筆のかたわら、常に若々しい恋愛感情を持ちつづけ、精神の自由を保っていた。仕送りで得た牛肉などの貴重な食料も、独り占めするのではなく、友人たちとのすき焼きなどで分かち合い、様々な形で助け合っていた。やや暢気にも見えるこの日記の記述から、私たちは、困難な時代状況への身の処し方、安易に時局に迎合せずに自らの思想を保ち、可能な形で発表していく心構えを学ぶことができるのではないだろうか。

注

（1）別所興一、鳥羽耕史、若杉美智子『杉浦明平を読む』風媒社、二〇一一年、五七頁。
（2）杉浦明平「複刻版あとがき」『暗い夜の記念に』風媒社、一九九七年、一九九頁。
（3）丸山眞男「竹内日記を読む」『丸山眞男集　第十二巻』岩波書店、一九九六年、三二頁。
（4）ドナルド・キーン、角地幸男訳『日本人の戦争　作家の日記を読む』文藝春秋、二〇一一年、一二頁。
（5）加藤陽子、佐高信『戦争と日本人　テロリズムの子どもたちへ』角川学芸出版、二〇一一年、一九三頁。
（6）佐々木基一『昭和文学交友記』新潮社、一九八三年、八六頁。
（7）前掲「複刻版あとがき」『暗い夜の記念に』一九八頁。
（8）前掲『昭和文学交友記』八七頁。
（9）瓜生忠夫『戦後日本映画小史』法政大学出版局、一九八一年、四～九頁。
（10）生田勉『杳かなる日の　生田勉青春日記 1931-1940』麦書房、一九八三年。池内輝雄・傳馬義澄編『中村真一郎青春日記』水声社、二〇一二年。土方定一『土方定一日記　一九四五年』土方雪江、一九八六年。福永武彦『福永武彦戦後日記』新潮社、二〇一一年。丸山眞男『自己内対話　3冊のノートから』みすず書房、一九九八年。佐古純一郎『森有正の日記』新地書房、一九八六年。

あとがき

私が「杉浦明平の日記」を出版しようと考えたのは二〇一一年でした。きっかけは、『戦争と日本人テロリズムの子どもたちへ』（角川学芸出版、二〇一一年）の佐高信氏の発言でした。鳥羽耕史氏が本書の「解説」でも触れていますが、「戦後は反戦みたいな顔をしているけれども、当時は万葉調の歌をずいぶん詠んでいたじゃないか」という批判です。佐高氏は飯村嘉治氏からの伝聞として話していますが、自身の言葉でも説明しています。つまり、アララギ派の歌人の一人として戦時中の杉浦は「ますらおぶり」の歌を詠い、戦意高揚につとめたというのです。敗戦までの杉浦の日記や作品を読んでいた私は、そうした事実がないことを熟知しており、なんとか誤解をときたいものと思いました。すでに二〇〇三年に故人となられた飯村氏に反論することはできませんが、佐高氏には資料を送り、事実誤認であることをお伝えしました。しかし、残念ながら佐高氏は納得されませんでした。

杉浦は戦意高揚の歌を一首も詠んでいないと私は断言できます。なぜならば、私は杉浦がアララギに入会した一九三一年六月から戦後までの『アララギ』をすべて調査いたしました。杉浦が在籍した当時の一高の『校友会雑誌』および『向陵時報』についても同じです。戦前公にされた短歌は、一九三八年一月『アララギ』掲載の三首が最後です。それらに「ますらおぶり」の歌はありません。

杉浦が戦中に全く歌を詠まなかったわけではないことは日記本文（166～167頁参照）からもわかります。日記とは別に歌のメモも残っています。それらは少女への想いを歌った相聞歌や生活の中で吐息のようにふっと浮かんだつぶやきを歌にしたものがほとんどで、発表を意識したものではありません。しかも一九三八年以降に詠まれた歌は『アララギ』に発表していません。戦前の杉浦はアララギを代表する歌人には成長していませんし、戦時中は歌人でさえもなかったのです。

杉浦の「歌のわかれ」は、大学時代に『未成年』（一九三五年五月）を創刊した頃に始まっていました。このころから次第に歌を詠まなくなります。文学的な関心が歌から小説に向かったのだと言えるでしょう。思想を盛り込むには三十一文字は窮屈だったのかもしれません。しかし、杉浦とアララギが縁がなくなったわけではないのは、日記でも明らかです。土屋文明やその門下——土屋は門下という言葉を嫌っていましたので、その薫陶を受けた人々と言うべきでしょうか——との親しい関係は続いています。稀に『アララギ』に同人の歌集などの評論を書き、『アララギ』発行所に赴き発送の手伝いをしています。その一方でアララギの歌に批判的であったことも日記から感じられます。

文芸評論家として活躍を始めた杉浦の言葉は過激でした。評論は『暗い夜の記念に』に収録されていますが、戦争に協力的だった文学者とりわけ日本浪曼派への厳しい追及がありました。日記本文の「ダ・ヴィンチの「創造的精神」——一名＝「板垣鷹穂氏の非創造的精神」」の騒動を思い起こしてください。横光利一に「君これはどういう男か知らんかね、すごいよこの悪口は。」と言われた杉浦です（412頁参照。）。戦争に協力的だった文化人への杉浦の過激な評論を胸がすくような思いで読んだ人も多かったと思います。反感もかったことは間違いないでしょう。しかしながら、杉浦は手のひらをかえすように時流にのって批判をくり返したのではありません。戦時下の暗い夜に雌伏の日日を過ごし、とりわけ日本浪曼派への憎悪を抱いていたことは日記からもあきらかです。前記の本で活字となった事実誤認が定着し拡散することをくいとめたいと思い、日記を公刊することを考えました。

出版は杉浦家の了解を得ることができたのですが、厖大な日記の中でどの範囲まで出版するのかなど具体的な計画がまとまるまでにほぼ一年かかりました。作業上の問題もいくつかありました。まず日記ノートの劣化です。七十年以上経過していて綴じ目がゆるんでいます。インクも薄くなっていてコピーをとることが難しく、日記からじかにパソコンで原稿をおこしました。ハードな作業ですが楽しくもありました。私が担当した中でもう一つの大きな作業は注でした。杉浦の日記に登場する人物は村の少女から戦時内閣の大臣でA級戦犯となった鈴木貞一まで、実に幅広い人々です。当時すでに著名な人もいましたが、敗戦後場所を得て文化人として活躍する人々もいました。杉浦自身がそうであるように徴用を免れるために統制機関で働かざるを得なかったインテリたちで、興亜院や日本出版文化協会での同僚でした。注には日記に登場する時代を中心に書きましたが、戦後の歩みも興味深く、そこまで書き込む紙幅がないのが残念でした。

初校が出た昨年秋に一葉社の和田悌二さんが無理がたたって病気で倒れると、一人で奮闘することになった大道万里子さんに、影書房代表の松本昌次氏が力を貸してくださることになりました。松本氏は、未來社に勤務された頃に杉浦を担当した編集者です。戦後文学の伝説的な編集者である松本氏という力強い味方を得られたことは幸いでした。和田さんも万全の体調ではないのですが仕事に復帰されました。アクシデントをのりこえようやく出版にこぎつけました。

今回公刊した杉浦の日記には、統制社会で生活が厳しくなっていく中で生活物資さえ手にはいらなくなった庶民の苦しみや率直な言葉が丁寧に描写されています。後にルポルタージュ作家として活躍することになる杉浦が写したのは、敗戦直前の社会の実相です。日記を読むと、その時代を生きた人々は何を感じ考えていたのだろうかとつくづく思います。

杉浦が一高生になった一九三一年九月満州事変がおきましたが、当時の一高には「赤くない一高生はいない」と言われたほど社会主義思想が席捲していました。が、卒業する一九三三年の春には学校当局の徹底した取り締まりで左翼組織は壊滅状態になりました。杉浦が東京帝大を卒業する一九三六年に二・二六事件がおき、日本は戦争にむかって一気に傾斜を強めました。統制を強める社会で思い描いていた文学の仕事もできず、不本意な青年時代を過ごしています。太平洋戦争も末期になると学徒出陣、兵隊に不向きとされていた丙種の青年が召集されるようになり、四十五歳まで前線に送りだされました。国内は本土決戦に備えて国民義勇隊が組織され、竹槍訓練なども行われました。どうにもならない現状があり、杉浦の痛烈な政府批判があります。この日記がもし官憲の目に触れるようなことがあればただではすまない危険なものです。政府によって情報がコントロールされ、国民は戦争にのみこまれていたように思います。

あらためて危機感を抱かざるを得ない今、杉浦日記はある警鐘となると信じます。

2015年5月

若杉美智子

杉浦明平　略年譜

一九一三（大正2）6月9日、愛知県渥美郡福江町（現田原市）に父太平、母よねの長男として生まれる。

一九二〇（大正9）7歳　4月、愛知県渥美郡清田尋常高等小学校に入学。

一九二六（大正15・昭和元年）13歳　4月、愛知県豊橋中学校（現愛知県立時習館高等学校）に入学。

一九三〇（昭和5）17歳　4月、第一高等学校文科甲類（英語）に中学4年修了で入学。

一九三一（昭和6）18歳　2月、土屋文明を訪ねアララギに入会。4月、一高短歌会に加わり立原道造を知る。

一九三二（昭和7）19歳　5月、一高文芸部委員に選ばれ『校友会雑誌』の編集にあたる。この頃、伊藤律指導下の左翼グループと交際し、思想的な影響を受ける。

一九三三（昭和8）20歳　4月、東京帝国大学文学部国文科に入学。

一九三四（昭和9）21歳　4月、『帝国大学新聞』の編集部員に。この頃、平沢道雄ら左翼グループと回覧雑誌『歯車』を始める。

一九三五（昭和10）22歳　5月、立原道造、寺田透、猪野謙二らと同人誌『未成年』を創刊。

一九三六（昭和11）23歳　3月、東京帝国大学文学部国文科を卒業。就職できず大学院に在籍。6月、徴兵検査を受け丙種合格。10月、上京して青山のアララギ発行所近くの新生館に下宿し、嘱託として帝国大学新聞社で校正に当たる。翌年、新生館が廃業すると高円寺に移転。

一九三七（昭和12）24歳　1月、『未成年』終刊。11月、本郷菊坂の下宿野沢くら方に転居。結婚までここに住む。

一九三八（昭和13）25歳　4月、ルネサンス研究を志して東京外国語学校（現東京外国語大学）速成科伊語に入学。

一九三九（昭和14）26歳　1月、興亜院の嘱託に。3月、東京外国語学校卒業。12月、出張で南京、上海、蘇州などをまわる。

一九四一（昭和16）28歳　5月、「支那キリスト教の動向調査」の名目で中国に出張。

一九四二（昭和17）29歳　8月、第二国民兵の点呼を受け丙種から乙種に。9月、興亜院を辞め、日本出版文化協会の書評誌編集長に就任。

一九四四（昭和19）31歳　春、国産軽銀工業株式会社の月報および社史編集室に転職。5月、土屋文明夫妻の媒酌で寺島友之の妹美知子と結婚。中野区大和町に新居を構える。

一九四五（昭和20）32歳　1月、単身上京。4月、空襲が激化したため帰郷。敗戦まで『ミケランジェロの手紙』の翻訳に没頭。6月、長女ミナ誕生。

一九四六（昭和21）33歳　2月、青年文化会議の発足総会出席のため戦後初めて上京。

一九四七（昭和22）34歳　11月、瓜生忠夫、丸山眞男、寺田透、中村哲、野間宏、内田義彦らと未来の会を結成。翌48年7月、機関誌『未来』創刊。

一九四八（昭和23）35歳　3月、母よね死去。12月、義兄寺島友之死去。

一九四九（昭和24）36歳　1月、日本共産党に入党。推薦者は野間宏、瓜生忠夫、下村正巳。5月、福江細胞を結成。6月、長男文平誕生。

一九五〇（昭和25）37歳　2月、福江細胞の壁新聞でノリソダ代金の不正を暴き、名誉毀損で告訴される。11月、豊橋簡易裁判所の略式裁判で3千円の罰金の判決を受け、正式裁判を求めて控訴。

一九五二（昭和27）39歳　3月、新日本文学会第6回大会で中央委員に選出。10月、福江町教育委員に当選。

一九五三（昭和28）40歳　2月、次男友平誕生。

一九五五（昭和30）42歳　4月、福江町、伊良湖岬村、泉村が合併して渥美町となる。細胞も合併して渥美細胞となった。5月、町会議員に当選。

一九五六（昭和31）43歳　2月、ラジオ番組の取材で奈良の被差別部落を訪問。以後、部落解放運動に深く関わる。3月、杉浦・中野論争が起きる。

一九五七（昭和32）44歳　5月、記録芸術の会の発起人として安部公房、花田清輝らとともに名を連ねる。

一九五八（昭和33）45歳　1月末から2月初め、炭労の文化講師として三池など九州の炭鉱を回る。途中、伊藤保らアララギ歌人を熊本の菊池恵楓園に訪ねる。2月から3月、渥美細胞は歳費値上げ問題で町長リコール運動を展開。

一九五九（昭和34）46歳　4月、町会議員に再選。9月、伊勢湾台風で大きな被害を受け、杉浦宅も屋根が半分吹き飛ばされる。

一九六〇（昭和35）47歳　9月、渥美細胞が解散。

一九六一（昭和36）48歳　8月、第8回共産党大会をめぐって党と新日本文学会が対立。野間宏、安部公房らとともに「革命運動の前進のために再び全党に訴える」声明を出し、党員権を制限される。

一九六三（昭和38）50歳　3月、渥美議会で町長不信任案が可決され、町長が議会を解散。これを機に政治からの引退を宣言。6月、父太平が渥美町長に無投票で当選。

一九六七（昭和42）54歳　1月、父太平が現職町長のまま死去。

一九七〇（昭和45）57歳　5月、中部電力渥美火力発電所三、四号機増設の反対運動にかかわる。

一九七一（昭和46）58歳　11月、『小説渡辺崋山』（朝日新聞社）で毎日出版文化賞を受賞。

一九七六（昭和51）63歳　この年、渥美火力発電所増設反対運動で町長をリコールしたが、選挙で敗れる。

一九七七（昭和52）64歳　5月、小説、評論、記録文学など幅広い分野における活躍で、中日文化賞を受賞。

一九七八（昭和53）65歳　4月末から、日中友好協会第6次訪中団の一員として北京・ハルビン・上海などを訪問。

一九七九（昭和54）66歳　渥美火力発電所増設反対で再びリコール運動を起こす。リコールに成功したが、今回も選挙で敗北。

一九八二（昭和57）69歳　この年、妻美知子とともに中国を旅行。

一九八三（昭和58）70歳　この年、再度、妻美知子と中国を旅行。

一九八四（昭和59）71歳　11月、吐血して胃の切除手術を受ける。

一九九一（平成3）78歳　11月、心臓にペースメーカーを入れる。

一九九四（平成6）81歳　6月、渥美町立図書館が開館し、杉浦明平寄贈図書室が設けられた。

一九九五（平成7）82歳　10月、『ミケランジェロの手紙』（岩波書店）で日本翻訳家協会翻訳特別功労賞を受賞。

二〇〇一（平成13）3月14日、脳梗塞のため87歳で死去。

若杉美智子（わかすぎ・みちこ）
1946年、東京都生まれ。元私立大学図書館司書。
共著に『杉浦明平を読む――“地域”から“世界”へ－行動する作家の全軌跡』（風媒社）、論文に「明平さんと仲間たちの戦中戦後――杉浦明平宛書簡を読む」（『生誕100年杉浦明平の眼』田原市博物館）など。講談社文芸文庫『夜逃げ町長』収録の杉浦明平年譜・著作目録を作成。

鳥羽耕史（とば・こうじ）
1968年、東京都生まれ。早稲田大学文学学術院教員。日本近代文学、戦後文化運動専攻。
著書に『運動体・安部公房』（一葉社）、『1950年代――「記録」の時代』（河出書房新社）、共著に『杉浦明平を読む――“地域”から“世界”へ－行動する作家の全軌跡』（風媒社）、編著に『安部公房　メディアの越境者』（森話社）など。

杉浦明平《すぎうらみんぺい》 暗夜日記《あんやにっき》 1941-45
――戦時下の東京と渥美半島の日常

2015年7月21日　初版第1刷発行
定価　5000円＋税

編　　者　若杉美智子　鳥羽耕史

発 行 者　和田悌二
発 行 所　株式会社　一葉社
〒114-0024　東京都北区西ケ原1-46-19-101
電話 03-3949-3492 ／ FAX 03-3949-3497
E-mail : ichiyosha@ybb.ne.jp
振替 00140-4-81176
装 丁 者　桂川　潤
印刷・製本所　シナノ書籍印刷株式会社

ISBN978-4-87196-057-1